EL SEXTO SOL

Libro tercero:

La visión de Ekel Ha

J.L. MURRA

© D.R. José Luis Murra, 2012

© D.R. de esta edición:
   Santillana Ediciones Generales, SA de CV
   Av. Río Mixcoac 274, col. Acacias
   CP 03240, teléfono 54 20 75 30
   www.sumadeletras.com/mx

Diseño de cubierta: Luis Sánchez

Primera edición: septiembre de 2012

ISBN: 978-607-11-2146-2

Impreso en México

PRISA EDICIONES

*Para Gloria, mi madre, con todo
mi agradecimiento y mi amor.*

Que los indios recibían pesadamente el yugo de la servidumbre, mas los españoles tenían bien repartidos los pueblos que abrazaban la tierra, aunque no faltaba entre los indios quien los alterase, sobre lo cual se hicieron castigos muy crueles que fueron causa de que apocase la gente. Quemaron vivos a los principales de la provincia de Cupul y ahorcaron a otros (…) Y dice este Diego de Landa que él vio un gran árbol cerca del pueblo en el cual un capitán ahorcó muchas mujeres indias en sus ramas y de los pies de ellas a los niños sus hijos (…) Hicieron en los indios crueldades inauditas, pues les cortaron brazos, narices y piernas, y a las mujeres los pechos y las echaban en lagunas hondas con calabazas atadas a los pies; daban estocadas a los niños por no andar tanto como sus madres y si los llevaban en colleras o enfermaban, o no andaban tanto como los otros, cortábanles las cabezas por no pararse a soltarlos.

Relación de las cosas de Yucatán, Fray Diego de Landa*

EKEL HA: *Las aguas de origen*. Lugar donde se levantó el cielo de las aguas de origen, erigiendo verticalmente el árbol de la vida como eje central del universo y camino hacia los reinos superiores de la creación. De los vocablos: *Le'ekel*, que significa "el principio" y *Ha*, que significa "agua".

---

*Obispo de la iglesia católica. Autor material del "auto de fe de Maní", ejecutado por orden del tribunal de la inquisición el 12 de julio de 1562. Acto barbárico donde fue destruido en el fuego el legado de la antigua civilización maya, consistente en decenas de toneladas de códices astronómicos, pinturas murales, manuscritos, vasijas ceremoniales, tocados ornamentales de plumas, piezas de cerámica y estatuillas de barro y piedra.

Vasija de las siete deidades. Representando la reunión divina de los amos del inframundo justo antes de que el cielo se separara de las aguas de origen. Manifestando en el proceso la creación del mundo natural regido por el trono de Jaguar y Serpiente.

Prólogo al Libro tercero

El sistema calendárico maya, denominado "La cuenta larga", llegará a su fin dentro de unos pocos meses, tras haber completado un ciclo de 5125 años. Conforme se aproxima la fecha del 21 de diciembre de 2012, más interrogantes surgen sobre la importancia que tendrá este acontecimiento en nuestros días. Para aclarar estas dudas y comprender mejor la visión de la milenaria civilización maya en torno a este fenómeno, es necesario prestar atención a su ciencia planetaria, cuyo propósito era el estudio de los ciclos astronómicos que influenciaban y regían nuestro orden natural de vida.

Basado en años de investigaciones de campo, así como en estudios matemáticos, relatos e interpretaciones de numerosos documentos astronómicos precolombinos y las opiniones de varios estudiosos del tema, deseo aclarar lo siguiente.

La ciencia que dio origen al nacimiento de las cuentas calendáricas mayas estaba basada principalmente en la observación y el estudio de la energía que hacia posible la vida en nuestro mundo. Esta energía proviene directamente del Sol, que era considerado por los antiguos mayas como el supremo sustentador de vida en nuestro pequeño rincón del universo. Su energía nutría la vida y el desarrollo de todos los planetas del sistema solar, cuya influencia y movimiento eran profundamente estudiados. Ellos estaban conscientes de que el gran astro no representaba un dios en sí mismo, como se ha interpretado erróneamente, sino un ser supremo de enorme poder de conciencia, cuyo orden natural se situaba muy por encima del ser humano.

Para los mayas, el Sol, a quien ellos llamaban *El gran señor regidor del rostro del Kin* o *Kin´Ich Ah´au* en su propia lengua, era un ser ascendido de un orden colosal de conciencia capaz de generar luz para crear y sustentar la vida. Nuestro planeta y los millones de seres vivos que dependemos de su irradiación diaria somos un ejemplo claro de estas afirmaciones.

La concepción maya sobre este majestuoso ser difería ampliamente de nuestro concepto de dios omnipotente, pues a pesar de su gran poder, el Sol estaba sujeto a las leyes del universo profundo. Y de forma análoga al ser humano, cumplía con un ciclo de evolución predeterminado por su propia naturaleza. En palabras más simples, el Sol era un ser vivo cuya existencia duraba sólo determinado tiempo astronómico, hasta que la muerte estelar lo alcanzaba. Durante su existencia, experimentaba ciclos evolutivos que influían sobre todos los seres vivos a su cargo, motivo por el cual estos ciclos eran exhaustivamente estudiados por los sacerdotes de su cultura.

Como se ha dicho, los ciclos evolutivos del Sol conformaban el origen de las cuentas calendáricas. Y mientras el Sol existiera, los ciclos se repetirían incesantemente uno tras de otro. Por esta razón, el final de uno indica que se aproxima el nacimiento de otro nuevo.

Este hecho nos advierte que, contrario a la creencia popular que sitúa a la fecha del 21 de diciembre de 2012 como un acontecimiento que repercutirá en un solo día, el fin de la cuenta larga anunciaba la llegada de un nuevo ciclo calendárico denominado "El Sexto Sol". Este nuevo ciclo, al igual que su antecesor, contaría con una duración de 5125 años, según fue determinado por sus precisas observaciones astronómicas.

Es importante reiterar que este día no representa un acontecimiento aislado, sino que establece el comienzo del siguiente ciclo evolutivo para todos aquellos organismos interdependientes del poder de nuestro Sol. Un ciclo que llevará a nuestro mundo a experimentar una nueva era en la que la conciencia despertará a una comprensión más profunda de nuestra propia existencia. Al igual que en todo proceso de transformación, esto no sucederá de forma súbita; su influjo será experimentado por todos los seres vivos a lo largo de los años venideros, no en un periodo de veinticuatro horas, como se ha creído erróneamente.

Pero..., ¿en qué se basan estas afirmaciones?

De acuerdo con conclusiones obtenidas tras largos años de investigación respecto a la matemática que rige las cuentas calendáricas, he llegado a comprender que los mayas consideraban que el Sol atravesaba por largos ciclos de evolución e involución al desplazarse dentro de su órbita alrededor del núcleo de la galaxia. Esto debido a que, durante su trayecto, el astro experimenta haces contrarios de radiación que influyen sobre su proceso natural de evolución. Dado que el universo entero es gobernado principalmente por una forma bipolar de energía —positiva y negativa—, al recorrer el Sol su larga órbita en derredor del centro de la Vía Láctea se ve influido por ambas polaridades sucesivamente. Una promueve el crecimiento evolutivo mientras que la otra lo inhibe.

Los mayas comprendían perfectamente esta realidad del universo en la que la evolución no obedece a un simple patrón lineal ascendente, sino a ciclos sucesivos de expansión y contracción. Este hecho era considerado determinante sobre el carácter que adquiriría el siguiente ciclo de evolución y de ahí su importancia crucial en su civilización. Quizás sea ésta una de las razones por la cual en nuestra actual era que agoniza —el Quinto Sol— aparece descrito como violento, sanguinario o devorador de corazones, en los exquisitos relieves de la piedra solar mexica, cuya ciencia deriva de los mayas y que es mejor conocida como Calendario Azteca.

Entonces, ¿qué significa la llegada de este nuevo Sol?

De acuerdo con los mayas, la expansión y el crecimiento de la conciencia era una ley divina de la cual ningún ser vivo se podía librar. Esta ley inducía a todos y cada uno de nosotros a atravesar un sinnúmero de existencias en diferentes planos de realidad como nuestro mundo cotidiano. Así obteníamos la oportunidad de aumentar nuestro conocimiento y trascender nuestra condición primitiva para lograr un ascenso en la carrera evolutiva de nuestro ser consciente. Al estar sujetos al orden energético del Sol, sus ciclos nos afectan tanto como a él mismo. De este modo, todo cambio en su proceso evolutivo nos afectará a nosotros de igual manera.

A lo largo de varios años he descrito en los primeros volúmenes de la saga del Sexto Sol cómo funciona este proceso y de qué manera debe obtenerse el conocimiento para comprender las leyes que rigen la ascensión de nuestra conciencia. Este conocimiento surge como producto de la práctica de más de veinticinco años de los rituales de expansión de conciencia que he practicado junto con las etnias que aún conservan estas tradiciones. Se trata de un conocimiento desarrollado en el México ancestral, cuya meta y propósito se basan en estas afirmaciones y que es considerado aún como una ciencia oculta que se encuentra al alcance de muy pocas personas.

Para despejar toda duda sobre el carácter fantástico de la novela, deseo aclarar que la expansión de la conciencia a través de los rituales sagrados es un hecho absolutamente real y concreto. Existe aún en nuestro tiempo y la única limitación para practicarlo proviene del falso miedo y la desinformación que existe en la sociedad urbana sobre sus orígenes y efectos. Las descripciones sobre los viajes de conciencia a otras realidades por medio del sueño lúcido provienen de experiencias personales concretas y su veracidad puede ser corroborada por expertos practicantes en el tema. Estas incursiones a otras realidades son absolutamente reales y derivan de la práctica ordenada de las disciplinas ancestrales que conducen a una expansión de todos nuestros sentidos. Incluso de aquellos que sólo están presentes mientras soñamos.

Los antiguos mayas conocían estos medios de expansión y los utilizaban para desarrollar su compleja ciencia de exploración. Para ellos el hecho de sumergirse en lo desconocido era objeto de culto y gozaba de gran respeto. Pues, al contrario de nosotros, ellos habitaban un mundo donde el dinero y la búsqueda de riquezas carecían por completo de sentido. Sus esfuerzos para adquirir conocimiento tenían entonces como meta prepararlos para enfrentar su ciclo de transición de conciencia hacia otra realidad, al culminar su vida física. Este hecho se encuentra presente en todo su legado y es absolutamente incontrovertible. Tanto en los dinteles tallados en los templos como en sus relatos y tradiciones orales se aprecia el sentido que este conocimiento guardaba en su cultura.

Para dilucidar la importancia de este hecho, es necesario comprender que su ciencia no tenía como objeto el tratar inútilmente de prolongar la vida. Ellos aceptaban las leyes del universo que inducían a los organismos a enfermar, envejecer y partir hacia lo desconocido. Debido a esto, la muerte física era un fenómeno que estaba presente en todo momento dentro de su civilización. Gracias a los descubrimientos de su ciencia, los mayas consideraban el cuerpo físico como un vehículo que los transportaba a través de la escabrosa realidad del mundo salvaje. La muerte era considerada como un proceso natural, aunque no por esta razón dejaban de sentir un intenso miedo ante ella. El paso más allá de la muerte era tema exhaustivo de exploración y estudio para sus sacerdotes. Pues ellos vivían con la certeza que todas las experiencias de vida eran acumuladas en la memoria de su ser consciente y que éste sobrevivía a la muerte para enfrentar el ascenso o descenso a otros niveles de realidad, dependiendo de los logros alcanzados durante la vida física. De acuerdo a su discernimiento, su ser consciente enfrentaría las consecuencias de todos los actos que generaba su ser físico durante su vida.

Desafortunadamente, en la sociedad de nuestros días estas aseveraciones suenan cada vez más inverosímiles. Se nos ha impuesto a pensar que la vida física representa la única existencia con la que contamos. Derivado de esta mentalidad, ponemos rara vez atención a lo que sucede en lo más profundo de nuestro ser consciente. No nos percatamos de que nuestros actos diarios cuentan y repercuten sobre el estado diario de nuestra conciencia. Creemos fielmente que al momento de morir, poco va a importar lo que hayamos experimentado.

De igual forma, hemos ido perdiendo poco a poco la sensación de habitar en mundo vivo y organizado que nos provee de todos los medios que necesitamos para concluir con éxito nuestro ciclo de existencia. Hemos olvidado cómo admirar el firmamento por las noches, igual que lo hacían nuestros ancestros para fascinarnos con la inmensa magnitud del universo que habitamos. Para los mayas, los planetas, las estrellas, galaxias, nebulosas y todas las maravillas ubicadas en el espacio profundo formaban parte de un tejido dimensional donde habitaban millones de formas de conciencia entrelazadas las unas con otras. El plano longitudinal de la Vía Láctea era considerado como el camino que conducía a las conciencias ascendidas fuera del inframundo. Así de portentosa era su visión sobre la existencia.

Nuestra civilización, en cambio, ha olvidado por completo que todos los seres vivos formamos parte de este exquisito orden natural que ellos veneraban. En la sociedad de hoy en día, rara vez tenemos tiempo para mirar hacia nuestro interior y darnos cuenta de que somos algo mucho más complejo que un simple conjunto de tejidos orgánicos.

Gracias a la práctica de los rituales ancestrales pude trascender esta torpe visión moderna y corroborar todas las verdades de las que se habla en la novela. Verdades que formaban parte de la vida de nuestros ancestros antes de que la conquista de los imperios occidentales llegara hasta nuestro continente. Su conocimiento nos habla sobre la naturaleza más profunda del ser humano y sobre los descubrimientos que hicieron estas culturas durante sus viajes de conciencia. Espero que mis experiencias puedan ser de utilidad para todos aquellos que buscan una nueva forma de comprender su propia existencia.

El ciclo del Sexto Sol se acerca y sólo el destino podrá decirnos lo que el futuro depara para nuestra humanidad. Quizás surja la luz al final del camino y nos lleve por un nuevo sendero donde podamos apreciar todas las maravillas que nuestro mundo natural nos ofrece. Acaso abramos los ojos finalmente para admirar y respetar la vida en sí misma, dejando de ensoberbecernos ante la destrucción que creamos. Posiblemente este nuevo ciclo nos otorgue las respuestas que todos buscamos a nuestras más incipientes dudas. Quizás este nuevo Sol sea el Sol que todos esperamos.

Con amor y respeto a toda la humanidad.

J.L. Murra
Julio 2012

Capítulo 1

12 de octubre de 2012. Selvas de la península de Yucatán. Setenta días

para el amanecer estelar. Ciclo final de cierre de la era de oscuridad.

Aproximación final del planeta hacia el umbral de entrada de la órbita

luminosa que anuncia el próximo nacimiento del Sexto Sol.

El suave rocío caía sobre la espesa selva de Yucatán, anunciando la llegada de un nuevo día. Desde hace más de tres meses Kiara se encontraba de regreso en el campamento de investigación, tras haber escapado del albergue de refugiados en compañía de Shawn. El pánico generado por la aparición de la mortal enfermedad desconocida en la ciudad de Los Ángeles, había forzado su súbito regreso a la jungla.

Pero ahora todo había cambiado para ella. Un inesperado suceso la esperaba a su regreso. Tras más de seis años de cautiverio, su madre había vuelto a su vida finalmente, gracias al rescate ejecutado por el personal militar a cargo del campamento. Su júbilo y alegría no alcanzaban límite al recordar la sonriente figura de sus padres esperándola ese maravilloso día. Desde ese momento, un sentimiento de esperanza hacia el futuro había renacido en lo más profundo de su corazón.

Kiara se paseaba plácidamente sobre la playa sintiendo la cálida brisa despeinar su largo cabello. Su vista se hallaba absorta en el movimiento de las olas mientras meditaba sobre el suceso. El intenso color turquesa del agua mezclándose con la blancura de la arena atrapaba su atención por completo. Era verdaderamente magnificente estar de vuelta en ese lugar.

Una oleada de emotividad despertaba en lo más profundo de su ser al enfrentar su nueva realidad. Sabía que sus solitarios días lamentando su escabroso destino habían llegado a su fin. La emoción de recuperar a su madre fue tan intensa que paró de caminar en un movimiento súbito. Quería dirigirse a toda prisa hacia el campamento y expresarle todo el amor que sentía por ella. Se giró para emprender el camino de regreso, mas algo en su percepción la hizo dudar antes de dar el siguiente paso. Su cuerpo se había detenido inexplicablemente en seco. Una extraña sensación de soledad y calma inundaba el espacio. Se encontraba por completo sola en ese lugar y su conciencia le advertía sobre algo sumamente inusual.

Miró a su alrededor y tuvo la certeza de estar cerca del campamento. Sabía que se encontraba en el sitio de poder que había visitado con José meses atrás pero, ¿cómo había llegado hasta ahí? ¿Dónde se encontraban Shawn y sus padres ahora?

Llena de consternación, observó la jungla que se alzaba majestuosa justo al borde de la playa. Todo lucía perfectamente normal pero simplemente le era imposible recordar cómo había llegado ahí.

Una sospecha atravesó su mente a la velocidad de un rayo. ¿Sería posible que se encontrara soñando?

La inquietud de encontrarse extraviada le generó una sensación poco placentera. Observó sus manos y movió sus dedos rápidamente. Su cuerpo se sentía igual que todos los días pero sólo había una forma de comprobar si se hallaba ahí físicamente. Enfrentó el mar que se mecía suavemente en su dirección y utilizó su intento para establecer comunicación con él. El agua del mar reaccionó de inmediato, creando extrañas formas sobre su superficie. Una pequeña ola se alzó frente a ella formando extraños rostros de espuma que la observaron con curiosidad. Kiara quedó estupefacta ante lo que veía. Luego dio un paso hacia atrás sorprendida. Sus sospechas se habían vuelto realidad. Se encontraba de nuevo soñando consciente.

Los extraños rostros que se formaban frente a ella la observaron detenidamente. Kiara se percató de que le transmitían una sensación de absoluta tranquilidad. Todo estaba bien. No tenía de qué preocuparse. Su conciencia había atravesado los linderos hacia una nueva realidad que existía más allá de los límites del mundo material. La conciencia colectiva del océano sentía ahora su presencia y había establecido comunicación con ella.

Kiara observaba impávida el majestuoso océano. El hecho de confundir esa realidad con la de todos los días, la hacía sentirse insegura de sus acciones. En sus experiencias anteriores de sueño consciente había reconocido las diferencias del entorno sin dificultad alguna, pero ahora era diferente. Tras su regreso a la jungla, sus sueños se habían tornado cada vez más profundos y vívidos. Ahora se daba cuenta de que finalmente habían alcanzado el punto límite. El mundo que estaba presenciando era en esencia idéntico al mundo de todos los días.

Sin embargo Kiara sabía perfectamente que ese sitio se regía por leyes completamente distintas a la realidad cotidiana. Era verdaderamente perturbador para ella el haber perdido la orientación de dónde se encontraba su ser consciente.

Los rostros de espuma frente a ella sintieron su ansiedad y cambiaron de forma para llamarla. Kiara comprendió que estaban enfocando su atención directamente sobre ella. Hizo un esfuerzo para tranquilizar su mente y se concentró en lo que sucedía. Enfocó su intento sobre ellos y en ese instante, la conciencia del mar se entrelazó por completo con la suya. Kiara sintió de imprevisto cómo era invadida por un mar de sensaciones que abrumaban su capacidad cognitiva.

Algo se había apoderado de su mente consciente. Sus sensaciones corporales desaparecieron para dar paso a un viaje extraordinario. Era como si se deslizara a través de las millones de mentes que componían la conciencia colectiva del inmenso océano.

La tranquilidad la invadió al comprender que no corría peligro alguno. Supo de inmediato que, al igual que en sus pasadas experiencias, éste era un nuevo viaje de aprendizaje que debía aprovechar para incrementar su conocimiento sobre esos extraños mundos que visitaba durante el sueño. Se dejó llevar hacia la profundidad de su ser consciente y la suprema conciencia del océano comenzó a transmitirle información sobre el viaje que estaba efectuando.

Era como si una voz hablara dentro de su mente para explicarle porqué comenzaba a confundir su realidad cotidiana.

Su conciencia había despertado a un nuevo nivel de existencia que se volvería cada vez más objetivo y concreto conforme incrementara esta práctica. Había alcanzado ya una nueva escala en el proceso de evolución de su ser consciente. Pronto comenzaría a comprender las leyes que regían ese reino de percepción ganando así más poder y experiencia. Ahora su intento podía entrelazarse con todas las formas de vida que percibía a su alrededor. Estaba realizando un viaje que era producto de su evolución natural. Un viaje que había sido practicado a lo largo del tiempo por la especie humana cuando las condiciones del universo habían sido más propicias para realizarlo. Entonces los seres humanos habían comprendido finalmente que su vida en el mundo físico no representaba su existencia completa, sino sólo una pequeña parte de sus posibilidades. Habían logrado separar su conciencia de manera controlada fuera de su cuerpo físico y así descubrieron la verdadera naturaleza del ser que habitaba en su interior.

Este ser en forma de energía consciente no se encontraba atado irremediablemente a la materia densa de su cuerpo, sino que era libre de viajar a través de toda la extensión del universo. Éste era el propósito principal de su existencia. Al igual que todos los seres conscientes, ella era un explorador de lo desconocido. Un viajero infinito en busca de la expansión de su conocimiento sobre el complejo universo que habitaba. Ella había logrado apartarse de las restricciones del mundo físico para experimentar una nueva forma de existencia superior. Una forma cuya libertad para viajar, sentir y experimentar el universo era simplemente inconcebible en términos de la realidad física de donde ella provenía.

Kiara se enfocaba con atención en las sensaciones que le eran transmitidas por esa inteligencia superior. De alguna manera entendía que su regreso a la selva había liberado su conciencia para facilitar sus viajes a los alucinantes reinos de percepción que experimentaba a través de sus sueños. Ahora se daba cuenta de que durante sus incursiones otras formas de inteligencia superior la abordaban siempre para conducirla sutilmente a través de esos parajes desconocidos. Pero su principal duda era, ¿por qué le estaba sucediendo eso?

¿Qué relación guardaba ella con los secretos milenarios de la jungla que ahora la impulsaban a viajar más allá de los linderos del mundo material?

Sentía como si ese sitio de poder escondiera la verdad sobre su destino tal y como la conciencia suprema del planeta se lo había revelado. Pero esta verdad la evadía por más que trataba de encontrarla. La duda siguió socavando su mente hasta que expresó mentalmente su deseo de saber porqué le era cada vez más difícil comprender los extraños cambios que estaba enfrentando sobre su persona.

La conciencia del océano le respondió que pronto ella misma lo llegaría a comprender. Se encontraba ahora en un proceso más profundo de aprendizaje sobre sus posibilidades de percepción como ser individual. Su capacidad para controlar el sueño consciente crecía día a día. Y conforme su conciencia se introdujera más profundamente en el sueño, el mundo cotidiano comenzaría a perder la sensación de realismo concreto y definitivo a la que ella estaba acostumbrada. Pronto sus viajes darían lugar a una expansión de su realidad, donde las leyes del universo se aclararían para ella.

El espíritu le advirtió también que para internarse en los dominios de esa nueva realidad a su alcance, debía conducirse con cautela. Pues a lo largo del tiempo las especies que lograban dar el salto en su evolución, habían establecido alianzas con diversos seres que habitaban esos reinos y que conocían mejor las leyes por las que se regían. Un nuevo tiempo se acercaba para darle oportunidad a su especie de explorar libremente los reinos superiores de la creación. Pero esto no significaba que dicha empresa fuera a resultar fácil. Los peligros en ese mundo eran equiparables a los del mundo cotidiano que ella conocía. Un descuido podía resultar fatal si subestimaba el poder que se ocultaba dentro de lo desconocido.

Kiara agradeció al océano por su consejo y comenzó a reflexionar sobre el conocimiento recibido. Sus sensaciones corporales regresaron para situarla de nuevo sobre la playa. Retrocedió lentamente en dirección a la jungla mientras observaba la grandeza del océano frente a ella. La intensa conexión que había logrado con el espíritu elemental aún saturaba su capacidad de raciocinio y no sabía a dónde dirigirse. Se recostó lentamente para dejar que su conciencia asimilara poco a poco su reciente experiencia.

Apreció los rayos del Sol que iluminaban la bóveda celeste. Y comprendió que ahora se sentía más viva y llena de energía que nunca antes. El brillo de los rayos impregnó su visión hasta que no le fue posible distinguir cosa alguna. Dejó de sentirse recostada sobre la arena al tiempo que la resplandeciente luz la cegaba por completo. La sensación de caer a través de un vórtice le anunció el regreso de su conciencia hacia el mundo cotidiano y de pronto todo su horizonte visual cambió por completo.

Se encontraba recostada sobre su lado izquierdo apoyando su rostro sobre una cómoda almohada. Su vista se hallaba fija hacia el frente pero su mente aún no lograba adaptarse a su abrupto regreso al mundo de todos los días. Sus procesos cognitivos no respondían del todo cuando percibió una figura familiar frente a ella. Iba en dirección al otro lado de la pequeña habitación del remolque. Reconoció a Shawn, que había abierto un pequeño clóset para sacar una playera. Vistió de prisa la prenda mientras Kiara lo observaba con la mirada todavía perdida en las profundidades de su ser. Parecía como si su mente se hallara atrapada en una burbuja de tiempo que la aislaba de la realidad cotidiana. Shawn volteó para observarla y vio que ella se encontraba despierta.

—Buenos días —saludó él.

Kiara escuchó su voz pero no pudo articular palabra alguna para devolver el saludo. Su mente permanecía aún aturdida tras su abrumador viaje de conciencia.

—¿Te pasa algo? —preguntó Shawn acercándose a ella.

Kiara comenzó a mover su cuerpo para tratar de levantarse de la cama. Sus movimientos eran torpes y Shawn la miró extrañado.

—¿Te sientes bien? ¿Por qué no me respondes? —preguntó él sujetándola por los hombros.

Kiara hizo un enorme esfuerzo para articular unas palabras. Tomó a Shawn por los brazos apoyándose en él para sentarse sobre el borde de la cama y entonces exclamó, con la mirada perdida y una voz que parecía de ultratumba:

—Estoy bien.

Shawn la miró consternado y le pidió que se levantara. Kiara obedeció y con paso taciturno se dirigió a la pequeña cocina donde tomó asiento frente a una pequeña mesa. Shawn puso dos tazas frente a ella y sirvió el humeante café que había preparado minutos atrás. Kiara concentró su vista en él. El líquido se movía armónicamente dentro de la taza despidiendo un exquisito olor.

—Y bien…, ¿podrías explicarme por favor qué te sucede? —le pidió Shawn, que no dejaba de observar su bizarra actitud. Kiara lo observó directo a los ojos.

—Lo siento mucho, es que acabo de tener un sueño muy vívido y mi mente todavía se encuentra recordando la experiencia —respondió ella.

Shawn, que ya conocía las extrañas experiencias oníricas de Kiara, la miró fijamente.

—Pensé que te sentías enferma. ¿Vas a acompañarme a correr o prefieres esperarme aquí?

Kiara le respondió que lo acompañaría. A su llegada al campamento de investigación, ambos habían acordado comenzar una rutina periódica de ejercicio para mantenerse en forma. Hacía más de tres meses que habían regresado y para su mala fortuna, el coronel McClausky les había ordenado tanto a ellos como a Leticia y su pequeña hija, quienes escaparon juntos del campo de refugiados, mantenerse alejados del campamento hasta que pudieran verificar que ninguno de ellos era portador de la extraña enfermedad que estaba causando estragos en California.

Así había sido como tan sólo unas horas después de su arribo al campamento, donde compartieron la cena con sus padres y el equipo científico, el coronel McClausky había dado órdenes de mover un par de remolques hacia el viejo campamento arqueológico para mantenerlos alejados de las demás personas. Desde ese día eran visitados periódicamente por los médicos del campamento para tomarles muestras de sangre y vigilar sus signos vitales en busca de extraños síntomas. Kiara había conversado con sus padres únicamente por medio de radios, observándolos a la distancia. Era una situación exasperante.

Aún no lograba comprender por qué motivo permanecían tanto tiempo en cuarentena y los médicos se mostraban reacios a explicarles. Sólo justificaban su silencio diciéndoles que no deseaban preocuparlos con los resultados de los exámenes.

La rutina diaria de ejercicio había aliviado un poco su frustración, ya que les permitía empezar el día con actitud positiva y no dejar que su situación de prolongado encierro los desmoralizara como había sucedido en el albergue de refugiados.

Durante sus salidas, Kiara había aprovechado para mostrarle a Shawn lo diferente que era el mundo fuera del ambiente urbano. Él observaba detenidamente la selva mientras la escuchaba con paciencia. Pero ese enigmático mundo no acababa por convencerlo. Al final sólo se limitaba a responder que en la ciudad él sabía lo que debía hacer durante el día y que en ese sitio se sentía tan extraño como una foca en el desierto. No era que la naturaleza le desagradara pero la ciudad y sus reglas eran más fáciles de comprender para su mente. La forma en que Kiara le describía el entorno natural con sus insondables misterios y fenomenales características le infundía más temor que curiosidad. Cada vez que salían a correr permanecía atento a todos los sonidos, tratando de identificar si se trataba del rugido de una fiera salvaje.

Muy por el contrario, Kiara corría a través de las veredas con absoluta ligereza y con la confianza de alguien que pareciera haber pasado toda su vida en ese sitio. Aún así, el coronel McClausky había designado a dos de sus soldados para seguir a la pareja de jóvenes de cerca y no dejar que se internaran demasiado en la jungla. Shawn había recibido con agrado la noticia de que serían custodiados durante sus incursiones. El único problema era que los perezosos soldados insistían en viajar en su vehículo. Además, para evitar cualquier riesgo de contagio, tenían órdenes de mantenerse alejados por lo menos a veinte metros de ellos. Estas restricciones impedían a Kiara observar más de cerca el comportamiento de los animales.

Shawn esperó fuera del remolque a Kiara mientras ella cambiaba su ropa. En un par de minutos estaba lista y ambos se dirigieron a notificar a los soldados sobre su intención de hacer ejercicio. Los soldados tardaron varios minutos en salir de su remolque y alistar el vehículo para seguirlos. Shawn le pidió a Kiara que comenzara a calentar sus músculos. A pesar de las circunstancias que vivían, él se mantenía firme en su postura de ser su entrenador y Kiara lo obedecía para evitar confrontaciones.

Seguidos por el vehículo militar, ambos empezaron a trotar rápidamente por una angosta vereda hasta que llegaron al ancho camino que conducía hacia la playa. Entonces Shawn aceleró el trote y Kiara tuvo que hacer uso de toda su fuerza para mantenerle el paso por varios kilómetros. La temperatura de la selva comenzaba a elevarse y ambos sudaban copiosamente. Shawn se mantenía firme en el paso. La humedad del aire en esa zona tropical aumentaba a cada momento y Kiara sentía que el sudor bajaba desde su frente hasta el cuello. Mientras corría, se enfocó en la figura de sus padres y se preguntó cuándo podría volver a estar junto a ellos. Su corazón aceleró su ritmo tras haber recorrido un largo trecho y finalmente le pidió a Shawn que se detuvieran. Ambos comenzaron a jadear mientras reducían su velocidad.

—Creo que hoy hemos recorrido casi el doble de la distancia acostumbrada —dijo ella mientras apoyaba sus manos sobre las rodillas.

Shawn miró a su alrededor exhalando grandes bocanadas de aire.

—No estoy seguro. Me parece que fueron sólo un par de kilómetros más —le respondió.

Kiara le pidió que comenzaran a caminar de regreso para recuperar un poco el aire y ambos comenzaron a andar mientras observaban a los soldados dar media vuelta al jeep en que los seguían. Shawn caminaba en completo silencio y Kiara le preguntó en qué estaba pensando.

—Mis padres me enviaron un correo electrónico esta mañana —comentó él con un semblante de preocupación en su rostro—. Su situación en Sacramento es peor de lo que me imaginaba.

—¿A qué te refieres?

—Mi padre dice que desde hace dos semanas los brotes de la enfermedad han comenzado a multiplicarse en la ciudad. El temor hace presa de la gente. Los supermercados se encuentran casi vacíos debido a las compras de pánico mientras todos los precios continúan subiendo sin control.

—Eso es terrible —exclamó Kiara—. Pensé que el ejército había logrado contener la enfermedad. Precisamente para eso nos mantenían presos en aquel horrible albergue.

—No han logrado contener nada —repuso Shawn—. Mi padre dice que mucha gente comienza a abandonar la ciudad y que aquellos que permanecen ahí salen a la calle usando tapabocas. Asegura que viven una situación deprimente.

Tras la amarga experiencia en el albergue de refugiados, Kiara pudo imaginarse claramente la situación por la que atravesaban y prefirió no hacer comentario alguno.

—Además, la situación financiera de mi familia empeora día con día —continuó Shawn—. La compañía de mi padre era nuestro único medio de sustento y dudo mucho que bajo las circunstancias que vive el país sea capaz de echarla a andar de nuevo. Me dijo que sus ahorros se estaban acabando rápidamente.

Kiara sintió un hueco en el vientre al escuchar esto. Ni siquiera en el albergue lo había visto tan preocupado. Cientos de miles de norteamericanos habían perdido sus medios de sustento económico debido a los desastres naturales sufridos en California y la costa este. Ahora el gobierno no contaba con suficientes medios para ayudarlos a todos. La enorme recesión que experimentaba la economía ponía en riesgo la vida de millones de personas que dependían de la continuidad del comercio. Nadie se había preparado para semejante escenario y ahora el único sistema de vida que conocían se iba desmoronando pieza por pieza. Un grito interrumpió su conversación. Shawn se volvió para encarar al vehículo que los seguía. Uno de los soldados le hizo señas para que se aproximaran. Los dos jóvenes se acercaron a una distancia discreta.

—Nos acaban de llamar del campamento —les avisó el conductor del vehículo—. El equipo médico se encuentra esperándolos. Hay que regresar de inmediato.

Shawn hizo un gesto de desagrado. Luego invitó a Kiara a trotar de nuevo. Ella accedió y ambos iniciaron la marcha. Un ligero nerviosismo hizo presa de ella mientras se desplazaban. Los médicos militares continuaban realizando pruebas clínicas constantes que incluían dolorosas tomas de sangre cada tercer día. Tanto ellos como Leticia, la esposa de José, vivían con la consternación de que los médicos detectaran que alguno de ellos hubiese resultado infectado con la terrible enfermedad.

Sin embargo, ninguno de ellos había tenido algún síntoma. Se sentían sanos y fuertes. Kiara comenzaba a notar que sus músculos empezaban a tonificarse mediante el ejercicio cotidiano. El jefe de los médicos les había prometido que habiendo concluido los estudios y observaciones clínicas, quedarían libres para retomar sus vidas si los exámenes no detectaban la presencia de algún agente infeccioso. Los kilómetros de camino fueron quedando atrás y pronto Kiara identificó el sendero que servía de desviación hacia el campamento arqueológico.

Ambos apuraron la marcha y al entrar identificaron de inmediato los vehículos del equipo médico que los esperaba. Kiara y Shawn llegaron justo frente a ellos. Todos los médicos seguían vistiendo trajes de protección biológica. Ella observó una vez más con frustración cómo preparaban una mesa con jeringas hipodérmicas y pequeños contenedores para extraerles sangre. Uno de los médicos le hizo señas a ella para que se aproximara. En su mano sostenía una torunda de algodón empapada en alcohol. Kiara extendió su brazo derecho. El médico limpió el sudor y tomó una aguja preparada con un contenedor para extraerle sangre. De inmediato sintió el agudo pinchazo sobre su brazo. Apretó los dientes y dejó que el médico continuara con su trabajo.

De pronto observó cómo Leticia se acercaba caminando de la mano de la pequeña Aurora. La niña comenzó a llorar en cuanto vio los vehículos militares. Leticia trataba en vano de consolarla. Un par de médicos se acercó para sujetar a la niña mientras otro comenzaba a buscar la vena en su brazo. Shawn y Leticia fueron los siguientes y una vez que terminaron, el jefe de los médicos se aproximó a ellos.

—Hoy terminaremos de efectuar las pruebas que requerimos para aislar cualquier tipo de agente infeccioso —les informó fríamente—. Son las últimas muestras de sangre que necesitaremos.

Kiara respiró con alivio al escuchar eso.

—Sin embargo es mi deber advertirles que han sido puestos en cuarentena por un tiempo tan prolongado por dos razones específicas. La primera, porque ningún equipo médico del mundo tiene experiencia con este tipo de enfermedad. Dado que ésta se sigue esparciendo pese a todas nuestras medidas de control, tenemos que tomar precauciones extraordinarias.

—¿Y la segunda? —inquirió Shawn.

—Desde su llegada al campamento el conteo de sus glóbulos blancos ha aparecido inusualmente elevado en sus exámenes de sangre. Esto normalmente puede indicar que su sistema inmune está luchando contra una infección.

—¿Qué significa eso? —preguntó Kiara—. ¿Podríamos estar contagiados?

El militar negó con la cabeza.

—No quisimos decirles nada para no alarmarlos. Existen varias circunstancias que pueden elevar el conteo. Una de ellas podría ser el contagio, pero puedo asegurarles que no es el caso. Ambos se encuentran en buen estado de salud desde hace meses. Pero aun así debimos tomar todas las precauciones. Ésas fueron nuestras órdenes. La buena noticia es que he sido autorizado a reintegrarlos al campamento principal mañana mismo si no existen evidencias claras de contagio. La junta médica comprende que no pueden permanecer en cuarentena por más tiempo. Esperemos que así sea.

Kiara reaccionó emocionada a la noticia. Si todo salía bien, podría volver con sus padres al siguiente día.

Capítulo 2

10 500 a. C. Meseta central del antiguo continente americano. 240

días para el crepúsculo estelar. A tres días del eclipse de Sol derivado

de la perturbación del movimiento lunar. Suceso que demarca la

aproximación final de la Tierra hacia el umbral de la órbita oscura.

Una atmósfera de silencio y tranquilidad inundaba la habitación de Anya cuando escuchó un seco toquido sobre la puerta. Eran las primeras horas de la mañana y apenas terminaba de darse un relajante baño. Vestía únicamente una delicada bata de seda y su largo cabello se encontraba húmedo.

Tan sólo un día atrás había enfrentado cara a cara a los siniestros guerreros de la Orden de los Doce y su conciencia todavía se encontraba sumamente consternada. Sus tres compañeros habían resultado heridos durante el combate y permanecían en el hospital. Oren había sobrevivido a la batalla pero las heridas y el envenenamiento que había sufrido hacía que su cuerpo se debatiera entre la vida y la muerte. Los sacerdotes médicos de la Casa Real luchaban por estabilizar su condición pero tanto ella como los miembros del Gran Concejo sabían que contaban con muy poco tiempo para tratar de salvar la vida de su compañero. Su conciencia había sido víctima de la magia oscura de la Orden de los Doce y aún no contaban con los medios adecuados para ayudarlo. La lucha por retenerlo con vida se convertía ahora en una situación cada vez más desesperada.

La terrible sensación de impotencia ante el trágico suceso era lo que la perturbaba. La concejal Anthea le había pedido que tranquilizara sus nervios. Tenía que prepararse anímicamente para la eventual pérdida de Oren. Esto era algo imposible de asimilar para ella. Mucho más en esas circunstancias. Había resuelto que no dejaría sucumbir su esperanza mientras él continuara luchando por sobrevivir. Su vida pendía de un hilo y lo más frustrante de la situación era que ni siquiera el Gran Concejo contaba con la experiencia necesaria para revertir ese tipo de magia oscura. Las malignas prácticas de la orden habían quedado olvidadas siglos y siglos atrás, por lo que los alcances de su magia constituían un verdadero misterio para todos.

Anya se dirigió hacia la puerta y la abrió lentamente. El rostro de Dina apareció justo frente a ella. Pero no era la radiante guerrera que estaba acostumbrada a ver. Dina vestía aún su traje de combate y aparecía agotada, con la mirada perdida. Respiraba con pesadez. Sus ojos se veían aún muy irritados debido a la exposición al gas venenoso del día anterior. Su semblante mostraba una perturbación muy similar a la que ella sentía. No se le veía nada bien.

—Pensé que debías permanecer en la sala de recuperación —le dijo Anya mientras la invitaba a pasar a la habitación.

Dina caminó unos pasos dentro del recinto y luego perdió el equilibrio para chocar contra un par de sillas ubicadas cerca de la salida. Apoyó su espada sobre una pequeña mesa y tomó asiento pesadamente sobre una de las sillas. Anya la miró y se acercó para sentarse frente a ella.

—¿Qué te sucede? —le preguntó—. ¿Cómo es que te han dejado salir del hospital en esas condiciones?

—Siento un terrible dolor de cabeza y las náuseas aún no desaparecen —le respondió Dina quejándose y sin responder a su pregunta—. He tratado de descansar durante toda la noche, pero no he podido dormir un solo instante. Parece ser que el suero que me administraron no tuvo un buen efecto sobre mi organismo.

Anya la observó cuidadosamente. Definitivamente que no era la Dina radiante de todos los días. Los efectos del envenenamiento se hacían presentes en todo su cuerpo.

—Yo tampoco he podido conciliar el sueño —le confesó ella mientras Dina la miraba con fijeza.

—Tuve que abandonar la sala del hospital. No soportaba seguir en ese sitio sin hacer nada. Dandu se encuentra inconsciente. Parece ser que absorbió más veneno que yo a través de su herida. Los médicos aún están analizando el compuesto para elegir otro tratamiento a administrar.

Dina había abandonado el hospital sin el consentimiento de los médicos. Su desesperación había alterado su juicio. Ambas se miraron compartiendo su preocupación. Sabían que el tiempo se agotaba, la vida de Oren se desvanecía a cada instante. Por más que se esforzaban para tranquilizarse, un intenso nerviosismo hacia presa de ellas. Sin duda alguna, la pérdida de Oren sería un suceso devastador en sus vidas. Pero ninguna se atrevía a considerarlo aún como la única posibilidad. El dolor que provocaba la inminente pérdida de su compañero comenzaba a hacerse presente en su realidad. Anya sentía una tristeza tan profunda que alteraba todo su ser consciente. No podía pensar con claridad. El absoluto silencio que reinaba en la habitación hacía que la situación se tornara aún más lúgubre.

—Debes volver al hospital —le dijo Anya—. Deja que me vista y yo te acompañaré de regreso.

—Espera un momento —respondió Dina—. Mi cuerpo no se siente bien y quisiera descansar. Pero mi conciencia no deja de esforzarse para encontrar una pista sobre cómo revertir el conjuro de la orden. No puedo resignarme a que Oren muera de esa forma. Tienes que entenderme.

Anya observó a Dina y notó que sus ojos comenzaban a humedecerse dejando escapar un par de lágrimas. Oren había sido su instructor y compañero en Nueva Atlantis por largos años. Anya comenzó a sentir un nudo formarse en su garganta.

—La concejal Kai ha estado revisando los registros arcaicos durante toda la noche —comentó tratando de consolar a Dina—. El maestro Zing cree que es posible que aún exista información para traer su conciencia de regreso. Ninguno de ellos ha descansado desde el incidente.

Dina miró a Anya fijamente para preguntarle:

—¿Estás consciente de lo que significa para él si su cuerpo muere en ese estado?

—Lo estoy —respondió Anya bajando la mirada—. La concejal Anthea me lo explicó.

Por medio de su magia oscura, la orden había secuestrado la conciencia de su compañero para transportarla al último nivel del inframundo. Una vez atravesado el umbral hacia el infierno, la conciencia de Oren podría quedar presa en ese lugar hasta consumirse durante toda una eternidad.

Ese lugar era el sitio de castigo para todas aquellas formas de conciencia que habían infringido innumerables veces las leyes del Kin durante su existencia. El último nivel del inframundo era el lugar de más terrible dolor y desesperación que uno pudiera imaginar. Ahí el tiempo se multiplicaba miles de veces para expandir el sufrimiento de quien lo experimentaba.

Los antiguos sabios lo denominaban *el lugar del no retorno*. Pues una vez condenada a ese sitio, una forma de conciencia se degradaba en un lento proceso de destrucción. El peso de sus acciones consumía hasta la última de sus fibras borrando todo rastro de su existencia. Si la conciencia de Oren no regresaba para mantener con vida su cuerpo físico, entonces este sitio lo aniquilaría.

Dina se levantó de su asiento y comenzó a caminar de un lado a otro. Las lágrimas no dejaban de correr por sus mejillas. Su esbelta y atlética figura se movía torpemente a través de la habitación, tratando de encontrar consuelo en el movimiento. Anya la observaba percibiendo la desesperación que sentía.

—Mi mente aún no se explica cómo esos desalmados lograron ejecutar un conjuro de ese tipo en tan poco tiempo —se quejó Dina entre lágrimas—. La guardia real capturó a varios de sus guerreros heridos, pero todos se han rehusado a hablar.

Anya conocía la situación. Los guerreros enemigos heridos durante el enfrentamiento en las cavernas habían sido abandonados a su suerte y ahora se recuperaban de sus lesiones en una zona del hospital fuertemente custodiada por decenas de guardias. Ninguno de los concejales había tenido tiempo suficiente para interrogarlos. Mientras las concejales Anthea y Kai buscaban la forma para revertir el conjuro, el concejal Kelsus y el maestro Zing se estaban encargando de organizar al ejército y a la guardia de la Casa Real para prepararse contra el inminente ataque de la Orden de los Doce. El eclipse de Sol sucedería en un par de días y toda la ciudad se preparaba recogiendo las cosechas, almacenando grano y protegiendo con vallas y barricadas las calles que conducían a la zona donde se ubicaban la Casa Real y los templos sagrados. Toda la ciudad se encontraba en el máximo estado de alerta.

El ejército, asistido por el concejal Kelsus y el maestro Zing, había iniciado las maniobras para el emplazamiento de trincheras y puestos de combate a lo largo del perímetro de la gran muralla que rodeaba gran parte de la ciudad. La vigilancia que el Gran Concejo mantenía sobre el movimiento de tropas enemigas había generado noticias alarmantes. Los grandes navíos provenientes de diversos lugares del orbe comenzaban a atracar en los puertos cercanos descargando cientos y cientos de mercenarios que se unían a las tropas enemigas. El concejo de la Casa Real había ya ordenado la evacuación inmediata de todos los pueblos costeros para proteger a la población de la llegada del enemigo. Ahora todas las villas eran incendiadas y saqueadas hasta el último de sus objetos. Los pobladores habían tenido que huir dejando atrás todas sus pertenencias, llevándose sólo unas cuantas provisiones de carne, pescado y animales que pudieran cargar consigo.

El concejo de la Casa Real analizaba con perturbación los sucesos de las últimas horas. La pérdida de los pueblos costeros, afectaría gravemente la cadena de suministros de la valiosa proteína obtenida de la pesca y destinada al consumo de los pobladores de la capital. El concejal Kelsus les advertía además que la Orden de los Doce no se jugaría su destino en una sola batalla, sino que la Casa Real enfrentaba una situación mucho más compleja. Si la orden no lograba vencer a sus ejércitos en un corto plazo, entonces ordenaría a sus fuerzas ejercer un estado de sitio sobre la ciudad. Después atacaría todas las villas cercanas aterrorizando a campesinos, pescadores y artesanos para acabar con la cadena de producción de alimentos. Comenzarían sistemáticamente a destruir los principales poblados agrícolas y ganaderos para forzar la rendición de la ciudad a través del hambre. Incluso de ser necesario, envenenarían los ríos y principales suministros de agua para alcanzar la victoria.

El enemigo que enfrentaban no deseaba solamente el simple saqueo de riquezas para luego marcharse, sino que planeaba establecerse para ejercer su dominio a través de su propia forma de gobierno. La aniquilación del concejo de la Casa Real y de gran parte de la población formaba parte de sus planes. Tanto el maestro Zing como el concejal Kelsus conocían la historia de las sangrientas campañas bélicas ejecutadas en el pasado por la orden. Sus maestros les habían advertido que llegaría el tiempo en que el enemigo volvería a surgir y que deberían estar preparados. Por eso las cuatro escuelas del conocimiento del Gran Concejo preparaban durante años a todos sus miembros en las más refinadas formas de las artes marciales y la magia compleja. Era la única forma de estar preparados frente a un enemigo tan despiadado.

Anya sentía el peso de la presión explotando sobre su cabeza. Al no poder conciliar el sueño, su cuerpo se debilitaba presentando todo tipo de molestias. Pero Dina tenía razón. No había tiempo para descansar. Tenían que encontrar una forma de ayudar a Oren y al mismo tiempo tenían que prepararse para enfrentar de nuevo a la Orden de los Doce. Anya se levantó de su asiento en un movimiento súbito para dirigirse a su guardarropa. Se vistió rápidamente con su traje de entrenamiento y envainó su espada. Luego volvió con Dina a la habitación.

—Iremos al hospital a interrogar a los soldados heridos —le dijo y ambas salieron presurosamente de la habitación.

Un extenso pasillo las condujo fuera del complejo de habitaciones para luego atravesar los jardines centrales y adentrarse rumbo al hospital. Una atmósfera de tensión y desasosiego se respiraba en todo el ambiente. Tanto los pobladores como el personal que laboraba dentro de la Casa Real habían sido advertidos del ataque. El complejo lucía casi deshabitado. Solamente el personal de mantenimiento seguía realizando sus labores cotidianas.

Llegaron al hospital y encontraron a decenas de guardias custodiando su acceso. La impresionante estatura de las dos guerreras atlantes las hacía sobresalir por sobre todos ellos. Los guardias se movieron para permitirles el acceso y ambas entraron en el ala restringida donde se encontraban los prisioneros. Anya comenzó a mirar a los guerreros heridos. Algunos se encontraban en verdaderas malas condiciones. Ambas se pasearon a lo largo del pasillo que dividía las camas y observaron con cuidado a sus enemigos. Despojados de sus armas y atados a las camas, lucían como un ser humano cualquiera. Sin embargo, ambas sabían perfectamente el peligro que esos sujetos representaban.

—La guardia real trató de interrogarlos mientras estuve aquí —le murmuró Dina—. Te digo que se niegan a revelar el más mínimo detalle de su operación.

—Lo sé —respondió Anya—. Pero yo puedo hurgar profundamente en su memoria para conocer todo lo que han visto. El don que adquirí durante mi visita a los reinos superiores me permite penetrar en su mente y averiguar lo que saben.

Y tras decir esto, se detuvo justo frente a un soldado que parecía encontrarse más recuperado. Éste sintió su presencia y las miró de manera desafiante. Las observaba con odio. Anya lo miró fijamente mientras comenzaba a hacer uso de su regalo de poder sobre él. Concentró su vista en sus ojos y el sujeto cayó hipnotizado por el poder de su mirada. Las dos imponentes guerreras frente a él no se movían y éste no comprendía lo que estaba sucediendo.

En un instante, Anya comenzó a hurgar en su memoria y contempló su mente, aún desconcertada ante el poder que los grandes maestros del concejo habían utilizado para abatirlos. El sujeto había sufrido lesiones en ambos oídos al caer fulminado con la magia ejecutada por el concejal Kelsus casi al comienzo de la batalla. Luego se había recuperado lentamente para observar el poder de los concejales quienes derrotaron a Rasanzul y su guardia. Anya podía percibir el temor que el sujeto les tenía y cómo este sentimiento lo volvía aun más agresivo. Se adentró más en sus recuerdos y pudo ver en su memoria las sesiones de entrenamiento a las que eran sometidos. La Orden de los Doce les enseñaba a matar a los débiles para que ejercieran su poder a través del miedo. El sujeto que tenía enfrente era parte de sus tropas de élite. Para llegar hasta ahí, había tenido que demostrar su coraje asesinando a varias personas inocentes.

Era una imagen perturbadora contemplar la clase de enemigo al que enfrentaban. El espíritu de este sujeto se encontraba más allá de la redención. El peso de sus acciones había ya oscurecido su conciencia de modo que ahora sólo existía para ejercer el mal sobre los demás. Anya interrumpió su conexión y caminó hacia adelante seguida de Dina.

—¿Qué sucede? —le preguntó ella.

Anya le explicó brevemente lo que había visto. Desafortunadamente el sujeto no había comenzado practicar la magia compleja de la orden y Anya no había obtenido ninguna información al respecto.

Ambas continuaron recorriendo la sala mientras eran seguidas de cerca por las miradas de los guerreros heridos. Anya escudriñó el entorno y de pronto sintió el peso de la mirada de un sujeto. Había algo en él que lo diferenciaba de los demás. Entonces le hizo una seña a Dina para que la siguiera hasta pararse justo frente a él. El sujeto las observaba fríamente. Anya lo enfrentó con la mirada y éste reaccionó de inmediato. Sintió que Anya comenzaba a penetrar en su mente y volteó su cabeza cerrando sus ojos. El sujeto sabía que se disponía a utilizar su poder sobre él. Ella solicitó la ayuda de dos guardias para que sujetaran su cabeza. Forzaron al sujeto a enfrentarla pero él permanecía con los ojos cerrados. Entonces Anya lo retó mentalmente a que la mirara si tenía el valor de hacerlo. El sujeto abrió sus ojos de inmediato, desafiándola. Luego vociferó diciendo algo en una lengua incomprensible. Uno de los guardias de la Casa Real reaccionó de inmediato acercándose a la cama y descargando un duro golpe sobre su costado. El sujeto gimió de dolor. Dina ordenó al guardia que no lo golpeara.

Anya se volvió hacia el guardia y le preguntó por qué había hecho eso. Ellas estaban tratando de averiguar lo que él sabía y su comportamiento no les estaba ayudando. El guardia respondió que el sujeto había hablado en la lengua de su continente.

—¿Qué fue lo que dijo? —le preguntó Dina.

—Dijo que no les tenía miedo y que ambas morirían pronto —respondió el guardia.

—Sus amenazas no nos asustan —le respondió Dina—. No era motivo para golpearlo.

—También las llamó perras malditas —comentó el guardia para excusar su conducta.

Dina observó cuidadosamente al sujeto que no necesitaba hablar para exteriorizar el odio y la rabia que sentía por encontrarse prisionero.

Anya le hizo una seña al guardia para que lo mantuviera quieto mientras comenzaba a penetrar la mente de aquel hombre. De inmediato se dio cuenta de que se trataba de un guerrero con mucho más experiencia. Incluso había comenzado ya a practicar la magia oscura. Formaba parte de las tropas de élite y tenía todo un escuadrón a su cargo. Pudo observar la manera en que habían enfrentado a Oren dentro de las cavernas. Su compañero lo había herido en el abdomen con su espada antes de caer abatido por las flechas envenenadas. Anya siguió hurgando en su memoria y de pronto su corazón aceleró su ritmo. Estaba presenciando el ritual al que Oren había sido sometido. Uno de los brujos principales de la orden lo había llevado a cabo. Anya escuchó palabras en un lenguaje incomprensible mientras veía el cuerpo de Oren retorcerse al luchar. El brujo aprovechaba su debilidad física y los efectos del veneno para separar su conciencia de su cuerpo físico. Los cortes sobre su cuerpo eran para que el dolor inflingido lo hiciera rendirse con más facilidad. Anya observó que el brujo de la orden le introducía un pequeño cuchillo afilado para torturarlo, lesionando sin piedad sus nervios. La imagen del dolor de Oren desgarraba sus sentimientos. La crueldad del brujo para lastimarlo de esa manera era simplemente irracional. El brujo hundía su cuchillo cada vez más profundo dentro de sus entrañas.

El brujo concluyó su conjuro alzando su voz y suje-
tando con fuerza la cabeza de Oren. Entonces Anya observó
finalmente el momento en que su conciencia sucumbía ante
la tortura para ser expulsada de su cuerpo y caer hacia la
oscuridad infinita.

Unas voces en el otro extremo de la sala interrumpie-
ron su conexión. Dina miró sorprendida hacia la puerta de
entrada. La concejal Anthea seguida de Kai se dirigían hacia
ellas. Dina tomó a Anya por un brazo para advertirla. Ésta
reaccionó de inmediato. Las concejales se detuvieron justo
frente a ellas. Anthea se dirigió a Dina directamente.

—El veneno que utilizó la orden aún circula por tu
sistema. Tu cuerpo se defiende pero, como te advertimos, se
trata de un veneno de acción lenta. Debes permanecer acostada o, al igual que Oren, sufrirás un colapso en cualquier
momento.

Las dos concejales condujeron a Dina de regreso a su
cama seguidas por Anya. Ella aprovechó para comentarles
lo que había visto al escudriñar la memoria del sujeto. Las
dos concejales la escucharon con atención.

—La concejal Kai revisó minuciosamente los registros
arcaicos durante horas —le respondió Anthea—. Existe muy
poca información sobre la magia compleja desarrollada por
la orden. Creemos que ellos mismos se encargaron de robar
o destruir los textos durante la era de oscuridad para proteger su conocimiento.

—Entonces, ¿cómo podremos ayudar a Oren? —preguntó Anya con un claro semblante de desesperación.

—No hay nada que ustedes dos puedan hacer al respecto —le respondió la concejal Kai—. Nosotras nos encargaremos de ese asunto. Luego se volvió hacia Dina.

—Los médicos te administrarán otro suero para tratar de contrarrestar los efectos del veneno. Tendremos que
esperar varias horas para evaluar los resultados. Es la única

medicina con la que contamos por ahora. Permanecerás en este sitio hasta nuevo aviso.

Las dos concejales se despidieron de ella e hicieron señas a Anya para que las siguiera. Dina las observó alejarse, con frustración. Se dirigieron a través del complejo hasta una gran sala de reunión. Los cuatro concejos de las casas del conocimiento se encontraban en sesión. El maestro Zing y el concejal Kelsus hablaban sobre la estrategia de defensa planeada para proteger la ciudad. Los crueles asesinatos de los líderes de las aldeas y su posterior invasión habían sembrado ya el pánico en la población.

—Nuestros puestos de vigilancia nos han informado que la evacuación de las aldeas fue un éxito —intervino el representante de la Casa Real—. Pero ahora la orden está descargando maquinaria de guerra transportada en los grandes navíos. Ahora mismo se encuentran armando decenas de arietes y catapultas para apoyar a su invasión. El grueso de sus fuerzas nos supera en maquinaria y número.

—Nuestra defensa consistirá en mantenerlos apartados de la ciudad —intervino el concejal Kelsus—. Todo el perímetro del valle será cubierto con zanjas y barricadas. Esto impedirá que puedan avanzar con sus artefactos y los pondrá al alcance de nuestros arqueros.

—Aun así será imposible detener a su infantería —replicó un integrante de la Casa Real—. Nuestra inteligencia nos informa que el ejército de la orden supera los diez mil hombres. Nuestras fuerzas suman a lo mucho cuatro mil guerreros entrenados.

—Tenemos más tropas en camino —intervino un miembro de la casa del este—. Tres mil elementos de nuestras tropas de élite más experimentadas arribarán esta tarde para reforzar las filas.

—También contaremos con tropas de la casa del sur y la guardia de Atlantis —intervino el maestro Zing mientras los miembros de esta casa asentían con la cabeza—. No podremos igualar el número de soldados con los que cuenta la orden pero nuestra estrategia de defensa servirá para detenerlos.

—Hemos recibido noticias de nuestro continente de que la orden ha comenzado a influir sobre poblaciones subversivas para que se unan a su campaña —comentó el miembro de la casa del este—. El ataque sobre la Casa Real sólo es el comienzo. Muy pronto la orden contará con suficientes aliados para atacar en todos los continentes.

Anya escuchó la conversación y supo que el tiempo jugaba también en su contra. El enemigo se fortalecía día a día y ellos contaban con tan solo unas horas para proteger a miles de inocentes en contra de su tiranía. El destino de las naciones aliadas comenzaría a decidirse muy pronto.

Capítulo 3

Eran las primeras horas de la mañana cuando Sarah Hayes se dirigía caminando hacia el remolque donde se encontraba Daniel. Tocó la puerta y tras esperar casi un minuto Daniel apareció mostrando una cara que revelaba un pesado desvelo.

—¿Qué sucede Sarah? —le preguntó al verla parada a escasos metros de su puerta.

—El coronel McClausky acaba de avisarme que finalmente han concluido las instalaciones en el sitio de la pirámide. Me prometió que hoy mismo se comunicaría con el alto mando para informarnos cuándo podemos reanudar nuestras visitas.

Daniel esbozó una sonrisa y le pidió que lo esperara. Se vestiría de inmediato e irían a desayunar algo. Tras el ataque que había sufrido el campamento meses atrás, las cosas habían cambiado por completo para los científicos. El general Thompson había decidido instalar un circuito cerrado de vigilancia continua en todos los rincones. Esto significaba que tanto las conversaciones como las actividades que se llevaban a cabo eran monitoreadas y grabadas por los militares las veinticuatro horas del día.

El sitio de la pirámide de Etznab había sufrido varios cambios también. El personal de vigilancia se había redoblado y extendido hacia un perímetro que abarcaba varios kilómetros a la redonda. Más de doscientas pequeñas cámaras de vigilancia formaban parte de un sofisticado sistema de detección de intrusos que incluía sensores de movimiento y micrófonos que alertaban de la presencia de extraños a varios kilómetros del sitio.

El equipo de excavación había removido también las enormes piedras que cubrían la entrada y había instalado una escalera para facilitar el descenso. Dentro de la galería se habían instalado cámaras, micrófonos y sensores de movimiento que cubrían cada metro cuadrado de la construcción. Sarah estaba al tanto de todos estos cambios y su equipo había tenido que esperar pacientemente por más de tres meses para que los militares completaran la tarea. Al mismo tiempo, los daños que había sufrido el campamento habían sido reparados en su totalidad. El campamento lucía ahora en perfecto orden con la única diferencia de que su población militar se había incrementado a más del triple debido al ataque del cártel del narcotráfico.

Daniel salió de su remolque. Informó a Sarah que la NASA les transmitiría ese día el reporte semanal sobre las lecturas de la actividad solar y los movimientos de las placas tectónicas que influían sobre la estabilidad del eje de rotación terrestre. Ambos se dirigieron hacia el comedor.

—El ataque al campamento le dio al general Thompson el pretexto que necesitaba para espiar todos y cada uno de nuestros movimientos —comentó Daniel en voz baja.

Desde su llegada a la península de Yucatán para establecer el campamento, el equipo de científicos liderado por Sarah había sufrido del constante asedio de los militares a toda hora.

—Sabía que tarde o temprano lo harían —respondió Sarah—. El general Thompson sabe perfectamente que no deseamos cooperar con él. Estas medidas sólo indican que la presión sobre nosotros se irá incrementando cada día más.

El grupo de arqueólogos acompañados por Rafael Andrés se encontraba ya desayunando cuando Daniel y Sarah llegaron al lugar. Ella se acercó a él para saludarlo.

—Hay más noticias desde España —le adelantó Rafael—. El Museo del Prado envió un comunicado esta mañana. La prensa continúa con su acoso y exigen más datos acerca del estudio del códice. Parece ser que ahora varios institutos de investigación se unieron a la protesta. El concejo de administración del museo no se pone de acuerdo sobre cómo enfrentar el problema.

—Deberían estar más preocupados por la severa crisis económica que están enfrentando en tu país —le respondió Sarah y Rafael se encogió de hombros. Tras su llegada al campamento meses atrás, después de haber descubierto el códice en el escritorio de su antepasado, no había imaginado el embrollo de circunstancias en que se vería envuelto tras el hallazgo.

Rafael hizo una seña a Sarah para empezar con su desayuno. Ambos tomaron sus charolas y fueron hacia la barra para ordenar su comida. Luego se unieron al grupo que discutía la situación que enfrentaban en los Estados Unidos tras meses del enorme desastre natural sufrido en la costa este por un brutal terremoto. Cientos de miles de personas se encontraban aún en los albergues después de haber perdido su patrimonio y su fuente de empleo. El gobierno apenas podía sostener una crisis de la magnitud que enfrentaba. La economía del país comenzaba a resquebrajarse ante los embates de las fuerzas de la naturaleza que diezmaban las cosechas mediante grandes inundaciones. Los precios de los productos básicos se habían disparado, obligando al gobierno a tomar medidas extremas para detener una inflación económica que amenazaba con dejar a la mitad de la población a merced del hambre. El grupo discutía sobre cómo restaurarían el equilibrio de nuevo bajo la amenaza de nuevos desastres a lo largo de ambas costas.

—Parece que el gobierno al fin se da cuenta de que el dinero no lo resuelve todo —comentó el doctor Jensen.

—No sólo no lo resuelve —intervino José—. Sino que ahora el dinero comienza a perder su valor y si los países no concentran su fuerza de trabajo en la producción de alimentos, podríamos estar enfrentando condiciones mucho peores en un par de años.

—Quizás no sean años, sino cuestión de meses —comentó Daniel—. La economía depende de un frágil sistema en donde la continuidad en la cadena de suministros determina la estabilidad en el valor del dinero. Cuando los suministros fallan, la escasez de productos acaba con este valor. Entre más productos vayan escaseando, menor es el valor del dinero. Así sucede hasta que se alcanza un colapso de la economía y el uso del dinero carece de sentido. Puede darse el caso en que la gente tenga que volver al trueque para obtener los bienes que necesita.

—Eso suena aterrador —intervino Elena Sánchez—. Me queda claro que muchas personas recurrirían al trueque pero muchas otras comenzarían a robar y hasta a matar para obtener lo que necesitan.

—Tienes razón, eso es exactamente lo que está comenzando a suceder en las grandes ciudades —respondió Daniel—. Las últimas noticias informan sobre el agravamiento del crimen en todas las grandes urbes.

—Eso aumenta la presión sobre nuestro trabajo —comentó Sarah—. El sistema se resquebraja pieza por pieza porque no contamos con una fuente de energía limpia y abundante que nos permita obtener los recursos que requerimos del planeta sin dañarlo en el proceso. Con la energía del vacío, dejaríamos de verter millones de toneladas de CO_2 a la atmósfera y comenzaríamos el proceso de revertir todo el daño que hemos causado.

Sarah terminó con su desayuno y se levantó para dirigirse hacia la carpa de los militares donde pidió hablar con el coronel McClausky.

Se respiraba una atmósfera de suma tensión. El personal permanecía atento en silencio a los instrumentos de control. Los soldados le pidieron que se dirigiera al cuarto de comunicaciones. El coronel la esperaba ahí. Sarah avanzó y pudo ver a McClausky sentado en un escritorio justo a la entrada del cuarto. Un semblante de preocupación se dibujaba en su rostro a pesar de que él trataba de ocultarlo. Sarah sabía bien lo que sucedía. Tras el rescate de María Jensen, el coronel había tenido que enfrentar al alto mando del ejército para explicar sus acciones. Debido a su desacato, el futuro de su carrera en las fuerzas armadas era incierto.

—Buenos días doctora Hayes —saludó el coronel al verla entrar.

—Coronel —respondió Sarah devolviendo el saludo.

—El general Thompson desea hablar con usted. La sala de videoconferencia está lista.

Sarah se introdujo a la improvisada sala dentro de la carpa. Esperó por un minuto hasta que el general Thompson apareció en la pantalla. Entonces el coronel McClausky abandonó la sala cerrando la puerta tras de sí. Se trataba de una conversación privada solicitada por el general. Thompson saludó escuetamente y se dirigió a ella de inmediato.

—Doctora Hayes, le informo que nuestro sistema de vigilancia ha sido completamente instalado y está operando de manera normal en este mismo momento. El sitio de la pirámide se encuentra ahora debidamente protegido las veinticuatro horas del día contra cualquier tipo de incursión. A partir de este momento puedo concederle acceso a su equipo para que reanuden sus visitas cuando lo consideren necesario.

—Ésas son buenas noticias general. La espera ha sido larga —respondió Sarah que se alegraba al fin de poder reanudar las investigaciones.

El general Thompson la miró sin hacer comentario alguno.

—Me temo que son las únicas buenas noticias que tengo para usted el día de hoy. Escúcheme bien, estoy seguro de que han oído sobre la crisis sanitaria sufrida en la ciudad de Los Ángeles desde hace varios meses —dijo el general.

—Todo lo que sabemos es que el ejército ha tratado de contener el brote epidemiológico surgido en la ciudad, pero los medios no cuentan con suficiente información al respecto.

—Los medios no informan al respecto porque han sido ordenados de no hacerlo —comentó el general con un tono frío y solemne—. Éste es un asunto de seguridad nacional pero en menos de una hora se convertirá en un asunto de carácter público.

—No entiendo a qué se refiere general —respondió Sarah.

—Escúcheme bien —advirtió Thompson—. La Organización Mundial de la Salud declarará muy pronto el estado general de pandemia a nivel mundial debido a la propagación de la enfermedad desconocida. Durante las últimas dos semanas, más de ciento veinte brotes epidémicos han surgido en decenas de países alrededor de los cinco continentes. Las autoridades de cada país cooperaron con nosotros para mantener el secreto con la esperanza de que sus sistemas de contingencia sanitaria dieran resultado, pero me temo que la enfermedad ha rebasado todos nuestros mecanismos de control.

—Eso es verdaderamente alarmante —comentó Sarah—. ¿De qué tipo de peligro estamos hablando general?

Thompson hizo una breve pausa antes de continuar.

—De uno grave —respondió tajantemente—. En un principio pensamos que podíamos detener el contagio a través de la terapia preventiva con antibióticos. La acción tuvo buenos resultados durante algunas semanas y por eso decidimos que no era momento para alarmar a la población. Usted debe entender que en estos momentos el pánico general de la ciudadanía es lo último que necesitamos.

Sarah reflexionó un instante sobre las declaraciones del general. El mundo se encontraba acongojado y seriamente perturbado en sus esquemas de vida tras los destructores terremotos y tsunamis, pero el peligro que una epidemia representaba era simplemente imposible de mantener en secreto.

—Pero este tipo de situaciones no pueden permanecer ocultas ante la opinión pública —objetó Sarah—. Al contrario, pienso que necesitan de toda la investigación y ayuda internacional posible para contener la epidemia.

—Lo sé, pero las circunstancias juegan ahora en nuestra contra —respondió el general—. Desde hace dos semanas nuevos brotes han comenzado a surgir en todas las latitudes del planeta y la terapia con antibióticos ha dejado de dar resultados. Nuestros médicos piensan que la bacteria original sufrió una mutación que la ha vuelto más resistente a nuestro arsenal bioquímico. Al día de hoy no contamos con ningún tratamiento efectivo para detener la infección.

—¿Nos encontramos prácticamente indefensos frente a ese microorganismo? —preguntó Sarah que sentía una intensa ansiedad.

—Estamos ensayando nuevas opciones con medicamentos más potentes pero los resultados no son muy alentadores —respondió Thompson—. El anuncio de la condición mundial de pandemia incluye las medidas que deberán de ser tomadas para aislar a los enfermos. Medidas que no le agradarán a nadie pero que será necesario implementar en el caso de que la enfermedad surja en el campamento.

Sarah pensó de inmediato en Kiara, Shawn y la familia de José, quienes habían estados expuestos a la enfermedad durante su estancia en la ciudad de Los Ángeles.

—El personal médico opina que las pruebas sanguíneas de los familiares del equipo arqueológico no muestran hasta ahora signo alguno de haber contraído la enfermedad —comentó Sarah con seguridad.

—Estoy enterado y he permitido que les levanten la cuarentena, pero el ejército aún discute si deben ser encarcelados por violar órdenes y traspasar el cerco sanitario. El coronel McClausky los puso en grave riesgo a todos ustedes al haber permitido su acceso, pero ahora no son ellos quienes nos preocupan.

Sarah Hayes escuchaba sin hacer comentario alguno. No deseaba empeorar la situación que vivían Kiara y la familia de José.

—Creo que no le comprendo, general.

—La situación es muy simple. Recuerde que decenas de efectivos del ejército han entrado y salido del campamento durante las últimas semanas para completar las tareas de reconstrucción e instalación de los sistemas de vigilancia. Estamos hablando de técnicos e ingenieros especializados. Todos ellos provienen de diferentes lugares del país donde ya se han presentado varios casos. Cualquiera de ellos puede ser un portador potencial del microorganismo. Con la bacteria reproduciéndose libremente en el medio ambiente, no contamos con seguridad alguna para prevenir un brote. Por desgracia los análisis de sangre resultan positivos únicamente cuando los síntomas han comenzado. Por lo que a la junta médica respecta, cualquiera de nosotros puede ser un portador asintomático de la bacteria —Sarah Hayes comenzó a sudar frío. La enfermedad podía ya encontrarse en el campamento sin que nadie lo supiera.

—De modo que es necesario que sepa que las más extremas medidas de seguridad serán aplicadas en el campamento en caso de ser necesario. Este proyecto es de vital importancia para nuestro futuro y será protegido hasta las últimas consecuencias. ¿Entiende claramente lo que le estoy diciendo doctora Hayes?

—Lo entiendo, general.

Thompson hizo una pausa antes de continuar.

—Necesitamos que redoblen su esfuerzo para utilizar esa fuente de energía lo antes posible. ¿Existe algún avance sobre la investigación?

Sarah estaba a punto de responder que no cuando cayó en la cuenta de que los experimentos que planeaba conducir dentro de la pirámide serían ahora observados por los militares. No podía ocultar por más tiempo la información que tenía respecto a las características del cuarzo. Su situación se comprometía más cada día tratando de ocultarlo. Ahora se encontraba entre la espada y la pared tratando de guardar el secreto por más tiempo.

—Tenemos información aún no corroborada sobre pruebas ejecutadas en los laboratorios de la NASA respecto a la composición de las incrustaciones de cuarzo de la galería de la pirámide subterránea.

—¿A qué pruebas se refiere? —preguntó el general.

Sarah explicó brevemente al general los descubrimientos del laboratorio.

—¿Por qué no nos había informado al respecto? —le reclamó Thompson de inmediato—. ¿Está diciendo que la estructura molecular del cuarzo fue manipulada mediante el uso de nanotecnología avanzada?

—Como le mencioné, tenemos que conducir las pruebas dentro de la pirámide para corroborar esta información. No le habíamos informado porque deseábamos tener un informe completo que mostrara los resultados de las pruebas. No especular sobre este asunto sino contar con conclusiones exactas sobre este hecho. Como podrá imaginarse, las implicaciones de este asunto son verdaderamente serias.

El general Thompson observaba a Sarah mientras buscaba más y más pretextos para justificar su silencio.

—No vuelva a poner a prueba mi paciencia, doctora Hayes —le respondió Thompson con tono amenazante—.

Es mi última advertencia antes de tomar medidas que pondrán fin a su carrera científica para siempre.

Sarah tragó saliva mientras observaba el duro semblante del general Thompson. Definitivamente que hablaba en serio sobre hundirla en una prisión por el resto de su vida.

—Si ese descubrimiento puede llevarnos a comprender el mecanismo de funcionamiento de la pirámide, debió habernos informado de inmediato —continuó el general—. El experimento que conducirá dentro de la galería será grabado y documentado por nuestros instrumentos en todo momento. Cualquier descubrimiento o conclusión sobre el funcionamiento de esa estructura me será inmediatamente informado. ¿Me comprende?

—Lo comprendo, general.

—Ahora necesito que me diga a qué se refiere con las implicaciones de este hecho.

Sarah se aclaró la garganta e hizo un esfuerzo por contener sus nervios.

—La NASA asegura que el conocimiento sobre la nanotecnología empleada para reprogramar la estructura molecular del cuarzo es completamente desconocida para la ciencia actual. Esto implica que la civilización que construyó la pirámide conocía y dominaba las leyes del universo en una escala mucho más avanzada que nuestra propia civilización. Ahora no nos cabe duda alguna al respecto.

—Pero, ¿cómo puede ser eso posible? —preguntó Thompson—. ¿Quién demonios construyó esa estructura? ¿Cuál es su origen?

—Me temo que ninguno de nosotros puede responder esa pregunta por ahora —respondió Sarah negando con la cabeza.

—¿Qué hay de los arqueólogos y las pruebas que han efectuado? Ellos deben tener por lo menos una idea del tiempo en que fue construida. ¿Para qué demonios les estamos pagando?

—El equipo de arqueólogos está realizando su trabajo, pero hasta ahora los resultados no nos han sido de mucha ayuda. De hecho, son alarmantemente inusuales. Odio decirle esto, general, pero las únicas pruebas con las que contamos apuntan a que la pirámide fue construida hace alrededor de trece mil años.

—¿Trece mil años? —reaccionó Thompson desconcertado—. No conozco mucho sobre la prehistoria de la humanidad pero jamás he escuchado sobre una civilización tan antigua.

—Nosotros tampoco, general. No existen registros sobre civilizaciones avanzadas en el continente americano durante ese periodo que corresponde a la última glaciación de nuestro planeta.

—¿Y qué hay del propósito de esa construcción? ¿Tienen alguna pista sobre el uso al que fue destinada esa pirámide?

—Ninguna —respondió Sarah—. Todo lo que sabemos hasta ahora es que los indígenas conocían de su existencia desde varios siglos atrás y que la llaman la pirámide de Etznab, que quiere decir la pirámide de los espejos.

—O sea que los locales cuentan con información respecto a su existencia —comentó Thompson—. Adviértales de inmediato que deben guardar el secreto o enfrentarán graves consecuencias.

—No va a ser necesario advertirles, general. Los indígenas han guardado celosamente el secreto durante siglos. Accedieron a hablarnos al respecto solamente porque nosotros descubrimos el sitio. De otra forma, le aseguro que jamás hubiéramos sabido de su existencia.

—Si ya accedieron a hablar con ustedes, entonces averigüe todo lo que saben al respecto. Gánese su confianza y obtenga toda la información posible.

—Eso es precisamente lo que estamos haciendo, general.

Thompson hizo una pausa mientras ordenaba un par de archivos sobre su escritorio. Sarah permanecía quieta observándolo por la pantalla.

—Hay un último asunto que necesito tratar con usted el día de hoy —continuó finalmente el general—. Se trata del ciudadano español que permanece en el campamento como ayudante de los arqueólogos.

—Lo escucho, general —respondió Sarah desconcertada.

—Desde hace un par de meses que la prensa europea rumora sobre el hallazgo del descubrimiento de un antiguo códice maya. Parece ser que cierta información correspondiente a la fecha de este pergamino se filtró a los medios y han comenzado las indagatorias con respecto a la autenticidad del documento. ¿Está usted enterada de este asunto?

—Lo estoy, pero esta polémica se centra exclusivamente en los círculos académicos europeos, por lo que no veo de qué manera pueda afectarnos.

—Nuestro personal de inteligencia reportó la presencia de varios reporteros españoles llegando a la península de Yucatán durante estas últimas semanas —respondió Thompson—. Parece ser que no se conforman con las versiones del museo y ahora están tras la pista del señor Andrés.

Sarah entendió de inmediato lo que sucedía. Era obvio que el departamento de defensa guardaba una cuidadosa vigilancia alrededor de los puertos de entrada al país para salvaguardar su secreto.

—No podemos permitir que este asunto atraiga la presencia de la prensa internacional hacia el sitio de la pirámide. Nuestro proyecto debe permanecer en absoluto secreto por lo que no podemos despertar sospecha alguna sobre nuestras operaciones en este sitio.

—¿Qué sugiere que hagamos, general? —preguntó Sarah.

—El señor Andrés deberá abandonar el campamento y tomar un avión hacia España lo antes posible. Entonces tendrá que hacer una declaración a la prensa en ese sitio para evitar que continúen buscándolo aquí.

Sarah entendió que era un asunto en el que no podía negociar. Rafael se vería obligado a obedecer y abandonar el campamento. La presencia de reporteros hurgando por información en la península de Yucatán era un problema serio que debían solucionar sin demora. Si la televisión se percataba de la presencia de los militares, entonces comenzarían a asediarlos día y noche entorpeciendo las investigaciones y poniendo en riesgo el éxito del proyecto.

—Comprendo, general. Hablaré con él hoy mismo respecto al asunto.

—No tan rápido doctora Hayes —advirtió Thompson—. No es tan simple como usted cree. Necesito que comprenda la situación antes de que hable con él. El señor Andrés dirá a la prensa exactamente lo que nosotros le indiquemos. Sus movimientos serán vigilados las veinticuatro horas y por favor asegúrese de que entienda lo que significa tratar de engañar a nuestro personal de inteligencia. Mis hombres tienen autorización para el uso de fuerza letal en caso de que el señor Andrés intente divulgar información sobre la existencia de este sitio.

—Las amenazas no son necesarias. Todos comprendemos el carácter confidencial de este proyecto.

—No son amenazas —corrigió Thompson—. Son directivas que forman parte del protocolo de seguridad necesario para llevar a cabo este tipo de operaciones. Sólo pídale al señor Andrés que obedezca y le aseguro que nuestro equipo respetará su integridad física en todo momento.

Sarah se despidió del general tras asegurarle que seguirían sus órdenes al pie de la letra. ¿Qué otra cosa podría hacer? Su equipo redoblaría el esfuerzo hasta que su objetivo fuera alcanzado. El general le informó por último que el reemplazo del coronel McClausky llegaría al campamento al día siguiente.

Sarah abandonó la sala y miró al coronel hablando con uno de sus subordinados. Se aproximó a él.

—Acaban de informarme que el día de mañana llegará su reemplazo —le dijo directamente.

El coronel McClausky ordenó a su subordinado que se retirara.

—Así es, doctora Hayes. Mañana mismo tengo que presentarme ante la junta disciplinaria del ejército. Pero el teniente Mills permanecerá en el campamento por tiempo indefinido. Estoy seguro de que seguirá cuidando de su seguridad tan bien como lo ha hecho hasta ahora.

Sarah agradeció al coronel por su constante preocupación para mantener el campamento a salvo. Luego lo miró y se preguntó por qué estaría recibiendo un castigo en lugar de una medalla. ¿Qué demonios sucedía con este mundo? Había rescatado a una ciudadana norteamericana en peligro y ahora enfrentaría el final de su carrera por actuar de acuerdo a su juramento de proteger y salvaguardar la libertad de todos sus conciudadanos.

—Antes de que se marche coronel, quiero que sepa que lo considero el hombre más honesto y valiente que he conocido en toda mi vida —le dijo Sarah —. Nunca olvidaré la forma en que cumplió su juramento y cómo le regresó la esperanza a esa pobre familia. Ha sido un gran honor y un privilegio haber estado este tiempo bajo su protección.

—Gracias, doctora Hayes. Mi carrera aún no termina y le aseguro que voy a estar al pendiente de lo que sucede con ustedes. Si desea contactarme diríjase al teniente Mills. Ambos combatimos juntos por largos años. Él sabrá dónde encontrarme.

Sarah se despidió del coronel agradeciendo sus atenciones. Salió de la carpa y se dirigió al comedor sólo para darse cuenta de que ya nadie se encontraba ahí. Siguió de largo hasta el centro de operaciones donde Daniel revisaba el contenido de varias carpetas frente a su computadora. Sarah, consciente de las cámaras y micrófonos que los vigilaban, le pidió que la acompañara a dar un paseo. Daniel la miró extrañado.

—¿Qué sucede Sarah? —le preguntó tan pronto se sintieron lejos de la vigilancia de las cámaras.

Sarah le confesó en voz baja que había revelado al general Thompson toda la información concerniente a las propiedades del cuarzo.

—¿Para qué demonios hiciste eso? —le reclamó Daniel sorprendido—. ¿Acaso ahora decidiste unirte a su campaña?

—No tenía otra alternativa —se defendió Sarah—. No podemos efectuar las pruebas dentro de la galería sin que los militares lo sepan. Las cartas se volvieron en nuestra contra. ¿No lo entiendes? Si seguimos mintiendo nos arrojarán a una prisión antes de lo que te imaginas. Eso te lo aseguro.

Daniel refunfuñó en silencio sobre la situación.

—Necesitamos hablar con el profesor Mayer —continuó Sarah—. Él tiene más experiencia tratando con esta gente. Seguro que conoce mejor sus debilidades.

Ambos se dirigieron al laboratorio donde Mayer trabajaba aún en el diseño del nuevo generador. En las últimas semanas había recibido cajas y cajas con maquinaria y dispositivos electrónicos que se encontraban en un completo desorden a lo largo y ancho de la carpa. Dos técnicos asistidos por personal militar revisaban los contenidos mientras Mayer observaba cuidadosamente varias hojas de planos extendidas sobre una enorme mesa de trabajo.

Sarah lo llamó en cuanto hubieron entrado al lugar. El profesor se acercó a saludarlos.

—Tengo un asunto urgente que debo tratar con usted profesor —le dijo Sarah.

Mayer la miró extrañado mientras les ofrecía algo de tomar. Todos se sentaron en una mesa y Sarah le revelaba todo respecto a la información que poseían sobre el cuarzo de la galería. El profesor se sorprendía cada vez más al escucharla.

—¿Hasta ahora se le ocurre revelarme un descubrimiento de esa magnitud? ¿Se da cuenta de lo que significa? —le reclamó Mayer con un áspero tono de voz.

—Creemos darnos cuenta de lo que significa —respondió Sarah tímidamente.

—Si el cuarzo de la galería representa los circuitos de funcionamiento de esa construcción, hemos estado perdiendo un tiempo valiosísimo. El control sobre el mecanismo que gobierna la pirámide nos llevaría directo a comprender el propósito de su edificación. Eso nos daría el poder absoluto para operarla y quizás extraer la energía que necesitamos. ¿Cómo diablos planeaba efectuar las pruebas sin nuestro conocimiento?

Sarah no encontraba qué decir y prefirió quedarse callada.

—Lo siento mucho, doctora Hayes, pero con esa actitud no creo que podamos trabajar juntos en este asunto —la enfrentó Mayer.

—Hemos venido aquí a disculparnos con usted profesor —respondió Sarah—. Usted sabe mejor que nadie que ambos deseamos comprender cuanto antes el funcionamiento de la pirámide para obtener la energía del vacío. Sin embargo tiene que entender que no estamos acostumbrados a trabajar bajo amenazas y vigilancia continua. Además, todo mundo esconde algo en este sitio. Usted mismo nos ha estado informando a cuentagotas sobre sus verdaderos planes. Eso no lo puede negar.

Mayer hizo un gesto de exasperación al escucharla. Luego observó hacia arriba. Daniel y Sarah se dieron cuenta de que las cámaras estaban enfocadas sobre ellos. El profesor se levantó para dirigirse fuera de la carpa. Ambos entendieron sus intenciones y lo siguieron. Se alejaron un poco del perímetro de vigilancia hasta que Mayer rompió el silencio.

—Si vamos a trabajar juntos en nuestro plan necesito que me mantenga informado sobre todos sus descubrimientos, doctora Hayes. ¡Tiene que confiar en mí, maldita sea! Eso ya lo habíamos acordado.

—Confiamos en usted profesor, sólo queríamos estar seguros de lo que los laboratorios habían descubierto. Nos disponíamos a conducir nuestro experimento cuando el campamento fue atacado. Después los militares nos cerraron el acceso y hasta ahora no hemos podido probar que los laboratorios de la NASA están en lo correcto.

—No hay duda de que existe un tipo de manipulación en la estructura del cuarzo —argumentó Mayer—. Sus científicos no se equivocan. Los microscopios electrónicos les mostraron la estructura molecular alterada. Ahora necesitamos comprender el patrón de codificación para activar poco a poco las funciones de la pirámide y ver hacia dónde nos conduce.

Sarah y Daniel asintieron con la cabeza. Mayer se disponía a hablar de nuevo cuando observó a Elena Sánchez que se acercaba a toda prisa hacia donde ellos se encontraban. Algo en su rostro delataba una notoria ansiedad. Daniel caminó hacia ella para recibirla.

—La Organización Mundial de la Salud se prepara para emitir un mensaje muy importante. El doctor Jensen me pidió que viniera a buscarlos.

El grupo se dirigió hacia el centro de operaciones donde una enorme pantalla de plasma transmitía la cobertura mundial de una reunión urgente de jefes de estado. Los dirigentes de la gran mayoría de las naciones se encontraban ahí. El vocero de la OMS tomó la palabra para dirigirse a todas las cadenas de televisión del mundo. A partir de ese momento la organización declaraba el estado general de pandemia a nivel mundial debido a la aparición de decenas de brotes de la enfermedad desconocida surgida en la ciudad de Los Ángeles.

La enorme sala de prensa se cimbró en silencio al escuchar tan terrible noticia.

El mensaje añadía que la cepa responsable de la enfermedad aún no había sido claramente identificada pero se creía que se trataba de una cepa mutante con una notable capacidad de supervivencia en el medio ambiente. El vocero de la organización aseguró que era la primera vez que la humanidad enfrentaba a ese microorganismo cuyo origen era completamente desconocido.

—Se ha establecido un protocolo internacional aprobado por todos los países de la organización para el manejo y tratamiento de las posibles personas infectadas —añadió—. Este protocolo estará respaldado por todas las agencias sanitarias y corporaciones policiacas del orbe. Éstas trabajarán en conjunto para salvaguardar el bienestar de la población. Con gran pesar les informo que todas aquellas personas que presenten síntomas deberán ser aisladas por completo dentro de instalaciones especiales para evitar la posibilidad de un contagio generalizado.

La sala estalló en murmullos mientras el vocero continuaba con su declaración.

—Toda persona que presente los siguientes síntomas deberá cubrirse la boca y nariz de inmediato y acudir a las zonas de contingencia del hospital más cercano para realizarse una prueba de sangre. El paciente deberá evitar todo contacto con las demás personas incluyendo a sus seres queridos. Tenemos pruebas de que la enfermedad puede ser contagiada por medio de contacto físico al estar expuesto al sudor, saliva, sangre o cualquier otro fluido corporal. En caso de que la prueba resulte positiva, todos aquellos que compartan el hogar con la persona infectada deberán seguir el mismo protocolo para determinar si son o no portadores de la bacteria.

Los científicos escuchaban sorprendidos las medidas de seguridad que recomendaban asistir con tapabocas a todos los lugares públicos, incluidos los sitios de trabajo. Todos los empleados gubernamentales realizando tareas de contacto público se verían obligados a utilizar tapabocas y guantes de látex para evitar el contacto con otras personas. Los sitios habitados o frecuentados por alguna persona infectada serían clausurados de inmediato y sujetos a una esterilización química antes de poder ser abiertos de nuevo. Tanto las casas como oficinas donde se detectara un brote serían clausuradas y puestas en cuarentena de inmediato. Las empresas afectadas tendrían que mover sus operaciones a otro sitio durante el tiempo que durara el proceso de esterilización mientras que todas las personas que tuvieran contacto con un enfermo serían puestas en cuarentena.

Los ánimos comenzaron a acalorarse dentro de la reunión mientras decenas de periodistas exigían a gritos que sus preguntas fueran respondidas. El vocero pidió calma en la sala y comenzó a escuchar las preguntas de los reporteros.

—¿Qué tan peligrosa es la enfermedad y cuáles son las posibilidades de vida para un contagiado? —preguntó el primero.

—Existen hasta ahora dos tipos de cepas identificadas con la enfermedad —respondió el vocero—. Lamento informarles que la primera de ellas ha mostrado ser completamente mortal. Por desgracia ésta es la más común. La segunda cepa se encuentra aún bajo estudio y no sabemos si será posible salvar la vida del paciente. La mayoría de los casos que tenemos han caído en coma después de algunos días de haber comenzado los síntomas. Aún no sabemos si estos pacientes sobrevivirán.

—¿Cuántas personas infectadas existen y cuántas muertes confirmadas hay?

—Al día de hoy tenemos un número de dos mil trescientas cuarenta y dos muertes confirmadas y alrededor de seis mil setecientas personas infectadas alrededor del planeta.

Toda la sala reaccionó ante los números. La enfermedad se extendía sin que las medidas precautorias pudieran evitarlo.

—¿Se puede aminorar el riesgo de contagio tomando antibióticos de amplio espectro?

—La terapia con antibióticos demostró ser útil durante un par de semanas pero ahora creemos que sólo indujo a la bacteria a mutar. Las medidas de protección recomendadas son más útiles que el uso indiscriminado de antibióticos. La OMS ha recomendado a todos los doctores del mundo que se abstengan de prescribirlos como medida precautoria.

Las preguntas continuaban mientras todos los científicos enmudecían al hacerse conscientes de la gravedad del problema. El profesor Mayer observaba los acontecimientos. Sus peores temores se habían transformado en realidad. El agente gris se estaba reproduciendo libremente en el ambiente y en pocos meses había llegado a los cinco continentes. Ahora sólo esperaba que la humanidad fuera capaz de detener al implacable asesino antes de que fuera demasiado tarde.

Capítulo 4

El intenso ruido de la pesada maquinaria de impresión ensordecía el ambiente mientras William Sherman caminaba a lo largo del extenso pasillo que lo conduciría hasta el interior de un elevador. Presionó el botón para ascender y observó a través del cristal las inmensas instalaciones llenas de un sofisticado equipo industrial que se movía sin cesar. Llegó hasta el piso superior y se dirigió hacia una oficina privada. El director de su equipo de seguridad lo esperaba en la antesala y tras un formal saludo ambos entraron a la oficina. Grandes ventanas al lado opuesto de la entrada revelaban una enorme extensión de terreno atravesada de un lado a otro por una larga pista de aterrizaje. Cuatro enormes Boeing 747 de carga lucían estacionados al lado de otros grandes aviones militares cerca de un hangar a medio kilómetro de la fábrica. Sherman tomó asiento en su escritorio mientras su acompañante se ubicaba frente a él. El director de seguridad cortó el silencio.

—Tengo un asunto importante que debo comunicarle, señor Sherman.

—¿Y bien? —preguntó él—. ¿De qué asunto se trata?

—Una mala noticia, señor —respondió el director—. Los consorcios bancarios han averiguado la identidad del programador que contratamos para intervenir su sistema de información. Nuestro equipo de vigilancia interceptó las comunicaciones del grupo de tarea que fue contratado para capturarlo.

William Sherman le prestó su total atención de inmediato. El programador era un peligroso eslabón de la cadena que lo vinculaba con el robo de información de las centrales financieras. Sherman se había valido de ésta para convencer al grupo de los ocho de respaldar su plan de reordenamiento mundial del mercado financiero. Al disponerse a arrebatarles el poder económico a los grandes consorcios internacionales, tenía que proteger su plan contra cualquier filtración. El programador era un cabo suelto que había decidido no eliminar, debido a su destreza para intervenir y robar datos de los más complejos sistemas financieros de seguridad. Sherman sabía que quien cometió el error que había alertado de la intrusión a los bancos fue su propio personal.

—¿Y tuvieron éxito? ¿Se encuentra en su poder ahora?

—Negativo, señor Sherman. No se encontraba en su departamento cuando fueron a capturarlo. Nuestro contacto en Zürich confirma que abandonó la ciudad desde varios días antes. Sin embargo, el grupo de tarea le sigue la pista por toda Europa.

William Sherman se aproximó a su escritorio para sentarse. Su semblante denotaba cierta ansiedad.

—¿Por qué es tan importante para los consorcios capturarlo? ¿No es suficiente con reprogramar sus sistemas computacionales para restablecer su seguridad? —inquirió.

El director se sentó en uno de los sillones de la oficina.

—Creo que se trata de un asunto más complejo. Tenemos información que sugiere que el programador estuvo accediendo por su cuenta a los sistemas de archivos bancarios aún después de haber cumplido con su contrato.

—¿Cómo dice? ¿Qué se proponía al seguir espiando las operaciones privadas de los consorcios? —preguntó Sherman sorprendido ante tal afirmación.

—Eso aún no lo sabemos —respondió el director—. Pero de acuerdo a las transmisiones que interceptamos, el programador logró robar varios archivos confidenciales. Probablemente estaba buscando la forma para hurtar grandes cantidades de dinero o vender los archivos de datos al mejor postor. De todas formas, los bancos lo saben y están tratando de recuperar la información robada. Nuestro contacto informa que el grupo de tarea tiene órdenes de capturarlo con vida.

William Sherman se levantó de su escritorio.

—Eso no podemos permitirlo. Su captura podría comprometer nuestro plan y alertar a los consorcios sobre lo que se avecina. Dé la orden de que sea encontrado y liquidado de inmediato. Que destruyan cualquier tipo de evidencia que haya podido generar.

El director no hizo ningún comentario.

—¿Qué sucede? —preguntó Sherman con clara exasperación.

—Sólo estaba pensando que si el programador decidió continuar con el espionaje por su propia cuenta debe al menos tener un plan concebido. Lo cual nos indica que podría tener uno o más cómplices. Quizás sea mejor seguirle la pista y averiguar lo que se propone antes de eliminarlo, pero ésa es su decisión.

—¡Captúrenlo y sométanlo a interrogatorio lo antes posible! —gritó Sherman retractándose de su anterior orden. Luego alzó su mano derecha apuntando con su dedo índice a su subordinado—: Y no escatime recursos para dar con su paradero. ¡Quiero resultados inmediatos en este asunto!

Un suave toquido sobre la puerta resonó en ese momento. Se trataba de una empleada que empujaba un carrito con el desayuno de Sherman. Éste le indicó que se acercara y ella arrastró el carrito cerca de su escritorio.

Sherman ordenó al director que se retirara y solicitara que le hicieran llegar las muestras de impresión que había estado esperando toda la mañana. El director salió de la oficina y Sherman se dirigió hacia el carrito para observar su desayuno. Tomó un vaso con jugo de naranja y caminó lentamente hacia una de las ventanas panorámicas para contemplar el enorme complejo desde donde llevaba a cabo la operación más importante de su vida. Se encontraba a tan sólo unos días de ejecutar su plan maestro y no podía permitir que nada interfiriera con su agenda. Los consorcios bancarios tenían que ser tomados por sorpresa o la fase final de su plan se vendría abajo desde antes de haber comenzado.

William Sherman apuró el vaso de jugo y se dio media vuelta para escoger entre los platillos. Esa mañana había vuelto a sentir problemas con su úlcera y se decidió únicamente por un omelett con espinaca. Se sentó en su escritorio y lo probó cuando a los pocos minutos escuchó que lo buscaban. Sherman alzó la voz para permitir el acceso a su oficina. Uno de sus colaboradores entró a la oficina cargando una pesada caja que depositó justo frente a él.

—Aquí están las muestras que solicitó, señor Sherman.

Con un gesto le indicó a su colaborador para que se retirara. Hizo a un lado su plato aún sin terminar y tomó la caja con ambas manos. Entonces, sacó un enorme paquete de billetes de denominación de cien *petros*. Era la nueva moneda que se disponía a lanzar al mercado como parte de su plan. Alcanzó una lupa sobre su escritorio y analizó cuidadosamente la microimpresión grabada en el billete. Luego observó los cintillos metálicos de seguridad y los hologramas sensibles al tacto. A continuación realizó el mismo procedimiento con los demás billetes de las diferentes denominaciones. El extraño símbolo 8 aparecía reluciente en las esquinas de todos éstos. Por último, siguió con las monedas de plata. Una leve sonrisa se esbozó sobre su rostro. Muy pronto alcanzaría el poder que tan minuciosamente había planeado adquirir.

La impresión de la nueva moneda lo erigiría como amo y señor del nuevo orden mundial. En pocos días se encontraría en posición de acabar de una vez por todas con el viejo sistema bancario. Sherman disfrutaba de su contemplación cuando la tenue luz roja de su intercomunicador parpadeó. Levantó el auricular y escuchó la voz de una de sus empleadas.

—Señor Sherman, el Marine 2 está aterrizando justo en estos momentos.

Sherman colgó el auricular y se levantó de su silla para observar a través de las ventanas el enorme helicóptero del general Thompson, que llegaba exactamente a la hora planeada. Dio la orden para que lo esperara en el piso de abajo y se dirigió de inmediato a la puerta. Bajó en el elevador hasta el nivel inferior de la fábrica y al entrar al pasillo principal observó al general Thompson que se acercaba custodiado por un equipo de seguridad militar. Sherman se detuvo frente a la principal línea de impresión.

—Bienvenido al mundo del futuro —le dijo Sherman.

Thompson observó la cadena de miles de billetes que eran impresos en las poderosas máquinas. Saludó formalmente y luego invitó a Sherman a caminar a través de la fábrica. Ordenó a su equipo de seguridad mantenerse a una distancia discreta y empezó a conversar con William Sherman.

—Parece que el plan marcha según lo acordado —comentó Thompson.

—El inventario de papel moneda quedará listo en una semana. Tendremos suficiente para cubrir la demanda inicial de sustitución de la vieja moneda. Entonces comenzaremos a transportarlo hacia las principales ciudades del país donde la población comenzará con el canje. El *petro* nos dará el control absoluto de la economía mundial una vez que se establezca su uso en la población.

—Será un movimiento muy arriesgado en estos momentos —agregó Thompson con un áspero tono de voz—. La operación deberá realizarse bajo el mayor de los secretos.

No podemos permitir que algo de esto salga a la luz antes de tiempo. Los consorcios bancarios controlan aún el mercado financiero.

—Es un paso arriesgado pero necesario —afirmó Sherman—. Tal y como lo predije, la economía está a punto de sufrir un gran colapso. Los embates de las fuerzas naturales aceleraron su caída. Debemos estar listos para actuar antes de que los gobiernos pierdan el control sobre la población. Así tomaremos a los consorcios por sorpresa y nos aseguraremos de terminar con su hegemonía.

Thompson miró fijamente a Sherman. Desafortunadamente tenía razón. Los desastres naturales estaban causando un enorme problema de desabasto en las grandes ciudades. El desempleo, sumado a las enormes pérdidas económicas, encendía el ánimo de cientos de miles de personas que veían su futuro con incertidumbre. Necesitaban a toda costa recuperar una economía funcional o el orden social se resquebrajaría desde sus cimientos. Sin duda Mayer había tenido razón con sus predicciones. Su único error había estado en el margen de tiempo. Las cosas estaban sucediendo mucho antes de lo previsto.

—Estoy de acuerdo contigo —afirmó Thompson—. Sólo que tanto yo como parte del grupo deseamos otra alternativa al plan de reducción en la disponibilidad de crudo. Es demasiado riesgoso. El desabasto de bienes de consumo crece día a día alrededor de las ciudades. Esto afecta negativamente el ánimo de las personas. La escasez de combustible sería el golpe final que podría desatar la violencia generalizada. Cientos de grandes industrias se verían afectadas en sus procesos de producción con la falta del energético. Incluso podrían caer en la quiebra de la noche a la mañana si el mercado financiero reacciona con pánico ante la noticia. Creo que debemos elaborar otra estrategia para ponerle fin al actual sistema bancario.

Sherman observó cuidadosamente al general. Luego frunció el ceño y lo miró amenazante.

—¡No existe otra estrategia para lograrlo! —se sulfuró Sherman—. ¿Acaso crees que los consorcios nos cederán sumisamente el poder económico simplemente porque así lo deseamos? ¿Crees que serían tan estúpidos para no defender a muerte su imperio? ¡Ellos han controlado la economía mundial por más de un siglo, maldita sea! ¡La única forma de arrebatarles el poder es precipitando el colapso de su sistema!

—¡A ti te parece muy fácil decirlo porque jamás te ocupas de observar lo que sucede a tu alrededor! —objetó Thompson con firmeza—. Si el petróleo escasea aunque sea tan sólo por unas pocas semanas, toda la cadena de suministros que sostiene el orden social podría colapsarse orillando a la población a la violencia para obtener los bienes para su sustento. ¿No te das cuenta? Si el petróleo escasea enfrentaríamos un caos como nunca antes ha existido a nivel mundial.

Sherman se acercó a Thompson para enfrentarlo.

—Ese escenario se encuentra más cerca de lo que crees —afirmó con seguridad—. Y no depende únicamente del petróleo. El sistema bancario se derrumbará muy pronto debido al desabasto de alimentos. Esto producirá un colapso social peor del que te imaginas. Al precipitar su caída, nosotros tendremos la oportunidad de enmendar el daño en menor tiempo. En un par de semanas restableceremos el orden mediante el uso del *petro*. Lo que tú no comprendes es que la nueva moneda dará certidumbre a la población sobre el valor de su dinero. El ánimo en la población del que tú hablas se debe a que la moneda está perdiendo su poder adquisitivo. Ése es el resultado de la política mundial de sobreendeudamiento sostenida por décadas.

—Lo que da certidumbre a la gente no es el tipo de moneda que usan, sino el que los productos estén disponibles en todo momento para ser adquiridos —objetó Thompson de nuevo—. Tú lo acabas de decir. La existencia de suministros en las cadenas de consumo es lo que mantiene calmada a la población. Nuestro problema se centra ahora en esas grandes cadenas de distribución. Los productos ya no están disponibles en los supermercados. Estamos perdiendo miles de cosechas mientras grandes tierras de cultivo se inundan. Los animales comienzan a perecer por falta de forraje. Es un escenario catastrófico si no conseguimos restablecer la producción de alimentos básicos.

Sherman comenzó a caminar en círculo con un claro semblante de impaciencia.

—La economía se colapsará sin importar lo que hagamos. No es posible producir alimentos de la noche a la mañana. La única solución por el momento es importarlos. Pero con la economía derrumbándose, los países productores especularán con los precios hasta que la actual moneda no valga nada. Saben que necesitamos comprar sus alimentos para nuestra población y utilizarán su ventaja estratégica en nuestra contra. Así son las leyes del libre mercado.

—Eso ya lo están haciendo —intervino Thompson—. Los precios de las importaciones se elevaron casi al doble en un par de meses. Los precios de los productos básicos están causando la mayor inflación sufrida por el país en décadas.

—Eso es lógico y te aseguro que no se detendrán ahí. Seguirán especulando con los precios de sus productos hasta que la inflación en nuestro mercado interno acabe con nuestra economía. Por eso la única solución consiste en retirar la disponibilidad de crudo del mercado. Con esta medida los precios del petróleo llegarán a las nubes y solamente aquella moneda que esté respaldada por el energético tendrá valor en los mercados internacionales. Así es como retomaremos el control sobre la economía mundial y acabaremos con esa especulación sobre los precios de los alimentos.

El general Thompson analizaba cuidadosamente las palabras de William Sherman. Definitivamente su plan era arriesgado pero tenía cierta lógica. Sabía que los países productores pronto intentarían obtener tecnología con sus enormes ganancias para modernizar sus sistemas y hacer crecer su economía de producción. Si esto sucedía, países dominantes como los Estados Unidos y sus aliados europeos muy pronto perderían el control sobre las economías emergentes.

Durante más de un siglo, su negocio se había basado en comprar alimentos baratos a los países subdesarrollados mientras les vendían tecnología cara. Este esquema había inclinado la balanza a su favor y sometido por décadas a los países del tercer mundo. Las monedas dominantes como el dólar y el euro se habían fortalecido por años mediante este control del comercio internacional. Pero ahora el esquema se había tornado justamente hacia el lado contrario. Los alimentos escaseaban y la tecnología abundaba. El pueblo podía vivir sin tecnología pero no sin alimento.

—El plan se llevará a cabo justo como está planeado —continuó Sherman—. Lo que tus aliados del grupo no han previsto es que con el inminente colapso sus grandes fortunas están a punto de convertirse en polvo. La tecnología que producen sus fábricas valdrá menos de unos cuantos centavos en cuanto el hambre se generalice en la población. Cometieron un gran error al confiar en los consorcios bancarios y valuar su riqueza en acciones y divisas. Ahora tienen dos opciones solamente: apoyar nuestro plan o hundirse en la miseria para siempre.

Thompson escuchaba atentamente. La macroeconomía de mercado era un tema en que lo superaba por completo. Era inútil discutir más sobre el asunto. Necesitaba llegar a un acuerdo para ejecutar el plan sin errores.

—El grupo de los ocho te apoyará al igual que yo —afirmó Thompson que conocía el riesgo por el que atravesaban

las grandes fortunas del grupo—. Sólo te advierto que debes
estar preparado a enfrentar cientos de miles de manifestantes
y el correspondiente caos público. Los ánimos de la población no favorecen en estos momentos la toma de medidas
tan drásticas. La transición a la nueva moneda deberá efec-
tuarse de manera ordenada y contundente. No puede haber
vacilaciones. Sin embargo, todavía no podemos actuar. Los
consorcios bancarios no han anunciado aún sus medidas de
restructuración como habíamos esperado. Necesitamos que
cometan un error para encarcelar a sus líderes.

Sherman se inquietó. Había previsto que los consorcios
reaccionaran de inmediato con un plan de reestructuración
pero esto no sucedía. El sistema bancario se sostenía de un
hilo y no se decidían a actuar. Sabía que para fortalecer su moneda estarían obligados a adjudicarse todos los bienes adeuda-
dos mientras que los gobiernos serían forzados a implementar
extremas medidas de austeridad para reducir su déficit presu-
puestario. El poder de su economía tendría ahora que estar
respaldado por un manejo conservador de las finanzas públicas y privadas. Esto significaba el alza de impuestos y recortes
presupuestales en programas sociales de salud, jubilaciones y
otros, para amortizar la enorme deuda adquirida en décadas
pasadas. Pero esto causaría una gran recesión y el enardeci-
miento de una población ya golpeada por una severa crisis
que veía que, a pesar de todo, políticos y banqueros seguían
enriqueciéndose a costa del sufrimiento de los demás. Éste
era el pretexto que esperaban para encarcelarlos y contar con
la aprobación pública. Las medidas a tomar por los bancos
centrales sólo eran cuestión de tiempo y él lo sabía.

—Los consorcios se verán obligados a actuar muy
pronto —aseguró Sherman—. Entonces los tendremos justo
donde los necesitamos para llevar a cabo nuestro plan.

Thompson se detuvo para observar la enorme maquinaria de la fábrica que continuaba imprimiendo miles y

miles de billetes de la nueva moneda. Confió en la capacidad analítica de su aliado. Su mente volvió su atención hacia los demás asuntos que necesitaba tratar ese día y entonces advirtió a Sherman que existía una situación más grave de la que tenían que hablar. Una situación frente a la que no era posible esperar más.

—El problema con el agente gris está creciendo día con día y nos estamos quedando sin opción alguna para enfrentarlo. ¿Tienes alguna noticia sobre la producción de la vacuna?

—Ninguna —respondió Sherman fríamente ante un tema que odiaba enfrentar—. Los malditos científicos encuentran más y más pretextos para justificar su fracaso.

—Sabes que necesitamos un medio de protección lo antes posible —presionó Thompson—. La enfermedad está a punto de salirse de control en cualquier momento. Tienes que presionar a los laboratorios para que lo logren lo antes posible.

Sherman lo miró revelando un semblante de clara impaciencia.

—Mientras los gobiernos tomen las medidas necesarias para aislar a los enfermos estaremos bien —argumentó Sherman—. Así han sido controladas con éxito todas las epidemias que han aparecido a través del tiempo. Sólo asegúrate de que los cercos sanitarios se mantengan completamente herméticos dentro de las poblaciones afectadas.

—Esta bacteria es diferente a todas las que hemos enfrentado —objetó Thompson—. Ya demostró su capacidad de mutación y supervivencia de una manera vertiginosa. No podemos confiarnos de los malditos sistemas de salud pública. Eso lo sabes bien. Necesitamos una vacuna que nos proteja contra el contagio. Hasta que no la tengamos, no podremos dormir tranquilos frente a esta amenaza.

Sherman comenzó a caminar rumbo al elevador indicándole al general que lo siguiera. Los dos subieron hasta la oficina principal. Ahí Sherman pidió que lo comunicaran con los laboratorios de investigación de la corporación y exigió que localizaran de inmediato a los responsables del complejo. Habló con ellos por espacio de unos minutos y luego ordenó que lo comunicaran al campamento de investigación con el profesor Mayer, quien atendió la llamada de inmediato. Sherman le ordenó que se preparara para viajar a los laboratorios de la compañía en el norte del país. Se encontrarían ahí en un par de días para informarle sobre los avances en el proyecto de producción de la vacuna. Ninguna enfermedad o epidemia iba a evitar que llevara a cabo su plan maestro en unos pocos días.

Capítulo 5

La felicidad y el júbilo reinaban en el comedor del campamento mientras Kiara y sus padres disfrutaban al poder reunirse de nueva cuenta. Los exámenes del laboratorio habían confirmado los resultados negativos del contagio y Kiara, Shawn, Leticia y su hija habían terminado con la cuarentena. Kiara observaba detenidamente a su madre y sujetaba su mano con firmeza. A pesar de sus largos años de cautiverio, resaltaba la belleza en su rostro que luchaba poco a poco por recuperar la armonía perdida. Aún no habían tenido tiempo para hablar a solas, y Kiara odiaba el sentimiento de vacío que prevaleció en ella durante el tiempo que habían estado separadas. Quería saber exactamente dónde había estado y cómo logró sobrevivir. Pero algo en su ser intuía que su madre le hablaría al respecto hasta que se sintiera preparada para hacerlo. Su padre le advirtió unas horas atrás que ella se encontraba en recuperación psicológica tras largos años de trauma. Psicólogos militares la atendían para apoyarla con terapias y evaluar su condición clínica.

Kiara observó a José y Leticia que se abrazaban cariñosamente mientras la pequeña Aurora disfrutaba comiendo un pequeño pedazo de pastel con helado. Un sentimiento de satisfacción interna la inundaba al darse cuenta de que al fin habían logrado reunirse con sus seres queridos. Sin embargo, al otro lado de la mesa, Shawn permanecía callado y sumido en sus pensamientos. Kiara lo observó y se disculpó con su madre por unos momentos. Luego le hizo una seña a Shawn para que se retirara un poco a hablar con ella.

—¿Qué te sucede Shawn? —le preguntó.

Él titubeó por unos instantes para luego mirarla a los ojos y decirle con voz trémula:

—Sé que quizás no es el mejor momento para decirte esto. No quiero arruinar tu felicidad, pero no puedo dejar de pensar en mis padres y la situación que enfrentan en California.

Kiara lo comprendió. Su mirada de preocupación delataba sus sentimientos. Ambos sabían que la situación que enfrentaba su familia tras el terremoto era verdaderamente adversa.

—¿Qué es lo que deseas hacer? —inquirió Kiara nerviosamente.

—Necesito regresar a Sacramento para ayudar a mi padre a restablecer su negocio —respondió Shawn bajando la mirada—. No puedo quedarme aquí pensando todo el tiempo lo pronto que se encontrarán en la ruina económica. Detesto la idea de separarme de ti, pero ellos necesitan mi ayuda en estos momentos.

Un escalofrío atravesó el corazón de Kiara en cuanto comprendió que Shawn habría de marcharse muy pronto del campamento.

—Te entiendo, Shawn —le respondió abrazándolo.

Un par de lágrimas comenzó a correr por las mejillas de ambos. Shawn la apretó con fuerza.

—Te prometo que volveré contigo en cuanto la situación económica de mi familia mejore.

Las lágrimas de Kiara comenzaron a caer en abundancia al enfrentar el dilema. La lucha interna entre sus sentimientos de amor y frustración la resquebrajaba. Después de meses de permanecer juntos día y noche, no podía soportar la idea de separarse de él de manera tan abrupta, menos aún tras el accidente en altamar en el que Shawn casi pierde la vida. Y mientras sollozaba de dolor, no entendía por qué su destino la orillaba siempre a alejarse de sus seres queridos. Shawn también lloraba mientras la abrazaba cada vez más fuerte. Era una situación que ninguno había previsto. Tras el difícil tiempo que habían pasado en el albergue de refugiados, habían acordado permanecer juntos sin importar las circunstancias. Pero ahora, un nuevo golpe del destino se interponía entre ellos.

—No llores más —le pidió Shawn—. Lo haces más difícil para mí.

Kiara asintió. Se secó las lágrimas con la manga de su blusa y tomó a Shawn de la mano.

—Tendrás que llamarme para saber cómo te encuentras —le pidió Kiara mirándolo a los ojos—. Prométeme que cuidarás de ti en todo momento y que no te expondrás a ningún peligro en la ciudad.

Shawn le prometió que así lo haría. Entonces ambos dieron media vuelta para regresar al comedor. A su regreso se encontraron con la madre de Kiara afuera. Había estado observándolos desde la distancia. Kiara se aproximó a ella. Shawn se disculpó y entró al comedor de nuevo para dejarlas a solas.

—¿Qué sucede hija? —le preguntó María—. ¿Por qué estás llorando?

Kiara le explicó brevemente la situación y su madre la abrazó cariñosamente.

—Sé lo difícil que es para los dos enfrentar su separación —respondió María—. Toda la humanidad enfrenta tiempos difíciles. Nuestro destino es incierto también. Pero lo importante es que ahora estaremos juntas otra vez. Debes pensar en eso también. No tienes idea de lo que significó para mí estar alejada de ti y tu padre durante todo ese tiempo. Pensé que nunca más volvería a verlos. Ahora quiero que seamos felices juntas y que recuperemos esos años que el destino nos arrebató. He hablado con tu padre durante todo este tiempo sobre nuestra situación. Tenemos que empezar a tomar decisiones sobre nuestro futuro.

Kiara escuchaba con atención. Sus sentimientos de dolor por la partida de Shawn y de felicidad por tenerla de vuelta se cruzaban, creando un torbellino emocional que amenazaba con enloquecerla. Lentamente comprendía que la vida era una lucha interminable por la búsqueda de la felicidad y la armonía. La familia de Shawn, al igual que ella, tendría que iniciar una nueva vida en un mundo asaltado por una peligrosa crisis económica y amenazada por un inminente colapso climático.

—Tu padre habló con el coronel McClausky y él le informó que el ejército no permitirá que nosotras permanezcamos por mucho más tiempo en el campamento —continuó María—. El proyecto que llevan a cabo aquí es secreto y sólo el personal autorizado puede quedarse.

—¿Eso quiere decir que tendremos que volver a los Estados Unidos?

—Es lo más probable Kiara —le respondió María.

—Nuestra casa se perdió con el terremoto. No tenemos a dónde regresar.

—Tu padre ha pedido ayuda al ejército para que nos consigan alojamiento en alguna otra ciudad. Pero con todos los desastres naturales que el país enfrenta, eso puede demorar un par de semanas.

—¿Qué hay de mi padre? ¿Vendrá él con nosotras?

Su madre negó con la cabeza.

—Tu padre tendrá que permanecer en este sitio hasta que el proyecto concluya.

—Pero eso puede significar mucho tiempo —se quejó Kiara que aún tenía los ojos cubiertos de lágrimas—. Ni siquiera sabemos qué es lo que están haciendo aquí.

—Tu padre te lo explicará con calma. Pero primero debes entender que no puedes hablar con nadie al respecto, ni siquiera con Shawn.

Kiara no entendía a qué se refería su madre. La doctora Hayes le había dicho hacía meses que el motivo de su presencia en la selva era para estudiar los patrones climáticos de esa zona del Caribe. De pronto todo parecía menos claro. Su padre era arqueólogo y se encontraba trabajando con los militares. Ella no entendía la razón de tan abrupto cambio. Recordó cuando el campamento militar había surgido de la nada y cómo su presencia los había sorprendido a todos varios meses atrás. Luego el campamento arqueológico fue clausurado mientras decenas y decenas de soldados patrullaban a toda hora el perímetro, protegiendo algo que nadie se atrevía a mencionar. Kiara sospechaba que toda la operación se relacionaba con esa extraña galería a donde había sido llevada por el anciano brujo, pero nadie podía confirmar sus sospechas.

—¿Por qué tanto misterio alrededor de lo que sucede aquí? —preguntó.

Su madre le pidió que comenzaran a caminar para luego susurrarle en voz baja que todo el campamento se encontraba vigilado por un equipo electrónico bastante sofisticado. Decenas de cámaras y micrófonos funcionaban las veinticuatro horas alrededor de ellas. Tenían que actuar con cautela. No era conveniente despertar sospechas con los militares. Al fin de cuentas ellas se encontraban ahí por motivos circunstanciales y debían aparentar que no tenían interés alguno en el proyecto. Kiara comenzaba a sentir más aprehensión a cada paso que daban.

Caminaron un momento más hasta que decidieron regresar al comedor. Su padre las vio apenas cruzaron la entrada. Ambas se sentaron al lado de él. Acordaron que más tarde le explicaría a Kiara la situación. Él, José y Elena Sánchez habían planeado reunirse para continuar ese mismo día con los trabajos de decodificación del códice maya.

—Estoy seguro de que te gustará estar presente —le dijo su padre que conocía bien su curiosidad por los objetos misteriosos.

Kiara sonrió de inmediato.

Los minutos transcurrían mientras ambas familias seguían conviviendo con alegría. José jugaba con su pequeña hija. Leticia no podía ocultar la felicidad. La reunión terminó y Kiara acompañó a sus padres a su remolque. Shawn se separó de ellos para dirigirse al centro de comunicaciones y tratar de hablar con sus familiares.

Dentro del remolque, el doctor Jensen le pidió a Kiara que se sentara con ellos en una pequeña mesa de trabajo. Luego sacó su cuaderno de notas y su computadora personal. Elena Sánchez entró a la habitación y saludó a los presentes. Traía consigo todo el material referente a la decodificación, así como las copias del códice unidas en su forma original de acordeón. Kiara pidió permiso para tomarlo y observó las imágenes. José fue el último en llegar y el equipo comenzó a trabajar. María Jensen se había familiarizado con el trabajo desde su regreso y ayudaba a Elena Sánchez con la interpretación de las láminas interiores.

Kiara observaba detenidamente las láminas mirando a ambos lados del pergamino cuando un dibujo llamó su atención. Se trataba de la imagen de la mujer guerrera con la que empezaba la serie interior. Algo dentro de sus características evocaba el recuerdo de sus experiencias de sueño.

—¿Saben a quién representa esta lámina? —le preguntó a Elena Sánchez señalando la imagen.

—Hasta donde hemos podido descifrar, las láminas interiores representan a las fuerzas del bien mientras que las exteriores representan a las fuerzas de la oscuridad —le explicó mostrándole ambos lados del códice—. La primera imagen corresponde a una mujer guerrera apuntando hacia lo alto con su espada. Arriba de ella aparecen los glifos correspondientes a los líderes que dirigen su reino. Eso es todo lo que hemos podido interpretar hasta ahora.

Kiara no dejaba de observar las características del dibujo. El traje que usaba la figura y su complexión alargada asemejaba a alguien de una gran estatura. Sobre la cabeza lucía un tocado con una extraña forma de ave.

—¿Por qué sus ojos aparecen tan pronunciados? —preguntó.

—No lo sabemos a ciencia cierta —respondió Elena—. Pero generalmente esas características pronunciadas se utilizan para resaltar algún don o poder especial. El tocado que ella usa sugiere alguna relación con un búho o lechuza. Este animal era característico para denotar a los más poderosos guerreros en tiempos de los antiguos mayas. Nosotros la llamamos la guerrera lechuza.

José y el doctor Jensen discutían sobre la cronología de las tablas numéricas mientras que Elena y María comenzaban a hacer apuntes sobre las láminas posteriores. La atención de Kiara había quedado inmersa en el dibujo de la guerrera lechuza. Su atuendo de guerra y sus ojos le recordaban perfectamente la imagen de Anya. Recordaba cuando había hecho uso de su poderoso don para escudriñarla con la mirada y obtener información sobre el mundo actual. Conforme la observaba se convencía de que existía un vínculo entre ella y la imagen. Pero cómo era posible que el dibujo de Anya se encontrara dentro del pergamino. Su padre le había revelado que éste había sido encontrado en España y pertenecía sin duda a la antigua civilización maya.

Entonces, ¿por qué su imagen se encontraba ahí? Tenía que llegar al fondo del asunto y antes de poder reflexionar más al respecto exclamó casi involuntariamente:

—Yo conozco a esta mujer —afirmó con seguridad señalando con su dedo índice la lámina.

Los arqueólogos cambiaron de semblante al escuchar semejante afirmación. Casi al mismo tiempo voltearon hacia Kiara, que sintió todo el peso de la incredulidad sobre ella.

—¿Qué fue lo que dijiste hija? —le preguntó María sorprendida.

—Dije que yo conozco a esta persona que está representada en esta imagen —afirmó con seguridad apuntando con su dedo.

Un incómodo silencio invadió la pequeña sala. Elena y José se habían quedado mudos con tal afirmación. Su padre se levantó de su silla, respiró hondo y se dirigió a ella.

—Hija, sabemos que has pasado por una terrible situación durante los últimos meses y a todos nos preocupa tu estado emocional.

—¿Mi estado emocional? —respondió colocando su mano izquierda sobre su dorso.

—Sin embargo —continuó su padre—, es muy importante para nosotros descifrar este documento para contribuir con el proyecto dirigido por la doctora Hayes. Comprende que no debes distraernos de nuestro trabajo con este tipo de juegos.

—¿Qué tiene que ver esto con mi estado emocional? —preguntó Kiara que no comprendía lo que su padre le estaba diciendo—. ¿A qué juegos te refieres?

—Sabemos que has estado sujeta a estados de tensión y estrés demasiado intensos —intervino Elena Sánchez—. El aislamiento por tantos meses también contribuye a afectar los nervios. Es por eso que quizás puedas empezar a confundir tus ideas. Eso sucede a menudo en estos casos, pero te aseguro que con un poco de descanso te sentirás mejor.

—Déjame ir a buscar a Shawn —le dijo su padre al tiempo que se dirigía hacia la puerta del remolque—. Estará mejor si permanece con él.

Kiara observaba los rostros de todos mirándola inquisidoramente.

—¡Un momento! —exclamó alzando la voz—. ¿Acaso piensan que me estoy volviendo loca?

Nadie en el remolque le respondió. El silencio se pronunciaba mientras todos desviaban su mirada para evitar enfrentarla.

—Desde luego que no —respondió su padre con un tono muy suave—. Comprende que solamente queremos que te sientas bien. Pero creo que no fue una buena idea pedirte que nos acompañaras el día de hoy. Tu mente todavía necesita un poco de reposo, tal como afirma la doctora Sánchez. ¿Por qué no descansas un poco y dejas que tu cabeza ordene bien sus ideas? Puedes acompañarnos otro día si lo deseas.

Kiara comenzó a respirar arrítmicamente. Su ansiedad crecía a cada instante mientras sentía el peso de las miradas de todos los presentes. Trató de controlarse y de pronto comprendió que el grupo no conocía nada respecto a sus últimos viajes de conciencia hacia ese reino desconocido donde había conocido a Anya. Era lógico que su aseveración sonara a una completa locura.

—¿Me podrían dejar que les explicara mi afirmación? —les pidió y todos accedieron para evitar que se alterara más.

—Sólo te pido que no trates de convencernos de aceptar alguna de tus teorías de adolescente respecto a la interpretación del códice —le respondió su padre—. Recuerda que el trabajo que realizamos aquí es verdaderamente serio.

—No se trata de ninguna teoría de adolescente —se defendió Kiara—. Desde el día que me extravié en la tormenta, he comenzado a tener sueños que se relacionan con todo lo que sucede en este sitio. Son sueños extremadamente vívidos sobre una extraña galería custodiada por un jaguar que después me transporta a un enorme edificio donde se aparece esa mujer que está representada en el códice.

—¿Extraña galería? —preguntó Elena—. ¿A qué tipo de galería te refieres?

Kiara se aclaró un poco la garganta y trató de dominar la ansiedad que sentía al recordar sus extraños sueños.

—Es un sitio subterráneo con una larga escalera que conduce a una sala llena de símbolos extraños alumbrados por una tenue luz azulada. Ese sitio provoca que uno viaje durante el sueño a lugares incomprensibles fuera de este mundo y sé que se encuentra cerca de aquí porque el jaguar habita también en este territorio.

Todo el grupo quedó estupefacto al escuchar tal aseveración. Su padre regresó a su asiento de inmediato. José, Elena y María acercaron sus sillas para escuchar mejor.

—Pero, Kiara, ¿cómo es posible que sepas eso? —le preguntó José—. La galería de la que hablas es la razón de todo lo que sucede aquí. Los militares llegaron a este sitio porque sus instrumentos detectaron una extraña radiación justo el día de la tormenta en que resultaste extraviada. Tiempo después, la doctora Hayes descubrió esa extraña edificación donde los científicos creen que se origina dicha radiación.

—¿O sea que la galería se encuentra cerca de aquí y ustedes lo sabían? —preguntó Kiara sorprendida—. ¿Por qué no me dijeron nada al respecto?

—Se trata de un asunto ultra secreto —respondió su padre—. Y ésa es precisamente la razón de toda la presencia de los militares aquí. De acuerdo a las investigaciones del grupo de la doctora Hayes, esa edificación despide una forma de energía incomprensible para la ciencia. Una energía que los militares desean controlar. Pero lo más extraño es que la edificación posee características que sugieren que fue construida por una civilización sumamente avanzada de la cual no tenemos aún referencia histórica alguna.

—¿Y dónde se encuentra exactamente la galería? —continuó Kiara que deseaba más que nada poder ver y tocar ese lugar con sus propias manos.

—Aproximadamente a unos cinco kilómetros de aquí, muchos metros bajo tierra. Aparentemente los indígenas locales tenían conocimiento de su existencia y la llaman la Pirámide de los Espejos.

—Creo que yo ya he estado en ese sitio —murmuró Kiara al tiempo que todos seguían mirándola sorprendidos.

—¿Físicamente? —preguntó José—. ¿A eso te refieres?

Kiara afirmó con la cabeza. Luego les explicó detenidamente lo que había acontecido el día de la tormenta.

Su padre la escuchó sorprendido. Su relato corroboraba el testimonio de Tuwé sobre la manera en que había llevado a Kiara hasta el sitio de la pirámide para resguardarse de la tormenta. José y Elena se miraron el uno al otro. Definitivamente que Kiara formaba parte del rompecabezas que estaban tratando de armar en relación con todo el misterio que se cernía sobre ellos. Sus afirmaciones sobre el extraño personaje que aparecía en el códice podían ser una pista que los ayudara a aclarar el misterio.

—Si Tuwé te llevó a la pirámide ese día para protegerse de la tormenta... —le preguntó su padre—, ¿por qué no habías dicho nada al respecto?

—No podía recordarlo —respondió Kiara—. Mi memoria había guardado esa experiencia como si se hubiese tratado de un sueño. Les aseguro que desde ese día que entré a la pirámide he tenido las experiencias más extrañas de toda mi vida. ¿Recuerdas que te platiqué al respecto y tú me dijiste que se trataba solo de fantasías de mi mente producidas por el estrés del suceso?

—¿Y cómo diablos iba yo a imaginar en ese entonces lo que sucedía en este sitio? —respondió su padre mientras la miraba sin poder creer lo que estaba escuchando. Los demás permanecían atentos a la conversación—. Es un hecho que la pirámide altera la forma en que soñamos y percibimos la realidad. Yo mismo lo comprobé el día que la visitamos. Pero nunca me imaginé que tú hubieses estado ahí antes que nosotros. Hasta llegué a pensar que Tuwé te había confundido con alguien más.

—Estuve ahí y de esa forma fue como entré en contacto con esa mujer dibujada en el códice —continuó Kiara—. Tienen que creerme. Se trata de ella sin lugar a dudas. Sus ojos poseen el poder para ver a través de la mente de las personas. Además, sé que ella pertenece a la civilización que construyó ese sitio porque ella me lo dijo.

El grupo de arqueólogos no daba crédito al relato de Kiara.

—¿Pero quién es ella? —le preguntó José—. ¿Qué relación guarda con todo esto?

—Un momento —intervino el doctor Jensen—. Kiara afirma que Tuwé la llevó hasta la galería y que desde entonces se ha visto involucrada en el misterio que guarda esa edificación. Tuwé nos había relatado la leyenda sobre los responsables de su construcción y ahora Kiara dice haberlos contactado. Pero eso es imposible. La civilización que construyó esa pirámide existió hace miles de años. ¿Cómo es posible que haya entrado en contacto con ellos? Creo que este asunto debemos discutirlo también con la doctora Hayes. Necesitamos que escuche lo que Kiara sabe al respecto y nos dé su opinión profesional.

Todos accedieron y entonces el doctor Jensen y José salieron del remolque en busca de Sarah y Daniel.

Kiara platicó a Elena y a su madre que Tuwé se había aparecido en sus sueños para avisarle que ella había sido rescatada. María Jensen no comprendía cómo el anciano chamán podía saber sobre ella.

—¿Quién es ese anciano del que hablan? ¿Y cómo es posible que supiera que yo había sido rescatada? Además,

¿se aparece en tus sueños? Ahora soy yo la que no entiende lo que sucede aquí.

—Es más complicado de lo que imaginas, mamá. Creo que ninguno de nosotros alcanza a comprenderlo.

Kiara le explicó a su madre que en sus sueños había logrado establecer comunicación con diferentes entidades que ella no comprendía, como el espíritu del océano y el del planeta mismo. Ambos le transmitían una extraña forma de conocimiento para navegar por esos reinos de conciencia. Lo que menos comprendía era porqué le estaba sucediendo precisamente a ella.

—Eso es fascinante Kiara —interrumpió Elena—. Las descripciones que haces sobre tus experiencias corresponden exactamente a la forma mediante la cual la antigua civilización maya exploraba el universo. Su legado está plasmado en hermosos dinteles en sus templos así como en piezas ornamentales y de cerámica. Ellos aseguraban que esos reinos de conciencia eran habitados por todas estas entidades que describes y que nuestro *wayob* poseía la capacidad para entrelazar su conciencia y convertirse en cualquiera de ellas.

—¿Wayob? —preguntó Kiara.

—Es la forma en que los mayas llamaban a nuestro doble dimensional que aparece mientras soñamos —le aclaró Elena.

—José me advirtió sobre estas transformaciones y los seres que habitan esos reinos —continuó Kiara—. Él asegura que los antiguos mayas realizaban sus rituales para expandir su conciencia. Buscaban indagar otras realidades a través de sus sueños, justo como me sucede a mí, pero nunca me imaginé que esas experiencias resultaran tan reales.

—Eso es correcto —respondió Elena—. Así era precisamente como los antiguos mayas describían esos viajes de conciencia. Sólo que nunca habíamos conocido a alguien que lo hubiera logrado a esa escala. Todo el conocimiento que tenemos como antropólogos venía a través de relatos y antiguas leyendas. Antes de que tu madre fuera secuestrada, ella y yo trabajábamos en un estudio detallado sobre la mitología maya acerca de los niveles del inframundo y los sitios a donde eran destinadas las almas que experimentaban la muerte física. Por supuesto que en ese entonces estudiábamos el tema como parte de su religión, no como algo real y concreto. Pero ahora todo ha cambiado.

María Jensen afirmó con su cabeza. La puerta del remolque se abrió y Kiara pudo ver los rostros de José y su padre entrar al remolque. Sarah, Daniel y Rafael los siguieron. Los tres habían sido puestos al tanto de lo que sucedía.

Sarah se dirigió a Kiara de inmediato para preguntarle si Tuwé le había revelado algún tipo de información sobre el funcionamiento de la pirámide. Kiara le respondió que no. Pero que durante su primer viaje de conciencia Tuwé le había dicho que su destino la había llevado hasta él y que debía explorar ese plano de realidad para comprender la misión que le había sido encomendada.

Durante ese episodio de sueño, ella pensó que había muerto. Tuwé le explicó que la muerte no existía de la forma en que ella imaginaba; también le dijo que lo que experimentaba en esos momentos no era un simple sueño, sino parte de una realidad más compleja que le revelaría la verdadera naturaleza de su conciencia. Entonces ella comprendió que aquello percibido era real, sólo que esa realidad se comportaba de una forma muy distinta al mundo cotidiano.

Tuwé les había revelado que Kiara formaba parte del destino en que todos se encontraban inmersos al encontrar la pirámide de Etznab, pero hasta ahora ninguno de ellos entendía el papel que ella jugaba.

—¿Cómo comprendiste que alcanzaste esos mundos que describes a través del poder de la pirámide? —le preguntó Sarah.

—Durante uno de mis sueños, el jaguar me llevó hasta ese lugar y de inmediato comprendí que la pirámide inducía los mismos viajes sobre la conciencia del felino. Él me lo reveló durante el sueño. Pero lo más extraño de este asunto es que el sitio me pareció familiar desde la primera vez que lo visité. De modo que no hay duda al respecto. La pirámide es el vehículo que induce a nuestra conciencia a viajar a esos mundos alucinantes. Pero además de esto, creo que conozco a los responsables de su construcción.

El grupo se quedó inerte al escucharla. Todos se encontraban ansiosos ante lo que les decía.

—¿Quiénes construyeron esa pirámide? —preguntó José de inmediato—. Esa pregunta ha estado acechándonos desde el primer momento que estuvimos ahí. ¿Cómo fue que se comunicaron contigo?

—Yo fui la que llegué a su mundo de una forma que aún no comprendo. Durante mis sueños, apareció un enorme edificio que me llevó hasta la civilización a donde ellos pertenecen. Su cultura es completamente diferente a la nuestra. En su mundo la gente vive de forma tranquila en un lugar donde no hay autos ni ruido. Ahí comencé a observar su forma de vida, pero luego la mujer guerrera de ese tiempo me atrapó y comenzó a interrogarme sobre mis motivos para encontrarme ahí.

—Pero tuvieron que decirte algo respecto a la pirámide —insistió Sarah—. ¿Por qué motivo la construyeron? ¿Qué representaba este edificio en su sociedad? ¿Qué buscaban obtener con su construcción?

Sarah Hayes preguntaba con desesperación tratando de obtener respuestas.

—Al contrario —respondió Kiara—. En lugar de hablarme sobre ella, la mujer guerrera me dio la impresión de que la pirámide era un lugar oculto y prohibido. Estaba sorprendida de que yo me hubiera introducido allí. Pero luego me reveló que se trataba de un edificio construido por algo que ella llama el Gran Concejo; me amenazó para que le explicara cómo había entrado yo ahí.

—Un momento, un momento —interrumpió el doctor Jensen—. Sabemos que ese edificio fue construido miles de años atrás. No nos cabe la menor duda de eso. ¿Cómo es posible que estemos considerando de verdad que Kiara se haya comunicado con seres humanos que desaparecieron hace decenas de siglos? Antes de continuar, tenemos que aclarar ese punto completamente ilógico.

Hasta ese momento, nadie se detuvo a pensar en las implicaciones sobre las leyes físicas del tiempo y el espacio, pues no existía una explicación lógica que esclareciera el suceso.

—Eso es cierto, pero al parecer el poder de la pirámide es tan grande que es capaz de formar un puente entre el espacio-tiempo continuo —explicó Daniel—. Un puente a través del cual es posible establecer comunicación entre sucesos separados por miles de años. Esto lo habíamos discutido Sarah y yo al conocer las propiedades del cuarzo.

Todo el grupo lo miró estupefacto. Ninguno podía comprenderlo.

Daniel se aclaró la garganta y decidió que trataría de explicárselos en términos de la ciencia.

—El tejido de la realidad que nosotros percibimos como materia, en su nivel más profundo, está compuesto simplemente por energía. En física, a este nivel primigenio donde se ordena la energía que da forma a la realidad se le conoce como *campo unificado*. La energía de este campo fluctúa produciendo cambios visibles a todo nuestro alrededor, lo cual nosotros interpretamos como el paso del tiempo. Nuestra percepción se mueve en la misma dirección que estas fluctuaciones y por eso percibimos el paso del tiempo como algo definitivo y concreto. Bajo las leyes de nuestra percepción, no es posible que nuestra conciencia viaje al pasado ni al futuro porque ésta se mueve siempre paralela al tiempo presente.

"Pero las leyes del campo unificado son completamente distintas a las de nuestro mundo. Cientos de experimentos han demostrado que en este nivel primigenio de energía, de donde surge todo lo que consideramos realidad, pasado y futuro existen simultáneamente como corrientes de energía entrelazadas la una con la otra. A diferencia de nuestro mundo, en el campo unificado no existen mecanismos que restrinjan la comunicación entre ambos.

"Fue por esto que Albert Einstein siempre sostuvo que el viaje en el tiempo podría ser posible, siempre y cuando se pudieran obtener inmensas cantidades de energía como las que existen en el campo unificado. Desde que llegamos a este sitio nos dimos cuenta que la radiación que despedía la pirámide superaba por mucho los niveles de energía conocidos en nuestro mundo. Ahora no cabe la menor duda de que el poder que guarda en su estructura es capaz de crear un puente entre el espacio y el tiempo.

—Un puente a través del cual sería posible el tipo de comunicación que Kiara describe —intervino Sarah—. La existencia de estos puentes entre el espacio-tiempo dimensional fue predicha por el mismo Albert Einstein y se conocen hoy en día como puentes Einstein-Rosen o como agujeros de gusano entre las dimensiones. Según su teoría, éstos son el resultado de la interacción de enormes cantidades de energía proyectada de un punto hacia otro en el tejido del espacio-tiempo, como es el caso. Y es que, de acuerdo con sus descubrimientos, la energía ocasiona una vibración en el tejido de realidad en que se mueve. Al incrementarse, la vibración se eleva hasta el punto de romper el tejido, traspasando de un plano hacia otro.

Nadie sabía qué opinar al respecto. Considerar el viaje en el tiempo como algo verdadero era una afrenta a todo lo que sabían acerca de la realidad. Lo que Daniel y Sarah proponían ahora era que la realidad estaba constituida por un tejido más complejo donde dos instantes en el tiempo podían existir simultáneamente. Una nueva concepción que desafiaba la mente humana.

—¡No puede ser! —exclamó Rafael—. Creo que ni volviendo a nacer sería capaz de comprender eso.

Todos rieron ante esas palabras.

—Creo que las evidencias sobre la posibilidad de este fenómeno son claras —comentó Sarah—. En este punto, y por las características de la pirámide que hemos ido conociendo, debemos considerar las experiencias de Kiara como parte fundamental de este misterio. Como en toda investigación, debemos recabar toda la información posible antes de poder descartar su validez.

—Yo sé que mis experiencias son reales —intervino Kiara—. Sé también que esta civilización habitó nuestro planeta en el pasado distante porque Tuwé me lo dijo en el interior de la pirámide. Él se refirió a ellos como la estirpe de los Inmortales. De acuerdo a lo que me dijo, la oscuridad envolvió nuestro mundo cuando su tiempo llegó a su fin y todos nos encontramos ahora en peligro. Mi misión consiste en establecer comunicación con ellos para advertirles sobre lo que sucede en nuestro tiempo.

Sarah, tras escuchar con atención a Kiara, no tenía duda de que Tuwé era la clave para entender la situación que vivían en esos momentos. Pero tanto él como sus compañeros desaparecieron después del ataque al campamento. Recordó la promesa que él le hizo de volver con ella para llevarla ante los otros chamanes de la aldea. ¿Por qué no habían vuelto entonces?

—Creo que tendremos que salir en la búsqueda de los indígenas para llegar al fondo de este misterio —comentó Sarah y todos asintieron.

Capítulo 6

La reunión de los cuatro concejos de las casas del conocimiento concluyó varias horas atrás. Anya esperaba impacientemente los resultados del tratamiento administrado a sus compañeros. La concejal Anthea le había pedido que vigilara su estado mientras ellos se reunían para discutir las medidas para salvar a Oren del conjuro impuesto por la Orden de los Doce.

Dina yacía recostada en la cama donde finalmente había conseguido conciliar el sueño. A ella y a Dandu les administraban, por vía intravenosa, un compuesto que los sacerdotes médicos habían seleccionado para tratar de contrarrestar el veneno. Anya los observaba preguntándose si el tratamiento tendría algún efecto. Estaba exhausta debido al insomnio sufrido la noche anterior, pero su preocupación sobre el estado de salud de sus compañeros la mantenía alerta.

Un sacerdote médico de la Casa Real llegó en ese momento y comenzó a examinar a Dina. Anya se aproximó a él.

—Su ritmo cardiaco es estable —comentó el médico con un marcado acento extranjero—. Respira bien.

Luego colocó una especie de diadema que sostenía con ambas manos sobre su cabeza.

—Se encuentra en un profundo estado de sueño —agregó—. Su condición mejora.

Anya comenzó a relajarse al escucharlo. Luego el médico examinó a Dandu por unos minutos.

—Ambos pacientes presentan mejorías —le explicó—. El antídoto está surtiendo efecto. Despertarán en cualquier momento.

Anya agradeció su atención y caminó de vuelta hacia el sillón que se encontraba justo frente a las camas. Su mente se había tranquilizado tras cerciorarse de que la salud de sus compañeros mejoraba. Sin embargo, su estado anímico se alteraba cada vez más debido al extremo cansancio físico. Sabía que sus nervios la traicionarían si no descansaba.

Se sentó y comenzó a vaciar su mente para relajar toda la tensión acumulada desde el día de su enfrentamiento con los guerreros de la orden. Sabía que podía recuperar sus fuerzas si conseguía entrar en un estado de profunda meditación. Así lograría que su cuerpo se recuperara de la pérdida de las horas de sueño. La calma y el silencio que reinaban en el hospital eran ideales para enfocar su intento en esa tarea.

Inhaló profundamente, su respiración surgía desde la parte baja de su vientre mientras su mente se aislaba por completo del mundo exterior. Dejó que su intento tomara el control de su conciencia y pronto alcanzó un estado de absoluta quietud. Sus pensamientos cesaron lentamente, liberándose de toda preocupación. Permitió que el proceso de relajación surtiera efecto sobre su cuerpo y entonces proyectó su conciencia hasta la frontera entre el estado de vigilia y el sueño. Un ligero estremecimiento de sus músculos le anunció que estaba separándose de su cuerpo. Una completa paz y plenitud invadieron todas las fibras de su ser consciente.

En ese estado intermedio de conciencia, podía sentir su espíritu flotar en la inmensidad del espacio mientras su cuerpo regulaba todas sus funciones al ritmo de su lenta y profunda respiración. A medida que su meditación era más profunda, un flujo de energía vibrante corría a través de su cuerpo. Sentía cómo la inconmensurable energía presente en el espacio nutría cada una de las partes que integraban su ser consciente. Entonces el estado meditativo comenzó a llevarla a percibir el sentido de doble realidad que gobernaba el universo físico. Podía vislumbrar, desde ese estado expandido, que su conciencia y su cuerpo formaban una unidad dual que enriquecía su conocimiento a través de sus experiencias. Se dejó llevar hacia la inmensidad del espacio y permitió que su ser asimilara todas las emociones desatadas por los sucesos de los últimos días.

Cada acontecimiento se grababa en su mente, ocupaba un lugar en su memoria y le proporcionaba la experiencia necesaria para continuar con la ruta de su destino. Anya comprendió que la vida no era otra cosa que el incesante intercambio de energía en forma de emociones y actos, a través de los cuales, los seres humanos adquirían conocimiento sobre su interrelación mutua. Aceptó con humildad los acontecimientos que enfrentaba y sintió un rezago de ansiedad y preocupación desvanecerse. Alcanzó finalmente la paz interior que tanto necesitaba en esos momentos.

Permaneció disfrutando de ese estado de quietud por un tiempo que le pareció interminable hasta que advirtió una presencia cercana a ella. Entonces utilizó su intento para conectar ambas partes de su ser consciente. Abrió sus ojos lentamente para enfocar su atención en el mundo físico. Eran las figuras de los cuatro concejales parados justo al pie de las camas de los dos pacientes. Ambos habían recuperado el conocimiento y Dandu sostenía una conversación con el concejal Kelsus. Kai y el maestro Zing permanecían al lado de Dina. Anya sintió una nueva oleada de energía y recuperó de inmediato el control sobre sus funciones psicomotoras. Comenzó a mover sus músculos lentamente para incorporarse cuando la concejal Anthea percibió su movimiento y se le acercó con sigilo. Sus profundos ojos grises de brillo metálico se fijaron sobre ella.

—Hoy has logrado restablecer tu equilibrio a pesar de las difíciles circunstancias que enfrentamos —le dijo—. Al aceptar tu destino con humildad, has logrado disipar ese torrente de emociones que no sólo te hubiera impedido observar los sucesos con claridad, sino que también hubiera alterado la armonía de las funciones de tu cuerpo físico, llevándote a sufrir un trastorno o una enfermedad.

Anya sabía que la concejal percibía el proceso interno por el que había atravesado durante su profunda meditación. Sin duda alguna tenía razón. Se hubiera enfermado de no haber sido capaz de controlar sus sentimientos. Se levantó del sillón y preguntó qué hora era, pues había perdido la noción del tiempo.

La concejal Anthea le informó que pronto oscurecería. Había estado meditando por varias horas.

—Ahora comprenderás que sin importar lo que pase debes mantener tu mente en un estado de absoluta quietud para evitar que tus emociones alteren tu raciocinio. Como has comprobado ya, una sola decisión errónea puede traer consecuencias fatales a nuestros destinos.

En esos instantes, Dina se incorporaba de su lecho lentamente hasta ponerse de pie. La concejal Kai comenzó a escudriñarla de pies a cabeza. Dina movía sus articulaciones y estiraba sus músculos.

—El suero ha surtido efecto —afirmó la concejal Kai dirigiéndose a Dina—. Tus patrones cerebrales han vuelto a la normalidad. Tu conexión de conciencia se ha restablecido por completo.

Después llamó a una de las enfermeras para que desconectara a Dina de la solución intravenosa. Dandu necesitaba aún más descanso, por lo que los concejales decidieron que permaneciera en la sala de recuperación hasta el día siguiente.

Una vez que Dina estuvo lista, el maestro Zing les informó a todos que en breve tendrían un evento importante al cual era necesario asistir. El concejo de la Casa Real ofrecería un banquete en honor a sus aliados para agradecer su apoyo en la campaña de defensa contra la Orden de los Doce. La cena comenzaría a servirse pronto en uno de los salones principales y todos ellos debían estar presentes.

Aun bajo las condiciones extremas de asedio por la Orden de los Doce, los anfitriones insistían en mantener inalterada su hospitalidad. Los líderes de la Casa Real se dirigirían esa noche a todos los presentes mediante un discurso para levantar los ánimos frente a la batalla que enfrentarían en unos pocos días.

Anya pensó en la condición clínica de Oren y preguntó al maestro Zing si habían logrado conseguir el conocimiento para contrarrestar el conjuro.

—El conocimiento necesario para revertir la magia oscura se encuentra más allá de este plano de conciencia —le respondió él—. Esta noche nos encargaremos de llegar hasta el sitio donde reside el poder que gobierna el acceso hacia el plano inferior donde él se encuentra atrapado.

El maestro Zing les pidió a ella y a Dina que cambiaran sus ropas para asistir a la cena. Ambas se dirigieron al complejo de habitaciones donde Dina decidió tomar un baño relajante antes de reunirse con los concejales. Anya se dirigió a su habitación donde tras un baño escogió una túnica. Luego se sentó frente a un enorme espejo para estar lista.

La Casa Real mantenía la costumbre ancestral de organizar grandes banquetes en honor a sus huéspedes, según le había explicado la concejal Kai. Todos los invitados acudían luciendo la mejor presentación posible en respeto a la antigua tradición del continente oeste. Kai las había capacitado sobre el maquillaje ritual que utilizarían para honrar la tradición.

Anya aplicó las pinturas faciales y de pronto el recuerdo de su ciudad natal asaltó su mente. Éste evocó un sentimiento de nostalgia hacia sus propias costumbres. Entonces reflexionó sobre lo que estaba sucediendo en Atlantis en esos mismos momentos. Sabía que el senador Túreck había tomado el mando del gobierno tras organizar la violenta rebelión de sus habitantes en contra del Gran Concejo. Era su enemigo declarado y ahora contaba con el poder absoluto de su nación. Este pensamiento la consternó.

El complejo del templo se encontraba invadido por una multitud que realizaba trabajos de remodelación. Los seguidores de Túreck supervisaban el desmantelamiento de todas las salas de reunión del Gran Concejo. Las grandes bibliotecas eran allanadas por decenas de personas que clasificaban los textos en grandes montones y los recintos sagrados eran saqueados a voluntad. Miles de años de historia sobre los orígenes del Gran Concejo de la casa del norte se perderían sin remedio. Los concejales lograron salvar sólo una pequeña parte de ella.

En las ciudades, se notaba un marcado cambio en el ánimo de la gente. Decenas de soldados de la guardia del senado patrullaban las calles mientras cientos de personas exhibían nuevos productos de consumo para adquirir más dinero y llenarse de riquezas materiales. La vida de los habitantes se concentraba más y más en el nuevo sistema social. Anya comprendió que ya no había marcha atrás ante los cambios que su nación estaba sufriendo.

Interrumpió su reflexión para observar de nuevo su imagen en el espejo. Recogió su pelo suavemente hacia atrás y utilizó un hermoso broche de metal sobre su cabeza para sujetarlo. Tomó la túnica escogida para la cena. Así, con ropa de civil, pensó que su vida podría haberla conducido hacia cualquier otro destino pero ella eligió el camino del conocimiento.

Guardó las pinturas faciales dentro de su equipaje y reconoció un objeto brillando dentro del maletín. Lo tomó con sus manos. Era el sello de Oricalco de la Orden de los Doce que había encontrado en lo profundo de las cavernas. El suceso le recordó el trance sufrido durante el combate. El precioso y raro metal constituía la clave para la construcción de la tecnología antigravitatoria que impulsaba las grandes naves intercontinentales. Anya guardó el sello en su maletín y se dirigió hacia la puerta.

Salió hacia el corredor y llegó hasta la habitación de Dina que estaba terminando de vestirse. Al igual que Anya, tenía una hermosa túnica de seda. Su pelo rubio lucía resplandeciente al igual que su rostro. Se veía completamente recuperada de los nocivos efectos del veneno.

Dina terminó de arreglarse y ambas se dirigieron al salón donde tenía lugar el evento. Al menos trescientas personas provenientes de todos los lugares del orbe llenaban la sala. Ambas entraron al recinto donde una música melodiosa amenizaba la velada. La cena estaba siendo servida. Ellas eran las últimas en llegar. Caminaron hacia la mesa del Gran Concejo y tomaron asiento. Entonces los líderes de la Casa Real tomaron la palabra. Agradecieron a las tres casas del conocimiento su apoyo para enfrentar la amenaza de la orden y prometieron que lucharían para expulsar hasta el último enemigo de su territorio. A partir de ese día cada habitante de su pueblo se convertiría en un defensor implacable de su nación. El público aplaudió a los líderes y después hablaron los representantes de las casas aliadas. Todos reiteraron su apoyo incondicional. El maestro Zing advirtió que se acercaban momentos difíciles donde el valor y la resolución de su pueblo serían puestos a prueba. No sólo tendrían que pelear con coraje, sino que deberían resistir el asedio por largo tiempo.

La cena terminó. Anya y Dina acompañaron a los concejales a una sala ubicada en uno de los sitios más recónditos del complejo. Varios miembros de la guardia real custodiaban su acceso. Abrieron unas enormes puertas y Anya pudo ver un extenso corredor que descendía en una pendiente levemente inclinada. Lo recorrieron hasta llegar a una sala circular amueblada únicamente con unos extraños sillones individuales. Éstos servían para acostarse sobre ellos y mantener una postura semiinclinada con las rodillas flexionadas. Anya recordó haber usado uno similar durante su viaje de iniciación en el complejo de Atlantis. La concejal Anthea les pidió mentalmente que se recostaran sobre ellos.

Anya y Dina obedecieron observando a los cuatro concejales acomodarse en los sillones. La concejal Anthea les pidió que utilizaran su intento para sumergirse en el sueño de manera controlada. Ambas ejecutaron su maniobra para desplazar su conciencia fuera de su físico. Sus cuerpos se relajaron de inmediato para dar paso a la separación de su conciencia que se proyectaba más allá de la realidad cotidiana. De pronto sintieron que una fuerza inexplicable se apoderaba de su voluntad. Un poder ajeno las transportaba a través de un torbellino de luces hacia lo desconocido. Anya trató de oponer resistencia, no quería perder el control de sí misma pero le fue imposible. La fuerza desconocida la tragó hundiéndola en un profundo abismo donde le era imposible percibir otra cosa que no fuera ella misma. Una sensación de dolor invadió su ser consciente y de inmediato se sintió perdida.

Un intenso terror se apoderó de ella a medida que el dolor se incrementaba. Entonces recordó cómo había sido empujada anteriormente hacia los niveles superiores del inframundo y de inmediato dejó de luchar. El dolor cesó en ese instante y su conciencia se sumergió apaciblemente en aquel abismo de oscuridad. Instantes después recobró la imagen de sí misma y trató de observar aquel sitio. Una espesa niebla lo cubría todo en derredor suyo, impidiéndole ver hacia cualquier dirección. Sólo el espacio por encima de ella parecía encontrarse despejado. Alzó su vista para saber dónde se hallaba. Una inmensa bóveda que conformaba algo similar a un espejo líquido se encontraba justo encima de ella. Su tamaño era colosal y se extendía más allá de donde alcanzaba a ver. El color plata fulgurante de esa superficie viscosa en movimiento atrapó sus sentidos en un instante. Tenues destellos de luz se movían incesantemente sobre ésta. El fluir de su movimiento era hipnotizante y la obligaba a enfocar su atención. Anya se deslizó hacia la bóveda en un instante. Su intento había respondido a la atracción que ejercía el espejo casi involuntariamente. Enfrentó la colosal pared que se cernía sobre ella y observó su propio reflejo que adquiría forma sobre la superficie.

Éste la invitó a desplazar su conciencia hacia el espejo. Anya sintió un momento de confusión. De pronto había olvidado el motivo de encontrarse ahí. En ese lugar, ella se sentía por completo apartada de las preocupaciones del mundo cotidiano. Una fuerza desconocida la empujaba a pronunciar las palabras de su ingreso al reino sagrado para internarse en él y dejar a su conciencia navegar hacia la eternidad. Algo en su interior la urgía a cruzar el umbral hacia lo desconocido. Se disponía a hacerlo cuando la imagen de Dina surgió en sus pensamientos de modo repentino. Salió bruscamente de su ensueño y se preguntó dónde se encontraría ella ahora.

La niebla a su alrededor hizo un movimiento súbito como si una corriente de aire circulara a través de ella. La figura de Dina apareció deslizándose a un lado suyo. Anya la miró sorprendida. El intento de ambas se había entrelazado a una velocidad vertiginosa para llevarla justo hacia donde Dina se encontraba. Había viajado a través de ese plano de realidad tan sólo con evocar su imagen.

—Te estaba esperando —le dijo ella que tampoco podía evitar desviar su mirada de la imponente bóveda de fluido energético que las envolvía.

Ambas permanecían hipnotizadas por la majestuosidad de aquel sitio. Anya se preguntó de pronto si ese incomprensible lugar donde se encontraban habría recibido algún nombre especial dentro de las antiguas escuelas del conocimiento.

—Nos encontramos frente al abismo de *Ekel Ha* —respondió la voz de Dina que enfocaba su mirada en ella. En ese sitio podían escuchar los pensamientos de la otra.

Anya preguntó a qué se refería con ese término cuando en un instante una cascada de información invadió su ser consciente. Se hallaba justo sobre la frontera que dividía los reinos superiores de conciencia de los niveles inferiores del inframundo. Los brujos de la antigüedad le habían nombrado *El agua de todo principio.* Ahí surgían las leyes que regían la forma en que la conciencia era depositada en los organismos en el universo físico. Era el lugar donde la inconmensurable energía de la creación había desdoblado su reflejo para ocupar una dimensión más densa, creando en el proceso el mundo cotidiano. Éste había sido creado a partir de la imagen del reino al que ahora se disponían a entrar, con una diversidad similar, pero diferente en sus mecanismos. Más allá de esa bóveda fulgurante se encontraba un mundo de poder inconcebible en términos de la diversidad creativa.

—Los concejales nos han traído hasta la morada de los amos del inframundo —continuó Dina al tiempo que transmitía a Anya su intención de cruzar el umbral que las separaba de ese reino. Miraron hacia la superficie localizando sus imágenes y ambas pronunciaron al unísono: *Xi Bal Ba*. Su conciencia se desplazó hacia su reflejo permitiéndoles el acceso a ese reino de poder infinito.

Anya alzó la vista hacia la lejanía y comenzó a admirar los brillantes colores del jardín a su alrededor. Ahí el tiempo cesaba de existir para dar paso a la existencia eterna. Unas flores de pétalos exuberantes la invitaban a establecer comunicación. Dina se acercó a su lado.

—No enfoques tu conciencia sobre ellas —le dijo—. Nuestro intento debe estar fijo en la misión o de otra forma podemos permanecer en este sitio por una eternidad.

Anya la miró confundida. Dina le hizo saber que había estado ahí en varias ocasiones y que poco a poco había empezado a comprender las leyes que regían ese plano.

—Como ya lo notaste, en este sitio no necesitamos pronunciar palabras para comunicarnos. Nuestro intento se expande conforme nos movemos.

Dina advirtió a Anya que enfocara su intento en seguirla. Así ella las llevaría a ambas a donde los concejales se encontraban. Anya obedeció y en un abrir y cerrar de ojos se encontraban en la cima de una altísima montaña que albergaba un frondoso bosque de árboles gigantes. Era tan alta y escarpada que parecía acariciar los cielos. Tenía una vista majestuosa de aquel inconcebible lugar. Las nubes abrazaban la montaña bajo sus pies, emitiendo radiantes destellos metálicos que formaban siluetas que distraían a Anya. Toda la vista de ese mundo evocaba un sentimiento de permanencia contra el cual no podía luchar. Su atención era atrapada por las extrañas formas de conciencia que veía sin poder resistirse. Dina le advirtió nuevamente para que no sucumbiera a la atracción que ese mundo emitía sobre ella.

Anya desvió su atención de las nubes y enfocó su visión hacia donde Dina le indicaba. Solamente al percatarse de que las figuras de los cuatro concejales se encontraban ahí pudo enfocar su visión sobre ellos. Sus siluetas parecían haber cambiado al atravesar el portal hacia ese nuevo reino. Todos resplandecían, desprendían un halo que los cubría de pies a cabeza. Anya se maravillaba al percibir el poder de su conciencia iluminada brillando en todo su esplendor. Era la primera vez que veía a los grandes maestros de esa forma.

El maestro Zing les advirtió a ambas que no desviaran su atención de ellos. En unos momentos convocarían la presencia del supremo señor del inframundo, guardián de ese plano. Anya permaneció atenta y sintió que un poder proveniente de las nubes los embistió como si se tratara de una ráfaga de viento huracanado. Su cuerpo energético trastabilló para mantenerse en pie tras el impacto de esa fuerza desconocida. El espacio frente a ella se distorsionaba para dar paso a la creación de un vórtice que absorbió hacia su centro las siluetas formadas por las nubes. Comenzó a transformarse en un torbellino espiral desde donde fue emergiendo una enorme serpiente plateada de un tamaño colosal. En unos instantes delineó los rasgos de todo su cuerpo y cabeza para presentarse ante ellos. Anya reconoció a ese poderoso ser de inmediato. Anteriormente la había sorprendido curioseando durante su primer viaje a ese reino. Un profundo temor la estremeció al volver a sentir su presencia.

Estaban observando a uno de los wayob del supremo señor del inframundo que regía sobre ese plano. El temor y la fascinación que sentían las mantenía fijas en su figura.

—¡Inmortales! —rugió la voz de la enorme serpiente—. ¡Expliquen el motivo de su presencia en mis dominios!

Anya y Dina se estremecieron al escucharlo. El maestro Zing dio dos pasos hacia el frente y enfrentó a la serpiente.

—Hemos venido hasta tu reino en busca del conocimiento para ayudar a uno de los nuestros —respondió.

La colosal serpiente resplandeció emanando una diversidad de tonos metálicos que la hacían camuflarse con el azul del cielo. Luego acercó su colosal cabeza fijando sus enormes ojos. Anya sintió que dirigía todo el poder de su conciencia sobre ellos. Su magistral intento se sumergió en lo más profundo de su ser consciente. La serpiente podía conocer a fondo sus intenciones. Los concejales permanecieron inertes mientras Anya y Dina se estremecían.

—Han venido a buscar la ruta que conduce hasta el reino de la última expiación —les respondió desafiante.

—Nuestro compañero fue capturado por los seres de oscuridad —continuó el maestro Zing—. Fue llevado hasta ese sitio en clara violación de las leyes del Kin y de su libre albedrío. Te pedimos humildemente que nos concedas el conocimiento para traer su conciencia de regreso al mundo donde pertenece.

La serpiente los observaba sin emitir emoción alguna. Se acercó más a ellos y volvió a hablar.

—Su mundo ha alcanzado ya la transición hacia un nuevo ciclo de evolución —les respondió—. Han llegado hasta el umbral de la penumbra donde comienzan los dominios de *Ahaltocob*. Él ha permitido el acceso hacia el portal que conduce a la oscuridad del vacío donde miles de espíritus perecerán. Los seres de oscuridad conducirán a las almas extraviadas hacia su destino final. Su luz individual se consumirá ahí, pero no la de su compañero. El permanecerá en el umbral hasta que el nuevo reinado haya concluido y entonces su conciencia será liberada.

Anya y Dina percibían inmóviles el conocimiento que la serpiente emanaba. Eran capaces de leer a través de sus palabras y entender el significado de todo lo que decía. Entonces comenzaron a comprender por qué el poder de los seres de oscuridad se incrementaba durante el paso por la órbita oscura. El reino superior donde se encontraban permitía su comprensión. El universo se valía de ellos para ejecutar la conducción de las almas perdidas hacia su exterminio final. Ésta era la forma en que la energía del Kin se reciclaba cuando las almas se extraviaban en el camino evolutivo. Su conciencia se degradaba perdiendo todo rasgo de individualidad hasta que su energía era integrada de nuevo en la gran conciencia creadora del Sol, de donde había surgido.

Era exactamente el mismo proceso que Anya había observado durante su viaje de iniciación a escala cósmica, en el que inmensas estrellas y planetas eran reabsorbidos al no poder existir en equilibrio con las leyes de la creación. Los seres de oscuridad representaban las fuerzas de caos y

destrucción necesarias para cambiar a las formas no armó-
nicas en su energía primaria. El mal que percibía en ellos era
como una fuerza de gravedad que atraía a los seres extravia-
dos hacia su propia aniquilación.

Al entrar nuestro planeta en la órbita oscura, Ahaltocob
había abierto el portal que conducía hacia el último nivel del
inframundo. Y al permitir el acceso a los seres del mal hacia
ese reino oscuro, engrandecía su poder e influencia sobre
los demás.

Sólo aquellas almas capaces de comprender el proceso
de armonía evolutiva eran capaces de reflejar la luz divina del
Kin, y lograban escapar de su oscura influencia para siempre.
Anya y Dina comprendían la verdadera naturaleza del mal
y la razón de su existencia.

—Los seres de oscuridad han violado el libre albedrío
de la conciencia de Oren al conducirlo hacia ese reino —insistió el maestro Zing—. Su camino de evolución se encuentra atado a nuestro mundo, por lo que te pedimos que nos
reveles el conocimiento para traerlo de vuelta.

La serpiente los observó con sus poderosos ojos y exclamó:

—Los amos del inframundo no intervendrán a favor
de ninguno de ustedes —le respondió refiriéndose a ambas
fuerzas en conflicto—. El equilibrio de su forma de conciencia humana dependerá absolutamente de su libre albedrío.
Ninguno de ustedes regresará de ese sitio si deciden ir a
buscarlo. Solamente los seres de luz divina tienen potestad
para atravesar el portal hacia ese reino y abrir una ruta de
regreso.

Anya y Dina se estremecieron al escuchar tal revelación. El fatal destino de Oren se consumaba. Los concejales
no podrían rescatarlo por sus propios medios como ellas habían esperado. Anya se preguntó entonces si existía la forma
para entrar en contacto con los seres de luz y pedirles que lo

rescataran. La voz de la concejal Kai se escuchó dentro de su mente en ese mismo instante.

—Los seres de Luz no vendrán a nuestro mundo sino hasta el amanecer estelar, cuando nuestro mundo comience su entrada en la órbita luminosa. Las leyes del mundo físico acabarán con su organismo antes de que logremos encontrar la forma para atraer a uno de ellos hasta nuestra realidad.

La serpiente se enroscó sobre sí misma para dirigirse hacia los concejales una vez más.

—¡Inmortales! Escuchen bien. Su tiempo en el mundo físico ha llegado a su fin. Acepten su destino y continúen su viaje hacia la comprensión de la luz divina del Kin. Es momento de que dejen atrás los lazos que los atan a la materia densa. Su camino se encuentra en este reino. Aquí será donde su existencia continuará a través de toda la eternidad.

Y después de decir esto, la inmensa figura de la serpiente comenzó a desvanecerse de la misma forma en que había surgido. Los concejales ordenaron a Anya y a Dina que utilizaran su intento para retornar. Las dos obedecieron e instantáneamente se sumergieron a través del torbellino de luz que las había transportado. Un instante después se encontraron de vuelta en la sala donde yacían recostadas en los sillones. De inmediato se dieron cuenta de que la postura de sus cuerpos había facilitado el regreso de su conciencia. Sus músculos respondieron a su deseo de incorporarse mientras observaban a los miembros del concejo hacer lo mismo.

El grupo abandonó la sala y la concejal Anthea les pidió que regresaran a sus habitaciones a descansar. Debían asimilar el conocimiento obtenido durante el viaje. Anya sentía el peso de la preocupación queriendo aplastarla. La concejal le pidió que no sucumbiera ante el dolor de perder a Oren. El enfrentamiento contra la Orden de los Doce tendría muchas consecuencias para las cuales debía prepararse. No era momento para bajar la guardia y caer en la desesperación.

Dina la tomó del brazo para que la siguiera hasta el complejo de habitaciones. Anya comenzó a caminar lentamente. Aún sentía su conciencia conectada con ese reino de poder supremo. Pensó en los concejales y en cómo permanecían en su mundo luchando contra la adversidad cuando contaban ya con el poder para viajar infinitamente a través de esos reinos superiores de percepción.

Entonces comprendió que su amor por la humanidad los empujaba a proteger su conocimiento para impulsar la conciencia de los seres humanos hacia el logro supremo de la evolución. El Gran Concejo luchaba afanosamente por crear las condiciones necesarias para lograr el salto evolutivo de su especie, a pesar de la adversidad que enfrentaban. Anya entendió finalmente su resolución para construir la tecnología secreta. Sabía que entre todos esos mundos poblados en el universo, el nuestro era uno más que se debatía al filo de la navaja entre el camino de la luz o la oscuridad.

El Gran Concejo había conseguido el conocimiento que les otorgaba la capacidad de mirar a través del espacio tiempo continuo. Así habían observado el porvenir de la raza humana. No se trataba de un futuro muy prometedor. Sucumbir ante el embate de la Orden de los Doce significaría para ellos abandonar a la humanidad a su suerte, y dejar que el odio, la violencia y la avaricia fueran los catalizadores para acelerar la completa caída de la raza humana hacia la oscuridad del vacío. Pocas especies en el universo lograban llegar al camino de la ascensión y la humana se encontraba en una espiral descendente que la conducía irremediablemente hacia su propia destrucción.

Capítulo 7

El largo pasillo que conducía hacia el anillo interno del Pentágono se encontraba prácticamente vacío. Apenas despuntaba el alba cuando el general Thompson se dirigía a paso firme directo hacia sus oficinas. El personal que realizaba la guardia nocturna observaba su rápido andar. Avanzó hasta llegar a la antesala, donde encontró un grupo de oficiales esperando. Todos se levantaron en un súbito movimiento saludando al general mientras él accedía a su despacho. Los oficiales lo siguieron y Thompson se acomodó en su escritorio.

—Mayor Ferguson —se dirigió a uno de ellos señalando con su mano al grupo de oficiales presente—, le presento al equipo médico encargado de conducir los estudios neurológicos sobre los soldados apostados en el campamento de la península de Yucatán.

Los oficiales se saludaron y Thompson pidió a uno de ellos que comenzara con su informe. El oficial médico fue directo al grano.

—Señor, hemos concluido la primera fase de estudios sobre personalidad y conducta de los efectivos expuestos a la zona de radiación desconocida que impera en el campamento de investigación. Esta carpeta contiene los archivos con la información sobre las pruebas clínicas y conclusiones de los estudios.

El general miró al oficial médico mientras éste le entregaba la carpeta. Echó un vistazo rápido al grueso contenido de ésta, que incluía dos unidades USB de memoria electrónica así como fotografías e informes gráficos de los estudios conducidos por la junta de investigación médica del Pentágono. Desde hacía meses que habían detectado serias anormalidades en los ciclos de sueño de los soldados y tiempo después el problema había generado cambios repentinos en la conducta de algunos efectivos. Por esta razón, la junta médica había acordado que era necesario estudiar a fondo las repercusiones clínicas de la exposición a la radiación desconocida.

Thompson pidió a uno de los oficiales que se acercara a él para presentarlo a los demás.

—El mayor Ferguson tomará el mando del campamento en sustitución del coronel McClausky —se dirigió el general Thompson al oficial médico, al tiempo que dejaba la carpeta a un lado de su escritorio—. Necesito que sea informado sobre la situación en ese sitio. Es necesario que esté al tanto de las anormalidades en la conducta y los patrones de sueño de los efectivos que quedarán bajo su mando. Por esta razón le pido que sea claro y conciso en sus explicaciones.

El oficial médico se aclaró la garganta. Thompson le indicó a Ferguson que escuchara con atención.

—En relación con los patrones de sueño, algunos soldados se quejan de sufrir pesadillas extremadamente vívidas —respondió el oficial médico—. Hemos estudiado a los individuos que reportan más anormalidades y nos hemos dado cuenta de que algunos son más susceptibles a relacionar sus experiencias oníricas con problemas que enfrentan en su vida real. En cuanto a la manera en que influyen estas anormalidades sobre su conducta, creemos que no representan un impedimento para llevar a cabo sus labores. Sin embargo, éstas sí podrían tener repercusión sobre su capacidad para concentrarse en tareas específicas. Especialmente en aquellos cuya susceptibilidad avanza a medida que pasan más tiempo en ese lugar.

El general Thompson escuchaba con atención.

—Lo que necesitamos saber es si estos efectivos se encuentran en condiciones de desempeñar las labores de protección del campamento para las que fueron asignados —inquirió.

—Es opinión general de la junta médica que todos los efectivos se encuentran aún en condiciones de desempeñarse bien en sus tareas, sin embargo es un hecho que la radiación que emana de la galería influye de manera diversa dentro de su conducta. Hemos notado que debido a esto pueden existir cambios notorios dentro de su comportamiento y capacidad para ejecutar órdenes.

—Explíquese bien —ordenó Thompson—. Me parece que sus conclusiones son contradictorias. ¿A qué se refiere con eso?

—Tras los estudios neurológicos efectuados sobre los efectivos que regresaron del campamento, notamos que la radiación desconocida no solamente afectaba los patrones de sueño, sino que ejercía un aumento considerable en la actividad neuronal sobre el lóbulo prefrontal del cerebro. Esta hiperactividad produce una sobreestimulación en la corteza ventromedial que conduce a los individuos a condicionar su razonamiento de acuerdo a sus propios principios morales. Esta sobreestimulación puede generar marcados cambios dentro de su conducta si las órdenes a ejecutar entran en conflicto con su propia moralidad. Esto incluye comprometer la obediencia de la cadena de mando y otros factores.

—¿Qué demonios está diciendo? —se alteró Thompson—. ¿Que esos estúpidos soldados ahora cuestionan todas las órdenes que les son extendidas de acuerdo a sus principios morales? ¿Quién diablos se creen ustedes ahora para determinar eso? ¿En qué pruebas se están basando para excusar semejante idiotez?

Los oficiales médicos sudaban de nerviosismo al escuchar la reacción del general Thompson.

—Puede parecer completamente ilógico e irracional general, pero las pruebas fueron conducidas mediante una tomografía por emisión de positrones. Esta máquina nos muestra un mapa detallado de la actividad que conduce el cerebro al aplicársele ciertos estímulos. El origen de la conducta psicópata fue descubierta gracias a esta tecnología que resulta infalible en todos los casos. La tomografía por emisión de positrones demostró que la psicopatía se debía a un problema químico neuronal que genera ausencia de actividad en la corteza ventromedial del lóbulo prefrontal. Esta condición afecta al individuo de tal manera que le resulta imposible sentir empatía por los demás seres humanos. En consecuencia, son capaces de dañar a sus congéneres sin sentir remordimiento alguno sobre sus actos.

”El problema que enfrentamos en el campamento es exactamente el contrario. Los soldados no sufren absolutamente de ninguna incapacidad física o psicológica que les impida desempeñar su trabajo, sino que su capacidad para obedecer órdenes está ahora condicionada a sus propios principios morales debido a este sobreestímulo. Las pruebas obtenidas mediante los exámenes a que fue sometido ayer el coronel McClausky demuestran que su cerebro se encontraba bajo el estímulo de la radiación desconocida cuando decidió llevar a cabo su operación de rescate. El coronel desobedeció órdenes porque éstas entraban en conflicto con sus propios preceptos morales.

—¿Qué está sugiriendo con eso? ¿Que el coronel tiene ahora una excusa clínica para justificar su desacato a la cadena de mando?

—Me temo que así es, general. Bajo las pruebas obtenidas, el coronel McClausky quedaría exonerado de su conducta por encontrarse en esos momentos bajo la influencia de ese campo de energía que perturbaba su actividad cerebral.

Thompson miró a lo oficiales detenidamente al tiempo que un gesto de exasperación se dibujaba en su rostro.

—¡El coronel McClausky será relevado de su cargo sin importar lo que digan sus informes! —espetó finalmente—. Pero eso no arregla nuestro problema. Lo que necesitamos es algún tipo de protección para nuestros soldados. Debe existir algún fármaco que contrarreste los efectos de esa radiación y los vuelva a la normalidad.

—Lo siento mucho señor, pero desafortunadamente no existe ninguna medicina desarrollada para esos efectos —respondió el oficial médico—. Es la primera vez que la ciencia enfrenta este tipo de problema y para serle honesto, en términos médicos, un sobreexceso de moralidad no es considerado un problema clínico.

—Entonces, ¿qué sugiere que hagamos? —inquirió Thompson conteniendo su frustración—. Necesitamos una solución inmediata a este problema. No podemos permitir que nuestros soldados cuestionen órdenes.

—La primera sugerencia sería la rotación de personal cada quince días para evitar la sobreexposición del cerebro a esa fuerza. Creemos que de esa forma sería más fácil predecir el comportamiento de los soldados. Mediante un estudio de conducta para evaluar cuáles son las órdenes que entran en conflicto con los preceptos morales de los soldados estamos recabando información para hacer una segunda sugerencia. Creo que eso es todo lo que podemos hacer por el momento.

El general Thompson ordenó a los oficiales médicos retirarse. El mayor Ferguson tomó asiento frente a él. El general tomó la carpeta y la depositó sobre uno de sus libreros. Su paciencia se encontraba al límite y su semblante reflejaba una clara frustración.

—Ha escuchado tan sólo una parte de los problemas que enfrentará al mando del campamento. Quiero que esté completamente consciente de lo que sucede allá antes de llegar. El experimento que conducen los científicos es de suma importancia para nuestros proyectos por lo que deben contar con todo el equipo y la asistencia necesaria en todo momento. No obstante, sabemos que ellos no desean cooperar con nosotros por lo que será necesario idear un plan para infiltrar a uno de nuestros hombres y conocer a fondo sus avances.

Ferguson había sido informado anteriormente por el general sobre la renuencia de los científicos a revelar los avances que lograban en la investigación.

—Pienso que el ejercer presión sobre ellos es la mejor forma de garantizar su cooperación, general —respondió Ferguson mientras Thompson le clavaba la mirada.

—La presión que ejercemos sobre ellos llegó al punto máximo al instalar el equipo de vigilancia en el campamento. Ahora se esconden cada vez que necesitan hablar sobre lo que están tramando. Si aumentamos la presión sobre ellos, se negarán a trabajar y eso puede retrasar el proyecto por meses. Bajo ninguna circunstancia debemos dejar que eso suceda. Su labor consiste en hacerles creer a los científicos que somos sus aliados para que aceleren sus investigaciones. Espero no equivocarme al haberlo escogido para esta misión tan importante. Va a tener que manejar la situación de una manera muy sutil y convincente. Tal y como lo ha venido haciendo McClausky durante estos meses.

—Me aseguraré de seguir sus instrucciones al pie de la letra señor —respondió de inmediato Ferguson—. Pero hasta donde tengo entendido, McClausky no logró conocer a fondo sus avances a pesar de su empatía con los científicos.

Thompson caminaba lentamente alrededor de la oficina.

—El coronel McClausky se ganó su respeto al rescatar a la prisionera norteamericana pero no podemos permitir que siga al mando del campamento bajo esa condición de desobediencia. Si la radiación desconocida altera de esa forma el cerebro, sólo el demonio sabe a favor de quién actuaría McClausky cuando los científicos le revelaran sus planes.

Ferguson meditó un instante sobre el problema.

—Para usted resultara poco menos que imposible ganarse su confianza ahora —continuó Thompson—. La doctora Hayes lidera el grupo de científicos y detesta a los militares. Tenemos que trazar un plan que garantice nuestra soberanía absoluta sobre la tecnología que están desarrollando. Ésta no debe caer en manos de ningún gobierno o agencia civil, incluida la NASA. Espero que comprenda por completo esta situación y no cometa errores que después tenga que lamentar.

—Comprendo bien el problema, general. Sólo déjelo en mis manos y verá los resultados.

El general Thompson le ordenó que se preparara para ser transportado al campamento. Le entregó un informe sobre las actividades de los últimos días y otro que contenía las directivas a seguir en caso de que surgiera una emergencia sanitaria.

Ferguson salió de las oficinas y el general dio un repaso a sus actividades pendientes. Cuatro miembros del grupo de los ocho se reunirían con él para discutir el plan de apoyo a la iniciativa de Sherman. Thompson analizó los documentos y a los pocos minutos su secretaria le informó que los visitantes se encontraban reunidos en la sala de juntas. El general se dirigió allá de inmediato. La sala secreta de conversaciones era una bóveda de seguridad sellada herméticamente y libre de todo tipo de interferencia electrónica. Dos guardias custodiaban la puerta blindada. Al ver al general, la abrieron de inmediato. Él saludó a los presentes y tomó asiento. Uno de los miembros del grupo fue directo al grano.

—Los consorcios bancarios aseguran que podrán controlar la crisis económica y solicitan nuestro apoyo para crear nuevas fuentes de trabajo y calmar los ánimos de la

población. Han sugerido la idea de destinar parte considerable de nuestro capital al sector ganadero y agropecuario.
Pero como sabemos bien, estos sectores representan baja
rentabilidad y muy alto riesgo de inversión.

El general Thompson analizaba la propuesta.

—William Sherman piensa que el modelo económico
actual se colapsará a pesar de las medidas que tomen los
consorcios —respondió—. El sector agropecuario no produce a la misma velocidad que el de manufactura, por lo
que considera que el quebranto total del sistema se dará en
unas cuantas semanas. El déficit de los gobiernos europeos
y norteamericano alcanzó más del sesenta por ciento del
producto interno bruto este año. Su deuda resulta impagable y se extenderá por generaciones. Las repercusiones
sobre la población serán desastrosas. Sherman asegura que
los consorcios no podrán controlar la caída de los mercados
y nosotros no podemos arriesgarnos a que eso suceda. Toda
la población se amotinaría al ver su futuro arruinado.

Los cuatro hombres del grupo comenzaron a conversar
nerviosamente.

—Permitir que William Sherman tome el poder absoluto puede acarrearnos serias consecuencias a todos nosotros
—comentó uno de los miembros—. Al precipitar el colapso
del sistema actual, obtendrá el control de la economía de miles
de millones de personas. Con ese poder podría arruinarnos
simplemente por capricho en un abrir y cerrar de ojos.

—Todos estaremos en riesgo durante su gestión, pero
Sherman obtendrá sólo el poder económico y no el control militar —aseguró Thompson—. Ése será el contrapeso
necesario para controlar sus acciones. Apoyaremos su plan
haciéndole saber que respetará las garantías del grupo, abs-
teniéndose de actuar unilateralmente.

—Conocemos a Sherman desde hace años y sabemos
lo peligroso que se volverá con esa clase de poder en sus

manos —intervino otro de los miembros—. Esta medida tendrá que incluir la posibilidad de eliminarlo si decide actuar en nuestra contra. Sabemos de su amistad con Sherman, general. ¿Está preparado para tomar esa decisión en caso de ser necesario?

Thompson asintió fríamente con la cabeza.

—La continuidad de nuestra sociedad es más importante que la vida de un solo hombre. Ésa ha sido la directiva dentro de todas nuestras operaciones y lo seguirá siendo. Pero no nos adelantemos a los hechos. Les aseguro que el poder militar mantendrá a Sherman bajo control. Por el momento, sólo podemos jugar a esta carta. Si dejamos que el sistema colapse por sí mismo, entonces no habrá forma de detener la violencia. El nuevo sistema bancario otorgará a la población la confianza que necesitan para seguir trabajando.

Thompson había decidido finalmente traicionar a su aliado para actuar en favor del grupo. Era un movimiento arriesgado pero él sabía que se acercaba el momento en que la humanidad sería puesta a prueba. La hegemonía del orden social impuesto bajo sus intereses amenazaba con desaparecer si se equivocaban en alguno de sus movimientos. Ahora la mejor expectativa era que la población reaccionara de manera ordenada al gran cambio que se avecinaba.

Capítulo 8

Habían transcurrido varios días en el campamento sin novedad alguna, salvo la llegada del remplazo del coronel McClausky. Sarah Hayes visitó el centro de comando para conocer al nuevo oficial al mando del campamento. El mayor Ferguson mostraba una personalidad muy diferente a la de McClausky. Era el tipo de soldado cuya mirada y duro semblante intimidaría a cualquiera. Al contrario de su predecesor, se encontraba armado cuando se presentó con ella. Y de una manera frontal le hizo saber que se encontraba en ese sitio para asegurarse de que el trabajo que desarrollaban concluyera en el menor tiempo posible. A Sarah le dio la impresión de que Thompson lo había escogido para mostrarles que no bromeaba sobre sus amenazas.

El mayor Ferguson le informó entonces que una de sus primeras directivas consistía en sacar del campamento a Rafael para que regresara a España. Un oficial de inteligencia hablaría con él ese mismo día para ponerlo al tanto de las órdenes que debía seguir al llegar a su país. Sería evacuado a más tardar al día siguiente. Sarah recibió con pesar la noticia y se dirigió al centro de operaciones para comenzar sus labores y no pensar ya en ese asunto. Reflexionó que Rafael podría regresar pronto al campamento una vez que los rumores sobre el origen del códice fueran acallados y la prensa perdiera el interés sobre la noticia. Sarah encontró a Daniel y a Elena Sánchez conversando animosamente dentro de la carpa. Ambos la saludaron afectuosamente.

—El centro Marshall nos envió archivos actualizados sobre el comportamiento del Sol en los últimos días —le dijo

Daniel, que se había movido hacia una de las mesas para tomar una carpeta. Sacó algunos archivos con fotos y se acercó a Sarah para mostrárselas—. La NASA nos advirtió sobre un aumento considerable de actividad magnética en la superficie. Estas imágenes muestran nuevamente la generación de manchas solares durante el último periodo de observación.

—¿Se prevén más expulsiones de masa coronaria? —preguntó Sarah.

—Es lo más probable —respondió Daniel—. La NASA piensa que podrían comenzar en cuestión de días. Debemos estar listos para los efectos que estas llamadas solares produzcan sobre las comunicaciones globales y líneas de transmisión eléctricas. El director Graham acaba de alertar a la Casa Blanca.

Sarah Hayes comenzó a leer el reporte cuando su teléfono satelital timbró. Ella respondió de inmediato.

—Es tu hermana Susane. Te está llamando desde Europa —le dijo a Daniel al mismo tiempo que le pasaba el teléfono.

Sarah sabía que Daniel y Susane se mantenían en comunicación tras haber encontrado la forma de copiar los archivos de la computadora de Mayer. Archivos que Daniel mantenía en su poder. Sin embargo, no sabía qué plan traían entre manos. Un intenso nerviosismo comenzó a invadirla al pensar en lo vigilados que se encontraban ahora. Entonces prefirió sentarse a platicar con Elena para aliviar la presión que este hecho ejercía sobre ella. La antropóloga comenzó a hablar sobre las revelaciones de Kiara y sus impresiones sobre todo lo que Tuwé les había advertido.

—Necesitamos considerar seriamente el conocimiento que los indígenas guardan sobre el universo —comentó Elena—. Los mayas predijeron con exactitud el movimiento de los planetas sin que aún entendamos cómo lo lograban. En especial el planeta Venus, ellos tenían una extraña fascinación por este astro. El códice de Dresden contiene amplia información sobre el cálculo de sus ciclos de alineación con la Tierra. Es claro que este estudio detallado de sus alineaciones planetarias guardaba un propósito que aún es ignorado por la ciencia de nuestros días.

—Los planetas son cuerpos celestes que se mueven a velocidades extraordinarias al estar cargados eléctromagnéticamente —respondió Sarah—. Bajo estas circunstancias, la energía que acumulan mientras recorren sus órbitas es descomunal. Su aproximación provoca el choque de sus poderosos campos magnéticos, lo cual produce el intercambio de descargas de energía durante el evento.

—¿Qué significa eso? —preguntó Elena.

—Significa que quizás los mayas comprendían este fenómeno de transferencia de energía entre Venus y la Tierra cada vez que se alinean. De acuerdo a las más recientes investigaciones en mecánica celeste, el planeta más cercano al Sol acumula más energía durante su movimiento orbital. Energía que es liberada hacia el planeta más lejano cuando éstos se aproximan. Visto desde esa perspectiva científica, Venus dona energía a la Tierra cada vez que los planetas se alinean. Marte, por el contrario, roba energía a nuestro planeta durante su aproximación.

—Quizá por esto Venus siempre ha tenido una connotación benigna en la mitología de las culturas ancestrales. Por el contrario, Marte era visto por los griegos como la deidad de la violencia y la guerra.

Sarah atendía estas explicaciones. Definitivamente el mundo antiguo guardaba secretos que eran incomprensibles para la ciencia moderna. Ahora que todos ellos se encontraban en esa selva habitada en otro tiempo por la enigmática civilización maya, se veían inmersos en una situación que, por más que analizaban, tampoco alcanzaban a entender.

—Tuwé supo desde un principio que nuestra llegada al sitio de la pirámide de Etznab había sido dictada por el destino —comentó Elena Sánchez—. Al hablarnos sobre Kiara y el legado de los Inmortales, estaba hablando sobre un hecho real cuya influencia ha perdurado por siglos en este sitio y nos está afectando ahora mismo.

—Lo sé —respondió Sarah—. Es sólo que nuestra mente racional aún no concibe que esto sea posible. La interacción simultánea de dos sucesos separados por miles de años es algo imposible de concebir para la mente racional. Y al mismo tiempo, el hecho de que no sepamos a dónde nos llevará esta situación resulta prácticamente insoportable.

Mientras discutían, Daniel continuó hablando. Se movía de un lado a otro alzando el tono de voz de vez en cuando. Parecía estar peleando con su hermana. Su extraño comportamiento distrajo la conversación. Sarah y Elena no entendían lo que sucedía. La llamada telefónica duró más de veinte minutos y finalmente Daniel cortó la comunicación. Luego se sentó con pesantez sobre su silla. Sarah y Elena lo observaron, su cara se había puesto pálida.

—¿Qué sucede Daniel? —le preguntó Sarah mientras Elena se acercaba a él.

Daniel se llevó ambas manos a la cabeza, comenzó a respirar nerviosamente y dijo:

—Creo que esto lo tendremos que discutir en otro lugar —se levantó de su silla y les pidió que lo siguieran fuera de la carpa.

Sarah y Elena miraban extrañadas mientras Daniel las conducía hacia su remolque. Nunca lo habían visto tan estresado. Caminaba a un paso extremadamente rápido. Sarah comenzó a temer que algo hubiera salido mal y ahora todos estuvieran en problemas. Los tres entraron sigilosamente en el remolque y él cerró la puerta con cerrojo.

—Susane se encuentra ahora en algún lugar de España —explicó Daniel de inmediato—. Tuvo que salir de Zürich intempestivamente. Asegura que alguien ha estado espiándola desde hace tiempo. Ayer fue informada por su vecino de que dos personas entraron a la fuerza en su departamento y removieron todas sus cosas.

Sarah y Elena fueron tomadas por sorpresa. Ninguna de las dos entendía a qué se refería.

—¿De qué se trata? —preguntó Elena—. ¿Qué es lo que estaban buscando esos hombres?

Daniel les dijo con voz entrecortada:

—Ella piensa que están buscándola para secuestrarla o asesinarla.

Ninguna de las dos podía creer lo que estaba escuchando.

—¿Asesinarla? —exclamó Sarah—. ¿Pero por qué motivo Daniel? ¿Qué es lo que sucede?

—Me lo acaba de explicar todo. Susane diseña sistemas de software de alta seguridad para las grandes centrales bancarias del mundo, como te había explicado. Hoy me confesó que hace medio año un desconocido la abordó en un restaurante diciéndole que necesitaba el desarrollo de un programa de seguridad para proteger datos de una pequeña financiera. Hicieron una cita y el hombre la llevó a reunirse con otras tres personas en un lugar apartado cerca de la frontera italiana. Ahí le revelaron lo que verdaderamente querían de ella. Los hombres necesitaban acceso a las redes de información de los grandes bancos centrales de Europa, Norteamérica y el lejano oriente. Querían que les diseñara un programa que obtuviera acceso a los estados financieros de los grandes consorcios bancarios.

—Pero eso es ilegal —interrumpió Sarah—. Se trata de robo de información. Además, ¿quién podría estar interesado en conocer la situación económica de esos gigantes mundiales?

—Ella no lo sabe y me aseguró que se negó a seguir escuchando y trató de salir de ese sitio pero los hombres se lo impidieron. Después le ofrecieron quince millones de euros si conseguía el acceso a las redes centrales y descargaba la información que necesitaban. La regresaron a su departamento y la amenazaron diciéndole que la tenían bajo vigilancia y si acudía a la policía sería asesinada de inmediato. Susane estuvo pensando en el asunto sin saber qué hacer. Concluyó que debía cooperar con ellos si deseaba seguir con vida. Empezó a estudiar a fondo la forma de tener acceso a las redes bancarias y después de trabajar varias semanas, diseñó el programa necesario para ejecutar la descarga sin que el sistema dejara registro sobre la operación. Esperó la llamada del hombre que la había contactado y él reiteró la oferta que le habían hecho. Ella accedió a los términos y se dirigieron al mismo lugar donde había estado para entregarles el programa.

—Así que ella aceptó el trato —dijo Elena.

—Así es —respondió Daniel—. Me explicó que la tentación de poseer una fortuna tan grande fue demasiado para ella. Razonó que nunca en su vida iba a tener otra oportunidad igual y que ese dinero era suficiente para retirarse y no volver a trabajar jamás. Me dijo que por años ella había estado observando las maneras de proceder de los grandes bancos durante el diseño de los sistemas de protección. Susane se había dado cuenta de que todo lo ejecutaban bajo el mayor de los sigilos y que los grandes consorcios bancarios operaban en secreto con los bancos centrales que supuestamente estaban en posesión de los gobiernos.

—¿Que quieres decir con eso Daniel? —preguntó Sarah—. ¿Que el sistema económico mundial es manejado por particulares y no por los gobiernos?

—Eso es exactamente lo que me dijo. Lo cual es lógico, puesto que los gobiernos son también operados por mafias de partidos políticos en donde se protegen los intereses de ciertos particulares. Piénsalo bien, a final de cuentas todas las instituciones del mundo se encuentran manejadas por algún grupo de poder. Sean privadas o de gobierno, al final son estos grupos quienes los manejan. El sistema bancario representa el poder económico del mundo y ha sido manipulado desde los principios de su existencia.

—¿Pero hacia dónde va todo este asunto? —le preguntó Elena—. ¿Por qué la están persiguiendo ahora?

Daniel se aclaró la garganta para seguir explicando.

—Susane obtuvo acceso a las redes centrales y descargó la información para entregárselas a estos sujetos, por lo que obtuvo el dinero prometido. Guardó una copia de la información en un disco duro y consultó con un amigo suyo especialista en finanzas. Él le aseguró que la información que poseía demostraba que el sistema financiero mundial se encuentra en quiebra desde hace varios años. El endeudamiento que existe en el mundo actualmente es tan grande que resulta impagable. Grandes y pequeños países se encuentran a merced de los grandes bancos así como miles de millones de particulares cuyo fruto de su trabajo pasa de inmediato a manos de estos especuladores. Susane asegura que se aproxima el mayor colapso económico que jamás se haya visto y que los grandes bancos se preparan para absorber a sus pequeños competidores mientras arruinan la vida de millones de personas.

—¿Cómo es posible que esto esté sucediendo sin que los sepamos? —preguntó Sarah—. Millones de personas confiamos en la solidez de esas instituciones. Nuestros ahorros y patrimonio económico dependen completamente de la estabilidad de sus sistemas. Cometer esta clase de errores significa arruinar la vida de millones de familias.

—Pues así lo hicieron —respondió Daniel—. Y no se trata de un simple error de cálculo sino de una avaricia desmedida. Susane asegura que los grandes bancos centrales comenzaron hace muchos años a otorgar enormes líneas de crédito a la banca privada a través de dinero inexistente que crearon a partir de la nada. Su plan era acelerar el crecimiento de la economía y fortalecerse a través del pago de intereses que recibían mediante el crédito que la banca ofrece a los consumidores. La economía experimentó un auge desorbitado con el acelerado crecimiento de la industria. Esto inundó los mercados de consumo con millones de productos financiados a partir de dinero inexistente. Su plan resultó a corto plazo, el mundo experimentó una época de bonanza consumiendo en exceso todo producto posible, pero en la última década la ambición de los gobiernos y la suya propia los llevaron a ofrecer préstamos más allá de sus posibilidades de recuperación. Los daños ejercidos sobre el medio ambiente cobraron su factura. Los mercados se saturaron de deudas y los productos se encarecieron tanto que el dinero fue perdiendo su poder adquisitivo. Ahora, con los desastres climáticos que estamos sufriendo, la industria está dejando de crecer y nadie puede cumplir con sus obligaciones crediticias. Debido a esto su negocio se contrajo radicalmente dejando tanto a los grandes bancos como a los gobiernos y particulares en completo quebranto económico. La actual crisis del euro, la recesión en Norteamérica y el colapso de las economías europeas son una consecuencia directa de estas acciones.

—¿Pero qué es lo que sucederá? —preguntó Elena—. ¿Qué significa todo esto?

—Mi hermana piensa que los grandes bancos se preparan para realizar una restructuración completa del sistema. De otra forma el sistema colapsará haciéndoles perder su dominio sobre la población. Van a devaluar las monedas débiles en el mercado internacional para fortalecer a las monedas dominantes. Luego embargarán los bienes

patrimoniales de aquellas personas que no estén ya en posibilidades de pagarlos. Millones de personas perderán su
patrimonio de la noche a la mañana y tendrán que comenzar de nuevo desde abajo. Los gobiernos reducirán el presupuesto de los programas sociales de salud y vivienda
dejando a miles de personas desamparadas. Susane asegura
que con estas medidas la pobreza alrededor del mundo se
multiplicará exponencialmente. Dice que son medidas desesperadas cuyo único fin consiste en perpetuar su dominio
sobre la población.

Sarah y Elena observaban a Daniel sin saber qué opinar.
Él continuó con la conversación.

—Mi hermana me explicó que cuando se dio cuenta de
lo que planeaban, utilizó su fortuna para financiar el diseño
de un programa con el que planea infectar las grandes redes de
información de los bancos. Éste era el gusano al cual se refirió hace meses, ¿recuerdas, Sarah? Si logra hacerlo, todos
los archivos de los deudores desaparecerán y millones de
personas se liberarán de su deuda. Dice que el programa está
listo, pero que aún no resuelve el problema de cómo descargarlo directamente sobre la red central.

Al escucharlo, Sarah Hayes se paró de un brinco de su
silla.

—¿O sea que estaba hablando en serio? —le preguntó a
Daniel—. ¿Pero es que tu hermana ha perdido por completo
el juicio?

Elena y Daniel se quedaron perplejos ante la reacción
de Sarah.

—Pensé que hace tiempo habías dicho que te parecía
una buena idea arruinar a los grandes bancos —le recriminó él.

—Por favor Daniel, no creerás que estaba hablando en
serio —se excusó Sarah.

—Sonabas bastante convencida —repuso él.

—Y qué demonios importa lo que yo piense o no —exclamó Sarah—. Ése no es el punto. ¿Qué no te das cuenta de lo que tu hermana planea hacer?

—Sé perfectamente lo que planea hacer. ¿Cuál es el punto Sarah?

—¡Está planeando un serio crimen en contra de las instituciones más poderosas del orbe! Ése es el punto. Es una locura desde cualquier punto de vista. Los consorcios bancarios gobiernan las economías del mundo. ¿Te das cuenta contra quién se dispone a pelear?

—¡Por supuesto que me doy cuenta de eso! —exclamó Daniel desesperado—. Casi me da un infarto cuando la escuché en el teléfono.

—¡Y cómo no! —exclamó Sarah—. Los militares graban todas las conversaciones que llegan al campamento. ¿No le explicaste nuestra situación? Los militares pueden escuchar esa conversación y enterarse de su plan. Ahora nos está involucrando en esta locura.

—¡Por supuesto que se lo dije! Pero sólo se limitó a informarme que contaba con los medios para reemplazar la conversación por otra que ella tiene grabada. Todo lo que tengo que hacer es establecer una conexión remota la próxima vez que me llame. Ella se encargará de intervenir el sistema de los militares.

—¿Ahora quiere intervenir el sistema de los militares? —le preguntó Sarah sorprendida y Daniel se quedó callado—. ¡Y tú piensas ayudarla!

—¡No tenemos otro opción Sarah! —se quejó Daniel—. ¿No te das cuenta del lío en que estamos metidos ahora?

Sarah comenzó a analizar la situación.

—Lo siento, Daniel, pero creo que tendrás que pedirle a tu hermana que deje de involucrarnos en este asunto. Es demasiado peligroso y dudo que podamos hacer algo por ella —le pidió Sarah.

Él se levantó de su asiento y comenzó a caminar desesperadamente de un lado a otro.

—Esos hombres la están buscando para asesinarla, Sarah. ¿Acaso no lo comprendes? No puedo abandonarla, como sucedió con mi hermano mayor.

Elena se acercó a él y le pidió que se tranquilizara. Sarah lo observaba y no entendía lo que estaba pasando. Le pidió que le explicara lo que sucedía. ¿A qué se refería con abandonar a su hermano mayor?

Daniel tomó un par de segundos para tranquilizarse y le explicó que desde que habían llegado al campamento, había comenzado a tener sueños muy vívidos en los que regresaba a su infancia. Después de un tiempo averiguó algo que había ignorado a lo largo de toda su vida.

—Cuando mis padres decidieron huir de la Alemania oriental, mi hermano mayor no se encontraba con nosotros —explicó Daniel—. Él era ya un adolescente y había tenido problemas con mi padre por lo que había huido de la casa. Mis padres no pudieron encontrarlo y cuando llegó la fecha en que estaba planeado el escape, tuvieron que tomar una dura decisión. Era la única oportunidad de ir en busca de una mejor vida y decidieron sacarnos a los más pequeños. Mi hermano vivió presa del régimen militar que tomó el poder en Alemania oriental y nunca más volvimos a saber de él. De hecho, mis hermanos y yo éramos tan pequeños que lo olvidamos por completo. Mis padres jamás volvieron a hablar de él.

Daniel hizo una pausa para retomar el aliento y continuó.

—Cuando mis sueños me revelaron lo que había sucedido, le pedí a Susane que buscara en todas las redes de información posibles para encontrarlo, pero no existe ningún registro a nombre de él. Parece como si se lo hubiera tragado la tierra. O quizás fue uno más de los miles de asesinados por el régimen.

Elena Sánchez se aproximó a él.

—Creo que todos debemos tranquilizarnos y pensar bien en las repercusiones de este asunto —exclamó tomándolo por los hombros.

—Lo que aún no alcanzo a entender, es quién la está persiguiendo —preguntó Sarah—. ¿Los sujetos que la contrataron?

—No —respondió Daniel—. Esos sujetos le ordenaron que tomara su dinero y desapareciera por algún tiempo. Que le llamarían en caso de que necesitaran de nuevo de sus servicios.

—¿Entonces de quién se trata?

—Ella piensa que son agentes de seguridad contratados por uno de los bancos centrales. Asegura que unos días antes de que empezaran a seguirla, su computadora y sus teléfonos fueron intervenidos.

—¿O sea que uno de los consorcios bancarios conoce sus planes? —le preguntó Sarah.

—Ella asegura que eso no es posible, pero que si los sujetos que pagaron por la información cometieron algún error, el sistema del banco alertaría sobre su intrusión. Entonces el banco comenzaría a investigar a todos los programadores especializados para averiguar quién diseñó el programa que traspasó su seguridad. Como no les conviene acudir a la policía, en estos casos lo que hacen es contratar agentes especiales. Comúnmente se trata de ex militares o ex policías que se venden al mejor postor para realizar asesinatos y tareas de espionaje.

—¿Quiénes eran los sujetos que la contrataron? —preguntó Elena—. ¿Tiene alguna idea de quién podría beneficiarse con el robo de esa información?

—Ella dice que muy pocas personas en el mundo estarían interesadas en pagar tal cantidad de dinero por ese tipo de información. Que tiene que tratarse de una megacorporación o un gobierno enemigo que planee sabotear sus planes.

—¿Pero qué es lo que quiere de ti? —preguntó Sarah que estaba tratando de tranquilizarse.

—Quiere enviarme de alguna forma copia de la información que posee, así como la del programa que diseñó en caso de que su plan fracase.

—Eso es imposible —exclamó Sarah—. Se lo tienes que decir. Los militares registran absolutamente todos los envíos que nos llegan al campamento. Además si nos descubren pasaríamos el resto de nuestros días en una prisión de alta seguridad.

Sarah recordó entonces que aún tenían en su poder los archivos de World Oil y comenzó a ponerse sumamente nerviosa. El plan de Susane era una estrategia suicida frente al poder de esos gigantes económicos y lo que podían hacer para protegerse.

—¿Qué sucederá con los mercados financieros cuando pierdan los archivos de los deudores? —preguntó Elena Sánchez.

—Susane asegura que tendrán que empezar de cero, pero que en este caso los que perderán sus fortunas serán los bancos y no la gente inocente. La población conservará el patrimonio que tantos años de trabajo le ha costado formar y la economía mundial emprenderá un nuevo comienzo libre del yugo de los especuladores.

—A mí me suena como una buena idea —dijo Elena Sánchez.

Sarah Hayes los miró a los dos.

—Ya veo por qué son tal para cual. Se les olvida que en este mundo todo tiene un precio. Para que su plan funcione alguien tendrá que salir seriamente perjudicado.

—¿Y entonces que propones que hagamos? —le preguntó Daniel—. ¿Que me desentienda de lo que pasa con ella?

—Por supuesto que no —respondió Sarah—. Lo primero que debemos pensar es en cómo proteger la vida de tu hermana. Tenemos que ayudarla a esconderse para que estudie con calma las repercusiones de este asunto y no vaya a cometer una locura. Aún podemos convencerla de que se olvide del proyecto. Dijiste que ella se encontraba en algún lugar de España. ¿No es así?

—Así es.

—Entonces hablaré con Rafael para que le brinde alojamiento en su residencia privada en Madrid. Ya que se encuentre segura, veremos cómo ayudarla para que desaparezca por largo tiempo.

Daniel se le quedó viendo sin emitir ningún comentario. Se había quedado callado pensando.

—No sé si sea una buena idea —objetó él de pronto.

—¿A qué te refieres? —preguntó Sarah—. ¿No estabas pidiendo que la ayudáramos a esconderse?

—Mi hermana es una rebelde sin causa, como te habrás dado cuenta. No quisiera que le vaya a provocar problemas a él durante su estancia.

—Sólo dile que se comporte y que mantenga un perfil muy bajo mientras tratamos de ayudarla, ¿ok? ¿Qué otra cosa podemos hacer por ella?

Daniel asintió con la cabeza.

—Ahora volvamos al centro de operaciones. Tenemos que proseguir con los preparativos para el análisis del cuarzo de la galería. El Pentágono no tardará mucho en comenzar a presionarnos por los resultados.

Capítulo 9

Kiara observaba fuera del centro de operaciones cómo los helicópteros destinados a transportar a los técnicos comenzaban a calentar sus poderosos motores. Sabía que en unos momentos Shawn subiría a uno de ellos y sólo el destino sabría cuándo podrían volver a reunirse. El general Thompson había autorizado su salida y la buena noticia es que habían decidido retirar los cargos en su contra por haber huido sin autorización de Los Ángeles. De esta forma podía regresar sin inconveniente a los Estados Unidos para reunirse con su familia. No obstante, les había advertido a través del mayor Ferguson que si volvían a violar las leyes lo lamentarían por el resto de sus días. Leticia y su hija Aurora serían evacuadas también ese mismo día. Irían con sus parientes en el norte de México mientras José terminaba con su contrato en el campamento.

Kiara y su madre aún no podían volver a los Estados Unidos pues carecían de una vivienda y los medios para establecerse en la ciudad. Aun el ejército comprendía que no tenía sentido regresarlas bajo esas condiciones. Su padre había negociado este asunto con el mayor Ferguson, quien se comprometió a ayudarle para encontrar una lo antes posible.

Al otro lado del sitio de aterrizaje de los grandes helicópteros, la doctora Hayes se despedía de Rafael. Al parecer, también él iba a ser evacuado ese día. Kiara notó el dolor y la resignación en el semblante de Sarah. Con las condiciones que imperaban en el planeta, era sumamente lastimero pensar en los destinos individuales de cada uno. Los desastres naturales, la crisis financiera y la epidemia biológica que azotaban el mundo eran razones para temer por la seguridad de cualquiera que habitara las grandes urbes.

Kiara no podía acostumbrarse a las despedidas. Temía por el porvenir de cada uno de sus seres queridos y Shawn se había convertido en alguien muy especial en su vida. La había salvado de morir durante el terremoto y había compartido su suerte en el albergue de refugiados. La sola idea de dejar de verlo y saber las condiciones de peligro que enfrentaría en Sacramento la torturaban mientras esperaba que su vuelo partiera.

Shawn se acercó cargando sólo una pequeña mochila. Eran todas las pertenencias que poseía después de haber perdido todo durante el terremoto. Había llegado el momento de decir adiós. Una oleada de miedo y desesperación oprimió el corazón de Kiara. Respiraba arrítmicamente mientras sentía que su pecho no podía contener el aire que inhalaba. Nadie podía asegurarle que ambos volverían a verse. Shawn percibió su estado y la abrazó con fuerza. Kiara no pudo soportar más y estalló en llanto.

—Te prometo que volveré contigo en cuanto mi familia se encuentre mejor —prometió él con un nudo en la garganta.

Kiara no podía articular palabra alguna debido al intenso sollozo. Abrazaba a Shawn lo más fuerte que podía al tiempo que le pedía a los poderes del cielo y la tierra que lo protegieran de todo peligro. Tomó fuerzas desde lo más profundo de sus entrañas y exclamó entre llantos:

—Te amo Shawn… Prométeme que sabrás cuidarte.

Shawn la abrazó con más fuerza mientras las lágrimas no paraban de correr por sus mejillas. Un soldado se acercó a ellos para avisarles que era el momento de abordar. Shawn soltó a Kiara y caminó hasta el enorme helicóptero. Ella sintió que su corazón se desgarraba al verlo partir. Instantes después vio a Rafael caminar hacia el vehículo. Sarah Hayes lo miraba partir con un semblante de consternación. El rotor del helicóptero incrementó su potencia hasta que éste se desprendió del suelo. Unos instantes después encendió sus poderosas turbinas para emprender el vuelo sobre la vastedad de la selva. Kiara siguió la silueta de la nave hasta donde su vista le alcanzaba y de pronto se perdió en la inmensidad del horizonte. Pensó en Shawn una vez más y se dio cuenta de que una parte de su corazón se marchaba con él.

María Jensen observaba a su hija desde una distancia discreta. Se acercó a ella y la abrazó cariñosamente. Luego le indicó que su padre las esperaba en el comedor. Kiara caminó taciturna al lado de su madre. Ella percibía el dolor por el que su hija estaba atravesando y deseaba que su mente se distrajera para que aliviara un poco la tristeza que sentía. Ambas se dirigieron hacia la carpa principal del campamento.

Todo el equipo científico se encontraba realizando los últimos preparativos para visitar la pirámide de Etznab. Elena Sánchez y Daniel subían unos aparatos electrónicos a un vehículo. Sarah había regresado de despedir a Rafael y junto con el doctor Jensen hablaba con el teniente Mills en la entrada del comedor. Kiara fijó su mirada en el militar. Su pierna al parecer se había recuperado, no utilizaba ya bastón para apoyarse. Era la primera vez que volvía a verlo desde su llegada al campamento. En el estado que se encontraba ahora con el corazón abierto tras la partida de Shawn, Kiara se detuvo a pensar que ese hombre había arriesgado su vida para traer a su madre de regreso, salvándola de una muerte segura. Por más que se esforzaba, no encontraba la forma de agradecérselo. Ambas se dirigieron hacia el grupo y el doctor Jensen les pidió que comieran algo antes de partir.

—Hoy vendrás con nosotros a la galería —le dijo Mills.

Kiara se sorprendió con la aseveración. No sabía que la habían incluido con el equipo de investigación, pero tras sus revelaciones le parecía lo más lógico. Se acercó lentamente a Mills y exclamó mirándolo fijamente a los ojos:

—Teniente, aún no sé como agradecerle lo que hizo por nosotros. Ese día que llegué al campamento no lo comprendía a fondo pero ahora sólo quiero que sepa que estaremos por siempre en deuda con usted.

—Ver a tu familia reunida es todo el agradecimiento que necesito —le respondió—. No me deben absolutamente nada. Volvería a rescatar a tu madre las veces que fuera necesario con tal de ver lo felices que son juntas ustedes dos.

Kiara esbozó una gran sonrisa mientras Mills le respondía de igual modo. María Jensen se acercó a ellos y abrazó a Kiara. Mills les pidió que fueran a servirse su comida pues no tenían tiempo que perder.

El grupo se reunió fuera del campamento y los vehículos iniciaron la marcha. Kiara no observó a José por ningún lado y preguntó a su padre dónde se encontraba él.

—La doctora Hayes le pidió que fuera a la aldea de los indígenas a averiguar porqué Tuwé no ha aparecido. Estará de regreso esta tarde con noticias.

Kiara había formado una gran amistad con él desde la tormenta, cuando se había extraviado. José se había ganado su confianza y siempre estaba dispuesto a enseñarle sobre el mundo indígena que tanto le fascinaba. Por un momento pensó que le hubiera gustado acompañarlo para ir en busca de Tuwé, pero la oportunidad de visitar la galería era única y no podía desperdiciarla.

Los vehículos recorrieron cuatro kilómetros hasta donde el camino permitía su acceso. El grupo siguió a pie, custodiado de cerca por el teniente Mills y sus soldados. La jungla aparecía en completa calma. El paso del verano traía consigo fuertes temperaturas y todo el grupo sudaba sin cesar. Los rayos de Sol se filtraban revelando el inmenso colorido y la diversidad de la flora de ese sitio. Kiara observaba maravillada el hermoso paisaje al tiempo que escuchaba a los pájaros e insectos coreando en un fantástico concierto de diversidad.

Entonces se preguntó por qué el ser humano había decidido alterar un ecosistema tan vasto y perfecto. ¿Qué clase de satisfacción era la que buscaba en el mundo que la naturaleza no le proveyera ya? El solo hecho de encontrarse ahí presenciando la majestuosidad del reino natural era suficiente para regocijarse de estar viva en ese increíble momento. ¿Por qué la humanidad insistía en explotar ese mundo sólo con el propósito de llenarse de objetos materiales? ¿Qué pasaría a la larga, cuando ya no hubiera más bosque o selva para talar? ¿Dónde vivirían los pájaros y los monos? ¿Dónde quedaría la guarida del jaguar? ¿A dónde acudiría entonces el ser humano para seguir buscando riquezas?

Razonó que la mente del ser humano atravesaba un lapso de gran confusión. La naturaleza nos proveía de todo sin pedir nada a cambio salvo nuestro respeto. Estaba ahí para disfrutarse y valerse de ella con el objetivo de comprender los grandes misterios de la creación. Era un organismo sagrado que transmitía conciencia de ser mientras sustentaba la vida de todos sus pobladores. Pensó en los cazadores y cómo invadían la selva para matar animales sólo por deporte o diversión. ¿Cómo podían disfrutar matando a los inocentes animales de esa sagrada jungla? Luego recordó lo que José le había platicado sobre la explotación que sufría la selva a manos de las grandes industrias. No podía cegarse ante tal realidad. Cuánto había cambiado su perspectiva desde ese entonces. Había que hacer algo para detener esa aberrante tendencia. Nadie podía proteger a la selva de la amenaza del ser humano más que el humano mismo. Había que crear conciencia en las grandes ciudades, convencer a la gente de la necesidad de cambiar hacia una mejor forma de vida. Una donde el ecosistema no pagara el precio de nuestra ambición e irresponsabilidad. Una vida más plena que ser presas del estrés y el miedo a perder nuestra propia miseria de consumo.

El teniente Mills pidió a todos que se detuvieran sacando a Kiara de sus pensamientos. Presionó su intercomunicador y avisó que se estaba aproximando a la galería por el lado norte. Luego se acercó a un pequeño árbol donde quitó unas ramas para revelar la presencia de un sensor de movimiento. El aparato emitía una alerta silenciosa que delataba su presencia. Mills ordenó por el intercomunicador que no abrieran fuego. Segundos después, unas siluetas aparecieron entre el intenso follaje. Apenas se podían distinguir a lo lejos y Kiara se preguntó de quién se trataba. El perfecto camuflaje de sus ropas hacía que se confundieran con el entorno. Un escuadrón de cinco soldados de élite completamente pintados y camuflados salió a su encuentro.

—Advertimos su presencia desde hace diez minutos teniente —le dijo uno de ellos saludándolo.

—Entonces el sistema funciona a la perfección —respondió él.

—Afirmativo. Tanto las cámaras como los sensores nos advirtieron de su llegada.

Sarah y el grupo se encontraban sorprendidos. No habían visto ninguna cámara ni los sensores de movimiento. El equipo del coronel McClausky los había escondido de tal forma que eran invisibles. Mills les ordenó que continuaran y quince minutos después llegaban a la zona de la pirámide. Un destacamento de casi cien soldados los recibió. Sarah no daba crédito a la cantidad de efectivos que ahora custodiaban el sitio. Una gran carpa conteniendo toneladas de equipo electrónico de vigilancia y telecomunicaciones apareció frente a ellos. Más adelante el grupo pudo observar la maquinaria de excavación que había clareado la entrada a la galería. Sarah pidió que los condujeran hacia el interior del recinto. El oficial al mando del campamento le informó que el equipo de grabación se encontraba instalado y listo dentro de la sala principal. El teniente Mills y sus hombres cargaron el equipo de sonido del laboratorio y todos emprendieron la marcha hacia la entrada.

Kiara sentía que los soldados le clavaban la mirada, escudriñándola de arriba a abajo. En especial los más jóvenes. Seguro se preguntaban qué diablos hacía una adolescente en medio de la selva, junto a un selecto grupo de científicos. Vestida tan sólo con unos pequeños shorts y una ligera blusa ajustada, su belleza llamaba tanto la atención que sintió el peso de las miradas hasta que llegaron a la entrada y bajaron por una escalera de metal hasta el corredor principal. Una larga línea de cables de distintos grosores y colores se internaba hacia las profundidades.

El grupo continuó avanzando. Kiara no podía contener su emoción. Su respiración se aceleraba mientras descendían y percibía el fuerte olor a humedad que imperaba en el sitio. Llegaron hasta el punto donde el pasillo se ensanchaba y comenzó a ver estupefacta los impresionantes grabados de cuarzo en las paredes, iluminados por la tenue luz azulada. Verlos físicamente era una experiencia para la cual no pudo haberse preparado.

El sitio la invitaba a avanzar más rápido y poder contemplar la galería principal con sus propios ojos. Su padre la seguía de cerca y al ver su emoción le pidió que esperara al grupo. Kiara sentía que el corazón le iba a estallar. Se dijo a sí misma que debía tranquilizarse. Quizá su conciencia estaba recordando aquel día durante la tormenta en el que fue llevada por Tuwé hasta ese sitio. Sea lo que fuere, ella no podía comprenderlo. El grupo se reunió con ella y en un par de minutos alcanzaron la antesala. Ella quiso ser la primera en entrar. La atmósfera del lugar evocaba imágenes de otro tiempo y cuando finalmente estuvo ahí, la euforia estalló en su corazón.

Observó la luz que emanaba del gran símbolo del Hunab Ku justo frente a ella. Las incrustaciones de cuarzo brillaban a lo largo y ancho del recinto. Ella estaba simplemente boquiabierta. Se acercó al muro y comenzó a tocarlo. Los glifos la hacían sentirse transportada hacia otro mundo. Su padre se acercó para advertirle que no podían permanecer mucho tiempo ahí. La radiación inducía estados de sueño profundo y ninguno de ellos deseaba perder la conciencia.

Daniel y Sarah instalaron el equipo de sonidos. Elena encontró una extensión con energía eléctrica y realizó las conexiones. En un par de minutos estaban listos. Sarah hizo una seña al teniente Mills, quien llamó por radio al campamento para verificar si las cámaras y micrófonos seguían grabando. La respuesta fue afirmativa. Todo estaba preparado. Daniel ajustó la primera frecuencia y encendió el aparato. Un sonido agudo se propagó por la sala. Elena y el doctor Jensen miraban a su alrededor. No hubo reacción alguna. Daniel bajó el espectro de la frecuencia hacia tonos más graves. La galería no reaccionó. Probaron con cuatro tonos más y no hubo respuesta.

—¿En qué rango nos encontramos? —preguntó Sarah.

—Estamos por encima de los dos mega hertzios —respondió Daniel.

Sarah recordó el sueño que había tenido durante la ceremonia dirigida por Tuwé en el sitio sobre la playa, meses atrás. Un grupo de indígenas entonó su canto dentro de la pirámide. El sonido provocó una reacción en el cuarzo y la iluminación de la galería había cambiado drásticamente.

—Bajemos la frecuencia hacia un rango más cercano a la voz humana —sugirió Sarah, intuyendo que quizás de esa forma generarían una reacción visible.

Daniel ajustó los controles hasta un rango de novecientos hertzios y emitió el primer pulso. El sonido se expandió y de pronto un eco retumbó por la galería. Todos se sorprendieron. Sarah le indicó que bajara más la frecuencia. Daniel ajustó a cuatrocientos hertzios, emitió otro pulso y en esta ocasión el eco fue ensordecedor. El cuarzo reaccionó al sonido y un pulso de luz blanca surgió del símbolo del Hunab Ku recorriendo toda la galería.

—¡Hemos encontrado el rango de frecuencia! —exclamó Sarah mientras Kiara y el grupo observaban aún anonadados la reacción.

Elena se dirigió a Daniel.

—Comienzo a sentirme diferente. Como si mi cuerpo me indujera a descansar o como si me encontrara soñando y no en la realidad cotidiana.

—Yo me siento igual —comentó Kiara.

—Creo que quizá debamos conducir el experimento a intervalos entrando y saliendo de la galería —respondió Daniel—. No debemos exponernos por mucho tiempo a la radiación.

Sarah observó al teniente Mills. Él estuvo de acuerdo.

—Creo que tenemos tiempo para una prueba más —exclamó Sarah.

Sarah le pidió a Daniel que en esta ocasión emitiera un pulso continuo. Él programó el aparato, revisó los controles y accionó el encendido. El pulso invadió el recinto y de inmediato el cuarzo reaccionó. Un eco estridente acompañado por un caleidoscopio de luces brillantes con distintos colores comenzó a correr a través del cuarzo. Los glifos se iluminaron con intensidad. El eco incrementó, al igual que la luz. Kiara y el grupo enmudecieron al percibir lo que sucedía. Sarah se petrificó en su sitio al sentir la respuesta de la galería con todos sus sentidos. El entumecimiento le indicó que estaba a punto de perder el sentido. Su cuerpo se había paralizado al tiempo que perdía control de sus funciones psicomotoras. Las luces de la galería giraban produciendo un torbellino de impresiones fotosensibles en sus ojos. Sarah intentó pedirle a Daniel que apagara el aparato cuando una luz cegadora estalló en la galería. El deslumbramiento fue tan intenso que su visión se nubló por completo. Perdió la sensación corporal y comenzó a flotar dentro del recinto. Instantes después, un eco vibrante atrapó su atención proyectándola fuera de la realidad mientras todos caían desmayados en el suelo.

Kiara sintió el golpe sobre su conciencia, igual que si una fuerza indescriptible la hubiera arrebatado violentamente de su cuerpo. De inmediato dejó de percibir la galería para transportarse a través de un túnel de luz hacia lo desconocido. Era la misma sensación que había tenido durante la tormenta. Sabía que no tenía caso resistirse. Su conciencia viajaba a una velocidad impresionante. Relajó su mente y se dejó llevar por el torbellino que la tragaba. Sabía que después de la separación de su conciencia y su cuerpo, recobraría los sentidos. En un abrir y cerrar de ojos, todas las luces desaparecieron. Kiara sentía que estaba cayendo a través de un vacío interminable. Supo que su percepción aún no se ajustaba al nuevo nivel de realidad al que había viajado. Esperó con paciencia y en un instante volvió a tener conciencia de su cuerpo. Sus sensaciones corporales regresaron y el entorno se iluminó para revelarse ante sus ojos. Se encontraba acostada. Su vista estaba fija en un altísimo techo que se cernía sobre ella. Movió su cabeza hacia un lado y percibió que se encontraba en un sitio muy familiar para ella. Era uno de los salones del mundo intermedio, donde había conversado anteriormente con Anya.

Se incorporó con lentitud para sentarse sobre el sillón y miró a su alrededor. Definitivamente, el poder de la galería la había conducido hasta ese lugar. Le impresionaba la intensidad y el realismo con los que sentía ese espacio. Hubiera podido jurar que se encontraba dentro de su cuerpo físico si su memoria no le indicara que ése era el mundo intermedio. Sólo para asegurarse, Kiara realizó una prueba. Utilizó su intento para flotar sobre el sillón y al instante su cuerpo se alzó como si no pesara nada. Mediante su intento volvió al sillón. No le cupo la menor duda. Se levantó de un brinco y entendió que era el momento para buscar contacto con Anya y los míticos personajes a quienes Tuwé había llamado los Inmortales. Caminó hacia una de las grandes puertas y luego reflexionó. ¿Cómo iba a lograr eso? Hasta ahora Anya se las había ingeniado todo el tiempo para dar con ella.

Concentró su mente en la imagen de la guerrera y pidió que se presentara lo antes posible. Tenía que aprovechar su tiempo para hablar con ella. Recorrió el entorno con sus ojos y se maravilló de nuevo ante la majestuosidad del sitio. Comenzaba a sentirse a sus anchas cuando un movimiento de las enormes puertas al final del salón llamó su atención. Alguien se aproximaba desde la sala contigua. Kiara utilizó su intento para transportarse en un instante hasta la puerta y recibirla. Estaba segura de que Anya había percibido su intención de llamarla. Las puertas se abrieron lentamente y apareció una mujer. Kiara quedó estupefacta. Vestía exactamente el mismo tipo de ropa que Anya y su estatura era igual de imponente. Pero se trataba de otra persona. Su cabello era rubio y sus facciones resaltaban por una hermosura como pocas veces había visto en su vida. Kiara dio un paso hacia atrás sin saber cómo reaccionar.

Dina se encontró cara a cara con la extraña joven. Sintió su consternación por el encuentro súbito.

—No tengas miedo —exclamó Dina alzando su mano derecha—. Tú debes ser Kiara, la mensajera del tiempo.

Kiara escuchó eso y un sentimiento de autoconfianza atravesó su ser energético. Seguramente Anya les había advertido sobre quién era.

—Estoy buscando a Anya —respondió ella—. Y estás en lo correcto, mi nombre es Kiara.

—Mi nombre es Dina. Es un placer conocerte al fin. Anya y yo somos compañeras. Ambas somos aprendices de los grandes maestros.

Kiara relajó un poco su postura. Luego comenzó a sentirse más confiada en la presencia de Dina. Había algo en su persona que le transmitía una sensación de paz y armonía única. Como si se tratara de un ser de otro mundo incapaz de sentir emoción negativa. Todo su ser irradiaba bondad y confianza.

—¿Por qué has venido tú y no ella? —preguntó Kiara.

—Anya, al igual que yo, está atravesando por una situación sumamente agobiante. La última vez que la vi llevaba días sin dormir y estaba completamente exhausta. Su conciencia se está recuperando de la impresión de ese viaje a una realidad superior y no sé si se encuentre en condiciones de ejercer el sueño consciente.

Kiara observó a Dina extrañada. Nunca se le había ocurrido que cuando ella pasaba por una situación estresante y agotadora no era capaz de soñar consciente. Pero al escucharla entendió que eso era exactamente lo que le sucedía, en especial ante el estrés de la ciudad. Su capacidad para controlar el sueño disminuía de forma drástica.

—Entiendo —exclamó Kiara.

—Por favor, siéntate aquí conmigo —le pidió Dina señalando uno de los enormes sillones que adornaban la sala.

Kiara obedeció y no dejaba de contemplar a Dina. Su presencia era diferente a la de Anya. Ella no le infundía temor a pesar de estar ataviada con el mismo extraño traje de guerra.

—Puedes confiar en mí —le dijo Dina que podía percibir sus emociones—. Anya es más temperamental. Pero te aseguro que no tiene intención alguna de lastimarte. El miedo que nos tienes proviene de tu propio instinto de conservación. En este mismo momento estoy llamándola con mi intento para que se reúna con nosotros.

Kiara observaba con detenimiento a Dina, que realmente tenía una personalidad mucho más dulce. Su rostro le inspiraba confianza.

—Tengo un mensaje importante para los líderes de tu tiempo —le advirtió Kiara—. Debes llevarme con ellos cuanto antes.

—Lo sé —respondió Dina—. Sentí tu presencia desde que llegaste al mundo intermedio. Hemos estado esperándote. Los concejales estarán aquí en cualquier momento. No debes preocuparte.

Kiara se relajó al escucharla. Entonces se preparó para cumplir con la misión encomendada por Tuwé de comunicar a los Inmortales la situación por la que atravesaban en la pirámide.

—Anya nos ha hablado mucho sobre ti —le dijo Dina, quien la miraba fijamente—. Dice que eres sumamente fuerte de carácter y muy audaz.

—Sólo soy una simple estudiante —respondió Kiara con humildad—. Te aseguro que nadie se fija en mí. ¿De veras Anya te dijo eso?

Dina asintió con la cabeza. Luego agregó:

—Me parece que te subestimas. Nosotras somos algo parecido también. Somos aprendices de los grandes maestros y sin embargo la gente se fija en nosotros y nos respeta. Nuestra conciencia expandida influye sobre ellos invitándolos a explorar nuevas posibilidades de percepción.

Dina le sonreía mientras comenzaba a mirar por encima del hombro de Kiara. Anya había llegado al mundo intermedio y se acercaba con sigilo justo a espaldas de ella.

—Anya y yo aprendemos de los grandes maestros un tipo de conocimiento muy antiguo que desarrolla el poder de nuestra conciencia. En mi mundo se le conoce como magia compleja. Es una forma de conocimiento ancestral que te conduce a vivir con plenitud. Y no sólo eso, te enseña a cumplir con tu misión como ser consciente y a desarrollar las habilidades para continuar tu existencia más allá del mundo físico que todos conocen. Además, somos expertas en el arte de la espada y otras artes marciales. Anya en especial es una poderosa exponente de estas artes.

Kiara escuchaba fascinada a Dina, deseando que esa forma de conocimiento que practicaban en su mundo fuera posible de aprender en el de ella.

—¿Y tu mundo tiene algún nombre? —preguntó Kiara—. Mi padre y otros científicos descubrieron la galería subterránea y se preguntan quién la construyó y con qué propósito.

—Nosotras formamos parte de una nación llamada Atlantis —le respondió Dina—. Pero tus preguntas sobre la pirámide solamente pueden ser respondidas por los miembros del Gran Concejo. Ellos construyeron esa tecnología secreta que también representa un gran misterio para nosotras.

—¿Atlantis? —inquirió Kiara—. Creo que he escuchado sobre tu civilización. Pero se trata sólo de un mito. No existe ningún vestigio de que alguna vez existió.

En ese momento Anya llegó hasta donde ellas se encontraban. Escuchó la aseveración y se detuvo justo a espaldas de Kiara.

—¿Cómo que un mito? —exclamó Dina—. Nuestra influencia puede verse aún alrededor de todo tu mundo. También nuestra tecnología piramidal se ha esparcido a diferentes lugares del orbe. Así fue como llegaste hasta nuestra realidad. Nuestra civilización es la cuna de todo ese conocimiento que ustedes han olvidado y que tanto necesitan. Kiara observaba a Dina detenidamente. Definitivamente que quería saber más acerca de ella, de Anya y de su extraño mundo.

Algo en el interior de Kiara la impulsaba hacia la búsqueda de ese misterioso conocimiento que llamaba la magia compleja. La personalidad de ambas guerreras era simplemente fascinante para ella.

Recordó el terror que la figura de Anya le provocaba y pensó que quizá Dina tenía razón y se subestimaba. Conforme mejoraba en su dominio del sueño consciente comenzaba a sentirse a la altura de ellas. Un sentimiento de orgullo la invadió de inmediato. Después de todo, Dina le había revelado su condición de aprendiz. Seguramente que ahora, que se sentía a sus anchas en el mundo intermedio, podía utilizar su intento para competir con ellas.

—Anya te parecerá muy poderosa, pero te aseguro que la supervivencia en mi mundo no es nada fácil —fanfarroneó Kiara—. Mi novio y yo logramos escapar de un gran peligro en una ciudad devastada, que además estaba rodeada por cientos de soldados. Después nos perdimos en altamar sin agua ni comida y aún así conseguimos sobrevivir. Créeme que tengo un par de trucos que podría enseñarle.

Dina sonreía de oreja a oreja escuchando a la adolescente. Siguió mirando por encima de su hombro. Kiara no entendía lo que sucedía. Volteó suavemente para encontrarse con la figura de Anya parada justo detrás de ella. Kiara se levantó de un brinco. Anya la había estado escuchando fanfarronear. Anya se le acercó y la miró a los ojos, volviendo a intimidarla.

—Con que te crees muy lista —la desafió Anya—. Me gustaría ver ese par de trucos de los que hablas.

Kiara se encontraba petrificada observando a Anya. Dina no podía contener la risa.

—¿Por qué no me avisaste que se encontraba detrás de mí? —le reclamó a Dina—. Siempre que vengo a este sitio disfruta de asustarme.

Dina volteó a ver a Anya.

—¿Es cierto eso? —la cuestionó.

Anya no respondió a la pregunta. En lugar de eso llegó hasta el sillón para sentarse al tiempo que volteaba a ver a

Kiara con un semblante sumamente serio. Dina se dio cuenta de que su compañera sólo estaba jugando.

—Esta jovencita me desafió con su poder la última vez que estuvo aquí —explicó Anya—. Pero como veo que no le bastó con una lección, creo que podemos pasar a la siguiente.

Dina trataba inútilmente de contener la risa mientras veía a Kiara que las observaba temblorosa.

—Sólo está bromeando contigo, Kiara —le aseguró Dina entre risas—. Ven y siéntate con nosotras por favor.

—¿Así que bromeando, eh? —les reclamó Kiara—. Ustedes dos sí que disfrutan burlándose de mí. Anya casi me rompe la espalda la última vez que me dio una lección.

—¡Anya! ¿Tú hiciste eso? —la cuestionó Dina.

Anya hizo un ademán de desesperación con ambas manos. Luego exclamó entre risas.

—Obsérvala bien y dime si no se comporta como un animal salvaje. Aún no comprende lo importante que era para nosotros saber cómo había llegado hasta aquí. No tuve otra opción que someterla para que cooperara.

—¿Un animal salvaje? —preguntó Kiara sorprendida—. ¿Qué quieres decir con eso?

Anya observó su reacción y se levantó súbitamente para enfrentarla. Kiara dio dos pasos hacia atrás al ver su imponente figura.

—Tranquilízate, Kiara. No fue mi intención insultarte —le dijo—. En unos momentos te llevaremos frente al Gran Concejo y será mejor que te prepares. Así que dejémonos de juegos y concentrémonos en la razón de tu visita. Sabemos perfectamente las circunstancias que enfrentas en tu violento mundo. Sólo te pido que confíes en nosotras. Estamos aquí para ayudarte a comunicar tu mensaje.

—Primero explícame a que te refieres con eso de salvaje —le exigió Kiara que no dejaba de enfocarse en el asunto.

—Ve lo que ocasionaste —le recriminó Dina a Anya mientras se incorporaba para acercarse a Kiara.

—El universo tiene ciclos de expansión y de contracción —le explicó Dina acercándose a ella y tomándola de la mano—. La humanidad de tu tiempo atraviesa por un ciclo que reprime el crecimiento de su conciencia. Por eso tu mundo es tan violento. Pero tú has escogido el camino de la expansión que conduce a la verdad. Eres diferente a ellos aunque no escapas de su influencia primitiva. Tus reacciones no son otra cosa que un mecanismo de supervivencia desarrolladas en el complicado mundo que habitas.

Anya asintió.

—Nosotras, en nuestro mundo, estamos enfrentando ahora un proceso de transición hacia ese estado involutivo de conciencia —le explicó Anya—. Pero aunque esa oscuridad nos afecta, nuestro camino nos llevará siempre hacia los reinos superiores donde nuestra conciencia seguirá expandiéndose.

Kiara se disponía a preguntar cómo funcionaba ese proceso cuando las tres experimentaron una distorsión en el espacio. Sintió un desagradable vuelco en el estómago mientras veía la figura de una mujer que se materializaba de manera espontánea. Se trataba de la concejal Anthea. Kiara observó su exquisita indumentaria de seda. Los pliegues de la tela emitían destellos. Su cabeza aparecía adornada con un tocado cilíndrico que la hacía verse aún más alta. Su presencia era imponente. Kiara se había quedado boquiabierta observándola. La concejal la miraba sin emitir emoción alguna.

—Si ya terminaron de entretener a nuestra invitada —exclamó finalmente dirigiéndose a Anya y a Dina—, es momento para que se reúna con nosotros.

Luego volteó para enfrentarla y le dijo:

—El Gran Concejo te espera, Kiara.

Capítulo 10

Selvas de la península de Yucatán, año 1552 d.C. Tiempo de la

ocupación española en el nuevo mundo. En el día 12 Cahuac, 8

Kumku según la cuenta de la rueda calendárica maya.

Un constante gorgoteo acentuaba la sensación de humedad en el estrecho sitio donde tres personas permanecían sentadas en la oscuridad. Nubes de vapor ardiente inundaban la atmósfera produciendo una intensa sudoración sobre sus cuerpos. Solamente el débil fulgor rojizo de un montón de piedras ardientes a sus pies revelaba la fuente de calor que mantenía la alta temperatura del ambiente. Al ritmo de su profunda respiración, los tres permanecían inmóviles, descansando y disfrutando del ardiente baño. La densa oscuridad fue interrumpida de pronto. Alguien había abierto una pequeña compuerta a la altura del suelo, permitiendo además que una corriente de aire fresco entrara. La figura de un hombre maduro sobresalió entre los presentes. Dos mujeres se encontraban sentadas frente a él.

De pronto el hombre se dirigió a una de ellas y dijo:

—*Leetsbal Ek,* por favor acércame la jícara de agua.

La joven, cuyo nombre significaba *estrella brillante,* obedeció de inmediato agachándose para levantar una pequeña jícara con una mezcla de agua y hierbas que formaban un espeso líquido verdoso. Debía tener no más de veinticuatro años de edad. Tomó la jícara y se levantó para llevarla directamente hacia el hombre. Caminó unos pasos en la penumbra y le entregó la vasija. Él vertió parte de su contenido sobre las ardientes piedras del centro y una densa nube de vapor inundó de nuevo el lugar. La joven cerró de nuevo la compuerta y ambos volvieron a sentarse en su respectivo sitio, relajándose en ese húmedo y cálido ambiente. Los minutos trascurrían y el sepulcral silencio que reinaba en el lugar solamente era interrumpido por el regurgitar del agua al entrar en contacto con las ardientes piedras. Todos respiraban profundamente y parecía como si el mundo de afuera fuese incapaz de perturbar la profunda calma de su interior.

De pronto, un ruido llamó su atención. Unos gritos provenientes del exterior habían interrumpido su relajante calma. Leetsbal Ek reaccionó incorporándose súbitamente.

—Papá, ¿escuchaste eso? —preguntó.

—Sí. Parece que alguien nos busca allá afuera.

Leetsbal Ek dio dos pasos hacia la izquierda y se agachó hasta que sus rodillas alcanzaron el suelo. Luego empujó la pequeña compuerta de madera para salir del baño gateando. El cambio de temperatura fue abrupto y su piel se erizó de inmediato. Se encontraba completamente desnuda.

La claridad del día se hizo presente y cerró ligeramente sus ojos para no ser deslumbrada. Se dirigió hacia la entrada de una rústica vivienda, ubicada a unos cuantos metros del cuarto de baño. Recogió una larga sábana blanca con la que se cubrió desde el pecho hasta las rodillas. La suave tela se adhirió a su húmedo cuerpo revelando la belleza de su esbelta y atlética figura. Recogió su largo pelo negro hacia atrás y luego lo ató con un pequeño listón azul. Se dirigió hacia la entrada principal de su vivienda a través de un estrecho pasillo y abrió lentamente una puerta de madera para encontrarse con un hombre moreno, de pelo oscuro y tez rojiza, que mostraba un terrible semblante de angustia y sollozaba descontrolado, con las manos manchadas de sangre.

—¡Chumel! ¿Qué te sucede? —preguntó desconcertada Leetsbal Ek—. ¿Por qué lloras? ¿De dónde vienes?

Se trataba de un vecino suyo que trabajaba como asistente de su padre en las labores tradicionales del templo. Lloraba histéricamente a escasos metros de la puerta. Leetsbal Ek lo observaba impávida mientras él trataba inútilmente de articular unas palabras.

—Cálmate, Chumel —le dijo Leetsbal Ek, que escuchaba cómo el hombre profería horribles gritos de desesperación—. ¿Ha sucedido un accidente?

Él no pudo contenerse más y se desplomó en el suelo sobre sus rodillas, retorciéndose de dolor.

El ritmo cardiaco de Leetsbal Ek se aceleró al ver la escena. La angustia de aquel hombre y la forma en que se retorcía en el suelo la pusieron sumamente nerviosa. No sabía qué hacer y empezó a gritar a su padre y a su madre con desesperación. Al cabo de un minuto ambos se asomaron tras la puerta de la vivienda y vieron a Chumel tendido en el suelo. Su padre se acercó y comenzó a interrogarlo sin resultados. El hombre no dejaba de gritar y sollozar. Los gestos de horror reflejaban la angustia por la que estaba pasando. Por más que trataba de hablar, su boca no producía otra cosa que no fueran gritos y gemidos. El padre de Leetsbal Ek, cuyo nombre era *Sassil Be* o *sendero de luz*, lo abrazaba desconcertado. Sin poder hacer otra cosa por él, regresó a la vivienda y trajo un pequeño estuche con una pomada de un olor muy penetrante que puso cerca de la nariz de Chumel. El hombre reaccionó de inmediato al profundo olor y poco a poco fue tranquilizándose.

Leetsbal Ek y su madre, *Zac Muunyal* o *nube blanca*, observaban la terrible escena sin comprender lo que sucedía. El hombre poco a poco volvió en sí hasta que logró balbucear unas palabras:

—¡Mi hermana y sus hijos! ¡Mi hermana y sus hijos…! ¡Han muerto! —dijo con voz quebradiza antes de sollozar de nuevo.

Sassil Be lo abrazó.

—Tan grande es tu dolor, Chumel, que nosotros también podemos sentirlo. Dinos qué es lo que has visto. ¿Qué es lo que ha ocurrido?

—Han sido asesinados… Los *dzules* los han asesinado… Sus cuerpos están colgando de un árbol frente a su casa.

Leetsbal Ek sintió un escalofrío recorrer toda su espalda mientras un enorme hueco se abría en sus entrañas. No podía imaginar las razones por las que asesinaron a los familiares de Chumel. Su mente se llenó de confusión al escuchar la noticia. Miró a su padre, que se encontraba tan confundido como ella.

Hacía largo tiempo que los hombres blancos a quienes ellos llamaban *dzules* llegaron hasta sus tierras acompañados de los frailes religiosos. Desde entonces, la incertidumbre respecto a sus intenciones prevaleció entre las tribus mayas. Primero llegaron en calidad de visitantes, argumentando que deseaban establecer lazos comerciales con ellos. Luego trataron de influenciarlos para que renunciaran a sus tradiciones a favor de unos extraños ritos que ellos no comprendían. Poco a poco se establecieron en pequeños asentamientos donde levantaron grandes edificaciones. Leetsbal Ek había observado a través de los años que más y más hombres blancos llegaban para establecer sus usos y costumbres. Luego arribaron contingentes de soldados para reclamar gran parte de las tierras a favor de su gobernante y entonces comenzaron los conflictos.

Todo su pueblo se había trastornado con su llegada. Los dzules exigían a los aldeanos su cooperación en el arado y cultivo de las tierras. Las disputas y los pleitos eran demasiado frecuentes para ser ignorados. Sin embargo, estos hombres nunca habían llegado tan lejos. Lo que escuchaba era casi inconcebible. Años atrás se habían suscitado peleas entre hombres de ambos bandos que habían culminado en la muerte de algunos de ellos, pero nunca antes se había llegado al asesinato de niños y mujeres inocentes. Éste era un hecho aterrador, prueba de que las hostilidades alcanzaron un nuevo punto.

Chumel recobró un poco la compostura para informar a Sassil Be que su hermano corrió a informar al gobernador, por lo que Sassil Be supo que un destacamento de guerreros aparecería en su casa en cualquier momento. Como líder del concejo de ancianos, era su deber convocar de inmediato a los otros miembros para elegir la ruta de acción frente a semejante agravio. Además, debía preparar los ritos funerarios para las víctimas del crimen.

Le pidió a Leetsbal Ek que fuera rápidamente a ver lo que había sucedido mientras él preparaba su vestimenta ceremonial y esperaba a los guerreros del gobernador. Se trataba de un asunto muy grave y seguramente no tardarían en llegar. Mientras tanto, su esposa se ocuparía de atender a Chumel.

Leetsbal Ek entró de nuevo a su vivienda para quitarse la ligera sábana que la cubría. Se vistió en un instante, tomó un poco de agua y salió apresuradamente. Unos segundos después, emprendió el camino para averiguar con sus propios ojos lo que había ocurrido. La vivienda en cuestión no se encontraba muy lejos por lo que podía llegar ahí en poco tiempo.

Caminó presurosa por una estrecha senda. Su respiración se iba acelerando a medida que apretaba el paso. Aún era temprano y trazas de una espesa niebla se elevaban a escasos centímetros del húmedo suelo. Rayos de luz solar se filtraban por entre la espesura de los árboles. Su atlético cuerpo se movía ágilmente por entre la espesa jungla hasta que la vegetación se tornó más escasa. A lo lejos vio un grupo de gente reunido en torno a una pequeña vivienda construida con tablas de madera y techo de palma.

Todos los presentes voltearon a mirar a la recién llegada. Algunas mujeres envueltas en llanto corrieron de inmediato a abrazarla. A unos escasos metros, Leetsbal Ek pudo observar el más terrible espectáculo de su vida. De una de las gruesas ramas de un alto árbol de chicle se encontraban atados, colgando por el cuello, los cuerpos de una mujer de escasos veinticinco años junto con un niño de ocho y una pequeña de cinco. Todos mostraban señas en sus rostros de haber sido golpeados con brutalidad.

La escena conmocionó su conciencia. Presenciar semejante acto de odio y crueldad inhumana en contra de personas indefensas hacía que su ser se estremeciera de tristeza. Leetsbal Ek perdió el ritmo de su respiración. Una desgarradora impotencia consumió su ser. El tiempo dejó de transcurrir, la escena que presenciaba reflejaba las consecuencias del abrupto encuentro entre dos culturas tan distintas.

Aunque su mente se resistía a ver los tres cuerpos colgando, sus ojos no dejaban de mirar en esa dirección. Una mujer que la abrazaba llorando, la tomó del brazo e hizo que la siguiera al interior de la vivienda que se encontraba a escasos metros del gran árbol de chicle. Leetsbal Ek no comprendía con qué propósito la llevaba hacia allá. A la entrada de la choza, dos hombres una mujer y tres niños lloraban incontrolablemente sentados en el suelo. Al lado de una pequeña mesa fabricada con el tronco de un árbol se encontraba el cadáver de un hombre tendido sobre un enorme charco de sangre. Reconoció al padre de la familia asesinada por los colonizadores. Mostraba una herida en el cuello, autoinflingida con un cuchillo de obsidiana que estaba tirado cerca de su mano derecha. El hombre se había quitado la vida al ser presa del agudo dolor por haber perdido a su familia.

Leetsbal Ek no pudo soportar más y salió de la choza a toda prisa. Sintió ganas de volver el estómago. Se apartó de los demás, sintió espasmos en el vientre y vomitó jugos gástricos. Su flujo de energía se alteró por completo y de inmediato se sintió enferma. Su piel había perdido su tonalidad rojiza para tornarse sumamente pálida. La impresión de presenciar esas terribles escenas descomponía por completo su ser consciente. Se sentó en el suelo junto a los demás, sin saber qué hacer. Jamás se había encontrado en una situación como ésa. Sus ojos se aferraban a la imagen de los tres cuerpos mientras percibía la desolación en todos los presentes. Reflexionó sobre las consecuencias que ese crimen traería para su comunidad. Los deudos iban a exigir venganza. Más sangre iba a ser vertida. De eso no le cabía la menor duda.

Tomó fuerzas desde lo más profundo de su ser y se incorporó con lentitud. Padecía un molesto mareo pero sabía que tenía que volver con su padre. Les dijo a las personas que volvería con ayuda para bajar los cuerpos y que encontrarían a los responsables del crimen. Todos la escucharon y asintieron. Durante el regreso un miedo siniestro se apoderó de ella. Ya no caminaba por la selva con la misma seguridad de todos los días, sino que miraba a su alrededor temiendo por su propia integridad. Los sonidos de la jungla la aterraban mientras seguía su marcha por la angosta brecha. Sólo deseaba volver con sus padres para sentirse de nuevo protegida.

Los minutos transcurrieron rápidamente y llegó a casa. Un grupo de seis hombres se encontraba ahí. Dos de ellos sostenían a Chumel para que permaneciera erguido. Portaban espadas de obsidiana y vestían trajes de guerra con pectorales e insignias alrededor de su cuerpo. Eran los guardias personales del gobernador. Estaban indignados. Uno de ellos se acercó al verla llegar.

—Tu padre te espera —le dijo mirándola fijamente a los ojos—. El gobernador está enterado del crimen de los colonizadores y ha mandado llamar a los frailes para que expliquen por qué los dzules tomaron esta acción en contra de nuestra comunidad.

—He visto lo que los colonizadores han hecho —sollozó Leetsbal Ek con un nudo en la garganta y lágrimas en sus ojos.

Luego se dirigió hacia Chumel para expresarle sus condolencias por el terrible crimen que habían sufrido sus familiares.

En ese momento, Sassil Be salió de su casa y llamó a los guardias. Se había cambiado de ropa y vestía un traje ceremonial completo con pectoral, muñequeras, sandalias y un tocado con insignias y plumas en su cabeza. En su mano izquierda portaba un bastón de madera con plumas multicolores y una pequeña caja con utensilios.

Se paró frente a los presentes y les pidió que le prestaran atención. Los seis hombres obedecieron manteniéndose alertas a lo que iba a decirles.

—Les prometo que encontraremos a los culpables de este crimen y que serán castigados severamente por lo que han hecho —dijo con autoridad—. Pero ningún inocente más debe morir a causa de este suceso. Ahora debemos ir en ayuda de los deudos. Después nos reuniremos con el gobernador y buscaremos a los culpables.

Los seis hombres estuvieron de acuerdo con él. Sus semblantes expresaban el odio que sentían por los dzules. Todos ellos reflejaban en sus rostros sus deseos de venganza. Sassil Be miró a su hija, que seguía envuelta en llanto mientras Chumel trataba de recuperarse. Se acercó a ella y le pidió que se calmara. Luego la alejó de Chumel para que le informara lo que había encontrado en el lugar del crimen.

Leetsbal Ek titubeó un instante antes de responder a la pregunta.

—La mujer y los niños fueron golpeados brutalmente y luego sus cuerpos fueron colgados de la rama de un árbol —susurró ella bajando su mirada y con la vista nublada por el llanto—. El padre de los niños también murió. Su cuerpo se encuentra en la vivienda, se hizo una profunda herida en el cuello.

También le explicó que había prometido a las personas ahí reunidas que volvería con ayuda para bajar los cuerpos.

Tendrían que ir al sitio para darles sepultura a los fallecidos. Los guerreros le informaron a Sassil Be que la noticia ya se había esparcido por toda la aldea y cientos de personas comenzaban a reunirse frente a la residencia del gobernador para exigir justicia. También debería ir ahí para ayudar a calmar los ánimos.

Leetsbal Ek miró hacia la entrada de la casa y vio que su madre se acercaba a ellos con una expresión de incertidumbre. Su padre les pidió a ambas que lo acompañaran y ayudaran en cuanto pudieran con la difícil tarea de tranquilizar a la gente. Fue con los guardias y ordenó a todos que se pusieran en camino.

Tras un breve recorrido, Leetsbal Ek volvió a encontrarse horrorizada con los cadáveres. Mucho más gente acudió a ver qué sucedía. La noticia llegó a oídos de todos y decenas de hombres, mujeres y niños se acercaban al árbol para tocar los cuerpos al tiempo que soltaban gritos de dolor y lanzaban maldiciones en contra de los culpables. Era una escena desgarradora.

Sassil Be y los seis guerreros apartaron a la gente. Les dieron órdenes de que hicieran espacio alrededor del árbol. Era el momento de bajar los cuerpos y prepararlos para los ritos funerarios. Leetsbal Ek quedó impresionada por el aplomo con que su padre manejaba la situación. Mientras uno de los guerreros subía para cortar la soga que sujetaba los cuerpos, tres de ellos recibían con cuidado los restos de los fallecidos y los depositaban en el suelo con delicadeza. Después se dirigieron a la vivienda y entre dos de ellos cargaron el cuerpo del padre para llevarlo junto a su familia. Una vez que todos los cuerpos yacían juntos, Sassil

Be pidió a unas mujeres que llevaran ropas para cubrirlos desde los pies hasta la cabeza. Se paró enfrente de ellos e invocó a los poderes del cielo y de la tierra para que recibieran a los espíritus en el otro mundo. Los presentes callaron por completo mientras Sassil Be pasaba su bastón con plumas sobre los cadáveres.

Leetsbal Ek y otras mujeres encendieron varios sahumerios con copal. Su padre encaró a los presentes y les dijo que era voluntad de los dioses que los cuerpos fueran enterrados ahí mismo para que toda la familia viajara junta hacia el más allá desde el sitio donde habían fallecido. Sus posesiones serían ofrendadas al fuego esa misma tarde. Aseguró a todos que los culpables pagarían con sus propias vidas por ese terrible crimen, serían encontrados y capturados sin importar lo lejos que huyeran. La paz se reestablecería una vez que los culpables fueran castigados.

Una ola de murmullos se desató entre los presentes. Leetsbal Ek conocía bien los malos sentimientos que todos guardaban hacia los colonizadores blancos y comenzó a dudar si los pobladores quedarían satisfechos sólo con el hecho de castigar a los responsables del crimen. Los otros familiares de las víctimas tomaron a Chumel y le dijeron que se harían cargo de él.

Su padre llamó a los seis guerreros que lo acompañaban e hizo una señal para que ella y su madre emprendieran el camino hacia la residencia del gobernador. Inmediatamente, el grupo caminó a toda prisa hacia el interior de la jungla hasta que se encontraron una amplia brecha que los comunicaba con el poblado más próximo. El lugar se veía desierto, no obstante gritos y murmullos se escuchaban a lo lejos. El grupo se dirigió hacia la avenida principal. Al llegar, la excitación invadió el cuerpo de Leetsbal Ek. Se encontraba llena de adrenalina y seguía los rápidos pasos de su padre y los seis guerreros que lo acompañaban sin detenerse. Pequeñas

viviendas construidas con madera y techos de palma se alinea-
ban a lo largo del recorrido para desembocar justo al frente
de una edificación mucho más grande. Se trataba del templo
mayor, lugar de reunión del concejo de los Ah Kin y residencia pública del gobernador o Halach Uinik.

Un tumulto bloqueaba el paso hacia la entrada del templo, por lo que los seis guerreros lanzaron gritos para dispersar a la multitud.

—¡Abran paso al *Ah Kin May*! —gritaban los seis guerreros al tiempo que empujaban bruscamente a los presentes.

Sassil Be caminaba detrás de los guerreros que le iban
abriendo paso mientras Leetsbal Ek se mantenía junto a él,
haciendo un gran esfuerzo para no perderlo de vista.

El gobernador se encontraba justo en la entrada del
templo rodeado por más de veinte guerreros a ambos lados. Frente a él a escasos metros de la gente, tres guerreros que portaban espadas de obsidiana vigilaban de cerca a
dos hombres blancos que se encontraban arrodillados en el
suelo. Uno de ellos tenía ropas comunes de los colonizadores blancos y el otro portaba el inconfundible hábito de los
frailes franciscanos, consistente en una túnica de color café
oscuro con una soga a manera de cinturón. Ambos hombres
sangraban profusamente de la nariz y la boca. Habían sido
golpeados con brutalidad y mostraban una expresión de terror en sus rostros.

La multitud gritaba injurias y uno que otro hombre
se acercaba rápidamente para propinarles un par de patadas
mientras los insultaba con desprecio. El gobernador se dio
cuenta de la llegada de Sassil Be y le hizo señas de que subiera
a la entrada del templo para acercarse a él. Lo hizo sin perder
tiempo. Mientras que Leetsbal Ek permaneció observando la
escena a unos metros de los hombres golpeados.

—Este par de sujetos —sonó la voz del gobernador dirigiéndose a Sassil Be— conoce a los responsables del crimen

perpetrado en contra de nuestros hermanos pobladores y se niegan a decirnos dónde se encuentran ahora los culpables.

Sassil Be caminó hacia los dos hombres. Se detuvo a un par de pasos frente a ellos y miró con fijeza al fraile. Entonces le dijo con voz clara para que todos lo escucharan:

—Tú, hombre religioso, ¿conoces a los responsables del asesinato de nuestros hermanos?

El fraile que comprendía perfectamente la lengua de los pobladores respondió de inmediato.

—Os juro señor que desconozco el paradero de los hombres que buscáis. Este hombre junto a mí es su compañero, pero no es responsable de lo sucedido. Por favor, permítanos marcharnos para que encontremos a los culpables y los traigamos ante usted.

—¡Mientes, maldito usurpador! —rugió la voz del gobernador, que se acercaba amenazante—. ¡Lo único que deseas es escapar para alertar a los culpables y que se den a la fuga!

El fraile se defendía diciendo que él no era el responsable del crimen y que lo dejaran libre. El otro hombre blanco empezaba a llorar con desesperación al darse cuenta de que los pobladores no tenían la más mínima intención de liberarlos. Sassil Be se dirigió de nuevo hacia el fraile y le dijo:

—Debes ayudarnos a encontrar a los responsables del crimen para que la justicia les sea administrada. Sabes que debemos castigarlos por lo que han hecho. Pregúntale al hombre que te acompaña dónde se encuentran ahora esos hombres.

El fraile obedeció pero el otro preso negó con la cabeza para después agregar que seguramente habían escapado hacia la misión más cercana.

—Debemos solicitar la ayuda de los frailes para que nos entreguen a los culpables —le explicó Sassil Be al gobernador, en voz baja—. Ése es el mejor camino para solucionar este asunto. Si los vamos a sacar de la misión por la fuerza, los frailes interpretarán el hecho como un acto de guerra en contra de ellos y los colonizadores llamarán a los soldados. Eso traería graves consecuencias para todos nosotros.

El gobernador, a quien en su lengua llamaban *Halach Uinik*, miró a Sassil Be de forma penetrante.

—Los frailes nunca han permitido que se castigue a los colonizadores por sus delitos en contra de nuestro pueblo —le respondió con dureza—. Ellos son sus aliados. Hombres blancos como ellos que sólo desean nuestras tierras mientras esclavizan a nuestros hombres. No nos ayudarán a hacer justicia. Estoy cansado de su presencia en nuestro territorio. Es hora de que se haga justicia para nuestro pueblo o de que todos ellos se marchen de aquí.

La multitud estalló en un grito de aprobación al escuchar las palabras del gobernador. Lanzaron consignas en contra de los frailes y los colonizadores. Algunos pobladores exigían a gritos la muerte de los dos hombres que habían capturado. Leetsbal Ek y su madre fueron empujadas por quienes trataban de alcanzar a los hombres blancos y acabar con ellos. Le indicó a su madre que tratara de dirigirse hacia el templo. De pronto la turba se abalanzó para lincharlos. Los tres guerreros que los custodiaban trataron de detener la furia de la gente, pero su esfuerzo fue inútil.

Leetsbal Ek comprendió que habían enloquecido e iban a pasar encima de ellas de ser necesario. Ella y su madre luchaban por apartarse pero la fuerza de la multitud era incontenible. Si no se movían de inmediato, serían arrolladas. Tomó a su madre de la mano y emprendió la carrera en dirección de la entrada del templo para escapar. Decenas de gritos se escucharon a su alrededor mientras las personas se abalanzaban contra los dzules.

Capítulo 11

Al norte de los Estados Unidos, el profesor Mayer y William Sherman se encontraban justo fuera de una sala de experimentación en los grandes laboratorios de la corporación World Oil. A un lado de ellos, sentado pesadamente sobre su silla, un obeso y calvo individuo de rasgos característicos del oriente de Europa los escuchaba atentamente.

—Han pasado demasiadas semanas y aún no han logrado desarrollar un medio efectivo de protección contra el agente gris —le reclamó Sherman a Mayer—. La terapia con antibióticos dejó de dar resultados y nos encontramos desprotegidos contra esa amenaza. Espero ver un verdadero avance en las investigaciones muy pronto o enfrentarán severas consecuencias.

Mayer temblaba de nervios. No necesitaba escucharlo para saber lo que William Sherman tenía planeado hacer una vez que desarrollaran la vacuna. Lo había engañado respecto a la efectividad de ésta y ahora sabía que pagaría con su vida tal afrenta.

—Todos los métodos habituales para desarrollar la vacuna fallan con el agente gris porque esta bacteria fue modificada genéticamente para acelerar su capacidad de adaptación —respondió Mayer—. Para desarrollar la vacuna primero necesitamos entender los mecanismos de los que se vale la bacteria para mutar de forma tan rápida.

El individuo que los acompañaba tomó la palabra.

—Durante años intentamos producir una vacuna efectiva contra la cepa original, pero nunca tuvimos la oportunidad de verla desarrollarse libremente en el medio ambiente. Ahora sabemos que ejecutó una mutación para resistir a los antibióticos. Al comparar la nueva cepa con la original, hemos identificado la nueva cadena de nucleótidos en su ADN que la ha vuelto resistente. Si logramos entender cómo realizó esta mutación, entonces podemos desarrollar un medio efectivo para bloquear su capacidad de adaptación y así eliminarla más fácilmente.

—¿Se refiere a un inhibidor de ADN? —preguntó Mayer.

—Exactamente. Con una sustancia inhibidora dejaríamos a la bacteria expuesta a otro medio para eliminarla.

—¿Y cuál sería ese medio? —inquirió Sherman.

El científico ruso continuó.

—Desde hace décadas que se conocen organismos antagonistas de las bacterias conocidos como bacteriófagos. Son virus cuyo espectro de contagio es dirigido estrictamente a un organismo específico. Los bacteriófagos devoran a las bacterias antagonistas sin atacar otro tipo de células. Su ventaja es que tampoco se reproducen dentro de ellas para crear una nueva infección. Es la mejor arma que podemos escoger para combatir al agente gris. Una vez encontrado el bacteriófago antagonista de la bacteria es posible eliminarla por completo en pruebas de laboratorio.

—¿Y qué demonios esperan para atacar a ese agente? —exigió Sherman.

—Existe un problema con los bacteriófagos comunes —explicó el científico—. Al entrar en el torrente sanguíneo, el sistema inmune los reconoce como virus y los elimina de inmediato impidiendo que realicen adecuadamente su trabajo. Por eso en la actualidad son utilizados únicamente como medio de protección en cultivos y no como una alternativa a los antibióticos, como se creyó que servirían cuando fueron descubiertos.

—¡Maldita sea! —se exasperó Sherman—. ¿Y cómo demonios planea utilizarlos contra el agente gris?

—Existe un tratamiento ensayado solamente en conejos de laboratorio para la utilización de los bacteriófagos —intervino Mayer—. No está aprobado en los humanos porque requiere en un principio de administrar una dosis de quimioterapia para destruir temporalmente el sistema inmune del paciente y luego saturarlo del virus específico. Es el mismo proceso utilizado en los trasplantes de médula ósea. Pero como las bacterias pueden ser atacadas con todo tipo de antibióticos, aún no se ha requerido de emplear este método experimental con seres humanos.

Sherman observó a ambos científicos con una mirada amenazante.

—Empezaremos las pruebas clínicas con los enfermos de inmediato —les ordenó—. Necesitamos saber si el agente gris es vulnerable a este tratamiento. Dirijan un equipo de médicos a los hospitales cercanos y utilicen el método contra ambas cepas para que puedan evaluar los resultados.

Mayer miraba a Sherman con incredulidad.

—Señor Sherman —objetó tímidamente—. Para hacer eso necesitamos la autorización del congreso de los Estados Unidos y del presidente. El propio personal de los CDC deberá supervisar los tratamientos, pero antes de que esto suceda, le anticipo que la controversia que generará esa idea podría discutirse por meses en la cámara de representantes.

—¡Me importa un bledo la maldita cámara de representantes! —gritó Sherman levantándose y golpeando la mesa con ambos puños—. Esa maldita bacteria avanza día a día amenazando a la humanidad entera. No tenemos otra opción que comenzar a atacarla. Haga todos los preparativos para comenzar los ensayos de inmediato. Hoy mismo hablaré con el presidente y el general Thompson.

Sherman se paró de la mesa para abandonar el lugar. Mayer y el científico ruso se miraron el uno al otro.

—El proceso no dará resultado sin el inhibidor de ADN —le dijo éste a Mayer—. ¿Por qué demonios no se lo dijo?

—Estaba a punto de hacerlo cuando explotó.

—Si utilizamos los bacteriófagos sin la ayuda del inhibidor, la bacteria podrá adaptarse rápidamente al tratamiento. Quemaremos nuestra mejor arma sólo para darle gusto a ese maldito psicópata.

—Debemos trabajar a toda prisa para encontrar el inhibidor —respondió Mayer—. Los casos van en aumento día con día y muy pronto la enfermedad se saldrá de control.

William Sherman abordó su helicóptero para dirigirse directo al aeropuerto.

Tomó su teléfono móvil y marcó el número privado del general Thompson, que respondió tras varios timbres.

—¿Qué sucede?

—Voy camino a Washington —respondió Sherman—. Necesito que convoques una reunión de emergencia con el presidente y su gabinete.

—¿De qué se trata?

Sherman le explicó brevemente lo que se proponía.

—Las medidas experimentales sobre seres humanos no son lo mismo que el tratamiento preventivo de protección —le explicó Thompson—. El presidente no tiene el poder para emitir ese tipo de decreto. La junta de investigación médica tendría que aprobarlo para después presentarlo ante el congreso. Lo que estás pidiendo es imposible de lograr salvo fuera del marco de la ley.

—¿Y qué demonios planean hacer los malditos políticos? —le reclamó Sherman—. Sabes perfectamente que los enfermos morirán de todas formas. Tenemos que experimentar con ellos antes de que sea demasiado tarde para salvar a todos.

Thompson reflexionó sobre las palabras de Sherman. Sabía que la enfermedad continuaba propagándose y se estaban quedando sin opciones.

—¿En cuánto tiempo estarás aquí?

—En dos horas —respondió Sherman.

—Hablaré con el profesor Mayer para que explique a la junta el tratamiento y que nos envíe todos los documentos. No te puedo garantizar nada pero hablaré con el presidente. Tendrá que interrumpir su agenda para atender este asunto. En cuanto llegues te informaré sobre la hora de la reunión.

Sherman llegó hasta el aeropuerto; su jet privado lo esperaba listo para partir. Levantó el vuelo y en Washington fue recibido por un fuerte destacamento de seguridad del ejército. El oficial a cargo le informó que el general Thompson lo vería directamente en la Casa Blanca. El convoy de automóviles lo llevó hasta su destino. Fue conducido a una de las salas privadas. Sherman se impacientaba a cada minuto. En unos pocos días lanzaría su plan estratégico de reordenamiento mundial y ninguna enfermedad se interpondría en sus planes. Llegaría hasta las últimas consecuencias para lograr su propósito. Había planeado por años su venganza contra los consorcios y ya empezaba a saborear la victoria poco a poco.

Pensó en el general Thompson y el porqué de su demora. Analizó un punto importante. Estaba enterado de que el general se había reunido en secreto con los opositores a su plan. Su equipo de espionaje se lo había informado días atrás. Y aunque no conocía los detalles de su arreglo, podía imaginarlo. El grupo estaba temeroso del poder que lograría al obtener el control absoluto de los energéticos y el mercado cambiario. Naciones enteras quedarían a sus pies una vez consumado el cambio. El grupo trataría de proteger sus propios intereses guardando un as bajo la manga. Ese as era el general Thompson y el poder militar que ejercía. El grupo sabía que incluso con todo el poder financiero, Sherman jamás contaría con la fuerza suficiente para enfrentar a su ejército.

El general podría traicionarlo si no actuaba acorde al interés del grupo de los ocho. Parecía que al final estaría subordinado otra vez al poder de otros, pero él jamás bajaba la guardia. Sherman había estudiado cuidadosamente cada punto. Estaba consciente de lo que sucedería una vez que hubiese retirado la disponibilidad de petróleo del mercado.

Si el grupo de los ocho o el general Thompson amenazaban con sublevarse, todas las grandes refinerías y plataformas de extracción de crudo podrían quedar inutilizadas en unos minutos. Un poderoso sistema computarizado enlazado a sus satélites operaría un mecanismo de autodestrucción de la infraestructura principal de su industria. Esto se los haría saber a su determinado tiempo. Ante tal amenaza, el grupo tendría que pensarlo dos veces antes de considerar siquiera levantarse en su contra. El general Thompson no tendría otro remedio que apoyarlo al saber que, si se atrevían a eliminarlo, la continuidad de la sociedad estaría comprometida. Sherman había previsto todo sutilmente. El trabajo de sabotaje que había preparado en las refinerías era sólo un pequeño ensayo de lo que podía hacer si su imperio corriera algún peligro.

El sonido de unos pasos interrumpió su reflexión. La puerta del recinto se abrió para dar paso al general Thompson y a tres miembros del gabinete presidencial. Sherman saludó a los presentes.

—Nuestra reunión tendrá lugar en la oficina oval —le informó Thompson y Sherman los siguió.

El presidente se encontraba con el resto del gabinete ya reunido. Varios representantes del ejército llegaron al mismo tiempo. Eran los oficiales de la junta de investigación médica y control de epidemias del Pentágono. Mayer les había enviado la información un par de horas atrás y algunos de ellos todavía hojeaban parte de los documentos. El representante de la junta médica fue el primero en hablar.

—Señor presidente, los laboratorios de investigación de World Oil han propuesto un tratamiento experimental para el manejo de los casos de infección por la bacteria desconocida. Por cierto, la junta de investigación ha terminado con las indagatorias sobre el origen de esta enfermedad. Sospechamos que se trata de una cepa modificada genéticamente procedente de la antigua Unión Soviética conocida entonces como agente gris. Si éste es el caso, nos encontramos ante una amenaza gravísima para toda la humanidad. De acuerdo con nuestra información, el agente gris se encontraba entre las cepas más mortíferas de su arsenal bacteriológico. Desconocemos por completo cómo fue desarrollado y de qué manera lo extrajeron de sus laboratorios. La información que tenemos no contempla la existencia de una vacuna o tratamiento ensayado para combatirlo.

Sherman sintió un escalofrío al escuchar la declaración. La junta de investigación había averiguado el origen de la bacteria. Razonó que Thompson conocía este hecho pero por motivos obvios no lo había comentado.

—¿La antigua Unión Soviética? —inquirió el presidente—. ¿Cómo demonios pudo aparecer después de más de dos décadas en nuestro país? ¿Están seguros de esto?

—La junta de investigación nunca ha tenido en su poder dicha bacteria, pero nuestros espías en ese entonces fueron capaces de obtener documentos que describían su funcionamiento —explicó el oficial médico—. Creemos que la Unión Soviética tenía intenciones de utilizarlo en nuestra contra, pero por motivos desconocidos el proyecto fue abandonado. El expediente del agente gris llegó al máximo nivel de seguridad en los archivos clasificados de la junta, por eso nos fue fácil dar con él.

—Pero eso suena irracional —comentó el presidente—. ¿Quién podría tener en su poder ese agente por tantos años para luego soltarlo dentro de nuestro país sin que nadie pudiera prevenirlo?

—Eso es lo que estamos averiguando señor —intervino el general Thompson—. Seguramente el agente permaneció

171

oculto por décadas para luego ser vendido a un grupo terrorista que organizó su liberación en el ambiente. Las condiciones de caos y devastación en la ciudad de Los Ángeles fueron el entorno perfecto para realizar su plan. Sé que pronto daremos con los responsables pero ahora lo más importante es lidiar con la amenaza que representa la enfermedad en nuestro territorio y a nivel mundial.

Todos los miembros del gabinete asintieron dando su apoyo a Thompson. Sherman permanecía escuchando.

—¿Cuál es el reporte más reciente de personas infectadas? —preguntó el presidente.

—Los CDC reportan más de tres mil muertes alrededor del territorio norteamericano y aproximadamente dos mil seiscientos nuevos infectados, la mayoría de ellos en condiciones críticas. La tasa de contagio aumentó un 3.64 por ciento la última semana —informó el oficial médico—. A nivel mundial, la OMS reporta más de mil trescientos nuevos infectados en esta semana. No ha sido posible controlar la enfermedad, todo lo contrario. Los brotes continúan emergiendo y ya es sólo cuestión de tiempo para que el pánico invada a la población.

Sherman se dirigió a Thompson en voz baja.

—¿Decidirán hoy sobre nuestra propuesta? —le preguntó.

—Ésta es sólo una reunión preliminar —le respondió el general—. El gabinete escuchará la recomendación de la junta de investigación médica antes de decidir acudir al congreso con la propuesta.

Sherman se exasperó de inmediato al escucharlo. Odiaba la burocracia de los políticos y el tiempo que perdían en sus inútiles discusiones. Cuando él tuviera el poder cambiaría todo eso, pensó. El vocero presidencial pidió silencio en la sala.

—¿Cuál es el tratamiento experimental que han propuesto los laboratorios de World Oil? —preguntó el presidente.

El oficial médico explicó brevemente los pormenores del asunto.

—¿Está hablando de experimentación médica en pacientes vivos? —cuestionó de inmediato el secretario de estado—. Hace unos meses aprobamos medidas similares en la ciudad de Los Ángeles y no dieron resultados. La prensa casi nos come vivos por tal decisión y en ese entonces se trataba sólo de un medio de protección, ahora estamos hablando de experimentar con las vidas de los pacientes.

—El agente gris ha mostrado una tasa de mortandad del cien por ciento, señor secretario —respondió el oficial—. Por desgracia, sabemos que todos los infectados morirán en cuestión de horas o unos días a lo máximo. La enfermedad se propaga cada vez a un ritmo más acelerado. Los protocolos del ejército autorizan la experimentación biológica en seres humanos en estos casos. Las medidas son absolutamente necesarias ante esta amenaza. Si no comenzamos a tomar decisiones ahora mismo, esta enfermedad pronto se podría convertir en un apocalipsis para la humanidad.

El gobierno enfrentaba la gravedad de un asunto que podría sumir a la humanidad en un escenario de aniquilación completa. El presidente guardó silencio por un momento. Tras escuchar la opinión de la junta médica, la propuesta se puso a votación. Los miembros del gabinete alzaron su mano. La decisión a favor era unánime. Sherman esbozó una leve sonrisa de satisfacción. Su plan estaba dando resultado.

Capítulo 12

Centro de comando, centro de comando... Aquí campamento galería... tenemos una emergencia... repito, tenemos una emergencia —sonó la voz del operador en la radio.

El oficial a cargo de las comunicaciones en el campamento atendió la llamada de inmediato.

—*Adelante campamento galería, aquí centro de comando, lo escuchamos fuerte y claro.*

—*Tuvimos una explosión magnética dentro de la galería subterránea... no hay contacto con los científicos... Los sensores reportan una actividad anormal dentro del recinto... Los niveles de radiación están fuera de la escala... Perdimos imagen y sonido... Solicitamos instrucciones... Repito, solicitamos instrucciones... Cambio.*

—¡Llamen de inmediato al mayor Ferguson! —ordenó el oficial del centro de comando.

El militar encargado del campamento apareció en unos pocos minutos y tomó el auricular.

—*Campamento galería... campamento galería... Aquí Ferguson... Informe lo que sucede.*

—*Mayor, las cámaras registraron una explosión magnética dentro de la galería mientras el personal científico conducía el experimento... Los niveles de radiación aumentaron exponencialmente... Los científicos yacían en el suelo antes de que perdiéramos las imágenes... El equipo de rescate bajó a la galería pero aún no se reporta...*

—¿Qué experimento llevaban a cabo?

—Experimentaban con un modulador de frecuencias de sonidos...

—¿Sigue activo el modulador? —preguntó Ferguson.

—No lo sabemos, mayor... Perdimos imagen y sonido dentro de la galería...

El mayor Ferguson reflexionó por unos instantes.

—Corten toda la energía de inmediato... Repito, corten toda la energía que alimenta los instrumentos en la galería...

El operador giró instrucciones de inmediato.

—Mayor, hemos desconectado toda la energía... El nivel de radiación se normalizó... Repito, el nivel de radiación se normalizó —informó el operador.

—Envíen un equipo técnico y conecten únicamente las cámaras a la fuente de energía...

—Entendido, señor... Nos tomará un par de minutos solamente...

Ferguson esperaba nerviosamente noticias. Si las cámaras funcionaban al menos tendrían una imagen de las condiciones dentro del recinto. Todos los operadores permanecían atentos a la radio.

—Tenemos imagen, mayor... La estamos transmitiendo ahora mismo al centro de comando...

Dos enormes pantallas de plasma se iluminaron de inmediato presentando las imágenes dentro de la galería. Los cuerpos de Kiara, Mills y de los científicos yacían inertes sobre el suelo. Todo el lugar parecía estar en completa normalidad.

—Señor, tenemos imagen del corredor... Solicitamos instrucciones...

—Envíen nuevo equipo de rescate... Avancen hombre por hombre hacia el interior... Procedan con cautela... Al mínimo síntoma de anormalidad retrocedan...

—Entendido, mayor...

—Preparen un helicóptero para transportar a los científicos al hospital —ordenó el mayor Ferguson a su personal—. Iremos personalmente a supervisar el rescate.

El helicóptero partió de inmediato cubriendo la distancia en escasos minutos. El equipo de rescate había bajado ya a través del túnel para evaluar la situación. El mayor Ferguson se dirigió al centro de vigilancia del campamento.

—¿Alguna noticia? —preguntó el mayor.

—El equipo de rescate avanza sin problemas, señor. Al parecer el modulador de frecuencias causó una reacción en la galería. Al apagarlo todo volvió a la normalidad.

Ferguson no hizo ningún comentario. Se concentró en la imagen que las cámaras enviaban del interior. Entonces vio al equipo de rescate que llegó hasta la sala principal donde se encontraban los científicos. Uno de los rescatistas avanzó hasta donde estaba Kiara y tomó su pulso mientras los demás analizaban los signos vitales de los otros. Tras un breve diagnóstico el jefe del grupo presionó un botón de su intercomunicador.

—Todos están con vida —anunció—. Sus pulsos se encuentran débiles pero respiran sin dificultad.

El mayor Ferguson tomó la radio.

—Suban a todos de inmediato para que sean transportados al hospital.

El equipo de rescate armó las camillas portátiles. El mayor Ferguson ordenó que otros diez hombres bajaran a ayudar en la tarea. Luego pidió que lo enlazaran con el Pentágono para reportar el incidente.

Capítulo 13

La majestuosa sala del Gran Concejo de Atlantis se materializó en un instante frente a los estupefactos ojos de Kiara. La concejal Anthea había utilizado su intento para transportarla en menos de una fracción de segundo hacia un nuevo recinto. Ni siquiera tuvo tiempo de reaccionar cuando se dio cuenta de que se encontraba rodeada por seres fascinantes. Kiara era observada atentamente por estos personajes. Una impresionante mujer de pelo oscuro y mirada penetrante, con ropas de guerra parecidas a las de Anya, y un exótico peinado que la hacía resaltar se incorporó y avanzó hacia ella. No era tan alta y su tez era más oscura y rojiza que la de las demás mujeres.

Kiara la vio avanzar y sintió una extraña conexión entre ambas. Era algo que no podía entender pero que la hacía sentir familiarizada con todo lo que le estaba sucediendo. Trató de controlar sus emociones para no perder detalle y en ese momento escuchó la profunda voz de un personaje de origen oriental que parecía presidir al grupo.

—Bienvenida a nuestro tiempo, Kiara —le dijo el maestro Zing—. Hemos estado esperando ansiosamente tu visita.

La concejal Kai se detuvo a tan sólo unos pasos de ella. Kiara se sentía intimidada por la presencia de todos esos personajes que evocaban a una humanidad tan diferente como antigua. Recuerdos de su primer viaje de conciencia atravesaron su mente. ¿Qué estaba sucediendo? Su mente ya no cuestionaba la realidad, sino que asumía todo como algo real y concreto. Una voz en su mente interrumpió sus pensamientos.

—Yo soy el maestro Zing, Kiara. Tu mente ya no cuestiona esta realidad porque has alcanzado un estado de conciencia superior que te permite alojar los recuerdos de esta dimensión en tu mente consciente. El poder de la pirámide te trajo hasta nosotros y ahora tu destino comienza a consumarse.

Otras voces se escucharon en su mente. Uno a uno los concejales se fueron presentando mientras ella los observaba.

La concejal Kai se acercó más hasta quedar frente a ella. Kiara la observó cara a cara. Había algo que no podía explicar pero que le transmitía una sensación absoluta de confianza. La concejal la miró y Kiara entendió que podía percibir todos sus pensamientos y emociones. Luego, de una forma similar a la que había utilizado Anya, comenzó a hurgar entre sus más recientes recuerdos.

—No tengas miedo de nosotros, Kiara —le dijo al tiempo que acariciaba su pelo—. Ahora sabemos por qué estás aquí.

La adolescente no sabía cómo reaccionar. Estaba enmudecida. Estos misteriosos personajes se infiltraban en su mente. Se sentía indefensa ante tal muestra de poder. El maestro Zing le pidió a Kai que regresara a su asiento para permitir que Kiara se tranquilizara. Ella transportó su figura de regreso.

—Habla con nosotros, Kiara —sonó la voz de la concejal Anthea—. Estamos aquí para ayudarte a comprender tu misión.

Kiara trataba de articular alguna palabra pero no pudo. Sabía que estaba experimentando de nuevo el sueño consciente pero algo la mantenía paralizada. Era una emoción que su mente no lograba explicar. Tuwé le había advertido que tarde o temprano su intento la conduciría hacia la presencia de los Inmortales y ahora que los enfrentaba no sabía qué decirles.

—Sabemos que estás aquí por un motivo muy importante —le dijo el maestro Zing—. Puedes empezar por hablarnos sobre lo que sucede en tu mundo.

Kiara luchó para vencer su parálisis y dijo finalmente:

—Mi mundo se encuentra en gran peligro. Pero existe una persona que me condujo hasta este nivel de conciencia que cree que ustedes pueden ayudarnos.

—Hemos visto la realidad de tu tiempo Kiara, y sabemos lo que sucede —le respondió el maestro Zing—. De hecho lo hemos sabido por varias décadas.

Kiara los miró confundida.

—Creo que no comprendo —respondió ella—. Tuwé me dijo que debía advertirles sobre lo que sucedía. Por eso me llevó hasta la galería donde fui transportada hasta su tiempo. Ese lugar se encuentra en peligro puesto que los militares desean adueñarse de su poder.

—El mensaje que portas es mucho más importante de lo que tu mente puede preveer —respondió el maestro Zing—. Ahora que te hemos visto lo entendemos finalmente y tú pronto lo harás. La pirámide a que te refieres fue construida por nosotros para darle una nueva esperanza a la humanidad de tu tiempo. El camino de su evolución se vio afectado por los grandes ciclos que gobiernan al universo y ustedes se extraviaron en el camino. Ahora tu mundo sufre de un grado de violencia y devastación inaudito. Pero muy pronto el giro del universo equilibrará las fuerzas y habrá una nueva oportunidad para todos.

Kiara escuchó tratando de retener cada palabra.

—Mi padre y sus colegas científicos están tratando de comprender cómo funciona la pirámide para ayudar a crear una nueva fuente de energía —comentó Kiara—. Ellos aseguran que el uso del petróleo ha cambiado el clima de nuestro planeta dejando a la humanidad a merced de las fuerzas naturales.

—Y así es, Kiara —continuó el maestro—. La humanidad de tu tiempo está pronta a experimentar lo que sucede cuando se alteran los sistemas naturales que albergan y rigen la vida dentro de nuestro planeta. Serán momentos de gran conmoción, pero esa dura experiencia los conducirá al verdadero despertar. Nuestra tecnología no fue desarrollada para obtener grandes cantidades de energía del universo sino para impulsar la conciencia humana hacia su máxima evolución. El excesivo gasto de energía no conduce al hombre hacia la armonía, sino sólo al desgaste y a la sobreproducción. Los científicos de tu tiempo no lo comprenden y creen que la solución será obtener una forma alterna de energía pero no es así. Esto los llevará únicamente a seguir perpetuando su forma desequilibrada de existencia. Es necesario que tú comprendas que la solución no reside en el gasto sino en la conservación de la energía.

—Nuestro universo se rige por leyes que conservan la energía para obtener el máximo rendimiento de su interacción mutua —le explicó el maestro Zing—. Galaxias, estrellas, planetas y hasta los seres vivos intercambian su energía mientras interactúan. Ésta es la clave para la evolución. De esta forma comparten el sentido de su existencia y se benefician mutuamente de su experiencia. La pirámide no produce energía sino solamente transforma la energía que proviene de nuestro Sol y que se encuentra almacenada en cada átomo y partícula del mundo que conoces. Es un dispositivo de resonancia armónica que permite a la conciencia del ser humano viajar más allá de los límites de su realidad para contemplar la verdadera estructura dual del universo. Así fue como empezaste a comprender que no sólo estabas formada por carne y hueso sino por algo mucho más poderoso y duradero. El poder de tu conciencia te ha traído hasta nosotros y ahora conoces verdades que algún día podrás revelar a tus congéneres.

Kiara escuchaba al maestro Zing atentamente aunque no comprendía todo lo que le explicaba.

—Pero entonces, ¿qué sucederá con nuestro mundo? —preguntó—. Tuwé me dijo que debía revelarles lo que sucedía y que ustedes sabrían qué hacer.

—El destino de la humanidad de tu tiempo está entrelazado con el nuestro —intervino la concejal Anthea—. Las fuerzas de la oscuridad desean acabar con la esperanza del ser humano para retomar la ruta hacia su evolución. Su propósito es mantenerlos bajo su yugo. Nuestro conocimiento es la última esperanza para tu mundo que agoniza. Éste se encuentra escondido en el poder de la pirámide. Debes comunicar a los científicos de tu tiempo las verdaderas razones de su construcción. Si todo lo que desean es obtener una nueva fuente de energía, su civilización caerá desde sus cimientos. El manejo de una fuente de ese poder es una responsabilidad tan grande que no están preparados para afrontarla. El desequilibrio que podrían crear sería aún mayor que el que han logrado hasta ahora.

—Pero, ¿quiénes son las fuerzas de la oscuridad? —preguntó Kiara—. ¿Y por qué desean destruir a la humanidad?

—Los seres de oscuridad son personas que se han extraviado en el camino de la evolución —intervino el maestro Zing—. Son seres que creen que el dominio sobre los demás los vuelve poderosos. Su conciencia se encuentra anclada al sufrimiento que experimentan en el mundo físico y tratan de aliviar su frustración subyugando a otros. Debes comprender que tu mundo tiene una fuerte tendencia hacia esta perturbación de las leyes naturales. Por eso la humanidad de tu tiempo sigue devastando el mundo natural sin reparar en las consecuencias. Estos seres que han alcanzado las grandes esferas de dominio no se detendrán por sí mismos. La humanidad deberá despertar para acabar con su hegemonía. La obsesión que crea el uso y la necesidad del dinero es su forma de control sobre la sociedad. Esta obsesión por la riqueza justifica en su mente todo el daño que causan al planeta y a aquellos seres más débiles. Tú eres una mensajera del tiempo y debes advertir a los demás sobre esto.

Kiara escuchó al maestro concentrándose profundamente en sus palabras. Hacía tiempo que comprendía que la humanidad necesitaba cambiar. Sin embargo no sabía de qué forma podían lograrlo. Ahora parecía como si toda la responsabilidad para cambiar el destino de su mundo recayera sobre los mismos habitantes de su tiempo. Este hecho la sumió en una profunda preocupación. El mundo moderno funcionaba a través de complejos mecanismos que componían el orden social. Estos mecanismos eran todo lo que la gente conocía para existir de manera organizada.

De pronto la voz de la concejal Anthea se escuchó en su mente.

—Sé lo difícil que resultará para ustedes retomar el camino hacia la evolución. Pues los seres de oscuridad ostentan el control del submundo artificial en el que ustedes habitan. Vencerlos no será una tarea fácil. Ellos han creado un orden social de dominio económico que los tiene atrapados en un círculo de sufrimiento y dolor. Un círculo vicioso de opresión y desasosiego donde su conciencia se encuentra ahora dormida e imposibilitada de comprender las leyes que los rigen. Sólo al retornar a su mundo natural serán capaces de encontrar una nueva visión. Así podrán estar plenamente conscientes de que el paso por el mundo físico es tan sólo una pequeña escala de un viaje mucho mayor. Entonces podrán despertar a su verdadera realidad como seres conscientes exploradores del universo. La fijación sobre el mundo material irá desapareciendo gradualmente conforme descubran el poder real que poseen como seres conscientes. La búsqueda de riquezas y el dominio sobre los demás perderán todo sentido cuando logren vislumbrar la verdadera grandeza de la creación. Sólo bajo esta nueva visión, podrán librarse definitivamente de la influencia de los seres del mal.

—Éste es el mensaje que llevarás hasta los tuyos Kiara —intervino el maestro Zing—. Grábalo muy bien en tu memoria. Esta nueva visión los llevará a comprender a fondo el poder oculto en la pirámide. A través de él, podrán desarrollar una nueva ciencia que no dañe al planeta ni a los demás seres vivos. Así ustedes adquirirán la madurez para emplear la energía a favor de la creación y no de la destrucción. El poder de la pirámide puede enseñarles a reorientar sus propósitos y corregir el daño que han hecho. Ése es nuestro legado para la humanidad de tu tiempo. Una nueva ciencia que los conducirá a revelar los misterios fundamentales de la creación, las respuestas sobre el propósito de la vida y la existencia más allá de ésta.

Kiara escuchaba tratando de asimilar el conocimiento otorgado por esos seres superiores. Si la tecnología de los grandes sabios había sido construida con el propósito de generar la evolución, entonces la humanidad tenía una esperanza. Los científicos podían descifrar esta tecnología y ofrecer un nuevo futuro para todos. Kiara se preguntó cómo los Inmortales habían logrado desarrollar su conocimiento.

—Nuestros ancestros estudiaron profundamente el mundo natural —le habló esta vez la concejal Kai—. Habitaron en lo profundo de las selvas donde su constante interacción con las fuerzas naturales los llevó a la comprensión de su propósito de vida. Entonces recorrieron el vasto jardín de la creación para encontrar los medios necesarios para impulsar su deseo. Así desarrollaron la música, la danza y sus rituales que los condujeron hasta la expansión de su conciencia y el despertar hacia la realidad dual del universo. Ustedes deberán comenzar de nuevo por esa ruta. Vuelvan su mirada hacia lo que los rodea y perciban su majestuosidad. Para comprender la compleja ciencia que esconde la pirámide, primero necesitan observar a fondo las leyes que rigen su entorno.

A medida que escuchaba a la concejal Kai, Kiara sintió su conciencia transportarse lejos de la sala de reunión hacia lo profundo de la selva. Un instante de confusión la invadió. La concejal estaba usando su intento para dirigir la atención de Kiara hacia lo que trataba de explicarle. Entonces el sitio de la pirámide apareció frente a ella tal y como lucía en el tiempo de los grandes maestros. Kiara vio el enorme marco de piedra que señalaba la entrada al sitio. Vio las inscripciones en alfabeto sagrado y la concejal las tradujo para ella.

A través de la eternidad el principio alcanzarás. Entra al portal y conoce la verdad.

La condujo a través del portal hacia el interior del recinto para mostrarle la complejidad de la tecnología de la pirámide. Las incrustaciones de cuarzo del corredor se iluminaron al atravesarlo y la conciencia de Kiara se fusionó con ese flujo de energía. Kiara comprendió que los concejales habían descubierto la forma en que la energía de la creación, que llamaban el Kin, se propagaba a través del universo y habían logrado crear un dispositivo de transformación de esa fuerza creadora. La pirámide formaba una conexión directa con el Sol para procesar grandes cantidades de energía que resonaba y viajaba a través del cuarzo. Entonces, la energía era almacenada y se encontraba lista para ser utilizada mediante comandos de voz que sólo los concejales conocían.

Kiara vio cómo la pirámide era capaz de manipular la realidad interna de todas las cosas con las que entrara en contacto. Dentro de su cámara principal un ser humano podía sufrir una transformación en su codificación particular de ADN para acelerar su proceso de evolución.

El mensaje de la concejal Kai cada vez le parecía más claro. Los científicos de su tiempo observaban a la pirámide como una simple fuente de poder, mientras que los grandes maestros le mostraban ahora algo mucho más complejo. La concejal Anthea tenía razón, el ser humano no estaba preparado para manejar una fuente con semejante poder. Había utilizado la energía que conocía para fabricar bombas y plantas de energía atómica que amenazaban con acabar con la vida en el planeta. Con ansiedad, comprendió que la humanidad se debatía ahora entre la existencia y la aniquilación total. Deseó permanecer en el mundo intermedio para seguir acumulando conocimiento. La vuelta al mundo cotidiano la llenaba de aprehensión y miedo.

—Tu aprendizaje en el mundo físico no ha terminado todavía, Kiara —le dijo el maestro Zing.

Ella centró su atención en sus palabras cuando sintió de repente una extraña sacudida en su ser energético. Escuchó que el maestro le seguía hablando pero ahora ya no podía comprender lo que decía. La imagen del mundo intermedio se tornó borrosa.

—¡Está perdiendo la conexión de conciencia! —exclamó Anya al ver la imagen de Kiara desvanecerse.

Kiara no supo qué hacer. Lo último que vio fue la imagen de los concejales sentados alrededor de ella. Un inmenso vacío la tragó y de pronto estaba luchando contra algo que la sujetaba con fuerza. Se resistía moviendo sus brazos y piernas. Quería volver a ser libre para regresar hacia la sala de los concejales.

—¡Dio resultado! ¡Está volviendo en sí! —gritó una voz.

Kiara centro su atención en el sonido y comenzó a escuchar pasos de alguien aproximándose a ella.

—¡Su presión arterial está subiendo! Su frecuencia cerebral se acerca al modo alfa. ¡Está despertando!

Capítulo 14

Madrid España. 19 de octubre de 2012.

El agudo sonido del timbre retumbó sobre el piso de Rafael Andrés mientras él revisaba su correspondencia. Decenas de cartas, facturas y estados de cuenta bancarios lucían desparramados sobre su cama. Se incorporó para ver quién era. Bajó la escalera y al abrir la puerta se encontró con el rostro de una mujer de aproximadamente treinta y cinco años. Cargaba un portafolio metálico y junto a ella sobresalía una gran maleta.

—¿Rafael Andrés? —preguntó con un marcado acento alemán.

—Sí —respondió él sorprendido con la visita.

—Mi nombre es Susane Roth —articuló la extraña.

Él cayó en la cuenta de inmediato. Antes de su partida del campamento, Sarah le advirtió sobre una probable visita de la hermana de Daniel. Rafael miró hacia ambos lados. Al cerciorarse de que no había nada sospechoso, tomó la enorme maleta y entró a su residencia, invitándola a seguirlo. Cerró la puerta y luego bloqueó el cerrojo con su propia llave.

Dirigió a su ahora invitada hacia la sala y le ofreció que tomara asiento. Sus intensos ojos azules y el corto pelo rubio le llamaron la atención. La mujer tenía un ligero parecido a Daniel en sus facciones aunque parecía ser por lo menos diez años más joven.

—¿Deseas algo de tomar? —le preguntó Rafael de manera cortés. Ella respondió que un refresco estaría bien.

Sarah le había platicado el problema de Susane a detalle pero Rafael no había esperado que realmente fuera a visitarlo.

—¿Qué tan cierto es lo que Daniel nos dijo?

—El problema es más serio de lo que él imagina —respondió ella nerviosamente—. La gente que me persigue no se detendrá ante nada hasta dar conmigo. Tuve que llegar a Madrid utilizando un club de viajes compartidos en auto. No puedo utilizar ningún medio de transporte público para trasladarme entre ciudades.

Rafael Andrés la escudriñaba detenidamente mientras la escuchaba. Había una marcada tensión en sus facciones. No sabía qué decir al respecto así que fue directo al grano para expresar su opinión.

—¿Por qué no dejas atrás toda esta locura? No entiendo porqué deseas seguirte arriesgando. Yo no sé por cuánto tiempo pueda ocultarte en este sitio.

—Sólo necesito el tiempo suficiente para conseguir un medio de transporte que me lleve a África o Sudamérica —respondió ella—. Ahí podré desaparecer con más facilidad.

—No me refiero a que tengas que marcharte —se disculpó Rafael—. Es sólo que no comprendo porqué elaboraste todo este plan descabellado. No le veo ningún sentido a lo que estás haciendo.

Susane se levantó de su asiento y puso el portafolio metálico sobre la mesa frente a ella. Tecleó una combinación y lo abrió en seguida. Luego lo giró para que Rafael viera su contenido. Éste reaccionó levantándose de su silla de un brinco.

—¿Qué demonios? —alcanzó a decir mientras miraba el interior del portafolios repleto de billetes de mil, quinientos y doscientos euros—. ¿Cuánto dinero hay ahí?

—Más de un millón de euros —le respondió Susane. Él la miraba incrédulo.

—¿Y te paseas tranquilamente por las calles de Madrid cargando semejante fortuna? ¿No tienes idea de cómo ha aumentado la criminalidad con la crisis?

—La criminalidad no me importa —respondió ella cerrando el portafolios—. Ése no es el punto. El punto es que comprendas porqué decidí involucrarme en este asunto. Este portafolio contiene una cantidad de riqueza que algunos seres humanos jamás lograrán ni siquiera soñar a lo largo de sus vidas. ¿Curioso, no? Cuando trabajas dentro de mi profesión, llegas a comprender perfectamente cómo funciona el sistema que crea el dinero y cómo sus creadores juegan con la vida y el destino de las personas de formas que tú jamás imaginarías.

Rafael fue a servirse un trago de escocés con hielo.

—¿Por qué mejor no me lo explicas? —le dijo después de beber un gran sorbo.

Susane tomó asiento y comenzó a mirar alrededor de ella.

—¿Este lujoso departamento es tuyo, verdad? —le preguntó ella y Rafael asintió con la cabeza extrañado con la pregunta.

—Me imagino que es el producto de muchos años de trabajo, ¿no es así?

—Arduos años de trabajo —corrigió él.

—¿Qué harías si tu situación económica cambiara de tal forma que estuvieras en riesgo de perder todo por lo que has luchado durante todos esos años, incluido este departamento?

—¿A qué te refieres con eso?

—Me refiero a que cientos de miles de personas, quizás millones están a punto de sufrir una gran pérdida en sus bienes patrimoniales sin que alguien pueda o quiera hacer algo para evitarlo. Y lo que es peor aún, ellos ni siquiera lo saben.

Rafael apuró su escocés mirando a Susane. Un incómodo silencio se cernió sobre la sala mientras ella se daba cuenta de que sus argumentos no sonaban convincentes.

—Me habían advertido que eras una idealista rebelde y honestamente no creo que vayas a lograr nada con tu plan, salvo ir a prisión de por vida —le respondió Rafael tajantemente—. Pero no me malentiendas. No quiero decir que no me gustaría que tuvieras éxito, pero nuestro mundo ha funcionado de esta forma por cientos de años. Las mafias que controlan los mercados financieros son dueños de los gobiernos, del dinero y de las propias leyes. Eso lo sabes tú mejor que nadie. Tal y como dijo Sarah, tu plan no es otra cosa que una idea suicida sin ningún sentido.

Susane sentía una gran aprehensión. Al desarrollar su idea de arruinar a los bancos no había calculado lo rápido que su propia vida se encontraría en peligro. Ahora, al tener que huir, se daba cuenta que nadie estaba dispuesto a respaldarla.

—Sé del peligro que esto representa para mi vida pero ya no puedo dar marcha atrás —respondió Susane haciendo un gesto de desesperación con ambas manos—. Hace un par de meses pensé en abortar el proyecto pero entonces algo inesperado sucedió. Alguien cometió un error y los consorcios detectaron la intrusión a su sistema. Es lógico que ahora sospechen que participé en el robo de la información que los compromete. Haga lo que haga van a deshacerse de mí en cuanto me encuentren. Mi única esperanza es tener éxito con el plan. Una vez ejecutado ya no tendrán razón para perseguirme.

Rafael Andrés comenzó a caminar de un lado a otro. Susane tenía razón en eso. Sabía que esos sujetos no escatimarían esfuerzos para dar con ella.

—Te comprendo, pero tienes que olvidar tu descabellado plan. Les prometí a Sarah y a Daniel que cuidaría de ti. Por ahora lo único que debe preocuparte es tu propia seguridad. Tenemos que encontrar la forma para sacarte de España y llevarte a un lugar seguro.

—Antes de eso necesito entregarte el disco duro con las instrucciones para que se lo hagas llegar a Daniel.

—No, no, no, eso es imposible —le respondió Rafael haciendo un ademán negativo con ambas manos—. No puedo explicártelo pero yo mismo me encuentro en una situación bastante comprometida, créeme. No quieres saber nada al respecto.

Susane lo miró extrañada. Rafael caminó hacia el pasillo y exclamó:

—Voy a poner tu equipaje en la habitación. Será mejor que descanses por un momento. Puedes tomar un baño si deseas —luego sacó un juego de llaves y se las entregó. La condujo hasta el estacionamiento y le mostró todas las salidas. Varias motocicletas se encontraban estacionadas ahí.

—¿Son tuyas? —le preguntó Susane y Rafael asintió.

—Puedes salir de la casa libremente, aunque creo que lo mejor sería que evitaras salir mucho. Tengo una caja fuerte, creo que ése es el sitio adecuado para tu portafolio. Ah, y otra cosa, si llegas a ver gente vigilando el departamento no te asustes. No te vigilan a ti sino a mí.

Susane no entendía.

—¿Te encuentras bajo vigilancia? —preguntó ella extrañada—. ¿Tiene algo que ver con ese extraño secreto que guardan los militares en el campamento donde se encuentra Daniel? Siempre que pregunto al respecto se pone muy nervioso.

—Escúchame bien —le dijo Rafael—. Ésta es una situación muy delicada de la cual no puedo hablar. Tú no necesitas saber nada al respecto, así que mejor no preguntes. Sólo recuerda que si ves camionetas o sujetos vigilando cerca del edificio, simplemente ignóralos. Mis líneas telefónicas se hayan intervenidas también, por lo que si deseas avisar a Daniel que te encuentras a salvo, es mejor que compres un teléfono celular y lo hagas por ese medio. ¿Entendido?

Susane asintió. Rafael la dirigió hacia la habitación de huéspedes y luego de terminar con ella, continuó con la revisión de su correo personal. Ese mismo día tendría que cumplir con el compromiso de presentarse ante los medios para dar su versión sobre el descubrimiento del códice. Había conversado al respecto con el curador Ponce y el museo había apoyado la iniciativa de hablar directamente con la prensa para aliviar la presión que ejercían sobre la institución. El teléfono sonó y Rafael Andrés descolgó el auricular.

—¿Señor Andrés? —preguntó la voz en el teléfono.

—Soy yo

—Mi nombre es John Davis. Trabajo para el departamento de defensa y soy su contacto en Madrid. Voy a decirle exactamente lo que dirá a la prensa esta tarde.

Rafael escuchó a con atención. Sabía que no podía jugar con estos sujetos así que memorizó bien el mensaje. Tomó una ducha y se dirigió en su auto hacia el museo. Al llegar se dio cuenta de que varios camiones con antenas y equipo de transmisión se encontraban ahí. La noticia de su regreso a España corrió como la pólvora y tenía que ser claro en sus declaraciones para evitar que la prensa lo asediara día y noche.

La oficina del curador Ponce lucía tan ajetreada como una estación del metro cuando se aproximó a saludarlo. Su secretaria lo recibió y fue a buscar al curador de inmediato.

—Rafael, qué gusto verte después de todos estos meses.

—Encantado también —respondió Rafael devolviendo el saludo.

—Me parece que la rueda de prensa se encuentra lista. Si así lo deseas podemos empezar —sugirió Ponce.

Rafael accedió y ambos caminaron hacia la sala que el museo había dispuesto para la entrevista. Ponce le explicó que su institución se hallaba seriamente comprometida y le ofreció disculpas por las dudas que habían surgido respecto a la autenticidad del pergamino. El consejo de administración no había dejado de presionarlo desde que comenzaron los ataques de la prensa. Ponce confiaba en que, tras las declaraciones de Rafael, la situación se tranquilizaría.

Cuando llegaron, más de cincuenta reporteros de radio, periódico y televisión esperaban ansiosos. Toda la atención se centró en ellos. Varios fotógrafos se abalanzaron sobre ellos. Ponce les pidió que les dejaran caminar hasta el estrado. Rafael tuvo que quitarse a los reporteros de encima. Ambos tomaron asiento.

—Señoras y señores, buenas tardes. A nombre del Museo del Prado doy la más cordial bienvenida a uno de nuestros más valiosos colaboradores. El arquitecto Rafael Andrés Soberanes.

—Muy buenas tardes a todos. Antes de responder a sus preguntas quiero hacer una declaración que considero importante.

Rafael explicó el accidente con el escritorio y cómo el códice había sido encontrado oculto dentro de él. El escritorio era una pieza genuina del siglo XVI que había pertenecido a su antepasado Carlos Andrés y Ordóñez. La historia de su antepasado, controversial, ratificaba las sospechas de que el documento hubiera sido escondido por él durante esa época para resguardarlo de la iglesia.

—El códice llegó a mis manos de esta forma y es necesario que sepan que no ha existido ningún tipo de manipulación en sus datos. El códice fue entregado al museo horas después de su descubrimiento exactamente en el mismo estado en que fue encontrado.

Un reportero alzó la mano pidiendo la palabra.

—Señor Andrés, es de nuestro conocimiento que las pruebas a las que fue sometido el códice arrojan resultados contradictorios respecto a su autenticidad. ¿Puede usted asegurar que se trata de un documento genuino de la conquista?

—En estos momentos no puedo afirmar eso —respondió Rafael—. Todo lo que puedo asegurar es que estaba escondido dentro de un escritorio que pertenece a esa época.

—¿Cree usted que su antepasado escondió este documento para evitar que fuese destruido por el tribunal de la inquisición?

—Pienso que es muy probable dada la forma en que se encontraba escondido en el mueble.

—¿Cómo explica los resultados contradictorios en las pruebas de radiocarbono?

—Ésa es una pregunta que necesitan hacer a los científicos y no a mí —respondió Rafael—. Yo sólo descubrí el documento. Ellos son los encargados de estudiarlo y sacar sus conclusiones con base en los resultados.

—Sabemos que el museo ha ocultado información respecto a las pruebas a las que ha sido sometido y sobre los resultados de éstas. ¿Está alguien presionándolo en estos momentos para que no nos revele datos que puedan llevarnos a explicar el origen de este documento?

Rafael quedó paralizado ante la pregunta. Estaba a punto de afirmar que nadie lo estaba presionando cuando Ponce tomó la palabra.

—El museo no ha ocultado datos sobre los estudios a los que ha sido sometido el códice. El señor Andrés se encuentra aquí por su propia iniciativa. Es ridículo pensar que alguien se encuentra presionándolo para que haga estas declaraciones.

El acoso de la prensa continuó.

—Días después de su descubrimiento usted viajó hacia México, donde se encontraba hasta hace unos días. ¿Qué es lo que estaba buscando allá y como explica esta ausencia de varios meses?

Rafael sintió un nerviosismo atravesar su cuerpo. La prensa seguiría presionándolo en espera de que cometiera un error.

—Mi viaje a México estaba planeado desde semanas atrás. Pasé unos días de vacaciones en el Caribe para luego volar a la Ciudad de México, donde estoy negociando un importante contrato para colaborar en la edificación de un complejo hotelero en la Riviera Maya. Existe una empresa que puede corroborar la intención del proyecto de construcción. Los datos están disponibles en mi oficina.

Parecía que Rafael había logrado su cometido pero de pronto el interrogatorio se reanudó.

—Investigadores de la Universidad de Berlín sugieren que el códice data de hace casi trece mil años. ¿Estaba usted enterado de los resultados de los estudios a los que fue sometido el códice?

—El curador Ponce me llamó hace un par de semanas para informarme al respecto. Como ya les dije, yo no soy experto en el estudio de esas culturas y no sé qué pensar al respecto.

—Esta pregunta es para el curador Ponce. ¿Cómo explica usted esos resultados?

—Las pruebas sugieren esa fecha, pero aún no hemos descartado que el proceso haya sufrido una contaminación. Necesitamos repetir los estudios para estar seguros de que los datos son cien por ciento confiables. Entonces se les informará sobre las conclusiones definitivas.

La rueda de prensa terminó y Rafael acompañó al curador a través del pasillo para dirigirse a su oficina. Rafael se disculpó para ingresar en el sanitario de hombres. Un sujeto entró enseguida detrás de él. Rafael lo miró extrañado. Parecía estar siguiéndolo.

—Señor Andrés. Creo que sus declaraciones no fueron del todo verídicas.

—¿Quién es usted y qué hace aquí?

—Soy un simple periodista que sabe que usted hizo algo diferente que negociar un contrato en México.

Rafael miró al sujeto directamente a los ojos.

—No sé a qué se refiere, pero voy a llamar a seguridad.

Rafael se dirigió de regreso a la puerta de entrada de los baños.

—Estuve en México señor arquitecto —lo detuvo el supuesto periodista—. Usted rentó un vehículo que días después fue devuelto a la agencia por personal de una excavación arqueológica de la que nadie ha escuchado hablar. Eso implica que en realidad estaba buscando indicios del códice. Sin embargo, en la rueda de prensa no mencionó nada al respecto.

—¿Eso era todo? ¿En esa coincidencia basa usted todas sus sospechas? —preguntó Rafael mientras el sujeto no le quitaba la mirada de encima.

—Usted nunca estuvo en la Ciudad de México. De hecho, estoy seguro de que ni siquiera abandonó la jungla.

Rafael observó al sujeto que continuaba con su acoso.

—Estuve tras su pista más de tres semanas y parece como si se lo hubiera tragado la tierra. Sé que no estuvo en la Ciudad de México porque consulte con todas las aerolíneas, agencias de autobuses y renta de automóviles. Usted nunca abordó un transporte para viajar dentro del país.

—He caído en las garras de un acosador profesional. Pero esto ya está llegando demasiado lejos —respondió Rafael—. Si no me deja en paz tendré motivos para denunciarlo por acoso. Dígale a su periódico o para quien usted trabaje que se prepare para enfrentar una costosa demanda civil. Tengo al mejor bufet de Madrid a mis servicios. Seguro que disfrutarán obteniendo millones de su empresa.

—Nadie está tratando de acosarlo —se defendió el periodista—. Sólo quiero saber por qué motivo está ocultando la verdad.

—La verdad la acaba de escuchar hace unos minutos en la rueda de prensa —respondió Rafael tajantemente dándole la espalda.

En ese momento un sujeto alto de raza negra entró y se dirigió hacia el lavabo. Rafael aprovechó para dirigirse hacia la oficina de Ponce. Éste se encontraba de nuevo ocupado y acordaron llamarse después. Rafael se dirigió al estacionamiento. Estaba a punto de entrar a su auto cuando el sujeto que había interrumpido su conversación en el baño se acercó a él.

—¿Qué demonios quiere de mí? —reaccionó a la defensiva.

—Tranquilo —le respondió el sujeto—. Soy John Davis.

John le pidió que ingresara al auto para que hablaran.

—Sus declaraciones mantendrán a los reporteros alejados del campamento —le dijo—. Hemos logrado nuestra intención para que se concentren en el estudio del códice. Mientras éste permanezca en España, el campamento se encontrará a salvo.

—No estoy muy seguro —respondió Rafael. Luego le explicó brevemente el incidente del baño.

—Llevamos semanas siguiendo a ese sujeto alrededor de la península de Yucatán —le reveló éste—. Vimos cuando entró al baño. Me complace que esté cooperando con nosotros, señor Andrés. No tiene nada de qué preocuparse. Si el sujeto persiste en su búsqueda nos encargaremos de él.

John le preguntó quién era la persona que se encontraba en su departamento. Rafael respondió que era hermana de uno de los científicos del campamento que se encontraba de visita por un par de semanas. No sabía nada sobre lo que sucedía en México.

—Manténgalo así —le ordenó John Davis.

Condujo de regreso a su departamento observando las ajetreadas calles de Madrid. Las personas iban de un lado a otro con un marcado ritmo de desesperación en sus rostros. Después de pasar meses en la selva, le costaba trabajo acostumbrarse al frenético ritmo de la gran urbe. Tomó su teléfono celular para llamar a su secretaria. La compañía tenía demasiadas situaciones pendientes debido a su prolongada ausencia. Los proyectos no se completaban a tiempo, los cálculos de los presupuestos fallaban y las quejas de los clientes no cesaban. Iba a necesitar un par de meses para poner sus asuntos en orden. La angustia lo invadió al enfrentar la cruda realidad.

No deseaba separarse de Sarah por tanto tiempo. Apenas tenía un par de días de regreso y extrañaba su presencia a cada momento. Se preguntó una vez más cuál habría sido la verdadera naturaleza de su encuentro. Estaba seguro de haber experimentado amor a primera vista tras haberla conocido, pero ahora ese amor se había transformado en algo mucho más fuerte e intenso. Parecían tener una extraña conexión que lo mantenía pensando en ella durante todo el tiempo. Tomó su celular y marcó el número del teléfono satelital para hablar con ella. El timbre sonó por varios segundos hasta que una grabadora anunció el corte de la llamada. Lo volvió a intentar en dos ocasiones más sin ningún resultado. La ansiedad fue haciendo presa de él. ¿Por qué no respondía?

Se preguntó si el campamento se encontraba de nuevo bajo algún tipo de ataque o había sufrido un accidente. Aceleró para llegar cuanto antes a su casa. Le preguntaría a Susane si había logrado comunicarse con Daniel.

Llegó hasta el edificio donde vivía y estacionó el auto. Subió por el elevador y llegó hasta su departamento.

Susane se encontraba en la sala mirando las noticias por televisión. Rafael le preguntó si había salido de la casa.

—Salí a comprar un teléfono y a traer unos víveres para la alacena —respondió ella.

—¿Lograste comunicarte con Daniel? —preguntó Rafael ansioso.

—No responden —le dijo—. No sé qué sucede con ellos.

Capítulo 15

Mientras recobraba la conciencia, Sarah vio con más claridad el techo de la carpa. Trató inútilmente de incorporarse cuando uno de los oficiales se percató de que había recobrado el sentido.

—Doctor, doctor, está volviendo en sí —exclamó al observarla.

Dos médicos se acercaron a ella. Uno de ellos revisó las lecturas de un aparato que se encontraba situado al lado de su cama.

—Su actividad cerebral ha regresado por completo a la normalidad —comentó él—. La onda Beta se está incrementando.

Sarah abrió sus ojos por completo y contempló la escena. Era observada por tres oficiales médicos. Sintió un extraño tironeo sobre su cabeza. Alzó sus manos para tocarla y se dio cuenta de que ésta se encontraba llena de electrodos adheridos a su cuero cabelludo.

—Trate de guardar la calma, doctora Hayes —le dijo uno de los oficiales—. Usted ha estado inconsciente por casi dos días.

No podía creer lo que escuchaba. Imágenes confusas en su mente le advertían sobre un lapso perdido, pero no podía imaginar haber estado inconsciente por tanto tiempo. Su memoria aún se encontraba fija en la galería mientras efectuaban la prueba con el modulador de frecuencias. Pero la galería había desaparecido y ella no guardaba recuerdo alguno de haber salido de ahí.

—¿Dónde estoy? —preguntó finalmente.

—Se encuentra en el campamento de investigación. Usted y su grupo sufrieron un accidente mientras conducían un experimento en el interior de la galería. Tuvimos que traerlos aquí para mantenerlos bajo observación.

Se esforzó para recordar el suceso pero su mente se encontraba en blanco. No sabía en qué momento habían sufrido dicho accidente. De hecho, ni siquiera entendía cómo había sucedido. Se encontraba completamente perturbada.

—Quisiera levantarme y caminar un poco —pidió.

—No creo que eso sea recomendable por ahora, doctora Hayes —le respondió el médico—. Vamos a tener que mantenerla en observación y ejecutaremos varias pruebas antes de permitirle abandonar este sitio.

Sarah se sentó sobre la cama, haciendo caso omiso de las órdenes del oficial.

—¿Dónde están mis compañeros? Tengo que ver cómo se encuentran.

El oficial médico le indicó que mirara a su alrededor. Se encontraba dentro de una enorme carpa con personal e instrumental médico. Daniel, Elena, el doctor Jensen, Kiara y el teniente Mills se encontraban acostados. Parecían estar dormidos. María Jensen estaba sentada al lado de la cama de Kiara. A juzgar por su semblante, parecía haber estado toda la noche cuidándola.

—Ninguno de ellos se encuentra consciente en este momento, doctora Hayes. El mayor Ferguson ha ordenado que todos ustedes permanezcan en observación hasta que comprobemos que no han sufrido algún daño neuronal.

—¿Daño neuronal? —preguntó Sarah.

—Su frecuencia cerebral se vio seriamente alterada tras el incidente —respondió el oficial—. La mayoría de ustedes se estabilizó en unas cuantas horas, pero el cerebro de la joven Kiara no regresaba a su frecuencia normal. Tuvimos que administrarle varios fármacos para que regularizara sus funciones. Despertó por un intervalo corto y luego perdió la conciencia de nuevo. Ahora tendremos que conducir varias pruebas para determinar si existe alguna perturbación subsecuente en sus funciones cerebrales.

Sarah observaba su entorno con una sensación de completo desapego. La realidad que percibía no correspondía a lo acostumbrado. Algo en su mente había cambiado y no lograba entenderlo.

—Me siento bien. Solamente creo que estoy un poco débil.

Los médicos ordenaron que trajeran algo de comer para Sarah. Ella comió en silencio y después de algunas horas de descanso sintió que su conciencia volvía por completo a la normalidad. Los demás despertaron en el transcurso del día. Los médicos les permitieron caminar en la habitación hasta que todos se sintieron restablecidos. Aun así, el mayor Ferguson ordenó que esa noche continuaran bajo observación antes de ser dados de alta. Pasaron la noche dentro del improvisado hospital.

A la mañana siguiente se sentían mejor. Los doctores relajaron su postura y los dejaron en paz con la condición de que permanecieran en el hospital una noche más y dieran aviso si sentían algún síntoma extraño.

José llegó para reunirse con ellos ese mismo día. Había estado en la aldea de los indígenas y tenía noticias importantes. Comenzaron a platicar sobre el accidente. La frecuencia elegida por Daniel en el modulador había provocado una reacción en la pirámide que los dejó inconscientes. Lentamente comprendían lo sucedido. Algunos de ellos recordaban inusitadas experiencias después de perder el sentido. Sarah aún no encontraba coherencia entre las visiones que asaltaban sus recuerdos. Kiara, por su parte, se mostraba impaciente por hablar. Guardaba memoria de su encuentro con el Gran

Concejo de Atlantis. Acordaron que tendrían una reunión en cuanto abandonaran el hospital.

La noche llegó al campamento y todos cayeron dormidos para disfrutar de un placentero sueño. Al despertar fueron examinados de nuevo y los médicos no objetaron que podían reanudar sus actividades diarias en ese momento. Sarah los convocó a una junta y, después de haber desayunado, se reunieron dentro del centro de operaciones. Daniel despejó una de las mesas de trabajo para luego acomodar sillas a su alrededor. Elena fue la primera en hablar.

—Creo haberles advertido que el experimento era peligroso. Debemos tener más cuidado de ahora en adelante.

Todos asintieron. Aún se sentían perturbados por la forma en que el poder de la pirámide había arrastrado a su conciencia hacia la percepción de otras realidades.

—Creo que a pesar de todo el experimento resultó exitoso —Sarah retomó la conversación—. Ahora conocemos el rango de frecuencia con el que opera el mecanismo de la pirámide. De ahora en adelante podemos monitorear a distancia sus efectos y así ir comprendiendo su funcionamiento poco a poco.

—Kiara nos reveló ayer que había logrado entrar en contacto con sus constructores —comentó José—. Estoy ansioso por escuchar lo que quiere decirnos.

Kiara se aclaró la garganta mientras todos la miraban con atención.

—Lo primero que deseo comentarles es que durante esta experiencia tuve la oportunidad de conocer a los miembros de lo que ellos denominan el Gran Concejo. Pero lo que me resulta más difícil de explicar es la diferencia que noté entre ellos y los demás seres humanos.

—¿A qué diferencia te refieres Kiara? —le preguntó Sarah.

—No sé cómo explicarlo. Había algo en su personalidad sumamente extraño. Todos parecían conocer mis emociones con el sólo hecho de mirarme. Una mujer se me acercó y al verla sentí un vínculo muy profundo con ella. Supo inmediatamente cómo había llegado yo hasta ahí e incluso podía escuchar mis pensamientos.

Los presentes estaban sorprendidos con sus revelaciones.

—Creo que por eso Tuwé se refiere a ellos como los Inmortales —continuó Kiara—. Tuve la impresión de que contaban con poderes que resultan inimaginables para nosotros. Su apariencia física era la de seres humanos, pero al tenerlos cerca mi conciencia me advertía que no eran nada comunes. Durante el encuentro, me revelaron que conocían el futuro de la humanidad. El futuro que corresponde a nuestro tiempo presente.

Su padre le preguntó qué era lo que ellos habían visto. Le respondió que la destrucción completa de la civilización moderna.

El grupo enmudeció al escuchar su declaración y todos reflexionaban al respecto.

—¿Qué hay sobre la pirámide? —le preguntó Daniel—. ¿Te revelaron el propósito de su edificación?

—Sí. Me explicaron que su propósito no era generar grandes cantidades de energía, sino sólo transformarla.

Kiara les reveló todo lo que el maestro Zing le había explicado sobre la conservación de la energía y su relación con el equilibrio de los sistemas naturales. También sobre el fracaso de su plan para obtener energía ilimitada del vacío.

—De acuerdo a los Inmortales, necesitamos encontrar una alternativa a lo que ustedes tienen planeado. Ellos fueron bastante claros en explicarme que debíamos sujetarnos a la observación de las leyes del mundo natural para desarrollar nuestros planes. Así comenzaríamos a comprender el poder que esconde la pirámide y podríamos utilizarlo con fines benéficos. Pero para llegar a descifrar su poder primero es necesario adoptar una nueva forma de pensamiento que respete y se adapte a nuestro mundo natural.

Kiara les explicó a continuación cómo la concejal Anthea le advirtió sobre lo que sucedía en la sociedad actual, donde seres de conciencia oscura mantenían a la humanidad bajo su yugo.

—Los Inmortales me revelaron que la humanidad deberá cambiar para acabar con la hegemonía de nuestro actual orden social. De acuerdo a lo que ellos me transmitieron, la responsabilidad sobre el futuro recae directamente sobre nuestros propios hombros. Ellos simplemente nos aportaron el legado de su conocimiento para ayudarnos a provocar el cambio que necesitamos.

Sarah Hayes comenzó a caminar en torno a la mesa. Los demás permanecían callados ante el dilema que enfrentaban. El encuentro de Kiara con los Inmortales arrojó preocupantes dudas sobre su destino. Parecían encontrarse en la encrucijada final. Si la civilización continuaba funcionando de esa forma, no había duda alguna de que el colapso climático y social acabaría con todo. De igual forma, si desarrollaban los medios para obtener una nueva fuente de energía, esto los conduciría hacia el mismo destino. ¿Dónde se encontraba entonces la solución? Aun si el ser humano despertaba a una nueva realidad, los problemas que enfrentaban no se corregirían por sí mismos.

—Parece que nos encontramos de nuevo entre la espada y la pared —comentó el doctor Jensen.

—Creo que comprendo lo que están tratando de advertirnos —afirmó Sarah.

—¿De qué se trata? —preguntó Daniel.

—Nuestro orden social fue el responsable de llevar a nuestro planeta hasta esta situación. Si ellos fueron capaces de observar nuestro futuro entonces conocieron el dilema que enfrentaríamos. Aún así, su mensaje nos advierte sólo que vamos por la senda equivocada. El códice y la pirámide son su legado para que entendamos el orden natural sobre el que ellos desarrollaron su ciencia. Así encontraron el camino hacia la evolución. Esto es todo lo que tenemos para descifrar su mensaje, por eso nuestros esfuerzos deben centrarse en la comprensión de este legado.

Si su presencia en ese sitio había sido dictada por el poder de su destino, entonces les correspondía finalizar esa tarea.

—Hemos descifrado gran parte de la historia narrada en el códice —intervino el doctor Jensen—. Sabemos que fue creado con la intención de asegurar la supervivencia de su conocimiento. Las imágenes exteriores muestran que esta historia se desarrolló a través de guerras y conquistas. Por otro lado, las imágenes interiores nos hablan sobre su voluntad de conservar viva su sabiduría. Todos ellos participaron de la protección de este legado, como Tuwé nos aseguró. La misma persona responsable de esconder el códice participó para protegerlo. Pero, ¿hacia dónde nos conduce esta historia?

—La construcción de la pirámide de Etznab obedeció a un propósito claro y específico —respondió Sarah—. Como Kiara nos lo reveló, fue para ofrecernos una nueva oportunidad de cambio. Tenemos que descifrar su ciencia para encontrar la respuesta.

Tras una pausa, continuó explicando.

—El mundo se encuentra envuelto en una burbuja de energía que emana del Sol. Esta energía se acumula a nuestro alrededor para permitir que la vida se desarrolle. La pirámide reacciona a los cambios que se generan dentro de esta burbuja. Así se alimenta en todo momento. Por siglos, el ser humano pensó que al caminar se movía a través del vacío, pues nuestros ojos son incapaces de percibir el medio energético en la atmósfera. Pero ahora sabemos que tal vacío no existe y que cada minúscula partícula subatómica en el aire está cargada de energía. La energía interactúa y se transforma todo el tiempo. Los seres vivos la aprovechamos para transformarla en alimentos, nutrientes, moradas y todo aquello que necesitamos para sobrevivir. Pero tal y como afirman los Inmortales, esto obedece al propósito de adaptación a nuestro medio y no al de destruirlo.

—Eso lo comprendemos fácilmente Sarah —intervino Daniel—. ¿Pero cuál es la relación que guarda con el legado de los Inmortales?

Sarah se aclaró la garganta para continuar con su reflexión.

—Los Inmortales desarrollaron la forma para transformar la energía y dirigirla hacia un propósito. La pirámide es capaz de lograr esta acción sin alterar el ecosistema a su alrededor ni producir gases o materiales contaminantes. Su diseño advierte que toda la energía a nuestro alrededor puede ser aprovechada para fines benéficos. Pero más importante aún: el propósito al cual va dirigida esta transformación obedece al principio de adaptación para convivir en armonía con el mundo. Ahí está la clave para comprender su legado.

—El códice nos advierte también sobre esto —comentó José—. Mientras que las láminas exteriores muestran a los seres de oscuridad destruyendo y conquistando a los demás, las interiores revelan su adaptación a estas circunstancias y mantienen fijo el propósito de conservar el conocimiento ancestral.

—Kiara nos advirtió que los Inmortales estaban en la búsqueda de la máxima evolución de nuestra conciencia —intervino Elena Sánchez—. Evolución significa adaptación. Y eso es lo que hace nuestro medio ambiente natural a cada instante. Evoluciona para adaptarse a los constantes cambios que genera nuestro mundo.

—Su tecnología nos advierte que nuestro propósito debe ser acorde con las leyes naturales de evolución —comentó Sarah—. No como sucede con las bombas atómicas y la quema desmedida de hidrocarburos, que obedecen a la voluntad de dominio, explotación y sobreproducción para el consumo. Al considerar esto ellos consiguieron desarrollar esas habilidades y poderes que Kiara describe. Esta claro que conocían la ruta hacia donde dirigían su intención.

—La ruta de ascenso hacia a los reinos superiores de la creación —exclamó José—. Al desarrollar su ciencia, alcanzaron lo que buscaban: el logro máximo de la evolución humana.

—Exacto —dijo Sarah.

—Sin embargo —agregó José—, el desarrollo de nuestra ciencia, ¿hacia dónde nos lleva?

—Nos lleva hacia la explotación desmedida de recursos naturales, lo cual genera un inminente cambio climático —respondió Daniel—. De ahí la advertencia de los Inmortales sobre nuestro propósito de generar una fuente inagotable de energía. No era nuestra búsqueda la que estaba equivocada, sino nuestro propósito. La ruta que vislumbrábamos era mantener a la humanidad sujeta a los mismos patrones destructivos de conducta. Es obvio que esto provocaría los mismos resultados. Para evitar esto y aprovechar el poder de la pirámide, primero debemos reorientar nuestro propósito.

Kiara sonrió.

—Ahora por fin comprendo a lo que se referían con su advertencia —dijo.

La doctora Sánchez y José afirmaron con la cabeza también.

—También estoy de acuerdo —intervino Jensen—. Pero nos encontramos frente a una situación muy compleja. Los Inmortales también pudieron visualizar esto. La conciencia colectiva del ser humano se encuentra atrapada en el mundo moderno que se rige bajo los peores mecanismos de destrucción. Nadie se pone a pensar cotidianamente que su función en el mundo es la evolución de su conciencia. La gente sólo obedece al mundo mecanizado para sobrevivir. Puede que

nosotros comprendamos ahora este error, pero la civilización depende del comportamiento de millones de personas.
¿De qué manera puede uno influenciarlos para que com-
prendan esta realidad?

—Una de las concejales me explicó que sus ancestros
habían desarrollado su conocimiento al estudiar a fondo el
mundo natural —respondió Kiara—. Así establecieron una
sociedad tan diferente a la nuestra. El contacto íntimo con su
medio ambiente les otorgó el conocimiento para adaptarse a
él. Ella me advirtió que la gente de las ciudades tendría que
volver a experimentar la vida natural para integrarse al nuevo
ciclo evolutivo de nuestro planeta.

—¿Ellos te indicaron la forma para influenciar a nuestra
población? —preguntó su padre.

—No para influenciarlos, sino para hacerlos reflexionar
—respondió ella—. Si el ser humano se dirige hacia un nuevo
despertar, éste es el momento justo para hacerlo.

—Creo que Kiara tiene razón —expresó Daniel—. El
ser humano necesita ser conducido temporalmente fuera del
mundo urbano para que sea capaz de vislumbrar su verdadera
realidad. Así comprenderá por sí mismo lo que significa vivir
en el círculo vicioso del consumo, con su mente eternamente
esclava del dinero. De esta forma su conciencia buscará el
equilibrio sin necesidad de que debamos influir sobre su pensamiento. Los Inmortales están en lo correcto. La interacción
con el mundo natural es la única forma en que el ser humano
puede despertar a un nuevo estado de conciencia.

Sarah y el grupo observaban a Daniel. Comprendían que
la clave era impulsar a la conciencia humana fuera del círculo
destructivo. El problema consistía en hallar cómo lograrlo.
José y el doctor Jensen se pararon a servirse una taza de café.

Sarah aprovechó la pausa para platicar con Kiara y pedirle que le revelara a detalle su experiencia en el interior
de la pirámide. El grupo discutía informalmente emitiendo

diferentes opiniones cuando José se aproximó a Sarah para informarle sobre su viaje a la aldea.

—Tuwé ha tratado de comunicarse con nosotros por todo este tiempo —le explicó él.

—¿Y por qué no lo ha hecho? —preguntó Sarah desconcertada—. Todos estábamos extrañados por su prolongada ausencia.

—Desde hace semanas trataron de aproximarse al campamento pero fueron sorprendidos por decenas de soldados. En esa ocasión, algunos de ellos abrieron fuego para tratar de matar a su aliado el jaguar. Entonces decidieron que lo mejor era no acercarse.

Kiara sintió un escalofrío recorrer sus entrañas. Sabía que el jaguar consideraba esa zona de la selva como parte de sus dominios. La presencia de los soldados era una intrusión a su territorio. Él trataría instintivamente de ahuyentarlos para defender su ecosistema.

—Tuwé me pidió que les avisara que los chamanes de la tribu esperan su visita desde hace varias semanas y que ya no queda tiempo que perder.

Sarah recordó la última ocasión que había hablado con Tuwé. Había prometido llevarla ante el concejo de ancianos para ayudarla a comprender la misión que le sería encomendada al aceptar el bastón de mando de los ancestros. La antigua pieza de artesanía no dejaba de intrigarla desde que Rafael la había obtenido a manos del anciano chamán. Desde ese momento tuvo una fuerte sensación de pertenencia, sin estar consciente del poder que representaba para los guardianes de la pirámide de Etznab. Pero, ¿por qué Tuwé sostenía que el bastón la ayudaría a encontrar la ruta de su destino? Aún no alcanzaba a comprender cuál era la relación que guardaba ella con esos misterios.

El chamán también le advirtió que un nuevo tiempo para la humanidad se acercaba. Al igual que los Inmortales, él sostenía que el ser humano despertaría hacia una nueva realidad. Pero, ¿qué papel desempeñarían ellos cuando esto sucediera? Sarah miró a José y supo que viajar hasta la aldea de los indígenas era la única forma de averiguarlo.

Capítulo 16

El ensordecedor trueno retumbó sobre la aldea mientras Leetsbal Ek y su madre corrían con desesperación hacia la residencia del gobernador para evitar ser arrolladas por la multitud que avanzaba implacablemente hacia los prisioneros. Sassil Be bajó corriendo del estrado para ir en su ayuda, mientras el Halach Uinik daba órdenes a sus generales, los *nacom*, de contener a los furiosos agresores. La turba había rodeado a los hombres blancos que eran golpeados sin piedad alguna.

Los tres guardias que los custodiaban habían sido superados fácilmente por la gente e inútilmente luchaban por contenerla. El fraile era arrastrado de los cabellos por dos hombres y los demás seguían lastimándolo. La sangre brotaba de su boca a borbotones y su rostro era prácticamente irreconocible. El otro hombre corría la misma suerte. Una lluvia de golpes lo dejó tendido en el suelo y ahora lo molían a patadas. Gritos e injurias contra los colonizadores inundaban el aire. Para el momento en que los generales nacom y sus subordinados lograron dispersar a la multitud, ambos hombres estaban ya más allá de la salvación.

Los guardias lograron separar a la turba y apresaron a los más agresivos. Los dos hombres blancos completamente ensangrentados yacían inmóviles. Un par de guardias recogió los maltrechos cuerpos del suelo sólo para observar su agonía hasta que exhalaron su último suspiro. Sassil Be abrazó a Leetsbal Ek y a su madre cubriendo sus rostros para que no miraran. Sin embargo, ella había ya observado con horror cómo los dos hombres inocentes habían pagado con sus propias vidas por el cruel asesinato cometido por sus compañeros.

El odio y la venganza inundaban el ambiente. El gobernador miraba consternado. Después dio media vuelta y entró al templo mayor seguido de su guardia personal y de Sassil Be. Leetsbal Ek y su madre, aterradas por la violencia que acababan de presenciar, permanecieron afuera del templo, en donde el tumulto se dispersaba lentamente lanzando gritos de repudio en contra de los colonizadores.

Minutos después, les pidió que lo acompañaran al interior del recinto. Su padre y los demás sacerdotes fueron convocados a una reunión urgente por el Halach Uinik y ellas tendrían que esperar en una recámara provista de algunos cojines, ahí podrían descansar por el momento.

La mente de Leetsbal Ek no dejaba de pensar en los terribles sucesos.

Sin duda, ese día sería inolvidable. Jamás había presenciado tanta crueldad ni violencia, pero lo que más la perturbaba era el hecho de ver a los hombres comportarse como animales salvajes, cegados por un odio irracional. Escuchó los poderosos truenos de la tormenta que se acercaba mientras la cegadora luz de un rayo atravesó una de las ventanas iluminando la habitación. Permaneció sentada en su sitio y se puso a rezar al gran espíritu de corazón del cielo, el poderoso *Huracán*, para que no castigara a su pueblo por lo que acababan de hacer. Luego se arrodilló y pidió humildemente que la protegiera, que nunca más permitiera sucesos como los de aquel día. Oró por el descanso de las almas de todas esas personas inocentes que habían perdido la vida y pidió al gran padre Sol que iluminara su camino para que los condujera a salvo a través del laberinto de Xibalba.

Se hallaban absortas en profunda oración cuando uno de los guardias llamó a Leetsbal Ek. Su padre pedía que lo acompañara con los sacerdotes. Su madre le dijo que la esperaría en la habitación. Leetsbal Ek siguió al guardia a lo largo de un pasillo hacia lo más profundo de la residencia. Conforme avanzaban, se dio cuenta que se dirigían a una de las salas privadas del recinto. Estaba familiarizada con el lugar, pues había fungido por algunos años como asistente y aprendiz de su padre.

La sala de reunión del consejo de los Ah Kin rara vez era visitada por personas ajenas al templo. Ella había entrado solamente en pocas ocasiones acompañando a su padre, que era el sacerdote mayor *Ah Kin May*, depositario y guardián del conocimiento de la cuenta de los tiempos e intérprete de los códices sagrados que resguardaban los secretos del conocimiento heredado por los sabios de la antigüedad.

A través de los siglos, los sacerdotes Ah Kin, o *Aquellos del Sol*, habían conservado celosamente la práctica de los sagrados rituales que los conducían a la iluminación de su conciencia. Como depositarios del conocimiento ancestral, eran los responsables de leer las cuentas calendáricas, observar los movimientos celestes e interpretar el porvenir de su gente. En su pueblo, era tradición que un concejo integrado por varios de ellos asistiera al gobernador en la toma de decisiones.

Leetsbal Ek llegó hasta la sala y supo de inmediato que el concejo entraría en breve en sesión.

Un fuego se mantenía encendido en el centro de la sala mientras ella observaba que los otros sacerdotes llegaban. Ninguno podía ocultar el semblante de consternación. Uno de los guardias le pidió que tomara asiento en una pequeña banca cercana a la pared.

Un trono con un jaguar tallado en piedra se alzaba al lado este del recinto y Sassil Be tomó lugar en él. Dio instrucciones a sus ayudantes para que acondicionaran la sala para la ceremonia. Encendieron braseros con resina de copal y los repartieron en la sala. El olor llegó hasta ella y se percató de que su padre la miraba de reojo tratando de llamar su atención. La ceremonia estaba a punto de empezar. El Halach Uinik se levantó del lugar que ocupaba al lado del Ah Kin May alzando su bastón de mando para exclamar las siguientes palabras.

—Los he convocado a esta junta extraordinaria debido a los trágicos sucesos que acontecen en nuestro pueblo. El crimen perpetrado por los dzules ha despertado la furia de la población. He dado instrucciones a todos los nacom de las aldeas circundantes de reunir a sus guerreros para exigir a los frailes que nos entreguen a los responsables de traer la desgracia a nuestra comunidad. El gran señor Huracán nos escucha y sabe que sólo exigimos respeto a nuestra forma de vida y la seguridad de nuestros hermanos.

Los sacerdotes asintieron e hicieron invocaciones en apoyo a la iniciativa del gobernador. Sassil Be pidió la palabra. Se paró de su lugar e hizo una reverencia en respeto al fuego.

—Esta tarde, como todos ustedes saben, nuestro pueblo ha tomado la justicia por su propia mano y ha vertido la sangre de dos inocentes frente a nuestros propios ojos —explicó él—. Estos hombres no eran los culpables del crimen de nuestros hermanos y aunque conocían el sitio donde los culpables se esconden, no merecían pagar con sus vidas por algo que no habían hecho.

"Por desgracia —continuó, ante el silencio solemne de todos—, este hecho será interpretado por los dzules como un acto de rebelión y será usado como pretexto para lanzar a sus soldados en nuestra contra. Aunque sabemos que estas tierras donde yacen los restos de nuestros antepasados nos pertenecen por derecho propio, los hombres blancos no respetan nuestras leyes y seguirán fomentando su dominio sobre nuestro pueblo.

Leetsbal Ek escuchaba atenta a su padre que en varias ocasiones le había relatado la llegada de los colonizadores a sus tierras, cuando él era un niño. En un principio, llegaron en calidad de comerciantes, estableciendo pequeños asentamientos y respetando las tradiciones y leyes de los pueblos. Pero con el tiempo, su silencioso propósito de colonización y dominación se hizo evidente. Llevaron consigo a los frailes en un intento por enseñarles a los indígenas su religión y lenguaje, de forma que adoptaran sus costumbres y olvidaran las sagradas tradiciones heredadas por los ancestros. Los colonizadores habían aprovechado la mala situación política de enfrentamientos y guerras que se habían suscitado a lo largo del tiempo entre las diferentes casas gobernantes de los mayas. De esta forma, los dzules establecían alianzas con los caciques más fuertes para así esclavizar a las aldeas más débiles y compartir el botín del trabajo de los subyugados. Sus planes de colonización eran tan sutiles como perseverantes.

Leetsbal Ek pertenecía a la casa gobernante de los cocomes, una estirpe de guerreros temida y respetada tanto por los blancos como por sus enemigos de las tribus vecinas. Su pueblo se había resistido por décadas a la conquista y había librado sangrientas guerras. No obstante, su territorio se iba reduciendo cada vez más, hasta que fueron rodeados por los colonizadores y sus aliados. Debido a esta circunstancia, los dzules sometían a aquellos que vivían lejos de las aldeas, exigiéndoles el pago de tributos a favor de los *encomenderos,* terratenientes blancos apoyados por la monarquía española para asentarse en la península de Yucatán en calidad de gobernantes. En estas condiciones, su pueblo vivía bajo la constante amenaza de ser conquistado y vilmente forzado a la esclavitud.

—Es necesario que conservemos la calma y negociemos con los frailes un pacto de no agresión hasta que sepamos de qué forma daremos con los culpables —continuó Sassil Be tras una corta reflexión—. Si permitimos que más gente inocente siga muriendo a causa de esta desgracia, no habrá forma de evitar la guerra. El abuelo fuego nos revelará los designios para nuestro pueblo y nos dirá cómo enfrentar la amenaza que se cierne sobre nosotros.

Los sacerdotes presentes discutían con el gobernador y finalmente consideraron que el Ah Kin May tenía razón. Debían buscar una salida pacífica por el momento para luego buscar a los culpables y negociar su entrega usando a las autoridades de la iglesia como intermediarios.

Dos sacerdotes se levantaron y uno de ellos salió momentáneamente de la sala para regresar portando en sus manos una vasija ceremonial que contenía hongos silvestres, conocidos como el *fruto de los dioses*. Leetsbal Ek reconoció la vasija y su cuerpo se tensó. Durante la ceremonia, ella ingeriría los pequeños hongos sagrados que uno de los sacerdotes bendecía frente al fuego y que luego repartía pasando la bandeja a cada uno de los presentes.

En el momento que la vasija llegó frente a ella, sintió un intenso nerviosismo. Era la segunda vez que participaba en una ceremonia de ese tipo y sentía un profundo miedo por los efectos que el poderoso alucinógeno tendría sobre su cuerpo.

Trató de relajarse un poco mientras el sacerdote tomaba un puñado del contenido de la vasija y lo introducía delicadamente dentro de su boca. Masticó despacio por unos minutos hasta que finalmente acabó con todo. Otro de los sacerdotes le ofreció un poco de agua que ella aceptó, gustosa de quitarse el amargo sabor.

Su padre la había capacitado desde su temprana adolescencia para comprender los complejos rituales en que participaría. La ceremonia que tenía lugar en esos momentos era conocida como *El conjuro de las serpientes de visión*. Era reservada únicamente para los sacerdotes más poderosos y experimentados de su pueblo. Ella fue convocada como parte del complejo aprendizaje que recibía al llegar a la edad adulta. Pues como ordenaba la sagrada tradición, ése era el momento en que los aprendices comenzaban su viaje hacia la comprensión de los grandes misterios del universo.

El hongo sagrado se utilizaba siempre durante esta ceremonia por la magia visionaria que producía. Era el medio perfecto para atravesar la fina membrana que dividía los mundos paralelos y hacía surgir las visiones que necesitaban los sacerdotes para aconsejar al Halach Uinik.

Leetsbal Ek sabía que, de acuerdo con el conocimiento de sus ancestros, la conciencia tenía acceso a dos reinos de percepción, los cuales formaban parte de una misma realidad que influía directamente sobre los destinos de los seres humanos: el mundo de todos los días y el mundo de los sueños. La conciencia humana se desarrollaba en ambos. El reino de los sueños, a diferencia del mundo cotidiano, era considerado como la dimensión de poder, donde era posible mirar a través del tiempo y profetizar eventos que afectaban a un individuo o una comunidad completa. Ambos reinos se encontraban superpuestos en el mismo lugar, a manera de un pliegue dimensional, y permanecían separados únicamente por una fina membrana energética, la cual era susceptible de ser traspasada por medio de los rituales que practicaban. Estos rituales permitían a su conciencia desdoblarse hacia su forma inmaterial, que ellos llamaban *wayob*, para internarse en el reino de los sueños. Ahí proyectaban su atención sobre la línea de tiempo que deseaban observar. Esta vez deseaban saber si los sucesos recientes ponían en peligro el futuro de su comunidad.

La vasija continuó circulando hasta que todos los presentes hubieron ingerido la porción indicada. Uno de los sacerdotes alimentó el fuego con más leña seca y éste comenzó a arder con más fuerza. Otro se acercó a su lado y depositó diversas ofrendas en un pequeño tapete frente al fuego. Sassil Be se incorporó y con su bastón hizo invocaciones para bendecir el espacio alrededor de la ceremonia.

Leetsbal Ek concentró su atención en los movimientos de los sacerdotes. Los sabios de la antigüedad estudiaron a fondo la conciencia y se percataron de que ésta se desdoblaba diariamente pasando de un reino a otro durante el sueño. Así descubrieron que la totalidad de nuestra existencia se desarrollaba en ambos reinos de percepción. Los rituales de los Ah Kin incluían también el uso de diversos instrumentos musicales, debido a que la vibración de la música expandía la percepción, permitiendo el paso de una realidad a otra.

En unos momentos los sacerdotes emitirían sonidos y cantos para alterar el espacio sagrado y permitir a la conciencia traspasar la realidad adyacente. Ahí podrían enfocarse en el futuro potencial de su comunidad. Su padre le había enseñado que las visiones no representaban el futuro definitivo, sino que únicamente advertían sobre posibles sucesos conjugados sobre la línea de tiempo que percibían. Era decisión del concejo de los Ah Kin y el gobernador utilizar esas visiones para influenciar sobre esa línea de sucesos si les advertían adversidades para su comunidad. Desplazar su conciencia a través del tiempo no representaba siempre la capacidad para influir sobre el futuro, pero sí para prepararse a enfrentarlo. A lo largo de los años, Leetsbal Ek se había maravillado al tener acceso a la complejidad del conocimiento natural que poseían los sacerdotes mayas. Fue debido a esta fascinación por comprender los caminos del conocimiento que había decidido convertirse en aprendiz.

Sus intensas reflexiones fluían a través de su mente cuando el hongo sagrado empezaba a alterar el sentido de la realidad ordinaria. Sufrió intensos escalofríos y su respiración se tornaba arrítmica. El fuego central ubicado sobre el portal mágico ardía con más fuerza mientras los sacerdotes permanecían en sus lugares.

Uno de ellos emitió un sutil canto y los otros tocaban sus instrumentos. El tambor resonó en la sala produciendo una intensa vibración que alcanzaba todas las fibras de su ser consciente.

El sonido se intensificaba provocando que su percepción cambiara drásticamente. El espacio se había expandido y la energía producida por la música y la luz del fuego captaba su atención. Su mente consciente estaba atrapada en el revoloteo de las flamas.

Sassil Be hizo una indicación y uno de los sacerdotes tomó una ofrenda consistente en un manojo de ramas entrelazado con hojas de tabaco y semillas de cacao. La depositó sobre el fuego y produjo una espesa nube de humo. Al contacto con el fuego, la ofrenda liberó una fuerza misteriosa que se manifestaba en formas extrañas. La nube se tornó más densa y, para asombro de la joven aprendiz, grotescas visiones de hombres y serpientes se sucedían sin cesar.

Leetsbal Ek interpretó que los espíritus de sus ancestros estaban cruzando el portal hacia su mundo. Su padre se paró del trono de jaguar y movió sus manos en dirección al fuego recitando palabras que ella no alcanzaba a comprender. El humo continuó expandiéndose y formando imágenes. Ella sintió que su conciencia viajaba vertiginosamente hacia el interior de las visiones que el humo formaba y empezó a ver el futuro de su comunidad.

Cientos y cientos de soldados blancos armados con sables, rifles y antorchas avanzaban apoyados por guerreros de las tribus vecinas, sembrando la destrucción y el caos entre las pequeñas aldeas. Los pobladores corrían desesperados, tratando de salvar a sus hijos de la quema de sus hogares. El llanto y la miseria aparecían por doquier y los sobrevivientes vagaban por la selva buscando un sitio dónde refugiarse.

Por otro lado veía cientos de guerreros cocomes luchando contra los soldados y atacando las iglesias de los frailes con antorchas, arcos y cerbatanas. Se aproximaba una guerra y el resultado sería nefasto para todos.

Una visión llamó su atención en especial. Decenas de frailes vociferaban consignas alrededor de una gran fogata en la que eran incineradas grandes cantidades de códices, platos, vasijas e ídolos que representaban el legado de los ancestros, celosamente guardados por los sacerdotes. La escena cimbró sus sentimientos de tal forma que ya no soportaba mirar más. Se resistió a continuar observando. Deseó desde sus entrañas alejar esas terribles escenas de su campo de visión y, de pronto, ya no pudo ver nada más.

Capítulo 17

La lúgubre atmósfera de la sala de recuperación dondese encontraba Oren se cernió sobre Anya y Dina cuando entraron al lugar. El cuerpo de su compañero yacía inerte sobre una plataforma que había sido especialmente adornada para los ritos funerarios que tendrían lugar en cualquier momento, una vez que sucumbiera a la pérdida definitiva de su conciencia.

Se acercaron a él notando de inmediato cómo su piel había perdido por completo su tonalidad saludable. Ambas percibían que se estaba rindiendo ante la imposibilidad de revertir su terrible destino. Dina apoyó su mano sobre el pecho de Oren y susurró una oración para manifestarle todo el amor y respeto que sentían por él. Habían sido compañeros durante largos años dentro de la cuarta escuela del conocimiento y ella jamás lo olvidaría. Anya no pudo contener más la emoción que guardaba en su pecho y lloró amargamente.

Sabía que muy pronto su cuerpo dejaría este mundo para siempre. Dina la observó y un par de lágrimas comenzó a correr a lo largo de sus mejillas. El dolor por su pérdida era prácticamente insoportable. Ambas habían acordado visitarlo por última vez antes de que su cuerpo fuera embalsamado y preparado para ser transportado a Nueva Atlantis, donde le sería asignada una cámara mortuoria dentro de las salas del Gran Concejo. Las dos se abrazaron compartiendo su dolor. Era momento de ir a la sala del concejo de guerra, donde las esperaban. Miraron por última vez a su compañero y salieron hacia otra ala del complejo de la Casa Real. El maestro Zing y los concejales Anthea y Kelsus se encontraban reunidos con todos los miembros de las casas del conocimiento frente a una detallada maqueta del campo donde sería librada la batalla contra los ejércitos de la orden.

Una enorme planicie enfrentaba a la ciudad capital por el lado sur y se encontraba cubierta de todo tipo de obstáculos para detener el avance del ejército enemigo. Por el lado oeste, en cambio, un extenso bosque con grandes árboles se erguía hasta los muros de la ciudad. El lado este y norte eran completamente inaccesibles para cualquier ejército, debido a que la ciudad colindaba con un gran lago donde extensas zonas pantanosas hacían el terreno intransitable.

—Nuestros espías nos han revelado que el ejército de la orden comenzó su avance hacia la capital desde hace dos días —afirmó uno de los miembros de la Casa Real—. Se encuentran sólo a unas cuantas horas de distancia de la ciudad.

—Nuestro ejército se encuentra preparado para enfrentarlos —respondió el concejal Kelsus—. El eclipse de Sol sucederá mañana. La orden posicionará su ejército afuera de la capital para lanzar su ataque tan pronto como el cielo oscurezca.

—Sabemos que intentarán entrar por el lado sur de la ciudad —explicó el maestro Zing—. Es el único lugar por donde pueden transportar su pesada maquinaria de guerra. Hemos abierto dos zanjas que obstaculizarán su avance. Nuestras fuerzas se posicionarán a lo largo de la línea interior para contener el desplazamiento de su infantería, pero debemos permanecer atentos a una incursión a través de los bosques del lado oeste.

En ese momento un capitán de la guardia real entró a la sala y entregó un mensaje a uno de los miembros del concejo.

—Nuestras tropas aliadas han llegado —les dijo—. Los generales de la casa del sur y el este nos esperan en el puerto de embarque.

—Kai los espera ahí desde temprana hora —respondió el maestro Zing, pero el capitán de la guardia les informó que la concejal abordó una nave horas atrás. La guardia real desconocía su destino.

Anya preguntó a Dina lo que sucedía. Ella no supo qué responder. Todos los miembros del concejo salieron para recibir a las tropas aliadas. El maestro Zing los acompañó y pidió a Kelsus averiguar dónde se encontraba la concejal Kai. Anthea y Dandu fueron a preparar al equipo encargado de proveer los suministros de batalla a las tropas en el frente. Las aprendices siguieron al concejal Kelsus dentro del complejo. Dandu los vio y se dirigió hacia donde estaban.

—Parece que te sientes mejor —saludó Anya.

—Los médicos me permitieron abandonar la sala de recuperación esta mañana —respondió él.

Dina lo miró con un semblante que reflejaba toda la tristeza que sentía por la pérdida de Oren.

—Nunca pensé que Oren fuera a enfrentar tan trágico destino —les dijo Dandu con un semblante de consternación.

Les pidió que lo pusieran al tanto de lo sucedido mientras estuvo inconsciente. Anya le relató cómo todos sus esfuerzos por revertir el conjuro de la orden habían sido inútiles.

Luego Dina le reveló que la noche anterior finalmente habían hecho contacto con la mensajera del tiempo.

—¿Qué sucedió con ese asunto? —preguntó Dandu.

—Los miembros del concejo la escucharon y a su vez le comunicaron un mensaje importante para la gente de su tiempo —le explicó Dina.

—¿Pero cuál fue su propósito de llegar hasta nosotros? —quiso saber Dandu.

—Al parecer, el sitio de la pirámide se encuentra amenazado por las fuerzas de la oscuridad —le respondió Anya—. Kiara nos advirtió que unos militares tenían el control sobre el sitio.

—La concejal Kai me dijo que ellos nunca estarían en posición de emplear todo su poder —agregó Dina—. La forma de conocimiento que opera los mecanismos de la pirámide está más allá de sus posibilidades de comprensión.

Anthea y Kelsus se acercaron para pedirles que los acompañaran. Los tres aprendices siguieron a los concejales hacia los grandes almacenes donde la Casa Real guardaba todos los enseres necesarios para el combate. Flechas, arcos, espadas, ballestas, escudos, armaduras y todo tipo de artículos para ayuda de los heridos se encontraban apilados por miles en grandes columnas que acariciaban los inmensos techos del lugar. Una fila de doscientas personas, entre ellos mujeres y jóvenes adolescentes, esperaban pacientemente instrucciones para saber cómo debían asistir a los guerreros en la defensa de la ciudad.

Anya y Dandu mostraron a todos cómo debían cargar las ballestas, apilar las flechas, afilar las espadas y apoyar en el traslado de los heridos. Dina y la concejal Anthea les enseñaban a brindar primeros auxilios a aquellos que resultaran heridos por corte de espada o por una flecha. Una vez comprendido el procedimiento, todos se dirigieron hacia la muralla. Llegaron hasta las escaleras y subieron. Desde lo alto, admiraron el valle que se extendía hacia el sur de la capital. Cientos de hombres continuaban con los trabajos de excavación de las dos grandes zanjas diseñadas para detener la pesada maquinaria de guerra de la orden. Éstas se extendían paralelamente a lo largo de cientos de metros, protegiendo el acceso a los grandes muros de la ciudad. Miles de arqueros y soldados reconocían el terreno de batalla y ponían marcas a lo largo de él. Los aliados de la casa del sur llevaron consigo decenas de caballos para la infantería. A sus costados, decenas de hombres con pesados tambores y trompetas ensayaban los ritmos de guerra que conducirían a las tropas a través del combate.

Por donde quiera que miraran, encontraban gente preparándose para la batalla. Anya sabía que al amanecer del día de mañana, la Orden de los Doce llegaría para apostar su enorme ejército frente a ellos. Sería el mayor espectáculo de guerra que jamás había imaginado presenciar.

Los concejales Anthea y Kelsus se acercaron.

—El concejo de la Casa Real debe ser protegido a toda costa —les explicó él—. La Orden de los Doce tratará de acabar con el liderazgo de esta nación para forzar la rendición de sus tropas. Ustedes tres permanecerán vigilando el complejo una vez que comience la batalla. Este lugar será su sitio de vigilancia mientras el concejo de la Casa Real observe el enfrentamiento.

Todo el tiempo los tres aprendices pensaron que su misión consistiría en comandar las tropas en el campo de batalla. Anya sintió alivio al saber que en esta ocasión no pelearía directamente al lado de la infantería. Los recuerdos de su enfrentamiento contra los cientos de manifestantes en Atlantis aún pesaban sobre su memoria. Luego la concejal Anthea pidió a todos que la siguieran hacia el complejo. Parecía que algo la había perturbado.

El grupo llegó hasta un recinto que albergaba cientos de libros, pergaminos y una gran variedad de volúmenes de lectura con exquisitos grabados. Se encontraban en una de las bibliotecas donde también se resguardaban los registros arcaicos de la humanidad. Éra el lugar donde la concejal Kai había buscado la forma para traer la conciencia de Oren de regreso desde el último nivel del inframundo. ¿Por qué la concejal Anthea los había llevado hasta ahí?

El grupo cruzó una enorme puerta que los condujo a una sala privada. El maestro Zing los esperaba ahí en compañía de tres personas de edad muy avanzada. Todos estaban sentados alrededor de una mesa sobre la cual descansaba un enorme libro abierto. Los tres hombres examinaban cuidadosamente sus páginas.

El maestro Zing le pidió a todo el grupo que se acercara.

—La concejal Kai desapareció hace varias horas —les advirtió—. Parece ser que tomó un transporte y se dirige hacia el sitio de la pirámide. He tratado de comunicarme con ella por horas pero se niega a responder.

Anya y Dina miraron al maestro confundidas. ¿Qué hacía la concejal Kai por sí sola en ese lugar?

Anthea se acercó a la mesa y observó detenidamente.

—Éste es uno de los volúmenes que ella estuvo estudiando mientras estuvimos en la biblioteca —les dijo señalando el libro.

El maestro presentó a los tres hombres como los eruditos de la Casa Real. Uno de ellos era el encargado de la biblioteca y fue quien le proporcionó el libro a la concejal el día anterior. Kai lo estudió por varias horas. Los otros ancianos conocían el lenguaje de las escrituras y trataban de averiguar lo que la concejal había encontrado en él.

—Se trata de una crónica que relata la visita de los seres de luz a nuestro plano de conciencia —informó uno de los ancianos tras terminar la lectura—. El texto se encuentra cifrado y me temo que es muy poco lo que hemos logrado interpretar. No se trató de una visita de cortesía, sino parece que nuestros antepasados, los brujos de la antigüedad, perturbaron su existencia y los atrajeron hasta nuestro mundo cuando encontraron la forma de desplazar su conciencia hacia lo más profundo de los reinos de oscuridad.

—Entonces la concejal Kai encontró los escritos que hacen referencia a los viajes hacia ese reino —intervino la concejal Anthea—. ¿Por qué no nos reveló nada al respecto?

—Los reinos de oscuridad se encuentran más allá del alcance de la conciencia humana —respondió el maestro Zing—. Los seres de luz mantienen en equilibrio la acción de las fuerzas demoniacas en los diferentes reinos de conciencia. Los brujos de la antigüedad tuvieron que recibir ayuda de alguna entidad demoniaca para encontrar la invocación que los transportó a ese reino. Es lógico que esta acción inusitada atrajera a los seres de luz hasta nuestro mundo. La concejal Kai leyó el texto con la esperanza de encontrar la ruta hacia esos reinos. Si no nos reveló nada, seguro que lo hizo para protegernos.

—¿Protegernos de qué? —preguntó Anya.

—Sólo los escritos pueden revelárnoslo.

Entonces el maestro Zing le pidió a uno de los eruditos que tradujera la interpretación de los escritos.

—El texto cifrado sólo puede ser comprendido por alguien con el nivel de conciencia de Kai —explicó el anciano—. Nosotros únicamente podemos interpretar la introducción al escrito que es la siguiente:

Éste es el relato que describe aquello que jamás había sido visto y que permanecerá por siempre más allá de nuestro alcance. La sed de conocimiento ha embriagado la conciencia de aquellos que ostentan el poder para manipular la realidad. Ahora han encontrado las palabras que abren el portal hacia el profundo abismo donde gobierna la oscuridad. Los más osados han emprendido el viaje hacia el más allá, pero ninguno de ellos ha regresado para atestiguar sobre su verdad.

El anciano les indicó que las siguientes frases estaban escritas en alfabeto sagrado y contenían la invocación utilizada por estos brujos para desplazar su conciencia hacia el valle de las sombras.

—Esta invocación está escrita en criptogramas que sólo la concejal Kai conoce —explicó—. La siguiente parte del texto explica que los seres de luz vigilaban el acceso a este reino y que esta invocación atrajo su presencia hasta nuestra realidad. Luego explica que fueron ellos los que dejaron esta advertencia sobre quienes se atrevieran a atravesar el portal.

*Os advertimos, seres humanos, de no cruzar hacia el
más allá. El valle de las sombras es el lugar donde la luz
divina de su conciencia finalmente se extinguirá. Aquel
que lo contemple, el más lamentable destino sufrirá y a
vuestro mundo jamás habrá de regresar.*

El erudito les reveló que los diálogos con los seres de luz se
encontraban cifrados. Sólo los iniciados conocían los secretos de los reinos inferiores. De acuerdo con el recuento final
de la crónica, aquellos cuya conciencia había viajado hasta
ese lugar murieron días después de realizada la invocación.

El maestro Zing y los concejales Anthea y Kelsus permanecieron callados, observándose entre sí. ¿Qué había averiguado la concejal Kai al interpretar el texto?

Agradecieron a los eruditos por su ayuda y éstos se
retiraron llevándose el libro. Los tres concejales permanecieron callados como si se hubieran sumido en una profunda
meditación.

—¿Qué sucede? —le preguntó Dina silenciosamente
a Dandu.

—No tengo la menor idea —le respondió él en voz baja.

Los concejales permanecieron reflexionando durante
un tiempo que pareció interminable. Como si sus mentes se
hubieran transportado hacia otro lugar. Anya y sus compañeros los observaban atentamente sin saber qué hacer. De
pronto la concejal Anthea reaccionó y les pidió a los tres que
se acercaran. Tomó a Anya y a Dina de la mano y les pidió
que sujetaran a Dandu.

En un instante sintieron cómo su conciencia se separaba de su cuerpo físico para viajar a través de un torbellino
de luz. Antes de que los tres pudieran reaccionar, se encontraban ya en la galería subterránea justo frente a la entrada
de la cámara principal de la pirámide, con los concejales. En
ese momento escucharon pasos provenientes del corredor

que conectaba la pirámide con la superficie. Era Kai, quien entró corriendo a la galería. Su cuerpo transpiraba debido al intenso calor. La concejal sintió su presencia aunque no los podía ver. Pronunció unas palabras y cerró sus ojos momentáneamente para ajustar su percepción. El cuarzo de la galería reaccionó produciendo un grave sonido y, después de esto, la concejal podía verlos.

—Intentas hacer algo muy arriesgado Kai —le advirtió el maestro Zing—. Es un viaje sin retorno y tú lo sabes bien.

—La continuidad de nuestro conocimiento quedará en manos de los aprendices cuando todos nos hayamos marchado —respondió ella—. Oren es el líder de su grupo. Sin su liderazgo quedarán prácticamente desprotegidos ante la expansión de las fuerzas de la oscuridad. Nueva Atlantis caerá junto con la raza humana si ellos fracasan. Sólo su regreso garantiza la continuidad de nuestro linaje. Uno de nosotros tiene que traerlo antes de que muera. Y sólo yo conozco la forma de llegar hasta él.

Los concejales sabían que no existía forma de predecir si tendría éxito en su intento pero lo que sí era seguro es que jamás regresaría a su mundo. Anya y Dina observaban la escena sin entender qué se disponía a hacer. Anthea les explicó mentalmente que Kai había encontrado en el libro la invocación en lenguaje sagrado para abrir la matriz del universo y llegar hasta el último nivel del inframundo. Una vez ahí, se encontraría sola en el reino de las sombras y trataría de liberar la conciencia de Oren antes de que él muriera.

Anya y Dina sintieron una descarga de ansiedad atravesar su ser consciente. Era un intento suicida. Tanto el supremo amo del inframundo como los seres de luz advirtieron de las fatales consecuencias de tal atrevimiento. Kai se dirigió a todos ellos.

—Protejan a mi pueblo de los ejércitos de la orden —les pidió la concejal, al tiempo que se acercaba a una de las paredes de cuarzo donde debía pronunciar varias frases en alfabeto sagrado—. Ya no hay tiempo que perder.

El cuarzo se iluminó de diferentes colores mientras la entrada a la cámara principal se abría. Ella entró a la cámara seguida de los demás concejales. La doble percepción se hizo presente y Anya observó cómo la concejal se dirigía hacia las enormes sillas de piedra y, al mismo tiempo, igual que si tuviera una doble exacta, caminaba hacia el centro de la cámara.

Kai recitó versos en lenguaje sagrado y el suelo de la cámara se encendió. Un concierto resonó en el recinto. Los concejales observaban detenidamente lo que hacía. Sabían que era inútil tratar de detenerla. El suelo giró a una velocidad impresionante formando una espiral. A sus pies se abrió un abismo. El vórtice de energía se surmergió en las profundidades y un haz de luz surgió desde el techo de la bóveda, proyectándose hacia el abismo abierto.

La concejal Kai los miró por última vez al tiempo que pronunciaba sus últimas palabras. "Ha llegado el momento", les dijo. Y en ese mismo instante, apuntó con sus manos hacia ellos, con otra frase en alfabeto sagrado. Anya y Dina sintieron que una fuerza descomunal las sacaba de la cámara principal junto con los concejales. La enorme puerta de piedra se cerró, dejando a Kai sola. Utilizó su intento para protegerlos de lo que se disponía a hacer.

Anya concentró su don en averiguar lo que pasaba dentro. Su vista traspasó el muro y pudo ver el haz de luz proyectándose hacia el espacio infinito a través del techo de la cámara que había desaparecido. Luego escuchó un estruendo que disparó la figura de la concejal Kai hacia el abismo. Instantes después ya no pudo percibir nada. De inmediato comprendió lo que el maestro Zing le había advertido: la concejal Kai lanzó su conciencia hacia los reinos de la oscuridad, en un viaje sin retorno.

Capítulo 18

Eran las primeras horas de la mañana en el campamento cuando Sarah Hayes se dirigió hacia el centro de comando para hablar con el mayor Ferguson. Había decidido visitar la aldea de los indígenas junto con el grupo de arqueólogos para recabar más información sobre la relación que guardaban las leyendas y el funcionamiento de la pirámide.

Entró a la carpa y encontró a los soldados responsables de operar el equipo. Uno de ellos le informó por radio al mayor Ferguson de su visita, el cual dijo que estaría ahí en un par de minutos. Sarah miró alrededor del lugar para sorprenderse del grado de sofisticación a la que el ejército había llegado para mantener la vigilancia dentro y fuera del campamento.

Los militares gastaban millones de dólares en recursos para asegurarse de que nadie interfiriera en sus planes. La incomodidad ante lo que veía hizo que Sarah reaccionara con el deseo de abandonar el proyecto. Sabía perfectamente que si lograban su propósito, el ejército se encargaría de dictar las reglas de dominio y sometimiento de la población. Contemplaba con tristeza la realidad a la que ella y su equipo estaban sometidos.

El mayor Ferguson entró a la carpa interrumpiendo su reflexión. Saludó formalmente a Sarah y le preguntó el motivo de su visita.

—Mi equipo y yo deseamos efectuar un viaje de investigación a la aldea de los indígenas. Necesitamos que nos provea de un par de vehículos y algunas provisiones.

—Puede explicarme el motivo de su interés para esta visita —inquirió el militar.

—Los indígenas cuentan con información respecto a la cultura responsable de la edificación de la galería subterránea —explicó Sarah—. El equipo de arqueólogos desea ahondar en el asunto para ver si logramos que revelen información útil.

—¿Qué le hace pensar que los indígenas cuentan con tal información? —inquirió Ferguson con reserva.

—Los indígenas conocen el secreto de la galería desde hace generaciones —respondió Sarah impacientemente—. Pensé que el general Thompson le había informado al respecto. Él mismo fue quien sugirió que obtuviéramos toda la información posible de los locales.

El enviado del ejército relajó su postura al escuchar a Sarah. Luego preguntó quiénes saldrían del campamento.

—Somos siete personas. Esperamos estar de vuelta a más tardar mañana por la tarde.

Le respondió que ordenaría a su personal que iniciara los preparativos para el viaje. Luego ordenó a Sarah que documentara toda la información que obtuviera y que entregara copias de los archivos de video y audio a su personal. Sarah se sintió más tensa al escucharlo. En definitiva tratar con él sería muy diferente a hacerlo con el coronel McClausky. Prefirió no quejarse y salió en búsqueda de sus compañeros.

Todos se encontraban en el comedor, listos para emprender el viaje. Kiara platicaba alegremente con sus padres mientras Daniel y Elena bromeaban con José. Daniel le informó a Sarah que el equipaje se encontraba listo desde la noche anterior. Se dirigieron hacia el centro de comando donde unos vehículos eran cargados con provisiones y equipo electrónico. Ferguson miró a los científicos. Luego fijó su vista en Kiara y María.

—Doctora Hayes, necesito hablar con usted, por favor sígame.

Fueron a la carpa.

—No comprendo el propósito de que la hija adolescente y la esposa del doctor Jensen los acompañen en este viaje —le dijo tajantemente.

Sarah lo no supo qué responder.

—Debe comprender que éste es un campamento militar y de ninguna forma fue establecido con el propósito de recibir familiares. Ya que cumplieron la cuarentena establecida, serán trasladados de regreso a sus lugares de origen lo antes posible.

—Entiendo su postura, mayor —respondió Sarah—. Pero en el caso de la hija del doctor Jensen, su participación es necesaria dada la relación que guarda con uno de los líderes de la aldea.

—¿A qué se refiere con eso? —preguntó Ferguson y Sarah le explicó brevemente el incidente donde Kiara había conocido a Tuwé.

—Ella se ha ganado la confianza de este hombre y es necesaria para obtener la información que estamos buscando —presionó Sarah mientras Ferguson la escuchaba con un gesto de desagrado.

Como las instrucciones del general Thompson eran obtener dicha información se abstuvo de objetar más al respecto.

Sarah salió de la carpa para encontrarse con el teniente Mills. Tenía la instrucción de conducir a los científicos hacia la aldea. Abordaron los vehículos junto con el personal militar y emprendieron el viaje.

El mayor Ferguson observó la partida y llamó a uno de sus subordinados. Entonces le preguntó si el ejército había encontrado ya una vivienda para trasladar a la familia del doctor Jensen.

—Ayer por la tarde recibimos una notificación —respondió su subordinado—. Hay dos opciones en donde pueden ser reubicadas.

Ordenó que todo se preparara de inmediato para el traslado de los familiares de los arqueólogos tan pronto regresaran de la aldea.

—Asegúrese de que mañana por la tarde esté disponible un transporte que los lleve a Estados Unidos.

Los vehículos se adentraron en la selva y Kiara tuvo la oportunidad una vez más de observar el frondoso paisaje a su alrededor. Recordó cuando, meses atrás, visitó por primera vez la aldea y asistió a la ceremonia del maíz. Nunca imaginó cómo su vida comenzaría a cambiar después de las visiones que tuvo en aquel encuentro. En verdad que era fascinante presenciar los rituales ancestrales de estas culturas tan enigmáticas. Le fascinaba que su visión del mundo cambiara tras entrar en contacto con ese conocimiento tan antiguo.

La brecha de terracería fue tornándose cada vez más estrecha. Kiara dedujo que se encontraban muy cerca de la aldea. De pronto, José les avisó que tomaran la última desviación y en un par de minutos llegaron a su destino. Comenzaron a descargar el equipo fuera de los vehículos. Todos emprendieron la marcha hacia el interior de la aldea y súbitamente, como era costumbre, unos niños aparecieron jugando a lo largo de las ya inútiles vías de los vagones de carga.

Kiara estaba ansiosa por volver al lugar que consideraba el inicio de su gran aventura. Contempló los oxidados silos de almacenaje y notó que la aldea lucía exactamente igual a sus recuerdos. Más adelante, unas mujeres trabajaban en sus labores diarias confeccionando sus trabajos artesanales. El grupo siguió avanzando frente a la vista de todos cuando un hombre de baja estatura se percató de su presencia. José y Sarah reconocieron de inmediato a Chak. Después de un afectuoso saludo, les comentó que Tuwé había salido desde temprano hacia la selva en busca de unas plantas medicinales que pensaba emplear para la cura de un enfermo. No obstante estaría de vuelta en cualquier momento.

Sarah explicó a Chak el motivo de su visita y él respondió sonriendo.

—Lo importante es que finalmente se encuentran aquí. Voy a notificar a los chamanes de la aldea para que preparen la recepción de esta tarde.

José y Sarah condujeron al grupo hacia una pequeña choza para guardar el equipo. Ahí decidirían qué hacer mientras esperaban a Tuwé. María, Leticia y Elena Sánchez se interesaron por observar a las mujeres indígenas que confeccionaban ropa típica, así que se dirigieron a observar cómo hacían sus tejidos. José y el doctor Jensen acompañaron a Chak a notificar a los chamanes sobre su presencia mientras Kiara recorría el lugar en compañía de Daniel y Sarah Hayes, quienes visitaban por primera vez ese lugar.

Kiara les mostró el sitio donde se llevó a cabo la ceremonia. Daniel observaba con curiosidad los vestigios de la maquinaria que se instaló para producir la resina de chicle. Mientras caminaban, pensaba que poco a poco la naturaleza borraba la presencia del ser humano en la selva. El metal se oxidaba lentamente hasta resquebrajarse. Tras los sucesos por los que cientos de miles de personas habían perdido sus hogares en todo el mundo, Daniel reafirmaba que la mejor forma de convivir con la naturaleza era la de no oponerse a su equilibrio. Los indígenas habían sobrevivido en el interior de esas selvas por miles de años precisamente porque modificaban sólo ligeramente su entorno. Su supervivencia dependía de la adaptación a su ecosistema, a diferencia del ser humano moderno, cuya supervivencia se basaba en la modificación completa de su medio. Las fuerzas naturales cobraban la factura al ser humano por no respetar su equilibrio.

—Este sitio me ayuda a comprender el mensaje que nos enviaron esos avanzados seres de otro tiempo —le dijo Sarah a Kiara—. Este lugar conserva la energía de una manera que no le es perceptible al ser humano común. Nuestra dependencia de la electricidad es tan grande que hemos olvidado las miles de formas en que la naturaleza almacena la energía. Estos hombres edifican sus viviendas con lo que encuentran en el medio. De ese modo, no tienen necesidad de emplear energía para fabricar material de construcción, como se hace en las ciudades. En nuestra civilización se emplean grandes cantidades de energía para fundir el acero de las estructuras de los edificios. Igualmente para compactar los blocks usados en las paredes. El calor para cocer los ladrillos, el cemento, el yeso y todas las mezclas para los morteros y sus acabados.

—¿Y qué significa todo eso? —preguntó Kiara.

—Toda esa energía que empleamos daña nuestra atmósfera. Al utilizar materiales naturales para sus viviendas, los indígenas no sólo protegen al medio ambiente sino adaptan su forma de vida al ecosistema. Tal como lo hacen los esquimales en las regiones polares.

—Exactamente —exclamó Daniel—. Sería un gran triunfo si logramos que la sociedad moderna comprenda este concepto. La transformación del entorno debido a la actividad humana cambiaría por completo, se haría más amigable.

—Y de esa forma grandes cantidades de energía serían conservadas. El problema es que nuestra población crece día a día y arrasa todo lo que encuentra a su paso. Tenemos que crear conciencia de que nuestra moderna forma de asentarnos en el planeta ya no es adecuada.

Los tres continuaron su recorrido hasta que llegó la hora de comer. Sarah y Daniel pensaban dirigirse donde los soldados guardaban las provisiones, pero Chak los invitó a que compartieran la comida con la comunidad. Las mujeres encendieron fogones para a asar pescados y plátanos sobre las brasas. Les ofrecieron algunos frutos en unas pequeñas canastas. Todos comieron con ánimo entre el aromático humo de las fogatas y al cabo de un par de horas Chak les avisó que Tuwé había vuelto. En cuanto supo de la presencia del grupo, el anciano se reunió de inmediato con los cuatro chamanes de la aldea para preparar la ceremonia que realizaría esa misma noche.

Kiara reaccionó emocionada a la noticia. Una vez más tendría la oportunidad de participar en las vías ancestrales de obtención de conocimiento. El grupo se relajó hasta entrada la tarde, hasta que Tuwé apareció frente a ellos.

Chak les pidió a todos prepararse, pues una hora después comenzaría la ceremonia. Se reunieron en la pequeña choza y discutieron sobre cuál sería el mejor procedimiento para obtener la información que deseaban.

El doctor Jensen sugirió que Tuwé debía indicarles cómo había llegado hasta ellos el secreto de la pirámide. Así podrían seguir la línea de tiempo hacia atrás, lo cual les facilitaría el estudio del códice y la comprensión sobre cómo conservaron su conocimiento aquellas tribus.

—Creo que Tuwé está más interesado en revelarnos la razón de nuestra presencia en este sitio —comentó Sarah—. Pareciera como si él no se preocupara tanto por el pasado, sino por lo que está por venir.

—Sí, pero comprender el pasado nos puede dar la clave para entender lo que nos espera en el futuro —aclaró el doctor Jensen—. Ése es precisamente el propósito de la antropología.

—Tuwé nos mencionó que el conocimiento de los Inmortales fue grabado en la pirámide y que este conocimiento sería develado por nosotros al llegar el Sexto Sol —intervino Daniel—. Pero pensamos que estaba hablando de una leyenda, no de la realidad concreta.

Luego Elena Sánchez tomó la palabra.

—Sabemos que su conocimiento tiene que ver con los cambios de conciencia que experimenta el ser humano al entrar en la etapa de sueño. Pero nuestra civilización siempre ha considerado el sueño como una simple fantasía. Por eso nos es tan difícil comprender lo que los Inmortales guardaron en la pirámide. Para entenderlos tenemos que pensar y actuar como ellos.

Todos reflexionaron sobre sus palabras.

—Sabemos que el propósito de esa civilización fue legarnos el medio para descubrir que existen otros reinos al alcance de la conciencia humana —comentó Daniel—. Pero lo que no entendemos es cómo el poder de la pirámide puede ayudarnos a reorientar a la humanidad en su propósito de vida. Tuwé tiene que darnos su opinión al respecto y si conoce alguna otra información, entonces debe decírnosla.

—El legado de los Atlantes conduce a la máxima evolución al revelar mediante el sueño otros planos de realidad; esto implica que la muerte física no es el fin de nuestra existencia, sino el comienzo de una nueva —argumentó Sarah—. Parece ser el mismo mensaje de los mayas y otras civilizaciones altamente desarrolladas.

—Pero cómo lograron ellos discernir tal conocimiento —preguntó Daniel—. Sería sumamente importante que encontráramos el camino que nos llevara a comprender ese proceso. ¿Qué sucedió durante el tiempo de los Inmortales que les permitió concebir esa realidad tan compleja y tan diferente a nuestra forma de entender el mundo?

Chak entró en la choza para avisarles que los chamanes los esperaban. Todo estaba preparado para la recepción y Kiara se puso de pie de un brinco. Sarah Hayes lo saludó y fue a donde estaba el equipaje para sacar el bastón de mando que había guardado con mucho cuidado. Al tenerlo en sus manos, volvió a sentirse observada por una fuerza inexplicable. Este hecho confundía su juicio. José le había advertido que los objetos de poder como el bastón de mando guardaban fuerzas que eran incomprensibles en términos científicos. Eran muy apreciados en las culturas indígenas. Para estas tribus, el poseedor del bastón depositaba parte de su poder en él. Así, al pasar de generación en generación, el objeto acumulaba el poder de todos sus portadores.

Chak los condujo a una de las chozas principales de la aldea, la cual tenía espacio suficiente para albergar a una docena de personas. Un pequeño fuego ardía justo en su centro. Alrededor de él cuatro ancianos se encontraban sentados sobre unos ligeros tapetes de palma. Una de las mujeres de la aldea sostenía un brasero con aromático humo de copal y los sahumó conforme entraban. Tuwé se paró para recibir al grupo. Por medio de señales los invitó a que se sentaran en círculo. Todos se acomodaron alrededor del fuego. Kiara estaba sumamente ansiosa. Había pensado que la ceremonia sería en el sitio que conocía; no sabía lo que los chamanes tenían planeado en esta ocasión.

Tuwé pronunció unas palabras y Chak tradujo todo el tiempo.

—Los jefes de nuestra aldea les dan la bienvenida. Se encuentran muy contentos de que al fin hayan podido venir. Los esperaban desde hace tiempo.

Todos agradecieron la invitación.

—El destino de las generaciones futuras de la humanidad depende de nosotros ahora —continuaron las palabras del chamán—. Los grandes cambios han comenzado y aquí es donde reside el conocimiento para que la humanidad consiga despertar a una nueva forma de conciencia.

Sarah Hayes escuchaba atentamente con el bastón en su mano. Tuwé le pidió que se incorporara y se acercara a los ancianos. Ellos también se levantaron para rodearla con sus propios bastones de plumas, moviéndolos de arriba abajo. El grupo miraba paciente hasta que uno de los ancianos le habló a Sarah.

—Tu decisión de aceptar el bastón de mando nos da tranquilidad. Estaba escrito que el último portador de nuestro tiempo te lo entregaría justo en este lugar, pero nunca pensamos que tardarías tanto en llegar. Ahora nos queda poco tiempo para prepararte.

Ella observaba al anciano preguntándose a qué tipo de preparación se refería.

—He decidido aceptar el bastón, pero no entiendo lo que significa para todos nosotros —respondió.

Le pidieron que escuchara con atención. Uno de los ancianos comenzó a explicar.

—Tal y como Tuwé te comentó, el bastón de mando ha estado en este lugar por generaciones y generaciones. Es un objeto de gran poder que fue elaborado con el fin de conducir los destinos de sus portadores hacia la conservación del conocimiento ancestral. El secreto de la pirámide está íntimamente ligado a él, pues ambos provienen del mismo tiempo. Tú llegaste y descubriste el sitio de la pirámide puesto que era parte de tu destino. Ahora comenzarás a comprender el cambio que se avecina y cómo deberás emplear el poder de nuestros antepasados para guiar la conciencia de la humanidad hacia un nuevo rumbo.

Tuwé le pidió el bastón y lo colocó en un altar situado cerca de ellos. La mujer indígena avanzó hacia el grupo con una jícara que contenía una planta verde. La depósito frente al fuego y uno de los ancianos chamanes bendijo el contenido con su bastón. Todo el grupo observaba el ritual. José les explicó en voz baja lo que sabía del ritual, pues se lo había explicado uno de los ancianos.

El cactus sagrado contenido en la jícara era algo muy trascendente a nivel energético. Al igual que todos los seres vivos, contenía una conciencia en su interior. El anciano chamán tenía el poder de ver la naturaleza energética de esta forma de conciencia y le había asegurado que asemejaba el tamaño de un hombre de estatura común. Esta conciencia manifestada físicamente en el reino vegetal, crecía y se reproducía en el desierto de forma colectiva, almacenando grandes cantidades de conocimiento. Le había mostrado un fósil del cactus sagrado. La planta había desarrollado un poder especial a lo largo de millones de años de evolución. Este poder era transferido al ser humano cuando lo ingería. En ese momento, como por arte de magia, las conciencias de ambos seres se entrelazaban intercambiando conocimiento sobre las leyes del universo. El uso ritual de las plantas sagradas se había convertido en el eje de su cosmogonía y la vía de obtención de conocimiento.

Los ancianos terminaron de bendecir el contenido de la jícara y llamaron a cada uno de ellos para que lo comieran. Sarah sintió un creciente nerviosismo, no sabía cómo iba a reaccionar esta vez. Tuwé percibió su ansiedad y le dijo que no tenía de qué preocuparse. Su miedo provenía de la constante tensión con la que vivía en su mundo urbano. Este miedo era un mal perpetuado en la civilización moderna. En un momento, el cactus sagrado fusionaría su conciencia con la de ella haciéndola comprender que en la ruta de exploración del universo sólo importaba su intención por comprender los motivos de su existencia. Ellos habían llegado hasta ese sitio para descubrir el conocimiento milenario y el cactus sagrado era la ruta para empezar a descifrar los misterios. La ceremonia estaba dirigida para que ella y Kiara identificaran la ruta de sus destinos. El grupo ingirió el cactus y todos volvieron a sus lugares.

Una vez acomodados, uno de los ancianos tomó la palabra y les explicó que para comprender la función que los seres humanos desempeñaban en el mundo iba a relatarles una historia tan antigua que se remontaba a los orígenes de su civilización.

—Cuentan las antiguas leyendas que, al principio de los tiempos, un poderoso ser que había progresado en el camino del conocimiento tuvo la osadía de pedir la oportunidad de albergar el fruto de la conciencia del padre divino en su vientre. Ese ser era nuestro planeta y se dirigió a los amos del inframundo para que le concedieran el don de sustentar la vida para contribuir con el infinito tejido de la conciencia y los reinos celestiales de la creación. Los señores de Xibalba le advirtieron que, para lograrlo, debía someterse a una transformación total de su ser. Luego tendría que atravesar la dualidad del universo físico, pues ésta era la única forma de obtener la maduración requerida por los organismos que deseaba impulsar.

"Nuestro planeta accedió, aunque podía fracasar en este reto y eso significaría, además de su muerte, el fin de sus posibilidades de ascensión. Los amos del inframundo, convencidos de que su poder era lo suficientemente grande para tal tarea, accedieron a su petición y utilizaron su magia para transformarlo en un organismo capaz de poseer tan majestuoso don. Así nació nuestra madre Tierra. El padre creador la envolvió con su luz, depositando en ella la semilla para el crecimiento del vasto jardín donde millones de seres de conciencia engrandecerían su poder creativo y unirían su intento para realizar juntos el máximo logro de la evolución.

"Los señores de Xibalba miraron complacidos a través de los tiempos su lenta transformación en los reinos minerales, vegetales y animales. La conciencia floreció para diversificar las especies, encontrar las formas más aptas para la vida y entrar en sincronía con el ritmo del universo para recorrer el último tramo de la evolución.

"El planeta conducía su gran proyecto con suma armonía, pero en un giro desafortunado del destino, chocó con un fragmento de otro ser que había fracasado en su pretensión y vagaba a través del universo. La Tierra se cimbró tras el colosal impacto. Los cielos se oscurecieron privándola de la luz sagrada del Kin. Las aguas se enfurecieron y su ritmo se alteró. Entonces la conciencia de las especies comenzó a decaer. Miles de ellas no soportaron el cambio de su nueva trayectoria y perecieron al no conseguir el equilibrio. Los señores del inframundo lo observaron sabiendo que ésta sería la prueba final en la que debía demostrar que su poder era suficientemente grande para corregir su curso. El planeta hizo miles y miles de intentos por corregir su giro alrededor del padre creador sin conseguirlo. Las especies lucharon entre sí alterando su equilibrio. Su conciencia estaba sucumbiendo.

”Los señores de Xibalba observaron su fracaso. El fin se acercaba. Pero entonces el padre Sol intervino. Les ordenó que ayudaran al planeta a restablecer el orden. Se encontraba muy cerca de realizar el gran salto de la evolución y debían asistirlo en esa tarea. Los amos del inframundo se reunieron frente al abuelo fuego y pidieron consejo sobre cómo completar su misión. Les dijo que solamente un nuevo ser de conciencia superior que comprendiera el ritmo de la danza de la creación sería capaz de ayudar a todos los habitantes del planeta para alcanzar el equilibrio. Deberían crear a este nuevo ser, cuya función sería guiar a los demás hacia la comprensión de las leyes del Kin.

”Los señores del inframundo utilizaron su magia para crearlo. Moldearon al primer hombre con lodo, pero se deformó de inmediato. Probaron con la madera pero no podía sentir nada. Finalmente probaron con el maíz blando y de inmediato reaccionó a su vibración. El maíz resonaba al ritmo del universo. Habían encontrado la sustancia adecuada. Entonces pidieron al padre Sol que les cediera la luz divina de la conciencia ascendida para el nuevo ser.

”La luz divina transformó al hombre de maíz, que despertó para observar perplejo la vastedad del universo. Reconoció la bóveda celeste y observó los millones de estrellas que la conformaban. Se inclinó ante los amos del inframundo consciente del supremo don que había recibido. Todo estaba listo para la prueba final.

"Los señores de Xibalba le pidieron que demostrara los alcances de su conciencia divina. Él preguntó de qué manera querían que lo hiciera.

—Muéstranos el orden del universo —clamaron.

"El ser humano les pidió un tambor. Tomó la baqueta y comenzó a tocarlo. Ellos escucharon su música y el ser humano solicitó que llamaran a todos los hijos de la creación para que también pudieran escuchar. Luego ejecutó su danza de poder al ritmo de su tambor. Su redoble era majestuoso y sus movimientos coordinados impactaron a todos. Su cuerpo se movía con agilidad, sincronizado con las percusiones. Cantó con voz melodiosa hipnotizando a los presentes. Su música emulaba el ritmo de evolución del universo. Los señores de Xibalba lo miraban complacidos y llamaron a la conciencia del planeta para que lo observara. La Tierra se alegró de conocer a quien traería el equilibrio a su jardín. Sintió que una nueva esperanza surgía.

"Entonces, los animales emocionados con la danza cantaron y se movieron de un lado a otro. El perro ladró y la gallina cacareó. El jaguar comenzó a rugir y la vaca mugió. De pronto el concierto del hombre se había convertido en una aberración de sonidos pues todos los animales querían cantar y danzar como él. El hombre los escuchó enojado y paró de tocar el tambor. Dejó de emitir su melodiosa voz para exigirles que se callaran y lo dejaran continuar. Intimidados por los gritos iracundos, los animales callaron. Cuando iba a comenzar a tocar de nuevo, los amos del inframundo, que habían observado todo, se levantaron para enfrentarlo. Pidieron al padre Sol que viera lo acontecido. El ser humano consideró inferiores a sus hermanos y les ordenó callar. Se quejó de que los animales interrumpieran su danza de poder y desafinaran su música. Ahora tenía que comenzar de nuevo.

"Los señores de Xibalba miraron su soberbia y emitieron su veredicto. Le comunicaron que debía utilizar su poder para restablecer el equilibrio entre los hijos de la creación. Comprendía el orden del universo pero debido a su soberbia sería condenado a atravesar los niveles inferiores del inframundo para comprender la lucha que atravesaban sus hermanos. El hombre se inconformó pero aceptó el reto haciendo gala de su soberbia. El padre creador lo observó y le advirtió que no olvidara nunca el don que le había sido concedido, pues sólo gracias a su conciencia divina conseguiría librar la escabrosa ruta a través del inframundo y ayudar a que todos ellos alcanzaran los reinos celestiales de la creación. Y así fue como el ser humano llegó hasta nuestro mundo.

Todos escuchaban fascinados el relato del anciano mientras el fuego seguía ardiendo. Luego Tuwé tomó la palabra.

—La soberbia del ser humano nos ha llevado a la situación que enfrentamos en estos momentos. Sin el conocimiento depositado en la pirámide, el ser humano no podrá librar la ruta fuera del inframundo y fracasará en su misión, condenándonos a todos a la destrucción.

Kiara no podía dejar de pensar en el mensaje que llevó a los Inmortales y cómo ellos le explicaron que conocían la situación que el ser humano atravesaba. Cuando se lo contó a Tuwé, no se imaginó su respuesta. Ahora parecía que toda la responsabilidad por el destino del planeta recayera en ellos.

—Tu mensaje a través del tiempo llevará a los Inmortales a actuar a favor de la conservación del conocimiento —le aseguró Tuwé aunque ella no alcanzaba a comprenderlo—. Pero aún queda mucho por hacer para concientizar a la humanidad sobre el equivocado rumbo que ha tomado al emprender la guerra contra la propia naturaleza de su mundo.

Chak tradujo las palabras de otro chamán:

—Nosotros formamos parte de esta misión. Nuestra madre Tierra comenzó el proceso para entrelazar su conciencia con el padre Sol y entrar en un nuevo ciclo de evolución. La cuenta de los tiempos anuncia la llegada del Sexto Sol y la humanidad deberá prepararse para los grandes cambios. Sólo los seres que abran su corazón a la verdad podrán sobrevivir. De nosotros depende que el conocimiento que conduce a los estados expandidos de conciencia sobreviva a la era de oscuridad. Nos encontramos atravesando el umbral hacia una nueva era y no podemos fallar. Está escrito que todos habremos de proteger el conocimiento hasta la llegada del nuevo Sol. Entonces será toda la verdad revelada y se consumará el destino de la humanidad.

Sarah asimilaba el mensaje poco a poco. Evolucionar era una tarea que incluía a los seres vivos en conjunto. Desde los más pequeños hasta los de colosales proporciones, como la Tierra y el mismo Sol. Su obtusa visión de ser humano moderno los había hecho pensar que el ser humano era el único que importaba. De acuerdo con el relato, el hombre fue escogido para ayudar al resto de los seres a completar su logro. Pero había hecho justo lo contrario. Reorientar el camino no sólo significaba tomar otra ruta para él, sino ser responsable por el bienestar de todos los seres de conciencia.

Los Inmortales conocían esta verdad y habían actuado a favor de todos al desarrollar su tecnología. Esta verdad necesitaba ser comprendida por sus propios medios para valorarla en toda su magnitud.

Sarah reflexionaba profundamente sobre esa inquietante realidad. Las palabras que Chak tradujo resonaban en su mente como una luz que le obsequiaba claridad. Las leyendas estaban en lo cierto.

Podía ver la verdad más claramente. Su contacto con el conocimiento ancestral le abrió un horizonte de nuevas posibilidades de vida y crecimiento espiritual. No le cabía la menor duda de que los ancianos estaban en lo correcto al pedirles que protegieran a todos los seres vivos ante la avaricia del ser humano.

De pronto, un brusco cambio en su percepción tuvo lugar. La atmósfera de la choza se expandió dándole la impresión de que el espacio se alteraba. Sus procesos mentales se detenían por completo para dar paso a una quietud que la obligaba a enfocarse únicamente en lo que sucedía en esos instantes frente a ella. Era como si se encontrara atrapada en una burbuja de tiempo en la que lo único que importaba era el instante presente. Tuwé se acercó a ella para darle el bastón de poder.

—Tómalo y usa tu intento para que encuentres la ruta de tu destino —le dijo.

Ella lo recibió casi involuntariamente y lo sostuvo firmemente con sus dos manos. La figura de Tuwé resplandecía con un halo luminoso alrededor.

—Tú eres parte de nosotros Sarah —le dijo—. Usa el bastón para recordar.

El chamán se acercó al fuego y depositó una ofrenda hecha con un manojo de hojas de tabaco y resina de copal. El aromático humo envolvió la choza creando una sutil cortina. Una llamarada atrapó la atención de Sarah. Percibía la luz crepitante que se propagaba creando diversas formas. Una fuerza involuntaria la hizo concentrarse en el humo. La luz se intensificó. Las sensaciones físicas cesaron y su conciencia fue atraída por las brillantes formas que el fuego proyectaba. Un torbellino de luces apareció frente a ella y de pronto se encontraba ya en otro lugar.

El día brillaba con todo su esplendor y Sarah se encontraba en una vivienda, llenando una canasta con algunas jícaras y otros enseres. El entorno no parecía corresponder a su época. Todo se veía rústico. Percibía la escena como si se tratara de la realidad ordinaria, pero el sitio era desconocido. Algo muy extraño le estaba sucediendo. Quizá se trataba de un sueño. Trató de mover su cabeza para reconocer el lugar y algo se lo impidió. No tenía control sobre sus acciones. Alguién más las ejecutaba.

Enfocó su atención para entender qué estaba sucediendo. Su cuerpo se movía controlado por alguien más. En ese instante comprendió que se encontraba dentro de una joven mujer que se movía libremente. Su conciencia se había fusionado con la de ella y experimentaba el mundo a través de sus ojos. Estaba en su habitación y parecía prepararse para un viaje. Se vistió rápidamente con un traje ceremonial y maquilló su rostro con una variedad de pigmentos naturales que resaltaban sus hermosas facciones. Sarah estaba impresionada por cada detalle de lo que la joven mujer experimentaba. Caminó fuera de la habitación y se encontró con un hombre maduro en una estancia contigua.

—¿Estas lista? —le preguntó él.

Capítulo 19

Leetsbal Ek terminó arreglarse cuando Sassil Be le preguntó si se encontraba lista.

—Estoy lista —respondió a su padre.

Recogió la canasta que había preparado y ambos salieron de la casa. Un grupo de nueve guerreros se encontraban afuera esperándolos junto con otras dos mujeres. Ambas se encontraban maquilladas a la usanza de sus costumbres. Vestían trajes ceremoniales con ornamentos de cuentas de hueso y piedra adornando su cuello, cintura y tobillos. Las dos cargaban canastas con los regalos típicos de su tribu.

Sassil Be dio instrucciones a los guerreros y rápidamente se internaron en la jungla. Leetsbal Ek se encontraba un poco nerviosa. Se dirigían a la misión de los frailes donde una reunión entre su padre y el representante religioso de la región tendría lugar. Tras las horribles visiones que habían surgido en la ceremonia días atrás, el concejo de los Ah Kin había decidido negociar directamente con las autoridades religiosas para evitar una guerra que podría acabar con su comunidad.

El Halach Uinik ofreció entregar a dos de los agitadores públicos que habían causado el linchamiento de los hombres blancos a cambio de que les revelaran los nombres y el paradero de los responsables del asesinato de la familia. Los frailes escucharon la oferta y accedieron a actuar como intermediarios. Ofrecieron además que las conversaciones se llevaran a cabo en una de las misiones donde estaría garantizada la seguridad de su grupo. La entrega de los prisioneros fue pactada por medio de mensajeros que habían hablado directamente con el representante del obispo de la región. Éste los esperaría personalmente en la misión, donde Sassil Be tendría la oportunidad de hablar con él y explicar los terribles hechos que habían causado tanta alteración dentro de la comunidad.

Los guerreros que los acompañaban, tenían la tarea de custodiar a los prisioneros. Pero como Sassil Be no deseaba que los frailes interpretaran como un acto hostil si únicamente lo acompañaban ellos, decidió que también irían las mujeres, en señal de buena fe y de que sus intenciones eran pacíficas. Se trataba finalmente de una misión de estricto protocolo que deberían llevar a cabo en un par de horas para regresar esa misma tarde.

El grupo llegó a la residencia del gobernador tras una hora de camino. Los reos se encontraban bien amarrados por ambas manos y la guardia personal dirigida por el nacom los esperaba. Sassil Be y los nueve guerreros intercambiaron un par de palabras con ellos y luego prosiguieron su camino tomando en custodia a los dos prisioneros. Leetsbal Ek los miró atentamente. Eran los dos sujetos con peor fama de la comunidad. Habían quebrantado las leyes innumerables veces lastimando y perjudicando a otras personas. Sin duda nadie los quería, pero lo extraño era que no recordaba haberlos visto durante el linchamiento de los hombres blancos. Su aguda mente se percató de inmediato de lo que sucedía. Se suponía que el gobernador entregaría a los responsables del crimen, pero en vez de eso apresó a los dos criminales de peor fama de la región. Leetsbal Ek entendió de inmediato que el Halach Uinik había preferido entregarlos a ellos para que recibieran su último escarmiento. A los dzules de todas formas no les importaba quién fuera castigado siempre y cuando pudieran vengar las muertes de sus compañeros.

El grupo siguió avanzando por más de dos horas entre la espesura de la selva, cuando de pronto percibieron movimiento delante de ellos. Se encontraron con tres frailes que recogían leña en una improvisada carretilla de madera. Éstos soltaron un grito al ver al grupo de guerreros cocomes acercarse. Dejaron la carretilla y se disponían a huir cuando Uno de los guerreros hizo de intérprete para informarles que se dirigían a la misión a entregar unos prisioneros.

Los asustados frailes relajaron un poco su postura al escuchar esto y ver a las mujeres. Tras analizar la situación, les pidieron que los siguieran. No obstante seguían vigilando de cerca el movimiento de los indígenas.

Avanzaron hasta alcanzar un enorme edificio de piedra. Sassil be Reconoció la misión y supo que habían llegado a su destino. Los frailes les pidieron esperar y se introdujeron de prisa al recinto a través de un largo atrio que desembocaba en la entrada principal.

Leetsbal Ek se encontraba cada vez más nerviosa. Muy pocas veces había tenido contacto con los hombres blancos y por lo general los evitaba cuando podía. Su padre le había advertido en innumerables ocasiones que los dzules eran más sucios que los puercos y más salvajes que los coyotes. Odiaban bañarse y sus cuerpos apestaban a cientos de pasos de distancia. Ella reía a carcajadas cuando Sassil Be se mofaba de ellos. Pero ahora se encontraban en sus dominios y le desagradaba sobremanera estar ahí. Su padre insistió en que lo acompañara después de la visión experimentada en el templo. Leetsbal Ek había decidido emprender el camino sagrado del conocimiento para convertirse en Ah Kin de su pueblo y los dzules representaban la mayor amenaza para ellos. Su padre le explicó que para convertirse en consejera de los gobernantes tenía que conocerlos de cerca. Le pidió que se concentrara en observar a los frailes cuidadosamente para conocer sus verdaderas intenciones en cuanto a los cocomes. Las terribles escenas presenciadas durante la ceremonia la habían impresionado verdaderamente.

Todos estaban de acuerdo en que a ninguno de los bandos le convenía que se destara una guerra debido a un incidente. Sin embargo, el Halach Uinik convocó a todos los *batabob*, que eran los jefes de las aldeas cocomes, para alistar a todos los hombres disponibles para defender la aldea si los dzules continuaban con las hostilidades.

El concejo de los Ah Kin dirigido por Sassil Be había exhortado al gobernador para que buscaran una solución rápida. Los cuerpos de los dos hombres blancos aún se encontraban en la aldea y él deseaba negociar cuanto antes con las autoridades eclesiásticas para que les fueran entregados a éstas. No obstante, Sassil Be sabía que los colonizadores no aceptarían fácilmente la muerte de los suyos. Para ese momento sabían que la familia de su comunidad había sido asesinada porque se habían negado a pagar la *fanega* correspondiente al encomendero de la región. Era un hecho preocupante y tenía que ser tomado en cuenta, pues los cocomes no aceptaban de buena gana la presencia de los encomenderos en su territorio.

Los colonizadores, por su parte, veían a los indígenas como simple fuerza de trabajo y estaban cansados de su resistencia a obedecer sus designios. Por esta razón, los castigaban brutalmente para mostrar su creciente dominio sobre las aldeas y sembrar el miedo entre los pobladores. Sassil Be sabía perfectamente que los cocomes jamás accederían a pagarles el tributo que exigían y mucho menos a cederles sus territorios.

Los minutos transcurrían y nadie salía a recibirlos. Los guerreros estaban impacientes y se miraban sin saber qué hacer. Los dos prisioneros vociferaban injurias, alegando que era injusto que los entregaran a los blancos. Los guerreros, cada vez más nerviosos y desesperados, los golpeaban con sus mazos para que se callaran. Sassil Be les ordenó tranquilizarse. Tarde o temprano los frailes se presentarían. La reunión había sido pactada para ese día y era en el interés común de ambos.

La espera se tornaba casi insoportable. Hasta que de pronto varias figuras vestidas con gruesas túnicas de lana color café oscuro emergieron desde la entrada y se dirigieron hacia ellos. Sassil Be les ordenó que se mantuvieran callados mientras él y el intérprete hablaban. Uno de los frailes les pidió que pasaran al atrio donde sus demás compañeros los esperaban. El grupo cruzó la reja de entrada y el intérprete saludó a los presentes a nombre del gobernador y el Ah Kin May. El líder de los frailes devolvió el saludo y se disculpó por la demora.

El intérprete llamó a las mujeres para que entregaran las canastas con los regalos enviados por el gobernador. Leetsbal Ek avanzó con sus compañeras y puso su canasta en el suelo, a unos pocos metros de la comitiva. Alzó la vista y miró a los frailes con desconfianza. Todos lucían las cabezas rapadas y algunos de ellos tenían prominentes barbas cubriéndoles la mitad baja de sus rostros. Desprendían un olor bastante desagradable y peculiar. Regresó a su lugar detrás de los guerreros y volvió a centrar su atención en los misioneros. Una atmósfera de incerti dumbre se respiraba en el ambiente mientras el intérprete explicaba que los prisioneros que traían eran los responsables de la muerte de sus compañeros.

Uno de los frailes respondió que monseñor Arrieta, su dirigente, no se encontraba en ese momento. Tuvo que salir de emergencia a una reunión con las autoridades de la iglesia y había dejado instrucciones de cómo debían proceder cuando los cocomes se presentaran. Explicó que no podían quedarse con los prisioneros, puesto que la iglesia estaba comprometida a respetar la administración de justicia en esa zona, que estaba a cargo del encomendero y sus guardias. Éste había sido avisado de la presencia del grupo tan pronto habían arribado y no tardaría mucho en presentarse.

El intérprete le explicó a Sassil Be, quien lo miró confundido. El nuevo giro inesperado que daba la situación no le agradaba en lo más mínimo. Pidió que le preguntara a los frailes si conocían el paradero de los responsables del asesinato de la familia. Ellos respondieron que desconocían dónde estaban. Sassil Be sabía que, durante el linchamiento, el sacerdote confesó que los asesinos se guarecían precisamente en esa misión. Los frailes estaban enterados y sin embargo los al parecer el jefe encubrían.

El ruido de unos caballos a galope interrumpió el diálogo. Segundos después hombres armados con espadas y fusiles caminaban adentro a toda prisa. Los nueve guerreros los observaron y un torrente de adrenalina invadió sus cuerpos. Leetsbal Ek los observó y su ritmo cardiaco comenzó a agitarse. Su presencia no era un buen augurio.

Los hombres desmontaron y se dirigieron a enfrentar a su grupo. Todos ellos portaban armas y su actitud no era pacifica en lo absoluto. Uno de ellos, se acercó a donde se encontraba el intérprete y su padre para preguntar quién los envió. El fraile se adelantó a respondiendo que eran enviados del gobernador. Los otros hombres se acercaron lentamente al grupo. Algunos llevaban los mosquetones en las manos y otros empuñaban sus espadas. Una oscura sombra de odio y maldad se percibía a medida que se aproximaban.

El líder se presentó como el encomendero de la región y exigió hablar con el responsable del grupo. Sassil Be pidió al intérprete que explicara al encomendero el intercambio de prisioneros que el gobernador proponía para permitir que se administrara justicia. El encomendero escuchó atentamente y respondió:

—No sabemos dónde se encuentran los hombres que cometieron el asesinato. Probablemente escaparon y se encuentran ahora lejos de aquí. No creo que volvamos a encontrarlos.

Sassil Be vio que los colonizadores no tenían intención alguna de pactar una tregua. Seguramente habían amenazado a los frailes para que no intervinieran en el problema. Observó detenidamente a los tres hombres que custodiaban al encomendero y sospechó que muy probablemente se trataba de los mismos asesinos de la familia. Debía actuar con extrema cautela para salir de ahí con vida. El gobernador le había dado órdenes específicas de regresar con los prisioneros si la reunión no se realizaba o si ningún acuerdo era alcanzado. No tenía muchas opciones. Anunció que su grupo regresaría y les pidió que, si tenían noticias del paradero de esos hombres, enviaran un mensajero a la residencia del gobernador. Entonces podrían efectuar el intercambio de los prisioneros.

—Escuchamos que fue toda una muchedumbre la que acabó con las vidas del misionero y nuestro compañero —dijo el encomendero.

Sassil Be respondió que los rumores no eran ciertos. Los responsables de la muerte eran los prisioneros.

El encomendero hizo un gesto de desagrado al escuchar al intérprete.

—Si esos hombres son los responsables del crimen, les ordeno en nombre de la autoridad que me fue conferida por el virrey de la Nueva España que nos los entreguen ahora mismo.

—Para que estos hombres les sean entregados, deben dirigirse directamente con el Halach Uinik —respondió Sassil Be—. Nuestras órdenes son regresar con ellos o con los responsables del asesinato de nuestros hermanos.

La tensión alcanzó su límite. El encomendero no pudo ocultar su molestia y pidió al líder de los frailes que se alejara para conversar con él. Discutieron por espacio de unos minutos y después el fraile informó al grupo que podían marcharse. Todos Dieron media vuelta para adentrarse de nuevo en la espesura de la selva. El encomendero y sus hombres los miraban fijamente mientras se alejaban. Sassil Be les ordenó a los guerreros acelerar el paso. Leetsbal Ek se movía a toda prisa junto a las demás mujeres tratando de no quedarse atrás.

—¿Por qué nos movemos tan rápido? —le preguntó ella y su padre le explicó. La joven tembló de nervios ante la posibilidad de que esos hombres fueran los mismos asesinos de la familia.

—Sus intenciones no son pacíficas —le dijo su padre—. Los dzules están furiosos por la muerte de su compañero y han tomado este incidente como una afrenta a su autoridad. Debemos huir a toda prisa. Los frailes han actuado como intermediarios durante años y han trabajado por mantener la paz en la región. Por esto no nos atacaron en la misión pero ahora podrían estar siguiendo nuestros pasos. No cabe la menor duda ahora. Las visiones nos lo advirtieron. Los dzules tratarán de formar una alianza con los tutules para atacarnos. No tienen la menor intención de conciliar este asunto. Debemos escapar de aquí e informar al gobernador lo antes posible.

Leetsbal Ek comprendió de inmediato la gravedad de la situación. La casa gobernante de los cocomes había librado batallas contra las tribus vecinas por largos siglos. Entre sus peores enemigos se encontraban los tutules, quienes estarían gustosos de formar una alianza para destruirlos.

Hacía rato ya que habían dejado atrás la misión y Leetsbal Ek trataba de tranquilizarse. Los guerreros avanzaban a toda prisa y las mujeres intentaban no rezagarse. Habían alcanzado lo profundo de la jungla cuando De pronto, el disparo de un mosquete atravesó la vegetación. Sassil Be ordenó que corrieran a toda velocidad. Dos disparos más se escucharon en el aire, las balas zumbaban en sus oídos. Leetsbal Ek corría a toda velocidad abriéndose paso como podía. El ruido de varios caballos se escuchó detrás de ellos mientras su padre les gritaba que no se detuvieran. Si lo hacían serían emboscados fácilmente por los dzules. Se dirigieron hacia un sitio donde era más espesa la vegetación. Era inútil tratar de huir. Los caballos los alcanzarían fácilmente. Leetsbal Ek estaba a punto de caer, y una de las mujeres desfalleció.

—Tenemos que escondernos —le dijo jadeando a su padre—. Ya no puedo más.

Sassil Be ordenó a los guerreros subir a los altos árboles de chicle y preparar sus lanzas. Las mujeres que pudieran debían hacer lo mismo y las que no debían arrancar ramas para ocultarse en el suelo. Leetsbal Ek era presa de un miedo indescriptible. Se las ingenió para trepar como un felino lo más alto que pudo, seguida por un guerrero. Su padre subió a otro árbol y pidió a todos mantenerse en absoluto silencio. Con un poco de suerte, los dzules pasarían de largo sin encontrarlos. Leetsbal Ek trataba a toda costa de calmar su respiración y hacer el menor ruido posible. Las voces de los dzules se escuchaban a unos cuantos pasos de distancia. Se preguntaban los unos a los otros para dónde habían huido los cocomes. Dos de los hombres iniciaron la carrera a través de la jungla pasando justo por debajo de donde ellos se ocultaban.

Leetsbal Ek sintió alivió de escuchar cómo se alejaban. Su corazón latía a mil por hora. Sin embargo, el peligro aún estaba latente. Algunas voces se escuchaban muy cerca de su escondite. Los caballos daban vueltas de un lado a otro escudriñando el entorno.

—Deben estar escondiéndose por aquí —gritó uno de jinetes.

Leetsbal Ek se petrificó en su sitio. Dos hombres cabalgaban despacio debajo de los árboles mirando hacia su alrededor. No tardarían mucho en ser descubiertos.

Una de las mujeres de la aldea se había quedado en el piso, oculta bajo un montón de ramas. Cruzó una mirada con Leetsbal Ek, que le pidió a señas quedarse lo más quieta posible. Uno de los caballos avanzaba justo en esa dirección. El jinete miraba hacia el suelo buscando afanosamente. Cuando el animal estuvo a punto de pisarla, la mujer saltó de su escondite espantándolo. Relinchó con furia y el hombre trató de controlarlo mientras la mujer permanecía impávida en su lugar presa del miedo. El jinete le apuntó con su fusil rápidamente. El caballo se movía de un lado a otro y le costaba trabajo afinar la mira. Puso su dedo índice en el gatillo apuntando hacia la indefensa mujer. Al fin fijó el blanco directo en su pecho y justo en el momento que se disponía a apretar el gatillo una veloz lanza atravesó su espalda haciéndolo caer del caballo. Leetsbal Ek soltó un grito de terror. Los ruidos llamaron la atención de los demás hombres quienes se acercaron.

Una lluvia de lanzas cayó sobre ellos, acribillándolos al instante. Los guerreros salieron de su escondite y los remataron con sus mazos, propinándoles severos golpes en la cabeza. Leetsbal Ek miraba horrorizada cómo les daban muerte. Su padre le ordenó que bajara del árbol y montara uno de los caballos. Las demás mujeres hicieron lo mismo. Entonces emprendieron la marcha de nuevo hacia la residencia del gobernador. Al cabo de una hora de desplazarse lo más rápido que pudieron, y tras verificar que nadie los seguía, se detuvieron al borde de un río para dar de beber a los caballos y continuar hasta su destino.

Leetsbal Ek bajó del caballo. El cuerpo le dolía y aún se sentía presa de la adrenalina por la persecución. Había pasado por el mayor susto de su vida. Se juró a sí misma no volver a participar en ninguna misión que involucrara a los colonizadores. Todo lo que quería era volver a la tranquilidad de su hogar. El espíritu de la jungla los había protegido. Ninguno de ellos salió herido. Incluso los dos prisioneros habían salvado la vida. Más tarde se enteraría que el gobernador decidió perdonarles la vida si se unían en la lucha contra los dzules.

Sassil Be se dirigió de inmediato a la residencia del gobernador para comunicarle todo. La joven miró hacia el firmamento y calculó que en un par de horas el Sol empezaría a caer sobre el horizonte. No sabiendo qué hacer, se sentó a la entrada de la residencia para esperar a su padre. Al cabo de un rato, tres de los guerreros que los habían acompañado salieron de la residencia. Ella les preguntó cuánto tiempo más iba a demorar su padre. Uno de ellos le respondió que sostenía una audiencia en privado con el gobernador y los generales. Podía demorar mucho tiempo más. Leetsbal Ek se encontraba exhausta y estaba a punto de avisar a su padre que se marcharía sola a casa, cuando dos extraños personajes aparecieron a través de la avenida principal. Llamaron su atención de inmediato y ella los miró fijamente. Se trataba de un anciano y de un hombre blanco de extraño aspecto que llevaba una mezcla de ropas indígenas con el pantalón y las botas características de los dzules. Los dos se aproximaban hacia donde ella se encontraba sentada.

El anciano cargaba un pequeño morral y una vara que utilizaba a manera de bastón para caminar. El otro hombre lucía una larga barba con canas y era mucho más alto. Ninguno de los dos pertenecía a la aldea. Ella jamás los había visto. Se acercaron lentamente hasta que pudo mirar con claridad sus facciones. Los tres guerreros que montaban guardia se percataron que se trataba de un hombre blanco y de inmediato tomaron sus mazos.

Acababan de escapar de un enfrentamiento con los dzules y de pronto este hombre se presentaba así como si nada en la aldea. Los guerreros se aproximaron amenazantes a tan sólo unos pasos de distancia. El anciano les pidió que se detuvieran. Leetsbal Ek no sabía cómo reaccionar. Aquellos hombres no representaban una amenaza en lo más mínimo.

Ni siquiera estaban armados. Así que caminó hasta situarse entre ambos y preguntó al anciano:—¿Qué hacen ustedes aquí y de dónde vienen?

Capítulo 20

Un viento huracanado agitaba ferozmente la figura de la concejal Kai que había llegado a su destino tan sólo un instante atrás. Su cuerpo se aferraba poderosamente al suelo para evitar ser arrastrada por esa fuerza descomunal. Los textos sagrados advertían sobre las condiciones que enfrentaría al llegar hasta ahí. Pero jamás pudo imaginar lo escalofriante que resultaría alejarse tanto de la luz divina del Kin. Alzó su vista para reconocer el entorno y lo que vio fue la imagen más aterradora posible. El reino donde se encontraba carecía por completo de la vida y sus colores característicos. Un paisaje árido y agreste en tonos grises y rojizos la estremecía de terror. La desolación de ese paraje se extendía hasta el horizonte evocando una sensación insoportable de soledad y angustia. A cada instante, el vínculo con su ser físico se desvanecía haciéndola enfrentar el fin de su existencia de la forma más terrorífica posible.

Se incorporó lentamente y observó un cielo que carecía por completo de iluminación. La bóveda superior se distinguía sólo a través de algunas nubes que revoloteaban agitadas por los poderosos vientos. No había rastro alguno del sol. Pues ese era el lugar designado para la desintegración de la conciencia, tal y como los seres de luz lo describían en los textos.

Kai controló sus emociones y caminó hacia una colosal edificación que se alzaba hacia la lejanía. De inmediato sintió lo pesado de su andar que casi le impedía moverse. Utilizó su intento para desplazarse más rápido en ese lugar. Sus pies se alzaron del suelo para hacerla flotar sobre la tenebrosa llanura.

Todo el sitio parecía arder a una temperatura sofocante. Kai observaba hacia abajo como la lava y el fuego brotaban a través del suelo para consumirlo todo.

Voló a través del firmamento mientras usaba su intento para localizar la conciencia de Oren en ese aterrador mundo. Una majestuosa y lúgubre edificación apareció frente a ella pendiendo sobre la ladera de un inmenso abismo. Kai contempló a la distancia largas filas de seres que se movían con un penoso andar hacia las profundidades de ese sitio. Estaba observando el destino de las almas extraviadas que eran conducidas por horripilantes demonios hacia los profundos niveles del infierno donde les esperaba el fin de su existencia.

"El valle de las sombras", pensó.

La sola vista de tan aterrador espectáculo hacia que todas las fibras de su ser consciente se estremecieran de dolor. No pudo soportar más la visión y descendió hasta el suelo posándose justo ante las inmensas puertas que daban acceso a la edificación.

De acuerdo a la crónica, ése sería el sitio donde quedarían atrapadas las formas de conciencia que atravesaran hasta ese reino antes de haber sufrido la muerte física. Ahí, quedarían a merced de los habitantes de ese reino de terror.

"Las puertas del infierno", reflexionó la concejal mientras las empujaba con fuerza para abrirlas.

Las puertas cedieron lentamente y ella entró al lugar consciente del peligro que la aguardaba. La penumbra que reinaba en el interior era aun peor que de donde provenía.

Una enorme galería apareció frente a ella. Se encontraba en la antesala de entrada a ese reino de oscuridad. Su vista apenas distinguía a pocos pasos de distancia. Avanzó sigilosamente hacia el interior del recinto y a lo lejos percibió unos sonidos extraños. Afinó su oído para escuchar claramente y de pronto el sonido cesó.

Su presencia había sido detectada por algo que se encontraba justo en esa dirección. Kai fijó su vista hacia enfrente y dos pares de ojos encendidos al rojo vivo surgieron a través de la penumbra. Un escalofrío recorrió su ser consciente al darse cuenta que era observada por los habitantes de ese reino. La oscuridad era tan intensa que no podía distinguir sus siluetas. Sólo percibía la mirada fija de los siniestros ojos que permanecían atentos a sus movimientos.

Avanzó con cautela y de pronto los ojos se esfumaron. Un ruido hacia el frente delató el movimiento de los seres de las sombras. Kai desenvainó su espada en un ágil movimiento preparándose para cualquier ataque. Utilizó su intento para localizar a los seres que tenía enfrente. Supo de inmediato que se trataba de un par de enormes demonios. Sentían su intento y se movían de prisa evitando que los ubicara. Kai no lograba reconocer sus rasgos físicos. No sabía a qué se enfrentaba. Avanzó sigilosamente intuyendo con atención los movimientos de las criaturas.

Uno de los demonios lanzó un escalofriante rugido. Se acercaba a toda velocidad para atacarla. De un ágil brinco llegó hasta ella y la embistió con toda su fuerza. Su tamaño la sobrepasaba al menos dos veces. Kai evadió el ataque girando sobre el suelo. Sintió el aplastante peso de la oscura criatura a sólo unos centímetros de ella. El demonio lanzó de nuevo su ataque. Kai desgarró todo su costado con su espada. La bestia emitió un aullido que cimbró la galería.

Ruidos provenientes de todas las direcciones se escucharon en sus oídos. Un momento de confusión atravesó su mente. Era como si las cavernosas paredes del recinto se estuvieran colapsando. El demonio atacó de nuevo lanzándose con furia. Kai localizó sus ojos y brincó por los aires. En un movimiento relampagueante, la espada rebanó todo su cuello. El oscuro demonio cayó retorciéndose sobre el suelo. Los ruidos alrededor de la galería se intensificaron.

La impenetrable oscuridad del sitio impedía a Kai observar lo que sucedía.

Las cavernosas paredes del lugar comenzaron a desmoronarse. Una ola de estridentes chillidos se desató lastimando sus oídos. Kai soltó su espada para tapárselos. Los agudos chillidos se incrementaban produciendo una cruel tortura sobre su cabeza. Kai no podía soportarlo. Su cuerpo cedió, llevándola de rodillas. El ruido era completamente enloquecedor. Kai enfocó su intento para aislar sus sensaciones pero nada sucedió. El sonido continuaba y ella no podía soportar más. Pensó que los chillidos la acabarían cuando de pronto, comenzaron a desaparecer.

Se incorporó adolorida y tomó su espada. Su conciencia le advertía que algo tenebroso se acercaba sigilosamente. Extraños ruidos delataban movimiento en todas las direcciones. Algo grotesco había surgido de las paredes y ahora la acechaba lentamente. Kai se mantenía en guardía tratando de distinguir de que se trataba. Enfocó su intento para percibir su conciencia y una explosión de terror invadió su ser consciente. Se hallaba frente a miles de formas demoniacas que se acercaban para destruirla.

Kai reaccionó de inmediato utilizando su magia. Pronunció un conjuro en lenguaje sagrado para alejarlos, pero no tuvo efecto alguno. Repitió el conjuro y nada sucedió. Su magia no surtía efecto en ese denso nivel de realidad. Una ansiedad extrema recorrió su cuerpo. Sólo contaba con su espada para defenderse.

Cientos de demonios comenzaron a rodearla. Se encontraban a sólo unos pasos de distancia. Los oscuros seres emitieron sus chillidos lanzándose sobre ella. La concejal utilizó su espada para acabar con varios pero eran decenas los que la asaltaban. Kai sufría heridas alrededor de todo su cuerpo mientras se defendía. Por más que trataba de alejarlos, cada vez eran más los que la atacaban.

La velocidad de su espada abatía a uno tras otro pero decenas más aparecían al instante. Sus agudas extremidades se clavaban profundamente en su cuerpo produciendo un dolor extremo. Estaba siendo despedazada sin piedad alguna.

Comprendió al instante que no había forma de derrotarlos. Era inútil pelear contra cientos de ellos. Los horrendos seres siguieron atacándola. Kai soltó su espada y no opuso más resistencia. Una turba enfurecida se lanzó sobre ella clavando sus agudas garras por el frente y espalda de su cuerpo.

La concejal Kai sucumbió al ataque y cayó de rodillas. Entonces comprendió que su existencia física había llegado a su fin. Conectó su conciencia por última vez con su ser físico que se encontraba aún sentado en la cámara principal de la pirámide y se despidió para siempre del mundo cotidiano. El lazo que la sujetaba a ese plano se desvaneció y su cuerpo físico dejó de respirar permaneciendo inerte sobre la enorme silla de piedra.

Kai se desplomó en el oscuro suelo de la galería quedando completamente inmóvil. Con la cabeza sobre el suelo, miró a su alrededor cómo cientos de demonios se acercaban a ella. Se disponían a destruir lo que quedaba de su ser consciente. Los demonios se aproximaron lentamente para despedazarla. Kai los observó acercarse sabiendo que su lucha había terminado. Había sucumbido a su ataque y ahora experimentaba su muerte. La luz de sus ojos se extinguió sumiéndola en un profundo vacío. Su conciencia se hundió en la penumbra de ese reino y de pronto, un profundo abismo apareció frente a ella. Pero en vez de sentir como la oscuridad de ese sitio la tragaba, un destello de luz surgió desde los confines del abismo. Sus rayos la envolvieron haciéndola sentir una intensa fuerza que transformaba todo su cuerpo. Una tremenda energía circuló dentro de ella emitiendo una luz que escapaba a través de sus heridas.

Los grotescos seres de oscuridad se detuvieron en el acto al percibir lo que sucedía. La concejal transformaba su cuerpo por medio de una explosión de luz cuyos rayos iluminaban el oscuro recinto. Los demonios cerraron sus ojos cegados por el intenso resplandor que escapaba cada vez con más fuerza del cuerpo de la concejal.

Kai concentró todo su intento en completar el proceso que estaba experimentando. Su cuerpo explotó en una intensa llamarada de luz destruyendo a todos los seres que se encontraban a su alrededor. Los cuerpos de cientos de ellos estallaron en pedazos volando por los aires. Los sobrevivientes huían a toda prisa para refugiarse del brillo de su conciencia. Ella se había transformado por completo en un ser de luz divina. Ahora percibía ese mundo de una manera completamente diferente. La magia de su poder pesaba sobre ese sitio, que se resquebrajaba al reaccionar con la luz que emanaba de ella.

Utilizó su poder para localizar a Oren y supo en un instante que éste yacía preso en un rincón apartado de la galería. Kai enfocó su vista hacia donde se encontraba. Un enorme demonio lo mantenía tendido sobre el piso, sujetándolo con una enorme cadena. Kai se transportó en un instante hasta el sitio. El demonio huyó despavorido tras sentir el brillo de su conciencia.

Kai tomó delicadamente su cabeza y rompió la gruesa cadena que lo sujetaba por el cuello. Giró su cuerpo que se encontraba boca abajo y apoyó su mano derecha sobre su rostro. Se encontraba por completo inerte, con un aspecto grisáceo carente de vida. Kai observó cómo el conjuro de la Orden de los Doce mantenía su conciencia en un estado de esclavitud. Oren no se percataba de lo que sucedía. Su existencia había sido reducida a un estado de semimuerte. Kai le habló en lenguaje sagrado para atraer su vida de regreso. En un instante, el conjuro que pesaba sobre él fue eliminado.

Oren reaccionó moviendo su cuerpo con pequeños espasmos. Las manos de la concejal lo recorrían, borrando las profundas heridas inflingidas por los hechiceros de la Orden de los Doce.

La luz que emanaba de ella hizo que mediante su contacto, él recuperara el color y el brillo de sus ojos. Oren recuperó por un instante la conciencia y observó a la concejal Kai. Quedó perplejo ante lo que veía. Ella había cambiado por completo. Su ser estaba formado por fibras de luz que irradiaban energía de vida. Oren no comprendía lo que sucedía. La concejal Kai le habló:

—Es hora de llevarte a casa —le dijo al tiempo que levantaba su cuerpo y remontaba el vuelo en dirección a las enormes puertas del recinto.

Llevando a Oren en brazos, la concejal Kai salió de la majestuosa edificación alzando el vuelo hacia la oscura bóveda celeste que envolvía ese reino. Apuntó con su mano hacia arriba pronunciado un conjuro para abrir el oscuro cielo. Utilizó su intento y en un instante atravesó la apertura a una velocidad relampagueante dejando atrás aquel escalofriante reino de oscuridad.

Capítulo 21

La tenue luz roja del teléfono de William Sherman parpadeó anunciando una llamada que había esperado toda la mañana. Descolgó el auricular y su secretaria le avisó que su director de seguridad le llamaba a través de una línea segura.

—Comuníquelo de inmediato —ordenó.

El director apareció en la línea y Sherman comenzó con su interrogatorio.

—¿Qué noticias tiene de la investigación?

—Ayer, finalmente, logramos un avance para localizar el paradero del programador. Una fuerte cantidad de dinero fue retirada hace tres días de una de las cuentas en la que fue depositado el pago por sus servicios. El retiro se efectuó en un banco de la ciudad de Bilbao, en España, por lo que ahora sabemos que el programador huyó de Suiza y se está escondiendo en este país.

—Eso no nos sirve de nada —le reclamó Sherman—. España es un país enorme. Tenemos que localizarlo de inmediato. No podemos permitir que interfiera en nuestros planes. Nos encontramos muy cerca de lanzar nuestro plan estratégico y no podemos correr ningún riesgo.

—Lo sé, señor. Le garantizo que muy pronto lo localizaremos. Nuestro contacto sobornó a uno de los empleados del banco y ahora conocemos los números de serie de los billetes que le proporcionaron. El programador cree que podrá evadirnos dejando de utilizar medios electrónicos para moverse, pero el dinero que gaste llegará a algún banco y entonces sabremos en qué ciudad se encuentra. Con esa información crearemos un cerco de vigilancia.

—Más vale que así sea —amenazó Sherman para luego pasar a otro asunto que había estado incomodándolo desde hacía días.

—¿Qué ha sucedido con los experimentos que se conducen en el campamento de la península de Yucatán?

El personal que infiltramos nos informa que los científicos parecen haber descubierto algo importante. Pues hace apenas unos días sufrieron un accidente mientras hacían un experimento dentro de la galería subterránea.

—¿Qué tipo de experimento? —interrumpió Sherman.

—El profesor Mayer nos explicó que, al parecer, los científicos encontraron el rango de frecuencias de sonido con el que operan las funciones de la pirámide.

—¡Maldición! —se exasperó Sherman—. Así que están haciendo progresos rápidos para descifrar la forma en que opera ese maldito lugar…

—Me temo que así es, señor.

Ésa era la última noticia que esperaba escuchar sobre el campamento. En su última conversación con Mayer, el profesor le dijo que podrían pasar años antes de que dieran con la forma de operar el mecanismo de ese sitio. No habían pasado más que unas cuantas semanas y los científicos ya amenazaban con resolver el misterio.

—¿El profesor Mayer llegó ya al campamento? —preguntó.

—Sí señor, llegó ayer por la tarde.

—Ordénele que se comunique conmigo lo antes posible. Quiero saber exactamente cuál es el nivel de su progreso en cuanto a la fabricación del generador experimental.

El director de seguridad asintió y Sherman cortó la comunicación. La noticia lo contrariaba. Si Mayer y los científicos tenían éxito con el diseño del generador todo su plan se vendría abajo. El general Thompson informaría al grupo de los ocho y muy pronto utilizarían esos generadores para suplir los motores de gasolina. Todo su reinado se fundamentaba en la dependencia del petróleo creada por la sociedad moderna, por lo que en el momento que existiera una forma alterna de energía no habría más futuro para su imperio.

Se sirvió un whisky. Se encontraba ansioso y molesto. Acariciaba el éxito de su plan, pero parecía que el destino se lo estuviera arrebatando de las manos. Apuró su trago y reposó en uno de sus sillones. Tenía que pensar rápidamente. Necesitaba hacerse con el control de la galería subterránea lo antes posible. Pero el general Thompson instaló un cerco de seguridad impenetrable. Aún para un equipo de mercenarios especializados sería prácticamente imposible burlar el cerco. No podía correr ese riesgo. Necesitaba contar con la colaboración del personal que vigilaba la galería para tener éxito.

Calculaba sus movimientos. Su situación era intolerable y no podía escapar fácilmente. Su única oportunidad era sobornar al oficial a cargo de resguardar la pirámide. De esa manera podía sabotear los avances de los científicos e incluso eliminarlos a todos, de ser necesario.

Le daba vueltas al problema en su cabeza cuando observó de nuevo la parpadeante luz de su intercomunicador. Se levantó de su sillón y tomó el auricular. Era el general Thompson. Su secretaria enlazó la llamada a través de la pantalla de videoconferencia y tras un breve saludo el general fue directo al grano.

—El congreso se dispone hoy a votar sobre la iniciativa del tratamiento experimental —le informó.

—¿Cuál es la tendencia de la votación? —inquirió Sherman.

—La tendencia será muy predecible cuando los congresistas analicen los últimos acontecimientos. El CDC en Atlanta informó hace unas horas al Pentágono de una noticia alarmante. Hace dos días surgieron tres nuevos casos en personas que habían tomado la terapia preventiva de antibióticos y de quienes se sospechaba habían quedado protegidos contra el contagio.

—No comprendo —se quejó Sherman—. Creí que ya habían establecido que la terapia no estaba dando resultados. ¿Qué significa esto?

—La terapia dejó de dar resultados porque las personas enfermaron y los CDC identificaron la nueva cepa de la bacteria que es completamente resistente a los medicamentos. Los nuevos casos se desarrollaron en personas que recibieron la terapia desde semanas atrás. Esto sugiere que la bacteria se propagó dentro de su organismo y ejecutó una mutación en estado latente por más de cuarenta días para luego resurgir. Estas personas sufren otro tipo de síntomas y no mueren de la forma habitual sino que han caído en coma.

—Sigo sin entender qué significa todo esto —comenzó Sherman a exasperarse.

—Significa que en este mismo momento podría haber decenas de miles de personas infectadas sin que nadie lo sepa —aclaró Thompson—. Los análisis sanguíneos no detectaron su presencia porque, tal y como Mayer nos había advertido, esta cepa confunde al sistema inmune del paciente volviéndose completamente indetectable. La bacteria encontró la forma de transmitirse de un organismo a otro aún en estado inactivo. De esa forma se multiplica sin que nadie pueda notarlo. Pensábamos que un periodo de cuarenta días sin síntomas descartaba la posibilidad de infección, pero estábamos equivocados. La bacteria halló la forma de permanecer dentro de un organismo de forma inactiva por varios meses. Los CDC aún no comprenden cuál es el mecanismo que activa la infección, pero temen que las personas se contagien las unas a las otras sin sospecharlo. ¿Te das cuenta de lo que esto significa?

La ansiedad de Sherman se acentuaba a cada momento.

—¿Y qué esperan esos malditos congresistas para autorizar la experimentación? ¿Acaso quieren esperar a que la mitad de la población enferme?

El general hizo una pausa antes de continuar.

—Con esta nueva información, no hay duda de que el tratamiento experimental será aprobado. Pero eso no nos garantiza absolutamente nada. Necesitamos una vacuna que nos proteja del contagio. ¡Ésa es la única solución!

—¡Los malditos laboratorios no tienen la menor idea de cómo lograrlo! —respondió Sherman.

—Pues tendrán que inventar algo pronto porque con este nuevo giro en la forma de contagio nuestras medidas preventivas para establecer los cercos sanitarios no tendrán efecto alguno. Tienes que incrementar la presión sobre ellos.

Sherman se abstuvo de hacer comentarios.

—Hay otro asunto grave que necesitamos discutir —continuó el general—. La CIA y la agencia nacional de seguridad han comenzado las indagatorias para averiguar el origen del agente gris.

La respiración de Sherman se aceleró de nuevo al escucharlo.

—Hablaré con mi equipo de seguridad para sembrar evidencia que vincule a algún grupo terrorista con el ataque.

—Debes hacerlo pronto y con el mayor de los cuidados —recomendó Thompson—. No debe quedar el menor rastro que vincule a la corporación con el origen de esa bacteria. Esto quiere decir que debes destruir las muestras que aún se encuentran en el laboratorio, así como todos los archivos de las investigaciones llevadas a cabo por el equipo de Mayer.

—Pero eso significa que perderemos esa arma para siempre —reclamó Sherman mientras el general lo taladraba con la mirada.

—¡El arma la perdimos desde el día que decidiste usarla dentro de nuestro país! Te advertí de lo que sucedería. Ahora no hay más remedio que destruir toda la evidencia. El profesor Mayer y los demás involucrados tendrán que ser eliminados también. Cuando tengamos el generador experimental en nuestras manos, haremos que sufra un accidente.

Era el momento que Sherman esperaba para preguntar sobre los avances del proyecto sin despertar sospechas.

—¿Qué avances hay sobre ese proyecto?

—El equipo científico está haciendo grandes progresos en al análisis de las funciones de la pirámide mientras que Mayer se encuentra terminando el diseño del nuevo prototipo.

—¿Pronto podrán utilizar esa fuente de energía?

—Es probable, aunque nadie puede asegurarlo aún.

—¿Qué sucederá con nuestro objetivo? —inquirió Sherman con un tono de frustración—. El petróleo es nuestro medio de control sobre la población y la economía mundial. Este proyecto atenta contra nosotros.

—No estoy de acuerdo contigo —respondió el general—. La nueva tecnología que los científicos desarrollen quedará en nuestras manos. Al igual que la tecnología militar secreta, nadie más tendrá acceso a ella. La población seguirá usando los obsoletos motores de petróleo mientras nuestro ejército evolucionará un paso adelante en la carrera tecnológica.

Thompson había revelado su plan casi inadvertidamente. Ahora Sherman podía leer sus intenciones. Con un ejército cuyas armas fueran creadas a partir de la más alta tecnología del planeta, ningún grupo o gobierno tendría oportunidad alguna de enfrentarlo. Más aún, si las condiciones de desabasto en la población se agravaban y los militares tomaban por completo el poder, el general Thompson se convertiría en el verdadero líder del nuevo orden mundial.

—¿Qué sucede? —le preguntó Thompson al notar que Sherman se había sumido en profunda reflexión.

—¿Qué sucederá si alguna corporación u otro gobierno descubre la forma de emplear esa energía? —inquirió Sherman—. Entonces nos veríamos envueltos en una encarnizada guerra tecnológica en la cual todos saldríamos perdiendo. Eso lo sabes bien. Ninguna tecnología ha permanecido en secreto más de un par de décadas. Al final, todos los secretos militares son robados y se propagan creando una violenta carrera armamentista, como sucedió al final de la segunda guerra mundial con la tecnología nuclear. Tu obsesión con la obtención de esa nueva tecnología es un verdadero peligro para nuestro plan y los intereses del grupo.

—¿Y qué sucederá cuando el maldito petróleo se acabe? ¿Ya calculaste eso también? —contraatacó Thompson—. Ese escenario se encuentra a la vuelta de la esquina. Las reservas mundiales no durarán más que un par de décadas. ¿Y entonces qué sucederá? ¿Piensas dejar que la humanidad regrese a la edad de piedra? ¿Serás el líder de un montón de cavernícolas? No puedes tratar de detener el progreso. Una vez que la nueva tecnología esté lista para ser empleada, tomaremos el control de ella y la utilizaremos de la forma que más nos convenga. Cuando el petróleo no sea suficiente para cubrir la demanda de la población, implementaremos los métodos necesarios para vender esa nueva forma de energía y continuar con nuestro dominio. El grupo de los ocho conocerá esta iniciativa una vez que Mayer tenga éxito con el diseño del generador. Entonces estaremos en posición de producir esta nueva tecnología para nuestros fines.

Thompson tenía razón. Pero Sherman no estaba dispuesto a ceder el poder que tantos años le había costado obtener. Accedió de mala gana a la propuesta del general y luego cortó la comunicación. Su peor pesadilla se estaba haciendo realidad justo frente a sus ojos. El militar amenazaba ahora con convertirse en líder supremo y dejarlo a él como un simple subordinado.

Capítulo 22

Las figuras de los tres concejales y los aprendices permanecían en la galería subterránea cuando presenciaron la tremenda fuerza desatada tras la apertura del portal que ejecutó la concejal Kai. Estaban impávidos ante su resolución de ir en busca de la conciencia de Oren. El maestro Zing esperó unos segundos hasta que la pirámide terminó el proceso de cierre del portal. Luego, con su intento, abrió de nuevo la puerta que conducía a la cámara principal. Los concejales entraron seguidos por los tres aprendices.

Dentro de la cámara todo estaba en calma. Anya percibió el cuerpo de la concejal sobre la gran silla de piedra. Se acercaron a ella de inmediato. No producía el menor movimiento. El maestro Zing se aproximó a tan sólo unos centímetros para comprobar lo que ya todos sospechaban. Se encontraba sin vida. Anthea les transmitió la terrible noticia. Kai había muerto en su intento por liberar la conciencia de Oren.

Anya y Dina se estremecieron al escucharla. No podían dar crédito a lo que presenciaban. Todo había sucedido demasiado rápido. Tan sólo unos minutos atrás habían visto a la concejal accionando los mecanismos de la pirámide. Ninguna de las dos podía creer que se había marchado para siempre.

—Debemos avisar a la guardia real para que recojan sus restos —les dijo el maestro Zing—. Es tiempo de volver.

En cuanto lo escucharon, Anya y Dina sintieron que su conciencia volvía súbitamente a la sala donde estaban reunidos. De regreso en su cuerpo físico, Anya se aferraba a pensar que todo se había tratado de un mal sueño. La concejal Anthea les ordenó que llamaran a los guardias para que hicieran los preparativos del traslado de los restos de la concejal.

Las aprendices salieron de la sala subterránea rumbo al complejo. Ambas se encontraban aún en shock. La noticia sería lamentable para toda la nación. La concejal era un personaje querido y reverenciado por todo su pueblo. Al formar parte del Gran Concejo de Atlantis había estrechado los lazos de unión y amistad entre las naciones y era el mayor ejemplo de sabiduría, poder y superación con el que su pueblo hubiese contado.

Anya y Dina llegaron hasta la superficie del complejo sin comprender del todo las razones que habían llevado a Kai a tomar esa resolución. Su muerte era un hecho terrible. No quedaba más remedio que aceptarla. Caminaron por los jardines hasta llegar a los corredores centrales. Dina soltó un extraño sollozo y Anya se detuvo para enfrentarla.

—Lo siento mucho —se disculpó Dina—. La emoción quedó atrapada dentro de mí y tenía que desahogarla.

—No puedo comprender por qué hizo eso —comentó Anya con desesperación. La imagen en su mente del cuerpo de la concejal aún socavaba sus sentimientos—. ¿Cómo pudo acabar con su vida de esa forma tan abrupta?

Dina permaneció callada ante la impresión por la pérdida de Kai.

—No puedo comprender qué sucedió con su juicio —continuó Anya—. Su conocimiento sobre la magia oscura nos era necesario para enfrentar a la Orden de los Doce. ¿Cómo pudo abandonarnos de esa forma?

Continuaron la marcha hasta localizar a varios miembros de la guardia. Dina les notificó sobre el suceso y ellos corrieron a dar aviso. Las aprendices se disponían a regresar con los concejales cuando un par de capitanes de la guardia personal de Atlantis corrió a toda prisa para alcanzarlas.

—Es necesario que vengan con nosotros a la sala funeraria —al escuchar esto, pensaron que el cuerpo de Oren había sucumbido al fin.

—¿Qué sucede? —respondió Anya que enfrentaba la realidad con un nudo en la garganta.

—No hay forma de explicarlo —le informó el capitán—. Tienen que venir a ver lo que ha sucedido. Nos encontrábamos vigilando la sala funeraria cuando Oren regresó repentinamente de la muerte. Nos preguntó dónde se encontraban los concejales y ordenó que las buscáramos a ustedes.

Ambas quedaron atónitas al escuchar la noticia. Por reflejo inmediato, corrieron a toda velocidad hacia la sala funeraria. Cuando llegaron, Oren ya no se encontraba ahí. Un par de guardias de la Casa Real les informó que había salido de la sala minutos atrás. Ellos observaron cómo se había levantado; luego permaneció inmóvil por varios minutos. Corrieron asustados pues ésa sala se utilizaba exclusivamente para velar a los muertos. Les informaron que, tras hablar con los capitanes, se dirigió hacia los comedores.

Anya y Dina fueron en su búsqueda y lo que vieron al entrar las impactó. Oren se encontraba sentado y tres cocineros le servían diferente comida. Él volteó hacia la puerta y se encontró con sus compañeras, que se habían detenido a la distancia para observarlo.

—¿Qué pasa con ustedes? —les reclamó—. ¿Por qué me observan de esa forma?

Mientras se acercaba a él, Dina no dejaba de reflejar el shock.

—¿Cómo te sientes? —le preguntó observándolo de pies a cabeza.

—Me duele la espalda y tengo una hambre voraz —les respondió al tiempo que metía una gran pieza de pescado en su boca.

Anya se acercó para observar detenidamente cómo el color de su piel había vuelto a la normalidad. Dina esperó a que terminara con su bocado y volvió a preguntarle:

—Me refiero a tu mente. ¿Cómo te sientes?

Oren miró a Dina confundido.

—No sé a qué te refieres. ¿Qué es lo que sucede aquí? —les preguntó con un tono autoritario.

—¿No recuerdas nada de lo sucedido? —cuestionó Dina.

—Peleé con más de diez guerreros de la Orden de los Doce dentro de las cavernas. Algunos de ellos me hirieron con sus flechas. Claro que lo recuerdo.

—¿Y qué sucedió después? —lo interrogó Anya—. ¿Qué es lo que recuerdas?

—No lo sé. Estaba sangrando. Debí haberme desmayado y ustedes me trajeron al hospital. ¿No es cierto?

Ninguna de las dos respondió. Hubo un incómodo silencio hasta que Dina tomó la palabra.

—Tu conciencia fue separada de tu ser físico por medio de un conjuro que la Orden de los Doce te impuso. Estuviste al borde de la muerte por más de tres días. Los concejales no encontraron la forma de revertir su magia oscura y todos pensamos que morirías en cualquier momento.

Oren escuchaba consternado. No entendía lo que le explicaban. Un par de lágrimas comenzó a correr por las mejillas de Anya.

—¿Por qué lloras? —le preguntó Oren—. Sólo estuve durmiendo durante este tiempo y de hecho creo que tuve una pesadilla terrible, por eso siento una extraña pesadez en la cabeza. Pero mi mayor problema fueron las heridas que sufrí durante el combate. ¿A dónde demonios se metieron ustedes? Si hubieran estado ahí para ayudarme los hubiéramos derrotado.

Ellas permanecieron en silencio reflexionando sobre la maniobra ejecutada por Kai. Los tres concejales aparecieron en ese momento acompañados de los capitanes de la guardia de Atlantis. El maestro Zing se acercó a Oren y lo escudriñó con su mirada. Luego hundió sus ojos en lo profundo de su conciencia para mirar lo que sucedía con él.

—Su conciencia estuvo en presencia de un ser de luz divina, por eso no puede recordar —les explicó a todos.

Entonces tomó la cabeza de Oren y utilizó su poderoso intento para ver lo que había sucedido con él en el último plano del inframundo. Poco a poco captó cómo había permanecido prisionero por los horripilantes demonios. El corazón de Oren se agitó, una oscura sensación de desesperación y angustia volvía a él. Entonces recordó la figura de la concejal Kai resplandeciendo con luz divina. El maestro Zing interrumpió su intento.

Oren fue calmándose poco a poco. La concejal Anthea se acercó a él y puso sus manos en los lugares donde había sido herido. Había sanado casi en su totalidad.

—Kai te salvó de permanecer por toda una eternidad en ese mundo —le explicó el maestro Zing—. También sanó tus heridas e intervino en tu conciencia para bloquear los recuerdos de esa amarga experiencia que sufriste. Quizá sea mejor que no lo recuerdes por ahora. Fue un movimiento sumamente arriesgado pero afortunadamente tuvo éxito.

Oren seguía sin comprender lo que escuchaba.

—Quiero ver a la concejal Kai para agradecerle.

Todos enmudecieron al escucharlo.

—La concejal Kai murió el día de hoy —le explicó el maestro Zing—. Sacrificó su vida para traerte de regreso. Al atravesar el umbral hacia el infierno, su conciencia fue transformada en un ser de luz divina. Sabía que ésa sería la única forma de salvarte de ese fatal destino y decidió hacerlo.

Oren miró al maestro Zing. La noticia lo impactó brutalmente. Había conocido a la concejal Kai durante años. Ahora parecía realmente como si todo se tratara de una pesadilla.

—El contacto con ese nuevo ser en que la concejal se transformó no sólo salvó tu conciencia, sino que restableció la energía vital de tu cuerpo, permitiendo que te recuperaras por completo.

Oren reflexionó sobre lo que el maestro Zing le decía. Finalmente entendía por qué todos lo observaban de esa manera. Pero por más que se esforzaba, no lograba recordar. No sabía cómo enfrentar lo sucedido.

—Será mejor que dejes de pensar en este asunto —le dijo el maestro Zing, para tranquilizarlo—. Poco a poco tu conciencia irá asimilando el trauma por el que pasaste. Ahora lo importante es que recobres tu fuerza y nos ayudes a planear nuestra estrategia de defensa.

—Pero… ella no puede estar muerta —exclamó—. Si fue transformada en un ser de luz divina, entonces puede regresar aquí. ¿No es así?

—Ella dejó de existir en este plano de realidad —intervino la concejal Anthea—. El orden que ahora rige su conciencia se encuentra muy lejos de nuestro mundo.

—¿Qué quiere decir eso?, ¿nunca más volveremos a verla? —preguntó Oren.

—No hay forma de saberlo —le respondió el maestro Zing—. Nunca antes habíamos visto a un ser de luz intervenir sobre el destino de nuestro mundo. El Gran Concejo los conoce sólo a través de las antiguas leyendas. Desconocemos las leyes que rigen su existencia en los planos superiores. Solamente la concejal Kai puede decidir entre mantener contacto con este plano de realidad mientras nos encontremos aquí.

Anya y Dina sintieron todo el peso de la ausencia al escuchar esto. La concejal Anthea les dijo:

—Debemos explicar al concejo de la Casa Real los motivos de su muerte. Será una noticia terrible para ellos ahora que se acerca la batalla.

Capítulo 23

Kiara se encontraba absorta observando el fuego. Las flamas revoloteaban sin cesar justo en el centro de la choza. Sentada en cuclillas escuchaba a los ancianos chamanes entonar un canto melodioso que hacía que cada célula de su cuerpo vibrara intensamente. Era como si cada uno de sus sentidos pudiera percibir la realidad de manera independiente. Una sensación de tremenda energía y vigor físico se apoderaba de ella al tiempo que sentía encenderse por dentro.

Una vez más experimentaba el influjo del cactus sagrado. El intenso fluido de energía que emanaba desde su interior llegaba a sus manos, haciéndolas vibrar. Trató de relajarse pensando que todo saldría bien. Desconectó su mente de toda preocupación y respiró hondo. Recordó su experiencia durante la ceremonia pasada y siguió observando el fuego cuyo movimiento era cada vez más hipnotizante. El melodioso canto de los ancianos resonó en su cuerpo para dar paso a una sensación total de silencio interior. Su conciencia entró a un estado expandido y el mundo que observaba cambió por completo. La realidad cotidiana se distorsionaba creando una burbuja de percepción en la que el espacio-tiempo se dilataba para ella.

Sintió que estaba integrada con los elementos que formaban parte de ese ritual. La atmósfera de la choza iba tornándose cada vez más compacta en su campo de visión. El aquí y el ahora eran todo lo que existía en su mente. El movimiento del fuego, la luz que emanaba, el humo de copal y el canto melodioso de los ancianos la hacían sumergirse dentro de una visión expandida de la realidad. Instantaneamente Kiara comenzaba a comprender el significado de esos complejos rituales practicados por etnias ancestrales. El canto emulaba el ritmo mediante el cual la conciencia colectiva de las especies evolucionaba para acercarse cada vez más a la comprensión de los grandes misterios del universo; la conectaba con esa realidad latente y la hacía compenetrarse con el orden natural. Era consciente de que todas las fuerzas del universo fluían sincrónicamente para permitir la vida en el planeta.

Tuwé se acercó hacia ella y movió su bastón de plumas, mientras continuaba entonando la melodía con el resto de los ancianos. Kiara recordó el primer encuentro de ambos en la playa. El movimiento del bastón la hipnotizaba, no podía oponer resistencia. Poco a poco su mente fue sumergiéndose en la vibración provocada en su ser consciente. Cerró sus ojos en un reflejo casi involuntario. La realidad cotidiana quedaba atrás a medida que su conciencia se liberaba de las ataduras de su cuerpo físico. No pudo reaccionar cuando su campo de visión estalló en una cascada de fulgurantes luces que la proyectaron al lugar donde se encontraron por vez primera.

Kiara se acostumbraba a la placentera sensación de viajar fuera de su cuerpo físico rumbo a esos exóticos parajes donde era libre de comunicarse con todo tipo de entidades. Observó la playa y luego el majestuoso océano que jamás detenía su flujo; luego miró la selva con detenimiento. La tranquilidad y la armonía se hacían presentes cada vez que se internaba más allá de la realidad. Una agradable sorpresa la asaltó. El jaguar estaba al borde de la tupida vegetación y la observaba a pocos metros de distancia. La joven sintió un enorme regocijo al encontrarse de nuevo con él. Había estado preocupada por la situación que imperaba en el campamento y ésta era su oportunidad para conocer el estado anímico de su aliado.

El felino se acercó a ella sigilosamente. Kiara se sentó sobre la blanca arena y le comunicó que podía aproximarse más. El jaguar siguió avanzando y ella acarició su hermoso pelaje. Él ronroneó al sentir la muestra de afecto. Una vez más volvían a encontrarse lejos de los peligros y preocupaciones del mundo cotidiano. Hundió su mirada en los ojos de Kiara, transmitiéndole una gran consternación. La galería subterránea había sido tomada por decenas de soldados y él no podía acercarse por temor a que le dispararan. Se sentía temeroso de defender su territorio mientras deambulaba por la selva con miedo a que los soldados lo hirieran.

Kiara comprendió de inmediato su dilema. El jaguar era un ser consciente que pertenecía a la jungla y no podía ir a ningún otro lugar. Sus antepasados habían habitado la región por miles y miles de años. El ecosistema natural de la selva era el mundo donde él y los suyos se desarrollaban para enriquecer su diversidad y mantener el equilibrio de las especies. Kiara estaba preocupada por lo que sucedía con su entorno y le prometió que haría todo lo que estuviera en sus manos para que todo volviera a la normalidad. Le explicó que ella y el grupo de científicos trataban de comprender el conocimiento oculto de la pirámide para ayudar a la humanidad a salir de esa era de oscuridad en que estaba envuelta. Cuando lo lograran, él recuperaría su territorio y podría volver a recorrerlo en completa libertad, junto con los suyos.

El jaguar soltó un ahogado rugido al sentir la empatía de Kiara. Luego se incorporó de un brinco y le expresó que debía seguirlo. La miró fijamente y fusionó su conciencia con ella en un instante para que lo comprendiera.

Kiara sintió una completa transformación de su ser. Su perspectiva visual cambió, tornándose mucho más colorida y radiante. Su visión se había agudizado como si observara el mundo a través de una lente de aumento. Pero eso no era todo. Su cuerpo se había transformado. Miró sus manos y se sorprendió al darse cuenta de que se habían convertido en garras y se encontraban apoyadas sobre la arena. Su columna vertebral se encontraba en una posición paralela al suelo. La sensación de poder y firmeza que esa posición le infundía resultaba indescriptible. Era un cuerpo diseñado para atravesar la jungla a grandes velocidades. Sus poderosos músculos se aferraban al suelo brindándole una confianza absoluta en la agilidad y destreza de sus movimientos.

El jaguar corrió a lo largo de la playa y ella lo siguió a toda velocidad. Podía sentir el mundo tal y como él, regocijándose ante esa maravillosa libertad. El jaguar cambió de dirección enfilándose hacia la jungla. Kiara se desplazaba cada vez más emocionada con su nueva y alucinante experiencia, sintiendo lo que significaba formar parte de ese exuberante jardín de la creación. El felino se movía a través de árboles y plantas, brincaba y corría con la seguridad de ser el amo y señor de ese lugar. Llegaron hasta un enorme árbol de chicle y trepó con una agilidad impresionante. Kiara seguía sus pasos de cerca. En la copa del árbol contemplaron la magnificencia de ese gran organismo interconectado de millones de formas de vida. Él fusionó su conciencia con ella para que pudiera comprender el vínculo sagrado que lo unía con ese mundo salvaje. Kiara, en su nueva forma felina, no hacía otra cosa que mirar fascinada en todas direcciones. La jungla contenía en sí misma tantos misterios como especies en crecimiento. Era un organismo que transformaba la energía de la creación a favor de la evolución de todos sus habitantes. Su equilibrio era el fruto de la interacción de millones de seres vivos que cumplían con su función en el gran esquema para permitir la armonía. Compartir ese lazo de hermandad con el jaguar y observar su mundo íntimamente la hacían quedarse sin aliento.

Bajaron del árbol y se dirigieron hacia uno de los sitios cercanos al campamento donde ocurrió el enfrentamiento

armado. Ruinas de vehículos destruidos y vegetación inci-
nerada por las bombas eran el saldo de la sombría conducta
humana. Muerte y desolación como resultado de sus juegos
de poder. Kiara y el jaguar cruzaron su mirada de nuevo. Ella
lo entendía a la perfección. Deseaba que él viera, a través de
su conciencia fusionada, cómo se vivía dentro de las grandes
ciudades. Esto era tan sólo un pequeño ejemplo de cómo el
ser humano se comportaba. El jaguar soltó un rugido ahogado, manifestándole su dolor.

Kiara reflexionó que muy pronto tendría que volver a
su mundo civilizado a enfrentar esas condiciones de vida. Su
estancia en el campamento no podría prolongarse por mucho
tiempo, tal como su madre le advirtió. Esta preocupación
hizo que su conexión de conciencia se disipara. Su visión se
tornó borrosa. El jaguar se acercó a ella para lamerla con su
áspera lengua. Sintió su afecto y comenzó a juguetear con
él, pero cada vez le costaba más distinguirlo. Su visión menguaba y su conciencia la proyectaba involuntariamente hacia
otro sitio. Trató de abrazarlo pero dejó de sentir su hermoso
pelaje en el acto, para trasladarse a la choza donde se llevaba
a cabo la ceremonia.

Abrió sus ojos y pudo notar que el humo del copal
seguía ascendiendo hacia el techo de palma de la choza. El
fuego permanecía encendido pero los ancianos habían dejado de cantar.

Capítulo 24

El congestionado tráfico de las avenidas de Madrid desesperaba a Rafael. Hacía tan sólo unos pocos días que se encontraba de regreso y las cosas no podían ponérsele más difíciles. Varios contratos se encontraban en riesgo de perderse mientras la situación económica empeoraba en Europa cada día. No sería capaz de mantener su compañía si volvía a ausentarse. Afortunadamente había regresado a tiempo para resolver los conflictos, pero una torturante sensación de ansiedad e inquietud lo asediaba a cada instante. Había tratado de comunicarse al campamento sin ningún resultado y se preguntaba qué sucedía con Sarah y su equipo. Durante los meses transcurridos en la península de Yucatán se habituó por completo a su presencia y en esos momentos sentía como si hubiera dejado parte de su vida en ese sitio. Incluso pensó en tomar un vuelo a México para regresar al campamento en su desesperación de no poder hacer contacto con ella.

El tráfico se despejó poco a poco y él manejó a lo largo de una gran avenida que lo condujo directo hasta su piso. Una enorme camioneta gris con un logotipo de servicios de comunicación satelital, estacionada frente a su casa, llamó su atención. Guardó el automóvil en el estacionamiento del edificio y subió enseguida por el elevador. Entró a su residencia y se dirigió a la habitación asignada a la hermana de Daniel. No había vuelto a verla desde su llegada, pues el trabajo lo había absorbido por completo y llegaba a casa muy tarde. Tocó la puerta y nadie respondió. Volvió a tocar para cerciorarse de que nadie se encontraba ahí y luego giró la cerradura con suavidad. La puerta se encontraba sin llave. Casi brinca de la sorpresa al encontrar una enorme mesa de trabajo con cuatro monitores de plasma en la habitación. Estaban encendidos y mostraban líneas de lenguaje computacional imposible de comprender para él. Otra pantalla mostraba una rutina electrónica de instalación. A un lado, había más de seis consolas de equipo cibernético alineadas verticalmente y dos muebles con equipo tan sofisticado que le pareció haberlo visto sólo en el cine o alguna serie de televisión.

—¿Qué demonios es esto? —se preguntó al tiempo que avanzaba hacia la mesa. Decenas de cables coaxiales y de fibra óptica cubrían el piso de la habitación. Siguió el rastro de los cables. Algunos se dirigían desde el suelo hasta una de las ventanas parcialmente abierta. La abrió por completo y miró cómo subían por la pared hasta el techo del edificio. Recordó la camioneta que se encontraba estacionada y ató cabos de inmediato.

Salió presuroso de la habitación en dirección a la azotea, donde encontró a Susane parada junto a tres técnicos que instalaban dos antenas parabólicas.

—¿Qué es lo que estás haciendo? —le preguntó.

—Pensaba en explicártelo tan pronto como el equipo estuviera instalado —respondió Susane—. Pero pensé que llegarías hasta esta noche.

Rafael se dio medio vuelta. No estaba de humor para ese tipo de sorpresas.

Bajó hasta la cocina y abrió el refrigerador. Luego tomó de la alacena un par de hogazas para prepararse un emparedado. Comió en completa soledad mientras escuchaba la voz de Susane despidiendo a los técnicos que habían terminado su trabajo. Ella llegó hasta la cocina y sin decir una sola palabra también comenzó a prepararse un emparedado.

—¿Y bien? —preguntó Rafael mirándola fijamente—. ¿Vas a explicarme qué demonios estás planeando hacer con todo ese equipo electrónico en mi casa?

Susane le devolvió la mirada y él se dio cuenta que el estrés de la ciudad y su situación lo habían afectado negativamente. Trató de relajarse y suavizó un poco su expresión.

—Sé que te resultará difícil entenderme, pero he decidido cambiar de planes —respondió al tiempo que daba una mordida a su emparedado—. Pienso permanecer en la ciudad el tiempo que sea necesario para finalizar el proyecto.

—¿A qué te refieres con lo del cambio de planes? —inquirió —. ¿Te quedarás aquí en Madrid?

—Sólo por un corto tiempo, mientras termino de diseñar el protocolo de descarga del programa —le respondió ella—. Pero te prometo que no estaré en tu casa por mucho tiempo.

Rafael no podía creer lo que estaba escuchando.

—¿Cómo que terminar de diseñar el programa? —se exasperó—. Creí que habíamos dejado en claro la necesidad de abandonar esa locura que te propones.

—Y yo creí que había dejado bien claro que ya no me era posible hacerlo. Pero escúchame bien. Entiendo tu postura y por eso tengo un plan. No te preocupes por lo que sucederá conmigo. Sólo necesito un par de días y después te aseguro que no volverás a verme. Es necesario que sepas que ayer obtuve información clasificada por una fuente que tengo dentro de los consorcios. Éstos se preparan para reestructurar por completo el sistema financiero en unos pocos días, lo cual me da muy poco tiempo para terminar mi trabajo.

—¿Qué dices? ¿Quién te informó de eso y qué quieres decir con reestructuración completa?

—Fui informada por una fuente cien por ciento confiable… Me refiero a la crisis que ha estado sufriendo el euro desde hace varios años. La emisión de bonos gubernamentales no logró amortiguar su caída en los mercados financieros y la crisis de deuda europea empeora cada día. Todos los gobiernos decidieron enfrentar el problema mediante medidas de austeridad que redujeran el gasto público para fortalecer la moneda, pero la pérdida de empleos y recursos generados por las crisis económica y climática no permiten una recuperación de la economía global en el corto plazo.

—Sigo sin entender qué significa todo eso —se quejó Rafael.

—Significa que para ganar estabilidad en los mercados financieros, los consorcios y los gobiernos han ideado un plan para la recuperación de la deuda donde la población será la responsable de pagar por todos sus malos manejos financieros. Esto incluye las medidas de austeridad que han estado anunciando y la recuperación de créditos. Pero eso ya te lo había explicado y está a sólo unos días de suceder. En resumidas cuentas, lo que estamos a punto de experimentar es un fenómeno parecido a la Gran Depresión de la década de los veinte. Eso significa tiempos difíciles para todos, pero aún más para las clases trabajadoras.

Rafael se paró de su lugar y caminó nerviosamente alrededor de la mesa.

—Ya te había explicado lo que pienso al respecto —le respondió—. No creo que tu proyecto dé resultado alguno. Es una simple locura sin sentido alguno. No puedes acabar con el sistema financiero en una sola jugada. Los bancos recuperarán la información de una forma u otra y se las arreglarán para seguir amedrentando a los consumidores. Los problemas macroeconómicos por los que atraviesan ahora dependen de cientos de variables y yo sigo sin entender lo que te propones con tu plan suicida.

—Lo que me propongo es hacer que esos miserables paguen por arruinar a la población y no que continúen subyugándola. Es así de simple. Te equivocas si crees que después de ejecutar mi plan podrán arreglar las cosas sencillamente. Soy mucho más inteligente de lo que te imaginas. Soy experta en esos sistemas de seguridad y conozco todas sus debilidades. Yo misma los diseñé y sé cómo acabar con ellos.

—¡Seguro que así es. Y para eso instalaste un centro de operaciones ciberterroristas justo aquí en mi departamento! ¡Que has perdido por completo el juicio!

—Sólo necesito terminar el programa y una vez que éste sea descargado en la red central no tendrás de qué preocuparte. Me habré ido de aquí antes de lo que imaginas.

Rafael observaba a Susane fijamente. Ahora se arrepentía de haberle brindado ayuda. Sarah no le había advertido sobre sus alcances.

—Tu actitud de mártir suicida no funcionará. ¿No se te ocurrió pensar que este departamento está vigilado las veinticuatro horas y que seguramente en estos momentos el departamento de defensa se está preguntando qué nos disponemos a hacer con todo ese equipo?

Susane esbozó una sonrisa que reflejaba la seguridad que tenía en sí misma. Siguió comiendo como si nada sucediera. Rafael se preguntó si tal vez sufría de alguna condición psiquiátrica.

—Claro que pensé en eso, de hecho ésa fue la razón por la cual decidí no dejar este lugar. ¿No te das cuenta de que aquí cuento con vigilancia garantizada? Si quienes me persigue me localizan, no podrán entrar sin que ellos lo supieran.

El timbre del departamento sonó justo en esos momentos interrumpiendo la conversación. Rafael le pidió a Susane que esperara. Bajó a abrir la puerta y dos sujetos con una mujer se introdujeron de inmediato sin pedir permiso.

—Señor Andrés —le dijo la mujer—, hemos observado por días a su invitada. Ha estado instalando equipo de telecomunicaciones de alta tecnología y queremos saber con qué propósito.

Sin esperar respuesta, hizo una seña a sus acompañantes para que registraran la casa.

—Un momento. ¿A dónde se dirigen esos hombres? —reclamó Rafael.

La mujer no respondió y en ese momento Susane salió desde la cocina para enfrentarla.

—Soy analista de sistemas y trabajo en el diseño de programas de seguridad financiera —le dijo—. ¿Qué significa todo esto y quiénes son ustedes?

La mujer la observó detenidamente. Luego les ordenó a ambos que se sentaran en la sala. Ninguno de los dos obedeció. La agente desenfundó su arma y les apuntó con ella.

—¡Obedezcan de inmediato! —los amenazó la mujer y ambos retrocedieron lentamente hasta uno de los sillones.

—¡Quiero hablar con John Davis! —exigió Rafael—. Esto es un ultraje y una invasión a mi vida privada. Les puedo asegurar que su trabajo no se relaciona de ninguna forma con el campamento de investigación.

—John se encuentra en camino —respondió la mujer—. Ahora siéntense y permanezcan en la sala hasta que llegue.

Rafael y Susane escuchaban sentados cómo el personal de inteligencia registraba todo el piso superior. Al cabo de unos minutos John apareció y se dirigió directo a Susane.

—¿No venía de visita por un par de semanas? Explíquenos el motivo de la instalación de todo este equipo —le exigió.

—Es equipo que utilizo para desarrollar mi trabajo —respondió Susane.

John la miró inquisidoramente.

—¿Qué planea hacer con esas antenas de telecomunicaciones, señorita Roth?

—¿Cómo sabe mi nombre? —preguntó Susane evadiendo la interrogante.

—Responda mi pregunta —exigió John Davis.

—Ya se lo dije, es equipo que utilizo para el desarrollo de programas para las centrales financieras. Ese tipo de programas son de carácter confidencial por lo que es necesario utilizar canales privados de comunicación para el envío de datos.

—No trate de tomarme por un estúpido —le respondió tajantemente—. El equipo que instaló cuesta una pequeña fortuna.

Uno de los sujetos que escudriñaba el piso de arriba bajó en ese momento.

—Hay una caja fuerte en una de las habitaciones —informó.

John le ordenó a Rafael que abriera la caja. Él obedeció de mala gana.

En la caja sólo se encontraban documentos y el maletín metálico que Susane había dejado. John ordenó abrir el maletín. Rafael estaba a punto de decir que no era suyo cuando Susane le hizo un gesto. Él miró la combinación de los números y supo que el maletín se encontraba abierto.

Accionó el mecanismo y se abrió de inmediato. Se lo pasó a John. Un gesto de sorpresa se reflejó en su rostro al mirar el contenido. Rafael supo que no podía revelar la procedencia del dinero.

—No esperará que el gobierno español se quede con todo el fruto de mi trabajo...

John cerró el portafolio y lo metió en la caja fuerte. Rafael respiró hondo. Salieron de la habitación y regresaron a la sala. Los dos sujetos y la mujer ya esperaban abajo. Uno de ellos sostenía en sus manos una unidad de disco duro que había tomado del cuarto de Susane.

—¡Eso es mío! —le reclamó Susane—. Esos archivos son parte de mi trabajo y exijo que me los devuelva inmediatamente.

El hombre le entregó el disco duro al agente Davis.

—Sus archivos quedarán bajo nuestra custodia hasta que sean revisados y estemos seguros de que no pretenden divulgar información clasificada por el departamento de defensa.

—¿Quién demonios se cree usted? —le reclamó Susane—. Esos archivos son de mi propiedad.

—Y lo seguirán siendo —le respondió John con un gesto de cinismo—. Por ahora puede tomarse unos días de descanso mientras mi equipo averigua lo que guarda aquí.

Luego se dirigió a Rafael para notificarle que seguirían en contacto. Los cuatro agentes abrieron la puerta de la casa y desaparecieron.

Rafael aún respiraba nerviosamente.

—Ve lo que has ocasionado —le reclamó a Susane—. Creo que ahora voy a necesitar un trago.

—Te acompaño con uno —respondió ella.

Rafael sirvió dos vasos de escocés con hielo. Le extendió uno a Susane y apuró el suyo. Luego se sirvió otro de inmediato. Respiró profundamente y comenzó a evaluar la situación.

—Vas a estar en graves problemas si guardaste tu programa en esa unidad de disco —le dijo Rafael—. Te advertí que nos encontrábamos bajo la más estricta vigilancia pero no quisiste escuchar.

—No creerás que soy tan estúpida para olvidar algo así —le respondió ella.

Rafael la miró fijamente mientras bebía de su segundo trago. Su mente debatía la mejor forma de pedirle que se marchara de su casa lo antes posible.

—Por su apuro de revisar todo mi equipo, olvidaron revisar el lugar donde las mujeres guardamos nuestros mayores secretos —le dijo Susane sonriendo.

Introdujo la mano dentro de su sostén para sacar una unidad de memoria USB. Rafael la miró sorprendido de su desfachatez.

—¿Qué tipo de información es la que están protegiendo? —le preguntó Susane mientras extendía su vaso para que Rafael le sirviera más—. No pensé que reaccionarían tan pronto. Creo que es hora de que me vayas revelando algunos de tus secretos. Seguro que tienen que ver con el campamento donde se encuentra Daniel.

—Olvídalo —le respondió Rafael apuntándole con el dedo índice—. No escucharás una sola palabra al respecto.

—Tarde o temprano lo voy a averiguar. De eso puedes estar seguro —le respondió ella cínicamente mientras alcanzaba su bolso de mano y extraía un estuche con un disco compacto. Volvió a guardar la memoria en su sostén y abrió el estuche para dirigirse hacia un reproductor instalado en un mueble de la sala. Rafael le dio el vaso con más escocés.

—¿No te das cuenta de los problemas que me estás causando? —le reclamó al ver su actitud despreocupada—. Estos tipos no están jugando. Espero que no tengas nada en ese disco que te incrimine o la vas a pasar muy mal.

—No te preocupes por el disco ni por lo que tengo almacenado ahí —le respondió. Luego encendió el reproductor y éste comenzó a tocar una balada de Moby.

Miró a su anfitrión y comenzó a bailar siguiendo el lento ritmo de la música. Luego se aproximó a él haciendo ademanes, como si sostuviera un micrófono. Situó su rostro justo frente al de él y comenzó a cantar con suavidad.

One of these mornings...
It won't be very loooooong...
You will look for me
And I'll be goooone... I'll be gone...

Rafael observaba a Susane que sostenía su whisky en la mano izquierda. Luego se dio cuenta de que le estaba transmitiendo un sutil mensaje a través de la música. "Una mañana de éstas, no será muy lejana. Tú me buscarás y yo me habré marchado... me habré marchado".

Capítulo 25

La conciencia de Sarah regresaba lentamente a la realidad cotidiana dentro de la choza. Sus ojos se acostumbraban poco a poco a la luz que clareaba a través de las ventanas. La impresión de las escenas en lo profundo de la selva hacía que su corazón latiera aceleradamente. Su mente se hallaba fija en la figura de Leetsbal Ek e intentaba comprender porqué su conciencia la había transportado hasta ese lugar siglos antes de la era moderna.

Ahora consideraba algo que nunca antes se había atrevido ni siquiera a pensar: la probabilidad que esos eventos correspondieran a sucesos reales acontecidos en otro tiempo en el que su conciencia existía dentro de otra persona.

A su mente llegó el recuerdo de cómo Rafael le había platicado sobre la experiencia de haberse conocido en una vida pasada. Su experiencia le permitía ver con claridad el motivo de su fortuito encuentro en ese lugar. Leetsbal Ek había conocido al antepasado de Rafael en esa pequeña aldea. Tal y como lo había presenciado, ambos se habían conocido durante otro tiempo y su nuevo encuentro se relacionaba sin duda alguna con el descubrimiento del sitio de la pirámide.

Sarah rememoró cómo desde su llegada a ese sitio la realidad había cambiado por completo para ella. Su seguridad en la ciencia moderna se estaba derrumbando al experimentar por sí misma los grandes misterios de la conciencia humana. Su contacto con ese lugar la llevaba a experimentar de una forma mucho más fascinante y compleja la existencia. Mientras más tiempo pasaba en ese sitio, dejaba de considerar su vida, como un simple accidente de la naturaleza para adentrarse más a fondo en la realidad que regía sobre su ser consciente. Ahora su aprendizaje se ampliaba hacia un nuevo horizonte de posibilidades.

Reflexionó entonces sobre lo que había estado discutiendo con sus compañeros. La ciencia moderna centraba sus investigaciones únicamente en la realidad física de los organismos e ignoraba que las respuestas se encontraban más allá, en la fuerza que daba vida y propósito a cada ser vivo. Bajo esta penosa limitación, se esclarecía el hecho de porqué el hombre moderno se había extraviado en la búsqueda de su origen.

Sarah se incorporó lentamente y miró a su alrededor para darse cuenta de que algunos de sus compañeros se encontraban aún dormidos. Sin embargo, a unos metros distinguió la figura de Kiara que se encontraba despierta. Sarah se levantó de su sitio y se aproximó a la joven.

—Creo que por fin comienzo a comprender el motivo de nuestra presencia en este sitio —le dijo al tiempo que Kiara la miraba con sorpresa.

Tuwé y los ancianos parecían encontrarse dormidos o en un estado de profunda meditación mientras ellas hablaban.

—¿A qué te refieres? —le preguntó Kiara en voz baja, pues aún se sentía como si se encontraran en otro nivel de realidad.

Sarah le explicó sobre su experiencia que la había conducido siglos atrás para encontrarse directamente con Leetsbal Ek. Su padre había sido uno de los portadores del bastón de poder.

—¿Quieres decir que tu conciencia estuvo aquí anteriormente habitando, en otra persona? ¿Aquí?, ¿en esta selva?

—Así es —respondió Sarah—. Y creo que nuestro encuentro en este sitio estuvo predestinado, tal y como Tuwé nos aseguró cuando lo conocimos. Ahora la realidad está cobrando forma frente a nosotros. Por eso él deseaba que tuviera el bastón conmigo. El poder que guarda fue la clave que me condujo a través del tiempo para comprender nuestra presencia en este lugar y la importancia que representa proteger el conocimiento oculto en la pirámide.

—¿Pero cuál es ese conocimiento? —le preguntó Kiara con un gesto de ansiedad—. Los Inmortales me advirtieron que no seríamos capaces de comprenderlo si tratábamos de analizarlo a través del razonamiento científico.

—Y tienen razón —comentó Sarah—. El razonamiento científico está basado únicamente en las experiencias que compartimos sobre los fenómenos físicos de la naturaleza. Pero ellos fueron mucho más allá. Para comprender el poder que guarda la pirámide uno debe experimentarlo personalmente. Su mecanismo de resonancia electromagnética transforma el flujo de la energía de todas las formas de vida que entran en contacto con él. Eso nos permite viajar para acumular experiencias fuera de este nivel de realidad. Así dilucidaron ellos el origen y propósito de nuestra especie; crearon este dispositivo de transformación de energía con esos fines. Su conocimiento aporta la respuesta definitiva al dilema de nuestra existencia. Al captar la energía proveniente de cada ínfima partícula en nuestro entorno, nos hicieron comprender que vivimos inmersos en un mar de energía que podemos aprovechar para lograr una transformación completa de nuestro ser. Su legado aporta una nueva ciencia que despierta el poder oculto que todos guardamos en nuestra mente y conciencia. Un poder tan grande que los convirtió en seres superpoderosos, como tú pudiste comprobar al entrar en contacto con ellos.

Kiara escuchaba atentamente a Sarah mientras ella miraba a su alrededor extasiada por el proceso de comprensión de la realidad que acababa de experimentar y que luchaba intensamente por describirlo en palabras.

—Ahora que conocemos la posibilidad de viajar más allá del plano físico y acumular nuevas experiencias —continuó Sarah—, estamos finalmente en posición de comprender las leyes que mantienen el equilibrio en el universo. Por eso los Inmortales nos advirtieron que la pirámide no había sido construida con el fin de producir energía, sino con el fin de conservarla para luego emplearla en procesos de transformación. Esto es lo importante, debemos dirigir nuestro propósito hacia la creación de una nueva humanidad.

Un rayo de luz se introdujo a través de una de las ventanas de la choza, anunciando la llegada del nuevo día a la aldea. En ese mismo instante, uno de los ancianos retomó su melodioso canto. Daniel y Elena fueron los primeros en reaccionar al cambio de iluminación en la choza y despertaron. María, el doctor Jensen y José también fueron despertando a medida que los otros ancianos cantaban cada vez con mayor volumen.

Permanecieron inmersos en el sutil canto que llevaba a su conciencia a un estado de paz y profunda armonía. Era como si el tiempo se detuviera en ese sitio para hacerles comprender el entrelazamiento entre su conciencia y esos mundos. La transición de la noche al día también los sumergía en la observación de los eternos ciclos entre las dos fuerzas opuestas de la creación. La continuidad de la vida y el equilibrio de las especies eran el producto esencial de estos ciclos.

Su meditación fue interrumida por uno de los soldados que llegó a la choza. Era el teniente Mills y llevaba un radio consigo. Localizó a Sarah Hayes con la mirada y le hizo un gesto para que se aproximara. Daniel los siguió con la mirada mientras abandonaban el lugar.

—Doctora Hayes —le dijo Mills—, el mayor Ferguson nos está llamando desde el campamento. Dice que un fenómeno está sucediendo justo en el interior de la galería subterránea —Sarah tomó el radio y habló con Ferguson.

Mientras tanto, Chak y Tuwé tocaban suavemente un par de pequeños tambores. El ritmo que producían se unía al canto de los ancianos. Este concierto le hizo evocar a Sarah la imagen del primer ser humano ejecutando su danza de poder para representar el orden sincrónico del universo. Sentía que la música y el movimiento eran la clave para transportar la conciencia hacia la percepción de este orden que regía sobre todo el universo imaginable.

Cuando entró de nuevo, llamó a Daniel, quien la observaba. Lo puso al tanto de la situación en la galería.

—Creo que debemos regresar al campamento a averiguar qué sucede —le respondió él.

—El mayor me explicó que las cámaras en el interior de la galería estaban grabando el suceso cuando fallaron. Tienes razón. Es mejor que regresemos.

Odiaba la idea de retirarse en ese momento de la ceremonia pero estudiar el fenómeno era de vital importancia. Ambos volvieron a la choza para notificar a los demás lo que sucedía. Chak le explicó a Tuwé.

—La cuenta de los tiempos está llegando a su fin —respondió el chamán—. Nuestro Sol comienza a internarse dentro del nuevo umbral y la pirámide reacciona a este cambio.

Tuwé deseaba ir con ellos. Sarah accedió y todo el grupo se despidió de los ancianos para luego subir a los vehículos y emprender el viaje de regreso.

En el camino Sarah preguntó a José a qué se había referido Tuwé con su afirmación.

—La cuenta de los tiempos estaba integrada por varias cuentas calendáricas —explicó José—. Su calendario astronómico principal era la cuenta larga que llegará a su fin el 21 de diciembre, después de un ciclo de 5125 años. Pero la cuenta más importante en sus vidas era la integrada por el calendario sagrado tzolkin, que medía ciclos consecutivos de 260 días.

—¿Cuál era la importancia de esa cuenta? —preguntó Daniel.

—El tzolkin era una cuenta dual integrada por 20 sellos solares y 13 numerales que iteraban diariamente para crear este ciclo infinito. Según los mayas, la combinación de ambos formaba diariamente una pareja de signo-numeral que definía el destino y la personalidad de cada individuo de acuerdo a su fecha de su nacimiento.

—¿Qué tiene que ver esa cuenta con los ciclos solares estudiados por los mayas? —preguntó Sarah.

—El Sol, como ustedes ya lo saben, representaba para los antiguos mayas el supremo creador y regidor de nuestro mundo. Su energía divina en forma de luz alimentaba y sustentaba la vida en nuestro planeta. Ellos sostenían que el astro variaba su emanación de energía diariamente, creando estas combinaciones de signo y numeral que regían la vida de los seres humanos y de todos los seres vivos en general.

—¿Un tipo de radiación que afectaba a los seres vivos desde su nacimiento?

—Exacto, pero lo que resulta difícil de entender es cómo esta cuenta era utilizada por los antiguos sacerdotes mayas para predecir el destino de cada individuo.

—Eso es complicado de comprender —intervino Daniel—. Pero si consideramos ahora la exactitud de su ciencia, dudo mucho que hayan estado equivocados al respecto. Es sólo que aún nos faltan piezas del rompecabezas para comprender estas cuestiones.

Los vehículos se aproximaron a la brecha que llevaba hacia el campamento y tomaron la desviación que los conducía a las cercanías del sitio de la pirámide. El grupo bajó de los vehículos y comenzó su caminata. El teniente Mills avisó por la radio que se aproximaban y después de quince minutos llegaron hasta el sitio.

El mayor Ferguson se encontraba esperándolos. Tuwé y Chak llamaron su atención de inmediato.

—¿Qué hacen estos indígenas aquí? —le reclamó a Sarah.

—Ambos conocen el secreto de la galería desde hace décadas —explicó ella—. El anciano está ayudándonos a comprender el extraño comportamiento de la pirámide. ¿Qué datos tienen sobre esto?

Ferguson la miró receloso. Al parecer no había quedado complacido con su explicación. Antes de que llegaran, había dado instrucciones al personal para que condujera a Kiara y a la familia de José hacia el campamento. Miró al grupo de arqueólogos y preguntó a Sarah si requería de su presencia en el sitio.

—Todo el personal es relevante para la investigación —respondió ella.

Ferguson reaccionó indicándole que lo esperara ahí. Enseguida llamó al doctor Jensen y le pidió que se apartaran de las demás personas.

—Doctor Jensen, es mi deber notificarle que su esposa y su hija serán evacuadas del campamento en un par de horas. Son órdenes del Pentágono y deben ser ejecutadas sin más demora.

—¿A dónde piensan llevar a mi familia? —preguntó Jensen.

—Ambas serán ubicadas en las cercanías de una base militar en la ciudad de San Antonio, Texas. El ejército les ha conseguido una vivienda mientras usted concluye su trabajo con nosotros.

Robert Jensen sabía que había llegado el momento de despedirlas y le comunicó la noticia a Daniel y a Sarah. Ambos habían sido advertidos por Ferguson de que los familiares tendrían que marcharse. No había nada que hacer al respecto. El doctor Jensen llamó entonces a María para informarle.

Kiara no entendía lo que sucedía. Su madre se aproximó a ella y le notificó que esa misma tarde abandonarían el campamento. Sintió un nudo formarse en su garganta. Su vientre se estremeció al ver cómo tres soldados se aproximaron para escoltarlas de regreso. Una enorme frustración comenzó a hacer presa de ella. No quería volver a la ciudad. Deseaba formar parte del equipo de investigación y no sabía cómo expresar su inconformidad. No podía imaginarse que tendría que alejarse de ese sitio sin saber lo que sucedería con la galería subterránea y el trabajo de los científicos.

Los soldados los presionaron para que avanzaran y Kiara miró a Tuwé, que parecía comprender todo. Él levantó su mano derecha en dirección a ellas y pronunció algo en su lengua. Kiara entendió que estaba bendiciéndolas al verlas partir. La frustración dio pie al llanto y dos pequeñas lágrimas resbalaron a lo largo de sus mejillas. Alzó su mano para agradecer al anciano. Cruzaron sus miradas y pronto el grupo desapareció entre la espesura.

Tuwé, Chak y los científicos siguieron a Ferguson hacia la carpa principal donde estaba instalado el sistema de video que monitoreaba la vigilancia del sitio. Una de las pantallas sufría fallas de transmisión y mostraba con mucha interferencia el interior de la galería. Pequeños pulsos de luz y sonido se percibían sobre las paredes pero la imagen era demasiado borrosa para juzgar con claridad.

—Esto es todo lo que podemos ver desde aquí —advirtió Ferguson—. Las cámaras de video comenzaron a fallar exactamente al amanecer.

—Tendremos que bajar hacia la galería para averiguar lo que sucede —afirmó Sarah.

—Me temo que ésa no es una opción, doctora Hayes —respondió Ferguson—. La última vez que condujo un experimento en su interior estuvieron a punto de perder la vida. No puedo autorizar su descenso.

—Alguien debe tomar el riesgo —respondió ella—. Desde aquí ni siquiera podemos observar lo que sucede. Con el resto de los sensores inservibles no podremos recabar los datos que necesitamos para estudiar este fenómeno.

Sarah seguía discutiendo con Ferguson las opciones que tenían. Al parecer no llegaban a ningún acuerdo y los ánimos se acaloraban. Tuwé y Chak observaban en silencio la pantalla de video.

En ese momento un teléfono satelital sonó. Uno de los soldados pasó el aparato a Daniel. La NASA había tratado de comunicarse con ellos.

—Sarah, el centro Marshall reporta una ola de hiperactividad magnética en la superficie del Sol desde hace unas horas —advirtió Daniel—. Varias expulsiones de masa coronaria acaban de lanzar grandes cantidades de partículas de alta energía hace exactamente dos minutos. Las llamaradas solares se dirigen hacia la Tierra.

Sarah reaccionó de inmediato al comunicado.

—¡Que emitan una alerta de inmediato a todas las centrales de energía eléctrica del hemisferio norte! —ordenó—. Ellos ya saben qué hacer. Y que el centro Goddard apague de inmediato los circuitos principales de nuestros satélites.

Daniel transmitió las indicaciones por teléfono. Luego Sarah se volvió para encarar al comandante del campamento.

—Mayor Ferguson —le advirtió Sarah—, tiene que llamar al Pentágono. Es necesario que apaguen las funciones primarias de sus satélites de vigilancia también. Si los circuitos están encendidos cuando los alcancen las llamaradas, van a sufrir una sobrecarga y podrían perder control sobre ellos. ¡Tienen que hacerlo ya!

El militar hizo caso omiso de su recomendación.

—Necesitamos esperar los reportes de la agencia espacial —respondió con un aire de desdén—. No puedo emitir ese tipo de recomendación basado sólo en su opinión personal.

Daniel observaba al sujeto sin poder creer lo que escuchaba. Sarah Hayes perdía el control de su respiración al enfrentar el despotismo del mayor. Los efectos de la ceremonia aún pesaban sobre su organismo haciéndola percibir la situación de una forma muy intensa. Podía ver claramente las intenciones y la forma en que el enviado del ejército despreciaba la labor de su equipo.

—¡Llámelos de inmediato, maldita sea! —le gritó Sarah—. El centro de vuelos espaciales está bajo mi cargo y llevo años proporcionando información al Pentágono. Hace meses no quisieron escucharme y tres de sus satélites se quemaron. Las llamaradas tardarán menos de seis minutos en impactarlos. ¡Voy a hacerlo responsable de omisión si no les advierte ahora mismo!

—¡Usted no va a alzar la voz! —le respondió Ferguson gritando.

Los dos se miraron fijamente hasta que Sarah Hayes no pudo soportar más y salió de la carpa. Daniel la siguió.

—Tranquila, Sarah. Tómalo con calma.

—¿Que no ves lo que este tipo está haciendo con nosotros? —respondió ella—. Puedo ver su estrategia. Thompson desea el control absoluto de la energía de este lugar y nos está utilizando como peones en su macabro juego de poder. Mandó a Ferguson para hacernos sentir incómodos. Por eso está llevándose a Kiara y a María. Lo hace con el fin de que aceleremos nuestro trabajo y nos larguemos lo antes posible de aquí. Desde que llegó no ha hecho otra cosa que presionarnos por información y cuestionar nuestros métodos. Ni siquiera comprende la importancia de nuestro proyecto. Ahora que le advertimos algo, el idiota reacciona como si no existiéramos.

—Lo sé —respondió—. Sin duda que Thompson envió a su gorila para presionarnos, pero no dejes que su actitud te altere. Debemos ser más inteligentes que ellos.

—Al menos sabrá que no somos sus estúpidas mario-
netas. Sabes que soy directamente responsable de emitir este
tipo de alertas. Adviértele de nuevo que tiene menos de cinco
minutos para tomar su decisión.

Daniel regresó a la carpa a tratar el asunto. Permaneció
dentro por un minuto y luego volvió.

—Ferguson acaba de llamar al Pentágono. Desean hablar contigo antes de proceder —Sarah volvió a la carpa y
tomó el teléfono satelital.

—Doctora Hayes —sonó la voz de uno de los oficiales
del Pentágono en el auricular.

—Ella habla.

—Estamos a punto de emitir la orden. Pero sabemos
que usted se encuentra en la península de Yucatán. Necesitamos saber la intensidad de la llamarada y si ésta ha sido
corroborada por el centro Marshall.

—Acabo de hablar con ellos. No hay tiempo que perder.
La llamarada está alcanzando una intensidad tan fuerte como
hace seis meses. Mi recomendación es concreta. Sus satélites
están en peligro. Tienen que actuar de inmediato. Hace unos
minutos emití la orden para apagar los nuestros.

—Entendido, doctora Hayes, procederemos de inmediato a apagar los circuitos principales. ¿Cuánto tiempo
tenemos?

—Menos de cinco minutos para el primer impacto.

El oficial del Pentágono colgó el teléfono sin siquiera
despedirse. Daniel se acercó de nuevo a Sarah. Traía otro
teléfono satelital en la mano.

—Sarah, el centro Marshall confirma que la primera
llamarada se aproxima a la Tierra. El centro Goddard no ha
logrado apagar todos nuestros satélites.

—¡Maldición! ¿Qué hay de las centrales de energía?

—Están siguiendo el protocolo —respondió Daniel—.
Al parecer están ya desconectando la energía en más de diez

estados del norte del país y Canadá. Ni siquiera tuvieron tiempo de advertir a los usuarios. El apagón afectará a más de seis millones de personas.

Sarah Hayes se mantenía alerta a las noticias. Los minutos transcurrieron hasta que llegaron los reportes del primer impacto. La mayoría de los satélites de telecomunicaciones se habían salvado al apagar sus circuitos. Aquellos que permanecieron encendidos habían sufrido graves averías. El Pentágono había salvado la situación por escasos segundos.

Elena Sánchez y José, acompañados por Tuwé y Chak, se acercaron a donde estaban los científicos.

—Sé que quizás no es el momento oportuno pero Tuwé está tratando de comunicarnos algo importante.

Chak se aproximó a Sarah y comenzó a explicar.

—Tuwé dice que la pirámide se encuentra abriendo un portal que conduce hasta la luz divina del Sol. Es un fenómeno igual al que observaron hace trece años pero en ese entonces aún no lograba comprenderlo a fondo.

—¿A qué se refiere con un portal? —preguntó Sarah.

—Dice que es necesario bajar hasta la galería para que lo comprenda. Insiste en que usted y él deben ir hasta ese sitio.

Sarah reflexionó sobre el asunto y pidió un momento para regresar a la carpa de vigilancia. Ferguson se encontraba aún ahí. Sarah se dirigió a uno de los operadores y preguntó si habían identificado algún tipo de patrón en los pulsos que estaba emitiendo la pirámide.

—Todo lo que los instrumentos pueden captar es que la pirámide emite series de pulsos cada ocho minutos exactos.

—¿Ocho minutos? —inquirió Sarah.

—Exactamente —respondió el operador—. La galería ha estado emitiendo estos ciclos desde que amaneció el día de hoy.

Sarah salió para notificar a Daniel del hallazgo.

—La misión Themis de la NASA identifico la formación de estos portales entre el Sol y la Tierra desde hace años. Si Tuwé tiene razón, la pirámide debe resonar a una frecuencia que permite el acceso a esos eventos de transferencia de flujo de energía —comentó Sarah.

—¿Pero como demonios supo Tuwé sobre esto? —preguntó Daniel.

Ambos preguntaron a Chak al respecto y Tuwé explicó.

—Dice que los sabios mayas medían el tiempo de una forma diferente a nosotros. Ellos dividían el día con el uso de los números sagrados. Así el día contaba con 20 horas de 72 minutos que suman 1440 minutos.

—Lo cual equivale exactamente a 24 horas de 60 minutos —afirmó Daniel—. 24 por 60 es igual a 1440 minutos.

—Tuwé dice que la conexión energética con el padre Sol se calcula en novenas —continuó Chak—. Por eso el número 9 es considerado como sagrado por las antiguas civilizaciones.

—Ocho minutos representa exactamente la novena parte de una hora de 72 minutos —afirmó Sarah—. Setenta y dos minutos de movimiento de nuestro planeta representa exactamente 18° de giro sobre su eje. Lo cual son dos novenas de un giro de 360°. Los antiguos mayas conocían indudablemente la apertura de estos portales que conectan la energía de la Tierra con la del Sol.

Daniel y Elena analizaban impresionados la información.

—Ellos consideraban el número 9 como el paso exacto entre los reinos superiores de conciencia y el inframundo —añadió Elena—. Por eso las grandes pirámides de Chichen Itzá y Palenque están escaladas en nueve niveles que representan los nueve reinos inferiores de la creación. El 9 siempre se relaciona con la ascensión de la conciencia, no sólo en su cultura sino hasta en la milenaria cultura china.

Sarah reflexionaba sobre el asunto cuando Tuwé habló de nuevo.

—Dice que es necesario que usted y él entren a la pirámide, pues es la forma en que todos los antiguos Ah Kin recibían la iluminación del padre Sol para guiar a los demás a través de su paso por el inframundo. Este evento sucede sólo cada trece años y no tienen tiempo que perder —le explicó Chak.

Sarah le respondió que el mayor Ferguson no autorizaría la entrada de ellos porque hacía tan sólo unos días habían sufrido un accidente donde se habían desmayado por casi dos días.

—Tuwé dice que siempre ha sucedido de esa forma. Sus cuerpos pueden permanecer en trance hasta por tres días pero la conciencia siempre regresa a este plano. No hay nada que temer, siempre y cuando haya alguien que cuide de sus cuerpos mientras dura el viaje de conciencia.

—Tenemos que hablar con Ferguson —intervino Daniel dirigiéndose a Sarah—. Ésta es una oportunidad única para comprender este fenómeno. Pero sólo tú sabes si quieres correr el riesgo.

Sarah lo miró fijamente. Sabía que tenía razón. La oportunidad podía no volverse a presentar en más de una década.

Se dirigieron dentro de la carpa. Daniel le hizo una seña a Sarah para que lo dejara manejar la situación.

—Mayor Ferguson, tenemos motivos para pensar que este fenómeno que está sucediendo ahora representa nuestra única oportunidad para comprender el funcionamiento de la pirámide.

Ferguson miró a Daniel con escepticismo.

—La pirámide está conectando su campo de energía a través del magnetismo del planeta con la radiación emitida por el Sol —continuó Sarah—. Ambos campos magnéticos se encuentran fusionados en este momento creando un portal de acceso directo a la energía de la estrella.

—¿Qué significa todo eso? —preguntó Ferguson.

—La pirámide fue diseñada para transportar la conciencia del ser humano a diferentes lugares del universo donde reside el conocimiento para el aprovechamiento de esta energía infinita —explicó Sarah—. De este modo fue que los constructores de la pirámide desarrollaron esta forma tan compleja de ciencia. Si no aprovechamos este momento puede que jamás volvamos a tener esta oportunidad. Los indígenas aseguran que el fenómeno se repite únicamente cada trece años.

—¿Transportar la conciencia de los seres humanos a otros lugares del universo? —inquirió Ferguson—. ¿Se está burlando de mí, doctora Hayes?

—Sé que resulta difícil de creer —intervino Daniel—. Pero tiene que comprender que esta tecnología es algo completamente desconocido para nuestra civilización. El campo de energía que produce la pirámide altera el movimiento de los relojes y los patrones de sueño en nosotros porque fue diseñada exactamente para alterar la forma en que percibimos la realidad. No hay tiempo ahora para explicar la teoría cuántica de la distorsión del tiempo, pero debe entender que la edificación está produciendo cantidades inmensas de energía sin quemar ningún tipo de combustible. Eso usted mismo puede comprobarlo. Nuestra misión en este campamento es averiguar cómo lo hace y ahora mismo necesitamos bajar a la galería.

—Y mi misión consiste en que ustedes lo logren sin que haya bajas en el proceso —respondió Ferguson—. ¿Está consciente de lo que está pidiendo, doctor Roth? Los médicos aseguran que estuvieron a punto de sufrir graves daños cerebrales hace unos días.

—Los indígenas conocen el fenómeno —intervino Sarah—. Ellos aseguran que no daña la salud de la persona expuesta a la radiación. Sin embargo nos advirtieron que la pérdida de conciencia puede durar hasta setenta y dos horas.

Ferguson les pidió que esperaran afuera de la carpa. Trataría de comunicarse con el general Thompson para pedir autorización. Chak, Tuwé y Elena ya esperaban con ansiedad afuera. Daniel les transmitió las noticias.

—Tuwé dice que deben hidratarse bien antes de entrar a la galería —le dijo a Sarah—. Una vez adentro, deberán permanecer ahí hasta que el ciclo termine.

Sarah le respondió que aún no obtenían autorización para descender y Tuwé respondió recordándole que esa oportunidad no volvería a presentarse pronto. Daniel seguía recibiendo llamadas desde la NASA notificándole los resultados del impacto de las llamaradas solares. En ese instante Ferguson salió de la carpa acompañado por uno de sus soldados.

—El general Thompson autorizó el descenso de dos personas a la galería bajo su propio riesgo —les comunicó—. Ahora depende de ustedes si desean proceder con el experimento.

Capítulo 26

El concejo de la Casa Real recibió la noticia de la muerte de la concejal Kai con suma aprehensión. Era un hecho inusitado perder a un aliado tan poderoso justo antes de la batalla. Su cuerpo fue trasladado de inmediato desde el sitio de la pirámide y dispuesto para su embalsamiento dentro de una de las cámaras funerarias. Anya y Dina habían pasado la mayor parte del día junto a Oren y Dandu. Los tres maestros guardianes habían entrenado el arte de la espada junto a él para evaluar su capacidad combativa tras su traumática experiencia.

Todos habían recibido una gran sorpresa al percatarse de que Oren se encontraba casi al cien por ciento recuperado de su trágico encuentro con los brujos de la orden. Aun así los sacerdotes médicos habían pedido ejecutar una última revisión de sus sistemas para asegurarse de que todo el veneno al que había sido expuesto hubiera sido expulsado de su cuerpo. Dandu acompañó a Oren hacia su cita con los médicos mientras Anya y Dina recibían la noticia de que el cuerpo de la concejal Kai se encontraba ya dentro de la cámara funeraria.

Ahí todos sus allegados pasarían a depositar sus ofrendas y presentar sus respetos por todos sus largos años de servicio en favor del crecimiento espiritual de su nación. Las dos maestras guardianas se dirigían hacia la cámara cuando advirtieron a un grupo de personas sobre el pasillo. El maestro Zing se encontraba entre ellos. Anya y Dina se miraron extrañadas. Habían dado por sentado que todos los concejales se encontraban velando el cuerpo de la concejal Kai.

Siguieron de frente por el corredor hasta que el maestro Zing advirtió su presencia. Se encontraba hablando con dos miembros de la Casa Real y de pronto se disculpó para dirigirse hacia ellas.

—Las he estado esperando aquí porque antes de que visiten la cámara funeraria es necesario que hablemos sobre el trabajo que desarrolló la concejal Kai en este continente durante los años que llevó la construcción de la tecnología secreta que reside en la pirámide subterránea.

Anya y Dina fueron tomadas totalmente por sorpresa. Desconocían por completo el asunto sobre el que les hablaba. El maestro Zing les pidió que caminaran con él mientras todos se dirigían hacia la cámara funeraria. Entonces comenzó con su explicación.

—Cuando los concejos de las cuatro casas del conocimiento aprobaron la construcción de la tecnología secreta, decidimos que este continente sería la mejor elección para construir el primer prototipo de la pirámide que impulsaría al ser humano hacia los estados expandidos de conciencia. Su ubicación estratégica y la variedad de especies que habitan en la selva tropical era el escenario perfecto para la interacción con el mundo natural. Así tendríamos por primera vez la oportunidad de observar la evolución de la conciencia humana en un ambiente controlado donde calculábamos que obtendríamos una lenta pero constante re secuenciación de su estructura genética. Esta re secuenciación impulsaría poco a poco a las nuevas generaciones fuera del patrón de violencia y agresividad observado a lo largo de miles de años de historia del ser humano.

Anya y Dina escuchaban atentamente las revelaciones del maestro Zing.

—¿Entonces fue éste el propósito principal de la construcción de la pirámide? —preguntó Dina—. ¿Acabar con el patrón de agresividad y violencia inherente en la conducta humana?

—Ése fue uno de los principales propósitos pero no el único —respondió el maestro Zing—. Debes recordar que apartar al ser humano de su estado primitivo de conciencia implicaba directamente introducirlo en un estado ascendido donde primero era necesario prepararlo para ser expuesto a una forma de realidad mucho más compleja que el mundo cotidiano y sus leyes predecibles.

"Al inducir una nueva secuenciación en su estructura genética, la conciencia del ser humano despertaría a una realidad más compleja donde comenzaría a comprender las leyes que separan los planos de existencia en el universo. Esto liberaría a su mente de la prisión que ejerce el mundo cotidiano proyectándolo a una mejor comprensión de la estructura del universo y nuestro propósito evolutivo como seres conscientes. De esta forma, el ser humano comenzaría una nueva era de expansión de su horizonte de realidad que influenciaría directamente a la conciencia colectiva de nuestra especie, preparándola para ejecutar el máximo logro de la evolución en un periodo más corto.

Anya había escuchado anteriormente al maestro Zing hablar sobre la realización máxima de las especies pero el concepto era demasiado abstracto para ser comprendido por ella. Por su forma de contemplar la vida, pensaba que cada ser humano era responsable de su propio crecimiento espiritual. Recordó entonces su primer viaje de iniciación donde había observado el orden sincrónico del universo y cómo las leyes de evolución regían tanto para los microcosmos como para las colosales galaxias que había observado.

—Comprendo tus dudas al respecto, Anya —dijo el maestro Zing —. Pero esa sensación de separación como individuos, proviene precisamente de la forma en que la inercia del mundo físico nos mantiene atados a él. A nivel de conciencia todos los seres humanos estamos unidos por el entrelazamiento del universo. Y es precisamente nuestra codificación genética lo que nos hace mantener el estrecho vínculo entre nuestra especie. Este vínculo nos induce a juntarnos para vivir en sociedad y reproducirnos para que la especie sobreviva. Para cada miembro de una especie sería simplemente impensable sobrevivir en este mundo sin la compañía de otros como él. Por eso cuando una especie declina los pocos sobrevivientes no perduran por largo tiempo si no logran aumentar el número de sus miembros.

Anya y Dina comprendieron de inmediato que el maestro Zing tenía razón. Cada ser humano necesitaba de otros para relacionarse e incluso para emprender el camino de aprendizaje hacia su propia evolución.

—¿Entonces el intento de construcción de la tecnología secreta fue dirigido a influenciar la conciencia colectiva de toda la especie humana? —preguntó Anya.

—Exactamente —respondió el maestro Zing—. Una vez que fue escogido el sitio de construcción, miembros de todas las razas fueron traídos hasta este continente para que participaran de la creación del nuevo proyecto y juntos beneficiaran a toda la especie humana. Fue así como cientos de ingenieros, técnicos y trabajadores llegaron hasta este continente en compañía de sus familias para iniciar el gran proyecto de construcción. Entre ellos se encontraban niños y niñas de diversas edades; llegado el momento en que se completó la primera fase del proyecto, la pirámide comenzó a emitir un campo de resonancia electromagnética que afectó sus patrones de desdoblamiento de conciencia.

Anya y Dina escuchaban atentamente.

—Durante los años que llevaron las pruebas para evaluar todos los sistemas de información y datos del delicado mecanismo sincrónico de la pirámide, absolutamente todas las personas expuestas a su campo magnético sufrieron un cambio permanente en sus secuencias genéticas. Esto llevó a cada uno de ellos a contemplar la vida y el mundo cotidiano de una forma completamente distinta a la del ser humano común. La resonancia electromagnética del campo indujo diferentes grados de evolución en la conciencia de cada uno de ellos, pero más importante aún, indujo un cambio de percepción que todos pudieron notar al transmitirse de manera natural a través de la conciencia colectiva de la especie.

—Creo que hasta ahora había comprendido bien —comentó Anya—. Pero, ¿a qué se refiere exactamente con el cambio de percepción colectiva?

—Me refiero a que al finalizar los años de pruebas de la pirámide, todos aquellos que habían sido expuestos a la influencia de su campo de energía, comenzaron a entrelazar su conciencia para comprender que el fenómeno de la evolución era una meta que incluía a todos los seres vivos en conjunto. Los adultos asimilaron esta información para comenzar una nueva forma de vida dedicada no sólo a la supervivencia física sino también a la expansión de su propia conciencia. Esta nueva forma de vida incluía la participación grupal y no individual en el trabajo de crecimiento espiritual. Finalmente el ser humano comenzaba a comprender que estaba unido a los demás en una red colectiva de conciencia al igual que las demás especies. Éste fue un logro excepcional de evolución en los adultos, pero en los niños las nuevas secuencias promovieron un cambio mucho mayor. Ellos eran ahora capaces de entrelazar su conciencia con el orden natural de la selva lo cual los condujo a la comprensión del delicado equilibrio que guardan unas especies frente a las otras. Entonces, al ir creciendo, ellos mismos decidieron formar una comunidad armónica en lo profundo de la jungla para observar la interacción de las fuerzas naturales y aprender de éstas. Estos jóvenes aprendieron por sí solos a respetar este orden y sobrevivir dentro de él. Así fue como se dieron cuenta de que esta conducta liberaba su conciencia de la fijación material del mundo físico, permitiéndoles desarrollar una mayor capacidad para comenzar a experimentar el sueño consciente.

Dina preguntó al maestro Zing si ellos habían logrado todo esto por sí mismos. El maestro Zing asintió y continuó con su relato.

—Estos jóvenes comenzaron entonces a realizar viajes colectivos a otros niveles de existencia por sí mismos sin la necesidad de que los miembros del Gran Concejo intervinieran para enseñarles los métodos. De esta forma comenzaron a conformar una sociedad diferente donde el ser humano ya no vivía únicamente para cubrir sus propias necesidades, sino las de todos y cada uno de sus miembros. Pero lo más sorprendente es que lo lograron por ellos mismos, a diferencia de nuestra sociedad donde los niños tenían que ser educados para entender la necesidad de apoyo entre unos y otros. Los pequeños miembros de su comunidad comprendían que esta unión entre la especie era fundamental para el desarrollo de su conciencia sin necesidad de que algún adulto se los enseñara. Sucedía de manera automática y el resultado era una hermandad de apoyo y sostenimiento de una sociedad donde todos se preocupaban de igual forma por su bienestar como por el de los demás.

—Eso es realmente maravilloso —exclamó Dina emocionada—. Es la forma en que deseamos que funcione la sociedad humana. Una verdadera forma de crecimiento evolutivo que involucre el bienestar inherente de todos sus miembros.

—Cuando el Gran Concejo vio lo que estaba sucediendo, supimos de inmediato que el proyecto de construcción había tenido éxito en su propósito. Había nacido una nueva estirpe de súper humanos que seguirían instintivamente el camino evolutivo trazado por el Gran Concejo, pero no como una organización de élite, sino en la forma de toda una sociedad altamente organizada. Todos ellos contaban con el potencial para lograr su máxima evolución. Entonces la concejal Kai

identificó entre los más jóvenes a algunos seres cuya codificación genética había sido completamente re secuenciada hacia
una forma en la que el poder creativo de su conciencia se
incrementaba exponencialmente. Estos nuevos seres humanos poseían una forma de comunicación muy avanzada que
empleaban para fusionar su conciencia con todos los seres
que poblaban la selva. De este modo aprendían de ellos las
formas óptimas de adaptarse a la naturaleza absorbiendo sus
características por medio del entrelazamiento que lograban
entre sí. Ella se dio cuenta de que cada uno de ellos poseía el
poder para conformar una red colectiva de conciencia. Así el
conocimiento se podría transmitir de manera natural a grupos de personas comunes. De esta forma pronto se alcanzaría el número de masa crítica necesario para impulsar a toda
la humanidad hacia ese estado colectivo de súper conciencia.
Y pronto el logro máximo evolutivo de nuestra especie sería
completado.

—O sea que el proyecto es una realidad —comentó
Anya sorprendida—. Es posible que la humanidad logre el
salto evolutivo de manera conjunta.

—Eso es aún posible —respondió el maestro Zing—.
Pero sabemos que no sucederá en nuestro tiempo. Verán,
aunque el proyecto se puso en marcha de manera inmediata,
todos sabíamos que la órbita oscura se acercaba y que de
nuevo la conciencia humana sería impulsada fuera del orden
armónico del universo para adentrarse de nuevo en un haz
involutivo que fomentaría la agresividad y violencia dentro
de la especie. Esta interferencia natural impide la expansión del proceso de evolución colectiva pero no el individual.
Los primeros pasos ya han sido trazados y ahora nuestra
misión consiste en conservar ese avance. Fue por esto que la
concejal Kai decidió reunir al grupo más destacado de niños
y adolescentes para iniciar con ellos la práctica de un nuevo
modelo de sociedad cuya responsabilidad sería asegurar la

continuidad del crecimiento evolutivo de la conciencia humana a través de la era de oscuridad.

Anya y Dina quedaron sorprendidas al conocer la noticia.

—Pero si la órbita oscura comprende un periodo de trece mil años, ¿cómo es posible lograr algo así? — preguntó Dina.

—La impresión que logra un ser de grado de conciencia elevada sobre sus congéneres, es tan intensa que los induce a despertar —explicó el maestro—. Aunque la órbita oscura restringe la posibilidad de despertar la conciencia colectiva de toda la humanidad, los miembros más poderosos de este grupo son capaces de heredar su codificación genética a sus descendientes y conservar de esta forma el crecimiento evolutivo. Al formar una sociedad organizada, los miembros menos avanzados son influenciados formando una pequeña red colectiva de conciencia que impulsa a todos los miembros por igual hacia su evolución. De esta forma es posible conservar el crecimiento evolutivo a lo largo de cientos de generaciones. Sin embargo, existe un problema. Durante la era de oscuridad los peligros que enfrenta una sociedad así provienen directamente del alto grado de violencia humana. Kai comprendía esto y como parte del proyecto, impulsó a todo el grupo a compenetrarse con las las formas naturales de supervivencia empleadas por las demás especies. Los miembros más avanzados comenzaron a usar su intento para entrelazarse con la conciencia de los animales salvajes y aprender de ellos los más complejos mecanismos para sobrevivir. De esta forma sus posiblidades para conservar el crecimiento evolutivo de su conciencia serían mucho mayores.

—Un momento —intervino Anya al escuchar al maestro Zing—. Creí que la responsabilidad de asegurar la continuidad de nuestro conocimiento era nuestra misión como futuros miembros del Gran Concejo.

—Y lo es —respondió el maestro mirándolas a las dos—. Pero nuestro camino no sólo incluye esa responsabilidad sino una mucho mayor.

Anya y Dina detuvieron un momento su andar al escucharlo. Querían comprender a fondo algo tan importante. El maestro Zing les pidió que se relajaran y lo siguieran. En seguida les explicaría a fondo las implicaciones de su misión.

—El camino del conocimiento emprendido por el Gran Concejo llevó a la instauración de las cuatro escuelas que conducen al desarrollo y la práctica de todas las artes de supervivencia del ser humano, incluida la magia compleja. Como pudieron percibir durante nuestro último viaje a los reinos superiores de Xibalba, el bien y el mal existen como fuerzas que se contraponen pero que a su vez se complementan para garantizar la continuidad de la existencia de los reinos colectivos de percepción. El bien es el producto del poder creativo de la conciencia mientras que el mal es el producto de su poder destructivo que recicla la energía para dar origen a un nuevo comienzo.

Anya y Dina seguían de cerca la explicación.

—Sin embargo la fuerza del mal es tan abrumadora en términos de destrucción, que en nuestro mundo debe ser cuidadosamente controlada porque de otra forma su propia naturaleza la obliga a destruir todo lo que encuentra a su paso. Esta fuerza sin control acaba con el orden de la creación y destruye las posibilidades de evolución de los seres vivos si no es contenida por un conocimiento superior que incluya el poder sobre ambas fuerzas. Ustedes fueron entrenadas en el arduo camino del guerrero para vigilar el equilibrio entre estos dos poderes pues es la única forma de asegurar que una sociedad creativa que cultive la evolución de la especie pueda sobrevivir al embate de las fuerzas oscuras. Sin su protección, una sociedad de este tipo no sobreviviría por mucho tiempo.

Anya y Dina comprendían ahora mejor su función como parte de la disciplina ancestral al que los miembros del Gran Concejo las habían sometido arduamente.

—¿Significa eso que nosotros seremos responsables de la supervivencia no sólo del conocimiento sino de los seres humanos que lo practiquen para asegurar la continuidad del camino evolutivo de la humanidad? —preguntó Dina.

El maestro Zing asintió con la cabeza.

—Nosotros somos los protectores de las fuerzas de la creación en este plano de conciencia —afirmó él—. Somos la forma suprema del conocimiento del universo que abarca el poder sobre las fuerzas del bien y del mal. Nosotros sostenemos el equilibrio necesario para la expansión controlada de las fuerzas de la creación y su contraparte. Sin nuestra intervención, el mal devoraría todo a su paso hundiendo al planeta en la oscuridad tal y como se propone a hacerlo la Orden de los Doce con esta ciudad el día de mañana.

—¿Qué sucedió con el grupo de la concejal Kai? —preguntó Anya que ahora comprendía a fondo las palabras del maestro Zing. Tanto ella como Dina sabían que su aprendizaje dentro de la magia compleja las exponía a las formas oscuras de la conciencia. Ése era precisamente el reto más grande en la ruta para alcanzar la forma suprema del conocimiento que las liberaría para siempre de las ataduras del mundo físico. Para convertirse en Inmortales como sus maestros, ellas debían alcanzar el estado de iluminación que les permitiera comprender a fondo las leyes de la creación para así ser capaces de sostener el equilibrio de fuerzas en su mundo.

—¿Dónde se encuentran ellas ahora?

—Nos dirigimos a su encuentro —respondió el maestro—. Su comunidad fue evacuada desde hace días y ahora con la ausencia de Kai, el grupo quedará directamente bajo la protección de ustedes dos. Pues ellos comprenden perfectamente que aun desarrollando las técnicas de supervivencia, el mal que se avecina es absolutamente devastador. No se trata de simples ladrones o bandidos, sino seres de gran poder cuya maldad y oscuridad sobrepasan las habilidades del hombre común para enfrentarlo.

Anya y Dina se miraron la una a la otra. Habían llegado hasta la entrada de la cámara funeraria donde era velado el cuerpo de la concejal Kai. El maestro Zing se adelantó y los guardias que custodiaban el salón abrieron las puertas para dejarlos pasar.

—Y aquí es donde podrán observar la complejidad que el proyecto de la pirámide representa para el futuro de la humanidad —les dijo el maestro al tiempo que se dirigía hacia un grupo de personas que rodeaban el cuerpo de la concejal—. Una de las jóvenes especiales del grupo de Kai se encuentra ahora con la concejal Anthea esperándolas. Pero por más que les sorprenda su presencia traten de dominar sus emociones al conocerla.

Anya y Dina se miraron entre sí. No entendían a qué se refería el maestro Zing con su afirmación. Él avanzó directamente hacia el grupo de personas reunidas en la sala. Dos miembros del concejo de la Casa Real se encontraban ahí rodeados de varios adultos jóvenes y algunos niños que lloraban quedamente. La concejal Anthea se encontraba de espaldas justo frente a donde yacía el cuerpo de Kai. Junto a ella, una adolescente lloraba dolorosamente su muerte. Ambas se acercaron siguiendo al maestro Zing, quien le pidió a Anthea y su acompañante que voltearan para recibirlos. Ambas voltearon y observaron a los recién llegados. Anya y Dina miraron estupefactas a la adolescente. No podían creer lo que estaban observando. Anya dio un paso hacia adelante para cerciorarse y mirarla más de cerca. La concejal Anthea la detuvo con la mirada.

—Tiara Li, quiero que conozcas a las dos maestras guardianas que estarán a cargo de proteger a tu grupo a partir del día de hoy. Ella es Dina y ella es Anya.

Anya aún no entendía lo que estaba sucediendo. La adolescente era una réplica exacta de Kiara. A pesar que el maestro Zing les había advertido sobre la sorpresa que recibirían al conocerla, Anya había quedado estupefacta.

Entonces recordó de inmediato la reacción de la concejal Kai cuando la había visto por primera vez durante la incursión de Kiara en el mundo intermedio al ser llevada hasta el Gran Concejo. La concejal Kai se había acercado a tocarla, era lógico que la hubiera reconocido de inmediato. Su corazón comenzaba a latir aceleradamente mientras trataba de comprender las implicaciones de este hecho. Mil preguntas surgían en su mente sobre el misterio que implicaba la construcción de la tecnología secreta.

La concejal Anthea les habló en su mente. Les estaba ordenando a ambas que contuvieran su sorpresa. Tiara Li no tenía la menor idea de porqué la observaban de esa forma y empezaba a percibir cómo su conducta comenzaba a intimidarla. Anya comprendió de inmediato que Dina se encontraba igual de confundida que ella. La concejal Anthea tenía razón. Ambas observaban a la adolescente de pies a cabeza sin detenerse a pensar por el dolor que estaba atravesando. La concejal Kai había sido su maestra desde su infancia y su abrupta partida había tomado a todo su grupo completamente desprevenido.

—Es un placer para ambas conocerte, Tiara Li —replicó Anya recobrando la compostura y observando a la adolescente fijamente a los ojos.

—También lamentamos mucho la súbita partida de la concejal —le expresó Dina—. Sabemos lo cercana que era a tu grupo.

Tiara Li dejó correr una pequeña lágrima por su mejilla. Anya no dejaba de observarla. Fue entonces que cayó en la cuenta de que aunque ella y su grupo comprendían que la concejal Kai había alcanzado un reino superior de existencia y que la muerte física solamente representaba un cambio de condición en su conciencia, su ausencia los llenaba de temor e incertidumbre sobre su futuro.

Anya y Dina continuaban observando a Tiara Li cuando otra mujer varios años mayor, se acercó a donde yacía el cuerpo de la concejal Kai. Traía consigo un bastón de madera tallado magistralmente con dos serpientes que subían enroscándose desde la base hasta el borde superior donde una cabeza de jaguar completaba el fascinante diseño. La joven puso el bastón un momento sobre el cuerpo de la concejal Kai. Anya y Dina la observaron preguntándose que sucedía.

—El bastón de mando fue un regalo que hizo nuestro grupo hace un par de años a la concejal —les dijo Tiara Li que también las observaba detenidamente—. Representa el equilibrio natural que sostiene el mundo físico y su contraparte en el reino espiritual donde ahora se encuentra ella.

Anya y Dina se acercaron a observar el tallado del bastón. La joven que lo portaba miró a Anya y ella pudo percibir algo familiar en su mirada. Tiara Li se acercó a ellas y comenzó a hablar.

—Las dos figuras de las serpientes representan las dos fuerzas fundamentales que son los pilares de la creación de ambos reinos de existencia para nuestra conciencia. Mientras que el jaguar, señor de la selva, donde fue obtenida la madera, representa el orden supremo del universo que crea la realidad dual a la que todos pertenecemos. El ascenso de las serpientes hacia lo alto representa el camino de evolución que atravesamos a lo largo de nuestra existencia tal y como nos fue enseñado por ella.

—¿Quién de ustedes lo elaboró? —preguntó Dina, que admiraba su exquisito tallado.

—Lo hicimos entre todos nosotros —respondió Tiara Li—. Todos participamos de su elaboración dirigiendo nuestro intento para que todo aquel que lo portara comprendiera el delicado equilibrio por el que se traza la ruta de aprendizaje de nuestro conocimiento ancestral. Todo nuestro intento fue enfocado en esa tarea. Por lo que el poder de nuestra conciencia colectiva reside ahora también en ese objeto de poder. La concejal aceptó el regalo pero quiso que el líder de nuestro grupo lo conservara para que éste intento de poder colectivo, se fuese acumulando a través de los años y fuera así legado a los subsecuentes líderes de nuestra comunidad.

—Interesante —comentó Anya.

El maestro Zing se acercó en ese momento seguido por los dos miembros del concejo de la Casa Real. Miró afectuosamente a Tiara Li y les pidió a Anya y Dina que se acercaran.

—Tenemos noticias importantes. Nuestro personal de inteligencia reporta que la Orden de los Doce ha dividido su ejército y gran parte de él se dirige hacia la ciudad en estos momentos.

—Pensé que su intención era la de atacarnos con todo el grueso de sus fuerzas —comentó Anya—. ¿Por qué las han dividido en lugar de concentrarlas para la batalla?

—La intención de la orden es la de conquistar todo el continente. Eso no deben olvidarlo —respondió el maestro Zing—. Toda su maquinaria de guerra se concentra en el ataque a la capital, pero parte de su infantería ha sido enviada a tomar las ciudades vecinas. Ahora sabemos que se dirigen a tomar el control de todas las poblaciones mayores. Su campaña de invasión ha comenzado ya.

—¿Cómo podremos proteger a las poblaciones vecinas? —preguntó Dina.

—Nuestras fuerzas sólo alcanzan para defender la ciudad capital. La población no tendrá otro remedio que evacuar las ciudades temporalmente. Nuestros transportes ayudarán a esta tarea. La orden sabe que nuestro principal propósito es el de proteger a la población y está incitándonos a utilizar parte de nuestras fuerzas para protegerlos, pero si dividimos nuestro ejército, correremos el riesgo de perder la capital. Si esto llegara a suceder, todo el continente estaría perdido.

Anya y Dina comenzaron a sentir un intenso nerviosismo. Sabían que la batalla se acercaba y no dejaban de asombrarse de cómo la Orden de los Doce manejaba magistralmente su estrategia de guerra presionando a los concejos aliados para que cometieran un fatal error.

—Oren y Dandu se reunirán con nosotros en breve para estudiar las posiciones que ocuparemos el día de mañana —continuó el maestro Zing—. El gran ejército de la orden se encuentra listo para atacarnos y debemos estar preparados. La concejal Anthea los guiará esta noche en una sesión de profunda meditación para que sus mentes y cuerpos se preparen para resistir el embate físico y emocional de la batalla.

Anya y Dina miraron fijamente al maestro Zing y comprendieron de inmediato el porqué de su advertencia. Faltaban tan sólo unas horas para que la orden los atacara con todo el poder de su ejército y de una cosa estaban seguras, la Orden de los Doce no planeaba dejar a alguien con vida si ellos fracasaban en defender la ciudad.

Capítulo 27

Los intensos rayos del Sol iluminaban la huerta trasera de la casa donde Leetsbal Ek se encontraba recogiendo unos frutos de un árbol para ponerlos luego dentro de una canasta. Habían pasado apenas unos días desde el incidente con los dzules y, para su sorpresa, su padre había ofrecido alojamiento a los dos extraños personajes que aparecieron en la aldea ese día. Se hospedaban en su casa y su madre le había pedido que los tratara con amabilidad a pesar de la desconfianza que le generaban.

La situación para su pueblo había cambiado por completo desde el fatídico día del asesinato. El encomendero presionaba a la iglesia para que se retirara de las negociaciones mientras solicitaba ayuda a los soldados para pelear en contra de los cocomes. El gobernador y el concejo de los Ah Kin sabían ahora que no había forma de detener el conflicto por la vía pacífica por lo que convocaron a los *batabob* para que reunieran el ejército más numeroso posible. Muchas personas habían huido tras la noticia pero muchos otros se negaban a abandonar sus tierras y se unían a los guerreros para hacerles frente a los colonizadores. La tensión se incrementaba día a día mientras decenas de espías vigilaban de cerca los movimientos de los dzules.

Leetsbal Ek llenó la canasta de frutos y se dirigió a una pileta de agua para lavarlos. El Sol brillaba con todo su esplendor y el calor era sofocante. Se acercó al agua para refrescarse un poço y su rostro se reflejó con claridad sobre su superficie. Observó detenidamente su reflejo. Las características de su rostro denotaban claramente finas líneas de expresión mucho más comunes en la gente de piel blanca que en las de su propio pueblo. El claro color de sus ojos llamaba su atención de inmediato. Ella sabía perfectamente que debido a su apariencia física la gente la miraba con especial atención. Leetsbal Ek introdujo sus manos en el agua tratando de ignorar su cotidiana realidad y el reflejo se perdió en un instante. Echó agua sobre su rostro, cuello y hombros y se abanicó con sus manos. En ese momento, sintió una presencia alrededor que la hizo volverse; era su huésped español. Ella lo observó sólo de reojo. Hizo un ademán a manera de saludo y tomó la canasta con la intención de retirarse. Antes de que pudiera reaccionar, el hombre se acercó a ella y para su sorpresa le habló en su idioma.

—Hoy es un día realmente caluroso, ¿verdad?

Leetsbal Ek quedó sorprendida por la fluidez con la que él manejaba su idioma. Volvió a pensar en lo diferentes que eran los hombres blancos a la gente de su pueblo. Siempre tenían el pelo largo, sucio y despeinado. Pero lo que más le desagradaba, eran las barbas que se dejaban crecer y los hacían verse aún más desaseados.

—¿Dónde aprendiste a hablar nuestra lengua? —le preguntó Leetsbal Ek.

Él se acercó a unos pasos. Sus ojos eran tan claros como el mar y su nariz grande y afilada. Era mucho más alto que los hombres de la tribu y tenía un porte algo extraño. Su cuerpo delgado y su mirada tranquila le transmitían que se trataba de un hombre muy solitario.

—Llegué hasta estas tierras hace casi veinte años —dijo.

—Eso es mucho tiempo —respondió Leetsbal Ek que ansiaba preguntarle acerca de su relación con el anciano, pero no quería sonar agresiva con sus preguntas. Su madre le había pedido específicamente que no los interrogara. Su padre le tenía mucho aprecio al anciano y ambos eran invitados en su casa.

—Un tiempo muy largo y muy provechoso —respondió el extraño—. Durante estos años he aprendido la lengua de tu gente y el profundo conocimiento que tienen sobre la selva y el mar.

Leetsbal Ek no soportó más la curiosidad.

—¿Por qué no vives con los de tu raza? —le preguntó directamente—. Todos los dzules viven en sus aldeas con sus mujeres e hijos.

—Bueno, es que yo no tengo mujer ni hijos. Por eso puedo vivir donde yo quiera y con quien yo quiera —imprimió una leve sonrisa al responder.

Leetsbal Ek lo miró con desconfianza. No era común entre los suyos que un hombre permaneciera sin familia a lo largo de su vida.

—Hace muchos años formaba parte de la orden de los franciscanos. Pero renuncié a mis votos por razones personales.

—¿Eras hombre religioso? —preguntó Leetsbal Ek recordando a los malolientes frailes de la misión.

—Así es. Pero desde hace muchos años me convertí en un hombre común como todos los demás. Mi nombre es Carlos Andrés y Ordóñez —respondió él extendiendo la mano para saludarla.

—El mío es Leetsbal Ek —respondió ella sin saber si debía responder el saludo de mano o no.

Carlos Ordóñez retiró su mano y dijo:

—Lo sabía. Tu madre me lo dijo. Tienes un nombre muy hermoso y tus padres son personas muy amables.

—Gracias. Ahora debo irme. Me dio gusto platicar contigo —respondió dando unos pasos hacia la entrada de su casa.

La presencia de un hombre blanco la incomodaba y seguía pensando que lo mejor era no entablar ninguna relación con él. La idea de que él hubiera sido un hombre religioso la desconcertaba. Su padre le había explicado en muchas ocasiones la fe que los dzules profesaban y nunca había podido entenderla. Todo lo que sabía es que adoraban a un hombre profeta al que su propio pueblo clavó vivo en una cruz asesinándolo sin piedad alguna. La idea le parecía sumamente cruel y demasiado aberrante. Pero lo que no comprendía era cómo los dzules ignoraban la magia y el misticismo del mundo que los rodeaba. Su fe los obligaba a obedecer ciegamente un conjunto de escrituras plasmadas en un libro sagrado que se refería únicamente al comportamiento humano. Jamás hablaban sobre el mundo natural que sostenía su existencia. Parecían temerle a las fuerzas relacionadas con la naturaleza por lo que nunca hablaban de ellas. Actuaban como si no existieran. ¿Cómo era posible que no se dieran cuenta de que estas fuerzas regían su vida y destino? El padre Sol, la madre Tierra, el mar, el viento, el abuelo Fuego y todas las manifestaciones de los grandes poderes naturales.

Su padre le explicó que a los dzules poco les importaba ese asunto; eran gente de guerra que le imponía a los pueblos su forma de vida y sus creencias con el firme propósito de engrandecer su imperio. Su obsesión por poseer oro y otros metales preciosos era tan grande que mataban y esclavizaban pueblos enteros para obtenerlos. La iglesia era su aliada y formaba parte de su estrategia de conquista ideológica por lo que, a pesar de ser una institución independiente, eran afines en sus métodos y su deseo de enriquecerse. La única diferencia que él veía entre los colonizadores y los frailes era que éstos últimos mostraban más respeto por la vida que los primeros, debido a que en su fe aquel hombre que quitaba la vida a otro era condenado al infierno por toda la eternidad.

Cuando era pequeña, Leetsbal Ek notó que los dzules tenían ojos claros, igual que ella. Preguntó a su padre si también era poseedora de un espíritu maligno y codicioso. Sassil Be rio y explicó que los rasgos físicos de un ser humano no representaban de ninguna forma la pureza de su espíritu. No todos los dzules eran malvados, sólo que estaban habituados a una vida de temor y sufrimiento debido a su violencia. La gente malvada se encontraba en todos los lugares y entre todos los pueblos. Se le podía identificar por el peso de su mirada. Los Ah Kin lo hacían fácilmente con sólo ver a la gente. Le dijo que no debía preocuparse por el color de sus ojos. Ella había nacido así porque la más grande estrella del cielo estuvo presente observándola cuando llegó al mundo y su luz se estrelló sobre sus ojos cuando los abrió por primera vez. Por eso su nombre era *Estrella brillante*.

Ella dejó de preocuparse por su apariencia desde ese entonces, pero al llegar la adolescencia los rumores de todos los jóvenes acerca de su extraña característica la volvieron a inquietar. Cuestionó a su madre al respecto y ella se puso muy nerviosa. Después le confesó que era cierto que sangre de los dzules corría por su familia. Su bisabuelo había sido uno de los primeros hombres blancos que llegaron a sus tierras, tomando por esposa a su bisabuela. Poco tiempo después contrajo la enfermedad de la selva y murió. Sólo trajo al mundo a su abuelo materno. Pocos miembros de su familia como ella habían heredado las características de los hombres blancos.

Al principio Leetsbal Ek vivía con el pesar de considerarse diferente. Sin embargo, años después conoció a personas de otros pueblos que los dzules llamaban mestizos y que eran hijos de diferentes razas. Algunos tenían también los ojos claros o mostraban otros rasgos característicos, como la piel más clara y la nariz más larga y fina. Al conocerlos más a fondo, constató lo que le dijo su padre sobre la apariencia física y el espíritu de cada ser humano. Los rasgos físicos sólo eran una fachada sobre la cual se escondía el verdadero ser de cada uno.

Leetsbal Ek llegó a la cocina y fue pelando los frutos de guayaba y ciruela, para después poner la pulpa en una vasija de barro. En ese momento, escuchó que entraban a su casa. Era su padre acompañado del anciano curandero. Sintió emoción al ver a Sassil Be. Sabía la difícil situación por la que atravesaba y quería ayudarlo de alguna forma. Recordó que, cuando ella era niña, él estuvo a su lado enseñándole cuanto podía sobre el conocimiento que tenía sobre la naturaleza y sus maravillosos fenómenos. Leetsbal Ek había mostrado siempre una fascinación especial por el trabajo de él. Desde ese entonces había formado una relación muy estrecha entre ambos. Él era, en definitiva, la persona que más admiraba y quería en el mundo. Siempre le hablaba sobre los poderes del cielo y de cómo la lluvia brindaba bendiciones a la tierra. La instruía sobre las siembras, las cosechas y cómo los ciclos lunares influían sobre su crecimiento.

Cuando cumplió diez años, su padre la tomó por los hombros y le dijo que le tenía reservada una gran sorpresa que debía mantener el secreto. Solamente él y ella podían hablar sobre ese tema. Le preguntó intrigada de qué se trataba y él le respondió en un tono solemne que había descubierto la forma de llegar hasta la morada de uno de los señores del inframundo. En ese día tan especial, ella lo acompañaría después de cerciorarse de que el gran señor de Xibalba no se encontraba ahí.

Leetsbal Ek estaba tan emocionada que no sabía si su padre hablaba en serio o le gastaba una broma. Caminaron desde temprano durante varias horas y al mediodía llegaron al lugar. Se encontraban en lo más profundo de la selva. Su padre le pidió que se tendiera sobre el suelo y estuviera quieta; tenía que asegurarse primero de que el lugar estuviera despejado y nadie los viera entrar al portal. Tras cerciorarse de que no había nadie, le explicó que cuando el gran señor de Xibalba se ausentaba, dejaba como guardián a un poderoso jaguar que merodeaba por ahí. Leetsbal Ek sintió terror al pensar que una fiera salvaje se encontraba cerca. Su padre la tranquilizó y al cabo de un rato se metieron entre dos enormes rocas y descendieron a través de un túnel muy oscuro. Mientras bajaban por una oscura escalera, su padre le explicó que pronto aparecería una luz y ella podría ver el pasadizo que llevaba hasta la misma morada del gran señor de Xibalba. Le advirtió que cuando llegaran ahí, debía poner todo su esfuerzo en mantenerse despierta, de otra forma las fuerzas del inframundo se la llevarían en sus sueños a lugares inimaginables y sería muy difícil encontrarla para volver.

Leetsbal Ek recordaba ese momento como si hubiera sucedido el día anterior. Su corazón latía a toda prisa cuando vio la tenue luz azulada que despedían las paredes. Se internaban en las profundidades del inframundo a través de esa majestuosa construcción enterrada.

Al llegar a la galería subterránea Leetsbal Ek quedó maravillada con el detalle de la construcción. En su aldea no existía nada comparable. Definitivamente estaban en la majestuosa morada de alguno de los dioses. De eso no tenía la menor duda. Su padre le mostró los espléndidos grabados y le explicó que la pirámide había sido construida hacía miles de años, cuando los dioses aún poblaban la Tierra de los mortales.

Ella no supo si fue la fascinación o el cansancio tras la prolongada caminata, pero se quedó dormida en la galería. Soñó con un mundo hermoso, lleno de colores tan brillantes que cegaban su visión. Se sentía libre, volaba a través de diferentes reinos de percepción y pensó que había alcanzado la eternidad. Cuando despertó se encontraba enmedio del bosque y Sassil Be encendía un pequeño fuego para que comieran. Le explicó que había tenido que sacarla de ese lugar antes de que las fuerzas del inframundo se la llevaran para siempre. Así comenzó a experimentar el mágico mundo de los viajes de conciencia.

Rememorar su infancia le despertó agradecimiento por la forma en que sus padres la habían querido y cuidado durante tantos años.

Su madre entró a la cocina y le preguntó si tenían suficiente comida para todos. Ella respondió que sí. Sacó un gran trozo de carne de venado envuelto en una tela de algodón y se la mostró.

Zac Muunyal encendió el fuego en una pequeña estufa de piedra y preparó la carne sobre una grande vasija de barro adicionándole sal, agua con verduras, aceite de coco y varias hierbas. Ella machacó la pulpa de la fruta sobre un mortero y le añadió un puñado de semillas de amaranto y trozos de piloncillo para endulzarlo. Su madre preparó masa de maíz para cocer tortillas y ponerlas en una canasta.

Leetsbal Ek salió al patio para traer agua y se encontró de nuevo con Carlos Ordóñez que estaba sentado sobre unos bultos de maíz admirando el paisaje en completa calma. Quedó completamente sorprendida. Él se había rasurado la barba y untado aceite de coco sobre la cabellera, descubriendo por completo su rostro. Parecía una persona completamente diferente. Él le sonrió al verla aproximarse.

—Pensé que un extraño se había introducido en nuestra casa —le dijo ella riendo.

—¿En serio? —respondió él mientras la observaba detenidamente. Era más alta que las demás indígenas y sus exóticos rasgos físicos la hacían poseedora de una belleza muy especial.

—La verdad es que ya estaba harto de cargar con todo ese pelo en mi cara —dijo él—. Me siento más fresco así. El calor en esta época es intolerable.

Ella lo observó cuidadosamente y notó que se veía mucho más joven de esa forma. Ahora le calculaba a lo mucho cuarenta y cinco años de edad. Su cuerpo era delgado pero musculoso y su piel lucía bronceada. Le preguntó qué tipo de trabajo realizaba él ahora.

—Me dedico a pescar con la gente de la aldea la mayor parte del tiempo —respondió—. También comercio con los dzules y mi maestro me enseña a curar a las personas por medio de las plantas medicinales. Hace muchos años que nos conocemos.

Leetsbal Ek le pidió que le platicara cómo había llegado hasta ahí desde tierras tan lejanas. Carlos Ordóñez le narró brevemente su historia, desde que había salido de las costas de España hasta su llegada a la capital y luego su aventura a través de la selva donde había enfermado de muerte. Tiempo después había decidido renunciar a sus votos al darse cuenta del avaricioso plan de la iglesia para explotar a los pobladores.

—¿Es eso lo que verdaderamente piensas de tu gente? —le preguntó Leetsbal Ek—. ¿Que vinieron aquí con el afán de esclavizarnos?

—Eso es lo que pienso —contestó él—. Porque he visto la verdad con mis ojos y yo no quiero ser como ellos. En mi natal España la gente también sufre de miseria y de constantes guerras. Los colonizadores llegan aquí huyendo de la esclavitud. Todo esto ocurre debido a la avaricia y la ambición de la gente poderosa que los gobierna.

—Me parece raro que pienses así —le respondió Leetsbal Ek desconfiando de él—. Desde niña he visto cómo los dzules disfrutan beneficiándose del trabajo de mi gente. A lo único que vienen es a cobrar las fanegas y a buscar gente que siembre la milpa porque ellos no soportan el trabajo físico.

—Te digo que yo no soy como ellos —se defendió—. Pero comprendo que no me creas. Para ustedes todos los dzules somos iguales. En la aldea donde vivo, muchos hombres y mujeres tardaron varios años en tenerme confianza y aceptarme como un poblador más de su mundo.

Leetsbal Ek lo miró a los ojos y luego le platicó el incidente que habían tenido con los hombres del encomendero; le contó cómo los persiguieron con sus caballos a través de la jungla con la intención de matarlos. Carlos Ordóñez se puso muy nervioso. Sabía de lo que eran capaces esos hombres.

—Ese tipo de gente es malvada donde quiera que está —dijo él—. No distinguen raza o color de piel. Simplemente matan porque no tienen temor de dios. Creen que pueden solucionar sus problemas asesinando gente inocente para infundir temor en los demás.

—Lo que no entiendo es por qué tuvieron que venir hasta nuestras tierras. ¿Por qué no se quedaron allá, al otro lado del mar, donde pertenecen?

Carlos Ordóñez le explicó que desde hacía décadas que el conquistador Hernán Cortés había encontrado oro en la tierra de los mexicas. La noticia de las grandes riquezas encontradas en el Nuevo Mundo se esparció por toda España. Cientos de aventureros zarparon en busca de fortuna. Era sólo cuestión de tiempo para que llegaran hasta ahí.

—Pues aquí casi no hay nada de eso —le dijo Leetsbal Ek consciente de lo raros que eran los metales en su cultura—. Aquí solo hay selva, animales y mucho calor.

Carlos Ordóñez se rio de su sinceridad. Zac Muunyal salió al patio para avisarles que la cena se encontraba lista. Todos entraron a la casa. Leetsbal Ek ayudó a su madre a traer la comida y Sassil Be la bendijo en frente de todos. Terminaron de comer y su padre les anunció que tenía noticias importantes. Les reveló que sus espías averiguaron que los tutules se preparaban para la guerra. La alianza con los hombres blancos se había consolidado y era cuestión de días para que su pueblo fuera atacado.

Capítulo 28

El helicóptero de la corporación World Oil se encontraba listo para partir en la cima del rascacielos donde William Sherman esperaba con impaciencia, cuando finalmente el director del equipo de seguridad apareció subiendo las escaleras a toda prisa. Sherman lo miró aproximarse.

—Llega tarde, Harris —le reclamó.

—Tengo noticias importantes —respondió éste al tiempo que ambos subían al helicóptero para dirigirse a su encuentro con el grupo de los ocho.

La reunión se efectuaría en medio del océano, a bordo de un súper tanque petrolero propiedad de la corporación. Se discutirían los últimos detalles para dar paso a la reestructuración del sistema financiero. Sherman averiguó que los consorcios bancarios anunciarían sus medidas de revaluación de las monedas en un par de días, por lo que había llegado el momento de actuar decisivamente.

—Nuestro equipo logró interceptar una transmisión del grupo de tarea que persigue al programador —informó su subordinado a Sherman—. Han logrado localizarlo en un suburbio de la ciudad de Madrid. Hace un par de días ordenó la compra de equipo altamente sofisticado de comunicación satelital y cometió el grave error de pedir que lo enviaran a un domicilio donde pensamos que se está hospedando.

—¡Ésa es una situación grave! —respondió Sherman—. Los consorcios dispondrán de todos los medios a su alcance para capturarlo. Debemos evitar a toda costa que eso suceda.

Nuestros contactos se encuentran vigilando de cerca al grupo de tarea que está por arribar a la ciudad. Tienen instrucciones de neutralizarlo si decide actuar. Nuestro equipo de extracción está listo para recibir órdenes y se encuentra en camino al sitio. Sin embargo, al vigilar el domicilio nos percatamos de que existe un problema para la captura del programador.

—¿Qué problema? —inquirió Sherman.

—El domicilio se encuentra vigilado por agentes de seguridad de alguna organización que no hemos identificado. Nuestra central en Europa está tratando de averiguar quiénes son.

—¡Maldición! —exclamó Sherman—. No tenemos tiempo para eso. Los consorcios lo tienen ubicado y en este mismo momento deben estar planeando cómo extraerlo del lugar.

—Aún no sabemos si los agentes que lo vigilan fueron contratados para su propia seguridad, señor Sherman. También puede ser que se trate de algún grupo terrorista que está esperando obtener los archivos para ejecutar su propio robo o ataque al sistema financiero mundial. La información que obtuvo el programador es valiosísima para estos grupos.

—¡Eso ya no importa! —exclamó Sherman—. Es necesario que lo capturemos antes de que los consorcios lo hagan. De otro modo lo torturarán para obtener la información que compromete nuestro plan. Se darían cuenta de que alguien está tratando de atacarlos. Dé órdenes para que lo capturen de inmediato.

Harris miró a William Sherman. Al parecer no tenía idea de lo que estaba exigiendo. El cerco sobre el domicilio era prácticamente impenetrable.

—Consultaré hoy mismo con el equipo. Pero le advierto que no será una tarea sencilla. Si entramos a la fuerza con un equipo de asalto, dejaremos una docena de cadáveres atrás y estaremos en las noticias de todo el país al siguiente día.

—¡Eso es inaceptable, maldita sea! —se enfureció Sherman—. ¡Tienen que lograrlo de manera furtiva, sin llamar la atención de los medios!

—También debemos considerar que uno de estos grupos puede adelantar su movimiento y capturarlo antes que nosotros. ¿Cuál es su directiva en ese caso?

—El programador es una pieza útil en nuestro plan —respondió Sherman con frialdad—. Nadie más ha tenido éxito para violar los sistemas de seguridad de los bancos centrales. Una vez que tomemos el control, puede sernos necesario. Pero si es capturado con vida por otro grupo, entonces debemos eliminarlo. No tenemos otra alternativa.

—Haremos hasta lo imposible por lograrlo de manera silenciosa. Pero si algo sale mal, utilizaremos a nuestros francotiradores.

William Sherman pensaba en las implicaciones si la operación fallaba. Esperó por un momento antes de comentar sobre el asunto mientras lo analizaba cuidadosamente.

—Asegúrese de que sus hombres sean certeros y que los agentes que lo vigilan no se percaten de nuestro plan —dijo finalmente—. Los consorcios bancarios puede descubrir nuestras intenciones si cometen algún error. Recuerde que no podemos dejar cabos sueltos en ese asunto.

El agente asintió. Sería sumamente complicado lograr lo que Sherman demandaba. Tanto el domicilio como las entradas y salidas del edificio estaban vigilados. La operación tendría que ejecutarse en cuestión de horas, no podían arriesgarse a que el grupo rival se anticipara. Tenían que diseñar una estrategia y ejecutarla con el mayor de los sigilos.

Harris desglosó las fases de la operación en su mente. Primero debería neutralizar al equipo de vigilancia. Luego tendrían que desconectar los sistemas electrónicos para evitar que quedaran pruebas en video que los incriminaran. Después se introducirían en el domicilio para tratar de capturar con vida al programador. Si la situación se complicaba, entonces lo eliminarían en el domicilio, para escapar sin dejar rastros.

El helicóptero voló por veinte minutos y el piloto anunció que se preparaban para descender en el buque. En cuanto aterrizaron, Sherman se dirigió a la sala de juntas seguido por su personal de seguridad. Los miembros del grupo, incluido el general Thompson, se encontraban ya ahí. Sherman saludó a los presentes y tomó la palabra.

—Nuestras fuentes han corroborado que los consorcios se encuentran listos para emitir las medidas de control de la crisis que sufren las monedas dominantes. Ha llegado nuestro momento para actuar. En unos días los bancos anunciarán su estrategia con el apoyo de sus cómplices en los gobiernos. Nuestro plan debe estar perfectamente coordinado para derrumbar su sistema. Este barco lleva la última carga de petróleo que recibirá el país antes de que racionemos el energético. Lo mismo sucederá con los europeos. Nuestros aliados rusos recortarán su reserva en los próximos días. Para el momento en que los consorcios actúen, daremos el golpe decisivo.

—El recorte en la disponibilidad del crudo es el primer paso. Los consorcios bancarios poseen toda la información que controla el endeudamiento de gobiernos y particulares a través del orbe —advirtió uno de los miembros—. Esa información es vital para la continuidad del sistema financiero. ¿Cómo la protegeremos una vez que los consorcios se den cuenta de nuestro plan?

—Nuestros ejércitos tomarán el control de los grandes bancos centrales tan pronto como la orden ejecutiva para arrestar a los banqueros sea expedida —intervino el general Thompson—. Será una acción rápida y decisiva que servirá como medida precautoria para evitar que bloqueen sus bases de datos. Nuestras tropas de élite ya fueron informadas y entrenadas para el operativo. El propósito fundamental consiste en asegurar los sistemas de datos. Luego, un equipo especializado entrará al sistema para controlar la información. Así garantizaremos que los archivos permanezcan intactos.

—Los consorcios bancarios cuentan con los mecanismos de protección más sofisticados del planeta —inquirió otro de los miembros—. Durante años tratamos de acceder a sus bases de datos sin resultado alguno. ¿Qué le hace pensar que será tan fácil tomar el control de sus sistemas altamente protegidos?

—El Pentágono cuenta con uno de los equipos más calificados del planeta en este tipo de tareas —intervino el general Thompson—. Estoy seguro de que serán capaces de abrir su sistema.

Sherman analizaba la situación cuidadosamente. Conforme se acercaba el día de la operación, más y más detalles comenzaban a complicar el asunto.

—¿Qué sucederá con la deuda de la población? —preguntó otro de los miembros.

—La deuda seguirá vigente pero será cotizada en la nueva moneda. Obligaremos a los bancos privados a reducir sus tasas de interés para incentivar al público a pagar. Será una estrategia de estira y afloja para que la población piense que saldrá beneficiada y apoye la instauración del nuevo orden.

—Esas medidas no acabarán con la crisis del sistema —advirtió el mismo personaje—. El cambiar de moneda sólo distraerá la atención del público por un tiempo, como sucedió con el euro.

—El cambio de moneda evitará el colapso completo del sistema —se defendió Sherman—. Además, evitará la creciente especulación con los precios de los alimentos. La deuda acumulada durante tantos años representa el dominio que ejerceremos sobre la población y los gobiernos. Al reestructurarla con una divisa más fuerte, los obligaremos a seguir pagando por mucho más tiempo.

—Eso provocará exactamente la misma recesión que temían los consorcios. La población estallará en violencia cuando adviertan que serán ellos, a través de impuestos y reducciones presupuestales, los que terminarán pagando las pérdidas del antiguo sistema. La población tiene analistas con acceso a los medios de comunicación. No son estúpidos. Se darán cuenta de que habrán quedado en la misma situación.

—La crisis climática está obligando al mundo a entrar en una fuerte recesión —explicó Sherman—. Eso lo saben los analistas también. No hay manera de evitar la contracción de la economía. Nos aproximamos a una nueva era donde el control estratégico de los combustibles y los alimentos regirá el destino de las grandes masas. Los consorcios planeaban redirigir grandes inversiones al sector agropecuario porque ésa es la única solución viable frente al problema creciente de escasez en los alimentos. En este momento, miles de empresas están quebrando, dejando a cientos de miles de personas desempleadas en el proceso. En el nuevo orden mundial, estas personas serán redirigidas a nuevas poblaciones de trabajo que se harán cargo de sembrar, cultivar y distribuir los alimentos que necesitamos para equilibrar las pérdidas sufridas por los embates de la naturaleza.

Sherman hizo una pausa para aclararse la garganta y luego continuó.

—La inflación que sufriremos durante los primeros años de adaptación al nuevo sistema hará que los precios de combustibles y alimentos se disparen hasta las nubes. Por eso un estricto control sobre su uso y distribución será ejercido en todo momento. Como el profesor Mayer nos había advertido, sólo poca gente tendrá acceso a una dieta rica en carnes y proteínas animales. Su consumo será ahora exclusivo para las clases privilegiadas. Lo mismo sucederá con los combustibles. La población regular que pierda su trabajo será concentrada en la producción de alimentos. No toleraremos haraganes que deseen vivir de la beneficencia social. Todos trabajarán para garantizar la continuidad del sistema económico. Aquellos que no obedezcan, estarán condenados a sufrir de hambre.

—¿Quién garantizará que nuestro orden social no colapsará ante la presión del desempleo y la inflación? —preguntó otro de los miembros—. La población no estará contenta de vivir bajo un sistema de arduo trabajo y poco poder de consumo, como sucedió con el socialismo. Cientos de miles de personas se manifestarán en contra del nuevo orden que calificarán como fascista.

—Si comienzan las protestas, el ejército entrará en acción —intervino el general Thompson—. La ley marcial será impuesta sobre la población si la violencia se desencadena en las calles. El mundo está a punto de entrar a una era donde el hambre hará presa de millones de personas si los desastres naturales continúan con sus embates. Bajo estas circunstancias, ningún gobierno permitirá que la población se subleve.

El grupo estalló en murmullos tras las declaraciones del general.

Habían analizado cuidadosamente sus opciones y estaban llegando al punto donde todos los escenarios posibles representaban un gran riesgo para la continuidad de su dominio sobre el planeta.

Capítulo 29

Tuwé y Sarah descendían con cautela hacia el pasillo que comunicaba con la galería subterránea. Antes de entrar, Chak le tradujo todas las indicaciones de Tuwé. Debían atravesar el corredor con la mayor rapidez posible, pues la secuencia iniciada por la pirámide para conectar su campo de energía con el portal abierto entre el Sol y la Tierra haría que su conciencia se separara con más facilidad de su cuerpo físico. Si no avanzaban con rapidez, seguramente quedarían atrapados antes de alcanzar la galería principal. Y si esto sucedía no podrían proyectar su conciencia hasta el sitio donde él esperaba llegar.

Tuwé caminó hacia el frente seguido por ella. Pronto alcanzaron el pasillo iluminado; las luces variaban el color y su tonalidad a medida que ellos caminaban. Los glifos de las paredes emitían pulsos de luz y sonido. El chamán apretó el paso haciendo señas para que se apuraran. Sarah se percató de que su ser físico reaccionaba al hacer contacto con el campo energético de la pirámide. La luz titilante que las incrustaciones de cuarzo transmitían parecía afectarla hasta lo más profundo de sus nervios. La vista hacia el frente del pasillo comenzaba a distorsionarse. Ella observó atentamente lo que sucedía.

Tras un rápido análisis, conjeturó que esa distorsión de tiempo era visible por medio de una expansión del espacio. Ante sus ojos, el pasillo se había alargado cientos de metros hacia el frente. Sarah titubeó tratando de comprender el fenómeno. Un intenso miedo la invadió al darse cuenta de que se encontraba frente a algo nunca antes experimentado.

Ahora dudaba de si había hecho lo correcto al bajar. Su cuerpo vibraba con intensidad y sus procesos mentales se sentían afectados. Cada vez le costaba más trabajo enfocar su vista sobre el difuso corredor. Miró sus manos y también las halló distorsionadas. No sabía si continuar avanzando.

En ese momento, Tuwé se percató de que se estaba rezagando y la urgió con señas. Ella apretó la marcha para seguirlo de cerca. Decidió enfocarse en él para llegar cuanto antes. Pero a medida que avanzaba, perdía lucidez y se tornaba borroso su propósito de estar en ese lugar. Su mente consciente sufría un radical cambio a medida que el espacio tiempo cambiaba de forma frente a ella. La extensión del pasillo parecía volverse interminable mientras el ritmo en la secuencia del cuarzo aumentaba gradualmente.

De pronto, las luces del corredor se intensificaron deslumbrándola por completo. Un pronunciado sonido acompañó al fenómeno paralizándola en su sitio. Miró hacia el frente sin poder distinguir ahora la figura de Tuwé. Su cuerpo incrementaba su vibración, como si estuviera atravesando por un campo de corriente eléctrica. Sus sentidos se adormecían. Sus oídos producían un zumbido enloquecedor al tiempo que su mente se desconectaba de la realidad a un ritmo trepidante. La intensa luz emanada por el corredor cegó su campo de visión y lo último que pudo percibir fue la sombra de Tuwé atravesando el portal de entrada hacia la galería. Sarah lo siguió imprimiendo su mayor impulso, más no pudo ya sentir nada al atravesar el umbral.

Su conciencia se había separado de su cuerpo y ahora flotaba a través de un túnel de luz que la proyectaba hacia lo desconocido. Las paredes del pasillo desaparecieron, al igual que los glifos de cuarzo que lo adornaban. En su lugar percibía una atmósfera de luz que abrumaba todos sus sentidos. Se encontraba ahora sola descendiendo hacia un abismo que la hacía girar en espiral hacia su centro.

Su mente consciente sufría de un estallido de luminosidad que la conectaba con el flujo de energía presente en todo su entorno. Sarah comprendió al instante que su conciencia estaba siendo transportaba hacia la fuente que alimentaba de luz y vida a nuestro planeta. Era el núcleo de nuestro Sol. La pirámide había enlazado un portal magnético que atraía toda la energía hacia su propia fuente. Sarah trató de percibirse a sí misma y comprobó que sólo era una presencia inmaterial. Una forma de energía que se deslizaba libremente. Así pudo darse cuenta de que su conciencia y el resplandor de su entorno formaban parte del mismo ser. Ella misma no era otra cosa que un pequeño campo de energía ordenada en un núcleo de información y experiencias, que conformaban su propia individualidad. Ahora podía comprender el vínculo que guardaba con esa inmensa fuente de poder y conciencia. Se encontraba fusionada con la fuente de donde emanaba el poder divino que creaba y sostenía la realidad.

Una presencia atrajo su atención mientras se concentraba en comprender lo que la rodeaba. La voz de Tuwé resonó en su mente para hacerle saber que compartían la experiencia, aunque no pudiera verlo.

El anciano le dijo que la pirámide había catapultado su conciencia a través de uno de los portales que conectaban el flujo de la energía divina del Sol con la conciencia de todas las especies que habitaban el planeta. Se encontraban dentro de la matriz que regía el orden de movimiento y transformación consciente de los seres vivos. Ahí podían observar cómo los billones de pulsos transmitidos por la luz sostenían el entorno cambiante de la realidad. Ahora eran uno con el gran poder de la creación que conformaba el orden y propósito de su mundo.

Sarah reaccionó maravillada ante tal revelación. Había comprendido instantáneamente que ella formaba parte de esa inmensa energía y su existencia individual contribuía con la variable diversidad de su mundo. Ahora podía atestiguar finalmente el orden sagrado del universo, experimentando una sensación de grandeza y plenitud como nunca antes había imaginado.

Tuwé le explicó que todo cambiaría para ella tras haber experimentado tal majestuosidad. Los antiguos Ah kin se habían valido del poder de la pirámide para sumergir su conciencia en lo más profundo de la inteligencia creativa del padre creador. Por eso comprendieron que éste sembraba su divina semilla en las especies del planeta, para hacerlas crecer y experimentar el gran don que conocíamos como vida.

Sarah presenciaba sorprendida cómo por medio del giro del Sol, millones de formas de conciencia eran transportadas en sutiles paquetes de información hacia la matriz de la Tierra, donde se completaba el proceso de encarnación. Estas formas de conciencia se depositaban en los seres vivos para reanudar su proceso de aprendizaje en los planos densos de la materia, donde se transformarían a lo largo de la vida para completar el ciclo asignado.

Tuwé le reveló que la función de esas formas de conciencia era comprender cada vez más a fondo las leyes de la creación. Desde esa perspectiva ella observaba que cada forma de conciencia acumulaba luz divina a lo largo de su existencia, si era capaz de coexistir en armonía con su medio.

Así se expandía individualmente para aumentar su conocimiento, lo cual daba como resultado un incremento de su poder creativo.

Este proceso enriquecía su capacidad para mover su conciencia a través de los diferentes planos de realidad. De esta manera comprendían el carácter dual de la creación y por ello conseguían proyectar su conciencia más allá de su cuerpo físico. Llegado el momento, su conciencia dejaba atrás su forma física para mudar a un organismo más poderoso, capaz de continuar su viaje a través de los insondables reinos de percepción.

Sarah observó entonces cómo el proceso de encarnación de conciencia, obedecía directamente al orden sincrónico del universo. El Sol y la Tierra ejecutaban un giro armónico donde el poder de sus campos magnéticos se fusionaba a un ritmo de perfecta armonía para transmitir el flujo de seres que aún necesitaban evolucionar y desarrollarse en las formas físicas ideales. Así era como los antiguos hombres de conocimiento de diferentes civilizaciones milenarias habían comprendido los senderos de encarnación por los cuales el ser humano atravesaba en su largo viaje de búsqueda de su ascenso hacia los planos superiores.

Tuwé le explicó que las culturas milenarias desarrollaron sus rituales para obtener este conocimiento que representaba la ciencia sagrada de la creación. Sus grandes hombres lo legaban de generación en generación mediante complejos glifos matemáticos y cuentas calendáricas que sólo eran comprendidos por aquellos que se sumergían de lleno en su formas rituales de aprendizaje. La evolución de la conciencia era una realidad al alcance de todo ser humano y una vez más el giro del universo les brindaba la oportunidad de compartir esa bendición con toda la humanidad.

Sarah comprendió la magnitud de la tarea. El conocimiento ancestral debía guiar al ser humano hacia el éxito en su viaje evolutivo. Así encontrarían la respuesta a la interrogante sobre el propósito de existencia de los seres vivos.

Ahora que se encontraba ante esa colosal presencia, captaba finalmente la suprema verdad que los Inmortales escondieron en las complejas funciones de la pirámide.

Capítulo 30

Una atmósfera de completa tranquilidad reinaba en la jungla mientras el caballo de Carlos Ordóñez avanzaba lentamente entre la vegetación. Tenía dos horas de haber salido rumbo a la misión de los frailes a cumplir con un importante encargo de Sassil Be. Éste le pidió que intercediera con las autoridades de la iglesia tras conocer su pasado religioso. Durante ese tiempo, había guardado una amistad cercana con el ahora sacerdote responsable de la misión, monseñor Arrieta. El religioso había abogado en su favor frente a las autoridades eclesiásticas al decidir retirarse del sacerdocio. Sassil Be lo sabía y solicitaba la intervención de la iglesia para tratar por última vez de pactar la paz con los colonizadores.

Carlos Ordóñez avanzó hasta reconocer el terreno y detuvo su caballo. Desmontó ágilmente y amarró las riendas a una frondosa ceiba que sobresalía entre los enormes árboles. Caminó por unos minutos y se encontró con la puerta principal del gran atrio que adornaba el enorme edificio. Llegó hasta la reja de la entrada que se encontraba cerrada con un fuerte candado e hizo sonar una campana para anunciar su presencia.

Dos frailes se asomaron de inmediato. Carlos Ordóñez se había vestido en esta ocasión completamente a la usanza española como cualquier otro colonizador. Los religiosos se acercaron a la reja y le preguntaron qué deseaba.

—He venido porque necesito hablar con monseñor Arrieta. Por favor, infórmenle que Carlos Andrés y Ordóñez solicita una audiencia con su persona.

Uno de los frailes fue a dar el recado mientras el otro miraba al forastero con desconfianza.

—Usted no habita en esta comarca señor —le dijo el fraile—. ¿Desde dónde habéis venido?

—Soy oriundo de la comarca de Maní, al norte de este territorio. Lugar donde habitan los Tutul Xiues.

El fraile le observó de pies a cabeza.

—Usted perdone, señor, ¿podría explicarme el motivo de vuestra visita a nuestro templo?

—He venido en representación del sacerdote principal de la casa de los cocomes para buscar un arreglo que pueda traer la paz con los naturales —respondió.

En ese instante, el otro fraile regresó con una enorme llave y abrió la reja.

—Monseñor Arrieta os recibirá, señor, tan pronto entre a la casa de dios nuestro señor —le dijo al tiempo que lo invitaba a pasar.

Carlos Ordóñez conocía bien el lugar. Hacía muchos años ya que había llegado a ese sitio en compañía de los soldados utilizando la ayuda de los indígenas para edificar esa construcción. Desde entonces sentía una extraña fascinación por la construcción de esos templos. Mientras recorría sus amplias salas, recordaba todo el empeño puesto para que la estética del edificio reflejara el poderío de la fe que expresaba en esos días.

El fraile lo condujo al salón de acceso y luego caminaron por un largo corredor hacia la sala privada de monseñor. El tiempo había borrado muchos de sus recuerdos, pero aún podía sentir la atmósfera de miedo y gran superstición que rodeaba todo. El ambiente era completamente lúgubre, estaba débilmente iluminado por unas pocas antorchas que despedían un fuerte olor que se impregnaba en las paredes. A diferencia del exterior, la temperatura era fresca gracias a los altos techos y a los sólidos muros de piedra.

Se sentó en una enorme silla frente a un sólido escritorio de madera. El fraile salió de la sala y regresó con un candelabro. Transcurrieron algunos minutos y pronto escuchó unos pasos aproximándose a la sala. Monseñor Arrieta entró y Carlos Ordóñez se levantó de la silla para recibirlo.

—Largos años preceden este encuentro. Bienvenido seas amigo mío —dijo monseñor Arrieta abrazándolo.

—Es un placer encontraros de nuevo —respondió él.

Ambos tomaron asientos a cada lado del escritorio.

—¿Cómo te trata la vida entre los naturales? —preguntó Arrieta.

—Me ha resultado muy tranquila y fructífera. En estos años he conseguido construir una cómoda posada y abundante sustento de huertas y árboles frutales.

—Me trae alegría escucharte después de estos largos años. Pero, ¿qué te ha traído hasta mi presencia?

—Me ha sido delegado un encargo crucial por parte del señor sacerdote principal de la casa de los cocomes.

Monseñor Arrieta cambió su semblante de inmediato. Luego hizo una pausa y respondió con tono áspero.

—Me temo que te tengo malas noticias. Un gran conflicto se ha suscitado entre los colonizadores y los indios. He sido instruido por el señor obispo para mantenerme apartado de sus disputas. No creo poder ayudarte.

—Conozco las razones de estas disputas y sé cómo los naturales hubieron dado muerte a dos hombres para vengar a los suyos. El señor sacerdote principal de los cocomes desea pactar la paz con el *adelantado* o su representante, por lo que es necesario enviarle un mensaje para que éste reciba a su comitiva.

Monseñor Arrieta se recargó sobre su silla y frunció el ceño. Carlos Ordóñez deseaba dirigirse a la máxima autoridad española del lugar, cuyo nombramiento era el de *adelantado*, un título otorgado años atrás a Francisco de Montejo por la realeza española. Le confería autoridad como gobernador único en los territorios de Veracruz, Tabasco y la península de Yucatán. Sólo él contaba con la autoridad suficiente para pactar la paz entre ambos bandos.

—Mi amigo Ordóñez, te aseguro que el pleito con los naturales ha sido ya pactado con el adelantado. El señor encomendero ha denunciado el crimen y exige a los soldados su presencia en estas tierras para someter a los cocomes. Te digo en verdad que he recibido noticia de que el ejército del adelantado se hizo a la vela desde Campeche trayendo consigo quinientos soldados y tres navíos. Tú debes mantenerte apartado de esta disputa y procurar pronto salir de regreso a vuestra comarca.

—Lamento escuchar tan terribles noticias porque los cocomes son de raza muy aguerrida y se han dispuesto a enfrentar a los españoles.

—Que la gracia de dios acompañe a las tropas del adelantado y que someta con prontitud a los salvajes —respondió Arrieta persignándose—. Te repito que debes apartarte a vuestra tierra cuanto antes para evitar ser confundido con un aliado de ellos.

—He conocido a estos indios por largos años y no deseo que más españoles vengan a arrebatarles sus tierras —le respondió Ordóñez—. No temo por mi seguridad porque soy simplemente un hombre de diferente fe que espera pronto alcanzar el final de su vida.

Arrieta lo escuchaba atentamente pero no dejaba de insistir en que era demasiado tarde para arreglar las cosas.

—Te recuerdo, amigo, que la iglesia dispuso retirar a petición mía la orden de vuestro arresto hace años, pero el obispo no desea verte de nuevo aliado a favor de la causa de los naturales —le advirtió Arrieta.

—Comprendo y escucharé vuestro consejo —respondió Carlos Ordóñez. Pues sabía que si mostraba amistad con los indios pagaría con su cabeza dicha afrenta.

—¿Puedo hacerte una pregunta? —inquirió Arrieta.

Carlos Ordóñez asintió.

—Jamás me explicaste porqué te rebelaste ante la autoridad de la santa iglesia si te habían concedido un cargo tan importante. Comprendo que fue difícil para ti enfrentarte solo a esa terrible enfermedad en lo profundo de la selva, pero por qué culpaste a la iglesia de tu desgracia.

Carlos Ordóñez se mostraba renuente a responder. Temía que sus palabras fueran mal interpretadas, aunque en el fondo deseaba enfrentarlo con la realidad que él experimentaba. La destitución de su cargo debido a su desacato y su posterior renuncia a la fe cristiana fueron asumidas por sus compañeros como un acto de locura digno de una persona enferma. La mayoría de ellos creyeron que la enfermedad sufrida en lo profundo de la selva afectó su juicio y lo dejó incapacitado para continuar con su labor. Éste había sido el argumento que Arrieta utilizó para defenderlo y por esta razón la iglesia lo había perdonado. No obstante, le advirtieron que la institución no toleraría que sembrara ideas subversivas entre los frailes. Fue expulsado de la orden y nunca más enfrentó a la iglesia.

—Con los naturales he descubierto cosas que no son fáciles de comprender para los españoles —respondió Carlos Ordóñez—. Ellos se ocupan a fondo de conocer los secretos de la selva y tienen vasto conocimiento de hierbas para curar muchos males. Su espíritu es libre y entre ellos viven muy en paz, procurándose alegría y a gradeciendo a la selva por sus bendiciones, y la buena caza.

Monseñor Arrieta miró a Carlos Ordóñez con recelo.

—La gracia del señor llegó a estas tierras para mostrarles el verdadero camino de redención a los naturales. No existe mayor conocimiento que el otorgado por dios mismo que gobierna los cielos y la tierra.

Carlos Ordóñez escuchó y permaneció callado. No tenía caso seguir discutiendo sobre ese asunto. Se despidió y salió presuroso. Las tropas del adelantado iban en camino y ésa era una terrible noticia para los cocomes.

Se internó en la selva y montó en el caballo que lo esperaba. Apretó con fuerza los estribos y galopó entre los matorrales. Anduvo a toda prisa por casi una hora hasta que llegó a un pequeño riachuelo. Su caballo sudaba copiosamente y necesitaba agua. Desmontó y condujo al animal hacia la orilla. Se agachó él mismo para beber un poco y recordó el cuestionamiento de su antiguo amigo sobre sus razones de la renuncia a los votos cristianos.

Meditó un momento mientras bebía el vital líquido y de pronto un intenso destello lo deslumbró. Las ondas en el agua hicieron que la imagen del Sol se reflejara directamente sobre su rostro. El día estaba completamente despejado y el gran astro brillaba mostrando su magnificencia. Carlos Ordóñez alzó la vista y recibió su luz directo en el rostro. Sintió la energía vital calentando su piel y se preguntó cómo era posible explicar a sus antiguos compañeros lo que significaba estar consciente de la misteriosa realidad que albergaba el mundo de todos los días.

¿Cómo podían comprender lo que había visto y aprendido en la jungla durante casi veinte años? El anciano curandero lo inició en los complejos rituales de expansión de conciencia y desde esa perspectiva comprendió el fanatismo y el miedo ocultos en su antigua religión. La iglesia no era otra cosa que una poderosa institución regida por ambiciosos tiranos que deseaban consolidar su poderío alrededor del mundo. Su único objetivo era el enriquecimiento y la expansión de su influencia ideológica para cobrar el diezmo y subyugar a la gente a través del miedo a la condena eterna si desobedecían su mandato o cuestionaban sus creencias.

Él había despertado a la realidad de las fuerzas naturales que lo gobernaban y asumió que el mundo era el jardín de vida más vasto y complejo que pudiera imaginarse. A través de su experiencia en los rituales con las plantas sagradas, entró en verdadera comunión con el universo que lo regía y entendió por qué los indios adoraban al Sol y a la madre Tierra. Intensos recuerdos de su juventud llegaron a su mente en ese momento, revelando cómo descubrió uno de los secretos mejor guardados de la iglesia. Al comprenderlo, decidió abandonar para siempre el sacerdocio.

Él detectó las falsas intenciones de los líderes eclesiásticos al conocer el secreto del *dios vivo.* Como fiel seguidor de la doctrina cristiana, había leído en repetidas ocasiones la sagrada biblia y dada la complejidad de sus textos acompañó a los estudiosos de la orden en España para indagar a fondo su significado. Con ellos visitó las grandes bibliotecas donde guardaban los textos antiguos. Siempre le sorprendió ver numerosas imágenes del Sol escondidas en los emblemas y la simbología secreta de la doctrina cristiana. Estandartes de las primeras sectas cristianas de los siglos primero y segundo de nuestra era aparecían en las ilustraciones mostrando la imagen solar con tres siglas latinas en su centro: IHS, *Iesu Hominum Salvatur*, que significaba "Jesús salvador de los hombres" en latín antiguo.

Carlos Ordóñez también buscó explicaciones entre los viejos estudiosos de la doctrina acerca de algo que él consideraba un misterio: ¿por qué los evangelios de Juan y Mateo citaban palabras textuales de Jesucristo refiriéndose a su padre que estaba en los cielos como el dios *viviente*? El adjetivo de dios *viviente* era lo que más le llamaba la atención. Jesucristo siempre lo utilizaba para referirse a él. ¿Por qué le llamaba dios *viviente* y no simplemente Dios, si su condición de todopoderoso trascendía el concepto de vida y muerte?

Esto había despertado su curiosidad y se aplicó a fondo para entender su significado. Al ver las imágenes de Jesús rodeado de luz concluyó que se refería a su padre como el Sol, puesto que el astro era la fuente de luz y además estaba en los cielos. El encontrar esos estandartes antiguos con la imagen solar y el nombre de Jesús en su centro había reafirmado su teoría. Carlos Ordóñez decidió indagar más para darse cuenta de que también los ostensorios, cálices, numerosos escudos y bordados utilizados por la iglesia representaban la inconfundible imagen solar. Entonces, ¿por qué la iglesia negaba toda relación de Jesucristo y dios padre con el poder supremo del Sol si ellos mismos lo representaban en sus emblemas? ¿Por qué escondían esta verdad a los ojos de la gente?

La iglesia conocía este misterio y no lo revelaba a los fieles porque le resultaba más beneficioso mantenerlos sumidos en la ignorancia. El propósito de sus líderes no era otro que aprovecharse de los humanos al igual que los grandes tiranos de la nobleza en toda Europa. Estaban convencidos de la inferioridad de los indios y sus planes para el Nuevo Mundo consistían en crear una legión de súbditos para enriquecer su imperio.

Carlos Ordóñez comprendió las implicaciones últimas de esto mientras se encontraba convaleciente en lo profundo de la selva. Se negó a seguir colaborando con este siniestro esquema.

Tras haberse refrescado, subió de nuevo a su caballo y se dirigió rumbo a la casa de Sassil Be para darle la noticia.

Mientras cabalgaba de regreso, recordó la advertencia de monseñor Arrieta de no intervenir a favor de los indios en la próxima contienda. Comprendió que la guerra se aproximaba y lo mejor para él sería marcharse de inmediato de ahí y volver a su aldea.

Recorrió el resto del trayecto en cuestión de una hora hasta llegar a casa. Desmontó del caballo y tocó la puerta de entrada. Nadie atendió su llamado. El viaje lo había fatigado y además tenía un hambre terrible. Con la prisa de salir, esa mañana había desayunado un par de frutas y partido con un poco de agua nada más. Se le ocurrió entrar a la huerta trasera de la casa y tomar algunas frutas. Tomó las riendas del caballo para llevarlo consigo y atravesó los límites de la vivienda cuando un ruido lo inquietó.

A unos metros de su lado derecho se encontraba un cuarto de ladrillo de adobe separado de la casa. Un ruido de agua salpicando se escuchaba desde adentro. Carlos pensó que se trataba de algún animal buscando agua y se aproximó. Llegó frente a la entrada y encontró la puerta semiabierta atorada con una piedra. Caminó hasta ella, la movió hacia atrás con su pie y abrió súbitamente.

Su sorpresa fue inmediata. Leetsbal Ek se encontraba bañándose y soltó un grito estridente al verlo. Carlos Ordóñez se congeló en su sitio por unos instantes. Retrocedió tratando de disculparse y tropezó con la piedra hasta caer de espaldas. El impacto de su cuerpo contra el suelo casi lo deja noqueado. Se levantó lleno de polvo y se alejó del cuarto de baño trastabillando. Su corazón latía aceleradamente. Qué estúpido se sentía. Caminó hacia el caballo y pensó en irse al instante. El animal había encontrado un montón de alfalfa y comía cuando Carlos llegó y tiró de la rienda. El caballo se resistió. Leetsbal Ek salió del cuarto azotando la puerta con violencia. Miró a Ordóñez desde lejos y se aproximó a él.

—¿Qué demonios haces aquí? —le reclamó gritándole.

—Sólo vengo a hablar con tu padre. Te juro que no fue mi intención invadir tu privacidad. Tengo noticias muy importantes para él —se disculpó temblando de nerviosismo.

Leetsbal Ek lo miraba furiosa.

—Mis padres salieron desde esta mañana hacia la aldea. Tu amigo los acompañaba. Pensé que ibas a reunirte con ellos.

—Toqué la puerta de tu casa pero nadie respondió. Sólo pensaba pasar a la huerta a tomar algunas frutas. No he comido nada desde esta mañana.

Leetsbal Ek no sabía si creerle. Carlos Ordóñez la miraba fijamente a los ojos. Su mirada parecía sincera pero ella no confiaba en los dzules. Ella había cubierto su cuerpo solamente con una delgada sábana que se había humedecido y mostraba la belleza de su esbelta figura. Un sentimiento de deseo sexual atravesó por la mente de él, así que desvió la mirada.

—¿Por qué no vas a vestirte mientras yo espero a tus padres aquí?

Leetsbal Ek cayó en la cuenta de que estaba parada frente a un hombre semidesnuda. En nada le había importado ese detalle por el enojo que sentía. Dio media vuelta hacia la casa. Carlos se puso muy nervioso con el súbito encuentro y caminó hacia la huerta. Cortó unas ciruelas, algunos higos y comenzó a comer vorazmente esperando abatir su ansiedad. No era la primera vez que veía a una mujer desnuda, pero definitivamente no era el tipo de experiencia que viviera todos los días.

Leetsbal Ek le fascinó desde el día que la conoció en la aldea. Su extraña belleza producto de la mezcla de dos sangres lo impactaba. Pero el trato con las mujeres nunca había sido su fuerte. Desde joven fue increíblemente tímido con ellas y sus padres lo indujeron a que probara el sacerdocio. Ahí Carlos encontró un refugio para su timidez y se concentró de lleno en distinguirse como el mejor alumno del seminario. Su atracción por las mujeres nunca fue determinante en su vida, por lo que la idea de conducir su destino como hombre célibe no le había asustado.

Esto había cambiado después de la renuncia a sus votos. Su atracción por el género opuesto se había hecho más evidente conforme pasaba el tiempo y después de algunos años decidió relacionarse con una mujer indígena. La afrenta social que representaba la relación entre las dos razas había influido para que él nunca formalizara su compromiso y permaneciera como soltero.

Leetsbal Ek volvió después de unos minutos. Se había vestido y aún lucía su largo pelo húmedo. Se acercó a él directamente y le dijo:

—Mis padres regresarán hasta la noche. Me dieron instrucciones de alcanzarlos en la aldea si algo sucedía. ¿Cuáles son esas noticias importantes que tienes?

—Malas noticias —respondió él—. El fraile responsable de la misión me ha confirmado que un ejército de soldados partió de Campeche hace unos días hacia este rumbo. Vienen a pelear contra tu pueblo. Pueden llegar en cualquier momento.

Leetsbal Ek, que conocía el salvajismo de los dzules, sintió una oleada de adrenalina en el cuerpo. Sabía lo que eso significaba.

—Tenemos que alertar a mi padre ahora mismo.

Carlos Ordóñez asintió y caminó rumbo al caballo.

—Iré a la aldea a buscarlo.

Leetsbal Ek lo miró montando el caballo. Como estaban los ánimos en la aldea era muy probable que lo mataran a golpes sin ni siquiera preguntarle quién era. No podía ir solo.

—Espera —le dijo—. Yo iré contigo. La gente no estará muy contenta de ver un dzul entrando a la aldea.

—Tienes razón —dijo él.

Leetsbal Ek le pidió que bajara del caballo para que fueran caminando.

—Es más rápido y menos cansado si montamos hasta allá —le dijo él invitándola a que subiera—. ¡Vamos! No tenemos tiempo qué perder.

Ella se portaba renuente a montar. Carlos la observó extrañado.

—¿Le tienes miedo? —le preguntó sonriente mientras le daba unas palmadas en el cuello al enorme caballo.

Leetsbal Ek lo miró en actitud de reto.

—No le temo al caballo. Es sólo que me duelen las sentaderas cada vez que lo monto.

Carlos Ordóñez sonrió y le hizo una seña para que subiera. Leetsbal Ek apoyó su pie sobre el estribo y él le tendió la mano para ayudarla. Se acomodó detrás y ambos salieron a toda prisa.

Capítulo 31

Una solemne calma reinaba en los suburbios de la ciudad de Madrid mientras Rafael Andrés estaba acostado dentro de su cuarto. Eran pasadas las tres de la mañana cuando le pareció escuchar un ruido proveniente de la habitación contigua. Pensó que quizá Susane se había levantado a la cocina y trató de conciliar de nuevo el sueño cuando un grito ahogado lo hizo reaccionar. Permaneció alerta por un momento y escuchó pasos provenientes desde el pasillo. Con un solo invitado en casa, era imposible percibir sonidos desde dos áreas distintas.

Se levantó de la cama y se aproximó a la puerta para averiguar qué sucedía. El ruido de la habitación parecía incrementarse a cada instante. Parecían forcejeos. Se sintió ansioso al sospechar que alguien pudo entrar ilegalmente a su domicilio. Regresó lentamente a su cama y tomó el teléfono para notificar a la policía. Se disponía a marcar el número de emergencia cuando descubrió que la línea estaba muerta.

Su teléfono celular estaba en su estudio, así que se encontraba incomunicado. Razonó que debía investigar bien qué estaba pasando y recuperar su teléfono para pedir ayuda. Caminó sigilosamente hasta la entrada de la habitación y abrió la puerta con mucho cuidado. Miró hacia el pasillo con cautela y descubrió que se hallaba desierto. Avanzó en absoluto silencio hasta la habitación de invitados. La puerta se encontraba semiabierta. Iba a seguir de largo cuando unas voces provenientes de abajo lo hicieron rectificar. No le cabía la menor duda, había alguien en su residencia. Titubeó por un instante sin saber qué hacer. No podía llegar al estudio sin llamar la atención de las personas de abajo. Observó de nuevo la puerta de la habitación de huéspedes y se acercó en silencio. La empujó con suavidad y miró hacia la cama. Su corazón estalló con una descarga de adrenalina al percatarse de lo que sucedía. Dos sujetos vestidos de negro se encontraban ahí. Uno de ellos amordazaba a Susane, quien tenía las manos atadas. El otro se comunicaba a través de un radio portátil.

Rafael se quedó petrificado. Pensó que los perseguidores de Susane habían descubierto su escondite y la secuestrarían. No sabía cómo actuar. Nunca en su vida había enfrentado una situación similar. Retrocedió dos pasos hacia el pasillo y decidió que debía alertar a la policía. Cuando iba a avanzar hacia las escaleras un sujeto apareció frente de él. Portaba un arma automática en su mano derecha y le ordenó quedarse quieto. Rafael hizo caso omiso de la amenaza y trató de alcanzar su habitación cuando un golpe sobre la parte posterior de su cabeza lo noqueó por completo. Uno de los sujetos de la habitación lo sorprendió por detrás.

Rafael sintió cómo su cuerpo era movido por las escaleras hacia la sala. Fue recostado boca abajo en uno de los sillones y amarrado de pies y manos. El golpe lo mantenía aturdido, pero aún era capaz de escuchar que los sujetos continuaban subiendo y bajando. Abrió los ojos y pudo ver que Susane era obligada a bajar, custodiada por dos hombres armados. Trató de enderezarse sobre el sillón y otro de los sujetos que vigilaba la puerta le ordenó que no se moviera.

—¿De qué se trata todo esto? —el sujeto ignoró su pregunta, haciéndole una seña para que permaneciera callado.

Sentaron a Susane al lado de él. Un hombre daba instrucciones por la radio. Al parecer esperaban a alguien más. Susane miró a Rafael y le hacía señas que él no comprendía. El sonido de un vehículo seguido por la aparición de unas luces justo frente al edificio los hizo voltear hacia la ventana. De inmediato uno de los sujetos tomó a Susane por el brazo y le exigió que lo siguiera. Susane volteó a ver a Rafael de nuevo. Quería advertirle algo pero él seguía sin entenderla. Abrieron la puerta del departamento y estaban a punto de llevarse a Susane cuando sonó un disparo seco. Al instante, una ráfaga de disparos ahogados por la acción de un silenciador se impactó sobre la entrada del departamento.

Rafael reaccionó de inmediato tirándose al suelo. Uno de los hombres retrocedió de nuevo hacia la casa. Se arrastró por el suelo y jaló a uno de sus compañeros que había quedado tendido sobre la entrada. Una nueva ráfaga de disparos se impactó directamente sobre el parabrisas del vehículo que pretendían utilizar para escapar. El vehículo arrancó a toda prisa. Susane entró gateando al departamento. Varios disparos se cruzaban aún por la puerta a pocos metros de ella. Uno de los sujetos pateó la puerta para cerrarla por completo.

—¡Vaya hacia la sala y escóndase! —le ordenó a Susane gritando. Luego tomó su radio y pidió ayuda.

Ella gateó hasta donde se encontraba Rafael y se acostó completamente sobre el piso. Respiraba angustiosamente y luchaba para liberarse de sus ataduras. Movió su cabeza de un lado a otro hasta que pudo aflojar un poco la mordaza.

—El horno de la cocina, el horno de la cocina —le murmuró Susane a Rafael.

—¿Qué dices? —preguntó él, desconcertado.

Una nueva descarga quebró una ventana a pocos metros de ellos.

—¡Vayan hacia una de las esquinas! —volvió a gritarles el sujeto quien había desenfundado su arma y buscaba un sitio para repeler el fuego.

Los disparos no cesaban por toda la sala. El radio del sujeto comenzó a escucharse.

—¡Dos tiradores con rifles automáticos frente al edificio! Luego reptó hacia donde ellos se encontraban.

Desde la calle se escucharon varios vehículos que llegaban a toda velocidad. Las llantas rechinaban estridentemente y las voces de varios hombres llegaban hasta sus oídos. Disparos de alto poder surcaron el aire por un par de minutos que parecieron eternos y luego todo volvió a la calma. Un mensaje por el radio le comunicó al sujeto que los tiradores habían escapado. Rafael se incorporaba cuando un sujeto entró por la puerta principal.

—¿Usted planeó todo esto? —le reclamó Rafael al reconocer a su contacto con el departamento de defensa que se dirigía hacia ellos.

John Davis no respondió y en vez de eso le ordenó a Susane levantarse.

—¡Sácala inmediatamente de aquí! —le ordenó al sujeto que había permanecido con ellos—. La policía no tardará en aparecer.

El sujeto tomó a Susane por el brazo y salieron mientras Rafael seguía exigiendo explicaciones. Un vehículo se estacionó enfrente y Susane fue introducida en él para luego marcharse a toda prisa; otro se estacionó frente a la entrada y los heridos fueron evacuados. Rafael observaba toda la operación con un sentimiento de rabia.

John le pidió a Rafael que se sentara. Los sillones se encontraban llenos de pedazos de vidrio que habían volado desde las ventanas. Rafael se sentó con cuidado. Su corazón latía aún a mil por hora. Entonces John se acercó a él con un cuchillo y cortó sus ataduras.

—Usted va a explicar a la policía que unos sujetos trataron de secuestrarlo esta noche —le ordenó Davis—. No mencione nada respecto a la señorita Roth. Se encontraba solo en su domicilio cuando llegaron. Nosotros nos encargaremos de lo demás.

—¡Por supuesto que no lo haré! —le gritó Rafael—. No voy a hablar con la policía hasta que me explique por qué se llevaron a mi invitada. ¿De qué demonios se trata todo esto?

John respiró profundamente.

—Escúcheme bien. Tiene suerte de haber salido con vida de este ataque, señor Andrés. Dos de mis agentes se encuentran heridos de gravedad y ni siquiera sabemos quién es el responsable de este asunto. Así que será mejor que empiece a hablar y me diga lo que sabe respecto a su invitada y por qué alguien trata de asesinarla.

—No tengo la menor idea —respondió él cambiando su semblante—. Como le expliqué, se trata de la hermana de uno de los científicos que conocí en el campamento. Se suponía que estaría unos días de vacaciones aquí nada más.

—Su invitada nos tendió una trampa, señor Andrés, y créame que por su propio bien más le vale no estar involucrado en este asunto.

Rafael miró a Davis con un gesto de incredulidad.

—¿Cómo que una trampa? ¿A qué se refiere con eso?

Davis lo miró fijamente y luego le explicó.

—El disco duro que le confiscamos hace unos días fue analizado ayer por una de nuestras centrales. Contenía un virus que infectó nuestros sistemas desde el momento que se descargó. Fue programado específicamente para bloquear el acceso a nuestros sistemas de datos y éstos se encuentran paralizados desde entonces. El virus llegó desde nuestra subestación en Madrid hasta nuestra central europea y estuvo a punto de llegar hasta Washington pero los programadores lo evitaron. Su invitada enfrentará serios cargos criminales por terrorismo. Por eso fue necesario sustraerla de este modo de su departamento. No podíamos arriesgarnos a que escapara o buscara ayuda con las autoridades locales.

Rafael no podía creer lo que estaba escuchando. ¿Por qué había cometido Susane una locura de ese tipo? Su comportamiento era verdaderamente impredecible.

—Estoy tan sorprendido como usted. No puedo imaginar qué motivos tuvo para planear semejante locura.

—Va a permanecer el resto de su vida en una prisión
militar. Ahora tenemos que averiguar quién es el responsable
de este ataque y qué es lo que ella esconde. Las personas que
dispararon eran mercenarios profesionales.

Unas luces de color azul iluminaron el área frente al
edificio. La policía había llegado. John le explicó a Rafael de
nuevo la versión que daría a la policía. Éste se incorporó
de inmediato y salió a su encuentro.

Capítulo 32

Kiara y María esperaban su turno para ser atendidas en uno de los bancos de la ciudad, en una larga fila de personas. Llegaron a la ciudad de San Antonio, Texas un día antes. Esa mañana Kiara acompañó a su madre a la administración del seguro social para recuperar todos sus documentos perdidos y establecerse en su nuevo hogar. Ahora debían abrir una cuenta para que el doctor Jensen les girara el dinero necesario para su sustento. Kiara solicitó que le expidieran una nueva tarjeta y verificó que aún tenía sus pequeños ahorros.

Salieron del banco haciendo cuentas y abordaron un taxi hasta el nuevo hogar, que el departamento de defensa les había conseguido cerca de una base militar para que se reintegraran a la vida citadina. Era una pequeña casa de dos pisos donde residirían hasta que su padre regresara al país. Los escasos muebles con los que contaban las hacía sentir aún más aprehensión de volver a un país azotado por la crisis.

—Tendremos que acostumbrarnos a nuestra nueva situación en esta ciudad —le dijo María y luego ambas se dirigieron a la cocina a preparar la comida.

—Esta tarde debo ir a inscribirme a la escuela —comentó Kiara.

—Y yo necesito buscar empleo —le respondió María.

Las dos comieron en silencio y luego Kiara se dirigió a una preparatoria cercana a su casa. La ciudad no era tan grande como Los Ángeles y podía llegar caminando hasta ella. Su problema era que todos los certificados de estudios se perdieron durante el terremoto. El director ignoraba si el gobierno de California contaba con registros donde pudieran encontrar los datos necesarios para inscribirla.

—Nos haremos cargo de conseguir los datos si es que aún existen los registros —le dijo—. Por ahora lo importante es que continúes con tus estudios. Te esperamos mañana a las ocho de la mañana para que te integres con tu nuevo grupo.

Kiara agradeció la ayuda mientras el director pedía a uno de sus subordinados que le mostrara las instalaciones. La escuela era mucho más grande que la de Los Ángeles. Contaba con grandes campos de futbol y hasta una piscina para practicar natación. Se sintió afortunada de poder continuar sus estudios en ese sitio. Entró a la biblioteca y aprovechó la oportunidad para buscar a Shawn por internet. Se sentó frente a una computadora y abrió el navegador para buscar el perfil de Shawn. Él no se encontraba en línea. Le escribió un mensaje para hacerle saber donde se encontraba ella ahora. Seguramente él lo vería ese mismo día y le proporcionaría un número de teléfono para localizarlo. Kiara tecleaba intranquila mientras pensaba en la situación que la familia de Shawn enfrentaba en Sacramento. Sentía una necesidad urgente de hablar con él y saber cómo se encontraba.

Regresó a su casa y se encontró con su madre que la esperaba para ir al centro comercial donde ambas deberían comprarse ropa nueva.

Después del desastre en la ciudad, Kiara se quedó sin ropa, y María no estaba en mejor posición. En el centro comercial encontraron muchas ofertas y poco a poco adquirieron lo necesario para la temporada. Kiara gastó parte de sus ahorros y se sintió feliz de tener ropa nueva. Se había acostumbrado ya a sus shorts y sus desgastadas botas y por fin podía probarse nuevos zapatos y pantalones a su gusto.

Sin embargo, un sentimiento de nostalgia la invadía cada vez que recordaba lo sucedido en la jungla y sus extraños encuentros con los seres de otro tiempo. ¿Qué pasaría con el sitio de la pirámide? ¿Serían capaces los científicos de desentrañar el misterio del conocimiento que escondía? Odiaba no estar ahí para participar del proyecto, pero las circunstancias la habían llevado de vuelta a la ciudad y no había nada que pudiera hacer al respecto.

La noche cayó sobre la ciudad. Kiara se dirigió con su madre hacia una de las habitaciones y se acostaron a descansar. Aún era temprano. La joven pensaba en las implicaciones de su regreso a la vida citadina. Su madre leía un pequeño libro que había comprado en el supermercado. Kiara aún se preguntaba qué había acontecido con su vida durante todo ese tiempo en cautiverio. Su madre se sintió observada y le preguntó qué sucedía.

—Nunca me has hablado sobre cómo lograste sobrevivir tantos años separada de nosotros —respondió Kiara.

María se quedó en silencio, pensativa. Luego le relató su odisea desde el día en que fue secuestrada, hasta que cayó en las manos del cártel de la droga. Con lágrimas en sus ojos le contó cómo en un principio era drogada diariamente y luego la forma en que su captor le mintió para que ella creyera que su esposo se casó de nuevo y su hija había muerto.

Kiara comprendía lo difícil que había sido para su madre enfrentar esas terribles experiencias.

La desesperación de María crecía al pasar los años. Sus intentos de escape fueron inútiles por lo que habría muerto sin lugar a dudas si el teniente Mills y el coronel McClausky no la hubieran rescatado ese día. Kiara la abrazó afectuosamente. Con lágrimas en los ojos le dijo:

—No puedo entender por qué hay tanta maldad en este mundo. ¿Qué sucede con la humanidad? ¿Cómo es posible que existan personas que se dediquen a lastimar a gente inocente de esa forma? Si tú hubieras muerto en ese lugar, nosotros jamás lo habríamos sabido y hubiéramos vivido el

resto de nuestras vidas con la incertidumbre de tu destino.
¿Cómo pueden ejercer ese sufrimiento sobre los demás?

Su madre hizo una pequeña pausa.

—Durante el tiempo que viví con esa gente comprendí
que actúan de esa manera porque fueron seriamente lasti-
mados por gente malvada durante su infancia. El mal es un
círculo vicioso; muchas veces las víctimas imitan el comportamiento de la gente que las hace sufrir convirtiéndose ellos
mismos en seres malvados sin darse cuenta de lo que hacen.

Entonces María le reveló cómo el ejército había asesinado a la familia de su captor marcando su vida para siempre. Ahora él pensaba que todos los demás seres humanos
debían sufrir un destino similar al de él. Kiara reflexionaba
en silencio sobre esas palabras.

—Tienes razón —dijo finalmente—. Si las personas que
sufren imitan este tipo de comportamiento, entonces el mal
se multiplica por todas partes.

—Es por esa razón que la humanidad no puede vivir
en calma, Kiara. Como antropólogos sabemos que durante
toda su historia el ser humano ha luchado contra sí mismo
generando guerras y miseria alrededor del planeta. Las se-
cuelas de su comportamiento pueden aún sentirse hoy en
día en estos grupos criminales que diseminan su semilla de
muerte y destrucción por todo el orbe.

La joven analizó con tristeza la situación del ser humano moderno. Su madre tenía razón. No existía la paz y
la armonía dentro del orden social porque el ser humano
sentía un enorme rencor hacia su prójimo. Ambas siguieron
platicando al respecto y luego se acostaron para dormir.

Kiara despertó temprano y se dirigió a su nueva escuela
para empezar el día de clases. Llegó hasta el salón asignado
y se sentó hasta atrás. Los estudiantes entraban al salón y la
observaban como si se tratara de un bicho raro. No le gustaba no conocer a nadie. Una joven se le acercó y le preguntó

su nombre. Era de origen latino con cabello y ojos oscuros. Era un poco más baja de estatura que ella pero tenía una mirada muy agradable.

—Me llamo Kiara.

—Mucho gusto Kiara, mi nombre es Jennifer.

Kiara la saludó de mano y luego ella se sentó justo a su lado observándola detenidamente.

—¿Cómo es que has llegado a mitad de año a la preparatoria? —le preguntó.

—Es una larga historia. ¿Tú eres de aquí? —le preguntó para desviar la conversación.

—Sí, nací en San Antonio. ¿Y tú?

—Yo soy de Los Ángeles —respondió Kiara. En ese momento la maestra entró al salón, cerró la puerta y les pidió a todos que se sentaran y dejaran de hacer ruido. Puso sus libretas sobre el escritorio y luego se sentó. Revisó sus apuntes, volteó hacia los pupitres, buscando a alguien.

—¿Kiara Jensen? —preguntó observándola—. ¿Te puedes levantar para que todos te vean?

A su alrededor, los jóvenes voltearon para mirarla. Se levantó lentamente de su silla y permaneció callada. La maestra les informó que Kiara era recién llegada y se integraría al grupo. Varios de sus compañeros silbaron e hicieron gestos de bienvenida. Ella sonrió.

—Cuéntanos algo de ti, Kiara —le dijo la maestra—. ¿De dónde vienes y cuáles son tus intereses principales?

Kiara titubeó un poco antes de responder.

—Soy de la ciudad de Los Ángeles y me interesa mucho la astronomía y el estudio de las culturas ancestrales.

Todo el salón enmudeció. Kiara no entendía la razón. La maestra le hizo señas para que se sentara, luego de mirarla con detenimiento. La clase comenzó y todos desviaron su atención. Ella se quedó aprehensiva por el silencio que generó su respuesta. Luego le pareció lógico que reaccionaran de esa manera. Su ciudad se encontraba destruida y fue el lugar de origen de la enfermedad que ahora azotaba al país. Seguramente estarían temerosos de que pudiera contagiarlos.

El timbre del primer receso sonó y Kiara se dirigió hacia la cafetería para el almuerzo. Su madre le había preparado un sándwich además de ponerle una apetitosa manzana en su mochila. Necesitaba algo de beber. Se formó para comprar una soda cuando se percató de que Jennifer se encontraba justo detrás de ella.

Kiara volteó para mirarla y la chica sonrió de inmediato. Compró su refresco y luego se dirigió a una mesa apartada. Jennifer llegó cargando una charola con un burrito, una rebanada de pizza, un pay de manzana y una bola de helado.

—Tienes buen apetito —le dijo Kiara observando la charola.

Jennifer se rio y luego le reveló que no había tenido tiempo de desayunar nada en su casa. Kiara la observaba atentamente. Parecía ser una persona agradable.

—¿No te da miedo sentarte junto a mí? —le preguntó Kiara.

—¿Miedo? —respondió ella al tiempo que tomaba su burrito y le daba una enorme mordida. Luego añadió con la boca llena—: No entiendo a qué te refieres con eso.

—¡Por favor! —respondió Kiara—. No finjas demencia. Vi la reacción de todos cuando dije que venía de Los Ángeles. Seguro que perdí todo el encanto en ese mismo instante. Todos se alejan de mí y ahora me miran como si fuera un bicho raro.

—Nadie nos está mirando ahora —respondió con la boca llena y le dio otra mordida a su burrito.

Kiara no sabía qué pensar. Pareciera que nada le importaba realmente.

—¿O sea que tú no tienes miedo de que te contagien la enfermedad desconocida? —inquirió Kiara.

—¿Por qué habría de tenerlo? De algo nos vamos a morir todos. ¿No crees? Además si estuvieras enferma ya te hubieran encerrado como hacen con todas las personas que resultan contagiadas.

Kiara le sonrió. Le gustaba su sinceridad y la forma despreocupada en que su compañera veía las cosas. Ambas platicaron por largo rato sobre todo tipo de temas hasta que llegó la hora de volver a clases. La mañana transcurrió sin novedad alguna. A la hora de la salida, Kiara fue a la piscina para inscribirse en el equipo de natación. Durante su estancia en el campamento creó el hábito de correr todas las mañanas y quería complementar su rutina con ese tipo de ejercicio relajante. El recuerdo de los delfines en altamar la inducía a sumergirse en el agua y disfrutarla en todo su esplendor.

Al pensar sobre su escape de la ciudad, el recuerdo de Shawn llegó hasta su mente. Había intentado localizarlo repetidamente desde su llegada a la ciudad. Él no se había reportado y ella se preocupaba cada vez más.

Regresó a su nueva casa. El calor arreciaba. Las temperaturas en el sur de Texas eran extremas. A pesar de eso, la ciudad era menos agitada que la gran urbe a la que estaba acostumbrada. Cruzó las calles con gran tranquilidad hasta un cruce principal. Ahí, decenas de autos esperaban entrar en las gasolineras. Kiara miró extrañada el fenómeno. Vio que uno de los empleados utilizaba una enorme escalera para subir a cambiar los precios en el exhibidor. Llegó hasta ahí y entró en una tienda. Varias personas se encontraban en el mostrador presionando al empleado. Todos reclamaban a viva voz por el cambio repentino de precios.

—Lo siento mucho, pero son órdenes de la compañía —respondía el empleado en la caja registradora—. Puedo respetar el precio anterior pero sólo para los clientes que se encontraban aquí adentro. No para los que acaban de llegar.

El tono con que protestaba la clientela iba en aumento. Kiara observó a través de las ventanas que cada vez más vehículos se detenían para alargar la fila que ya alcanzaba casi media cuadra. Tras abrir uno de los refrigeradores y sacar una bebida hidratante, se aproximó al mostrador y le preguntó al empleado lo que sucedía.

—La compañía ha estado cambiando los precios de la gasolina cada media hora —le respondió—. Lo mismo sucede con la competencia. Obsérvalo por ti misma.

Le hizo señas para que volteara al otro lado de la calle, donde uno de los empleados de la gasolinera de enfrente también cambiaba los precios.

—¿Por qué está sucediendo esto? —preguntó ella al tiempo que pagaba la bebida.

—No tengo la menor idea —respondió el empleado—. Yo sólo obedezco órdenes.

Kiara salió de la tienda y siguió por el camino hasta su casa. Abrió la puerta de entrada y escuchó ruido proveniente de la cocina.

—Mamá, ¡ya llegué!

Su madre salió a recibirla con un fuerte abrazo y un beso.

—¿Cómo te fue en tu primer día de escuela?

—Todo salió bien —respondió Kiara para luego informarle que había decidido unirse al equipo de entrenamiento de natación. Su madre le sonrió y luego le pidió que la acompañara a la cocina donde la comida se encontraba aún sobre el fuego.

Una pequeña televisión estaba sintonizada en el canal de noticias.

—La compré esta mañana porque necesitamos estar informadas sobre lo que pasa en el país —comentó su madre al ver cómo Kiara se acercaba al televisor a subir el volumen.

—De regreso a casa vi decenas de autos que se peleaban para cargar gasolina en uno de los cruceros de la avenida principal —comentó Kiara—. Los precios estaban subiendo a cada rato. ¿Qué es lo que está sucediendo?

—Esta mañana el banco de la reserva federal anunció cambios en la política financiera del país, pero para serte sincera yo no entiendo mucho de economía. A esto le siguió un largo discurso por parte de la banca privada y funcionarios del gobierno anunciando medidas de austeridad y recortes presupuestales para hacerle frente a la crisis. Pero la mayor noticia ahora es que hace unas horas una gran empresa petrolera anunció el recorte en la disponibilidad del combustible debido a un accidente en tres de sus mayores plantas productoras.

Kiara escuchó a su madre y entonces prestó atención al reportero de noticias en la televisión:

...y así es como el banco de la reserva federal y el banco central europeo acusaron hace unas horas a la World Oil Corporation de haber conspirado con un grupo de empresarios para retirar la disponibilidad de crudo del mercado internacional. Desde entonces los precios de los combustibles en América y Europa han sufrido un alza de hasta del trescientos por ciento en sólo unas horas. Los mercados bursátiles reaccionaron con pánico a la noticia y las bolsas de valores aseguran que las pérdidas ascienden a billones de dólares. La World Oil Corporation acaba de declarar por su parte que desconoce las acusaciones de los bancos centrales y que el retiro en la disponibilidad del energético se debe a una serie de ataques terroristas perpetrados en contra de sus tres mayores plantas productoras de combustibles. El vocero de la empresa aseguró que ha entregado al FBI una lista de posibles sospechosos; se trata de trabajadores de origen árabe empleados por un contratista. Asimismo, proporcionó a los noticieros internacionales imágenes que demuestran el daño que sufrieron sus plantas productoras

*tras las explosiones que registraron más de treinta per-
sonas muertas y cientos de heridos esta mañana. Éstas
son las imágenes...*

—Parece que se trata de algo grande mamá —le dijo Kiara
y María se acercó para ver las imágenes.

Las refinerías lucían en llamas mientras decenas de
bomberos combatían el fuego con mangueras de presión.
Los reporteros anunciaban que el peligro aún no pasaba, las
explosiones no habían sido controladas del todo y en dos de
las plantas las llamas amenazaban con alcanzar más tanques
de combustible. Era una verdadera tragedia. La empresa
perdería cientos de millones de dólares. El reportero enlazó
una llamada para hablar con un experto, quien estimaba que
a juzgar por los daños las plantas permanecerían cerradas
varias semanas antes de reanudar operaciones.

—Eso significa que el combustible va a escasear por los
próximos meses y los precios van a llegar a las nubes —le
explicó María a Kiara quien seguía concentrada en las imágenes del televisor.

La transmisión regresó a los estudios. Un experto en
finanzas anunciaba el colapso financiero mundial generado
por la noticia.

*...Contrario a lo que todos nosotros esperábamos, la
OPEP anunció que no podría cubrir la demanda mundial de petróleo con sus exportaciones; de hecho, las re-
cortará para almacenar el energético y racionar su uso en
sus propios países. México y otros exportadores ofrecieron sólo una pequeña ayuda a los Estados Unidos pues
con el colapso de los mercados financieros tendrán ahora
que hacer frente a una extrema crisis en la economía interna. Mientras tanto, los voceros de los bancos centrales
recomendaron cerrar las transacciones en los mercados*

bursátiles hasta que fuera evaluada la crisis del petróleo y sus precios se estabilizaran. Ante esta recomendación, grandes empresas mundiales respondieron que necesitan recuperarse de la extrema caída que tuvieron sus acciones el día de hoy, tras conocerse que sus procesos de manufactura se verían paralizados si no contaban con una reserva suficiente de petróleo. El presidente de los Estados Unidos anunció una reunión urgente de jefes de estado del grupo G20 para tomar medidas inmediatas y encontrar la solución a la crisis en el menor tiempo posible. También adelantó que las medidas anunciadas por los bancos centrales serían analizadas mediante una investigación federal, puesto que el país no había logrado salir de la recesión del 2009; los bancos defendieron únicamente sus propios intereses careciendo del liderazgo y la voluntad necesaria para sacar al país de la gran crisis que ellos mismos habían creado y que ahora llegaba al peor de sus escenarios tras los ataques terroristas sufridos en las refinerías. El presidente adelantó que la investigación también abarcaría a funcionarios del gobierno que hubieran apoyado las iniciativas tomadas por los bancos centrales los últimos años y que presumiblemente obtuvieron grandes beneficios económicos por influir sobre las políticas fiscales de los gobiernos en su lucha por salir del colosal endeudamiento.

—¿Qué quieren decir con eso mamá? —preguntó Kiara—. Creo que me perdí y ya no entiendo nada.

—Yo tampoco comprendo bien hija, pero parece que el presidente está culpando a los bancos centrales y a los funcionarios del gobierno que los apoyaron de no haber solucionado la crisis que generaron hace varios años y que ahora afecta gravemente la economía del país.

Capítulo 33

El enorme ejército de la Orden de los Doce se acercaba a la ciudad tomando posiciones de combate en el campo de batalla. Tres contingentes con un total de ocho mil soldados apoyados por grandes bestias de carga arrastraban una decena de catapultas y cuatro grandes torres de asalto diseñadas especialmente para atacar las grandes murallas que rodeaban la capital.

Los miembros del concejo se encontraban en la parte alta de la muralla observando a los contingentes enemigos acercarse al ritmo de poderosos tambores de guerra. Decenas de estandartes guiaban a los soldados hacia las posiciones de combate cuidadosamente planificadas para tomar parte en la campaña de asalto a la gran ciudad capital del continente oeste.

Anya y Dina fueron comisionadas por el maestro Zing para asegurar la protección de Tiara Li y su grupo durante la batalla. Ellos permanecerían junto al lugar de alojamiento del concejo de la Casa Real durante el combate. Varias naves aguardaban cerca de los jardines centrales como salvoconducto para todos en caso de que la Orden de los Doce venciera al ejército aliado. Por el momento, el Gran Concejo decidió alojarlos en una sala de reuniones mientras se valoraba el curso del combate.

Anya conducía a Tiara Li dentro del recinto y Dina se encargaba de mostrar a los miembros mayores del grupo la ruta de escape hacia los vehículos.

—¿Cuánto tiempo tendremos que permanecer escondidos? —preguntó Tiara Li con voz trémula.

—No hay forma de saberlo —respondió Anya—. El ejército de la orden es muy numeroso y desconocemos su estrategia de ataque.

Tiara Li se mostraba muy nerviosa no se le despegaba ni por un instante a Anya.

—Sé lo preocupada que te encuentras, pero tienes que empezar a confiar a nosotras —le pidió Anya—. Por nada del mundo permitiremos que algo malo les ocurra. Te prometo que velaremos por su seguridad en todo momento.

La adolescente la oía con un par de lágrimas en el rostro. En ese momento, el toque de una trompeta las alertó.

—Escúchame bien —se dirigió a ella tomándola por los hombros—; tienes que ser fuerte. El eclipse de Sol se aproxima y llegó el momento de que Dina y yo nos reunamos con los concejales. Recuerda que por ningún motivo deben abandonar esta sala. Nosotras regresaremos para darles noticias.

Dina le hizo una seña a Anya y abandonaron la sala cerrando las puertas herméticamente. En un par de minutos estaban con Oren y Dandu, quienes terminaban de explicar detalles de la estrategia de combate a los capitanes que pelearían a campo abierto con la infantería enemiga; aseguraban las posiciones defensivas de miles de arqueros que serían los encargados de rechazar el primer embate enemigo.

El maestro Zing y la concejal Anthea atendían a dos astrónomos de la Casa Real. Los científicos les indicaban el momento exacto en que el eclipse tendría lugar. Los miembros del concejo de la Casa Real observarían el campo de batalla protegidos por los altos muros. Durante el combate, los cuatro aprendices recibirían instrucciones mentalmente por parte de los tres concejales.

Anya y Dina fueron las primeras en llegar a la muralla. El concejal Kelsus les avisó que el eclipse tendría lugar en un par de minutos y seguramente la Orden de los Doce utilizaría la oscuridad para emprender su avance. Anya miró hacia la lejanía. Al contemplar el numeroso y bien organizado ejército que se preparaban a enfrentar, supo que la batalla sería muy diferente al enfrentamiento con los novatos manifestantes en Atlantis.

Dina se acercó a ella y observó a los contingentes enemigos cerrando sus filas con lanzas y escudos detrás de las enormes bestias que tiraban de la poderosa maquinaria de guerra.

Oren y Dandu llegaron para reunirse con ellas. El lejano sonido de una trompeta les advirtió que el ejército enemigo recibía instrucciones. El maestro Zing les explicó que actuarían como estrategas durante el combate. La victoria en el campo de batalla sería para aquel ejército que empleara la mejor estrategia para pelear.

Oren distinguió las dos grandes zanjas abiertas para entorpecer el avance de la maquinaria enemiga. El Sol empezaba a ocultarse. Los miembros de la Casa Real se reunieron frente a los concejales para observar el fenómeno. Todos voltearon hacia el firmamento para percibir la enorme figura de la luna acercarse al disco solar y opacar lateralmente su brillo.

El retumbar de los tambores de guerra seguido por decenas de cuernos anunció el temido avance de la infantería enemiga. Todos sus soldados gritaban y golpeaban sus escudos con sus lanzas al unísono, haciendo retumbar la planicie.

Avanzaron seguidos por las bestias que tiraban la pesada maquinaria de guerra. Era cuestión de unos pocos minutos para que alcanzaran las primeras líneas de defensa.

El concejal Kelsus pidió a los trompetistas que dieran la señal de alarma. Debajo de la muralla, los batallones de arqueros tomaron posiciones al frente. La luz del Sol menguaba y Anya utilizó su don para mirar a los líderes enemigos.

Su perspectiva de visión viajó en un instante hasta un enorme carro rodeado de soldados que portaban decenas de estandartes. Un hombre de oscuras ropas rodeado por otros guerreros guiaba los movimientos del ejército. Dina, que permanecía al lado de ella, se percató de la concentración de Anya y le preguntó qué veía. En respuesta le describió a detalle la organización de sus enemigos.

—Rasanzul —exclamó Dina—. Es el líder de la orden que enfrentamos en lo profundo de las cavernas. Él mismo está guiando el ejército.

Anya enfocó su intento en el personaje y aún a la distancia pudo percibir su maldad y odio mientras enviaba a decenas de miles de hombres a morir para alcanzar su ambicioso plan. La luz del sol seguía menguando a medida que la luna iba interponiéndose en su camino. La oscuridad los envolvería pronto.

Las tropas enemigas llegaron hasta el límite de la primera zanja de defensa del perímetro. Si no se detenían, en unos pocos segundos estarían al alcance de los arqueros. Anya y Dina observaban atentamente. La oscuridad seguía avanzando.

—Su ejército no se detiene —comentó Dina sorprendida—. Rasanzul está enviando sus tropas directamente hacia nuestros arqueros.

El concejal Kelsus hizo una seña a los trompetistas. Los arqueros alzaron sus armas preparandose para disparar. Las tropas enemigas reaccionaron de inmediato. Sus tambores cambiaron de ritmo. Los gigantescos mamuts se detuvieron en seco mientras los batallones del frente ejecutaban una excepcional maniobra defensiva. Los soldados tomaron sus enormes escudos para situarlos justo por encima de ellos, formando impenetrables escuadras que los protegían de un ataque aéreo. Entonces se desplazaron mientras las bestias esperaban atrás con la maquinaria.

Anya y Dina observaron sorprendidas la perfecta coordinación de sus movimientos. El concejal Kelsus le ordenó a los arqueros disparar. Miles de flechas surcaron el firmamento y se impactaron sobre los escudos enemigos, hiriendo sólo a un número insignificante de ellos.

—Las flechas no detienen su avance —comentó Dandu mientras observaba cómo los batallones bajaban sobre la primera zanja con más de un metro de profundidad y tres metros de ancho.

Decenas de carros cargados con rocas de mediano peso aparecieron atrás de los batallones. Se proponían rellenar la zanja para permitir que las ruedas de su maquinaria pudieran cruzarla y disparar contra la muralla.

Trompetas y tambores llamaron a retirada, como lo indicó Kelsus. El ejército enemigo se dio cuenta del repliegue y gritaba con furor a medida que se acercaban a la segunda zanja. Nada parecía interponerse en su camino. Anya recordó las advertencias del concejal Kelsus. "La Orden de los Doce es experta en el arte de la guerra", les había dicho.

Los arqueros detuvieron su retirada y prepararon de nuevo flechas y antorchas. El concejal Kelsus dio la señal para el disparo y las trompetas sonaron a todo volumen, seguidas por miles de flechas dirigidas a la zanja. Cuando cayeron, una enorme pared de fuego se alzó en un instante. Cientos de enemigos ardieron en llamas y otros huían despavoridos. La estrategia defensiva había logrado su propósito. Los concejales habían ordenado llenar la segunda zanja con aceite altamente inflamable y rociaron polvo sobre su superficie para que nadie lo notara. En la primera zanja habían preparado la trampa. Al encontrarse seca, el ejército enemigo había avanzado desprotegido.

Los batallones enemigos se alejaron del fuego que detuvo en seco su avance. Miles y miles de flechas volaron contra ellos. Se replegaron cubriéndose con sus escudos. Pero segundos después el ruido de tambores anunció un nuevo avance. Al parecer no se sentían intimidados por la línea de fuego.

Las huestes del concejo instalaron pequeñas catapultas para abrir fuego. Las dispararon y esta vez fue inútil la protección de los escudos enemigos. Después de recibir los disparos de las rocas, los arqueros volvieron a dispararles y en esta ocasión las flechas causaron grandes estragos en sus filas.

Anya y Dina estaban sorprendidas con la estrategia del concejal Kelsus. Había acabado con el grupo de avanzada enemigo en una maniobra perfecta. Sin embargo, la pesada maquinaria del enemigo cotinuó su avance sin que importaran las bajas que habían sufrido.

El eclipse de Sol seguía oscureciendo el entorno cuando las enormes catapultas llegaban hasta el límite de la primera zanja. Los soldados acarreaban las piedras de los carros para rellenarla. Las catapultas detuvieron su avance y en cuestión de unos segundos los operadores las cargaron con enormes rocas.

El ejército aliado emprendió la retirada de inmediato. Anya y Dina se acercaron al concejal Kelsus.

—Sus soldados continúan rellenando la primera zanja —exclamó Dina—. En poco tiempo sus grandes catapultas podrán cruzar.

—Entonces llegó el momento de actuar —explicó él—. Necesitarán alinearlas para cruzar los puentes. Ése será el momento en que se encuentren más vulnerables.

Dina y Anya se dirigieron de inmediato a donde se encontraba el maestro Zing. Los concejales habían previsto el movimiento enemigo y planearon un ataque aéreo en contra de su maquinaria utilizando tres de las naves que esperaban en uno de los jardines centrales. No poseían armamento alguno, pero sus compartimentos fueron cargados con enormes rocas que debían proyectarse contra las catapultas de la orden.

Sería una maniobra en extremo difícil durante el eclipse, pues tendrían que volar en plena oscuridad. El maestro Zing y cada una de ellas comandarían una nave para destruir la maquinaria bélica de la orden.

—Las naves tendrán que volar a muy baja altura para acertar sobre los blancos —les explicó el maestro Zing.

—Eso nos pondrá al alcance de sus disparos cuando nos acerquemos —reflexionó Dina.

—Es un riesgo que tenemos que correr —respondió el maestro—. Será nuestra mejor oportunidad de destruirlas. No podemos esperar a que regrese por completo la luz del Sol. Para entonces, habrán cruzado la zanja y abrirán fuego desde sus posiciones.

Anya y Dina se desearon suerte y corrieron a sus respectivos vehículos. Subieron a través de los compartimentos de carga donde varios soldados de la guardia de Atlantis verificaban que la carga estuviera lista. Eran sólo unas pocas rocas, por lo que tenían que acertar sus disparos o la maniobra sería inútil.

Las naves alzaron el vuelo y Anya se dirigió de prisa hacia la cabina de los pilotos. Miró a través del parabrisas de la nave y vio que sobrevolaban encima de la muralla de defensa. Si la Orden de los Doce lograba destruirla, su ejército penetraría en la ciudad destruyendo y quemando todo a su paso.

Enfocó su visión al frente y vio que empezaban a alinear las catapultas. La nave del maestro Zing descendió silenciosamente sin que el ejército enemigo advirtiera sus intenciones. Anya advirtió a los soldados que se aproximaban al objetivo. Les ordenó que prepararan una de las rocas. Su cuerpo se llenó de adrenalina al saber que en unos instantes volarían sobre el ejército enemigo.

La nave del maestro Zing se aproximó a su objetivo y soltó la primera roca. Ésta cayó desde las alturas impactando de lleno una de las catapultas. El arma voló en pedazos haciendo que los mamuts mugieran de terror y desalinearan las otras catapultas. La nave de Anya llegó hasta el objetivo y el maestro Zing le señaló el momento justo para disparar. Ella dio la señal y la enorme roca salió proyectada e impactó el eje delantero de las ruedas de otra catapulta. Ésta no se derrumbó, pero quedó inutilizada. Segundos después la nave de Dina soltaba su proyectil en medio de otros dos artefactos.

Las naves ganaron altura. Dos de los puentes fueron bloqueados pero desafortunadamente otros estaban intactos y varias catapultas comenzaban a cruzar. El maestro Zing le indicó que éstas serían su siguiente objetivo. Ejecutaron un giro de ciento ochenta grados para estar en trayectoria de disparo. El ejército enemigo observó la maniobra y se preparó para disparar.

Las naves iniciaron su descenso. Más puentes habían sido terminados y grandes bestias tiraban de arietes y altas torres de asalto para atacar la muralla. Por más que intentaran impedirlo, la Orden de los Doce conseguiría acercar su maquinaria. Anya se concentró en su misión y observó las catapultas que apuntaban directamente hacia ellos. Esta vez tendrían que volar entre una lluvia de rocas. El maestro Zing ordenó a los pilotos que separaran sus naves, de otra forma serían blanco fácil.

El piloto le indicó a Anya que se aproximaban a su objetivo. Un par de rocas pasaron zumbando a los lados de la nave. Ésta se estremeció obedeciendo las maniobras evasivas del piloto. Anya concentró su intento y dio la orden de soltar el proyectil. Lograron impactar otra catapulta. Luego miró el compartimento de carga y se dio cuenta de que sólo les quedaban rocas para dos disparos. Se percató de que, en el campo, dos catapultas apuntaban en dirección a la nave. Ambas abrieron fuego al mismo tiempo. Anya trató de advertirle al piloto cuando uno de los proyectiles alcanzó su nave. Los soldados gritaron aterrorizados al tiempo que el vehículo giraba sin control. La nave perdió altura mientras

Anya se esforzaba en llegar hasta la cabina del piloto. Uno de ellos la miró y le dijo:

—¡Sujétese bien, estamos a punto de caer! —Anya se aferró con todas sus fuerzas mientras escuchaba a otro de los pilotos gritar que habían perdido el generador izquierdo. La nave caería sin remedio. Un poderoso y violento impacto los arrancó de su lugar.

La nave rebotó contra el suelo y perdió propulsión. Tocó tierra de nuevo y derrapó sobre el terreno. Montones de piezas y pedazos de metal se desintegraban por el choque. La nave frenó en seco volteándose de cabeza. Anya giró con el aparato de un lado a otro y quedó finalmente postrada sobre el techo.

Los dos pilotos seguían sujetos en los asientos. Anya se incorporó adolorida y los ayudó a desatarse. Luego pensó en los soldados que venían en la parte trasera. Todos presentaban heridas leves. Se incorporó para salir de la nave lo antes posible.

En el exterior, vio una cortina de fuego que se extendía por más de un kilómetro. El eclipse se encontraba en su apogeo. Sintió un escalofrío recorrer su cuerpo. Habían caído justo entre la cortina de fuego y la primera zanja. El enemigo se percató de que los derribaron y no tardarían en lanzarse con toda su fuerza para acabar con ellos.

Capítulo 34

La tarde transcurría sin novedad en el campamento de investigación. El doctor Jensen se encontraba desmoralizado tras la súbita partida de su familia. Apenas tuvieron tiempo de despedirse antes de partir rumbo a Estados Unidos. Al igual que José, que se había quedado solo también, se tomó el día de descanso y compartían una taza de café con Daniel y Elena que trataban de reconfortarlos.

Sarah y Tuwé se encontraban aún en la enfermería después de dos días de pérdida de la conciencia tras su incursión en la galería subterránea. La pirámide dejó de emitir los pulsos magnéticos pero tal y como el anciano les había advertido, sus cuerpos tardarían en restablecer sus funciones cerebrales.

Daniel estudiaba atentamente los últimos informes sobre el comportamiento del clima en el planeta cuando una figura conocida entró al comedor y se dirigió directamente hacia donde todos se encontraban. Era el profesor Mayer, quien había pedido hablar con él desde esa mañana. El profesor llegó hasta la mesa y tras un cordial saludo preguntó:

—¿Algún cambio en la condición de la doctora Hayes?

—Aún no ha despertado —respondió Daniel—. Sin embargo, los médicos dicen que su cerebro está regresando a la normalidad y podría recobrar la conciencia en cualquier momento.

El profesor Mayer no hizo ningún comentario al respecto. Se sentó en la mesa y continuó con la conversación.

—El Pentágono está presionándonos por información. Desean saber cuáles son nuestros avances después de haber conducido los experimentos sobre las funciones del cuarzo.

—Lo único que sabemos por ahora es que la pirámide no fue construida con el propósito de generar grandes cantidades de energía. El campo de radiación que emite es tan sólo una propiedad de la resonancia que efectúa al conectarse con los ciclos de Sol.

—Entonces…, ¿cuál será la conclusión de nuestro informe? —preguntó Mayer—. El general Thompson exige saber si hemos averiguado el objetivo de su construcción.

—Me temo que el general va a estar seriamente desilusionado cuando conozca la realidad del proyecto —intervino Robert Jensen—. La pirámide parece haber sido creada con el propósito de comprender el origen de la conciencia del ser humano y el papel que juega nuestra presencia en este mundo.

—¿A qué se refiere exactamente? —inquirió Mayer.

—Me refiero a que las civilizaciones ancestrales tenían otros intereses en cuanto a la construcción de tecnología se refiere —explicó el arqueólogo mientras Mayer lo observaba con una expresión confundida—. Este dispositivo fue creado para impulsar la evolución de la conciencia humana.

—Comprendo su sorpresa al escuchar esto —añadió Elena Sánchez—. Pero antes de emitir cualquier juicio, debe comprender la idiosincrasia de estas culturas. Tanto los mayas como los egipcios nos hablan en su legado sobre los ciclos de transición de la conciencia humana. De la vida a la muerte y el regreso a la existencia física después de ésta. Algo que la ciencia moderna nunca ha querido entender es que estas culturas florecieron por más de tres mil años desarrollando un complejo orden social. No eran unos fanáticos ignorantes como se piensa. El que no comprendamos su legado no significa que su conocimiento era inferior al nuestro. Más bien creo que nunca nos hemos percatado de la importancia de su mensaje.

Mayer permaneció callado mientras miraba a Elena. Luego le pidió que expusiera su hipótesis.

—El objeto central de sus estudios —continuó Elena— era la transición de conciencia que el ser humano sufría al momento de morir. Tanto así que los egipcios nos dejaron como legado el *Libro de los muertos*, el *Libro de las puertas* y el *Juicio de Osiris*, entre otros. Todos estos textos se refieren al camino que emprende la conciencia humana tras abandonar el mundo físico.

"Con los mayas sucede exactamente lo mismo. La tapa del sarcófago de Pacal Votán, encontrada en el templo de la inscripciones en Palenque, Chiapas, nos habla de la transición que sufre el gobernante después de la muerte física y el ascenso de su conciencia hacia otros reinos superiores de existencia. Esto no era de ninguna forma lenguaje figurado, como la antropología ortodoxa presume entender. La continuidad de la existencia de nuestro espíritu era un hecho real y concreto para ellos. El sarcófago de Pacal Votán contiene información detallada del destino acontecido a este gobernante tras haber alcanzado la iluminación de conciencia que lo llevó a trascender la muerte física.

"Es obvio que ambas culturas conocían verdades que nosotros ignoramos y que su interés en la creación de tecnología no estaba dirigido al desarrollo de fuentes artificiales de energía —continuó—. El ascenso de la conciencia grabado en la lápida nos indica que su intención era resolver el enigma de nuestra existencia. Pacal Votán representa la conciencia ascendida tras completar su proceso de encarnación en nuestro mundo. Proceso que concluye al superar el intrincado camino a través de los reinos inferiores en los que nos encontramos. Pacal Votán alcanzó la iluminación que lo proyectó hacia la existencia eterna dentro de un orden superior en el cosmos. Para los mayas, éste era el asunto de mayor importancia para sus vidas.

—Comprendo lo diferentes que eran de nosotros —respondió Mayer—. Pero… ¿cómo demonios voy a explicar eso en mi informe? No puedo imaginar las mentes cuadradas de los militares analizando este tipo de información. ¿Reinos inferiores de conciencia? Voy a estar en graves aprietos para explicar eso.

—Será necesario plantearlo de otra forma para que queden satisfechos —comentó Daniel—. Pues aunque la pirámide no haya sido construida con ese propósito, aun así es factible utilizar el campo de energía que genera.

—Eso resulta muy sencillo en teoría, doctor Roth, pero en la práctica es otra cosa —objetó Mayer—. El día de ayer conseguimos finalizar el ensamblaje de nuestro nuevo prototipo y una vez más falló por completo en todas las pruebas. El modulador de frecuencias no dio los resultados que esperábamos y ahora nos encontramos en la misma posición que al principio. No entendemos cómo demonios el primer generador pudo transformar la energía magnética en corriente eléctrica.

—Ésas son malas noticias —dijo Daniel—. Me temo que no contamos con más datos que nos puedan ser útiles para ese propósito.

—Entonces hemos llegado de nuevo a un callejón sin salida. No vamos a ser de mucha utilidad para la humanidad si no conseguimos resolver el problema.

Un incómodo silenció se cernió sobre el grupo mientras todos buscaban encontrar la clave del asunto.

—¿Y cuál es exactamente el problema? —preguntó José.

—El generador produjo corriente eléctrica solamente cuando el Sol varió su campo magnético —explicó Mayer—. Ahora que el Sol ha vuelto a la normalidad el generador no reacciona.

—Lo primero que hay que preguntarse es por qué reaccionó a ese cambio —comentó Daniel.

—Todos los metales reaccionan ante la presencia de un campo magnético. El generador está diseñado para reconocer corrientes magnéticas, aprovecharlas para crear movimiento y así producir corriente eléctrica.

—¿Entonces el metal del nuevo generador no reacciona al campo magnético producido por la pirámide? —preguntó el doctor Jensen.

Mayer explicó el asunto.

—El núcleo móvil del generador está hecho de cobre, un metal altamente conductor. En teoría, debería reaccionar al campo magnético pero sólo lo hizo cuando el campo se incrementó notablemente.

—Quizá se requiera de un material más sensible —comentó Jensen.

Mayer no hizo ningún comentario. Solo estudiaba la posibilidad de emplear otros metales.

—¿Qué hay sobre el cuarzo? —preguntó Mayer a Daniel—. ¿Consiguieron averiguar algo sobre su funcionamiento?

Daniel negó con la cabeza.

—No mucho. Sólo que reacciona a un rango de frecuencias cercano al de la voz humana.

Mayer se paró de su silla y caminaba mientras reflexionaba sobre el asunto.

—Si el cuarzo de la pirámide fue programado para responder a un rango específico, entonces ahí puede estar la clave para lograr que el generador funcione. Las ondas magnéticas se propagan a cierta frecuencia al igual que las ondas acústicas. Si encontramos ese rango, entonces podemos resolver el problema.

—La pirámide también fue programada para responder al campo magnético producido por el Sol. De ahí obtiene su principal forma de energía —comentó Daniel—. Quizá debemos enfocarnos en comprender cómo transforma la energía para después emular el proceso con el generador.

—Creí que ustedes no tenían la menor idea de cómo la pirámide generaba ese campo —intervino Elena.

—No la teníamos hasta que descubrimos las propiedades del cuarzo —le explicó Daniel—. Entonces comprendimos cómo funciona su mecanismo. El electromagnetismo es la fuerza que mantiene unidas las moléculas de todos los objetos en nuestro mundo, incluidos los seres vivos. La pirámide capta esas ondas electromagnéticas y las amplifica, de forma que el cuarzo reacciona produciendo esos fenómenos que afectan la conciencia de los seres vivos. Esto se debe a que el ser humano produce también campos electromagnéticos en el cerebro y en el corazón principalmente. De alguna manera, la pirámide fue diseñada para acoplar sus funciones a la frecuencia del ser humano. De esa forma su poder logra que nuestra conciencia se desprenda para percibir otras realidades.

—Al acoplamiento de las ondas electromagnéticas se le conoce como resonancia —intervino Mayer—. La resonancia hace que la intensidad de las ondas se amplifique cuando éstas interactúan.

—Exacto —comentó Daniel—. Al entender este fenómeno podemos concluir que cada ser vivo e incluso cada material tiene una frecuencia de resonancia electromagnética. Por eso las propiedades moleculares del cuarzo fueron modificadas en la pirámide. Su frecuencia fue cambiada por una más sensible para acoplarse al campo creado por la pirámide y amplificarse para dirigir la conciencia humana a otros planos de realidad.

Mayer se mostraba escéptico sobre estas conclusiones.

—Sabemos que el propósito de la pirámide consistió en influir sobre el campo magnético del ser humano para impulsar su evolución —comentó Jensen—. Pero lo que no podemos entender es cómo lo lograron.

—La resonancia de la pirámide se adapta a los seres vivos —respondió Daniel—. Nuestros cerebros trabajan con energía electromagnética que se mueve a diferentes frecuencias.

Durante millones de años estas frecuencias que gobiernan nuestros estados de conciencia impulsaron a nuestro ADN a buscar las secuenciación adecuada para sobrevivir y comprender el mundo que nos rodea. El ser humano evolucionó adaptando sus frecuencias cerebrales a los estímulos recibidos. Estas frecuencias pasan del modo Alfa al Beta cuando estamos despiertos y luego al modo Theta y Delta mientras dormimos. Así, nuestra conciencia es liberada diariamente para explorar otros planos de realidad. Éste es un ciclo vitalicio que promueve la evolución de nuestro ser consciente. El poder de la pirámide intensifica nuestra capacidad para realizar estos viajes. Al hacerlo, induce a nuestro ADN a resecuenciarse para adaptarse a su nueva condición de explorador de lo desconocido. Por eso la estructura del cuarzo fue intencionalmente manipulada para adaptarla a los patrones de resonancia del cerebro y la voz humana. Esto tuvo un propósito específico. Fue un mecanismo de seguridad para evitar que cualquier persona operara sus funciones. Algo que no habíamos comprendido es que la estructura fue diseñada para ser controlada mediante la mente humana. Por eso carece por completo de botones, palancas o tableros de control.

Todo el grupo miró fijamente a Daniel. Habían quedado estupefactos con sus afirmaciones. Mayer permanecía escuchando sin hacer comentario alguno.

—¿O sea que para operar la pirámide necesitamos contar con el poder que ostentaban estos seres superiores? —preguntó Elena.

—Es lo más probable —respondió Daniel—. Aunque ahora hemos dado grandes pasos en la comprensión de su tecnología. Ahora conocemos su propósito y la forma en que su mecanismo de operación fue diseñado.

—Un momento —intervino Mayer—. No estoy de acuerdo con sus conclusiones. Si su hipótesis fuera correcta, eso significaría que nunca estaremos en posición para operar sus funciones. Esto enfurecería sin duda alguna a los militares.

—Nuestra hipótesis es correcta —respondió Daniel—. Sarah y yo hemos discutido este asunto por meses. El experimento con el cuarzo sólo confirmó algo que ya habíamos sospechado.

Mayer volvió a objetar y luego agregó:

—De todas formas, estamos muy lejos para comprender la totalidad de sus funciones. Lo que requerimos, por ahora, es solamente aprovechar el campo magnético que produce para generar energía. Ésa es nuestra tarea. El problema consiste en que los constructores utilizaron nanotecnología avanzada. Nosotros no contamos con esa tecnología para alterar la resonancia del metal del generador y lograr que se acople al campo magnético de la pirámide. Debemos enfocarnos en este asunto o terminaremos llenos de hipótesis y conceptos teóricos pero con las manos vacías.

Daniel miró a Mayer fijamente. Desgraciadamente tenía razón. Ellos no contaban con esa capacidad tecnológica.

—Quizá tenemos que probar con diferentes clases de metal para averiguar si alguna de ellas resulta adecuada para el generador —comentó Daniel—. Es la única opción que tenemos a nuestro alcance.

Mayer hizo un gesto de exasperación tras opinar que no conocía un metal que condujera mejor la electricidad que el cobre.

José escuchaba cuidadosamente sin hacer comentario alguno. Luego argumentó que para dar con la solución debían pensar en las implicaciones de todo el diseño de la pirámide.

—Estoy seguro de que los mecanismos de seguridad que fueron empleados para proteger sus funciones, fueron dirigidos para evitar que su tecnología cayera en manos equivocadas —les advirtió—. Si logramos obtener la energía del vacío, los militares se apoderarán del generador y lo usarán con fines destructivos, para continuar subyugando a la humanidad. Quizá debamos replantearnos la conveniencia de este proyecto. Los Atlantes nos advirtieron sobre este peligro.

Un silencio sepulcral enmudeció la conversación. Todos estaban conscientes que eso era exactamente lo que los militares planeaban hacer al obtener el generador.

—¿Los Atlantes? —preguntó Mayer.

Daniel explicó detenidamente al profesor lo que Kiara había averiguado tras experimentar el viaje de conciencia durante las pruebas con el cuarzo.

—¿O sea que ustedes creen verdaderamente que esta tecnología fue desarrollada por esa civilización mitológica? —los cuestionó Mayer—. ¿Y ahora pretenden que estos seres se comunican con ustedes?

—Es por ese escepticismo que preferíamos no hablar sobre el asunto —le respondió Daniel—. Suena a fantasía, pero al experimentar la distorsión de realidad que produce la pirámide, usted mismo no podrá negar que cualquier cosa es posible.

Mayer los miró fijamente mostrando su desacuerdo.

—Me parece que este sitio comienza a afectar su juicio. Lo cual no es de extrañarse, ahora que sabemos como el campo de la pirámide afecta las ondas cerebrales.

José le respondió a Mayer que su juicio se encontraba en perfecto orden. El estudio del códice y las experiencias de Kiara habían confirmado las hipótesis planteadas.

—¿Cuáles son esas supuestas advertencias a que se refieren? —preguntó Mayer para esclarecer el asunto.

—Los Atlantes advirtieron a Kiara que la solución para los problemas que afectan a nuestra humanidad no serán resueltos mediante el uso de una fuente inagotable de energía

—explicó el doctor Jensen—. Sino que esto podría llevarnos a una devastación más rápida y severa de nuestro planeta.

—Eso tiene mucha lógica —comentó Mayer—. Pero no necesita venir de una civilización mitológica para ser cierto. Yo mismo le advertí a la doctora Hayes del peligro que significaba el uso de una fuente inagotable de ese tipo. Sin embargo nos encontramos entre la espada y la pared pues si continuamos usando el petróleo, la contaminación que genera terminará por acabar con el planeta de igual forma.

—Mientras trabajemos en el campamento será imposible que la tecnología no caiga en manos de los militares —objetó Daniel.

Todos enmudecieron al escucharlo. Tenía razón. Luego retomó:

—No podemos permitir que solamente los militares posean el secreto para aprovechar esta fuente de energía. Sabemos que su uso implica muchos riesgos pero podemos concientizar a la humanidad sobre éstos.

Sabían que el ser humano tendría que cambiar su comportamiento para adoptar una actitud responsable que lo llevara a la resolución de los problemas. De otra forma, el destino de la humanidad quedaría decidido por su propia ambición.

Capítulo 35

Carlos Ordóñez montaba en su caballo de regreso a su aldea. Había informado al padre de Leetsbal Ek sobre la campaña iniciada por los colonizadores para ajustar cuentas con los cocomes. El Halach Uinik fue advertido y despachó un contingente de más de mil quinientos guerreros para enfrentar a los agresores antes de que se aproximaran a sus tierras. Sin querer involucrarse más en asuntos que no le correspondían, Carlos Ordóñez decidió marcharse antes del inicio de las hostilidades. Los extraños sentimientos que tuvo en compañía de Leetsbal Ek contribuyeron también a que tomara esa decisión. Había permanecido solo en la selva por casi dos décadas y ésa era la forma en que seguiría. Sabía perfectamente lo que ella opinaba acerca de los hombres blancos y era inútil pensar que le correspondiera si él mostrara interés. Por otro lado, Sassil Be era un alto funcionario de su gobierno, jamás estaría de acuerdo en que su hija emparentara con un hombre de raza enemiga.

Por sumirse en sus pensamientos mientras el caballo se abría paso por la espesa jungla, Carlos Ordóñez no se dio cuenta de que se había desviado de la brecha que le servía de referencia. El entorno ya no le era familiar. Estaba extraviado y era inútil tratar de orientarse entre la vegetación. Bajó de su caballo para estirar un poco las piernas y razonó que debía volver sobre sus pasos para encontrar de nuevo la ruta conocida. Tomó la rienda del animal y caminó lentamente hasta encontrar un pequeño riachuelo donde se había detenido para beber agua. Dejó que el animal satisficiera su sed y tomó una de sus botas de cuero para llenarla.

Unos ruidos alertaron sobre la presencia de alguien que se acercaba. Dejó la bota en el suelo y se dirigió en esa dirección. El riachuelo desembocaba en un pequeño cenote de agua cristalina. Afinó el oído más y se percató de que unos hombres se aproximaban desde la dirección contraria. Dos de ellos hablaban castellano. Buscaban un lugar para abastecerse del vital líquido. Otras voces en lengua indígena irrumpieron en el lugar. Carlos estaba confundido. ¿Qué hacían dos colonizadores acompañados por indígenas? Los hombres permanecían a la orilla del riachuelo sin notar su presencia.

Guiado por la desconfianza, decidió retirarse sin ser detectado. Era mejor pasar desapercibido y marcharse cuanto antes. Regresó al sitio donde había dejado al caballo bebiendo. Tomó la bota de cuero en silencio y cerró el sello para almacenar el agua. Tiró la rienda firmemente, pero el caballo no respondió. Se encontraba cansado y deseaba permanecer por más tiempo en ese lugar. Carlos Ordóñez volvió a tirar de la rienda con más fuerza y el animal dio unos pasos hacia atrás en señal de rebeldía. Repitió la acción con más fuerza y el caballo se paró sobre sus dos patas traseras, soltando un relincho que escucharon a varios metros de distancia.

—¡Demonios! —exclamó Carlos.

Sabía que los hombres no tardarían en llegar. Trató de subir al caballo y escapar a toda prisa cuando un grito lo sorprendió.

—¡Quieto ahí! —sonó la voz de un hombre que salía de la espesura apuntándole con un fusil.

Carlos alzó las manos soltando la rienda del animal mientras el hombre se le acercaba para verlo con detenimiento. Otros españoles llegaban al lugar acompañados de tres indígenas.

—¿Quién sois y a dónde os dirigís? —le cuestionaron.

—Mi nombre es Andrés y trabajo para el señor encomendero de estas tierras. ¿Quiénes sois vosotros?

Los hombres lo miraron con desconfianza sin dejar de apuntarle. Uno de ellos se acercó hacia el caballo y levantó las alforjas para mirar la marca del animal. Hizo un gesto de aprobación. El caballo pertenecía a la guardia del encomendero.

—¡Menudo susto nos has dado, hombre! —exclamó el sujeto bajando el fusil y acercándose a Carlos—. Hemos pensado que esos malditos indios cocomes nos seguían la pista.

Carlos relajó su postura y miró intrigado a los indios que los acompañaban.

—¿Y quiénes son éstos? —preguntó extrañado señalándolos.

—Son nuestros guías por estos territorios. Enemigos mortales de los cocomes que vienen a cobrarse una vieja afrenta.

Carlos Ordóñez no entendía lo que sucedía.

—Los cocomes nos han atacado hace un par de días y le han dado muerte a varios de nosotros —dijo Ordóñez, para confundirlos—. Ahora mismo esperamos a las tropas del adelantado que se han embarcado desde Campeche para hacerles frente.

Los hombres blancos se miraron entre sí sonriendo.

—Nuestro señor Francisco de Montejo "El mozo" ha planeado una estrategia para confundir a los indios —respondió uno de ellos emocionado—. Ahora mismo se dirige hacia sus tierras con más de dos mil hombres para acabar con su rebeldía y aposentarse en estas tierras.

—Nosotros avanzamos frente a ellos para andar seguros de que no nos cojan en una emboscada —dijo el otro de los hombres.

Carlos Ordóñez reaccionó al escucharlos. Los cocomes habían caído en una trampa mortal por culpa suya.

—Entonces debo dar noticia a mi señor para que esté preparado para su llegada —respondió Carlos al tiempo que se acercaba a su caballo.

—Primero dinos a qué distancia nos encontramos de sus tierras —le preguntó uno de ellos.

—Estamos a medio día de camino andando a caballo —respondió Carlos.

Los hombres le agradecieron y volvieron sobre sus pasos para dar aviso a la tropa. Carlos Ordóñez corrió de regreso rumbo a la aldea. Las tropas de los colonizadores y sus aliados llegarían en unas cuantas horas. Sabía perfectamente que no tenían intenciones de hacer prisioneros. El ataque estaba destinado a acabar de una vez por todas con la resistencia de los cocomes. No dejarían a una sola persona con vida. Su corazón latió furiosamente al enfrentar la situación. La aldea principal había quedado completamente desprotegida con la partida de los guerreros. El plan del adelantado de sorprenderlos tendría éxito si él no conseguía alertarlos a tiempo.

El caballo avanzó a todo galope hasta que Carlos identificó la brecha conocida. Aún le faltaban varias horas de camino. Pensó en el peligro que se cernía sobre Leetsbal Ek y su familia. Ahora sabía sin duda alguna que sentía algo más que una simple atracción física por ella. Sólo pensar que los soldados pudieran darle muerte lo hacía estremecerse. La tensión en su cuerpo no cedía mientras él espoleaba al caballo para que corriera más aprisa.

Leetsbal Ek y Zac Muunyal, su madre, esperaban a Sassil Be que atendía una junta con el concejo de los Ah Kin. Ambas viajaron a la aldea para surtirse de algunas provisiones y volver a casa más tarde.

Aún no recibían noticias del ejército que habían enviado a combatir a los blancos. Leetsbal Ek miraba las avenidas vacías. El conflicto con los dzules hacía que la gente permaneciera encerrada la mayor parte del día. Ella se encontraba ansiosa sin lograr relajarse por más que lo intentaba.

La melancolía se había apoderado de ella todo el día. No comprendía bien qué le estaba pasando. Esa misma mañana se despidió fríamente de Carlos Ordóñez. Ni siquiera le había dado las gracias por haberse preocupado en alertar a su padre sobre los colonizadores. Se fue muy temprano, casi al despuntar el alba, y ella solamente le hizo señas desde lejos. Luego vio cómo se alejaba lentamente sobre su caballo.

No había aceptado, hasta entonces, que algo en ese hombre la atraía sobremanera. Durante los días que convivieron, no consideró que pronto él se marcharía y no lo vería más. Ahora su espíritu se inquietaba con el deseo de volver a verlo.

Leetsbal Ek se alejó de la ventana mientras su madre la observaba cuidadosamente sentada en una silla, al otro extremo del salón. Su ansiedad era evidente.

—¿Qué te sucede? —le preguntó ella.

—Nada —respondió Leetsbal Ek que había sido tomada por sorpresa con la pregunta—. Sólo estoy un poco nerviosa por la situación.

Zac Muunyal la miró fijamente.

—Tú no estás nerviosa por la guerra contra con los dzules. Desde esta mañana he notado tu ansiedad y tristeza, y sé por qué estás así.

Leetsbal Ek se volvió para encarar a su madre. No podía creer lo que estaba escuchando. Ni siquiera ella misma entendía bien lo que sucedía. Zac Muunyal se paró de su silla y se acercó a ella. Luego la miró fijamente a los ojos.

—No es nada extraño que sientas atracción por un hombre —le dijo.

Leetsbal Ek se movió hacia un lado al escucharla. Desvió la vista y exclamó:

—No es lo que tú piensas —le dijo mirando hacia la ventana—. Ese hombre que vino a nuestra casa es un dzul y los dzules son enemigos de nuestro pueblo. Yo no siento nada por él.

—Ese hombre no es igual a los de su raza y tú lo sabes bien. Su corazón es puro y honesto. No tiene caso que niegues tus sentimientos hacia él. Esta mañana, cuando partió, me fijé muy bien cómo volteaba para todos lados con la esperanza de verte. Tú sabías bien que se iba y permaneciste lejos para no enfrentarlo.

Leetsbal Ek se ponía más nerviosa a cada momento. La sinceridad de su madre era algo contra lo que no podía pelear.

—Será mejor que ya no hablemos de este asunto —respondió tajantemente—. A mi padre no le gustaría saberlo. Además, ese hombre se ha marchado para siempre. No volveremos a verlo.

—A tu padre sólo le interesa que seas feliz al lado del hombre que tú ames, sin importar a qué raza pertenezca. Mírame a mí. Yo nací entre los tutules y a tu padre eso no le importó. Pensé que lo conocías mejor.

—Con los dzules es diferente —se defendió ella—. Él siempre me ha dicho lo crueles que son y cómo su conciencia está condenada debido al mal que producen. No creo que le gustaría emparentar con ellos.

Su madre se acercó a ella de nuevo y la tomó de los hombros. Luego le dijo:

—Esta mañana ese hombre partió llevándose con él parte de tu alma. Sería mejor que te preocuparas por recuperarla en lugar de negar lo que estás sintiendo.

—Ya te dije que ese hombre no volverá. Él mismo me lo dijo. La iglesia lo amenazó para que no interviniera en nuestro conflicto con los colonizadores.

—Ese hombre regresará —le respondió su madre sonriendo—. Créeme. Tú no fuiste la única que perdió algo esta mañana.

Leetsbal Ek abrazó a su madre y ambas salieron del salón. La hora de comer se acercaba y deseaban saber si su padre las acompañaría.

Carlos Ordóñez trataba desesperadamente de llegar lo antes posible a la casa de Sassil Be. No tenía idea de la distancia recorrida y el caballo aminoraba su velocidad debido al cansancio. Sabía que no podía exigirle más, pero no había opción. Aún quedaban horas de Sol, lo que alentaría a los soldados a avanzar más rápidamente para atacar cuanto antes. Por momentos pensaba que no le sería posible llegar a tiempo para advertir a los cocomes, pero decidió que si su caballo desfallecía, entonces él llegaría corriendo hasta su destino.

Los minutos transcurrían y Carlos atendía al paisaje para reconocer el lugar donde tenía que dar vuelta. De pronto una ceiba le hizo saber que estaba cerca. Enfiló el caballo en esa dirección y en pocos minutos llegó a la casa. Brincó lejos del animal y gritó con todas sus fuerzas. Como nadie respondía se acercó a la puerta y se dio cuenta de que la casa se encontraba vacía.

—¡Maldición! —exclamó desesperado.

Ahora tenía que tomar una decisión rápidamente. No tenía otra alternativa que alertar personalmente a la guardia del gobernador. La idea no le gustaba en lo más mínimo. Tan sólo unos días atrás les había informado sobre las tropas que se acercaban por mar y ahora les vendría con otra historia completamente distinta. Era muy arriesgado para él aproximarse a la aldea, pero no había otra solución. Cada minuto que transcurría era crucial. Caminó hasta su caballo que se había aproximado al estanque para beber agua. Se encontraba empapado de sudor debido al enorme esfuerzo y se resistió cuando Carlos lo montó para continuar su camino. Después de unos segundos de lucha, el animal finalmente cedió y corrió hacia la aldea. Carlos tenía que pensar bien en cómo dirigirse a la guardia del gobernador para que le creyeran. Eso no iba a ser fácil y lo sabía.

Mientras cubría el trayecto, Carlos no dejaba de pensar en Leetsbal Ek. ¿Se encontraría con su padre en el templo o en alguna otra aldea? Donde quiera que se encontrara, debía encontrarla para alertarle y que pudieran huir a tiempo. La brecha principal que conducía directamente a la aldea se hizo visible y Carlos forzó al caballo para acelerar el paso. Pequeñas chozas escoltaban la brecha. El lugar se encontraba solo, como si estuviera deshabitado. La calle principal que conducía a la residencia del gobernador apareció a su derecha y en unos pocos minutos llegó. Cuatro guardias armados con espadas de obsidiana custodiaban la entrada. Miraron sorprendidos cómo bajaba del caballo y se les aproximaba.

—Necesito hablar con el gobernador. Es muy urgente.

Los guardias lo miraron con desconfianza y lo rodearon.

—¿Quién eres tú y qué haces aquí? —le preguntó uno de ellos.

—Soy amigo del Ah Kin May y vengo a advertirles que miles de soldados se aproximan desde el norte. Vienen a destruir la aldea.

Se sorprendieron al escucharlo. Uno de ellos se le acercó y lo amenazó con un enorme mazo poniéndolo justo en su pecho.

—Estás mintiendo —le dijo—. Los soldados blancos llegaron en sus naves por el este. Nuestros guerreros se encargarán de ellos.

Carlos Ordóñez retrocedió con sumo cuidado.

—Yo mismo informé al Ah Kin May sobre los soldados pero fue un truco para engañarnos. Los soldados vienen hacia acá. Yo mismo los vi esta mañana.

Uno de los guardias lo tiró al piso en un movimiento relampagueante. Carlos Ordóñez gritó a todo pulmón que estaba diciendo la verdad. La gente se acercaba a ver qué sucedía. Lo habían tomado como prisionero y le ataban de manos, pero él insistía que le dejaran hablar con el gobernador. No dejaba de forcejear exigiendo que lo soltaran. Uno de los guardias perdió la paciencia y le propinó un puñetazo en la cara al tiempo que le ordenaba callar.

El golpe dejó a Carlos seminoqueado. Otro de los guardias alzó su espada sobre su cabeza para cortarla de tajo en el cuello. No tenía más fuerzas para resistir cuando sonó una voz desde la residencia:

—¡Deténganse! —ordenó la voz de Zac Muunyal que había salido a ver que sucedía.

Los guardias voltearon y la reconocieron de inmediato. Se levantaron dejando al herido en el suelo y explicaron que el hombre era uno de sus enemigos y estaba intentando acercarse al gobernador.

Leetsbal Ek apareció detrás de su madre y reconoció el cuerpo de Carlos Ordóñez tratando de levantarse. Ambas corrieron a auxiliarlo y ella sintió de inmediato un hueco en el estómago. Carlos se incorporó adolorido y las dos mujeres lo condujeron dentro de la residencia. Llevaron una jícara con agua, unos paños húmedos y le limpiaron las heridas.

—Escúchenme bien —dijo él con voz desfalleciente—. Tenemos que salir de aquí ahora mismo. Un ejército con más de dos mil soldados se aproxima para destruir la aldea.

Ambas quedaron impávidas con sus palabras. ¿Cómo era posible? Pensaban que estarían a salvo mientras los guerreros interceptaban al ejército enemigo que desembarcaba. Zac Muunyal le pidió que se explicara.

—Mientras iba de regreso hacia el norte —dijo él— me encontré con dos de sus exploradores. Creyeron que era uno de los hombres del encomendero y me revelaron su plan. El adelantado ideó el plan para engañarlos. Unió sus fuerzas con los tutules y ahora se dirigen hacia acá. Llegarán antes de que caiga la noche.

Leetsbal Ek y su madre lo ayudaron a ponerse en pie y se dirigieron de inmediato hacia el interior de la residencia. Zac Muunyal les pidió a ambos que aguardaran ahí mientras notificaba a Sassil Be. Caminó sobre el extenso pasillo que conducía a la sala de reuniones y explicó a uno de los guardias su urgencia para que la dejaran pasar. Sassil Be y los demás la miraron sorprendidos cuando entró intempestivamente.

—¡Un ejército enemigo se acerca para destruir la aldea! —exclamó ella al entrar—. ¡Están a poca distancia de llegar aquí!

Sassil Be se levantó de su silla y le pidió que se explicara. Ella le respondió que Carlos Ordóñez averiguó el plan del adelantado. Salieron de la sala y Sassil Be pidió que localizaran al gobernador. Luego reunió a la guardia y les ordenó que evacuaran la aldea lo más pronto posible. Los guardias dieron el aviso rápido para que se corriera la voz a lo largo de toda la región.

Leetsbal Ek vio a sus padres acercarse. Sassil Be preguntó a Carlos cuántos soldados se aproximaban. Saber que eran más de dos mil fue una noticia devastadora. Era imposible tratar de detenerlos. Los guardias de la aldea sumaban a lo mucho cien. Existían puestos de vigilancia alrededor del territorio de los cocomes, así que un ejército de esa magnitud no pasaría desapercibido. Pronto sabrían exactamente a qué distancia se encontraban.

El Halach Uinik había partido desde esa mañana hacia una aldea vecina. Era urgente idear un plan para escapar y reagrupar a los guerreros para lanzar una contraofensiva. Ya no sería posible salvar la aldea. Los dzules quemarían todo sin lugar a dudas y matarían a quien encontraran en su camino.

Sassil Be salió del templo acompañado por los demás. Los pobladores se reunían frente a al residencia del gobernador. El temor en sus ojos era más que evidente. Todos se lamentaban de perder sus hogares. Las mujeres lloraban y abrazaban a los niños. Las instrucciones eran dirigirse hacia el sur lo antes posible. Ahí encontrarían a los guerreros quienes seguramente se habían percatado del engaño de los Dzules y regresaban a toda prisa. El gobernador y el concejo de los Ah Kin se reunirían con ellos más tarde. Primero sus espías debían averiguar cuán numerosa era la fuerza que enfrentaban.

Carlos Ordóñez no se cansaba de mirar a Leetsbal Ek y sentía un hueco en el vientre. Ahora estaba seguro. Por nada en el mundo se separaría de ella de nuevo. Le pidió amablemente que se alejaran de la ciudad cuanto antes. Ella se acercó a su padre, quien le dijo:

—Tendrán que partir ustedes solas.

Leetsbal Ek lo miró con un gesto de desaprobación. No estaba dispuesta a dejar a su padre ante tal peligro.

—No me iré de aquí sin ti.

Sassil Be la miró profundamente. Amaba a su familia más que a nada en el mundo pero tenía que regresar a su casa antes de emprender la huida.

—No puedo acompañarlos —le respondió—. El bastón de mando se encuentra en la casa y bajo ninguna circunstancia puedo permitir que sea destruido por los dzules. Juré por mi vida conservarlo y tengo que cumplir con esa responsabilidad.

Su padre era depositario de varios códices y otros objetos sagrados que guardaban cientos de años de tradición en su pueblo. Leetsbal Ek comprendió que no podían dejarlos abandonados.

—Entonces todos iremos contigo —le respondió.

Sassil Be entró a la residencia corriendo y salió unos instantes después en compañía de cuatro de sus guardias. Ellos los escoltarían hasta la casa.

Sassil Be informó a Carlos que su anciano compañero partió hacia otra aldea esa mañana. Sus guardias darían aviso a los pobladores para prevenirlos.

Por el camino advertían a todos los que se encontraban que debían huir de inmediato. Carlos Ordóñez se preguntaba a qué distancia se encontraría el ejército del adelantado. Por desgracia, la casa de Leetsbal Ek los dirigía exactamente hacia donde el enemigo avanzaba.

Los minutos transcurrían y la tensión incrementaba. Salieron a una pequeña planicie y por fin tuvieron a la vista la casa. Sassil Be ordenó a los guardias que montaran vigilancia fuera del recinto. Uno de ellos se adelantó para vigilar si alguien se acercaba.

Leetsbal Ek y su familia entraron a la casa apresuradamente. Tanto ella como su madre tratarían de salvar los objetos que más querían. Su padre les advirtió que era inútil. Tenían que huir a toda prisa y no podían llevar nada con ellas. Leetsbal Ek se estremeció al enfrentar su realidad. Su respiración se había tornado arrítmica pues ya había sido testigo del salvajismo de los dzules. Miró a su alrededor y le brotó un par de lágrimas. Sabía que quemarían todas las viviendas y ese mismo día lo perderían todo.

La voz de su padre la hizo reaccionar. Había recogido sus artículos de poder y estaba apurando a su madre para que partieran en seguida. En ese momento uno de los guardias entró a la vivienda gritando.

—¡Tenemos que escapar! ¡Los dzules se están acercando!

Carlos Ordóñez entró también para buscar a Leetsbal Ek. Sassil Be fue el último en salir y todos corrieron hacia la selva.

Leetsbal Ek avanzaba a prisa cuando el sonido de unos caballos cabalgando hizo que la piel se le erizara. Volteó para atrás y se dio cuenta de que un grupo de seis hombres los seguían. Dos de ellos tomaron sus fusiles y abrieron fuego contra el grupo. Los disparos pasaron zumbando el aire pero sin herir a nadie.

Carlos Ordóñez cayó en la cuenta de que vestía por completo ropas españolas. Los jinetes lo observaron y estarían preguntándose porqué ayudaba a huir a un grupo de locales. El grupo entró en la jungla y todos jadeaban tratando de recuperar el aliento. El sonido de los caballos se escuchaba cada vez más cerca. Sassil Be tomó la palabra para dirigirse a los guardias.

—No podremos escapar corriendo. Sus caballos son más rápidos y nos darán alcance en cualquier momento. Tenemos que internarnos en la jungla para evadirlos.

Capítulo 36

Susane Roth se encontraba sola contemplando el enorme espejo en la sala de interrogación a la que fue conducida tras su captura. Estaba esposada a la silla y observaba el reflejo de su rostro en el espejo de doble vista. Sabía que detrás de él varias personas la observaban. Llevaba más una hora esperando en ese sitio y la desesperación hacía presa de ella.

John Davis entró y se sentó directo frente a ella.

—Acabo de recibir la noticia de que uno de mis hombres murió debido al enfrentamiento que tuvimos al sacarla del departamento —le dijo—. Usted va a pagar caro por habernos puesto esa trampa.

—Quiero hablar con un abogado —exigió Susane—. Y también con el personal de la embajada de Alemania. Soy ciudadana europea. No puede retenerme aquí de esta forma. Conozco mis derechos.

John Davis dio un puñetazo cimbrando la mesa.

—Déjeme dejarle algo claro —le respondió amenazante—. Usted se encuentra detenida bajo cargos de terrorismo cibernético, señorita Roth. Bajo las leyes de mi gobierno, tengo derecho a retenerla aquí el tiempo que considere necesario. Además, deje de hacerse ilusiones. Cuando su país sepa sobre los cargos que enfrenta, no querrán saber nada de usted. El gobierno alemán lleva décadas peleando contra el terrorismo y es nuestro aliado en este asunto. Así que más vale que entienda que se encuentra sola en esto y que hable de inmediato.

Para desgracia de Susane, el incidente frente al departamento era algo que no había calculado y ahora el gobierno norteamericano podía culparla por la muerte del agente.

—Lo que sucedió en Madrid… yo no lo planeé… —dijo titubeante—. No era mi intención que sus hombres salieran heridos. No tenía idea de que algo así pudiera suceder.

—No juegue a la víctima, señorita Roth —le respondió Davis—. Usted sabía perfectamente que la estaban siguiendo con el propósito de asesinarla. ¿Qué espera para contarnos toda la verdad?

Susane se mantenía callada. No sabía si al responder empeoraría su situación.

—Le advierto que si no coopera, el fiscal militar pedirá que se le aplique la pena de muerte por cargos agravados de conspiración, terrorismo y asesinato de uno de nuestros agentes —continuó Davis presionándola.

—¡Yo no asesiné a ese hombre! —gritó Susane enfurecida con las acusaciones—. ¡No me puede acusar de algo que yo no hice!

—¡Nuestros sistemas de información se encuentran bloqueados gracias al maldito virus que plantó en nuestra red! —le respondió Davis gritando—. ¡Usted nos tendió una trampa y como resultado de sus acciones uno de mis hombres está muerto!

—¡Deme una terminal con un acceso remoto al sistema y solucionaré el problema! —respondió ella con la voz alterada.

Davis la observaba sin emitir una sola palabra. Luego le advirtió que irían desentrañando el asunto paso por paso. Si se negaba a cooperar enfrentaría severas consecuencias.

—Primero dígame, ¿cuáles eran sus intenciones para atacar nuestros sistemas de datos? ¿Es usted miembro de algún grupo terrorista o para quien está trabajando?

Susane negó con la cabeza.

—Sólo lo hice para llamar su atención. Usted tiene razón. Sabía que estaban tratando de asesinarme. Estaba en una situación desesperada y pensé que sería la única forma en que podían ayudarme.

Davis la miró incrédulo. No podía creer lo que estaba escuchando.

—Explíquese bien. No comprendo a qué se refiere con eso.

—Sólo deme una terminal remota y solucionaré su problema en menos de una hora. Después ya podrá confiar en mí y le contaré todo lo que quiere saber.

—¡No confiamos en usted y no puedo darle acceso a nuestro sistema, maldita sea! ¿No lo entiende? Usted podría aprovechar la situación para causar más daño del que ya ha hecho.

Susane pidió un vaso con agua y Davis salió por un momento. Esperó un par de minutos y luego regreso en compañía de otro sujeto que llevaba un maletín negro. Ambos se sentaron frente a ella y el sujeto sacó del maletín una jeringa hipodérmica y un frasco con una solución transparente.

—¡Un momento! —gritó Susane tratando de levantarse—. ¿Qué pretende hacer con eso?

—Vamos a averiguar la verdad de una forma u otra, señorita Roth —le respondió Davis—. Usted no está cooperando y nosotros ya perdimos suficiente tiempo.

El hombre introdujo la jeringa en el frasco mientras Susane lo observaba aterrada.

—Ok, ok, ya entendí el mensaje… —respondió temerosa—. Sólo aléjelo de aquí, por favor. Si me droga no podré ayudarlos a restablecer las operaciones de sus sistemas.

Davis pidió al otro agente que dejara la jeringa sobre la mesa. Luego advirtió a Susane que ésta era su última oportunidad para hablar.

—Hace unos meses me contactó un grupo que deseaba contratarme para robar información clasificada de los grandes bancos centrales de Europa y Norteamérica —confesó Susane finalmente—. El dinero que vio en el departamento de Rafael Andrés fue parte del pago que recibí por los archivos robados. Los sujetos que buscaban asesinarme seguramente trabajan para las centrales de seguridad bancarias o para el grupo que me contrató para robar la información. Yo misma diseñé parte de esos sistemas. Conozco sus debilidades e hice uso de mi conocimiento para acceder ilegalmente a sus datos.

—¿Qué papel juega el señor Andrés en este asunto? ¿Es su cómplice?

Susane negó con la cabeza.

—Rafael Andrés desconoce por completo este asunto.

—¿Qué tipo de información sustrajo y para qué puede ser utilizada? —inquirió Davis.

—La información refleja el estado financiero de los grandes consorcios y sus subsidiarias en la banca privada por los últimos cinco años. Muy poca gente se podría beneficiar de este tipo de información. Los datos que obtuve podrían ser utilizados para actuar en contra de los consorcios, pero en realidad desconozco para qué pidieron que la hurtara.

Susane le explicó a detalle a Davis cómo se llevó a cabo el contrato y cuánto tiempo después se dio cuenta de que la seguían.

—Acaba de confesar un crimen muy serio —le advirtió Davis—. Pero su comportamiento está fuera de toda lógica. ¿Qué la hizo actuar en contra de nosotros? ¿De qué forma podía ayudarla atacar nuestros sistemas?

Susane tomó un poco de agua y respiró profundamente.

—Yo sabía que tarde o temprano alguno de estos grupos iba a dar con mi paradero para secuestrarme o asesinarme. No podía acudir a la policía o al gobierno alemán para pedir ayuda, la verdad saldría a relucir y me encarcelarían de por vida. Mi única salida era lograr que ustedes me sacaran de ahí y me pusieran bajo custodia, como lo han hecho. Por eso planté el virus en el disco duro. Sabía que en el momento en que lo analizaran, infectaría su sistema y tendrían que volver por mí. Era la mejor forma para llamar su atención.

John Davis se quedó pensativo.

—¿Qué es lo que pretende de nosotros, señorita Roth?

—Deseo trabajar para la división cibernética de su departamento de inteligencia. Ustedes pueden darme una nueva identidad y borrar todo vestigio de mi persona. Es la única forma de mantenerme protegida.

—¿Y pensó que podía chantajearnos para obtener nuestra ayuda? No sea ridícula, señorita Roth. Es la estupidez más grande que he escuchado en mi vida.

—No estoy pensando en chantajearlos —respondió Susane—. Le repito, deme un acceso remoto a su sistema y le demostraré de lo que soy capaz. Sus programadores no han podido resolver el problema y, como usted dijo, ya han perdido suficiente tiempo. Yo puedo resolverlo en cuestión de minutos; soy capaz de descifrar cualquier sistema de seguridad por complejo que sea. Esto incluye centrales bancarias, gobiernos extranjeros o cualquier sistema que almacene información clasificada. Mi oferta está sobre la mesa, así que ahora depende de usted que esta situación se resuelva lo antes posible.

Capítulo 37

En el supermercado, Kiara y su madre trataban desesperadamente de comprar víveres. Tras la noticia de la escasez de petróleo, el desabasto de bienes de consumo se agravó, por lo que toda la gente salió desaforada a conseguir lo que tuvieran a su alcance para almacenarlo en sus hogares. Trataban de realizar sus compras en medio de cientos de personas que arrasaban con todos los productos básicos, llenando sus carritos hasta el tope.

Únicamente habían conseguido lo más indispensable. Por lo que temían que sin una reserva suficiente, padecerían hambre los siguientes días. Kiara observaba los carritos y rogaba a la gente inútilmente que les cediera algunos productos. De pronto, dos agentes de policía entraron y discutieron con uno de los encargados por espacio de unos minutos; luego avisaron a las empleadas que dejaran de cobrar y cerraran momentáneamente sus cajas.

El encargado del supermercado tomó un micrófono y llamó la atención de los clientes. El barullo y la desesperación que reinaban hacían casi imposible escuchar su voz.

—Por orden del gobierno federal estamos obligados a partir de este momento a racionar la cantidad de víveres que podrá comprar cada persona. A todos aquellos cuyos carros de compra se encuentren llenos, les sugerimos que tomen solamente dos productos de cada índole y dejen que los demás clientes surtan sus necesidades. En el caso de los productos perecederos, el límite de venta será de un máximo de dos libras por persona. Lamentamos mucho este inconveniente, pero son órdenes del gobierno federal. Por favor no intenten comprar más productos de los que son permitidos. Gracias por su comprensión.

Kiara, que discutía con un sujeto para que le cediera parte de sus compras, lo miró satisfecha con el anuncio. Después de gruñirle, él aventó el carrito de compras contra uno de los anaqueles, tirando los productos. Kiara y su madre veían atónitas su reacción.

—Afortunadamente el gobierno controlará las compras de pánico que se han desatado en todo el país —comentó María—. También la venta de combustible fue racionada a cinco galones por auto.

Ambas se dirigieron al departamento de carnes y vieron con desilusión los refrigeradores vacíos. Un par de empleados empujaba carros con paquetes de cortes, para regresarlos y Kiara pidió tomar algunos. Escogía entre la variedad cuando se dio cuenta de que fueron retiquetados al doble de su precio.

Observó el oportunismo con indignación. Tomó dos paquetes y los puso en su carrito. De todas formas era muy poco lo que podían comprar. Llegaron hasta la caja y María pagó con su tarjeta. Hacía cuentas de todos los gastos que efectuaban. Su semblante se mostraba más preocupado a medida que enfrentaban la situación. Salieron del supermercado y buscaron un taxi.

—Tengo un poco de dinero ahorrado, mamá —le dijo Kiara para tratar de aliviar su preocupación—. Mañana podemos ir al banco a que lo transfieran a tu cuenta.

—Gracias, hija, pero la solución será que obtenga un empleo lo antes posible. Con los precios aumentando de esta forma, el dinero no nos alcanzará ni siquiera para sobrevivir este mes.

Subieron a un taxi y llegaron hasta su casa. Luego prepararon la comida y Kiara recordó que esa tarde comenzaría con su entrenamiento de natación. Las dos comieron en silencio tratando de pensar positivamente sobre su situación. Luego terminaron con la tarea de limpiar la cocina y Kiara subió las escaleras.

Llegó hasta su habitación y preparó sus cosas en una mochila. Le emocionaba tener la oportunidad de nadar en la piscina de la escuela. Se despidió de su madre y acordaron verse a la hora de la cena. Salió de la casa y caminó sobre la acera. Era la única persona que andaba a pie. Pensó en el largo tiempo de su estancia en la jungla y extrañó los sonidos de los animales que la animaban cada vez que salía a hacer un recorrido.

Su paseo por la ciudad no se parecía en nada a la sensación de tranquilidad que la experimentaba en la selva. En las calles, una constante sensación de apuro y ansiedad se apoderaba de las personas. Pero ella no iba a caer de nuevo en el estrés de la cultura urbana. Su mente y su espíritu se encontraban aún conectados con la belleza y armonía del mundo natural. Caminaría con tranquilidad, disfrutando del soleado día, sin dejar que nada alterara su paz interna.

Continuó reflexionando sobre el asunto hasta llegar a la escuela. Se dirigió a la biblioteca, donde checó su correo electrónico. Desafortunadamente no tenía ningún mensaje nuevo. La preocupación por Shawn seguía presente, aunque ella había tratado de poner su atención en adaptarse a la nueva vida. Él no se había comunicado y ella ignoraba la situación que estaba viviendo en California con su familia. De seguro no era nada buena. Kiara sintió un escalofrío al pensar que se encontrara sufriendo por sobrevivir.

Salió de la biblioteca y llegó hasta la piscina. Quería distraerse un poco y no sucumbir ante la presión. El equipo de natación, integrado por hombres y mujeres, se encontraba ya listo. Kiara se dirigió al entrenador, quien le indicó dónde se encontraban los casilleros y los vestidores. Luego le dijo que prestara atención y se integrara a las actividades.

Hicieron ejercicios de calentamiento para preparar los músculos. Kiara se zambulló en el agua y se sintió relajada. El entrenador repasó las técnicas correctas de respiración y el empleo de brazos y piernas para ganar mayor impulso. Mientras nadaba, Kiara se esforzaba al máximo por concentrarse en la tarea, pero no podía dejar de preocuparse por Shawn. Quería tener noticias de él lo antes posible. Decidió esperar hasta el día siguiente para enviarle otro mensaje.

El entrenamiento concluyó y Kiara se cambió de ropa para regresar a casa. Caminó con rapidez, pues no deseaba encontrarse a oscuras caminando sola por la calle. Al llegar, encontró a su madre viendo las noticias en la pequeña televisión de la cocina. De nuevo su semblante revelaba preocupación.

—¿Qué hay de nuevo? —preguntó Kiara.

—El desabasto en todo el país continúa —explicó su madre—. La policía casi no puede contener a miles de personas que se manifiestan en contra de la política del gobierno de racionar los alimentos.

Kiara puso atención al noticiero.

…varias ciudades del centro y norte del país se unen ya a los cientos de disturbios que quebrantan el orden en las calles. En Nueva York y Washington, miles de personas atacaron y saquearon decenas de tiendas de autoservicio. El procurador general pidió calma a la población y amenazó con recrudecer los castigos contra aquellos que violen la ley. Mientras tanto, en el terreno de la economía, expertos en finanzas de todo el mundo advirtieron que la carencia de petróleo acabaría muy pronto con la lograda estabilidad del dólar en el mercado cambiario. De continuar esta tendencia, los Estados Unidos podrían quedar al borde del hambre, pues los países productores exigían que los pagos fueran cubiertos con reservas del energético en lugar de recibir divisas.

—¿Qué demonios sucede con este país? —preguntó Kiara que sólo escuchaba noticias negativas en la televisión.

—Parece que nuestra economía se resquebraja ante la crisis del petróleo.

Kiara miraba las escenas en las que cientos de personas trataban de conseguir víveres con violencia.

—¿Y qué vamos a hacer si la situación empeora?

—Hablé con tu padre esta mañana y prometió que vería la forma de ayudarnos. Por ahora no hay nada que hacer.

María apagó el televisor y sirvió la cena. Kiara había perdido el apetito tras las desalentadoras noticias. Ambas comieron sin hacer más comentarios al respecto. Kiara se disculpó y subió a su habitación a trabajar en su tarea. Abrió su clóset para sacar su mochila y, entre varias cosas que llevó consigo desde el campamento, encontró una copia del códice que le pidió a José. Las sacó del sobre en que las tenía. Su mano tomó la réplica con cuidado y un ligero calambre recorrió su brazo, produciendo un espasmo en la articulación de su muñeca. Le dio un ligero masaje. Quizá sus músculos estaban tensos tras el arduo entrenamiento.

Abrió el códice sobre su cama y centró su atención en él. Primero vio las imágenes de la serie exterior, donde seres grotescos representaban escenas de guerra y dominación, según le explicaron José y Elena Sánchez. Luego volteó el códice para mirar la serie interior. Observó la imagen de Anya en la primera lámina y su atención quedó fija en el detalle resaltado de sus ojos y el extraño tocado que portaba. Recordó su encuentro con los miembros del concejo durante su experiencia de sueño consciente. No podía dejar de admirar lo diferente que eran a los humanos de su mundo, los poderes que tenían para manejar sus viajes de conciencia y la forma en que supieron todo respecto a ella con sólo mirarla. Se preguntó qué relación guardaba ese extraño pergamino surgido en España con los Inmortales.

Escuchó pasos por la escalera y momentos después su madre entró en la habitación. Observó a Kiara admirando la copia del antiguo pergamino. Se acercó a ella y tomó asiento.

—¿Sigues intrigada con el significado de este documento verdad? —le preguntó su madre y ella asintió con la cabeza.

—Es que no alcanzo a comprender qué relación guarda con todo lo que me ha sucedido en el campamento de investigación. Mi mente se esfuerza por comprenderlo pero no sé cómo lograrlo.

María analizó las láminas con detenimiento. Kiara se fijaba en la serie interior; en especial en una lámina que mostraba una pareja sosteniendo un extraño artefacto cuadriculado por ambos lados. Le preguntó a María quiénes eran esos personajes.

—Son los *tejedores del tiempo* —le respondió—. Para los mayas, el tiempo presente era una combinación de dos factores principales que se entretejían para dar origen a la realidad. Estos factores eran las fuerzas de acción y las de reacción. La mujer representa una y el hombre a la otra, que es su contraparte. Ambos trabajan en el telar creando el tiempo. Para ellos el tiempo era un fenómeno que se hacía evidente a cada instante, mientras observaban los cambios a su alrededor durante las estaciones de lluvias, sequías, plantación y cosechas. Todo esto representaba un ciclo natural incesante

en el que se conjugaban los poderes de las deidades planetarias, el viento, la lluvia, los relámpagos y todas aquellas
fuerzas naturales que entonaban el concierto de la creación.

Kiara escuchaba a su madre boquiabierta. María continuó con su explicación.

—Los hilos del tejido del tiempo consistían principalmente en la dualidad causa–efecto que creaba sus acciones
y el conocimiento que adquirían al ejecutarlas. A través de
estos hilos se entretejía la realidad por medio de un mecanismo de acción–reacción que los conducía por la ruta
de su destino. Cada hilo representa una línea de sucesos y
sus consecuencias que se entrecruzan dándole forma a todo
el telar. Éste representa la unión de los fenómenos que se
conjugan para crear la realidad. Así, las influencias de los
planetas, individuos, plantas y seres vivos quedaban todas
unidas mediante el telar.

—¿O sea que los tejedores del tiempo son como los
narradores de la historia del códice?

—Exactamente —respondió María, quién tomó el pergamino para cerrarlo y formar un círculo con él.

—Como te expliqué, el telar de los tiempos representaba
para los mayas una sucesión interminable de ciclos. Los tejedores del tiempo nos indican aquí cuáles fueron los hechos
y circunstancias humanas o planetarias que dieron origen a
este largo ciclo que comprenden sus láminas.

—El largo ciclo de oscuridad —exclamó Kiara—. José
me explicó que la serie exterior de demonios y seres de maldad envolvió la vida de los personajes de la serie interior
durante toda la historia narrada en el códice.

—Así es, eso fue lo que sucedió durante este ciclo
—aceptó María—. Los tejedores del tiempo narran cómo
este ciclo de oscuridad influyó sobre ambas fuerzas. Las acciones de uno y otro bando se entretejieron dando origen
a los sucesos plasmados en las láminas. Los seres del mal

expandieron su dominio mientras que las fuerzas del bien se contrajeron. Aquí aparecen luchando para ocultar su conocimiento y lograr sobrevivir. Esto lo lograron mediante las prácticas de sus rituales, los cuales eran el eje fundamental sobre el cual giraba la obtención de su conocimiento. A través de ellos, los antiguos mayas se ocuparon de deslizar su conciencia a través de los hilos del tiempo para profetizar los hechos narrados en este códice. De esta forma se prepararon para enfrentar la era de oscuridad.

—¿Quieres decir que el códice fue elaborado antes que todo esto sucediera?

—Indudablemente —respondió María—. Las pruebas de radiocarbono lo demostraron. Sé que parece incomprensible, pero debes entender que el tejido del tiempo era muy complejo para los mayas. Pues este involucraba la influencia de todas las fuerzas a su alrededor. Para ellos los planetas, el Sol y las estrellas actuaban como cargadores del tiempo. Vaticinando circunstancias favorables o adversas a lo largo del tejido. Con sus movimientos, estos cuerpos proyectaban su influencia sobre la vida de los habitantes. Por esto muchas veces en los glifos son representados con un morral o cartucho de tiempo, que explica cómo un suceso se veía determinado por un cuerpo celeste. Por esta razón ellos parecían estar obsesionados con el estudio de los movimientos planetarios. Al conocer la influencia de los planetas de acuerdo a sus movimientos, ellos creaban el telar que anticipaba los hechos que enfrentarían en el futuro.

—¡Impresionante! —exclamó Kiara—. Quisiera comprender a fondo el significado de este lenguaje iconográfico.

María le sonrió. Luego comentó que tras su regreso al campamento, el estudio del códice la había vuelto a la vida al darle la oportunidad de retomar su carrera profesional.

—En este códice —continuó su madre emocionada—, los tejedores del tiempo nos indican que la historia se desarrolló por largos siglos o incluso milenios, pues en cada ilustración aparecen el Sol, la luna o un planeta distinto cargando con su morral de tiempo. Esto sugiere que a través de los siglos la influencia de estos cuerpos celestes fue profetizada y luego se experimentó sobre el tejido.

—¿O sea que los conocedores del códice lo utilizaron como un mapa o instrumento para preveer las circunstancias futuras y así defenderse de los seres del mal?

—Podría apostar mi reputación como antropóloga a que así fue —respondió María.

—¡Pero es que eso es simplemente increíble! Los creadores del códice utilizaron el poder de su conciencia para alertar a sus generaciones futuras sobre el mal que se avecinaba. Sus portadores contaban con el mapa que describía el telar de tiempo que enfrentarían.

—Y lo más impactante es que sólo ellos eran capaces de comprenderlo. Al igual que la pirámide, el códice contiene su propia codificación. De modo que únicamente los iniciados en su conocimiento se podían valer de él para leer el porvenir. Hasta hace apenas unos días, tu padre, con su acostumbrado escepticismo frente a los aspectos sobrenaturales de los mayas, no se atrevía a considerarlo como una realidad. Luego vinieron los relatos de tus viajes, la experiencia dentro de la pirámide y la ceremonia con los ancianos. Creo que la muralla de su escepticismo se fue derrumbando pieza por pieza. Aun así, durante los pasados días discutió por horas con Sarah y Daniel para que plantearan algunas de sus teorías físicas que pudieran brindarle una explicación científica a estos hechos.

—¿Pero por qué no me habían dicho nada al respecto? —se quejó Kiara—. Esto es sumamente importante para entender lo que me está sucediendo.

—En el campamento te invitamos a que nos acompañaras a trabajar en el desciframiento, ¿lo recuerdas? Los dibujos del códice nos conducían por esa senda. Las pruebas de radiocarbono hablaban sobre su antiquísimo origen. Pero sólo fue hasta que nos revelaste tus experiencias que todos pudimos atar los cabos sueltos. La información que obtuvimos a través de lo que nos contaste fue clave para comprender la codificación del códice. José, Elena y hasta tu padre opinaron que no debíamos influenciarte con nuestras opiniones hasta que estuviéramos seguros de lo que sucedía. Como investigadores, necesitábamos analizar los hechos de manera objetiva para no caer en conclusiones equivocadas. Sarah y Daniel estuvieron de acuerdo y luego José te entregó una copia del pergamino para ver si podías averiguar algo por tu cuenta.

—¡Bien pudieron adelantarme un poco sobre sus investigaciones para aliviar el peso de la incertidumbre que he sufrido!

—Tu padre y Elena iban a revelarte todo al respecto cuando afirmaste que conocías a la guerrera lechuza —le explicó su madre sonriéndole—. Todos quedamos desconcertados pensando que se trataba de algún juego tuyo. Al darnos cuenta de que hablabas en serio, todo cambió. Cuando nos revelaste tus propias experiencias y nos brindaste una nueva fuente de información, te convertiste tú misma en objeto de nuestro estudio. Bienvenida al mundo científico, Kiara.

—Sí, claro, ya lo sé. En ese mundo todos ustedes son iguales con su curiosidad científica. Pero dime una cosa… José y Elena me explicaron que Tuwé les aseguró que la clave para comprender lo que sucederá con la humanidad está cifrada en el códice. ¿Ya consiguieron averiguar lo que se avecina?

—Creo que cada vez nos acercamos más a lograrlo.

Kiara observó el pergamino que se encontraba formando un círculo con las escenas de las fuerzas del mal envolviendo el telar de tiempo.

—Pareciera que estas escenas describen de una manera muy cruda el orden social que rige sobre nuestra civilización —afirmó Kiara—. Al verlas, me da miedo pensar en nuestro futuro.

—¿Te parece? —preguntó María sorprendida de que a su corta edad Kiara tuviera esa impresión del mundo.

—Así me lo parece —reafirmó—. Mira lo que sucede en estos momentos. Vivimos bajo un sistema económico que esclaviza al ser humano convirtiéndolo en simple objeto para el consumo. Habitamos un mundo en el que las personas desean exactamente lo mismo: tener mucho dinero. Como si alguien les lavara el cerebro día y noche, convenciéndolos de que ése es el único propósito de su existencia. Es una forma de dominación similar a la que describe el códice.

—La vida ha sido así desde que tengo memoria, Kiara. Recuerdo que tu padre y yo nos alejábamos por meses durante nuestras expediciones. Pero al volver a la ciudad, se hacía evidente que la humanidad crecía desmedidamente y con ella la necesidad de consumir más cada día. La población no conoce otra forma de vida que no involucre el comercio. Comprar y vender parecen ser las únicas actividades en que se concentra la mente de las personas. Y la mayor desgracia del ser humano es que hemos conocido sólo esta cara de la moneda.

"La otra cara tiene que ver con el desarrollo de la conciencia, tal y como fue legado por las antiguas civilizaciones. Al descifrar el códice puedes darte cuenta del poder tan grande que alcanzaron. Pero éste es un asunto que hoy en día es considerado como un pasatiempo o una moda pasajera. Peor aún, en la actualidad es utilizado para lucrar con la necesidad de las personas de conocer más a fondo los misterios que nos rodean. Los creadores de este códice conocían bien cómo el mal envolvió nuestro mundo y por eso dibujaron la otra cara del códice, que representa el verdadero camino hacia la iluminación. No hay que olvidar que aunque el mal nos rodee, como me sucedió a mí durante tantos años, siempre existe su contraparte.

"Pero encontrar este camino de iluminación no es cosa fácil. Su senda necesita ser descifrada. Es lógico que no esté al alcance del ser humano común de las ciudades. Aquí reina el dominio que ejercen los seres del mal a través del dinero y la corrupción. Tu padre y yo hemos luchado durante años por entender el conocimiento que legaron las antiguas civilizaciones, pero es tan complejo de comprender que parecía como si todo fuera fantasía. Sabíamos muy poco sobre los viajes de conciencia efectuados por estas culturas y teníamos temor que representaran un peligro para nuestra integridad física.

—¿Por qué tenían ese temor? —preguntó Kiara sorprendida por la franqueza de su madre.

—Porque durante las décadas de los sesenta y setenta muchas personas experimentaron con sustancias psicotrópicas, supuestamente para elevar su percepción, pero en realidad lo único que buscaban era escapar del sistema de consumo excesivo del que ya estaban hartos. Una nueva moda surgió; falsos gurús se dedicaban a lucrar con la ignorancia de miles de personas al hacerlas creer que iban a alcanzar la iluminación si seguían sus enseñanzas. Mucha gente comenzó a vestir al estilo hindú para luego hablar sobre la meditación y otras técnicas prácticamente desconocidas en occidente. Luego formaron frentes civiles de protesta contra las políticas gubernamentales que promovían las guerras y el capitalismo insaciable a través del planeta. Las mafias en el poder vieron el enorme riesgo que corrían sus ganancias si la sociedad se dejaba influenciar por ideas subversivas y así surgió el enorme conflicto que este tema desata hasta hoy.

—¿Y qué pasó después? —Kiara estaba intrigada con todo lo que platicaba su madre.

—El gobierno encarceló a los líderes de estos grupos y penalizó el uso de las sustancias psicotrópicas. Manipuló a millones de personas para hacerles creer que el consumo de cualquier tipo de sustancia era peligroso para su salud. Sin embargo, al mismo tiempo que hacía esto, el sistema capitalista crecía devorando los recursos del planeta mientras promovía la venta y consumo de otras sustancias más tóxicas, como el alcohol, el tabaco y las drogas de prescripción que dañan seriamente la salud de la población. Muchas personas se dieron cuenta de esta doble moral promovida por las leyes del gobierno y lo criticaron severamente. Pero el poder y su enorme maquinaria de manipulación y propaganda televisiva se impusieron. Al final, el tema de las sustancias psicoactivas se convirtió en un tabú de la sociedad moderna cuya información provenía de grupos de poder que defendían sus propios intereses.

—No comprendo, mamá —interrumpió Kiara—. Entonces, ¿quién tenía razón?

—Ninguno de los dos, Kiara. Ambos estaban equivocados en su propósito y ése es el motivo principal del porqué nuestro mundo sigue sumido en la oscuridad. Los promotores del uso de sustancias psicotrópicas eran simples novatos que luego se autoproclamaban chamanes o gurús sólo para satisfacer su ego personal. No conocían los métodos de las culturas ancestrales ni contaban con conocimiento alguno para guiar a los demás; sólo buscaban crear grupos de seguidores para explotarlos económicamente o para formar sociedades anarquistas que actuaran contra el gobierno.

”El resultado fue desastroso. La mayoría dejaba de realizar actividades productivas para sumirse de lleno en una actitud de ocio mientras repudiaban el sistema en que vivían. Entonces el gobierno contraatacó recrudeciendo las leyes contra el uso de las sustancias psicoactivas, inyectando más miedo y desconcierto en la sociedad. Luego el problema creció porque la necesidad de tanta gente de experimentar otros estados de conciencia era tan grande que dichas se convirtieron en otro producto de consumo sumamente lucrativo para el sistema capitalista, ahora manejado por el mercado negro. Esto dio surgimiento a las mafias que aprovecharon esta necesidad humana para enriquecerse a costa de la salud y el bienestar de millones de personas. Y lo más grave fue que, tiempo después, estas sustancias naturales degeneraron en otras muy peligrosas, derivadas de procesos químicos que crean serias adicciones y producen graves trastornos mentales. Bajo este contexto, tu padre y yo no deseábamos saber nada sobre los rituales de expansión de conciencia realizados por las tribus americanas; teníamos temor de enfrentar todo eso.

—Eso lo comprendo —respondió Kiara que recordaba la ocasión en que su amiga Shannon se drogó en el club donde habían ido a divertirse. Su exceso casi le había costado la vida—. Pero, ¿por qué las antiguas civilizaciones buscaban la iluminación de su conciencia a través del uso de esas sustancias?

—Las antiguas civilizaciones no estaban regidas por el sistema capitalista del dinero, Kiara —respondió María—. Los hombres de conocimiento de la antigüedad no sufrían del acoso social y económico al que nosotros somos expuestos diariamente. Su conciencia estaba libre del yugo de la sociedad moderna y sus oscuros intereses. Ellos recorrían la jungla luchando por comprender el magnificente orden natural. Su lucha por comprenderlo era legítima en intención y propósito. La naturaleza puso esas plantas sagradas en su vasto jardín y las culturas milenarias descubrieron que a través de su uso eran capaces de atravesar el portal que permitía a su conciencia descifrar los grandes misterios que rigen la vida y la muerte de los seres vivos.

”En cambio, en nuestra sociedad moderna, la avaricia y el conflicto interno del ser humano han tergiversado la realidad. Las plantas de poder no son buenas ni malas, son simples vehículos de expansión de conciencia que se convierten en una cosa u otra, al ser empleadas por el ser humano. Y por más que a la sociedad le incomode enfrentarlo, éstos fueron los medios utilizados por nuestros ancestros para develar el profundo conocimiento que dio lugar a la grandeza de sus civilizaciones. Su uso debe ser manejado únicamente por manos expertas y en el contexto a que pertenecen.

Kiara pensó de inmediato en el Gran Concejo de Atlantis. Los Inmortales le sugirieron que la humanidad tenía que retornar a la exploración del mundo natural para comprender su equilibrio, pero el hombre moderno despreciaba por completo su magnificencia.

—Pero si el ser humano sólo tiene estas intenciones en cuanto a la naturaleza, ¿qué crees que suceda con nuestra civilización? —le preguntó Kiara a su madre.

—La humanidad está llegando al punto de darse cuenta que nuestra forma de vida no es la correcta. Hoy que fuimos al supermercado pensé que el dinero por sí mismo no va a lograr que exista suficiente alimento para toda la población. El dinero es sólo un instrumento de cambio, y cuando no hay alimentos con qué intercambiarlo pierde su valor por completo. Creo que ahora nuestra sociedad se dará cuenta de que ese sistema de consumo excesivo que tanto se ha idolatrado nos condujo al caos que estamos viviendo.

Capítulo 38

El presidente de los Estados Unidos de América y el general Thompson se hallaban en una de las salas de aislamiento secretas del Pentágono. El grupo de los ocho había sido convocado a una reunión de emergencia. William Sherman llegó desde temprano y observaba a los demás miembros que iban entrando poco a poco. El secretario del tesoro y dos miembros del gabinete fueron los últimos en presentarse. Todos estaban al tanto de la ejecución del plan de reordenamiento mundial y eran fieles al grupo. El general inició la conversación de inmediato.

—La situación que impera en el país es más grave de lo que habíamos calculado —explicó—. La población entró en pánico y las medidas de control sobre la inflación no están surtiendo efecto. Tenemos que acabar con este pandemónium.

—Todo está listo para tomar el control de los bancos centrales —intervino Sherman—. Una vez que se encuentren bajo nuestro poder, restableceremos el flujo de petróleo al país y terminaremos con la especulación de precios en el mercado internacional. Reanudaremos las importaciones de alimentos. Eso calmará los ánimos de la población y nos dará la oportunidad de finalizar el proyecto de transición a la nueva moneda.

—El daño sobre la economía del país es muy severo —intervino el presidente dirigiéndose directamente a William Sherman—. Miles de empresas se encuentran al borde de la quiebra. Restablecer el orden no será tan fácil como usted calcula. La desaceleración económica se agrava cada día y estamos perdiendo miles de puestos de trabajo diariamente.

Las solicitudes de ayuda social han aumentado exponencialmente tras los desastres naturales que azotaron al país. ¿Cómo demonios vamos a restablecer el orden bajo estas condiciones?

—Si dejamos que los consorcios bancarios mantengan el control de la economía por más tiempo, el daño será aún mayor —se defendió Sherman—. La economía aún puede rescatarse. Es cierto que podría tardar años en recuperarse, pero no bajo las condiciones actuales del mercado. La única arma que poseemos ahora es el control sobre el petróleo. Todos los países del mundo están racionando el energético. El valor de las monedas se tambalea porque no existe certidumbre sobre el futuro de los mercados globales sin una vasta reserva de combustible. Tenemos que actuar decididamente para restablecer las cosas. El control sobre los bancos centrales nos dará el poder para seguir liderando la economía mundial. No hay tiempo para tribulaciones.

—La toma de los bancos centrales por parte del gobierno causará aún más conmoción en los mercados financieros —continuó el presidente—. La banca privada se paralizará dejando en la incertidumbre a millones de personas que confían en el sistema para salvaguardar su patrimonio. Tenemos que hacer uso de todos los recursos a nuestro alcance para calmar a la población durante el periodo de transición o todo se nos saldrá de las manos.

—La guardia nacional se encuentra lista para salir a las calles a restablecer la paz —intervino el general Thompson—. Nos encargaremos de que todas las grandes tiendas de autoservicio sean vigiladas las veinticuatro horas. Tenemos que asegurar que no habrá desabasto de los productos básicos. Aquellos que persistan con los saqueos y manifestaciones públicas serán arrestados y puestos bajo custodia de la policía. No permitiremos que el orden social colapse frente a nuestros ojos.

—Es necesario enviar un mensaje a la nación para calmar los ánimos —intervino Sherman dirigiéndose al presidente—. El gobierno deberá garantizar los ahorros de la población ante cualquier eventualidad. La gente necesita saber que todas sus pérdidas serán compensadas. Pero el sistema bancario no puede sostenerse así por más tiempo. Los mercados internacionales no retomarán la confianza en nuestra moneda sólo porque controlemos nuestra crisis interna. Para volver a tomar los mercados en nuestras manos, necesitamos que el sistema bursátil caiga y que el *petro* prevalezca como la moneda del nuevo orden mundial.

Una serie de murmullos invadió la atmósfera de la sala. Los miembros del grupo habían decidido apoyar el plan, y éste era el momento de dar el golpe final al sistema bancario. El general Thompson preguntó a la audiencia si estaban de acuerdo en actuar de inmediato. Todos respondieron que sí.

—Entonces actuaremos sin más demora —dijo el presidente—. El futuro de esta nación depende de nuestras acciones. —Luego se dirigió al general Thompson—: General, ¿en cuánto tiempo puede movilizar a las tropas especiales para controlar el banco de la reserva federal?

—Las tropas se encuentran en estado de alerta, su movilización es posible en cuestión de horas. El plan será coordinado con nuestros aliados europeos. Las medidas para evitar que los consorcios destruyan sus sistemas de información han sido repasadas una y otra vez. Tomaremos los edificios por aire y tierra. Pero la reacción de la prensa no se hará esperar. El presidente tendrá que dirigirse a la nación para explicar la intervención y los subsecuentes arrestos que llevaremos a cabo.

—Nosotros controlamos la mayoría de las estaciones de televisión —intervino Sherman—. La opinión pública será informada de inmediato y escuchará con satisfacción las medidas. Desde hace años están esperando la caída de los responsables que iniciaron la crisis económica del 2009. Ha llegado la hora de apresarlos y en unos días podremos anunciar la transición hacia la nueva moneda.

—Entonces realizaremos el plan mañana a las nueve horas, cuando inician las operaciones bancarias —explicó Thompson—. En Europa se efectuará durante la sesión de operaciones, debido a la diferencia horaria.

—El procurador general emitirá hoy las órdenes de aprehensión de los propietarios de los grandes consorcios —explicó el presidente—. Pero los bancos reanudarán operaciones a la brevedad posible. Me dirigiré a la nación mañana por la noche para explicar los motivos de la intervención.

Capítulo 39

Sarah Hayes observaba con fijeza el movimiento sincrónico que realizaba el Sol para fecundar al planeta con millones de formas individuales de conciencia. Sus rayos de luz emitían pulsos de energía altamente organizada a cada instante, otorgándole la capacidad de albergar y sustentar la vida para millones de seres vivos. Era un espectáculo fascinante contemplar el origen de los seres conscientes en su escala primaria.

Veía cada vez con mayor profundidad el ciclo recurrente de vida y muerte. A nivel de conciencia, se asemejaba más al ciclo de transición de la vigilia al sueño experimentado diariamente. Desde esta perspectiva, la muerte no era otra cosa que un paso intermedio en el extenso camino de la evolución. Una simple escala del camino a través del cual la conciencia enfrentaba condiciones de vida de acuerdo con el plano asignado por su propio proceso evolutivo.

Sarah sabía que, al comprender esto, las culturas ancestrales centraron sus esfuerzos en alcanzar el máximo aprendizaje durante su vida física. Por esta razón sus textos y grabados hacían referencia a un ciclo recurrente de vidas en este mundo para aquellos que habían ignorado los designios de las leyes de la creación. Para los sabios de la antigüedad, la ascensión en el camino evolutivo era la meta indiscutible de todo ser vivo. Por eso cada vida experimentada en el mundo físico debía ser determinante en términos del aprendizaje de las disciplinas que conducían a la expansión de la conciencia, ésta era la única ruta que existía para librar el escabroso camino de los reinos inferiores.

Tras hacer conciencia de esta realidad, Sarah proyectó su atención hacia el proceso que realizaba el Sol para regir el destino de encarnación de cada ser vivo. Deseaba comprender porqué ella no podía recordar dato alguno sobre sus pasadas existencias. La conciencia suprema le mostró entonces que el fruto de luz divina que conformaba un ser vivo adoptaba una nueva personalidad durante cada encarnación, borrando todo recuerdo anterior para no saturar su memoria y raciocinio. Las experiencias acumuladas durante toda una vida representaban millones de impresiones sobre su conciencia que constituirían una pesada carga para el nuevo individuo que se integraba al siguiente ciclo de vida. Sin embargo, estas impresiones quedaban grabadas en el telar del tiempo. Mediante la conciencia expandida era posible viajar a través del telar para presenciarlas. Sarah analizó la situación que la había conducido al campamento. Comprendió que dentro de la existencia de los seres vivos no existía el azar. Todas sus experiencias eran producto de la causalidad de las leyes del universo.

Ante la presencia de ese majestuoso orden que regía la vida en el planeta, ella se preguntaba la razón por la que su destino la había conducido hasta el sitio de la pirámide.

El vórtice espiral del que emanaba la luz de la creación se hizo presente en su campo de visión y la atrajo hacia su centro. Sintió una oleada de recuerdos atravesar su ser consciente. Su perspectiva de observación se movía a través del tejido dimensional de la realidad para mirar hacia atrás. Podía observar con claridad diferentes episodios del pasado remoto de su existencia. En una imagen, pudo reconocerse a sí misma en otro tiempo, en compañía de Rafael con el que parecía haber formado una familia. Recordó que él le había relatado sobre esa existencia. En otro episodio, más atrás en el tiempo, podía verse a sí misma en la figura de Leetsbal Ek acompañando a su padre, quien portaba el bastón de poder durante la práctica de los rituales sagrados.

Logró entender que ella formó parte de las etnias que
protegieron el conocimiento a lo largo del tiempo. Rafael se
encontraba ahí también, en la figura de uno de sus antepasados. Sarah lo observaba y percibía intensamente el amor que
sentían el uno por el otro. Le resultaba claro que su destino
se entrelazó en el momento en que ambos se conocieron por
primera vez en la pequeña aldea. Desde entonces, sus conciencias luchaban por acercarse para compartir su destino a
través del viaje de la vida.

Las imágenes que evocaba le mostraban recuerdos cada
vez más lejanos de existencias pasadas. En todos los casos,
ella se percibía observando los oscuros cielos en la noche
y estudiando los fenómenos naturales que involucraban la
continuidad de la vida en el planeta.

Sarah se concentró en el proceso de acumulación de
conocimiento que resultaba al completar cada una de sus
existencias. Su conciencia se enriquecía solamente de aquellas experiencias que revelaban parte del complejo orden uni-
versal. Por eso era necesario conectarse con el mundo natural
para dilucidar sus misterios y participar de la evolución de
su propia especie. Todos los otros recuerdos referentes a su
condición social e interacción con los demás seres humanos
quedaban por completo borrados para permitirle a su conciencia almacenar nueva información. Por esta razón, una
conciencia encarnada era incapaz de recordar los sucesos de
su vida pasada.

Sarah deseó ahondar aún más en sus ciclos de encarnación para comprender de dónde surgía la fuerza que la
impulsaba día a día a explorar el universo en busca de respuestas. Vislumbró escenas que la llevaban al momento en
que fue edificada la pirámide de Etznab. Cientos de personas
a su alrededor se encontraban involucrados en el sitio de
excavación donde poderosas máquinas levantaban piedras
y las colocaban delicadamente dentro del complejo.

Sarah se percibió a sí misma como una niña observando la construcción de ese majestuoso templo que asombraba a las personas a medida que cobraba forma. Luego vio escenas que revelaban el interior de la pirámide y cómo ella atravesaba el pasillo que conducía hacia la galería principal.

Su visión la llevó frente a la puerta de acceso a la cámara interior, donde percibió el espectáculo más asombroso de su vida cuando las luces se encendieron. Ella era ya mucho mayor y observaba a detalle el complejo diseño iluminado del suelo, donde varias series de glifos giraban. Un recuerdo le hizo comprender que los glifos representaban los veinte senderos de encarnación que gobernaban la existencia de cada individuo sobre el planeta.

Este intricado relieve en el piso de la pirámide representaba la gran matriz de la conciencia suprema del Sol y la forma en que su luz depositaba la conciencia individual en el planeta. Su eterno giro producía un haz diferente de radiación cada día, determinando de esta forma la codificación electromagnética que conformaba la conciencia de cada nuevo individuo. Los constructores de la pirámide habían descifrado la forma en que la luz creativa proveniente del Sol sostenía la vida. Por medio de su giro esta energía alimentaba al mundo a través de una serie de ciclos que regulaban las funciones de desarrollo, maduración y reproducción de los seres.

El conocimiento sobre la misteriosa naturaleza de la luz rebasaba por completo la comprensión humana. Los atlantes fueron capaces de descifrar cómo la luz creativa transportaba y codificaba la información referente a todas las características del mundo perceptible. Billones de pulsos de información que definían los colores y formas características de todos los objetos eran transcritos a la estructura de cuarzo para almacenar sus datos y reconocer su codificación individual.

Sarah comprendió que, con este poder, la pirámide era capaz por sí misma de inducir cambios en la estructura fundamental de las moléculas de ADN y alterar su forma original. El poder que residía en la edificación era tan grande que parecía ilimitado en todos los términos. Así fue como entendió que éste había sido el origen por el que su conciencia fue inducida a la comprensión del orden natural. Sarah analizaba asombrada la increíble capacidad de la tecnología piramidal para emplear la energía electromagnética y lograr todo tipo de cosas aún inconcebibles para la mente humana.

Siguió absorbiendo el conocimiento sobre las funciones de la pirámide cuando se percató de que la conciencia de Tuwé se hacía una vez más presente dentro de su experiencia. Él podía percibir ahora que Sarah comprendía de una forma clara el funcionamiento de la pirámide. Entonces le recordó cómo anteriormente le había advertido que ella sería capaz de descifrar el conocimiento que albergaba la antigua edificación.

Era momento de regresar al mundo de todos los días y prepararse para la llegada del nuevo Sol. Su conciencia había sido iluminada y la información recibida sería esencial para corregir el rumbo de la humanidad. La exhortó a volver y ella permaneció impávida. Su conciencia se encontraba saturada de información. Sin embargo, ella quería manifestarle a Tuwé que su inteligencia sólo le permitía una comprensión muy limitada del poder que representaba dicha ciencia.

En ese momento sintió cómo su conexión de conciencia se desvanecía e impedía que siguieran comunicándose. Dejó atrás la cámara interior de la pirámide y viajó de nuevo a través de un túnel de luz. La experiencia le había parecido interminable y ahora su conciencia regresaba a la realidad cotidiana.

Sus sensaciones físicas volvieron. Su cuerpo se sacudía suavemente sobre el lugar donde se encontraba acostada.

Hizo un esfuerzo por retomar el control de sus funciones psicomotoras y fue entonces que pudo abrir sus ojos. Ver con claridad el techo de la carpa en el improvisado hospital del campamento le anunció que finalmente había regresado a su realidad.

Capítulo 40

Los tripulantes de la nave salían lentamente justo en el centro del campo de batalla. Anya les ordenó que desenvainaran sus espadas y se prepararan para ser atacados en cualquier momento. Se alejó de la nave y escudriñó el entorno. Fijó su vista sobre las huestes del enemigo y percibió algo que le heló la sangre. Un escuadrón de más de veinte soldados se dirigía a toda prisa hacia ellos. En unos cuantos minutos estarían rodeados.

Calculó que podrían huir corriendo hacia la pared de fuego, pero varios tripulantes se encontraban heridos y aún no salían de la nave.

Desde lo alto del muro defensivo, Oren y Dandu apenas alcanzaron a distinguir cómo una de las naves fue derribada. La concejal Anthea les informó que se trataba de la nave de Anya y que todos los tripulantes sobrevivieron.

La Orden de los Doce cruzó parte de su maquinaria sobre la primera zanja y se dirigía a atacar la muralla. Varios arietes y torres de asalto avanzaban por los puentes hacia la pared de fuego que había perdido altura considerablemente a medida que el combustible se consumía. Miles y miles de soldados de infantería se desplazaban para tomar posiciones de asalto.

Anya planeaba una estrategia de defensa dentro de la nave cuando escuchó las palabras del maestro Zing en su mente. Le preguntaba cuántas personas se encontraban heridas. Anya le informó y el maestro le indicó que bajaría de inmediato a recogerlos.

La nave del maestro Zing inició el descenso girando. Las catapultas dejaron de apuntarles y trataban de hacer daño en la nave caída. Un primer proyectil falló, pero por muy poco. Pronto los operadores de las catapultas calcularían la distancia correcta, haciéndola pedazos.

El maestro le advirtió a Anya, que ayudaba con el vendaje a uno de los heridos. Se encontraban bajo fuego enemigo y no podían permanecer ahí. Ordenó a todos que salieran cuando otro proyectil impactó sobre un costado de la nave, lanzándolos al suelo.

Se incorporaron lentamente y salieron. De inmediato se alejaron de ahí. Anya los urgió para que corrieran hacia la muralla. El escuadrón enemigo acortaba distancia segundo a segundo. El grupo avanzaba con dificultad cuando un enorme estruendo hizo que se cimbrara el suelo. Un proyectil destruyó completamente la nave.

El vehículo de Zing sobrevoló encima de ellos. El maestro le comunicó que el enemigo seguía dirigiendo el fuego de sus catapultas en esa dirección. Contaban sólo con unos segundos para ejecutar el rescate antes de que los proyectiles los alcanzaran. La nave los esperaría a una distancia discreta. Los enemigos observaron la maniobra y dispararon una docena de flechas hacia el grupo. Anya tuvo que hacer uso de toda su destreza para esquivar las saetas. La nave llegó finalmente y aterrizó muy cerca de ellos. Los heridos corrieron a refugiarse.

Los atacantes no lograron alcanzarlos y Anya respiró aliviada. En un segundo llegó hasta la compuerta de carga. Subió al vehículo y éste levantó el vuelo, alejándose de los agresores. El maestro Zing llegó y se cercioró de que se encontraba bien.

Ella sentía una enorme descarga de adrenalina tras la peligrosa huida. Sabía que lo peor estaba por venir. Miró por la ventana el campo de batalla. El Sol empezaba a despejarse y podía notar con más claridad el avance del enemigo. Sus tambores retumbaban a lo lejos mientras que en lo alto de la muralla las trompetas alertaban al ejército aliado sobre la proximidad de las tropas enemigas.

—Se acerca la batalla más difícil —le advirtió el maestro Zing—. La orden avanzará con toda su infantería para asaltar las murallas. Éste será el momento decisivo para nuestro ejército.

La nave aterrizó sobre los jardines centrales de la ciudad. Anya bajó de prisa y se encontró con Dina, cuya nave había regresado varios minutos atrás.

—¡Me alegra que estés aquí! —le dijo Dina abrazándola fuertemente.

Anya agradeció su muestra de afecto y el maestro Zing les pidió que volvieran a lo alto de la muralla. Sin embargo, él se dirigió hacia el lado oeste del complejo. Su movimiento las confundió. La batalla se estaba desarrollando hacia el sur. De cualquier modo, se enfilaron hacia las escaleras. Cientos de arqueros subían para tomar posiciones de defensa. La concejal Anthea bajaba con un grupo de personas. Las vio aproximarse y les pidió que se acercaran.

—El ejército enemigo se aproxima —les dijo—. Oren y Dandu preparan la defensa contra su maquinaria. Es necesario que ustedes escolten a los miembros de la Casa Real al refugio.

Anya y Dina lo hicieron, hasta alcanzar los pasillos principales del complejo. Llegaron hasta las salas de albergue en compañía de sus protegidos y Anya adelantó el paso. Tocó la puerta con suavidad y una voz adentro preguntó de quién se trataba. La persona abrió la puerta tras cerciorarse de que eran los miembros de la Casa Real. Cruzaron la puerta y un tumulto se abalanzó hacia la entrada. Tiara Li y su grupo llegaron en un instante frente a ellas. Anya distinguió la ansiedad en sus rostros.

—¿Qué está sucediendo afuera? —preguntaron—. ¡Llevamos mucho tiempo escuchando tambores y gritos!

—El ejército enemigo se dispone a asaltar la muralla —explicó Dina.

Tiara Li le preguntó si serían capaces de detenerlos. Dina le respondió que aún era muy pronto para saberlo. El ejército de la orden los superaba en número y no se rendiría fácilmente.

Anya le indicó que debían regresar a la muralla. No había tiempo para explicaciones. Dina ordenó poner los cerrojos. Minutos después llegaron a la muralla, donde un espectáculo aterrador las esperaba.

La pared de fuego se había consumido casi por completo y los enemigos cruzaban los puentes. La infantería superó con facilidad el obstáculo y las tropas corrían enfurecidas. Las tropas aliadas, que aún permanecían abajo, recibieron la instrucción de evacuar el campo y replegarse dentro del complejo.

Kelsus indicó a todos los arqueros que se prepararan a abrir fuego. Anya y Dina tomaron un par de arcos. Miles de flechas surcaron el aire, impactándose sobre las líneas enemigas y causando estragos entre los soldados.

Oren y Dandu regresaron a la muralla tras coordinar la retirada de las tropas. En unos instantes, la orden emplazaría sus catapultas para abrir fuego sobre las dos entradas principales.

—No hay forma de detenerlos —advirtió Oren—. Tenemos que contenerlos hasta que nuestros soldados se encuentren a salvo.

Los arqueros siguieron disparando para darle oportunidad a los soldados de guarecerse en el complejo. La retirada se ejecutó con éxito y las puertas fueron cerradas y atrancadas. Cientos de soldados de infantería subieron a la muralla. El espacio se reducía drásticamente. Dentro de unos minutos sería imposible caminar por ahí.

Anya y Dina observaron las maniobras enemigas. El grueso del ejército agresor se detuvo para redefinir posiciones. Las catapultas tenían rango suficiente y dispararon sobre las entradas principales. Dos proyectiles impactaron la base de la muralla, a unos metros de la primera entrada. Los impactos se sentían a lo largo de todo el perímetro cimbrando el suelo de manera espantosa. Los muros estallaban tras el asalto de los proyectiles, pero la muralla se sostenía en pie. Las catapultas restantes abrieron fuego una tras de otra. El ataque continuó por largos minutos y luego cesó por completo.

El fuego continuó por largos minutos y luego cesó por completo. La orden sabía que no estaba causando un daño significativo.

En ese momento, el sonido de los tambores enemigos resonó de nuevo. Las enormes bestias de carga arrastraron los enormes arietes y las torres de asalto.

Kelsus ordenó el toque de trompetas. Era el momento decisivo. El enemigo se acercaba para asaltar los muros. Los arqueros se prepararon. Su infantería avanzó protegida por sus escudos y seguida por la pesada maquinaria.

El ejército enemigo alcanzó la muralla; abrieron paso para que las escaleras y torres de asalto llegaran hasta la base. Anya y Dina miraban impresionadas a miles de enemigos. En sólo unos minutos escalarían. Un batallón se dirigió hacia la primera entrada empujando un ariete para derribar la puerta.

Cientos de arqueros de la Casa Real lanzaban flechas para repeler el avance pero el esfuerzo era en vano. El enorme ariete golpeó la puerta con una fuerza impresionante. El suelo se cimbró violentamente a los pies de Anya y Dina. El implacable ataque de la Orden de los Doce había alcanzado todo su fragor.

Capítulo 41

Rafael Andrés entró al elevador que llevaba hacia su oficina cargando un voluminoso portafolio. Abrió la puerta de su despacho y su secretaria lo recibió con un sinnúmero de pendientes. La línea telefónica no dejaba de sonar. Las compañías acereras habían detenido de la noche a la mañana su producción, dejando paralizados miles de edificios en construcción. Los trabajadores dejaron de laborar y sin embargo exigían su paga regular.

Tomó su computadora y verificó el saldo de sus cuentas bancarias. Sus activos estaban disminuyendo drásticamente mientras en la oficina, las llamadas de los trabajadores furiosos mantenían a su secretaria ocupada la mayor parte del día. Ante la situación, había tenido una reunión con sus principales ingenieros para informarles que varios proyectos serían detenidos por tiempo indefinido hasta que los mercados recuperaran la estabilidad y las cosas volvieran a la normalidad. Las pérdidas que la crisis generaba para su empresa alcanzaban ya números millonarios.

—Señor Andrés —se dirigió a él la secretaria totalmente abrumada—, esto acaba de llegar con carácter de urgente.

Le extendió un sobre con un sello gubernamental. Lo abrió mientras ella salía de la oficina cerrando la puerta tras de sí. Leyó el documento y luego lo puso sobre su escritorio. Se trataba de un citatorio de la policía federal de investigación. Exigían su presencia esa misma tarde para ampliar su declaración sobre los hechos ocurridos en su departamento unos días atrás.

La policía halló más de cien disparos de alto calibre en las paredes y el piso inferior de su departamento. También encontraron rastros de sangre de los dos agentes heridos. Obviamente no creyeron la versión sobre el supuesto secuestro y lo presionarían hasta dar con la verdad.

Rafael miró su reloj. Pronto iban a dar las cuatro de la tarde. Tenía una cita con John Davis para averiguar cómo iba a quitarse a la policía española de encima. Tomó el portafolio y lo puso sobre el escritorio. Abrió los seguros y miró el contenido. Era el dinero que Susane dejó en su casa. Apenas tuvo tiempo de esconderlo en su vehículo antes de que la policía registrara a fondo el departamento. Lo llevó a la oficina porque sospechaba que en cualquier momento conseguirían una orden de cateo para su domicilio. Si encontraban el dinero, tendría que entregar cuentas al servicio de impuestos que seguramente le imputaría una acusación de fraude al fisco, lavado de dinero o algo peor.

Cerró el portafolio y lo puso a un lado de su escritorio. Tenía que encontrar un lugar seguro para esconderlo. Respiro hondo y se preguntó cómo era posible que su vida se hubiera complicado de esa manera en tan sólo unos pocos días. Sus nervios le cobraban la factura por todo lo que estaba viviendo. Luego recordó la advertencia de Susane sobre las intenciones de los grandes consorcios bancarios de reestructurar el endeudamiento y la crisis que esto generaría. Eso era exactamente lo que había sucedido tras los anuncios del gobierno, lo único que ella no mencionó fue la escasez de petróleo.

Rafael estaba desesperado. Si la situación económica no se resolvía pronto, tendría que despedir a los ingenieros y trabajadores para luego cerrar la empresa temporalmente. Tendría que usar sus ahorros, pues no contaba con otra fuente de ingresos.

El timbre de su teléfono sonó en ese momento. Descolgó y su secretaria le anunció que su cita de las cuatro de la tarde acababa de entrar a la oficina. Rafael le indicó que enviara al hombre a su despacho. Se levantó de su escritorio para recibir al agente cuando un sujeto que no conocía entró a su privado. Rafael lo miró sorprendido. Esperaba encontrarse con Davis.

—Buenas tardes. Mi nombre es Travis y vengo en representación de John Davis.

Rafael lo saludó y le pidió que se sentara.

—Davis es el jefe de nuestra estación en el sur de Europa y se encuentra ocupado resolviendo la situación que generó su compañera en nuestras centrales de datos.

Rafael se sentía incómodo con las declaraciones del agente. Esperaba escuchar buenas noticias de Susane.

—¿Dónde se encuentra ella en estos momentos? —preguntó—. Necesito saber si cuenta con la asistencia legal y la representación de un abogado para defender su caso.

El agente hizo una pausa antes de responder.

—La señorita Roth se encuentra aún bajo interrogatorio y está detenida por tiempo indefinido en una de nuestras estaciones.

—No ha respondido a mi pregunta —presionó Rafael—. Deseo saber exactamente dónde se encuentra y notificar a sus familiares para que se hagan cargo de preparar los medios legales y enfrentar su caso.

—No me es permitido revelar su paradero, señor Andrés —respondió de manera cortante—. Todo lo que le puedo decir es que enfrenta cargos de terrorismo y ya ha confesado varios crímenes que seguramente la retendrán en prisión por el resto de su vida.

Rafael Andrés tragó amargo. Ahora ya no había forma de negar las acusaciones. Comprendió de inmediato que el departamento de defensa había obligado a Susane a contarles toda la verdad. La desgracia la había alcanzado finalmente.

—Sabemos que usted no estuvo involucrado en el crimen —continuó el agente—. Pero aun así le recomiendo que deje este asunto por la paz. El departamento de defensa se encargará de contactar a sus familiares una vez que ella esté en prisión. Ahí podrán buscar asesoría legal. Ahora el asunto más importante es evadir a la policía española para que deje de indagar sobre este caso.

Rafael le mostró al agente el citatorio que acababa de recibir esa misma tarde.

—¿Qué demonios espera que declare esta vez? —le preguntó—. La policía encontró toda la evidencia que demuestra un ataque de mercenarios profesionales sobre mi departamento. No se detendrán hasta llegar al fondo de este asunto. Si Susane se encuentra ya en su poder y ha confesado su crimen, ¿por qué no intervienen ustedes para contar toda la verdad?

—La situación no es tan sencilla. El departamento de defensa no tiene jurisdicción en este país y un enfrentamiento armado de esta índole generaría un conflicto diplomático entre nuestros gobiernos.

Rafael entendía que bajo las leyes españolas, la detención arbitraria de Susane por parte de agentes extranjeros sería considerada un secuestro, lo cual involucraría a los agentes del departamento de defensa en un crimen mayor.

—Entonces, ¿qué vamos a hacer para salir de este problema?

—Usted mantendrá su versión sobre el secuestro frustrado a su persona. Dirá que los plagiarios lo mantuvieron todo el tiempo con la cabeza cubierta y que no pudo percatarse de lo que sucedió afuera.

—Eso fue lo que afirmé en mi primera declaración. ¿No se da cuenta de que la policía no cree esa versión? Me harán decenas de preguntas para presionarme. Necesito de su intervención para evitar que sigan acosándome.

—Estamos trabajando con los canales adecuados para intervenir sobre este asunto, pero eso lleva tiempo. Usted sólo mantenga a la policía ocupada mientras nosotros nos encargamos del problema. Manténgase firme sobre la misma versión de los hechos. La policía lo presionará para que caiga en contradicciones, pero no cometa ese error. Tenemos experiencia en estos asuntos. Si mantiene su versión saldrá bien librado. Ya lo verá.

Él no se sentía tan seguro como el agente pretendía que lo estuviera. Además, tampoco tenía el tiempo ni los ánimos para lidiar con los oficiales. Atravesaba una situación laboral extrema y no tenía la menor idea de cómo resolverla. A cada momento recordaba las advertencias de Susane sobre lo que se avecinaba. Él la había tratado como si fuera una paranoica cualquiera y ahora lamentaba su situación. Preguntó al agente sobre el asunto del códice.

—Ese asunto se encuentra bajo control hasta ahora —le respondió—. Con la crisis económica, todas las noticias se centran sobre las consecuencias sufridas por la población. Creo que no tendremos que preocuparnos de eso más.

El agente se despidió de Rafael y abandonó su oficina. Él repasó sus asuntos pendientes con su secretaria y luego bajó para dirigirse a su departamento. Condujo por veinte minutos hasta que llegó a su residencia. Las ventanas y la puerta de la casa acababan de ser reparadas. Miró su reloj, ya eran las cinco de la tarde. Era el momento justo para tratar de comunicarse con el campamento de investigación.

Rafael se encontraba sumamente consternado con todo lo que sucedía. Sarah Hayes no se había comunicado con él y comenzaba a pensar que el campamento experimentaba de nuevo problemas. No entendía por qué razón había permanecido incomunicada por tanto tiempo. Tomó el teléfono y marcó el numero satelital. La conexión tardó varios segundos y luego timbró. Mientras le respondían, reflexionaba sobre cómo dar la terrible noticia a Daniel sobre el paradero de su hermana.

Esperó con nerviosismo hasta que finalmente alguien respondió al otro lado de la línea.

Daniel lo saludó afectuosamente y él preguntó de inmediato por Sarah.

—Va a ser un poco complicado explicártelo —le respondió—. Sarah está en el campamento pero estuvo inconsciente durante varios días.

—¿Inconsciente? —preguntó Rafael—. ¿Le ha sucedido un accidente?

Daniel le explicó con calma lo sucedido para tranquilizarlo. Tuwé y Sarah permanecieron tres días en esa condición y apenas habían recuperado la conciencia esa mañana.

—Los patrones cerebrales de Sarah regresan a la normalidad pero los médicos aún la mantienen bajo observación —le dijo Daniel. Luego le explicó que, de acuerdo con la advertencia de Tuwé, no había motivo para preocuparse. Sarah se recuperaría por completo muy pronto.

Rafael escuchó atentamente hasta que Daniel le preguntó sobre Susane.

—Me temo que tengo muy malas noticias respecto a ella —respondió Rafael—. Susane fue apresada por agentes del departamento de defensa y se encuentra presa bajo cargos de terrorismo.

Daniel enmudeció al escucharlo. Rafael explicó a detalle lo que había acontecido y prometió que haría todo lo posible por averiguar dónde la tenían detenida. Daniel le aseguró, a su vez, que se comunicarían con él en cuanto Sarah se recuperara. Acordaron llamarse y Rafael cortó la comunicación. Ahora por lo menos comprendía por qué Sarah no daba señales de vida. Desafortunadamente la noticia no aliviaba la ansiedad.

Se dirigió a la cocina para comer algo. Seguía pensando en todos los asuntos que le preocupaban. Pasó por la sala y miró los sillones que lucían agujerados por las balas. Recordó lo cerca que habían estado de resultar heridos o muertos ese día y de pronto algo llegó a su memoria. Lo había olvidado por completo debido a la intensa emoción por la que habían atravesado.

Las últimas palabras que dijo Susane esa noche se referían al horno de la cocina. Él no comprendió nada en el momento. Entró a la cocina y se dirigió a la estufa. Abrió el horno y miró dentro de él. No percibió nada extraño y volvió a cerrarlo. Seguía recordando a Susane. ¿Por qué motivo se iba a referir al horno de la cocina en una situación como ésa? Era obvio que había escondido algo. Volvió a mirar más detenidamente, sacó las parrillas y tomó con fuerza la tapa metálica del fondo para levantarla. La tapa se desenganchó del armazón y salió. Introdujo su mano, palpando lentamente cada rincón. Un pequeño objeto rectangular llamó su atención. Lo sacó con cuidado, era la unidad de memoria USB en la que Susane había alardeado de haber guardado el programa para atacar a las centrales financieras. La observó cuidadosamente. Si la policía encontraba esa evidencia estaría en graves problemas. Estaba a punto de deshacerse de ella cuando un impulso lo hizo reflexionar y prefirió guardarlo en su pantalón. Un atisbo de luminosidad había cimbrado su mente. Bajo las circunstancias económicas en que se encontraba el mundo en esos momentos, comenzaba a creer que el plan de Susane ya no sonaba tan descabellado como él había pensado en un principio.

Capítulo 42

La brisa de una cálida noche envolvía la ciudad de San Antonio, Texas. Kiara trataba con dificultad de conciliar el sueño en su habitación. Tenía abierta su ventana para dejar pasar el aire fresco. Algo le impedía conseguir la relajación necesaria para dejar que su cuerpo descansara plácidamente. El abrupto cambio que representaba su regreso a la ciudad le afectaba y estaba llena de preocupaciones. Su cuerpo se encontraba tenso con espasmos musculares que le impedían reposar. Se movía de un lado a otro de la cama tratando de relajarse cuando percibió unos sonidos provenientes de la otra habitación.

Se levantó y afinó el oído para escuchar con más atención. Unos profundos sollozos provenían del cuarto que ocupaba su madre. Salió para ir a ver qué sucedía. María se encontraba profundamente dormida pero su cuerpo se sacudía sollozando.

Kiara se dio cuenta de que estaba sufriendo una pesadilla y se aproximó a ella.

—¡Mamá, mamá, despierta! —le dijo mientras la sujetaba suavemente por los hombros.

María reaccionó lentamente hasta que abrió sus ojos. Su agitada respiración revelaba la intensidad del episodio traumático durante el sueño. Miró hacia los lados pero con la escasa iluminación del cuarto le costaba trabajo enfocar. Poco a poco reconoció el rostro de Kiara. Entonces se incorporó para recargarse sobre el respaldo de la cama. Se llevó ambas manos a la cabeza y exclamó:

—¿Qué sucede? ¿Por qué no estás en tu recámara durmiendo? ¿Qué hora es?

—He tenido dificultades para dormir durante toda la noche —respondió Kiara—. Entonces escuché que estabas llorando y vine a ver qué sucedía.

—Tuve una horrible pesadilla —respondió su madre desconcertada—. En mi sueño me encontraba aún presa de esos hombres que me secuestraron. Trataba de escapar pero no conseguía liberarme de ellos.

Kiara la abrazó. Sabía que tardaría años en olvidar los trágicos sucesos de su cautiverio. María respiraba aún agitadamente tras la emoción. Trató de tranquilizarse respirando hondo y luego dijo:

—En el campamento, la presencia de tu padre hacía que me sintiera segura, pero ahora que estamos solas estoy muy preocupada por nuestra situación.

Kiara se acostó con María. Ambas trataron de descansar y prepararse para enfrentar el nuevo día. Pronto amaneció y Kiara tomó una ducha para reanimarse tras una pesada noche. Abrió su clóset para sacar su ropa y sintió un agudo temblor en uno de sus brazos. ¿Qué estaba sucediendo? Pensó que el intenso estrés al que ahora se encontraba sujeta la estaba afectando, así que decidió relajarse y tomar las cosas con calma. No comentaría el asunto con su madre, pues no deseaba preocuparla aún más. María había conseguido empleo en el supermercado y ése sería su primer día de trabajo. Ambas se prepararon y salieron de la casa.

Kiara caminó hasta la escuela y al llegar algo extraño sucedía. Varios maestros se encontraban en la entrada principal donde decenas de estudiantes esperaban impacientes. Se amontonaban unos contra los otros y estaban enfadados por la espera. Kiara pasó de largo para alejarse del tumulto y observar desde una distancia discreta. Vio una cara conocida que se movía para zafarse de entre la gente. Jennifer la miró y se aproximó a ella.

—¿Qué demonios sucede aquí? —le preguntó Kiara.

—¿Qué sucede? —le respondió ella—. ¿No viste las noticias locales ayer por la noche?

Kiara había apagado el televisor antes de que el noticiero terminara.

—Estoy harta de escuchar todos los problemas por los que atraviesa el país —le respondió.

—Varias personas infectadas con la enfermedad desconocida aparecieron en Texas —le explicó Jennifer—. Los centros de salud lo confirmaron ayer y el gobierno estatal ordenó que todos los estudiantes pasen a una revisión médica antes de ingresar al campus.

"Más revisiones", pensó Kiara que recordaba lo angustiante que había sido para ella pasar por los exámenes de sangre durante su estancia en el campamento.

Uno de los maestros tomó un altavoz y pidió a los estudiantes que formaran dos filas para ingresar en orden al edificio. Éstos hicieron caso omiso hasta que varios maestros los reprendieron. Jennifer le hizo una seña a Kiara para que avanzaran. Dos filas de más de cien metros estaban a las puertas del edificio principal y los estudiantes esperaban impacientes su turno para entrar.

Ellas permanecieron largo rato hasta que pasaron. Una mesa con personal médico hacía preguntas a los estudiantes, revisaba sus gargantas y buscaba síntomas de la enfermedad. Kiara pasó por la revisión y se dirigió hacia el salón de clases seguida por Jennifer.

—Espera un momento —le dijo su nueva amiga—. Necesito pasar a mi casillero a tomar unas cosas.

Kiara la acompañó y mientras Jennifer revisaba sus cosas un estudiante pasó al lado. Se detuvo a escasos dos metros y tomó una pequeña llave para abrir su casillero. De pronto, sus llaves cayeron y se escuchó el ruido del estudiante desplomándose. Kiara volteó para ver qué le sucedía. El chico se encontraba en el suelo, tratando de incorporarse. Ella se acercó para ayudarlo. Lo miró al rostro y lo reconoció. Era un compañero de su clase.

—¿Te encuentras bien? —le preguntó mientras él se recogía sus llaves y se levantaba.

—Estoy bien, gracias. Sólo fue un pequeño mareo.

Jennifer se acercó y le sugirió que fuera con los médicos a que lo revisaran.

—¡Estoy bien, maldita sea! —refunfuñó alejándose—. ¿Por qué no se ocupan de sus asuntos?

La mañana transcurrió sin alguna otra novedad. Jennifer preguntó a Kiara dónde comería.

—Sola, en mi casa —respondió—. Mi madre comenzó a trabajar el día de hoy y no saldrá hasta entrada la tarde.

—¿Qué te parece si vamos juntas a comer al centro comercial? —sugirió Jennifer.

Kiara accedió. La idea de quedarse sola no le agradaba en lo más mínimo. Caminaron varias cuadras hasta llegar a la casa de su amiga. Kiara la esperó afuera y Jennifer regresó sosteniendo unas llaves en su mano derecha.

—¿Sabes conducir? —le preguntó Kiara.

—Por supuesto —respondió.

Subieron a un vehículo compacto y la joven revisó los instrumentos.

—Mi padre cargó gasolina ayer —le dijo—. Qué suerte. Así no tendremos que hacer fila en la estación de servicio.

Arrancó el auto y tras un corto recorrido llegaron al centro comercial. Desde el momento en que ingresaron Kiara notó que las tiendas tenían atractivas ofertas en casi todos sus artículos. Jennifer se detuvo en una tienda de ropa y admiraba los aparadores. Le hizo una seña a Kiara para que entraran. Toda la ropa se encontraba en rebaja y Jennifer escogía varios modelos de blusas para probárselos. Kiara miró un par de ellas y sintió un enorme deseo de comprarlas. Luego reflexionó que acababa de comprarse ropa y no le eran necesarias por el momento. Debía conservar sus ahorros, además estaba pensando en adquirir un teléfono celular.

Jennifer terminó sus compras y se dirigieron a la zona de comidas. Algunas personas caminaban usando tapabocas. Incluso los empleados de los restaurantes habían optado por tomar en serio las advertencias del gobierno. La psicosis ante el contagio de la enfermedad desconocida afectaba a todos. Kiara razonó que el miedo no tardaría mucho tiempo en propagarse si más casos eran identificados en el estado. Entonces recordó cómo la gente se había amotinado en el albergue de la ciudad de Los Ángeles.

Llegaron frente a los restaurantes y Kiara pidió comida japonesa. Jennifer, por su parte, se dio gusto pidiendo un plato enorme con variedad de comida mexicana. Escogieron una mesa para sentarse y fueron a comer.

—¿Por qué eres tan seria Kiara? —la sorprendió Jennifer de repente.

Kiara no sabía qué responder.

—No soy seria. Es sólo que me toma un poco de tiempo confiar en las personas.

—No lo tomes a mal, pero en la escuela todos piensan que eres una chica rara.

Kiara la escuchó e hizo a un lado su plato. Apenas llevaba una semana asistiendo a la escuela y los demás estudiantes ya la juzgaban.

—¿Y por qué piensan eso?

—No lo sé. Yo creo que eres un poco introvertida pero no rara —le respondió Jennifer—. Como no intentas hacer amistad con nadie, pareciera que vives en tu propio mundo. ¿Por qué no vienes a divertirte conmigo esta noche? Así puedes conocer más gente, ¿que te parece?

A Kiara no le gustaba la idea de dejar a su madre sola en la noche. Por otro lado, sentía que quizá Jennifer tenía razón y necesitaba un poco de distracción. Los intensos sucesos de los últimos meses la habían afectado seriamente. Quizá por eso se sentía ansiosa. Encima de todo, Shawn seguía sin comunicarse y la espera por noticias de él se volvía desesperante.

—No lo sé, Jennifer. Esta tarde te aviso.

Continuaron comiendo mientras Kiara reflexionaba sobre su conducta. Era cierto que no estaba tratando de socializar. Pero, ¿cómo podría explicar a unos desconocidos su situación? Sus experiencias de sueño eran tan extrañas que ni el mismo Shawn había podido comprender lo que significaban para ella. No le resultaba nada fácil pensar en eso y al mismo tiempo tratar de encajar en las formas comunes de la sociedad.

Al llegar a la ciudad se preguntaba cómo podía sentirse tan sola en un sitio tan poblado. En contraste, en el campamento se sentía feliz a pesar de tener poca compañía. Tenía la impresión de tener una doble vida.

Terminaron de comer y dieron una vuelta por el centro comercial. Luego Kiara le pidió a Jennifer que la llevara de regreso a la escuela. Se dirigió de inmediato a la biblioteca para utilizar una computadora y revisar su correo electrónico. Al entrar se sorprendió de ver que el lugar se encontraba lleno. No había máquinas disponibles y tuvo que esperar turno. Varios maestros se encontraban presentes y miraban con atención los monitores. Al principio Kiara pensó que se encontraban realizando un proyecto de equipo y ellos lo supervisaban. Pero conforme los minutos pasaban, advirtió que todas las pantallas proyectaban la misma imagen y todos escuchaban atentamente. Se acercó a uno de los maestros para preguntar qué sucedía.

—Son noticias importantes de esta mañana —explicó él—. Tropas de élite del ejército tomaron el control del Banco de la Reserva Federal.

—¿Qué significa eso? —preguntó Kiara que no entendía nada sobre el asunto.

—El Banco de la Reserva Federal es la entidad responsable de la emisión de papel moneda y el control de la macroeconomía del país —respondió el profesor—. El presidente acaba de destituir a sus dirigentes y hay órdenes de arresto para varios funcionarios públicos y de la banca privada. Se les está culpando por la situación caótica que vive la economía del país. Es el mayor escándalo gubernamental desde el Watergate.

Kiara puso atención en las imágenes de miembros del ejército afuera de las instalaciones del Banco de la Reserva Federal. Luego, desde la Casa Blanca el reportero anunció que el presidente emitiría un mensaje para toda la nación esa misma noche.

Ella esperó hasta que una de las computadoras estuvo libre. Se sentó a revisar su correo electrónico. ¡Shawn finalmente había respondido a su mensaje!

Él se encontraba bien, pero la situación económica de sus padres no había mejorado en lo absoluto. Shawn y su padre tuvieron que buscar empleo en una empacadora de pescado. Explicaba en su mensaje que tenían que viajar diariamente más de una hora de para llegar hasta ahí. Por fortuna, la industria pesquera había sido una de las menos afectadas por la crisis y aún había plazas de trabajo. Por último, le proporcionó un número telefónico para que se comunicara con él.

Kiara le escribió que pronto contrataría una línea telefónica para que pudieran hablar por las noches. Por lo pronto, ella se comunicaría con él lo antes posible.

Salió de la biblioteca y se dirigió a su casa. Recorrió el trayecto en unos cuantos minutos. Subió a su habitación y dejó su mochila sobre una pequeña mesa. Luego recogió la ropa sucia. Se encargaría de lavarla ese mismo día. Empacó todo en una gran bolsa de mano y se dirigió al cuarto de lavado.

María llegó casi al anochecer. Kiara escuchó cuando abría la puerta y bajó a saludarla. Se abrazaron y Kiara le contó que al fin Shawn había escrito. Su madre se alegró de la noticia. Kiara le comentó luego lo que había visto en internet. María fue a la cocina y encendió el pequeño televisor. Aún faltaba media hora para la transmisión del mensaje presidencial. Prepararon juntas la cena.

—¿Crees que esta situación mejore, mamá? —le preguntó Kiara.

—El país siempre se las ha ingeniado para lograrlo —le respondió—. El problema ahora es que somos billones de personas alrededor del mundo. La población mundial crece sin control y esto exige que consumamos cada vez más recursos naturales. Si a eso le sumas la ambición de las grandes corporaciones, el escenario puede tornarse aún peor.

Kiara rememoró los intensos sueños que tuvo la primera vez que visitó la aldea de los indígenas. En ellos miles de personas sufrían por la falta de agua y comida. Un escalofrío recorrió su cuerpo al recordar las escenas. Luego se preguntó porqué la humanidad no trataba de vivir de una manera más equilibrada. Pensó en su encuentro con Anya en el mundo intermedio; ella le había mostrado escenas de su civilización. Los atlantes habían conseguido una sociedad en la que el equilibrio con el medio ambiente les permitía vivir de manera relajada y productiva. Ellos no se habían visto en la necesidad de desarrollar autos y maquinaria contaminante. Dirigieron su propósito de vida hacia un fin más provechoso que el obsesivo consumo de productos.

Terminaron de cenar y lavaron los platos. Entonces la cadena de noticias enlazó las imágenes desde la Casa Blanca. El presidente llegó frente al podio y explicó que su gobierno dio pasos decisivos para salir de la crisis. Justificó las medidas que habían tomado para instalar un nuevo liderazgo al frente de la economía del país. Responsabilizó a las personas detenidas de haber atentado en contra del bienestar de millones de habitantes al provocar el endeudamiento que el país sufría. Luego, pidió calma a la población y prometió que en pocos días un nuevo sistema económico sería empleado para retomar el control de los mercados financieros y acabar con la gran especulación en los precios del petróleo y los alimentos. Por último, pidió a la nación tener paciencia y cooperar para que la transición al nuevo sistema se desarrollara sin enfrentamientos ni violencia. El presidente se despidió y luego el vocero de la Casa Blanca respondió algunas preguntas de los reporteros.

Kiara y María escuchaban con atención preguntándose qué era exactamente lo que planeaba el gobierno para hacerle frente a la situación. Apagaron la televisión y subieron a sus respectivas recámaras. La joven tenía que cumplir con la tarea y sacó sus libros. Trabajó hasta entrada la noche y luego se preparó para dormir. Fue a darle un beso a su madre y se metió en la cama.

Desde su llegada a la ciudad, un montón de dudas sobre su destino la torturaba a cada momento. Se concentró para despejar su mente y decidió utilizar su intento para tratar de experimentar el sueño consciente. Cerró sus ojos y respiró profundamente permitiendo que su cuerpo alcanzara la relajación necesaria para desconectarse de la realidad. Una sensación de cansancio y adormecimiento la invadió. Mantuvo su mente alerta y se percató de que su oscura visión daba paso a una extraña luminosidad que la invitaba a observarla.

Enfocó su atención en la luz que se iba incrementando y las preocupaciones que la ataban al mundo material cesaron por completo. Un abrupto cambio tuvo lugar en su percepción. Sus sensaciones físicas se apagaron para iniciar la transición de su conciencia hacia un nivel más elevado de realidad. Un alucinante mundo de color y formas brillantes apareció frente a ella. Le sorprendió que su intento la transportara casi instantáneamente hasta el mundo intermedio.

Capítulo 43

Leetsbal Ek y su grupo corrían desesperadamente para escapar de los dzules, que los acechaban con la intención de matarlos. Gracias a la velocidad de sus caballos, les estaban dando alcance, dejándoles como única opción ocultarse dentro de la jungla. Se internaron en una zona de densa vegetación donde la visibilidad alcanzaba sólo unos pocos metros. Se movían sigilosamente para pasar inadvertidos.

Sassil Be hacía señas a Leetsbal Ek y su madre para que fueran al frente del grupo y avanzaran sin hacer el menor ruido. Carlos Ordóñez permanecía junto a los guerreros, observando atentamente hacia atrás para identificar cualquier movimiento de sus enemigos.

A sólo cincuenta metros, los dzules les daban caza montados en sus caballos. Los soldados utilizaban sus espadas para cortar la vegetación y encontrar la ruta por la que huían. Leetsbal Ek y Zac Muunyal temblaban de miedo al pensar que los sanguinarios soldados podían alcanzarlas en cualquier momento. Se desplazaban despacio pero constante, tratando de mantener un silencio absoluto. Sassil Be dirigía al grupo hacia lo más profundo de la selva con la esperanza que los dzules perdieran su rastro y desistieran de su objetivo.

La vegetación se volvía intransitable y los caballos se resistían a seguir avanzando. Los relinchos delataban su posición. Consciente de esta desventaja, el líder dzul decidió que era necesario continuar la búsqueda a pie. Dos de sus hombres permanecieron atrás cuidando a los animales mientras otro grupo armado continuaba la persecución.

Carlos Ordóñez advirtió que ya no se escuchaban los caballos. Sassil Be le pidió a uno de los guerreros ver si percibía algún movimiento. Se sentaron a esperar mientras Sassil Be estudiaba su situación. No contaban con agua ni comida. Con el tremendo calor, muy pronto estarían deshidratados.

Tras un par de minutos, el guerrero regresó con noticias.

—Los dzules bajaron de sus caballos y aún nos persiguen —les advirtió a todos en voz baja.

Retomaron su sigilosa marcha. Leetsbal Ek sintió de nuevo una tremenda agitación en su corazón mientras la sed la martirizaba.

Un guerrero le advirtió a Sassil Be que llegarían a una zona donde la vegetación se volvía más escasa. La dirección en la que avanzaban pronto los dejaría a la vista de sus perseguidores. Su situación se complicaba más. Necesitaban cambiar su rumbo pero podían toparse fácilmente con alguno de los soldados. No tenían otra opción. Era un riesgo que tenían que correr o no tendrían escapatoria alguna.

Sassil Be comunicó a todos que cambiarían de dirección. Era una maniobra peligrosa, pero si daba resultado los dzules podrían perder su rastro. Giraron noventa grados a su izquierda.

Unos ruidos delataron la ubicación de sus enemigos. Sassil Be les pidió detenerse. Tres soldados enemigos avanzaban mirando hacia todos lados. Sus perseguidores se habían dividido para abarcar más terreno. Leetsbal Ek y su madre se tiraron sobre el suelo para no ser vistas. Carlos Ordóñez se mantenía agachado ocultándose lo más que podía entre la maleza. Los soldados continuaron su avance acercándose a ellos. Los guerreros sujetaron con fuerza sus mazos. Se encontraban a unos pocos metros.

Los soldados movían la vegetación con sus rifles, tratando de mejorar su visión. El absoluto silencio que guardaban hacía que Leetsbal Ek escuchara a los insectos y animales que habitaban el lugar. Los dzules siguieron avanzando hasta dejar de largo al grupo. Transcurrieron un par de minutos y reanudaron la marcha durante una hora, hasta sentirse seguros de que sus perseguidores los habían extraviado.

Todos sudaban de forma abundante y tenían hambre. El trayecto a través de la jungla resultaba agobiante y había menguado sus fuerzas. Leetsbal Ek pidió a su padre que se detuvieran un momento a descansar. Sus pies estaban inflamados debido al calor y al esfuerzo físico. Uno de los guerreros les indicó que encontrarían un riachuelo a una hora de camino. Carlos Ordoñez pensó en su difícil situación. Por fortuna habían evadido a los soldados, pero la tarde comenzaba a caer y no contaban con alimento.

Sassil Be decidió que esa noche acamparían sobre el riachuelo. Descansarían unos momentos y luego continuarían su marcha para llegar al sitio indicado antes del anochecer. Carlos Ordóñez y dos de los guerreros recorrieron los alrededores en busca de árboles frutales. Necesitaban encontrar algún tipo de alimento para reponer sus energías.

Al cabo de unos minutos, encontraron algunas bayas comestibles. Carlos se acercó a Leetsbal Ek para ofrecerle algunas. Ella las tomó y le pasó algunas a su madre.

El Sol se aproximaba al horizonte cuando llegaron a su destino. Todos se acercaron a la orilla del riachuelo para beber agua. El grupo se encontraba a salvo. Sin embargo, sabían que les quedaba muy poco tiempo de luz diurna y tenían que conseguir comida. Sassil Be indicó a los guerreros que improvisaran unas lanzas y atraparan algunos peces. Carlos sacó su cuchillo y cortó algunas varas. Afiló sus puntas rápidamente y dio una a cada guerrero.

Introdujeron sus pies en el riachuelo mirando atentamente hacia el agua en busca de peces. Leetsbal Ek se acercó a su padre, quien le pidió que lo ayudara a juntar leña para encender una fogata. Ella le preguntó si la gente del pueblo habría alcanzado a huir de los agresores.

—No creo que toda la gente haya logrado escapar —le respondió—. El ataque sorpresivo de los dzules dejará muchas muertes que tendremos que lamentar.

Su corazón se estremeció al imaginarse lo que había sucedido en el pueblo al llegar el ejército. Los colonizadores no respetaban a las mujeres ni a los niños y se asegurarían de no dejar a nadie con vida. Las casas serían saqueadas e incendiadas. La residencia del gobernador y el lugar del concejo de los Ah Kin ardería en llamas. Si quedaban sobrevivientes, perderían todas sus pertenencias y tendrían que empezar a reconstruir sus vidas. Pero esto no sería fácil si los dzules alcanzaban la victoria en contra de su pueblo. Entonces enfrentarían el triste destino del exilio. Tendrían que viajar lejos, hacia las tierras altas del sur y buscar algún lugar alejado de la presencia de los hombres blancos.

Al enfrentar la cruda realidad, Leetsbal Ek no pudo contener el llanto. Los trágicos sucesos que habían presenciado durante sus visiones estaban cobrando vida. Sentía una enorme rabia en contra de los colonizadores. Ella odiaba la guerra y toda manifestación de violencia, pero ahora estaba en juego la supervivencia de su gente. Todo su pueblo se encontraba en peligro de extinguirse si no encontraban la forma de derrotar a los invasores.

Juntaron la leña y la apilaron sobre el lugar que habían escogido para acampar. Su padre reunió un poco de yesca y fabricó un utensilio para prender fuego mediante la fricción de dos ramas secas. Leetsbal Ek se acercó a Carlos Ordóñez, que ya había conseguido atrapar un pez de mediano tamaño. Los guerreros también habían atrapado otras piezas.

—Al menos tendremos un poco de carne para esta noche —le dijo él.

Ambos reunieron unas ramas secas y en un par de minutos el fuego ardía vigorosamente. Lo alimentaron con varios trozos de leña y Carlos Ordóñez cortó los pescados con su cuchillo. Sassil Be se acercó a él.

—Gracias a ti nos encontramos vivos —le dijo—. Te agradezco el riesgo que tomaste para regresar al pueblo y advertirnos sobre el ataque. Si nos hubieran sorprendido ahí, ninguno de nosotros habría sobrevivido.

—Desgraciadamente no llegué con suficiente tiempo para advertir a todos —le respondió él.

El Sol se ocultó y todos comían en silencio mientras la oscuridad los envolvía. La pequeña luz que proyectaba el fuego alumbraba sólo unos pocos metros a la redonda y apenas podían distinguir sus rostros. Al terminar de comer Sassil Be se dirigió a todos ellos.

—El ejército continuará avanzando cuando vea que los pueblos han sido evacuados. Su objetivo es apoderarse de nuestras tierras. Pero los tutules, que ahora son sus aliados, buscarán consumar su venganza y enviarán grupos de exploradores a buscar los sitios a donde huyeron los sobrevivientes. No podemos permanecer aquí.

Todos escuchaban atentamente a Sassil Be. Luego se dirigió a los guerreros que los acompañaban.

—Mañana dos de ustedes tomarán la ruta hacia los pueblos costeros para encontrar a nuestro ejército, que seguramente viene de regreso. El resto de nosotros se dirigirá al sitio sagrado de la pirámide de Etznab, donde podremos escondernos de los exploradores tutules. Una vez localizado nuestro ejército, regresarán por nosotros.

Todos se acostaron en el suelo a descansar. El largo camino los había dejado exhaustos. El sueño los venció rápidamente y el pequeño fuego fue consumiéndose lentamente hasta que quedaron unas pocas brasas. La luz del Sol anunció la llegada del nuevo día y todos se levantaron para estirar sus músculos.

Después de juntar algunas provisiones, los dos guerreros que mejor conocían la zona partieron en búsqueda del ejército de los cocomes. El resto del grupo guardó la comida que habían juntado y después de apagar el fuego por completo emprendieron la marcha. Se encontraban a un par de horas de camino y podían seguir el borde del riachuelo para aproximarse. Leetsbal Ek tenía aún los pies adoloridos pero sabía que debían llegar al sitio y ocultarse bajo tierra. Ahí sería imposible que los tutules pudieran localizarlos.

El grupo avanzó bordeando el riachuelo y al cabo de un par de horas, desviaron su rumbo para llegar hasta la entrada del sitio sagrado. Se alegraron de no haber encontrado ningún explorador enemigo durante el trayecto. Sassil Be ordenó a los guerreros que montaran guardia sobre el perímetro del sitio. Les advirtió que anduvieran con mucha cautela, pues esa zona era habitada por varios jaguares.

Carlos Ordóñez, Leetsbal Ek y su madre buscaron árboles de guaje para improvisar unos contenedores de agua. Luego se dirigieron al riachuelo para llenarlos. El calor se volvía agobiante conforme el mediodía se acercaba. Leetsbal Ek le pidió a Carlos que se retirara a una distancia discreta pues ella y su madre deseaban bañarse para refrescarse. Él se retiró para vigilar, manteniéndose alerta a cualquier movimiento sospechoso. Mas todo lo que alcanzaba a percibir eran los sonidos de las miles de especies que poblaban el lugar.

Al cabo de un rato, Leetsbal Ek y su madre lo llamaron para emprender el camino de regreso. Sassil Be había entrado a la galería subterránea a través de las enormes piedras y no se encontraba ahí cuando regresaron. Carlos Ordóñez no entendía bien porqué se encontraban en ese sitio. Habían mencionado algo sobre una pirámide, pero él había buscado en los alrededores y no había visto nada. Preguntó a Leetsbal Ek sobre esto y ella le explicó que el sitio se encontraba enterrado profundamente. Era un escondite perfecto.

Su padre volvió al cabo de una hora y encendió un fuego para cocer los pescados que habían atrapado esa mañana.

—Sólo podemos encender el fuego por espacios cortos —les explicó—. No queremos que el humo atraiga a los tutules hacia nosotros.

En ese momento, uno de los guerreros que montaban guardia regresó corriendo para avisar que alguien se acercaba. Los hombres lo siguieron y observaron cómo un par de pobladores de la aldea se acercaban sigilosamente. Sassil Be los reconoció, eran sus ayudantes del templo. Llegaron hasta ellos y con gran consternación explicaron que apenas habían logrado escapar cuando el ejército de los dzules arribó.

—Vinimos hasta aquí porque pensamos que ustedes podrían haberse refugiado en este lugar —le dijo uno de ellos a Sassil Be.

Luego relataron lo que todos ya imaginaban. El ejército destruyó el pueblo y cientos de pobladores murieron en el ataque. Leetsbal Ek escuchó con horror y después su padre les pidió a todos que se sentaran a comer algo. Debían reponer sus fuerzas para reunirse con el gobernador lo antes posible.

Durante la comida, Sassil Be les informó que bajarían a la pirámide al anochecer. Mientras tanto, todos se dedicarían a recolectar frutas.

La tarde transcurrió en tensa espera. La frustración y desesperanza que sentía llenaban a Leetsbal Ek de incertidumbre respecto al futuro. El ataque sorpresivo de los dzules era sin duda la mayor desgracia sufrida por su pueblo desde que tenía memoria. Ahora no había forma de saber si lograrían sobrevivir a esas condiciones.

Miró a su alrededor y encontró a Carlos Ordóñez cortando guayabas de un árbol cercano. Sintió un extraño hormigueo en su vientre mientras lo observaba. Aún no comprendía por qué se sentía atraída por ese hombre. Sólo sabía que su corazón se alegraba de que ambos hubieran sobrevivido y se encontraran juntos. Su madre tenía razón. El día anterior había sentido una profunda tristeza al verlo marcharse. Era como si se hubiera llevado parte de su alma con él.

Carlos Ordóñez volteó en ese instante y sus miradas se cruzaron entre la vegetación. Leetsbal Ek lo sorprendió y su corazón se aceleró. Quería encontrar la forma de expresarle lo que sentía por ella, pero no sabía cómo hacerlo. Leetsbal Ek lo seguía observando, como invitándolo a acercarse. Él caminó tímidamente hacia ella. Leetsbal Ek temblaba de emoción. Su respiración se aceleraba al verlo aproximarse. Carlos llegó justo frente a ella. Ninguno podía emitir una sola palabra. Ella subió la mirada para observarlo directamente a los ojos. Carlos se acercó aún más, hasta que sus cuerpos se rozaron. Alzó sus brazos y la tomó por los hombros. Ella no pudo contenerse más y se aferró a él con todas sus fuerzas. Carlos Ordóñez le declaró su amor abiertamente y ambos se besaron.

El tiempo se detuvo para ellos mientras expresaban lo que sentían. Sus destinos se habían unido y ahora caminarían juntos hacia el incierto futuro que enfrentaban.

A poca distancia alguien se aproximaba. Leetsbal Ek volteó y su madre surgió de entre los árboles; los había visto abrazados. La joven dio un paso hacia atrás bajando la mirada. Carlos Ordóñez no sabía qué hacer y se quedó paralizado en su sitio.

—Creo que es hora de regresar —les dijo Zac Muunyal, que cargaba con varias frutas—. El Sol se ocultará pronto y podríamos perder el camino.

Sassil Be los esperaba ya junto con los guerreros. Escondieron las frutas entre la maleza y luego se dirigieron hacia la entrada subterránea. Todos descendieron lentamente y enfilaron hacia el túnel. Adentro, la oscuridad era intimidante pero se percibía una tenue luz que emanaba desde el otro extremo. Siguieron caminando hasta un corredor que descendía hacia las profundidades de la tierra. El entorno se fue aclarando hasta que llegaron a la parte iluminada.

Carlos Ordóñez no podía dar crédito a lo que observaba. Las paredes emanaban una luz azulada a lo largo de un corredor adornado con hermosas figuras. Jamás en su vida había visto algo parecido. Se acercó a una de las paredes y la tocó con curiosidad.

Llegaron a la galería principal. Los guerreros se encontraban igual de asombrados ante esa magnificencia. Leetsbal Ek miró hacia una de las esquinas y se percató de que su padre había depositado ahí su bastón de mando y el pergamino.

—Ésta es una muestra del poder y conocimiento desarrollado por los hombres dioses de la antigüedad —les dijo a todos Sassil Be—. En poco tiempo el poder de la pirámide se apoderará de sus espíritus y los llevará a viajar por otros reinos de la creación. Es inútil resistirse a su influjo, solamente acuéstense sobre el suelo y dejen que suceda.

Todos se sentaron expectantes. Carlos Ordóñez miraba aún asombrado los fascinantes relieves iluminados. Poco a poco sentía que algo cambiaba dentro de él, como si una extraña fuerza lo invitara a dejarse llevar por el sueño.

Leetsbal Ek y su madre se acostaron y dejaron que sus cuerpos se relajaran por completo. Sassil Be entonó una suave melodía y todos cerraron sus ojos hasta que sus sensaciones físicas fueron menguando.

Luces centellantes aparecieron en su campo de visión, invitándolos a viajar hacia lo desconocido, mientras la melodía que entonaba Sassil Be se desvanecía lentamente.

Leetsbal Ek trataba de dejarse llevar, pero la emoción que sentía anclaba su mente a la conciencia de todos los días. Su cuerpo sufría de una intensa ansiedad y temblaba con pequeños espasmos mientras su visión se deslumbraba. El amor que sentía por Carlos y el dolor por lo sucedido a su pueblo presionaban su pecho y formaban un nudo que amenazaba con hacerla estallar en lágrimas en cualquier momento.

Los destellos se volvieron más brillantes y sintió que un vórtice la absorbía para transportarla más allá de la realidad cotidiana.

Ahora la sensación de flotar plácidamente había desaparecido para revelar una tremenda fuerza que la succionaba con un poder indescriptible. Sintió una fuerte angustia invadiéndola mientras el poder de la pirámide la arrastraba. No comprendía lo que sucedía. Esta experiencia era diferente a las que había tenido anteriormente. Un intenso temor la invadió mientras los destellos del vórtice se incrementaban hasta estallar delante de ella. Al instante se sintió liberada de la fuerza que la retenía y una densa voz surgía a su alrededor.

Su campo de visión se alteró por completo. Ahora era capaz de percibir cómo lo hacía en el mundo físico. Su cuerpo se había materializado. Pero en vez de pisar el suelo se sentía levitar sobre la espesa niebla. Sintió que alguien la llamaba. Una fuerza la hizo voltear hacia arriba para encontrarse con la imagen más majestuosa que jamás había percibido.

Una bóveda de fluido fulgurante se alzaba ocupando toda su perspectiva. Era infinita y asemejaba un inmenso espejo líquido. Leetsbal Ek quedó hipnotizada con tan impresionante visión. Sus ojos se centraron en un punto que onduló rápidamente. Un instante después, vio un misterioso reflejo sobre la superficie. Parecía acercarse desde el otro lado del espejo como si se dispusiera a comunicarse.

Deseó acercarse hacia la bóveda para mirar más de cerca y se encontró frente a ella. El reflejo ganaba luminosidad conforme la ondulación del fluido se detenía. De pronto la pared se abrió, permitiendo que emergiera una resplandeciente figura. La luz era enceguecedora. La bóveda la cegó y ella quedó petrificada en su sitio. No sabía cómo reaccionar.

Estaba a punto de apartarse de ese lugar cuando una voz humana le pidió que se tranquilizara. Enfrentó la luz que emergía de la pared y quedó atónita con lo que veía. Un ser divino que encandecía con su propia luminosidad había atravesado el umbral y se encontraba mirándola fijamente.

Capítulo 44

Un enorme operativo de seguridad esperaba a Sherman y al general Thompson que viajaban en helicóptero rumbo a la Casa Blanca. Habían programado una reunión con el presidente y miembros de su gabinete. Sherman arribó al aeropuerto de Washington tan sólo unos minutos atrás. La operación para controlar los bancos centrales se ejecutó conforme al plan, pero las cosas seguían complicándose a medida que la economía mundial resentía de lleno la turbulencia política que se había desatado.

Sus aliados europeos hicieron lo propio con los bancos centrales del viejo continente, pero las operaciones bancarias aún estaban lejos de quedar en sus manos. Los consorcios habían anticipado sus acciones logrando activar los mecanismos de protección de sus sofisticados sistemas de información. Los analistas del Pentágono informaron al general Thompson unas horas después que era prácticamente imposible penetrar esos datos.

Las primeras estimaciones sugerían que antes de descifrar los códigos de encriptamiento que protegían el acceso a las funciones principales podrían pasar semanas. Éste, había opinado el líder del equipo de analistas, podía ser un pronóstico muy optimista.

William Sherman se encontraba furioso con la noticia. La tensión en su cuello y rostro evidenciaban su frustración. Todo el tiempo confió que los expertos del Pentágono estuvieran a la altura de la misión. Ahora la presión de una economía paralizada se cernía sobre ellos.

—General, llegaremos a la Casa Blanca en un par de minutos —informó uno de los pilotos a través de un micrófono conectado a la cabina donde viajaban.

Thompson desconectó el intercomunicador para hablar en privado.

—El gabinete económico se encuentra reunido esperándonos —informó a Sherman—. Te advierto que van a ejercer toda la presión a su alcance para que implementemos una solución inmediata al problema.

—Tu equipo de analistas nos aseguró que les tomaría unos cuantos días penetrar los sistemas —le reclamó Sherman—. Gracias a su maldita incompetencia nos encontramos en esta situación.

—Los consorcios bancarios adoptaron nuevas medidas de seguridad más complejas desde hace meses, cuando descubrieron el robo de información —se defendió Thompson—. Es como si se hubieran preparado para enfrentar nuestro ataque.

—¿Qué hay de su propio personal que opera los sistemas? —preguntó Sherman—. Ellos deben saber cómo evadir el bloqueo.

—Ellos no nos son útiles —negó Thompson con la cabeza—. Los protocolos de seguridad fueron diseñados por agentes externos. Ahora mismo el centro de inteligencia está averiguando los nombres de todos los expertos en el área para que nos asistan en la tarea. Pero eso va a tomar tiempo y no hay garantías.

—Entonces tendremos que recurrir a medidas más extremas —insistió Sherman—. Si el presidente de la junta de gobernadores se niega a darnos los códigos de acceso, tendrás que obligarlo.

El general Thompson miró fijamente a Sherman.

—Eso es imposible. Se trata de una figura pública protegida por el mejor bufete de abogados del país y un sinnúmero de congresistas y senadores. Hacerle daño sólo generaría un escándalo público que comprometería más nuestra situación. Además, los analistas me informaron que el día de la operación la junta de gobernadores forzó el cierre del sistema al verse amenazados. Esta acción activó todos los protocolos de seguridad y cambió la secuencia de los códigos de encriptación. Para reactivarlos se necesita ahora la cooperación de todos los miembros. Cooperación que no vamos a obtener por ningún medio.

—¡Maldita sea! —vociferó Sherman mientras analizaba la situación.

El helicóptero llegó hasta la Casa Blanca y ambos se dirigieron a la sala de juntas. El presidente y los miembros del gabinete económico se encontraban ahí. Sherman y Thompson saludaron de manera escueta mientras dos miembros del Pentágono entraban a la habitación y cerraban las puertas con llave.

—El país se encuentra en medio de una guerra mediática —alertó el presidente a todos los presentes—. Las reacciones sobre la toma de los bancos centrales suben de tono a medida que la economía permanece en el limbo. Nuestras monedas sufrieron la más grande devaluación en los mercados ayer por la tarde. Necesitamos actuar de inmediato para restablecer los mercados.

—La World Oil ha comenzado a utilizar sus reservas para equilibrar la demanda del petróleo —intervino el general Thompson—. Decenas de súper tanqueros se encuentran ya en ruta hacia los principales puertos del orbe. En un plazo máximo de una semana la disponibilidad de petróleo volverá a la normalidad. Esta medida reactivará la economía e inyectará optimismo a los mercados financieros. Recuperaremos parte de los empleos perdidos y entonces será el momento justo para iniciar con el cambio del sistema.

El presidente tomó la palabra de nuevo.

—La guerra mediática se ha desatado debido a la parálisis sufrida entre las negociaciones del banco central y la banca privada. Estos organismos requieren el uno del otro para continuar operando normalmente. Tenemos que impedir que el público perciba este movimiento como una amenaza. Es necesario fijar una fecha límite para la transición del sistema de modo que toda la población se prepare.

—Estamos estimando un plazo de alrededor de siete días para tener el control completo sobre las operaciones de la banca —informó Thompson—. Entonces podremos establecer una fecha para el canje de moneda. Por ahora es necesario que la población sepa que muy pronto se resolverá la escasez de combustible, que es el problema más grave que enfrentamos. La banca privada ha sido instruida para dar servicio a la población de manera regular. Los archivos de transacciones serán actualizados a la brevedad posible. Por lo pronto, los instrumentos financieros permanecerán cobrando de manera fija la última tasa de interés valuada antes del día de la intervención.

Los miembros del gabinete discutieron sobre las medidas mientras William Sherman observaba sus reacciones. Comprendía que era un movimiento muy arriesgado pero no había otra alternativa. El reabastecimiento del combustible calmaría los ánimos de la gente pero era necesario ejecutar la siguiente fase del plan para estabilizar la economía global. La nueva moneda respaldada por el petróleo era la única opción para retomar el dominio de los mercados.

Un leve toquido en la puerta se escuchó mientras seguían discutiendo. Un oficial del Pentágono salió a ver quién era. Tras un minuto regresó acompañado por un funcionario de la administración, que se dirigió al presidente directamente al oído. Sherman observaba con cuidado. El oficial se acercó al general y le informó lo que sucedía.

—¿Qué está sucediendo? —le preguntó Sherman en cuanto el oficial se retiró.

—El estado de Texas se encuentra en estado de alerta sanitaria —respondió Thompson—. La epidemia se ha agravado en la mayoría de sus ciudades y ya son cientos de casos los que se presentan diariamente en los hospitales. La agencia federal para el manejo de emergencias desea cerrar las escuelas y todos los comercios para contener el brote. Están a punto de declarar el estado de emergencia en cualquier momento.

El edificio principal de World Oil se encontraba en Houston. La epidemia ahora había llegado hasta los terrenos de Sherman. Tendría que mover su centro de operaciones hasta que el peligro pasara.

—Tienes que presionar para que adopten acciones más drásticas para el manejo de los infectados —le exigió Sherman.

—Las medidas que está tomando la agencia son las más drásticas posibles. El gobernador está enfurecido y exige hablar con el presidente. El cierre de los comercios acabará con la economía del estado si la epidemia se agrava. Así sucedió hace un par de años en la Ciudad de México, cuando fue decretado el estado de pandemia debido a la influenza porcina. El gobierno de la ciudad lamentó por meses el cierre de los comercios. Las pérdidas económicas fueron multimillonarias.

—¿Qué demonios planean hacer para evitar que se siga propagando? —preguntó Sherman.

—El presidente y el congreso tendrán que tomar una difícil decisión —respondió Thompson—. Los hospitales acaban de rebasar su capacidad para recibir más enfermos. Nos encontramos ante un escenario en donde perderemos sin importar las medidas que se tomen. Las televisoras están al tanto de lo que sucede y el pánico se está esparciendo. La guardia nacional será desplegada de inmediato antes de que la violencia y el saqueo acaben con el estado.

Capítulo 45

El enorme monitor de la computadora señaló con una alarma y una luz intermitente que el programa se había descargado por completo en la memoria. Susane Roth se acercó con una taza de café en su mano y tecleó varios comandos. Se encontraba bajo vigilancia dentro de una de las estaciones de control de operaciones de la agencia nacional de seguridad. Los programadores del equipo de Davis no lograron poner en marcha el sistema por lo que éste había aceptado la oferta de Susane y le habían dado acceso para reparar el daño ocasionado por el virus.

Susane continuaba trabajando frente a la computadora cuando Davis hizo su aparición justo detrás de ella.

—El sistema ha vuelto a la normalidad, según me informan los jefes de la estación.

—Como le había mencionado —respondió ella—, era sólo cuestión de horas si me daba las herramientas adecuadas para hacerlo. Sin embargo, lamento advertirle que su sistema de seguridad tiene serias fallas y podría ser atacado fácilmente por otro programador. Sus códigos de encriptación resultan débiles y obsoletos. La información que guarda en esta estación podría ser robada fácilmente si se enfrentan con una persona hábil que decida hacerlo.

Davis se aproximó a ella y la miró fijamente.

—Ésta es sólo una estación de control, señorita Roth.

—Yo sólo le estaba advirtiendo de lo que he podido observar al trabajar con el sistema. Lo demás ya es responsabilidad suya.

Davis le informó que una vez concluido su trabajo sería trasladada de regreso al centro de detención. Su cooperación sería tomada en cuenta a la hora de enfrentar su juicio. Dos agentes la escoltaron hacia una habitación donde esperaría el siguiente transporte. Uno de ellos le preguntó si deseaba comer algo. Eran casi las diez de la noche y ella respondió que estaba hambrienta y comería cualquier cosa que le ofrecieran.

Los agentes cerraron la puerta tras dejarla en un sillón. Susane respiró hondo y se quitó los zapatos para permitir que sus pies descansaran por un momento. Llevaba ya dos días detenida sin tener ningún contacto con el exterior. Incluso las ropas que vestía le fueron proporcionadas por ellos. Se relajó un poco, adoptando una postura más cómoda y pensó en su graves circunstancias. Sus planes no habían salido como ella esperaba y ahora ni siquiera tenía opción alguna para pedir ayuda. Se encontraba en manos del departamento de defensa y sabía que podría pasar meses detenida antes de que pudiera ver a un abogado o tener noticias.

La puerta se abrió y un agente se acercó cargando una charola. La depositó sobre una mesa y salió poniendo el cerrojo. Susane ni siquiera tuvo tiempo de darle las gracias. Se acercó a la mesa y vio la comida: un pequeño filete acompañado por una porción de arroz y papas a la francesa. Se sentó en una silla y tomó los cubiertos para empezar a disfrutar su cena.

Comió con gran apetito y pensó en Rafael Andrés, que seguramente estaría tratando de averiguar dónde la habían llevado. Quizá ya había informado a Daniel sobre su arresto y tratarían de ayudarla con todos los recursos que estuvieran a su alcance. Susane pensó en ellos y en todos los problemas que les ocasionó al involucrarlos en sus planes. Rafael había estado a punto de perder la vida en el tiroteo.

Ahora comenzaba a pensar lo equivocada que estuvo desde un principio al tratar de arruinar al sistema bancario. Había tomado en sus manos una tarea que el mismo Rafael consideraba insensata y suicida. Susane recordó las amenazas de Davis sobre la condena que enfrentaría. Su futuro lucía más negro que nunca. Afuera, un grupo multinacional la buscaba para ejecutarla y adentro una agencia del gobierno planeaba encarcelarla por el resto de su vida.

Susane terminó su cena y se recostó en el sillón, esperando que llegaran los agentes para conducirla de nuevo a su celda. Un par de lágrimas corrieron a lo largo de sus mejillas al darse cuenta de que todo había terminado para ella. Tan sólo unos días atrás, al estar libre, se sentía audaz y omnipotente mientras planeaba cómo salvar a la población del tiránico sistema de deuda. Ahora, presa en ese lugar, se daba cuenta de que su vida se desmoronaría por completo. Las lágrimas siguieron empapando su rostro hasta que el sopor de sus sentimientos la sumergió en un profundo sueño.

La puerta de la habitación se abrió bruscamente y un agente tomó la charola de la mesa para llevársela de ahí. Susane despertó repentinamente y miró a su alrededor. Tenía la clara sensación de haber dormido por varias horas. Su cuerpo se encontraba entumido debido a la incómoda posición que había adoptado. Estiró sus piernas y sintió la desagradable contracción de sus músculos presionando sus nervios. Miró hacia la entrada y se dio cuenta de que el agente había dejado la puerta abierta. Unas voces fuera de la habitación alertaban la presencia de varios individuos conversando. Susane razonó que su transporte había llegado y se incorporó sentándose sobre el sillón para ponerse los zapatos. La desolación que sentía era tan enorme que no se atrevía a pensar cómo soportaría ese destino.

Afuera del pasillo siguieron conversando y ella no entendía qué esperaban para ir por ella.

John Davis apareció en la habitación. Llevaba una carpeta y se veía sumamente desvelado. Susane lo miró de reojo y desvió la mirada. No estaba de humor para conversar con él. Permaneció sentada con la vista al suelo, esperando a que le ordenaran salir de ahí.

Él le hizo una seña para que sentara en la mesa con él. Susane permaneció inerte en su sitio.

—Tome asiento por favor, señorita Roth —le pidió Davis.

Ella lo miró con desconfianza. ¿Qué se proponía ahora? Caminó despacio hacia la mesa y tomó una de las sillas frente a él, sin mirarlo.

—El Pentágono nos llamó hace unas horas para entregarnos una lista de profesionales europeos relacionados con el desarrollo de los sistemas de protección de las centrales financieras en Europa, Asia y Norteamérica. Exigen que los localicemos a la brevedad posible.

Susane no entendía.

—¿Qué tiene eso que ver conmigo? —preguntó ella.

—Su nombre, señorita Roth, se encuentra en esa lista —le respondió Davis directamente—. Ése es el motivo por el cual no ha sido trasladada al centro de detención. Aún no sabemos porqué el centro de inteligencia del Pentágono necesita de ustedes.

Davis sacó un papel de su carpeta y se lo extendió. Los nombres de varios programadores con su último domicilio conocido aparecían en ella. Susane lo leyó en silencio.

—¿Conoce usted a estas personas? —inquirió Davis.

—Conozco a la mayoría. Algunos son expertos en programación y otros son matemáticos que desarrollan exclusivamente algoritmos para crear nuevos códigos de encriptación. ¿De qué se trata todo esto?

—El centro de inteligencia dio órdenes de llevarlos a Washington en un avión que aterrizará en breve en el aeropuerto.

Susane lo miraba confundida.

—El Pentágono ofrece una sustanciosa remuneración a cambio de sus servicios. Hace unas horas les informamos sobre su situación. En su caso, podemos llegar a un acuerdo que reduzca su condena si acepta colaborar con nosotros en un proyecto secreto de máxima prioridad.

Ella razonó que ésa era su oportunidad para negociar.

—Estoy dispuesta a cooperar si me explica de qué se trata este asunto.

—El centro de inteligencia no está dispuesto a proporcionar datos, sólo puedo decirle que el proyecto está relacionado con el acceso a los sistemas de seguridad de las centrales bancarias. ¿Ésa es su especialidad, no es así?

Susane asintió y entonces una sospecha invadió su mente.

—Hasta donde sabemos —continuó Davis—, usted es la única persona que ha logrado burlar sus sistemas de seguridad, si lo que afirmó durante el interrogatorio resulta cierto.

Susane lo miró fijamente tras escucharlo.

—Puede apostar a que es cierto. ¿O acaso cree que enviaron a un escuadrón de asesinos tras de mí porque me burlé de su página web?

Davis se rio del humor de Susane.

—Puede decirle al centro de inteligencia que cooperaré con ustedes pero… hay un inconveniente.

—¿Cuál?

—Que no pienso ir a ningún lado vestida con estos harapos que me dieron en su centro de detenciones. Éstas son mis condiciones: si quiere que aborde ese avión hacia Washington, llame a casa del señor Andrés y dígale por favor que me envíe mi ropa y que no olvide el pequeño maletín donde guardo todos mis cosméticos.

Davis cambió su semblante de repente.

—No abuse de nuestra hospitalidad, señorita Roth. Veré qué puedo hacer al respecto. Pero le advierto que una vez que haya notificado a Washington de su traslado, usted abordará ese avión con o sin su equipaje personal.

Susane lo miró con un gesto de desagrado.

Davis se paró de la mesa y salió de la habitación. Susane estaba alterada por la adrenalina. El gobierno de los Estados Unidos trataba de obtener información sobre las operaciones de los consorcios bancarios. Esto quería decir que seguramente estos tomaron medidas que afectaron a la población y el gobierno planeaba tener en sus manos la economía del país. ¿Por qué otra razón estaban reclutando a los mejores programadores del mundo para intervenir sus sistemas de seguridad?

Los minutos transcurrían y la impaciencia de Susane crecía. Se levantó de la mesa y caminó alrededor de la habitación tratando de calmar su nerviosismo. La puerta de la habitación se abrió finalmente y Davis entró sosteniendo un teléfono celular en su mano.

—Tiene suerte —le dijo—. El señor Andrés está en la línea.

Susane tomó el teléfono emocionada. Por fin podía tener contacto con el mundo exterior.

—Rafael.

—¿Cómo te encuentras? ¿Dónde estás? —le preguntó él.

Susane hizo una breve pausa para tomar valor.

—Siento mucho todos los problemas que te ocasioné. Nunca fue mi intención poner en peligro tu vida. Lamento tanto todo lo que sucedió.

—Eso ya no importa —le respondió Rafael—. ¿Cómo te ha tratado esta gente?

Susane le informó que se encontraba bien. Iba camino a Washington y necesitaba que le enviara su ropa y sus cosméticos.

—Daniel ya fue informado de tu situación y quiere saber dónde te encuentras. Te conseguiremos un abogado para que te represente. ¿Dónde te podemos localizar?

—Voy a viajar a los Estados Unidos por unos días. Pero voy a comunicarme con ustedes. Me han tratado bien y ahora me dirijo a trabajar en un proyecto. Por favor, envía mis cosas al aeropuerto. Les explicaré todo después.

—Vale, te voy a enviar todas tus cosas —le dijo Rafael—. Y por favor, mantennos informados sobre tu asunto.

Susane le entregó el teléfono a Davis, quien le informó que Rafael Andrés le entregaría sus efectos personales al personal que vigilaba su casa. Ahora tenían que salir de inmediato. El avión acababa de aterrizar y el Pentágono presionaba para que lo abordaran lo antes posible. Davis le advirtió sobre el carácter ultrasecreto del proyecto y Susane comprendió de inmediato.

—No se preocupe por eso —le respondió—. Estoy acostumbrada a la confidencialidad.

Salieron de las oficinas custodiados por tres agentes y luego abordaron un auto que los condujo al aeropuerto. Susane observó la hora en el reloj del tablero. Eran casi las seis de la mañana cuando arribaron. Fueron hasta un hangar privado donde atendían los vuelos especiales.

—El avión acaba de recibir autorización para despegar en cuarenta minutos —le informó Davis.

—¿Qué hay de mi equipaje? —preguntó Susane.

—Mis hombres ya vienen en camino con él. Llegarán aquí en diez minutos.

Todos tomaron asiento en la sala para esperar a los agentes. Susane no podía esperar para quitarse la horrible ropa que traía puesta. Dos agentes acompañados por otras tres personas llegaron hasta la sala y fueron hasta donde Davis se encontraba. Susane reconoció de inmediato su maleta. Los agentes informaron que no revisaron el contenido, pues se encontraba cerrada con un mecanismo de combinación y no quisieron forzarla. Susane llegó hasta ellos y Davis le informó que realizarían una inspección de rutina en su presencia.

Susane les dio la combinación y los agentes variaron todo su contenido. Pantalones, blusas, faldas... Susane esperaba con impaciencia. Una empleada del aeropuerto llegó e informó a Davis que el avión se encontraba ya reabastecido de combustible. Debían abordarlo en unos cuantos minutos. La enorme cantidad de ropa que cabía en la maleta impacientaba a los agentes. Uno de ellos abrió un pequeño compartimento y sacó ropa interior. Tomó unas pantis y un brassier con sus manos y los observó cuidadosamente.

—¡Oiga, qué le sucede! —le reclamó Susane.

—Es suficiente —dijo Davis haciendo señas de que no tocaran la ropa interior—. No tenemos tiempo para esto. Dejen que escoja la ropa que necesita ponerse y luego suban al avión.

Susane tomó la maleta y se alejó de los agentes hacia otra mesa. Escogió un fino pantalón, una blusa de cuello alto y un saco. Luego siguió con un par de sus zapatos favoritos. Finalmente podría lucir presentable.

A continuación miró entre la ropa interior. Sacó unas pantis y escogió entre diferentes sostenes. Tomó uno y guardó todo lo demás. Cuando lo hacía, sintió un objeto duro escondido entre la prenda. Dudó por un instante si se trataba de una varilla pero luego lo tocó con curiosidad para darse cuenta de que Rafael había escondido su unidad de memoria USB dentro de él. Susane guardó el otro sostén y escogió ése. Tomó su estuche de maquillaje y entregó la maleta a los agentes. Davis le advirtió que tenía sólo cinco minutos para cambiarse.

Se dirigió rápidamente al tocador y se cambió de ropa. Frente al espejo se peinó y se pasó un poco de rubor en la cara. Finalmente puso un poco de lápiz sobre sus labios y tomó uno de sus perfumes para aplicarlo alrededor de su cuello y puños. Guardó de nuevo sus cosméticos y observó la ropa que había dejado tirada en el suelo. La recogió y fue a tirarla al cesto de basura. Sacudió sus manos y fue a localizar a Davis.

Se encontraba listo para abordar con los otros programadores. Los observó cuidadosamente y entonces se percató de que conocía a uno de ellos. Era un programador analista con el que había colaborado anteriormente. Éste la vio aproximarse y la saludó con un gesto. Luego se le acercó para preguntarle:

—¿Alguna idea de qué se trata todo esto?

Susane negó con la cabeza. Intentaba disimular que no sabía nada sobre el asunto. Todos abordaron el avión y ella escogió un asiento junto a la ventana. La claridad del cielo anunciaba la llegada de un nuevo día. Davis se sentó junto a ella. El Sol se asomaba por el horizonte dejando que su luz se estrellara sobre la ventana. Un rayo de esperanza atravesó el corazón de Susane mientras el avión la conducía hacia el siguiente capítulo de su destino.

Capítulo 46

Después de dos días en recuperación, Sarah Hayes fue dada de alta, al igual que Tuwé. Su equipo de investigación esperaba para que ella les informara a fondo sobre su experiencia. Sin embargo, Sarah sabía que no habría forma de explicar lo que había acontecido durante su experiencia. El regreso a la realidad cotidiana venía acompañado ahora de una inigualable sensación de poder e iluminación. Se sentía íntimamente conectada con su entorno. Al comprender el propósito de su existencia, contemplaba los problemas humanos desde otra perspectiva.

Una nueva fuerza en su interior le revelaba que todo era factible de resolverse si el propósito de la humanidad era dirigido a la obtención de ese conocimiento superior.

Sabía que había llegado el tiempo en que un nuevo orden debía ser establecido. Un orden en el que el ser humano se uniera de corazón para formar una sociedad interesada en cubrir las necesidades de todos sus miembros. Una sociedad que enalteciera el respeto al orden natural y que protegiera a los demás seres vivos. El ser humano podía ser redirigido en sus propósitos si lograban que cada persona tuviera acceso al conocimiento de su condición de explorador del universo.

Daniel, Elena, José y el doctor Jensen se encontraban sentados en el centro de operaciones justo cuando ella entró. La observaron intrigados por lo que estaba a punto de revelarles. Daniel advirtió a Sarah que había logrado desconectar temporalmente los micrófonos de vigilancia. Podían hablar en privado durante la reunión, pero debían ser breves.

Daniel conectaría los micrófonos después de que terminaran para que los militares no lo advirtieran.

—Antes de empezar quisiera que me pusieran al tanto de la situación actual —pidió Sarah, refiriéndose a los efectos de la poderosa llamarada solar que había generado el fenómeno en la pirámide—. ¿Cómo se está comportando el clima en el planeta?

—La llamarada tuvo la misma intensidad que la de diciembre del año pasado —explicó Daniel—. Causó nuevos desastres en las comunicaciones y las líneas de transmisión de energía. Sin embargo, no notamos efecto alguno sobre el eje de rotación terrestre. No hemos experimentado ningún movimiento telúrico inusual. Parece ser que todo se estabilizó tras la descomunal liberación de energía que produjo el terremoto en el Atlántico.

—¿Qué hay acerca del movimiento de las placas tectónicas?

—El centro geológico nacional no ha advertido sobre concentraciones de energía que puedan producir fuertes choques entre ellas.

Sarah se relajó un poco al escuchar las noticias.

—Sin embargo, no podemos confiarnos aún —agregó Daniel—. Bien puede tratarse de la calma que precede a la tormenta.

Elena le preguntó a qué se refería con eso.

—El clima del planeta depende en gran medida del comportamiento del Sol —explicó él—. El centro Marshall nos advirtió que el gran astro atraviesa un ciclo de intensa actividad energética. En cualquier momento puede generar otro fenómeno que afecte la estabilidad del movimiento terrestre.

—Es claro que la actividad solar nos afecta pero el patrón más dañino y constante sigue siendo el producto residual de los gases contaminantes producidos por la actividad humana —explicó Sarah.

—Ése es y seguirá siendo nuestro mayor problema —asintió Daniel.

Sarah le preguntó si había noticias de las mediciones que realizaba la estación McMurdo sobre los gases contaminantes alrededor de la atmósfera.

Daniel negó con la cabeza.

—Por el momento no han aportado nuevos datos que sean significativos para los estudios. Sus actividades se han visto muy limitadas debido a las temperaturas extremas que enfrentan. Pero el invierno Antártico está llegando a su fin y pronto el doctor Resnick podrá reanudar con las exploraciones en los estratos profundos del hielo y las altas capas atmosféricas.

Elena preguntó a Sarah si se encontraba lista para hablar de su experiencia dentro de la pirámide.

Ella se aclaró la garganta y comenzó a relatarles su experiencia desde el momento en que habían ingresado al pasillo que conduce a la galería y cómo la pirámide causó una distorsión en el espacio-tiempo, alterando su visión.

Continuó explicándoles cómo su conciencia viajó a través del túnel de luz hacia el núcleo de donde emana toda la energía del Sol. La forma en que experimentó su propia existencia le había revelado la verdadera naturaleza de su ser consciente. Comprendió que la conciencia era en realidad una compleja forma de energía que almacenaba luz en forma de conocimiento. Esta luz transmitía billones de pulsos de información que determinaban la propia individualidad de cada ser vivo.

—¿Quieres decir que pudiste apreciar la esencia que conforma nuestra conciencia? —le preguntó Daniel.

Sarah asintió y explicó que dicha esencia era una forma particular de energía que se creaba en lo más profundo del núcleo de las estrellas. De ahí viajaba a los planetas en forma de una chispa divina, para iniciar el proceso de evolución al acoplarse a cada ser vivo.

—Nuestra conciencia es como un receptáculo que incrementa su capacidad de almacenamiento de esta luz divina de la creación cuando es expuesta a este tipo de viajes más allá de la realidad común.

Todos escuchaban sorprendidos.

—Creo que los antiguos mayas conocían esta verdad que representaba el principal fundamento de su ciencia —comentó Elena—. Su conocimiento sobre la realidad del universo era tan complejo que nos resulta imposible descifrarlo. Ahora entiendo porqué nunca estuvimos en posición de comprenderlo. Sólo a través de los viajes de conciencia era posible llegar a las conclusiones correctas.

El doctor Jensen analizaba con atención las declaraciones de Sarah y Elena.

—Daniel nos había explicado anteriormente que la luz transporta información en forma de pulsos electromagnéticos extraordinariamente rápidos —comentó José—. Si nuestra conciencia almacena esa luz al alcanzar los planos superiores de realidad, esto quiere decir que su conocimiento sobre el universo se amplificaba con esa acción. La luz que ellos percibían en esos lugares era almacenada en su conciencia convirtiéndolos en seres iluminados o Ah Kin. Por eso sus rituales tenían como objetivo lograr el desplazamiento de su conciencia hacia esos reinos.

Sarah asintió. Luego les describió que durante su viaje había comprendido también que la conciencia humana reencarnaba sucesivas veces en nuestro mundo para llevar a cabo este proceso de expansión de su luz en forma de conocimiento a través de los ciclos de vida. La gran fuente proveniente de la conciencia suprema del Sol ejecutaba un giro eterno, lanzando sus rayos que definían las características que la conciencia individual enfrentaría al encarnar en el planeta.

—La cuenta calendárica sagrada de los mayas se refiere a cada uno de los diferentes senderos de encarnación que una nueva conciencia enfrenta durante sus vidas —explicó—. Esta cuenta es el resultado de su desciframiento de este proceso. Los mayas establecieron 20 senderos particulares, influenciados por 13 permutaciones diferentes de energía.

Se refería al Tzolkin, su calendario sagrado, que José le había explicado a detalle.

—El movimiento eterno del Sol produce un giro en su campo electromagnético que provoca una variación diaria de polaridad en su energía. Así establece una firma electromagnética particular en la codificación de ADN de cada individuo. Esta firma es determinada por su día de nacimiento y constituye la esencia de nuestra individualidad.

José y Elena escuchaban fascinados. Finalmente podían comprender en términos de la ciencia moderna los grandes alcances del conocimiento de esa portentosa civilización.

—Entonces el Tzolkin representa la rueda calendárica de la reencarnación —exclamó José—. Sus numerales y signos describen la codificación solar de cada individuo correspondiente al día de su nacimiento.

Sarah agregó que había contemplado la forma en que la conciencia descendía a nuestro mundo proyectada en un rayo de luz, para depositarse en el nuevo individuo durante el momento de concepción. Y luego añadió que la propia conciencia escogía el momento justo para nacer en este mundo iniciando su ciclo de aprendizaje.

—Así fue como entendí que todos nosotros experimentamos vidas sucesivas en el pasado y seguramente nuestros destinos quedaron ligados en alguna de ellas. Quizá por eso Tuwé nos advirtió que nuestra presencia aquí había sido dictada por el destino.

Sarah les reveló que durante su experiencia corroboró que ella y Rafael se habían conocido hacía muchos siglos atrás y que sus destinos habían quedado ligados desde ese entonces. Asimismo, recibió una cantidad descomunal de conocimientos relacionados con el poder de la pirámide y la forma en que operan sus funciones.

—Pero dinos, ¿qué averiguaste? —la urgieron todos.

—No tengo idea de cómo empezar a explicárselos. El conocimiento de los Inmortales representa una forma tan extraordinaria de tratar con la realidad que requeriríamos de una nueva ciencia para poder explicarla.

Todos la miraron inquisidoramente.

—¿No puedes explicarnos lo que averiguaste? —insistió Daniel.

Sarah trató de traducir en términos de la ciencia moderna la forma en que la pirámide aislaba los campos de resonancia magnética de los seres vivos para almacenar su firma particular en las incrustaciones de cuarzo. E intentó aclarar cómo su poder era capaz de resecuenciar sus estructuras genéticas.

—Nuestra firma electromagnética particular representa todo lo que nosotros somos —explicó ella—. Es la esencia misma de nuestra individualidad. Como seres conscientes, todos emitimos un patrón particular de pulsos energéticos por el simple hecho de encontrarnos vivos. La pirámide es capaz de reconocernos a cada uno de nosotros por medio de este campo energético que emanamos. Cuando reencarnamos esta firma particular codifica nuestro ADN para adaptarse a los ciclos evolutivos del Sol y el planeta. Esto lo hace con el propósito de formar un organismo más apto para la supervivencia.

"Los Inmortales desarrollaron la tecnología capaz de descifrar los billones de patrones de pulsos luminosos que conforman nuestra conciencia individual. De este modo, la pirámide actúa como un escáner de nuestra firma de conciencia. Una vez que uno entra ahí, la pirámide aísla nuestro campo de resonancia reconociendo su patrón particular. Con las órdenes correctas, su tecnología es capaz de escoger los pulsos adecuados de información para resecuenciar nuestro ADN y acelerar el proceso de evolución.

Los tres arqueólogos y Daniel se emocionaron ante la revelación. Ahora conocían los fundamentos principales del mecanismo que operaba las funciones de la pirámide. Estaban cerca de esclarecer el conocimiento que era obsesivamente reclamado por el Pentágono.

La pirámide era también capaz de aislar los campos de resonancia del Sol y el planeta entero, para desplazar la conciencia de los seres vivos a través del tejido dimensional de la realidad. Esta acción hacía posible los viajes en el tiempo y otras miles de posibilidades más.

—Me parece que ese nuevo conocimiento sería posible emplearlo para operar finalmente las funciones de la pirámide —comentó Daniel.

—Eso es muy probable —respondió Sarah—. Pero recuerda que la pirámide reconoce nuestra firma energética, así como nuestra voz y otras características. Sólo los patrones que fueron programados desde su construcción son capaces de operar sus funciones.

—¿Qué significa eso? —preguntó finalmente el doctor Jensen que escuchaba atentamente la conversación.

—Los atlantes fueron muy cuidadosos acerca de quién podría operar semejante mecanismo. Programaron la pirámide para que obedeciera únicamente los comandos de su grupo. Nosotros podemos causar reacciones mediante el uso de pulsos electrónicos, pero les aseguro que un individuo extraño jamás estará en posición de operarla.

—¿Quiere eso decir que solamente ellos tienen control sobre su poder? —preguntó el padre de Kiara.

Sarah asintió y todo el grupo permaneció callado por unos instantes.

Daniel comentó que Sarah acababa de corroborar sus sospechas sobre los intrincados mecanismos de seguridad de esa tecnología. Ahora no cabía duda alguna al respecto.

—Pero si ellos vivieron miles de años atrás en el pasado remoto de la humanidad —continuó Jensen—, es claro que no queda ya nadie vivo que pueda ejercer ese control.

El grupo discutió sobre las implicaciones de ese hecho.

—No es posible que los atlantes hayan restringido por completo el control de la pirámide si sabían que la humanidad dependería en un futuro del conocimiento almacenado en ella —comentó Elena.

—Estoy de acuerdo —afirmó José—. Eso sería totalmente incongruente con sus intenciones. Si ellos esperaban a que la humanidad contara con una nueva oportunidad, tuvieron que prever que la pirámide tendría que ser operada de nuevo.

—El riesgo de operar la pirámide es tan grande que podría acabar con nuestro mundo —intervino Sarah—. Los Inmortales advirtieron a Kiara sobre este hecho. Es lógico que los mecanismos de seguridad que posee sean igual de complejos que sus sistemas de funcionamiento. No se arriesgarían a que la pirámide fuera utilizada por la persona errónea. Por eso ha permanecido intacta por miles de años. Eso debe quedarnos bien claro.

Daniel tomó la palabra para dirigirse a Sarah.

—Tiene que existir una forma de resolver este problema. El profesor Mayer nos visitó hace un par de días lleno de frustración porque el generador experimental fracasó por completo de nuevo. Al operar las funciones básicas de la pirámide comprenderíamos de inmediato cómo ésta acopla los campos de resonancia para crear grandes cantidades de energía. El diseño del generador debe asemejar el diseño de la pirámide. Pero si no podemos operar ésta, entonces todos nuestros esfuerzos serán inútiles.

Capítulo 47

El gigantesco ariete de la Orden de los Doce impactó brutalmente contra la puerta principal de la muralla, haciendo que ésta cediera lentamente. A sus lados, cientos de atacantes ascendían por las escaleras mientras una lluvia de flechas caía sobre ellos. Oren y Dandu corrían hacia la zona de las catapultas para atacar las torres de asalto e impedir su ascenso. En lo alto del muro, Anya y Dina se encontraban abrumadas con la cantidad de enemigos que lograban subir para atacarlas,. Las flechas dejaban de surtir efecto, por lo que era hora de luchar cuerpo a cuerpo con los invasores.

Anya alzó su espada gritando a un escuadrón de infantería que se preparara para cargar con sus lanzas contra el enemigo. Más de veinte hombres se formaron hombro con hombro y, protegidos con sus escudos, esperaron la orden para lanzarse.

Ambos grupos chocaron. Dina dirigía a los arqueros que trataban inútilmente de derribar a los asaltantes en las grandes torres de asalto. En pocos minutos el ejército de la orden amenazaba con tomar el techo de la muralla. El suelo se cimbraba estrepitosamente con los golpes del ariete que reducían a pedazos la puerta principal. El escuadrón de Anya retrocedía abrumado por su inferioridad numérica. Ella miró hacia abajo para darse cuenta de que miles de soldados seguían escalando a través de las escaleras portátiles. Parecía imposible detener el ataque frontal, cuando el sonido de las trompetas volvió a escucharse.

Desde los jardines del complejo salió una lluvia de proyectiles. Oren y Dandu emplearon parte de la infantería para colocar las pequeñas catapultas en posición de disparo. Los proyectiles caían justo sobre las líneas enemigas diezmando decenas de soldados que intentaban escalar.

El flujo de asaltantes se redujo considerablemente. Los enemigos se replegaron.

Una nave cruzó el cielo y descargó una roca sobre una torre de asalto enemiga. La torre recibió de lleno el impacto y se ladeó, parcialmente destrozada. Fue separada de la parte superior de la muralla y cayó aplastando a decenas de soldados. El ejército aliado vitoreó la maniobra. La nave continuó su trayecto para enfilarse hacia otra torre. Los enemigos huyeron previendo el movimiento.

Un nuevo proyectil impactó la base de la segunda torre que en unos cuantos segundos se derrumbó por completo. Anya y Dina observaron con satisfacción lo que sucedía. Otras dos torres se encontraban bajo el fuego de las catapultas y quedaron inutilizadas.

Las tropas aliadas retomaban el control de la muralla poco a poco e iban ganando confianza cuando un brutal golpe cimbró el suelo. Casi pierden el equilibrio. Dina corrió hacia la entrada principal y miró horrorizada cómo el ariete había derribado por fin las puertas.

Los cuernos enemigos sonaron y Anya observó que miles de soldados se dirigían hacia la puerta derribada portando ballestas. Se formaron al frente para dar paso a la invasión de la ciudad.

El concejal Kelsus ordenó a Anya y Dina dirigir las tropas de infantería hacia los jardines del complejo. Tenían que reunir al grueso de sus fuerzas para contener la horda de enemigos.

La puerta principal quedó en el suelo, dejando el camino libre para que las tropas enemigas entraran al complejo. Una barrera de cientos de soldados sosteniendo sus escudos uno contra el otro se formó para esperar el ataque enemigo. Los arqueros esperaban para abrir fuego contra ellos. Un macabro silencio inundó el campo de batalla mientras ambos ejércitos se preparaban para pelear por la ciudad. La batalla final se acercaba.

Una lluvia de flechas apareció de pronto, proveniente de la entrada principal. El ejército enemigo avanzaba implacablemente abriendo fuego contra las líneas aliadas. Los arqueros lanzaron sus flechas sobre ellos. Sin embargo, una horda de guerreros armados con grandes espadas llegó hasta la línea de defensa chocando con toda su fuerza. Los escuderos se replegaron ante el descomunal embate.

Oren y Dandu redirigieron las catapultas hacia la entrada principal y abrieron fuego. Los proyectiles diezmaron las filas agresoras, obligándolas a recular.

Anya y Dina observaban nerviosas. Sabían que aún quedaban miles de guerreros detrás de la muralla y no se darían por vencidos tan fácilmente.

Un inquietante silencio indicaba que los soldados recargaban sus armas. Las catapultas quedaron listas para disparar en cuanto el enemigo reiniciara el ataque. De pronto, una bocanada de humo surgió de la puerta principal. El enemigo ahora usaba a sus arqueros.

Anya y Dina retrocedieron esquivando las flechas que caían cerca de ellas. Instantes después, una enorme bola de fuego cruzó el firmamento y se estrelló justo sobre un grupo de sus soldados. La Orden de los Doce estaba usando de nuevo sus grandes catapultas. Y mientras ejecutaban la maniobra, otra bola de fuego cayó cerca de ellos. La entrada había quedado libre por lo que ahora nada impediría que el ejército agresor entrara en la ciudad.

El concejal advirtió a todas las líneas que se prepararan para contener la invasión. Ellas emplazaron grupos de arqueros sobre las azoteas de los edificios cercanos. La infantería formó sus líneas con lanzas y escudos.

Hordas de guerreros enbravecidos cruzaron la puerta principal. Anya observó horrorizada que se multiplicaban a cada instante. En solo un minuto, más de mil soldados enemigos habían penetrado y luchaban cuerpo a cuerpo para acabar con la línea de defensa, que no duraría mucho tiempo en pie. Kelsus comunicó al maestro Zing que era tiempo de ejecutar su plan defensivo.

Anya pensó que en cualquier momento la batalla estaría perdida. Miles de civiles permanecían refugiados en los salones y su evacuación sería prácticamente imposible si no lograban contener al enemigo.

La voz del concejal Kelsus se escuchó de pronto en su mente:

—El maestro Zing y un grupo de la guardia de Atlantis terminaron de cargar las dos naves con rocas de gran tamaño que arrojaremos para bloquear la entrada principal. La primera nave está levantando el vuelo en este momento. Sigan manteniendo la posición de los arqueros. ¡Que no cesen de disparar!

Anya y Dina escucharon la primera nave que pasaba por encima de ellas con dirección al enemigo. El maestro Zing se encontraba a bordo y en cuestión de segundos dejó caer un enorme bloque de piedra al frente de la puerta. Los soldados enemigos habían visto aproximarse la nave y dispararon con sus ballestas. Pero se vieron obligados a moverse para no ser aplastados. La segunda nave levantó el vuelo y se acercó dejando caer el segundo bloque. Logrando sellar la entrada.

—Las tropas de élite de la Orden de los Doce no se encuentran en el campo de batalla —les advirtió el maestro a Anya y Dina—. Estoy observando a todo su ejército desde la nave. Sólo unos cuantos de sus comandantes dirigen las acciones.

Anya y Dina no comprendían bien lo que el maestro Zing quería manifestarles. Con la adrenalina del combate no se habían detenido a analizar la estrategia que enfrentaban.

—La concejal Anthea se encuentra en la zona oeste de la ciudad; reporta que hay decenas de guardias heridos —les informó—. Varios enemigos lograron entrar a la ciudad a través de los canales que surten el agua. Es un escuadrón de élite de la orden. Ahora se dirigen hacia el complejo de la Casa Real.

Anya y Dina comprendieron que los más crueles mercenarios de la orden se dirigían a atacar a la clase gobernante. Habían penetrado en la ciudad y utilizarían su sigilo para llegar hasta el complejo y asesinar a los miembros de la Casa Real.

Dina le avisó al maestro Zing que la línea de defensa aún se enfrentaba contra miles de soldados.

—Nosotros nos encargaremos del ejército enemigo. Ustedes diríjanse de inmediato a las salas de refugio —les ordenó el maestro Zing—. ¡Ayuden a la concejal Anthea a proteger el complejo!

Anya y Dina corrieron hacia los jardines centrales. El fragor de la batalla se respiraba en el ambiente mientras miles de soldados aliados resistían el embate de las fuerzas de la Orden de los Doce.

—¿Cuántos soldados de la orden lograron entrar a la ciudad? —le preguntó Dina a la concejal Anthea en cuanto la vio.

—No lo sabemos con seguridad —respondió ella—. Los sobrevivientes dicen que eran más de quince. Un grupo de ese tamaño no podrá pasar desapercibido. Lo más probable es que se hayan separado y busquen llevar a cabo su objetivo de manera silenciosa.

Anya se preparó anímicamente para la tarea. Sabía que todos eran mercenarios expertos. Incluso algunos podían contar con el poder de la magia oscura. Pensó de inmediato en Tiara Li y su grupo. Todos ellos se encontraban en un grave peligro.

El capitán de la guardia repartió a sus efectivos entre los cruces de los pasillos para vigilar en todas las direcciones posibles. Anya y Dina se dirigieron hacia el ala este mientras la concejal Anthea vigilaba las entradas principales del complejo.

Llegaron hasta el corredor que conducía al salón indicado, cuando Dina advirtió movimiento cerca de ellas. Desenvainaron de inmediato sus espadas y Dina le hizo una seña a Anya para que estuviera alerta. Las dos escudriñaban el lugar. Avanzaron sigilosamente hasta alcanzar una bifurcación. Un ruido se escuchó muy cerca de ellas. Sus corazones latieron frenéticamente. Dieron vuelta sobre el corredor y se encontraron con cuatro personas. Entre ellas estaba Tiara Li.

—¿Qué demonios están haciendo aquí? —les gritó Anya que empuñaba su espada.

Las cuatro adolescentes se petrificaron.

—Guerreros expertos del ejército enemigo penetraron nuestras defensas y se encuentran merodeando por el lugar. ¿Por qué salieron de su escondite? ¿Quieren morir?

Las jóvenes temblaban al escucharla.

—Sólo queríamos ver qué sucedía. Es insoportable estar encerradas —dijo Tiara Li para disculparse.

—Te aseguro que no querrías ver lo que está sucediendo allá afuera —le respondió Dina al tiempo que los conducía de regreso y cerraba las puertas del salón.

—Recorramos el resto de los salones —le indicó Anya.

Ambas revisaron los salones donde se refugiaron los civiles.

—Son demasiadas personas —le comentó Dina a Anya.

—No hay un sitio seguro a donde podamos evacuarlos —le respondió.

Siguieron su recorrido sin sobresaltos, hasta que Dina se detuvo en seco.

—La concejal Anthea acaba de localizar a un grupo de mercenarios —le indicó a su compañera—. Han llegado hasta los salones de refugio.

Volvieron en absoluto silencio por el pasillo. Anya utilizó su don para vigilar el lugar más allá de lo que su visión normal le permitía. Entonces, mientras enfocaba su atención en el área cercana, percibió presencias extrañas acechando. Alertó a Dina de lo que estaba viendo.

Las presencias eran elusivas y no podía enfocarlas de manera adecuada. Ambas se pusieron en guardia en espera del enemigo. Una figura oscura apareció y las dos avanzaron para enfrentarla. Sabían que ellas eran el único obstáculo que se interponía entre el enemigo y los indefensos civiles.

El sujeto vestía una armadura completa con una máscara grotesca y un casco que simulaba un tocado con forma de murciélago. Su imagen era absolutamente tenebrosa. Anya percibió una sombra alrededor de él, lo que indicaba que era un poderoso guerrero de la orden. El casco que portaba revelaba la magia oscura del animal salvaje que dominaba.

Anya le transmitía a Dina cuanto podía observar, mientras que otro enemigo surgió por el corredor. Vestía armadura completa y máscara, pero sin casco. La situación empeoraba a cada momento. Dina enfocó su intento y pidió ayuda a los concejales. Pero ninguno de ellos se encontraba disponible para ayudarlas.

—Tendremos que enfrentarlos nosotras solas —le dijo a Anya, con la certeza de que no recibirían ayuda.

Capítulo 48

Kiara intentaba salir de su asombro mientras contemplaba inerme la imagen del mundo intermedio, tal y como la había visto la primera vez que viajó hacia esa realidad superior. La inmensa llanura de reluciente color verde aparecía majestuosa frente a ella. Escudriñó el terreno, sintiendo cómo el poder de su intento se incrementaba a cada día. Ahora comenzaba a controlar sin dificultad alguna la transición de su conciencia hacia el sueño lúcido.

Enfocó su vista e identificó a lo lejos un lugar que le resultaba familiar. Concentró su atención en él y en un instante su figura se desplazó hasta allá. Era el lugar donde la gente se reunía para conversar con la fuente de agua. El sitio no había cambiado en lo absoluto salvo que ahora se encontraba libre de personas. Kiara se acercó a la fuente y enfocó su atención en el agua que brotaba de ella. De inmediato sintió una conexión con aquel líquido cristalino. Algo en su fluir la invitaba a sumergirse dentro de su esencia.

—Tu conciencia te ha traído de vuelta a este sitio —interrumpió una voz con timbre femenino en sus oídos.

Ella reaccionó sobresaltada. La voz la había tomado por sorpresa. Alzó la vista y descubrió una enorme nube que se había detenido. La reconoció al instante. Era el supremo espíritu de la Tierra que dirigía su atención hacia ella.

—Finalmente has conseguido el conocimiento que te permitirá recordar la misión que aceptaste al alcanzar este reino superior —continuó la voz.

Kiara observaba el movimiento de la nube mientras escuchaba con atención. En esta ocasión el contacto con ese ser superior representaba algo muy diferente para ella. Ahora su conciencia comprendía el enorme poder que yacía bajo esa sutil representación. Se había quedado petrificada frente a la sorpresa de volver a entrar en contacto con él.

—Concentra tu intento en el agua de vida para que consigas recordar —le volvió a hablar, indicándole que se acercara más a la fuente.

Kiara obedeció sin titubear. Quería llegar al fondo del misterio que guardaba su presencia en ese sitio. Se acercó a la fuente extendiendo sus manos para tocar el agua. En vez de salpicar sobre ellas, el líquido rodeó sus manos formando una fina película húmeda que se extendía hacia sus brazos. Kiara sintió cómo la esencia del elemento le transmitía información sobre su propia naturaleza.

El espíritu de la Tierra le repitió que utilizara su intento para fusionar su conciencia con el elemento. Kiara enfocó su atención en la fina capa de agua y se dio cuenta de que sus brazos se desvanecían, como si aquel fluido los absorbiera.

Se movió hacia delante, permitiendo que el agua bañara todo su cuerpo. Su fluidez la envolvió por completo al tiempo que sentía fundirse con aquella esencia elemental. Ahora era una con ella y aprendía sobre el proceso fundamental que el vital líquido desempeñaba en el planeta.

Así comprendió que el agua en el mundo material representaba el elemento principal donde era alojado el poder divino de la conciencia. Su capacidad receptiva era tal, que le permitía asimilar todo aquello con lo que tenía contacto. Dentro de su cuerpo físico, el agua se mezclaba con millones de moléculas orgánicas que ayudaban a transmitir los impulsos cognitivos necesarios para interpretar la realidad del mundo cotidiano. Su fluir a través del organismo en forma de sangre era lo que mantenía el poder de su conciencia alojado en el cuerpo físico. Cuando este flujo se detenía, entonces la luz de la conciencia se desconectaba irremediablemente del cuerpo, produciendo el fenómeno que los demás seres vivos denominaban como muerte.

Sin embargo, ahora Kiara entendía que este proceso de separación del cuerpo físico no representaba el fin, sino sólo el comienzo de una nueva forma de existencia. Un ciclo de vida y encarnación sucesiva en el que los seres vivos eran impulsados a atravesar por multitud de experiencias para comprender los misterios de la creación. La fuerza de su vínculo con el ser elemental se incrementó al comprender que su vida física dependía de su fluir interno. Su ser se estremecía ante la abrumadora realidad que todo ser enfrentaría algún día: la separación de su cuerpo físico y la consecuente muerte de éste.

Entonces, una vez liberada la luz de su conciencia, un periodo de reflexión y acondicionamiento los prepararía para su regreso. El agua de vida atraparía de nuevo su fuerza divina y la transportaría hacia su desarrollo para experimentar la vida en el mundo físico.

Kiara comprendió que en el mundo intermedio, la fuente era la sutil representación del eterno fluir de la conciencia individual que retornaba al mundo físico a través de la magia receptiva del elemento. Los seres que había encontrado ahí reunidos esperaban el momento y las circunstancias adecuadas para emprender el viaje que los conduciría de regreso al aprendizaje de las formas más densas de la materia.

Una vez escogido el momento justo, su conciencia individual sería transportada en un rayo de luz hasta el mundo físico para fusionarse con el agua de vida proveniente de los fluidos masculinos y femeninos, que en ese instante se unían para dar nacimiento a un embrión humano.

Una vez ahí, el poder de su propia conciencia individual comenzaría a dictar la capacidad de cada uno para comprender la compleja realidad a la que sería enfrentado. Las conciencias más evolucionadas buscaban el camino para trascender la forma material mientras que las menos avanzadas permanecían atrapadas en la fascinación del mundo que enfrentaban.

Kiara observaba el proceso desde la escala microscópica y se maravillaba de cómo la fuerza de la conciencia animaba las moléculas orgánicas para dar forma a millones de individuos que poblaban el planeta. Sintió cómo una fuerza la llevaba de regreso a su forma convencional y contempló cómo su cuerpo se solidificaba a partir del agua de vida que la había envuelto. Miró hacia el cielo y se percató de que la nube aún enfocaba su atención sobre ella. El espíritu supremo del planeta la había regresado ante su presencia para continuar hablando con ella.

—Éste es el lugar que dio origen al destino que enfrentas —le dijo y una duda surgió de inmediato en la mente de Kiara.

—¿Te refieres a que en algún momento, yo estuve aquí al igual que millones de seres humanos y en este lugar es donde tuvo origen mi vida?

La enorme nube comenzó a moverse mientras Kiara la observaba.

—Tu existencia es infinita y comenzó cuando la conciencia suprema del padre creador se multiplicó para esparcir su semilla dentro de tu mundo —le respondió—. Lo que tú llamas vida es el capítulo que se originó al aceptar la misión que te fue encomendada para tratar de corregir el destino de la humanidad. ¿Aún no lo recuerdas?

Kiara escuchó la voz y todas las fibras de su ser consciente se estremecieron. Ahora sabía que ella misma había iniciado su vida en ese sitio pero no podía recordar cómo. Su memoria luchó para recordar el momento en que fue enviada hacia el mundo material. Sin embargo, la idea seguía siendo confusa en su mente. Aún consideraba que la totalidad de su ser estaba definida por la personalidad que ella ocupaba en el mundo de todos los días.

—Hay algo que no puedo comprender —continuó
Kiara finalmente—. Mi vida es mi existencia en el mundo
físico. Yo soy la persona que habita ese mundo y esa persona
es quien define mi individualidad. No puedo concebir que
antes haya existido de otra forma. Yo soy Kiara y esto es
completamente quien yo soy.

—¿Estás segura de eso? —inquirió la voz.

Kiara se sentía cada vez más impactada al escuchar la voz
que cuestionaba su percepción de sí misma. Luchó una vez más
por recordar su origen y entonces expresó:

—Creo que éste será el lugar a donde habré de llegar
cuando mi vida física se extinga, pero mientras tanto yo soy
esa persona que vive y se desarrolla en el mundo de todos
los días. ¿No es así?

—No lo es —respondió la voz—. Tú eres ese ser inmor-
tal que se comunica conmigo en este momento. Y a lo largo
de tu existencia has atravesado por otras vidas en el mundo
denso que tú consideras como real y definitivo. Acércate de
nuevo a la fuente y mira en la fluidez de sus aguas para que
te convenzas de la realidad que rige a tu ser consciente.

Kiara titubeó por un instante. Luego se acercó lentamente para mirar el agua que continuaba brotando. Un caleidoscopio de imágenes se formó sobre su superficie. Cientos
de personas trabajaban en la jungla construyendo un edificio
subterráneo. Escenas del interior de la pirámide de Etznab
se presentaron ante sus ojos mientras sentía la presencia de
muchos otros seres. Las imágenes cobraban vida dentro de
sus recuerdos. Su memoria le hizo saber que ahí los Inmortales concentraron la luz divina del Kin para alterar el curso
de la evolución humana. Ella había estado presente durante
su construcción y los miembros del Gran Concejo aparecieron en su visión.

Sintió un abrupto despertar en su conciencia y dejó de
mirar dentro de la fuente. En un instante cientos de recuerdos

la invadieron. Su memoria le transmitía finalmente la razón de su íntima conexión con la selva y ese mundo ancestral, pero la cantidad de información que recibía era inasimilable. Ahora tenía la plena certeza de que ella estuvo en ese lugar durante un capítulo anterior de su existencia. Pero, si esto era así, ¿quién era ella realmente?

Kiara se detuvo un momento a analizar los hechos. Entonces comprendió que sus sueños la habían conducido a experimentar una realidad tan compleja que su mente no alcanzaba a concebirla. El hecho de que su conciencia pudiese experimentar existencias múltiples socavó la seguridad que sentía hacia su propia persona. Enfrentó de nuevo a la nube, pidiéndole que le explicara qué sucedía con ella y su propia identidad.

—El poder de tu intento te llevó a explorar este nivel superior de realidad durante tus sueños —le explicó la voz—. Aquí adquiriste el conocimiento que te ha despertado del sueño denso de la materia que tú llamas realidad para contemplar la complejidad de tu existencia.

Kiara se confundía más a medida que la conciencia del planeta le explicaba lo que le sucedía. Ahora le estaba sugiriendo que su vida en el mundo físico era como un sueño del que finalmente había despertado. ¿Qué diablos significaba eso?

Una enorme presión estremeció su cuerpo energético al tiempo que la imagen de la nube se tornaba borrosa. El conocimiento obtenido amenazaba con destruir los fundamentos de la realidad que ella consideraba como única. El torrente de recuerdos se movía a través de su conciencia a una velocidad tan grande que sentía que su cabeza estallaría en cualquier momento. Luchó por enfocar la visión del mundo intermedio, pero éste se desvaneció por completo.

Kiara se resistía inútilmente tratando de ganar control sobre su atención, pero el esfuerzo fue demasiado abrumador para su mente. Todos sus recuerdos estallaron cegándola por completo. En un instante, la luz se desvaneció para dar paso a una profunda oscuridad que la sumergió en un infinito vacío. Luchó con sus brazos y piernas tratando de asirse para dejar de caer y de pronto soltó un grito de desesperación.

Su cuerpo brincó de la cama y apareció justo frente a la puerta que conducía a su pequeño cuarto de baño. Experimentó alivio al darse cuenta de que había regresado al mundo de todos los días. Sin embargo, sentía aún el retumbar de las extrañas imágenes sobre su cabeza. Intento relajarse para que su mente disipara sus emociones. Pensó que le vendría bien entrar al baño para remojarse un poco la cara y refrescarse. Extendió su mano para asir la perilla de la puerta y entrar en él, cuando sintió con horror como su mano la atravesaba sin poder tocarla. La confusión la congeló por un momento.

Trató de agarrar la perilla una vez más y su mano volvió a atravesarla. Era inútil tratar de asirla. Volteó con ansiedad para mirar a su alrededor y comprobar que realmente se encontraba en su habitación. Tras una rápida inspección comprobó que todo lucía de manera normal. Pero un bulto dentro de las sábanas revelaba la presencia de alguien que dormía en la cama. Miró confundida la silueta que resaltaba sobre la superficie del colchón. ¿Quién era esa persona que se encontraba acostada?

Kiara no entendía lo que estaba sucediendo. Le intrigaba la persona que yacía sobre su cama. Agachó su cabeza para mirarla de cerca y observar su rostro. Había algo tremendamente familiar en él. Lo contempló detenidamente y en un instante entró en shock. La persona que se encontraba acostada en la cama era ella misma.

Kiara se apartó con un sobresalto. Al mismo tiempo, el cuerpo que yacía acostado sufrió un espasmo muscular y se sacudió con fuerza.

Su conciencia había vuelto del mundo intermedio pero no había despertado en su cuerpo físico. Ahora no sabía cómo proceder.

El cuerpo sobre la cama siguió temblando con extraños espasmos. Su ansiedad crecía mientras se preguntaba lo que debía hacer, sin dejar de observar su propio cuerpo. Enfocó su intento en detener los movimientos involuntarios del cuerpo y de pronto la perspectiva de su habitación se desvaneció.

Abrió los ojos repentinamente y miró el borde de su almohada. Su corazón latía frenéticamente y su respiración era agitada. Se levantó de la cama y se dirigió hacia el baño. Tomó la perilla de la puerta y esta vez comprobó que se encontraba de vuelta en el mundo físico. Finalmente las cosas habían vuelto a la normalidad. Entró al baño y remojó su cara para reanimarse. Dejó el agua correr por unos segundos y luego cerró la llave. Su corazón comenzó a tranquilizarse poco a poco. Sin embargo uno de sus brazos seguía entumido, amenazando con volver a temblar.

Miró su imagen en el espejo y por primera vez en su vida se preguntó quién era ella realmente. Meditó sobre el asunto por unos instantes sólo para convencerse de que era inútil tratar de dilucidar esa cuestión. Entendió que el universo contenía enormes misterios que le eran imposibles de comprender. Pensó que debía tranquilizarse y reflexionar en calma sobre la experiencia que acababa de tener. Volvió a la habitación y abrió la ventana para permitir que el aire fresco entrara en ella. Se acostó y decidió que debía descansar si quería que su mente asimilara las cosas y pudiera examinarlas con detenimiento al siguiente día.

Un sueño agotador la atrapó hasta la mañana siguiente. Apenas comenzaba a despuntar el alba cuando su madre entró a la habitación para avisarle que era hora de levantarse. Kiara despertó abrumada. No podía dejar de pensar en la asombrosa experiencia que había tenido. Se vistió con calma y bajó a la cocina. Su madre le sirvió el desayuno.

—Hoy voy a salir temprano del trabajo —le dijo María—. ¿Qué te parece si pasas al supermercado y luego vamos juntas a comer a algún restaurante?

Ambas salieron de la casa para dirigirse a sus respectivos destinos. Kiara cubrió el trayecto hacia la escuela en unos minutos. Ese día llegó más temprano que de costumbre. Pasó por la inspección sanitaria y entró en el salón de clases. Sus compañeros llegaron poco a poco hasta que iniciaron las clases.

Kiara se sentía por completo ausente a pesar de que trataba de poner atención a la clase. Su mente había quedado atrapada en la duda respecto al origen de su persona. Además, tenía náuseas. Desde hacía un par de días, experimentaba extrañas molestias pero ella no quería saber nada de médicos. Había llegado a la conclusión de que sus malestares se debían al tremendo estrés que significaba su regreso a la ciudad.

Un par de horas transcurrió sin novedad alguna hasta que uno de los alumnos de la clase se paró de su lugar. El profesor lo miró extrañado cuando el chico comenzó a temblar. Era el mismo que se había desplomado un día antes frente a los casilleros.

—¿Qué sucede? ¿Te encuentras bien? —inquirió el profesor.

El chico no respondió y de pronto cayó tendido sobre el suelo. Su cuerpo convulsionaba mientras un poco de vómito se escapaba por su boca.

—¡Llamen de inmediato a los médicos! —gritó el profesor al tiempo que corría hacia él.

Varios estudiantes corrieron a alertarlos. Kiara no sabía qué hacer. Un impulso la hizo aproximarse al chico para observarlo de cerca. Reaccionó espantada. La piel del muchacho se estaba tornando de un tono gris claro. Jennifer llegó mostrando un semblante de consternación. En ese momento otro alumno comenzó a gritar:

—¡Está infectado, está infectado! Ése es el color que tienen los que sufren la enfermedad desconocida.

El salón estalló en pánico mientras el profesor trataba inútilmente de contener los ánimos. El personal médico entró en ese instante y al ver lo que sucedía uno de ellos utilizó su radio para alertar que tenían un nuevo caso.

Tras escuchar el aviso, los estudiantes se abalanzaron hacia la puerta de salida. Los médicos advirtieron que nadie estaba autorizado a abandonar el campus. Kiara observaba sorprendida. Instintivamente tomó su mochila y le indicó a Jennifer que siguiera al tumulto que se dirigía a la puerta. El médico solicitó ayuda al personal de seguridad del campus, pero la turba de estudiantes estalló en furia pasando por encima de él, escapando hacia los pasillos.

Kiara sintió una descarga de terror. Era un momento decisivo. Se amontonó detrás del grupo y llegó hasta el pasillo, seguida de Jennifer. Su corazón latía a mil por hora. Se había librado milagrosamente de contagiarse en el albergue de refugiados y ahora corría peligro de ser encerrada de nuevo. Parecía como si la sombra de la enfermedad la persiguiera.

Miró hacia el pasillo. Alguien había corrido la voz de alarma y todos los salones eran abandonados por cientos de personas que se amontonaban para escapar.

—¡Hay que largarnos de aquí! —le gritó a Jennifer.

En ese momento la alarma de incendios de la escuela produjo un sonido estridente. Se giraron instrucciones por los altoparlantes. Era el director de la escuela.

"Se les ordena a todos los alumnos regresar a sus salones de clases. Tenemos una situación de emergencia que está siendo controlada sin problema. Todos deben regresar a los salones de clases de inmediato".

Cientos de estudiantes hicieron caso omiso de las órdenes y salían sin parar de los salones. Kiara y Jeniffer se abrían paso hacia la entrada principal. Querían escapar cuanto antes. Pero dos agentes de policía custodiaban la salida. La puerta había sido cerrada.

—¡Maldición! —se quejó Kiara respirando agitadamente.

—¿Qué vamos a hacer? —preguntó Jennifer asustada—. ¡Nos pondrán en cuarentena a todos!

—¡No, eso nunca! —gritó Kiara que había dado media vuelta y ahora se abría paso entre la multitud hacia el interior de la escuela. Jennifer la seguía angustiada.

Conforme seguían avanzando, más estudiantes atiborraban los corredores. Kiara no conocía bien la escuela, así que giró para enfrentar a Jennifer.

—¡Tú conoces mejor este lugar! —le dijo—. ¿A dónde debemos ir?

Jennifer reflexionó por unos instantes.

—Salgamos al patio —sugirió de pronto—. De ahí podemos llegar hasta la pista de atletismo y salir por una de las rejas.

Ambas empujaban a los demás estudiantes para salir cuanto antes. Llegaron hasta el patio y caminaron hacia la pista. Varios estudiantes las siguieron. Kiara se percató y aceleró el paso. Un par de maestros ordenó al grupo que se detuviera.

—¡Corre! —le dijo Jennifer—. ¡Van a hablarle a los policías!

Alcanzaron la pista y llegaron hasta una de las rejas de metal. Dos estudiantes la agarraron con fuerza elevándola un poco sobre el suelo para que la cruzaran arrastrándola. Jennifer se incorporó mientras Kiara se deslizaba hacia fuera. Al tratar de levantarse tuvo vértigo y se desplomó en el suelo. Otros estudiantes la urgían a que se moviera para salir. Estaba desconcertada. Su cuerpo no le respondía de la manera habitual. Luchó por incorporarse y Jennifer se acercó a ella.

—¿Qué te sucede? —le preguntó.

—Estoy bien —se disculpó Kiara—. Fue solamente un resbalón.

—Iremos hacia mi casa —le indicó Jennifer que comenzó a huir a toda prisa.

Se alejaron corriendo varias cuadras de la escuela hasta que Jennifer no pudo sostener más el paso.

—¿Nos persigue alguien? —le preguntó a Kiara jadeando.

—No lo creo —respondió ella.

Unos minutos después entraron a la casa de su amiga. La madre de Jennifer escuchó la puerta y bajó a ver qué sucedía.

—¿Qué hacen aquí a esta hora? —les preguntó.

Jennifer explicó la situación mientras su madre escuchaba horrorizada. Fueron a la sala para encender el televisor. Sintonizaron el canal local de noticias y comenzaron a escuchar.

Tras un largo debate con el gobernador, la agencia federal para el manejo de emergencias decidió que será necesario cerrar gran parte de los comercios del estado hasta que la contingencia generada por el alto número de contagios sea superada. A partir de esta mañana, cientos de escuelas públicas así como cines, restaurantes y otros lugares de reunión serán cerrados hasta nuevo aviso. El gobierno del estado prevé que las pérdidas económicas alcancen...

—Un momento —exclamó la madre de Jennifer—. Si los comercios van a empezar a cerrar, la gente comenzará a abarrotar los supermercados.

De inmediato fue hasta la cocina para tomar su bolso y las llaves del auto.

—Vengan, necesitamos hacer compras antes de que el pánico estalle en la ciudad —les dijo al tiempo que salían de la casa a toda prisa.

Las tres subieron al auto y Kiara les pidió que se dirigieran al supermercado donde trabajaba su madre.

No dejaba de pensar en el súbito desmayo que había sufrido. Los temblores en sus brazos y la sensación de náusea durante las clases le indicaba que algo malo estaba sucediendo. Su corazón latía frenéticamente, bajo la sospecha de que quizá se había contagiado.

Al cabo de unos minutos llegaron hasta el supermercado. Cientos de personas se amontonaban para tomar sus carritos e ingresar al establecimiento.

—¡Llegamos tarde! —exclamó Jennifer—. La gente ya escuchó la noticia.

Su madre estacionó el auto y las tres bajaron de inmediato. Caminaron hasta la entrada y lucharon con la gente hasta conseguir un carrito.

—Voy a buscar a mi madre —les dijo Kiara.

Se puso a buscar y María no estaba por ningún lado. Su desesperación alcanzaba el límite, pues de nuevo tenía los síntomas. Llegó hasta el área de abarrotes y observó el caos desatado. Cientos de personas atiborraban los carros de compras a pesar de conocer las disposiciones gubernamentales. En medio de la multitud, reconoció a un empleado de la tienda. Se acercó hasta él y le preguntó por María.

—Está en la panadería —le informó.

Se dirigió hasta allá y la encontró ayudando a la despachadora a atender a la gente. María la observó sorprendida.

—¿Qué sucede, por qué estás aquí? —le preguntó.

—Hubo un incidente en la escuela. El gobierno decidió cerrarlas al igual que muchos comercios —le respondió Kiara omitiendo el caso de contagio para no alarmarla.

—Esto es una locura. La gente no para de llegar. A este paso vaciarán el supermercado en pocos minutos.

Kiara le preguntó qué harían ellas. Tenían muy pocas provisiones en la casa y no sabían por cuánto tiempo tendrían que soportar la situación. María se disculpó con su compañera y trató de tomar a Kiara de la mano. Esta reaccionó caminando hacia atrás, ante el extrañamiento de su madre.

Le pidió que no se acercara mucho a ella. María se acercó ignorando su advertencia.

—¿Qué te sucede? —le preguntó.

El semblante de la joven no se veía nada bien. No quería alarmar a su madre pero en el fondo sabía que no habría forma de ocultárselo más. Mientras María imaginaba lo peor, ella rompió en llanto.

—¡Dime qué te sucede! —le dijo con desesperación.

Las lágrimas de Kiara se intensificaban, buscaba la forma de decirle a su madre lo que le sucedía.

—Sólo estoy asustada —mintió ella finalmente.

María comprendió de inmediato y le pidió que la siguiera.

—Es mejor que vayamos a casa —le dijo—. La empresa no podrá atender a este tumulto, así que cerrará de todas formas en cualquier momento.

En el área de cajas, cientos de personas obstruían el paso. Dieron media vuelta a través de los pasillos internos de la tienda. Avanzaron hasta una salida de emergencia y María empujó la puerta que daba al exterior. Se dirigieron hacia el estacionamiento, mientras Kiara veía la desesperación de la gente que intentaba ingresar.

Pensó en Jennifer y su madre. Era prácticamente imposible localizarlas entre toda esa multitud. Caminaron hasta encontrar un taxi.

Ya en el auto, ninguna hizo un solo comentario. Al llegar a casa, María se dirigió hacia la cocina para revisar los gabinetes. Solamente tenían alimentos para unos cuantos días.

Kiara seguía inmersa en su preocupación. Los síntomas se recrudecían a cada momento. No se sentía nada bien. Se sentó en un sillón y tuvo una náusea aún más aguda, que pronto le resultó insoportable. La cabeza le daba vueltas y su respiración estaba acelerada. Se levantó para volver el estómago. Dio dos pasos hacia el frente y su cuerpo se paralizó por completo. Había perdido el control de sus funciones. Se desplomó en el suelo soltando un grito ahogado.

María observó cómo Kiara se convulsionaba. Soltó un grito horrorizada y se agachó tratando de levantarla. Espuma con vómito escapaba de su boca mientras seguía temblando. María estalló en pánico al observar cómo su hija perdía el conocimiento. La piel de su cara se había tornado grisácea. Había escuchado sobre esos síntomas en todos los canales de noticias. Su hija había contraído la mortal enfermedad desconocida.

Kiara sintió una abrupta separación de su conciencia y su cuerpo. Su perspectiva le mostraba a su madre luchando con desesperación para hacerla reaccionar. María estallaba en llanto aferrándose a su cuerpo. Kiara luchaba con desesperación por retomar el control de sí misma mientras una fuerza involuntaria la alejaba de la escena. Todos sus esfuerzos fueron inútiles. La imagen de la sala se tornó difusa mientras ella ascendía. El llanto de María la hizo estremecerse y comprendió que era inútil luchar más. Se despidió de su madre enfocando todo su amor hacia ella y luego se rindió para dejar que su conciencia ascendiera lentamente hacia la inmensidad.

Capítulo 49

El vuelo privado del Pentagono, en el que viajaba Susane Roth, aterrizó sin dificultad en el aeropuerto internacional de la ciudad de Washington. Tras estacionarse en un hangar gubernamental, abordaron los vehículos para trasladarse a un hotel cercano a la sede del Banco de la Reserva Federal.

Susane fue conducida hasta su habitación bajo las más extremas medidas de seguridad. Los agentes le advirtieron que tenía sólo treinta minutos para tomar una ducha. Ellos la estarían esperando en el lobby principal. Cerró la puerta de su habitación y se sentó pesadamente en la cama. Había dormido un par de horas durante el vuelo, pero aún se sentía aturdida por la pesadez del desvelo.

Respiró hondo y se dirigió hasta el baño donde se desvistió rápidamente para introducirse en la ducha. El agua caliente relajó su cuerpo y le brindó la calma necesaria para pensar en la situación que enfrentaría. Salió del baño y abrió su maleta para escoger la ropa. Hurgó en su brassier y sacó la unidad de memoria USB que Rafael había escondido. Razonó que ése seguía siendo el mejor sitio para esconderla.

Se vistió de inmediato y bajó al lobby, donde los agentes le informaron que John Davis llegaría en cualquier momento. La condujeron hasta el restaurante donde ordenó un ligero desayuno y una taza de café. Los demás programadores se sentaron en la misma mesa.

—Parece que hablan en serio sobre el carácter secreto de este proyecto —le susurró uno de ellos al notar que el personal de vigilancia no dejaba de mirarlos.

—Creo que están planeando tomar el control de las operaciones del banco central —le respondió Susane—. ¿Por qué otra razón necesitarían de nosotros?

Los otros programadores asintieron.

John Davis apareció justo en la entrada del restaurante. Se había afeitado y cambiado de traje. Un agente se les acercó para informarles que partirían de inmediato.

Fueron conducidos a los vehículos y en un par de minutos estaban entrando a las instalaciones de alta seguridad del banco de la reserva federal. Susane observó que el sitio se encontraba sitiado por efectivos del ejército. Llegaron hasta el área de mantenimiento de los sistemas informativos. El programador en jefe del Pentágono los recibió dentro de una sala de juntas y fue directo al grano.

—El sistema de seguridad que protege al acceso a las funciones primarias de operación fue activado hace treinta y seis horas. Nuestro objetivo es desactivar la seguridad y tomar el control del sistema lo antes posible. Existen cuatro tarjetas electrónicas personalizadas y una llave maestra para reactivar el sistema. Todas se encuentran en nuestro poder pero al activar el sistema de seguridad los protocolos que protegen la central de información entraron en funcionamiento. Con esto se forzó el cierre del sistema completo y nos encontramos impedidos para ejecutar cualquier acción que nos dé acceso a los códigos de seguridad.

El grupo de programadores escuchaba atentamente. Toda la mesa comenzó a murmurar. Ninguno de ellos esperaba encontrarse frente a esa situación.

—Los protocolos de seguridad que fuerzan el cierre del sistema fueron diseñados para garantizar la absoluta inviolabilidad de los datos —comentó Susane—. Con el sistema en funcionamiento podríamos trabajar en el desciframiento de los códigos de encriptación pero al forzar el cierre eso resulta imposible. El sistema sólo puede ser reactivado mediante el uso de las tarjetas personalizadas. Pero cada una de éstas se encuentra protegida por un código diferente. No existe forma de descifrar el código sin entrar al sistema. Y no existe forma de entrar al sistema sin los códigos personalizados. Debieron tomar el control de este sitio antes de que los operadores forzaran el cierre.

—Desafortunadamente, ésta es la situación que enfrentamos y por eso fueron convocados en este sitio. Necesitamos recuperar las funciones del sistema cuanto antes sin dañar la información. Las operaciones de la banca se encuentran paralizadas y el tiempo corre en nuestra contra.

El grupo de programadores discutió las alternativas para acceder al sistema. Luego caminaron hacia la sala principal, donde se encontraba el equipo electrónico. Unos técnicos estaban desarmando un panel de control cuando entraron.

—¿Qué es lo que están haciendo? —preguntó Susane al jefe de programadores.

—Intentan remover la interfase que activa el cierre forzoso del sistema. Si lo logran entonces tendremos acceso al menú principal de operaciones. Desde ahí podemos comenzar a descargar los códigos de encriptación.

—Dígales que dejen de hacerlo inmediatamente —le advirtió Susane—. La interfase tiene un mecanismo que activa los candados de protección de las unidades de memoria. Estas unidades se encuentran conectadas a reguladores térmicos que producen altas temperaturas para destruir la información si el sistema detecta una intrusión. Hasta este momento el sistema se encuentra en cierre, pero si remueven la interfase, los candados se activarán alertando al sistema principal de la intrusión. Los reguladores térmicos se encenderán para destruir las unidades en cuanto activen el menú principal.

El jefe titubeó por unos segundos. Luego les ordenó que se detuvieran de inmediato mientras Susane los observaba.

—Espero que esté segura de lo que dice —le advirtió—. Ésa era la única ruta de acceso con la que contábamos.

Uno de los programadores se acercó a mirar lo que sucedía. Susane le explicó lo que intentaban hacer.

—Ella tiene razón —aseguró—. El sistema protege la confidencialidad de los datos y contempla la necesidad de destruirlos en caso necesario. Una unidad de respaldo guarda una copia diariamente pero ésta se encuentra atada a los mismos mecanismos. Vamos a tener que analizar a fondo esta situación antes de escoger un curso de acción si desea mantener la integridad de la información que se guarda aquí.

El grupo volvió a la sala y continuó la discusión. Un par de horas transcurrieron y todos acordaron un receso. John Davis se acercó a Susane mientras ella tomaba una bebida refrescante y analizaba la sala de control.

—El jefe de programadores me informa que el problema que enfrentamos es mucho mayor de lo que pensábamos —le dijo—. Sus compañeros no tienen la menor idea de cómo resolverlo.

—Debieron tomar este sitio mientras el sistema estaba aún en operación —le repitió ella—. Eso hubiera facilitado el trabajo.

Davis comenzó a caminar de un lado a otro desesperadamente.

—El Pentágono exige que comiencen cuanto antes con el desmantelamiento del equipo —le advirtió—. No hay tiempo para sentarnos a discutir este asunto. Es necesario tomar un curso de acción ahora mismo.

Susane sabía que los mercados financieros se encontraban paralizados mientras el banco central se encontraba en esas condiciones. Davis no podiía disimular la presión que tenía encima. En cualquier momento un equipo de oficiales aparecería para removerlo si no aportaba soluciones.

—Ya les advertí lo que sucederá si comienzan a remover el equipo electrónico. ¿Cree usted que estos individuos pagan decenas de millones de dólares por un sistema de seguridad para que un simple técnico en electrónica pueda desarmarlo a su gusto? ¿No le parece extraño que les hayan dejado las tarjetas personalizadas para que intentaran reactivarlo?

—Explíquese.

—Una vez que las tarjetas son insertadas en su ranura correspondiente, el usuario cuenta con dos minutos para introducir el código personalizado. Si el código no es introducido o resulta ser incorrecto, la tarjeta se desactiva de inmediato haciendo imposible el reinicio del sistema. Las tarjetas fueron dejadas aquí para tenderles una trampa.

—Maldita sea —refunfuñó Davis—. ¿Quiere decir que no existe forma de reactivarlo?

—No de la manera en que pretenden hacerlo —respondió Susane.

John Davis la enfrentó cara a cara.

—Déjese de acertijos y vaya al grano, señorita Roth. No olvide que puedo regresarla al centro de detención en el momento que decida que ya no nos es útil aquí.

—Sus amenazas no son necesarias —respondió ella—. Estoy pensando en una posible ruta de acceso, pero antes de eso necesito negociar mi situación con ustedes.

Davis la observaba con detenimiento. Luego volvió a amenazarla directamente.

—Está metiéndose en un juego muy peligroso y se lo advierto: póngase a trabajar en la solución de este asunto o haré que se la lleven de inmediato y lo lamentará.

Susane se sentó tranquilamente sobre una banca. Sabía que la presión sobre Davis estaba alcanzando el límite. El teléfono celular sonó y él contestó la llamada. Un oficial del Pentágono le informó que el general Thompson le hablaría personalmente en un par de segundos.

—Agente Davis, ¿cuál es el resultado del análisis sobre el sistema? —le preguntó Thompson cuando se lo comunicaron.

Davis explicó la situación a detalle, incluida la advertencia de Susane sobre el peligro que representaba su desmantelamiento.

—¿Qué alternativa tenemos para reactivar su funcionamiento?

—Una de las programadoras presume haber encontrado una ruta de acceso, pero existe un problema con la situación que enfrenta.

—¿A qué se refiere con eso, agente Davis? No necesito recordarle la importancia de este asunto. Póngala a trabajar de inmediato y repórtese a mi oficina cada tres horas. ¿Entendido?

Davis temblaba de nerviosismo. Luego respiró profundo y explicó a Thompson el chantaje de Susane para negociar su liberación a cambio de cooperar. Thompson analizó la situación y le preguntó a Davis de qué crimen se le acusaba. Éste lo puso al tanto de todos los antecedentes de Susane.

—Si esa persona logró anteriormente violar los sistemas de seguridad es sin duda la mejor carta que tenemos por el momento —respondió el general—. Acceda a sus demandas y garantice su liberación si tiene éxito en el proyecto. Pero adviértale que existe una condición, tiene exactamente seis días a partir de este momento para entregarnos el control absoluto del sistema.

Thompson cortó la comunicación y Davis informó a Susane. Ella pidió que la comunicaran con un despacho de abogados en Washington. Se comunicó a las oficinas y le informaron que enviarían un representante lo antes posible.

—Ya tiene lo que quería —le dijo Davis—. Ahora más vale que no nos esté engañando. Me acompañará a la sala de juntas y explicará su plan al resto del equipo.

—Ordene a su equipo de ingenieros en electrónica que nos acompañe —le pidió Susane al tiempo que comenzaba a caminar rumbo a la sala de juntas.

Todos se reunieron y ella tomó la palabra.

—El sistema de seguridad sólo auotriza el cierre forzoso frente dos situaciones específicas —explicó ella—. La primera es una amenaza exterior de intrusión y la segunda es cuando detecta un mal funcionamiento en el equipo debido a una falla en los circuitos electrónicos. Esto sucede ocasionalmente si parte del equipo se sobrecalienta produciendo fuego. El sistema se cierra forzosamente para garantizar la integridad de los datos.

"Para reiniciar el sistema en este caso es necesaria la tarjeta electrónica de control de mantenimiento. Este dispositivo verifica que las reparaciones al sistema fueron ejecutadas en perfecto orden y que las funciones estén listas para reiniciar la operación completa de éste. Comenzaremos introduciendo la tarjeta de control de mantenimiento para que el sistema se prepare a ser reiniciado.

—La tarjeta de control de mantenimiento sólo verificará la integridad de todos los programas y componentes electrónicos —objetó el jefe de programadores del Pentágono—. Sabemos que ninguno está dañado. Entonces pedirá que insertemos las tarjetas personalizadas junto con las contraseñas de inicio y los códigos de encriptación. Si éstos no son introducidos en un lapso de dos minutos el sistema se cerrará inmediatamente dejándonos en la misma situación en la que estamos. No sé de qué demonios puede servirnos su plan.

—La tarjeta de mantenimiento correrá un diagnóstico general de las funciones antes de autorizar su reinicio —explicó Susane—. El diagnóstico incluye una revisión de las subrutinas de encriptación de los códigos de inicio de cada tarjeta. Lo que haremos será conectar un dispositivo de grabación a la tarjeta de mantenimiento para que en el instante que verifique las subrutinas nuestro dispositivo las copie y descifremos los algoritmos con que fueron desarrollados.

El jefe de programadores pidió a uno de los ingenieros que llevaran la tarjeta de control. Regresó a la sala con un estuche metálico a prueba de golpes. Lo abrió y sacó una tarjeta de circuitos integrados cuidadosamente guardada en una cubierta de plástico rígido. Susane se acercó a observarla. Luego indicó a uno de los ingenieros las pistas donde podría soldar el dispositivo de grabación.

—¿Cuánto tiempo llevará esta tarea? —le preguntó el jefe de programadores.

—Estará lista en una hora —respondió el ingeniero volviendo a guardar la tarjeta cuidadosamente en su estuche.

Davis observaba todos los movimientos de Susane. Luego se acercó al jefe de programadores para preguntarle si lo que proponía Susane los ayudaría a reiniciar el sistema.

—Al parecer el sistema no contempla amenaza alguna en la tarjeta de control de mantenimiento —le explicó a Davis—. Lo cual resulta, lógico porque en caso de una falla, esta tarjeta necesita acceso libre a los programas para garantizar el buen funcionamiento de los circuitos. Es el pequeño talón de Aquiles del gigante al que nos enfrentamos. Esta mujer conoce bien sus debilidades. ¿Dónde demonios la encontró?

—No lo creería si se lo dijera —le respondió Davis.

—Dígale que tengo una plaza disponible para ella en el área de desarrollo cibernético del departamento de defensa.

Davis sonrió complacido. El grupo continuó discutiendo el curso de acción. Aun con el acceso a los códigos de encriptación, llevaría horas de trabajo o hasta días analizar los algoritmos. Casi sesenta minutos después, el equipo de ingenieros regresó con la tarjeta unida a un dispositivo de grabación.

Davis miró su reloj. En una hora y media debía reportarse a la oficina del general Thompson. Siguió al grupo hacia la terminal de mantenimiento. El ingeniero en jefe introdujo cuidadosamente la tarjeta de control y el sistema encendió de inmediato las luces de operación. Todos observaban nerviosos mientras la pantalla digital alertaba sobre la introducción del nuevo dispositivo electrónico al sistema central.

Entonces una alarma silenciosa de seguridad anunció que el dispositivo había sido reconocido. Un menú de operaciones apareció de inmediato en la pantalla. El ingeniero en jefe volteó a ver a Susane.

—Verifiquen que nuestro dispositivo de grabación esté funcionando antes de entrar al sistema —ordenó ella.

El ingeniero en jefe tecleó un comando sobre el panel del dispositivo.

—El dispositivo está en línea —advirtió.

—Elija la opción primera —le indicó Susane—. Correr diagnóstico general del sistema.

El ingeniero tecleó la opción en la consola de mantenimiento y el sistema funcionó de inmediato. Todos esperaban ansiosamente a ver qué sucedía.

—¡Nuestro dispositivo está copiando todos los archivos! —alertó el jefe de ingenieros.

El diagnóstico tardó más de cuarenta minutos en completarse. Luego el sistema alertó que todos los componentes habían sido verificados. La opción de reinicio del sistema apareció en la pantalla. Susane indicó al ingeniero que rechazara la opción y retirara la tarjeta. El sistema se apagó nuevamente.

Descargaron los archivos sobre sus computadoras portátiles y los agruparon en bloques. Davis miraba con ansias cómo trataban de reconocer los programas obtenidos. Susane identificó los archivos y separó los grupos de trabajo para asignarles tareas específicas.

—¡Demonios! —exclamó el programador en jefe. Davis se acercó a él seguido de Susane y dos miembros más del equipo.

—El programa de arranque contiene una secuencia de cuatro códigos de encriptación de 256 bits —explicó—. Esto quiere decir que necesitamos descifrar cuatro algoritmos solamente para obtener las contraseñas de acceso de las tarjetas personales.

—Una vez dentro, estos códigos de encriptación solamente abren el acceso a las funciones de reinicio del sistema —agregó Susane—. Para acceder a la operación completa, necesitamos obtener la secuencia de inicio del firewall que protege la transferencia de datos con las centrales de la red privada de bancos.

El jefe de programadores pidió a Susane que lo siguiera. Se levantó de su silla y comenzó a escribir sobre una libreta. Susane pidió una hoja y comenzó a hacer exactamente lo mismo. Davis los observaba con atención, cuando ella le extendió la nota.

—Ésta es una lista del equipo que necesito para obtener esas claves —le informó.

El programador en jefe tomó su celular para llamar al Pentágono. Pidió que lo comunicaran al área de cibernética y mientras esperaba se dirigió a Davis:

—Déjeme ver esa lista —Davis se la extendió.

Cuando terminó cortó la llamada y se dirigió a Davis y Susane.

—En un plazo máximo de dos horas tendremos el equipo. Ése es el tiempo justo que tenemos para ir a comer y regresar a este sitio.

Todo el equipo salió de la sala y regresaron al hotel, que era fuertemente custodiado por personal militar. Davis le pidió a Susane acompañarlo. Ambos comerían en una mesa apartada para conversar en privado. Al llegar ahí, ordenaron y Davis miró su reloj. Era momento de comunicarse al Pentágono. Tecleó un número en su celular y esperó que atendieran la llamada. La secretaria del general Thompson respondió al otro lado de la línea.

—Por favor informe al general que hemos conseguido acceso a los programas de reinicio del sistema. La operación está progresando —informó Davis.

La secretaria tomó nota y le pidió que esperara en la línea. Tras unos minutos éste escuchó el tono de transferencia de llamada. El general se disponía a hablar personalmente con él.

—¿Cuál es el pronóstico de la operación? —preguntó el general.

—La programadora encontró la forma para obtener acceso a los programas que operan el reinicio del sistema —explicó él—. Comunicamos a Europa el proceso y tuvieron éxito en extraer los archivos. En este momento están enviándonos los programas para trabajar conjuntamente en su decodificación. El pronóstico es mucho más favorable ahora.

—Buen trabajo —respondió Thompson—. Concluya esta operación con éxito y veré que ocupe uno de los puestos principales en nuestra red de inteligencia, agente Davis. Sólo asegúrese de que el proyecto no exceda el plazo de seis días. Esto es de vital importancia. ¿Me comprende?

—Lo comprendo, señor —respondió Davis y el general cortó la comunicación.

El mesero les sirvió aperitivos. Susane tomó el suyo y apuró su contenido. Davis la miró fijamente.

—Su audacia no deja de sorprenderme, señorita Roth. Parece ser que posee un notable sentido de adaptación que le permite atravesar los obstáculos que mantienen estancados a otros. ¿Cree usted que logremos tener éxito en este proyecto?

—Lo que a mí me sorprende es que no haya creído una sola palabra de lo que le he dicho —le respondió ella—. Le advertí que conocía a la perfección estos sistemas y sabía cómo explotar sus debilidades. Una vez obtenidos los archivos, sólo es cuestión de tiempo para descifrar los algoritmos que controlan los códigos.

—Tiempo es lo que menos tenemos, señorita Roth. Para ser exactos contamos con un plazo impostergable de seis días. Ése es el lapso del cual depende su libertad.

El mesero llegó con los platillos que habían ordenado. Susane comenzó a comer mientras meditaba sobre las palabras de Davis.

—Le entregaré el control absoluto del sistema en cuatro días si mis cálculos son correctos —respondió ella finalmente—. ¿Qué hay de mis abogados?

—La están esperando desde hace aproximadamente una hora —le respondió Davis como si nada sucediera—. Es libre para negociar con ellos sus demandas. Sin embargo le advierto que cualquier acuerdo preliminar quedará automáticamente invalidado si usted no cumple con el convenio en el plazo establecido.

Susane terminó su comida y fue conducida a una suite para hablar con sus representantes. Tras una charla, acordaron una cita para un par de días y se despidieron. Susane regresó con Davis, que la esperaba en el lobby. El plazo de dos horas estaba cercano a cumplirse. Ella le entregó una lista con sus demandas. Davis comenzó a leer la lista que incluía la exoneración completa de los cargos en su contra, la ciudadanía americana bajo una nueva identidad secreta, el pago por los servicios que estaba efectuando para el departamento de defensa y, por último, la garantía de que los fondos millonarios con los que contaba permanecieran bajo su poder.

—Me aseguraré de que el documento que redacten sus abogados para el cumplimiento de estas demandas sea debidamente validado por el departamento de justicia si concluye sus servicios de la manera indicada —le respondió Davis.

Susane le indicó que así lo haría. Luego lo miró extrañada de que no hubiera emitido queja ni tratado de negociar alguna condición. Davis sintió el peso de su mirada.

—Debe empezar a confiar en mí si desea que yo confié en usted, señorita Roth.

—Sólo asegúrese de honrar su palabra en este asunto —le respondió—. Lamento mucho lo que sucedió con su agente. Sólo comprenda que fue una víctima circunstancial de la situación que nos trajo hasta este sitio. Ustedes decidieron extraerme de esa forma de la casa del señor Andrés. Usted sabe que nunca fue mi intención que alguien resultara herido en el proceso.

—Mi agente sufrió heridas de gravedad pero se encuentra recuperándose favorablemente —respondió Davis cínicamente—. Le dije que había muerto solo para presionarla… y dio resultado.

Susane lo miró enfurecida. Todo ese tiempo su conciencia había cargado con la culpa de lo que había acontecido durante su arresto. Davis la miró y le pidió que se calmara.

—Comprenda que en nuestra línea de trabajo tratamos con gente muy peligrosa que rara vez ofrece cooperación. Usted cedió fácilmente al confrontarla con ese escenario tan dramático. Pero no saque conclusiones equivocadas. Usted comienza a agradarme, señorita Roth. Hasta puede que tenga un puesto para usted en nuestra central de inteligencia. Ha demostrado ser muy eficiente en su trabajo y bajo el perfil que escogió para su futura vida, usted encaja perfectamente en nuestra organización. Prométame que considerará mi oferta. ¿No era eso lo que deseaba desde un principio?

Susane ignoró a Davis y se levantó de su lugar al ver que los vehículos se estacionaban frente al hotel. Llegaron en un par de minutos al banco. El equipo que habían solicitado los esperaba ya. Los grupos trabajaron en la tarea y Susane comprendió que en unos cuantos días tendrían el control del sistema.

Eso le otorgaría la libertad con la que había soñado desde que comenzó el asedio de sus perseguidores. Sin embargo, un dilema la torturaba ahora. Sabía que mediante sus acciones entregaría el control del sistema financiero a otro grupo de tiranos que se encargarían de continuar esclavizando a la población.

¿Debía obtener su libertad a ese precio o debía seguir adelante con su arriesgado plan ahora que tenía el control y los medios para lograrlo?

Sentada frente a la computadora, dejó que su mente se tranquilizara. Eran demasiadas emociones por un día como para pretender tomar decisiones tan trascendentales para la vida de millones de seres humanos.

Capítulo 50

Anya y Dina miraban de frente a los guerreros de la orden de los doce mientras obstaculizaban su paso hacia los salones del complejo. Un torrente de adrenalina circulaba a través de sus cuerpos al enfrentar el inminente combate. Ambas conocían el poder mortífero de sus enemigos.

Los sujetos intercambiaron un par de palabras y en un movimiento relampagueante se lanzaron contra ellas. Una lluvia de proyectiles en forma de discos apareció surcando el aire en su dirección. Anya y Dina utilizaron sus espadas para desviarlos pero fueron demasiados. Un proyectil se incrustó directamente sobre la armadura de Anya. Se trataba de una estrella metálica con esquinas sumamente afiladas.

Sintió el impacto y extendió su mano para retirarla.

—¡Están envenenadas! —le advirtió Dina al tiempo que los sujetos desenvainaban sus espadas arremetiendo contra ellas a toda velocidad.

El atacante sin casco se lanzó contra Dina. Ella rechazó el ataque e intercambiaron choques de espada.

Anya se lanzó sobre su adversario, que bloqueó el golpe y se defendió con una destreza impresionante. Ella lo atacaba sin cesar pero sus movimientos no conseguían herirlo. Estaba enfrentando a un experto. Se retiró dos pasos hacia atrás para tomar aire y estudiar sus movimientos.

Dina continuaba peleando. Se movía a una velocidad incomparable y tras unos segundos consiguió asestar un golpe en el brazo de su oponente. El atacante gimió de dolor mientras borbotones de sangre escapaban de su traje. La espada había alcanzado las venas principales del brazo que se desangraba con rápidez. El sujeto soltó su espada y retrocedió. Dina se lanzó sobre él y éste huyó a toda velocidad, desapareciendo entre los corredores.

El sujeto con el extraño casco se lanzó contra Anya, atacándola a gran velocidad. Ella desviaba los embates, pero era demasiada la fuerza que imprimía el agresor. Su brazo se acalambraba con cada impacto. Ella retrocedió, pero el sujeto se acercó a gran velocidad propinándole una patada en la boca del estómago que la derribó lanzándola varios metros hacia atrás. El atacante se lanzó sobre ella pero Dina se interpuso en el camino atacándolo. Ambos comenzaron a pelear con toda su destreza. La fuerza que el agresor imprimía a los golpes de su espada lastimaba el brazo de Dina a cada impacto.

Anya se incorporó recuperando el aliento lentamente mientras observaba a su compañera pelear.

"Es demasiado fuerte", pensó Anya mientras se ponía en guardia de nuevo.

Dina evadió al sujeto y se replegó para descansar sus adoloridos músculos.

El sujeto se detuvo observándolas fijamente través de su máscara. Entonces atrajo la atención de Anya hacia la imagen que portaba en su casco. Su visión se nubló en un instante. La figura del murciélago cobró vida volando hacia ella para atacarla. Anya retrocedió gritando. Dina le advirtió que dejara de observar al sujeto.

Estaba utilizando su magia oscura para atemorizarlas.

Se recuperó y llegó al lado de Dina. El sujeto se lanzó sobre ellas como un rayo.

Anya recibió el ataque tomando su espada con ambas manos. En una estupenda maniobra, giró sobre sí misma asestando un tajo directamente sobre la pierna de su oponente.

Un chorro de sangre brotó enrojeciendo el suelo. Lo había alcanzado en la parte interior del muslo, donde la armadura no lo protegía. El traje de combate se empapó. El sujeto giró de inmediato volviendo a atacarla. Ella bloqueó su espada pero él cargó con todo su cuerpo. Golpeó la cara de Anya con la empuñadura de su espada y ella cayó semiinconsciente. No conseguía levantarse y sangraba abundantemente de la nariz.

Golpeó la cara de Anya con la empuñadura de su espada y ella cayó semiinconsciente.

No conseguía levantarse y sangraba abundantemente de la nariz. El agresor alzó su espada para acabar con ella. Dina reaccionó derribándolo con una patada sobre el torso. Segundos después, el sujeto se incorporó arremetiendo contra ella con toda su fuerza. Dina no pudo contener el golpe y su espada voló de su mano. Gimió de dolor sosteniendo su lastimado brazo. Dina comenzó a retroceder gritándole a Anya que se levantara.

Dina comenzó a retroceder gritándole a Anya que se levantara. Ahora ambas se encontraban indefensas. El sujeto vaciló un instante mirando su pierna ensangrentada que se había entumecido. Las miró furiosamente y avanzó despacio hacia ellas.

Dina tomó la espada de Anya para defenderse. Su adolorido brazo apenas podía sostener el arma. Lo miraba estupefacta mientras su corazón latía frenéticamente. Pensó que se lanzaría para fulminarlas, pero extrañamente permaneció en su sitio. Se mantuvo a unos diez pasos de distancia.

El atacante envainó su espada y juntó sus manos observando a las mujeres caídas. Recitó algo en su lengua secreta y Dina sintió una fuerza que la golpeaba en el vientre. El sujeto estaba empleando su magia para acabar con ellas. El espacio en medio de las manos del guerrero se distorsionaba. Ella soltó la espada y trató de utilizar su intento para detenerlo. Su brazo derecho no respondió. Sus tendones se habían desgarrado. La sensación en el estómago se agudizó y comprendió que las dos morirían en ese momento.

El sujeto movió ambas manos lanzando un conjuro en dirección de ellas cuando se escuchó un grito. La fuerza que había proyectado estalló frente a él, lanzándolo varios metros hacia atrás. Dina volteó su cabeza en un movimiento reflejo y vio que el concejal Kelsus sostenía su mano derecha apuntando hacia el agresor. Había ejecutado el conjuro de defensa salvándolas a las dos del ataque del brujo.

El concejal se acercó a Anya cuya nariz se encontraba empapada de sangre. Rasgó un trozo de su traje y lo puso sobre su nariz para contener la hemorragia.

—Me encuentro bien —dijo Anya al tiempo que agarraba el trozo de tela y se limpiaba la sangre del rostro.

Dina aún sentía la adrenalina del combate circulando en su sistema. Sus manos temblaban frenéticamente. Se acercó a ver al sujeto tendido sobre el suelo. Removió su máscara y miró su rostro. El poder de la magia lo había aniquilado instantáneamente, destruyendo sus órganos internos. Gotas de sangre brotaban a través de sus oídos, ojos, nariz y boca.

—Era un guerrero muy poderoso —exclamó—. Estuvo a punto de acabar con nosotras.

Kelsus les indicó que regresaran al campo de batalla. Dina no podía mover su brazo y Anya caminaba con dificultad. Llegaron donde Oren y Dandu sostenían la línea de defensa. Las naves del maestro Zing bloquearon la entrada principal y los enemigos perdían terreno.

—Hemos conseguido dividir sus fuerzas —les informó Oren—. No podrán seguir luchando por mucho tiempo.

Ellas subieron a la muralla y observaron cómo el enemigo insistía inútilmente en escalarla. Después de un par de minutos, los cuernos seguidos por los tambores anunciaron la retirada del ejército enemigo. Se replegaron abandonando a los combatientes que habían quedado atrapados. Los caídos se desmoralizaron al escuchar que sus huestes se retiraban aceptando la derrota. Uno a uno soltaron sus armas, rindiéndose ante el ejército aliado.

Gritos de júbilo se escucharon a lo largo de la muralla al presenciar la victoria. Anya y Dina bajaron de inmediato para reunirse con sus compañeros.

—Se trata de una retirada estratégica —les explico el concejal Kelsus—. La orden sabe que no le conviene perder más hombres en este combate. Ejercerán un estado de sitio sobre la ciudad y en un par de días querrán negociar la liberación de sus prisioneros.

—Pero por el momento acabamos con sus intenciones de destruir una de las naciones libres —comentó Oren—. Sus hombres se retiran desmoralizados mientras que nuestro ejército seguirá peleando con valor hasta derrotarlos por completo.

El concejal Kelsus sonrió al escucharlo.

Los soldados de la línea de defensa ataron a los prisioneros y poco a poco se despejó el campo de batalla. Cientos de guerreros eufóricos corrieron a través de la ciudad, anunciando la victoria.

Unos minutos después, el maestro Zing y la concejal Anthea caminaban acompañados de los miembros de la Casa Real y los otros aliados.

—Hemos destruido su maquinaria y frustrado sus planes para destruir la ciudad pero la guerra aún no se ha ganado —les explicó el maestro—. Debemos reagrupar nuestras fuerzas y planear una estrategia para arrojarlos fuera del continente.

Los aliados asintieron y luego fueron hacia el complejo para convocar a toda la gente para ayudar en la atención a los heridos.

Anya y Dina regresaron a los salones donde Tiara Li y los demás civiles celebraban emocionados. La ciudad recobraba el ánimo tras la victoria.

La noche extendió su manto sobre la ciudad. Se retiraron a sus aposentos a descansar. Sin duda, había sido el día más largo de sus vidas. Anya se sentía ahora satisfecha con su actuación. Había seguido la estrategia de combate al pie de la letra y tanto ella como Dina sobrevivieron a su peligroso enfrentamiento. Durmieron profundamente hasta la mañana siguiente para reunirse nuevamente con los concejales. El funeral de Kai se llevaría a cabo junto con la celebración de victoria y el homenaje a los caídos.

Desde temprano llegaron a la cámara funeraria donde era preparado el cuerpo. Los tres concejales se encontraban ya ahí. Tiara Li y los demás miembros de su grupo fueron a darle el último adiós.

Anya observó a todos los presentes y se sentó en una de las bancas que rodeaban la sala. La concejal Anthea se acercó a ella.

—La noticia de la victoria llegó hasta nuestro continente —le dijo.

Anya esbozó una sonrisa de satisfacción.

—Quisiera ver la cara del senador Túreck en estos momentos —exclamó.

—Seguro que ahora sus preocupaciones han aumentado. La línea costera del continente se encuentra inundada por completo y muy pronto colapsará. Se acercan los días finales para nuestra nación.

Anya bajó la vista ante el desgarrador destino de su pueblo. Luego preguntó a la concejal cuánto tiempo les quedaba.

—Es difícil saberlo con seguridad —le respondió—. Tendremos que actuar de prisa si deseamos salvar a la población de la catástrofe que se aproxima.

La tarea no sería nada fácil. El senador Túreck y sus cómplices mantenían el control sobre la población por lo que habría que elaborar un plan para introducirse furtivamente en el continente.

El sonido de unos pasos distrajo la atención de Anya sacándola de su reflexión. Tiara Li se acercaba a ellas caminando. Anya la observó y preguntó a la concejal qué sucedería con su grupo.

—Tendrán que venir con nosotros a Nueva Atlantis. Es el refugio más seguro para ellos.

La concejal se levantó de la banca para recibir a la adolescente. La procesión estaría lista en unos cuantos minutos.

Anya las observó dirigirse hacia el féretro. Pensó en la concejal Kai y el sacrificio que había hecho para evitar que Oren muriera. Nunca había sabido de un miembro del concejo que hubiese muerto de manera tan repentina. Se preguntó por qué los demás miembros del concejo no habían asistido a un evento de tal relevancia. Kai había sido su compañera por largos años y Anya aún no comprendía la atmósfera de misterio que rodeaba siempre las operaciones de los concejales.

Se acercó hasta el maestro Zing y pidió conversar con él a solas. Ambos se retiraron a un rincón de la sala y él se dirigió a ella.

—¿Qué sucede Anya? Percibo una enorme ansiedad en tu persona.

Anya cuestionó al maestro el porqué de la ausencia de los otros miembros del concejo. El maestro Zing la miró con detenimiento y luego le pidió que lo escuchara con atención.

—Hace tiempo te dijimos que los demás miembros del concejo se encontraban ausentes porque realizaban funciones relacionadas con el futuro de nuestro continente —le explicó—. Esta versión te fue dada porque aún no era el momento para que conocieras la verdad sobre nuestro destino.

Anya observó al maestro Zing sorprendida.

—Los demás miembros del concejo no asistirán al funeral porque hace muchos años que dejaron nuestro mundo. Anthea, Kelsus y yo somos los últimos que quedamos aquí y, como ya lo sabes, tampoco será por mucho tiempo.

Anya no podía creer lo que estaba escuchando.

—Pero eso no es posible —respondió ella—. Yo vi a todos los miembros del concejo reunidos hace sólo unos meses, cuando el senador Túreck declaró el restablecimiento del comercio en Atlantis. Luego dos de ellos estuvieron presentes durante mi iniciación al ingresar a la cuarta escuela del conocimiento. ¿Cómo puede decir que hace años que partieron lejos de nuestro mundo?

El maestro Zing la miró fijamente y sus brillantes ojos se hundieron hasta lo más profundo de su conciencia.

—Las imágenes que viste fueron creadas a través de nuestro intento y representan sólo recuerdos de los antiguos miembros del concejo. El uso de la magia compleja para representarlos fue necesario para mantener intacta la autoridad del concejo frente al ambicioso orden político que se alzaba en nuestra nación. Ha llegado el momento de que lo sepas.

Anya no sabía qué decir. Se había quedado muda ante las implicaciones de ese hecho. Siempre pensó que el concejo de los nueve sería restablecido en Nueva Atlantis pero ahora todo había cambiado para ellos.

Los representantes de la Casa Real llegaron hasta la sala y uno de ellos llamó al maestro Zing. Anya comprendió que la procesión funeraria que acompañaría el cuerpo de Kai estaba lista para partir. Los tres concejales se formaron junto a los miembros de la Casa Real y el sarcófago que contenía los restos fue trasladado hacia los jardines centrales donde tendría lugar la ceremonia.

Dina y Anya observaron cómo la procesión avanzaba lentamente a través de los pasillos del complejo. Caminaron hasta los jardines centrales donde el Sol se alzaba imponente, irradiando su luz sobre toda la explanada. Anya miró las figuras de los tres concejales que marchaban frente al sarcófago y un sentimiento de nostalgia invadió su corazón. Comprendió entonces la gran pérdida que representaba para todos ellos la muerte de la concejal. El tiempo de los Inmortales estaba por alcanzar el ocaso. Su orden milenario se extinguía lentamente, dejándolos a ellos tres como los últimos miembros de la más poderosa estirpe que la humanidad jamás haya podido conocer.

Capítulo 51

Leetsbal Ek observaba inmóvil al extraño ser de luz que había emergido a través de la pared del espejo líquido. El resplandor que emanaba era tan intenso que iluminaba todo el espacio en derredor suyo. Su atención se mantenía fija en él tras las palabras escuchadas en su mente. Pero el poder de su luminosidad le impedía observarlo con claridad. Trató de comunicarse con él cuando una fuerza inexplicable la hizo apartarse un poco, bajando hasta la zona de niebla donde era capaz de observar mejor. Alzó la vista y comprendió que estaba ante la presencia de un ser consciente formado absolutamente de luz divina.

El ser de luz permaneció flotando por encima, mientras ella sentía cómo todas sus fibras se estremecían ante su presencia. Asemejaba una forma humana pero carecía completamente de solidez. Por lo que la energía que formaba su cuerpo, encandecía sin cesar tomando diferentes formas imposibles de describir. El ser enfocó toda su atención sobre ella y de pronto Leetsbal Ek escuchó su voz resonando dentro su mente.

—Has sido conducida por mí hasta esta frontera que divide el mundo de los mortales de los reinos superiores de la creación —le dijo—. Tu pueblo ha sido por muchos siglos el depositario del conocimiento que conduce a la conciencia hasta este sitio donde las aguas de vida dieron origen al mundo que tú conoces.

Leetsbal Ek escuchaba asombrada las revelaciones del poderoso ser. La pirámide había conducido su conciencia hacia uno de los sitios que las sagradas crónicas de los antiguos

Ah Kin registraban. Su padre le había mostrado dibujos de representaciones del lugar donde las aguas de origen se levantaron para separar el Cielo de la Tierra y crear el mundo en el proceso. Aquellos que habían logrado cruzar más allá del colosal espejo líquido atestiguaron la verdadera majestuosidad de las fuerzas de la creación. Ahí habían entrado en contacto con poderosos seres de otras realidades que les otorgaron poderes y conocimientos del universo que iban más allá de la imaginación.

Leetsbal Ek se encontraba impávida ante lo que estaba viviendo. El ser de luz continuó hablando en su mente.

—El sagrado conocimiento que conduce a la expansión de la conciencia encontró refugio por miles de años entre las civilizaciones que precedieron a tu pueblo. Sin embargo, las fuerzas del mal los han alcanzado y destruirán el legado que inició en el sitio sagrado donde se encuentran. Tu pueblo caerá como cayeron grandes civilizaciones siglos atrás y el conocimiento quedará a la deriva sin una sociedad organizada que pueda albergarlo.

Leetsbal Ek sintió una desgarradora tristeza cuando el poderoso ser le anunció la caída de su pueblo a manos de los invasores. Los hombres blancos destruirían todo vestigio de las formas de conocimiento que habían sido cuidadosamente conservadas en su tradición a lo largo de los siglos. Los invasores llegarían hasta los templos donde residían los altares sagrados, los códices y todos aquellos dibujos y grabados que atestiguaban la existencia de un orden superior. Tal y como las visiones les advirtieron, su final había llegado y los invasores instaurarían un nuevo orden sobre sus tierras.

La conciencia de Leetsbal Ek se conmocionó al enfrentar tan terrible destino.

El ser de luz percibió su reacción y le reveló que la lucha de la humanidad por liberarse de las fuerzas de la oscuridad comenzó miles de años atrás. Utilizó su poder para proyectar sobre la pared de la bóveda lo sucedido. El muro se iluminó y aparecieron imágenes de la gran civilización que dio origen al conocimiento heredado por sus ancestros. Ella observó las inmensas edificaciones piramidales que albergaban decenas de miles de habitantes en esa época remota. Su atención se enfocó por completo en la visión. Entonces percibió cómo una forma armónica de vida reinaba en ese lugar, donde los líderes de su tiempo habían desarrollado grandes conocimientos para el beneficio de toda su población.

Las imágenes se trasladaron hasta el sitio de la pirámide de Etznab. Una pequeña sociedad apareció desarrollando una forma ideal de coexistencia con el exuberante mundo natural. El ser de luz le explicó que esta sociedad había trascendido todas las formas de violencia humana en su preparación para alcanzar el mayor logro evolutivo. Pero desafortunadamente su surgimiento quedó atrapado entre el ocaso de la era de luz y los albores de la era de oscuridad.

El ser de luz apuntó hacia Leetsbal Ek y ella sintió cómo un bastón de mando se materializaba en sus manos. Lo reconoció de inmediato. Era el antiguo bastón que su padre heredó de los antiguos Ah Kin.

—El poder de la magia compleja reside en el bastón —escuchó Leetsbal Ek en su mente—. A lo largo de miles de años, cada uno de sus portadores ha encontrado, a través de él, el camino para guiar a los demás a través de la oscuridad. Tú serás la siguiente en la línea de sucesión. Pero no podrás habitar en este sitio por más tiempo. Las fuerzas del mal han alcanzado de nuevo la pirámide. Ustedes deberán escapar y refugiarse lejos de aquí para garantizar la supervivencia de ese legado.

Mientras la voz le hablaba, Leetsbal Ek observaba grandes civilizaciones que libraron sangrientas guerras contra las fuerzas de oscuridad. Ahora los colonizadores dirigían su fuerza militar para exterminar a su pueblo y apoderarse de sus tierras. El ser de luz le advirtió que regresar a pelear contra los ejércitos invasores representaría su muerte y la de todos sus seres queridos.

—Las fuerzas del mal no retrocederán —le dijo la voz—. La misión que pesa sobre ustedes de proteger el legado de los Inmortales es superior a cualquier otro propósito. Recuérdalo bien y protéjanse del mal.

Leetsbal Ek siguió observando las imágenes que mostraban cómo el bastón de poder pasó de generación en generación para continuar con la enseñanza del antiguo conocimiento milenario. Entendió que si esta continuidad se rompía, el conocimiento se perdería para siempre.

Las imágenes en la bóveda se desvanecieron mientras el ser luminoso cruzaba el espejo para volver al lugar donde pertenecía. Su luminosidad fue desapareciendo. Lo último que Leetsbal Ek sintió fue que el ser le pedía que no olvidara lo que había dicho durante su encuentro. Entonces una fuerza inexplicable se apoderó de su voluntad para lanzarla de regreso hasta su ser físico.

Despertó dentro de la galería subterránea y miró hacia su alrededor. Carlos Ordóñez, su madre y dos de los guerreros yacían aún dormidos, pero su padre y sus ayudantes ya no se encontraban ahí. Se incorporó y salió de la galería a través del pasillo para ir en su búsqueda. Llegó hasta el exterior y vio que ya había amanecido.

Caminó por los alrededores hasta localizar a su padre. Se encontraba acompañado de otras personas. Se acercó y los reconoció de inmediato. Eran los dos guerreros que partieron el día anterior en búsqueda del ejército de los cocomes. Sassil Be hablaba con ellos en compañía de sus dos ayudantes.

—Nuestros guerreros se encuentran a sólo cinco horas de camino de este sitio —le informó Sassil Be—. En un momento partiremos todos para reunirnos con ellos.

Luego le indicó que regresara a la galería y despertara al resto. Tenían que movilizarse de inmediato. Leetsbal Ek no sabía cómo relatar a su padre la experiencia que había tenido. Obedeció su mandato y regreso a la galería. El grupo se levantó de su pesado sueño y juntos salieron para alistarse. Recogieron las provisiones de frutas y pescado guardándolas en sus improvisados bolsos.

—Coman sólo algo de fruta y traigan agua para el camino —les indicó Sassil Be—. Los tutules enviaron exploradores y debemos estar alertas para que no nos sorprendan.

Al cabo de unos minutos marchaban a través de la espesa selva. El intenso calor hacía el ambiente sofocante. Carlos Ordóñez y Leetsbal Ek caminaban juntos deteniéndose sólo a beber agua. Él le preguntó hacia dónde se dirigían. Ella lo desconocía, pero los dos guerreros conocían el lugar donde se concentraron las fuerzas militares de los cocomes.

Después de tres horas, llegó el momento para descansar y comer algo. Encendieron un pequeño fuego y esperaron a que ardiera la brasa. Acomodaron los pescados para asarlos. Leetsbal Ek aprovechó el momento para hablar con su padre. Ambos caminaron para hablar en privado.

—He tenido una visión muy importante.

Sassil Be le pidió que se explicara. Ella le describió el lugar al que había llegado. Luego le relató el encuentro que tuvo con el ser de luz divina y le comunicó su advertencia.

Su padre sintió una gran consternación al escucharla. Su semblante reflejaba lo difícil que le resultaba resignarse a la idea de que esa guerra significara el fin de su pueblo. Le preguntó a Leetsbal Ek si el ser le había dicho lo que debían hacer. Ella respondió que debían huir para proteger el legado de los ancestros.

Sassil Be permaneció en su sitio por un momento. Le dijo a su hija que debían comer algo para reponer sus fuerzas. Se dirigieron hacia el fuego y entonces él le habló finalmente.

—Desde el momento que te vi nacer, supe que tú serías la responsable de continuar con nuestro legado. Hace siglos que los Ah Kin establecieron contacto con seres que habitan los planos superiores de existencia. Ayer fuiste conducida por uno de ellos hasta el abismo de Ekel Ha. Un sitio que muy pocos hombres han podido atestiguar. La visión que tuviste corrobora lo que las antiguas profecías nos advirtieron. Pero éste no es el momento para abandonar a nuestro pueblo. Debemos reunirnos con ellos y entonces hablaré con el gobernador y los demás líderes para disuadirlos de pelear.

Leetsbal Ek lo escuchó con un sentimiento de amargura que desgarraba su corazón. Su mismo padre estaba convencido de que había llegado el fin de su sociedad.

—El gobernador y los batabob jamás permitirán que sus tierras, donde yacen los cuerpos de sus antepasados, les sean arrebatadas por los dzules —le advirtió ella.

—Lo sé —respondió su padre—. Pero tú habrás de presentarte ante el concejo de ancianos para revelarles lo que la visión de Ekel Ha te advirtió.

Leetsbal Ek observó el semblante de su padre y pensó en la importancia de su encuentro con el ser de luz divina. Había llegado hasta el lugar que demarcaba la morada de los seres superiores. Un sitio divino del que daban cuenta las leyendas. De acuerdo con éstas, los seres de luz guiaron a su pueblo durante largas generaciones. Su visión pondría a deliberar al concejo de ancianos, obligándolos a escoger entre la supervivencia del conocimiento o la libertad de su propio pueblo.

Habían llegado hasta una peligrosa encrucijada en su destino que los enfrentaría con el hecho de abandonar para siempre sus tierras o perecer en la lucha. Leetsbal Ek pensó en su casa y todo lo que había perdido. Su huerta de árboles y la armonía experimentada en ese lugar. La intensa emoción de saber que lo habían perdido todo y caminarían errantes

por la selva, comenzó a forzar el llanto. Sus ojos se humede-
cieron dejando escapar un torrente de lágrimas acompañadas
de fuertes sollozos. Su padre la abrazó y le pidió que se calmara. Tenían que ser fuertes para lograr sobrevivir.

Carlos Ordóñez, que los había estado observando, se
dio cuenta de que Leetsbal Ek lloraba amargamente y comprendió lo que sucedía. No podía imaginar lo que significaba
para ellos la pérdida de todo aquello por lo que lucharon a lo
largo de sus vidas. Un sentimiento de repugnancia en contra
de los hombres de su misma raza lo invadió al comprender
hasta dónde los había llevado su codicia.

Leetsbal Ek y su padre se sentaron junto al fuego y comieron en silencio. El grupo reanudó la marcha y tras un
par de horas un grupo de guerreros cocomes salió a su encuentro. Reconocieron al Ah Kin May y lo saludaron con
respeto. Luego le informaron que el campamento se encontraba muy cerca de ahí. Los escoltarían hasta el lugar. Los
guerreros miraron con recelo a Carlos Ordóñez, pero Sassil
Be les explicó que él había salvado las vidas de cientos de
personas en la aldea al advertirles del ataque de los dzules.

Reanudaron la marcha y en poco tiempo divisaron el
humo de las fogatas que impregnaba el ambiente. Sassil Be
se acercó a Leetsbal Ek y su madre.

—Al fin nos encontramos a salvo —les dijo.

Capítulo 52

Daniel y el grupo de arqueólogos tomaron un receso para concentrar su atención en los descubrimientos revelados por Sarah. Ella había salido en busca de Tuwé, convencida de que el chamán debía contar con información que los ayudara a salir del dilema en que se encontraban. Chak la recibió en uno de los remolques que los militares pusieron a su disposición mientras el anciano se recuperaba. Luego le avisó que Tuwé los vería en unos momentos en el comedor.

Sarah se dirigió hacia allá para encontrarse con Daniel y los arqueólogos. Todos se habían servido de comer y discutían afanosamente sobre el tema de los mecanismos de la pirámide.

—Los atlantes tuvieron que prever esta situación al construirla —comentó Sarah—. De acuerdo con las revelaciones de Kiara, su intención fue la de dejar un legado de su conocimiento por medio de la estructura. Un legado que Tuwé asegura está relacionado con todos nosotros.

—Entonces dicho legado tuvo que ser dejado a nuestro alcance —aseguró Elena—. ¿Por qué otro motivo hubiéramos llegado aquí en caso contrario? El grupo meditó unos instantes sobre el dilema.

—Creo que comienzo a entender lo que sucede —afirmó Sarah—. Nuestra conciencia posee una firma electromagnética personal. Pero nosotros hemos estado considerando a nuestro ser físico como la herramienta para operar la pirámide todo este tiempo. Si a lo largo de miles de años todos experimentamos sucesivas reencarnaciones, nuestra conciencia se expandiría pero la firma electromagnética guardaría el mismo patrón original que la pirámide reconoce.

—¿Quieres decir que cada uno de nosotros existimos a lo largo del tiempo y que hace miles de años formamos parte de la gente que construyó este sitio? —preguntó José—. ¿Significa esto que alguno de nosotros podría contar con el poder de operarla?

—Estoy segura de que así es —afirmó Sarah—. Y también que ésta es la única explicación coherente a todo lo que nos ha venido ocurriendo en este lugar.

Sarah Hayes recordó de inmediato sus visiones sobre sus pasadas existencias en el sitio de construcción de la pirámide. En su primera experiencia dentro de la galería subterránea había escuchado una voz que operaba el mecanismo y ella había tenido acceso a la cámara principal.

—Sarah tiene razón —afirmó Daniel—. Los Inmortales protegieron este sitio contra los invasores, pero dejaron la puerta abierta para que pudiéramos acceder a sus mecanismos.

—¿Y has indagado algo sobre cómo operarla? —le preguntó Elena a Sarah.

Ella negó con la cabeza.

—Sus sistemas de operación rebasan por mucho mi inteligencia —explicó—. Pero es probable que hayan liberado el acceso a sus funciones más simples para otorgarnos la oportunidad de emplear su conocimiento.

—¿Y esas funciones son suficientes para desarrollar la tecnología necesaria para ayudar a la humanidad? —preguntó el doctor Jensen.

—Los Inmortales previeron los sucesos que enfrentaríamos durante nuestro tiempo —afirmó Sarah—. Recuerden que Kiara nos advirtió que ellos conocían el aterrador futuro de la humanidad y por esta razón construyeron esta tecnología.

—¡Demonios! —exclamó Jensen—. ¿Cómo es posible que ellos pudieran prever que nosotros llegaríamos hasta aquí y que enfrentaríamos esta situación?

—Es mejor no tratar de explicarlo —comentó Daniel—. Créanme que el sólo hecho de considerarlo como una posibilidad desafía todo nuestro raciocinio.

Sarah les comentó que debían continuar con la investigación para encontrar la forma de desarrollar el generador. Tendrían que buscar al profesor Mayer para discutir sus opciones. Daniel analizó el asunto rápidamente y luego objetó. Aún no confiaba cien por ciento en él. Si Sarah era capaz de resolver el problema de operación de la pirámide, Mayer podía traicionarlos e ir con los militares para sacar provecho de la situación.

—Me temo que no tenemos muchas opciones, Daniel —objetó Sarah a su vez—. El generador es absolutamente necesario para aprovechar esa enorme fuente de energía. Ninguno de nosotros es ingeniero mecánico. Tampoco contamos con los planos del generador experimental. Si decidiéramos empezar desde cero, podríamos tardar años en lograr algo.

Sarah pensaba que, a pesar de representar un riesgo, la civilización requería de una alternativa energética que los librara finalmente del petróleo y los combustibles fósiles. Ésa era la tarea que los había llevado hasta ese sitio y de su éxito dependía la continuidad del futuro de la humanidad.

Estaba consciente de que se encontraban ante una difícil disyuntiva. La situación que imperaba en el campamento con la presencia de los militares le preocupaba sobremanera. Esa tecnología no debía caer en sus manos; sólo debía ser empleada a favor de la humanidad entera.

Decidió que si estas condiciones no se cumplían, entonces ella no participaría en el diseño del generador para luego lamentar las consecuencias, como había ocurrido con los inventores de la primera arma atómica. Tenían que idear un plan junto con Mayer para librarse de los militares de una vez por todas.

Sarah explicó a todos su sentir al respecto.

—Parece que llegamos de nuevo al viejo callejón sin salida —comentó José—. Pero estoy completamente de acuerdo contigo. Esa tecnología no puede ni debe caer en las manos de los militares bajo ninguna circunstancia.

Sarah iba a decir algo cuando Tuwé y Chak aparecieron en la entrada del comedor. Ella se acercó a recibirlos mientras Chak le informaba que Tuwé deseaba regresar cuanto antes a la aldea.

Sarah le respondió que hablaría con Ferguson para que fueran transportados de regreso.

Tuwé se acercó a ella y miró a su alrededor. Docenas de soldados caminaban de un lado a otro ignorando su presencia. Luego comenzó a hablar y Chak tradujo sus palabras.

—Dice que tal y como estaba escrito, las fuerzas del bien y del mal se encontrarían de nuevo en el sitio de la pirámide al final del quinto tiempo de la creación.

Sarah comprendió perfectamente a lo que se refería.

—Tú llevas ahora la responsabilidad de revelar el conocimiento oculto en la pirámide, que deberá ser utilizado para el surgimiento de una humanidad diferente —le dijo—. Todos los años de tu vida te prepararon para que pudieras comprenderlo y ahora te has convertido en guardián del conocimiento milenario de los antiguos Ah Kin.

Sarah escuchaba con atención. Comprendía a la perfección la responsabilidad que pesaba sobre ella y lo que estaba en juego en esos momentos.

—Nuestra madre Tierra ha sufrido los embates de la soberbia humana por mucho tiempo y está a punto de sufrir un cambio para recuperar el equilibrio perdido. Así se prepara para el nuevo ciclo que iniciará con la llegada del Sexto Sol.

De ti depende ahora que el conocimiento de los Inmortales libere a la humanidad del yugo de las fuerzas del mal o que sucumbamos ante ellos.

Sarah le respondió que comprendía sus palabras, pero que su destino aún era incierto. La oscuridad los tenía rodeados y todavía no sabía cómo sería capaz de liberar el poder de la pirámide para acabar con su dominio.

Tuwé le recordó que el bastón de mando había guiado la conciencia de todos los guardianes del conocimiento frente a las situaciones más difíciles que habían enfrentado. Ella debía confiar en el poder de su magia para poder completar la misión.

Sarah asintió mientras un vehículo se aproximaba a ellos. Chak le informó a Tuwé que era momento de partir. Los soldados pidieron a los dos indígenas que subieran. Sarah agradeció a Tuwé y a Chak por sus consejos y luego informó al grupo para que salieran a despedirse de ellos.

Chak y Tuwé se despidieron afectuosamente de todos. El vehículo arrancó y en unos pocos segundos salieron del campamento.

Sarah los observó alejarse y un sentimiento de nostalgia atravesó su corazón. Pensó en cómo le gustaría compartir la calma y la libertad con que esos hombres vivían en la aldea, en compañía de sus seres queridos. Recordó a Rafael y supo que deseaba comunicarse con él lo antes posible. Extrañaba su compañía y se preguntaba cuándo podrían verse de nuevo.

Daniel se aproximó a ella mientras los demás caminaban de regreso al comedor y le dijo.

—Pensé que querías acompañarnos a comer.

Sarah estaba absorta en sus pensamientos. Miró a su compañero y ambos caminaron juntos hacia el comedor.

El Sol alumbraba majestuoso desde el firmamento mientras ellos se disponían a encontrar la forma de brindarle una nueva esperanza a la humanidad. Una ráfaga de viento levantó el polvo tras sus pasos y pronto llegaron con los demás. Y mientras todos planeaban sus próximas acciones, la vida en el planeta continuaba completando su ciclo, acercándose cada vez más al umbral de una nueva frontera que cambiaría por completo la visión del ser humano respecto a su función dentro del gran esquema de la creación.

Y fue así como habiéndose aproximado el tiempo del Sexto Sol, los amos del inframundo se reunieron en torno de aquel sagrado lugar para observar el capítulo final que decidiría el destino de la humanidad.

El nuevo tiempo se cernía sobre ellos y había llegado el momento acordado por el padre creador para determinar su juicio final. Un momento en el que las fuerzas del bien y del mal harían uso de todo su poder para controlar el preciado conocimiento que enaltecería a la humanidad como la más poderosa especie de la creación. Una especie capaz de desafiar las leyes del universo en su constante búsqueda por la comprensión de todo aquello que existe a su alrededor y que representa la más grande manifestación del orden divino que rige sobre todos los tiempos y que regirá aún más allá, cuando finalmente nuestro juicio se llegue a consumar.

Fin del tercer libro.

CONTINUARÁ

Agradecimientos

En este tercer libro, quiero agradecer especialmente a todos los lectores de la saga del Sexto Sol, por su entusiasmo y decisión en continuar con la lectura de la novela. Por recomendarla a los demás y convertirla en un clásico de nuestros difíciles tiempos. Gracias por su apoyo incondicional.

A Laura Lara Enríquez y Jorge Solís Arenazas, mis editores, por seguir haciendo posible su publicación y por toda su dedicación y esmero en la corrección del manuscrito. Gracias por su paciencia.

Por último, a todos los miembros de mi familia por su cariño y su apoyo en esta titánica encomienda de revelar al mundo el misterioso y colosal conocimiento de nuestros antepasados.

A todos ustedes, mi más sincero agradecimiento y respeto.

Que el Sol los bendiga a todos.

J.L. Murra

Este ejemplar se terminó de imprimir en Septiembre de 2012
En Impresiones en Offset Max, S.A. de C.V.
Catarroja 443 Int. 9 Col. Ma. Esther Zuno de Echeverría
Iztapalapa, C.P. 09860, México, D.F